결정판
아르센 뤼팽
전집

10

Arsène Lupin gentleman-cambrioleur
reviendra quand les meubles seront
authentique.

괴도신사 아르센 뤼팽,
"진품이 제대로 갖춰지면
다시 방문하겠음."

결정판 아르센 뤼팽 전집

모리스 르블랑 지음 | 성귀수 옮김

10

백작부인의 복수

아르센 뤼팽의 수십억 달러

아르센 뤼팽의 마지막 사랑

arte

ARSÈNE LUPIN

Contents

백작부인의 복수 7

아르센 뤼팽의 수십억 달러 267

아르센 뤼팽의 마지막 사랑 511

【 일러두기 】

1. 번역에 사용한 저본은 다음과 같다.
   - 『모리스 르블랑(Maurice Leblanc)』 I-IV, 르 마스크(Le Mask) 출판사, 1998~1999년
   - 「이 여자는 내꺼야(Cette femme est à moi)」, 1930년 타자원고
   - 「아르센 뤼팽, 4막극(Arsène Lupin, 4 actes)」, 피에르 라피트(Pierre Lafitte) 출판사, 1931년
   - 「아르센 뤼팽과 함께한 15분(Un quart d'heure avec Arsène Lupin)」, 1932년 타자원고
   - 『아르센 뤼팽의 마지막 사랑(Le Dernier Amour d'Arsène Lupin)』, 1937년 타자원고
   - 『아르센 뤼팽의 수십억 달러(Les Milliards d'Arsène Lupin)』, 아셰트(Hachette) 출판사 1941년 판본과 거기서 누락된 에피소드의 1939년 『로토』 연재원고 편집본
   - 「아르센 뤼팽의 귀환(Le Retour d'Arsène Lupin)」, 로베르 라퐁(Robert Laffont) 출판사의 1986년 판본 '아르센 뤼팽 전집' 제1권 수록
   - 「아르센 뤼팽의 외투(Le Paredessus d'Arsène Lupin)」, 마누치우스(MANUCIUS) 출판사, 2016년
   - 「부서진 다리(The Bridge that Broke)」, 인디펜던틀리 퍼블리쉬드(Independently published) 출판사, 2017년
2. 고유명사의 한글 표기는 국립국어원 외래어표기법을 따르는 것을 원칙으로 하되, 몇몇 예외를 두었다.
3. 모든 주석은 옮긴이의 것이다.

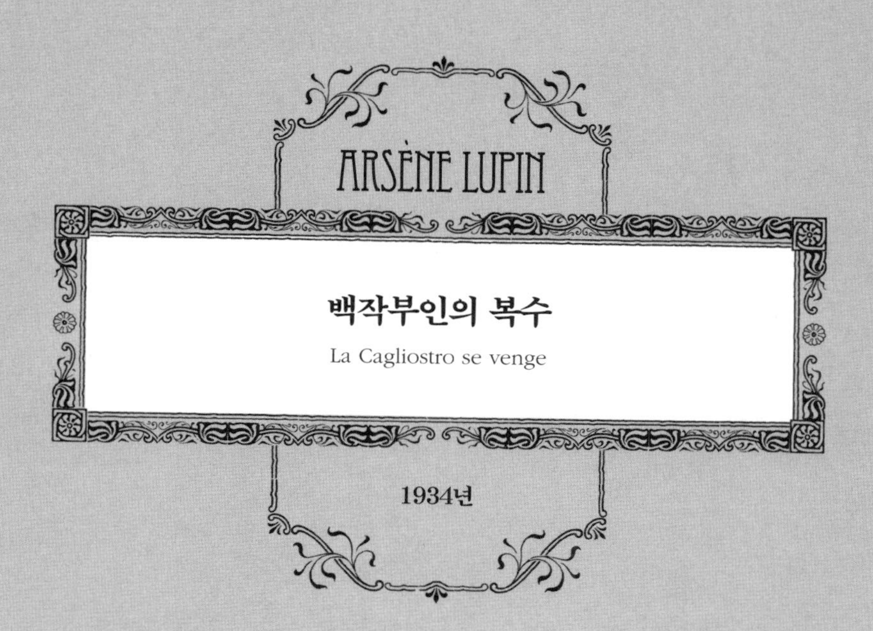

ARSÈNE LUPIN

백작부인의 복수

La Cagliostro se venge

1934년

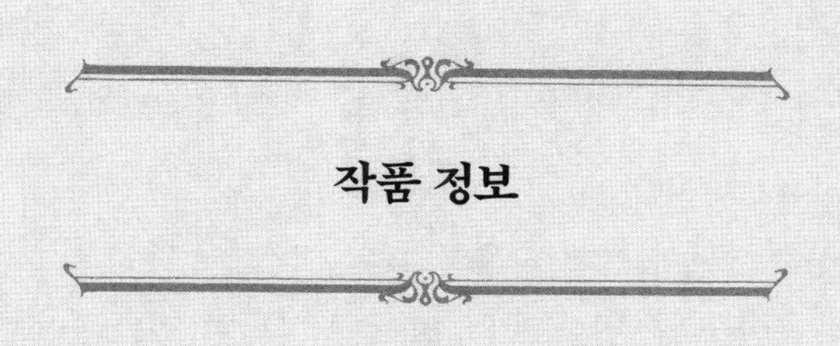

작품 정보

『백작부인의 복수(La Cagliostro se venge)』는 사실 1924년 『칼리오스트로 백작부인』이 발표되었을 당시 이미 작업 중이던 후속작으로, 바로 이듬해 발표된다는 광고까지 나왔었다. 그런데 어쩐 일인지 10여 년이나 뒤로 미루어져 세상의 빛을 본 독특한 이력을 갖고 있다. 『칼리오스트로 백작부인』의 에필로그에서 이 작품의 출현을 예고한 내용에 따르면, 르블랑은 필경 두 작품을 통해 뤼팽 모험담의 처음과 끝을 명확히 짚어 거대한 사이클의 대단원을 마감할 생각이었던 듯하다. 하지만 아직 때가 이르다고 느꼈는지, 뤼팽의 마지막 모험담이라 공언한 이 작품의 발표를 뒤로 미루고, 그사이 여섯 작품이나 더 세상에 내놓았다. 무려 30년의 시간차가 나는 두 이야기를 연달아 발표하기가 내키지 않았던 건지, 아직은 뤼팽의 연대기 작가로서 그 신나는 모험담에 미련이 남아서였는지, 그것도 아니면 당대 독자들의 열화와 같은 요청이 반영된 것인지, 지금으로서는 알 수가 없다. 아무튼 『칼리오스트로 백작부인』의 후속편이자 마지막 모험담으로 집필된 『백작부인의 복수』는 10여 년이 지난 1934년에야 『르 주르날』(7. 21~8. 23)에 연재가 시작된다.

1894년 사랑에서 시작해 증오로 끝난 것처럼 보인 칼리오스트로 백작부인과의 악연은, 30년이 지난 1924년 섬뜩한 미스터리를 동반하며 다시 증오로 부활해, 결국에는 사랑으로 마감한다. 뿌리가 다른 사건들이 서로 절묘하게 교차하는 가운데, 그 연결 고리를 열쇠로 하는 수수께끼가 이번에도 독자의 두뇌를 적잖이 괴롭힌다. 20세였던 라울 당드레지는 이제 50줄을 훌쩍 넘긴 라울 다베르니로 등장하고, 미숙한 격정보다는 중후한 능란함이 뤼팽의 이미지로 전면에 부각된다. 비록 저자의 의도대로 마지막 모험담이 되지는 못했지만, 말년에 이른 영웅의 깊은 내면이 감동적으로 와 닿는 작품이다.

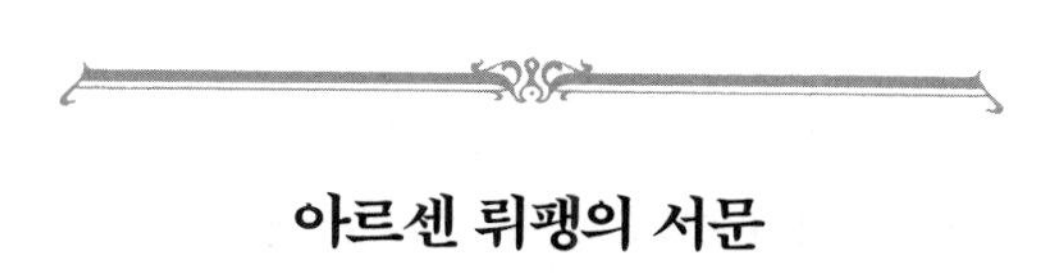

아르센 뤼팽의 서문

나는 이 자리를 빌려, 내 연대기 작가에 의해 나와 관련한 것으로 기술된 일련의 모험담이 정확한 사실에 부합함을 확인하며, 그 노고에 고마움을 표함과 동시에, 그것이 기술된 방식에 관해서는 다소 아쉬움을 표명하는 바이다.

자고로 실제 일어났던 사건을 대중의 구미에 맞게 다듬는 방법은 수도 없이 많은 법이다. 나와 관련한 사건의 경우에는 아마도 가장 괜찮은 방법을 고르려다 보니, 나를 항상 돋보이게 표현하고, 언제나 중요한 인물로 부각시킨 것인지도 모르겠다. 어쨌든 나의 연대기 작가는 내가 살아오면서 어쩔 수 없이 상황에 얽매이고, 적들한테 당하거나, 귀하신 경찰 나리들에게 매몰찬 대접을 받았던 수많은 에피소드들을 소홀히 다루는 것에 그치지 않고, 설사 실제와 완전히 배치되지는 않더라도 그것들을 임의로 조절하고, 배열하며, 때로는 발전, 과장함으로써 나로 하여금 이 겸허한 심성을 더 이상 편히 가질 수 없도록 몰아온 것이 사실이다.

이제 나는 그런 식의 이야기에는 동조할 수가 없다. 누가 말했는지는 모르지만 이런 얘기가 있다. '그의 한계를 알고 그것을 사랑해야만 하리.' 나 역시 나의 한계를 알고 있으며, 그것들을 느낀다는 점을 오히려 뿌듯해하는 사람이다. 대신 모든 초인간적이고, 비정상적이며, 과도하고 불균형한 것에는 끔찍한 혐오감을 가지고 있다. 요컨대 지금 있는 그대로의 나로 충분한 것이다. 그 이상으로 넘어가면 나는 괴이하고 우스꽝스럽게 보일 것이다. 그리고 내 약점 중의 하나가 바로 우스꽝스러운 꼴로 보이는 걸 대단히 두려워한다는 점이다. 사실 내가 지금 처한 상황이 영락없이 그런데,—여기 이런 짤막한 서문을 다는 이유도 바로 거기에 있다—현재 나는 대중 앞에 끈질기면서도 한결같이, 다소 짜증스러울 정도로 집요하게 연애에 몰두하는 모습으로 비치고 있다. 물론 내가 매우 감성이 예민하며, 길모퉁이를 돌아들 때마다 예기치 못한 순간들에 대한 기대에 늘 부풀어 있다는 점은 굳이 부인하지 않겠다. 또한 보통은 여성들이 내게 언제나 호의적이고, 자애롭다는 사실도 부정하지 않겠다. 솔직히 웬만큼 감미로운 추억들도 가지고 있고, 다른 이 같으면 당장에 으스대며 자랑했을 만큼 내 앞에서 맥을 못 추는 여자들도 많았다. 하지만 그렇다고 해서 나더러 돈 후안의 역할을 하라든지, 거부할 수 없는 매력의 러블레이스(새뮤얼 리처드슨의 소설 『클라리사 할로』에 등장하는 인물. 시니컬한 바람둥이의 대명사—옮긴이)로 둔갑시키려 한다면 나로선 거부하지 않을 수 없다. 나 역시 여인들로부터 매정한 거절을 당해본 적이 있는 사람이다. 나 말고 같잖은 연적들을 대신 택한 여자들도 꽤 있다. 모욕감을 느낀 적도 많고, 배신도 당할 만큼은 당해보았다. 도저히 납득이 가지 않을 패배의 경험들일지는 모르나, 나에 대해 엄정하게 진실된 이미지를 바란다면 그 또한 주목해야 할 것들이라

하겠다.

이상이 내가 지금 이 모험담을, 어떤 조작이나 에두름 없이 있는 그대로 소개해줬으면 했던 이유이다. 여기서 나는 매사 짜증스러우리만치 오류가 없는 사람처럼 돋보이지는 않을 것이다. 내 가슴이 머리를 딛고 넘어 사랑의 고뇌를 호소하지도 않을 것이며, 여자를 유혹하는 나의 능력은 이상하리만치 좌절을 거듭할 것이다. 혹시 별다른 이유 없이 나의 장점들과 승승장구만 하던 모습들에 거부감을 느껴온 사람들이 있다면 이번 이야기를 계기로 내게 조금은 너그러운 눈길을 보낼 수도 있을 것이다.

한마디만 더 하자. 내 스무 살 청춘의 엄청난 열정이었던 조제핀 발자모! 자칭 18세기의 유명한 사기꾼인 칼리오스트로 백작의 딸이라 주장하면서, 아버지로부터 영원한 젊음을 유지하는 비법을 전수받았노라 공갈을 쳐대던 그 여장부는 이번 이야기에 등장하지 않는다. 그 이유에 대해서는 독자 여러분들 스스로 충분히 납득하고도 남음이 있게 될 것이다. 그럼에도 불구하고 사랑이 증오와 뒤섞이고, 복수의 다짐이 집요하게 똬리를 트는 이 이야기 전반에 걸쳐 그녀의 이미지가 워낙 비극적인 그림자를 드리우고 있으니, 어찌 제목으로나마 그녀의 존재를 떠올리지 않을 수가 있겠는가?

제1부

두 번째 사건

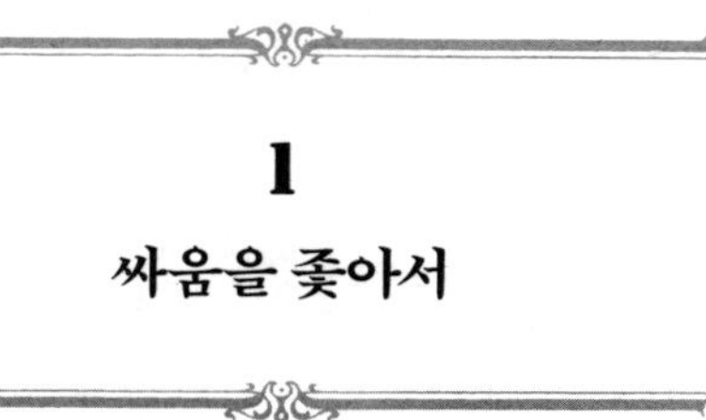

1
싸움을 좇아서

이미 따스해진 햇살이 대기 속에 녹아들기 시작하는 1월의 아름다운 아침나절이야말로 최고의 생기를 부여해주는 열광 어린 삶의 원천이라 할 것이다. 추운 겨울 속에서도 인간은 이미 봄의 숨결을 예감하는 법. 낮은 점점 더 많은 시간으로 그대 앞에 늘어서고, 새해의 젊은 기운에 그대 또한 젊어지기 마련이다. 그날 오전 11시경, 한가로이 대로를 거니는 아르센 뤼팽의 기분 또한 그러했다.

그는 마치 체조 동작이라도 수행하듯 발꿈치를 필요 이상으로 들썩이며 유연하면서 탄력 있는 걸음걸이로 걷고 있었다. 실제로 왼발을 척척 내디딜 때마다, 가슴속 깊이 들이마시는 공기가 벌써 눈에 띄게 당당해지기 시작하는 가슴팍을 더더욱 부풀게 했다.

고개는 약간 뒤로 젖힌 듯하고, 잘록한 허리에 외투는 이미 벗어 던진 지 오래였다. 한여름에나 입는 간편한 회색 복장에 펠트 모자는 겨드랑이에 꼈다.

지나쳐가는 사람들을 향해, 특히 여성일 경우 조금만 예쁘다 싶으면 살짝살짝 웃음을 던지는 그 얼굴은, 쉰 줄을 향해 경쾌한 행보를 이어가는 남자의 여유를 듬뿍 담고 있었다. 하지만 뒷모습이나 멀리서 본 모습만큼은 호리호리한 몸매에 아주 말쑥하고 씩씩한 품새가 스물다섯을 넘지 않았다 해도 곧이 들을 만했다. 그렇지 않아도 거울 앞에서 우아한 매무새를 이리저리 살펴보면서 그는 속으로 이렇게 중얼거린 바 있었다.

'역시! 어느 젊은이라도 부러워할 만해!'

아무튼 건강한 정신과 균형 있는 신체, 든든한 뱃심과 떳떳한 양심이 한데 모여 이루는 박력 넘치는 분위기는 누구라도 충분히 시샘할 만했다. 그러니 어찌 고개를 치켜세운 채 당당한 걸음걸이를 내보이지 않을 수 있을 것인가.

이 외에도 주목해야 할 것은 그의 지갑이 제법 두둑하고, 바지 뒷주머니에는 서로 다른 은행에서 서로 다른 이름으로 사용할 수 있는 수표책이 들어 있는가 하면, 강바닥이든 미지의 동굴 속이든 접근이 불가능한 암벽 틈새이든 간에 금괴와 보석 자루들이 빼곡히 들어찬 난공불락의 은닉처들을 거의 프랑스 전역에 걸쳐 부지기수로 가지고 있다는 사실이었다.

여기에 덧붙여 전 세계 어디를 가나 통용되는 그의 신용에 대해서는 굳이 말할 필요도 없다. 이름만 해도 라울 드 리메지, 라울 다브낙, 라울 데느리스, 라울 다베르니 등 라울이라는 같은 이름에 따라붙는 단순하고 무난한 시골 귀족의 성들은 어디에서나 먹혀드는 위력을 이미 갖고 있었다. 그런 그가 막 데 프로뱅스 은행 앞을 지나치고 있었다. 마침 라울 다베르니라는 이름으로 그 은행에 거액의 수표 한 장을 예치하려던 참이었다. 안으로 들어선 그는 은행 거래를 한 뒤, 건물 아래층으로 내려가 장부에 서명을 하고 나서 몇몇 서류들을 챙기러 전용금고로 다가갔다.

필요한 서류들을 고르던 그의 시야에 문득 그리 멀리 떨어지지 않은 곳에서 웬 상복 차림의 늙수그레한 시골 공증인 타입의 신사 하나가 포착되었다. 그 신사는 금고에서 깔끔한 봉투 꾸러미 몇 개를 집어내더니 끈을 잘라 개봉한 뒤, 1000프랑짜리 지폐가 열 장씩 묶인 다발을 차근차근 세고 있었다.

무척 근시인 그 신사는 이따금 불안한 눈빛으로 주위를 살피면서도 아르센 뤼팽이 자신의 일거수일투족을 관찰하고 있다는 건 전혀 알아채지 못했다. 신사는 계속해서 꼼지락거리며 모로코가죽 서류가방 속에 80 내지 90여 다발, 즉 80에서 90만 프랑의 금액을 차곡차곡 욱여넣었다.

뤼팽은 그 신사와 동시에 액수를 세면서 속으로 중얼거렸다.

'저 금리생활자같이 생긴 양반, 도대체 무슨 수작을 부리고 있는 거지? 혹시 은행 수금원일까? 회계원이라도 되는 거야? 아니면 세무서 눈길을 피하기 위해 그나마 감춰둔 돈 다발을 아예 슬쩍 빼돌리려는 파렴치한? 아무튼 저런 족속은 질색이라니까. 국가를 속이다니, 치사한 자식!'

신사는 작업을 마친 다음 모로코가죽 서류가방을 닫고 조심스럽게 버클을 채웠다.

그는 횡하니 자리를 떠 계단을 오르기 시작했다.

뤼팽은 그 즉시 신사의 뒤를 밟았다. 하긴 100만 프랑이라는 현찰과 함께 움직이는 사람을 뒤쫓고 싶은 욕망 앞에선 제아무리 나무랄 데 없는 양심의 소유자라도 어쩔 수 없지 않겠는가! 그 정도 되는 물건이라면 냄새만으로도 뒤에 줄줄이 사냥개가 따라붙기 마련인 것. 그런데 뤼팽만큼 잘 단련된 사냥개가 또 있을까? 한번 냄새를 포착하면 절대 옆길로 새는 법이 없는 고도의 후각을 가진 사냥개 말이다! 그렇게 뤼팽은 곧장 먹잇감을 따라붙었다. 이번에는 남의 시선을 끌어선 안 되기에 좀 다소곳한 걸음걸이였지만 속마음은 짜릿한 흥분으로 부르르 떨렸다. 별다른 계획이 있는 건 아니었다. 이렇다 할 속셈도 없었다. 하긴 나무랄 데 없는 양심과 이미 남부럽지 않은 보물을 소유한 자에게 그까짓 몇 푼 돈 다발이 무슨 의미가 있을까?

신사는 르아브르 가의 제과점으로 들어갔다가 과자 한 꾸러미를 사 들고 나와 생라자르 역을 향해 발길을 옮겼다.

뤼팽은 속으로 중얼거렸다.

'제기랄! 기차를 타려는 것 아냐? 날 어디까지 끌고 가려고.'

아니나 다를까, 신사는 기차를 잡아탔다. 뤼팽 역시 그리 내키지는 않으면서도 기차에 올랐고, 승객들로 꽉 찬 길쭉한 객실에서 함께 생제르맹 노선을 질주했다. 신사는 마치 어미가 아기를 품에 안듯 문제의 모로코가죽 서류가방을 꼭 부둥켜안고 있었다.

그는 샤투라는 도시를 지나 르 베지네 역에서 내렸는데, 워낙에 쾌적한 곳이라 뤼팽도 꽤 반가운 마음이었다.

파리에서 12킬로미터 떨어진 거리, 센 강의 만곡이 둘러싸다시피 한 르 베지네는 이주 및 시공에 관한 엄격한 지역권을 발판으로 해서, 잔잔한 호수를 중심으로 울창한 수림과 호사스러운 별장 및 녹지가 기막히게 어우러진 넉넉한 도로망을 실속 있게 가꿔나가고 있었다. 그날 아침은 유독 나뭇가지마다 간밤 서리에서 남은 이슬방울들이 햇발 아래 눈부신 빛을 발했고, 단단한 바닥은 걸을 때마다 기분 좋은 소리를 냈다. 더군다나 이웃의 재산을 지켜주는 것 외에 별다른 근심 없이 거니는 기분이라니!

외곽 도로에 둘러싸인, 앙증맞은 가옥들이 호수보다 좀 더 작고 소박한 연못가에 옹기종기 모여 있었는데, 각 별장의 정원별로 연못의 기슭도 일정 지분씩 구획되어 있었다.

'로즈레(장미원)' 앞을 지나고, '오랑주리(오렌지밭)' 앞을 거쳐, 신사는 '클레마티트(미나리아재비)'라는 이름의 별장 문 노커를 들어 올렸다.

한편 뤼팽은 상대가 눈치채지 않게끔 그 앞을 그대로 지나쳐 걸음을 옮기고 있었다. 잠시 후, 문이 열리고 두 명의 아가씨가 반갑게 뛰어나왔다.

"삼촌, 많이 늦으셨네요! 점심식사는 다 차려놨어요. 우리한테 뭐 사 갖고 오셨어요?"

그 광경에 뤼팽은 즉시 매혹되었다. 과자 사다 주는 삼촌을 저리도 뜨겁게 반기는 두 어여쁜 조카들, 나지막하면서 세월의 잔잔한 때가 묻은 저 가옥. 그 모든 것이 너무도 마음에 들었다. 지금이라도 당장 저 따스한 분위기 속을 파고들어 단란한 가족의 푸근한 기운을 실컷 들이마실 수만 있다면 정말 즐거울 것 같았다.

약 500여 미터를 더 걸어가자, 기슭과는 목재 다리로 연결된 한복판의 섬이 한껏 정취를 더해주는 커다란 호수가 나타났다. 근처에 자리잡은 멋진 레스토랑에서 뤼팽은 메뉴에 적힌 대로 양껏 배를 불렸다. 식사가 끝난 뒤 그는 호수 주위를 거닐면서 겨울철에는 대부분 문을 열지 않는 정겨운 별장들을 감탄 어린 시선으로 훑었다.

그중 한 곳이 언뜻 주의를 끌었다. 특별히 쾌적하다거나 근사한 정원을 갖추어서라기보다는 철책문에 내건 표지판에 다음과 같이 적혀 있었기 때문이다.

클레르 로지(淸明堂)

즉시 분양 가능
방문 문의 환영
그 밖의 정보 문의는 클레마티트 별장으로 하시길

클레마티트라니! '반가운' 삼촌이 점심식사를 하러 들어간 바로 그 별장이 아닌가. 이건 분명 운명이 또다시 짓궂은 장난질을 시작했다는 증거였다. 어떻게 이 클레르 로지와 현금 두둑한 가죽가방에 대한 생각이 자연스레 연결되지 않을 수 있겠는가!

철책문 양쪽으로 두 개의 별채가 자리 잡았는데, 그중 오른쪽에 정원사가 거주했다. 뤼팽은 지체 없이 초인종을 울렸고, 즉시 건물 안으로 안내되었다. 첫인상은 대만족이었다. 일부는 약간 낡고 거의 허물어지기 일보 직전이나 다름없었지만, 전체적으로 공간이 잘 배분되어 있었고, 언제든 잘만 보수하면 기막힌 별장이 될 것 같았다.

뤼팽은 속으로 연신 중얼거렸다.

'바로 이거야, 나한테 필요한 게 이거라고. 그렇지 않아도 파리 근교 어디쯤 적당히 몸 붙일 곳을 마련해서 주말이면 종종 찾아가 쉴 수 있기를 얼마나 바랐는데. 다른 건 다 필요 없어.'

게다가 이 어인 횡재인가! 정말 기막힌 우연의 일치 아니겠는가. 일단 운명이 더할 나위 없이 이상적인 거처를 눈에 띄게 해줌과 동시에, 지갑 한 번 풀지 않고 그것을 통째로 삼킬 수 있는 기회마저 준 것이다. 저 모로코가죽 서류가방도 결국 이 집을 얻는 데 보탬을 주기 위해 애당초 눈앞에 나타난 것이 아니겠는가. 어쩌면 이리도 일이 척척 맞아떨어질까.

그로부터 5분 후, 뤼팽은 자신의 명함을 내밀었고, 곧이어 라울 다베르니 씨는 필립 가브렐의 안내로 1층 탁 트인 응접실로 들어섰다. 이미 그곳에 나와 있던 두 명의 어여쁜 조카들을 삼촌은 차례로 소개했다.

그동안에도 가브렐 씨는 여전히 가죽띠로 단단히 동여맨 모로코가죽 서류가방을 겨드랑이에 꼭 끼고 있었다. 분명 점심식사도 그 상태로 뚝딱 해치웠을 터였다.

뤼팽은 방문 목적부터 시원하게 밝혔다. 클레르 로지를 매입하고 싶다는 말에 필립 가브렐은 제반 조건들을 차근차근 설명하기 시작했다.

뤼팽은 잠시 생각을 정리하면서 두 명의 자매 쪽을 넌지시 바라보았다. 언니 되는 아가씨의 약혼자라 칭하는 젊은이가 마침 나타나 셋이 함께 웃고 떠드는 중이었다. 그걸 보자니 기분이 약간 켕겼다. 언제나 신중한 뤼팽은 공짜로 별장을 인수하겠다는 발상이 저리도 천진난만한 자매에게 어느 정도 해를 끼칠 것인가를 진지하게 고민하지 않을 수 없었다.

급기야 그는 결정을 내리기 전 48시간의 여유를 줄 것을 부탁했다.

가브렐 씨가 대답했다.

"좋습니다. 다만 이제부터는 제 공증인과 얘기를 나누셔야 할 것 같습니다. 조금 있다가 저는 남프랑스로 떠나거든요."

그러면서 덧붙이기를, 여덟 달 전에 홀아비 신세가 된 자신에게 아들이 한 명 있는데, 녀석이 이번에 니스에서 결혼식을 올리게 되어 거기 참석도 할 겸 신혼부부와 더불어 한동안 남프랑스의 햇살이나 실컷 쐬다 올 예정이라는 것이었다.

"그리고 나는 원래 이곳 내 조카들 집에서 살지 않는답니다. 내가 머무는 곳은 옆에 있는 오랑주리 별장이에요. 실은 두 개 정원이 한데 붙어 있지요. 집은 제법 쾌적한 편입니다. 하긴 지금은 덧문까지 죄다 닫혀 있으니 봐도 잘 못 느끼실 테지만요."

뤼팽은 두 처녀들을 즐겁게 해줄 만한 이런저런 이야기와 무용담들을 들려주면서 약 한 시간 동안 더 머물렀다. 그러면서도 한 눈으로는 가브렐 씨를 계속해서 주시했다.

일행은 모두 밖으로 나가 클레마티트의 정원과 오랑주리의 정원을 내리 거닐었다. 필립 가브렐은 서류가방을 겨드랑이에 꼭 낀 채, 하인을 시켜 따로 여행용 가방과 짐을 자동차에 챙기게 한 뒤 먼저 리옹 역으로 출발시켰다.

"삼촌, 그 서류가방도 가져가실 거예요?"

자매 중 한 명이 묻자, 이런 대답이 돌아왔다.

"천만에. 파리에서 가져온 별로 중요할 거 없는 사업서류들인데, 집에 갖다 놓아야지."

실제로 그는 오랑주리 별장 안으로 뚜벅뚜벅 걸어 들어갔다. 그리고 20분 후, 다시 밖으로 나왔다. 서류가방도 보이지 않았고, 어느 호주머니도 돈 다발이 들어 있을 법하게 두둑해 보이지는 않았다.

'집 안 어딘가에 숨긴 거야. 아주 안심할 만한 은닉처가 있는 모양이지? 분명 아내의 유산배분과 관련해서 세무행정을 눈속임하려는 교활한 늙은이가 틀림없어. 저런 인간들한테는 조금도 배려를 해줄 필요가 없지.'

생각을 굳힌 뤼팽은 상대를 한쪽으로 잡아끌고 말했다.

"결정했습니다. 사도록 하겠습니다."

"잘 생각하셨습니다!"

가브렐 씨는 자기 별장 열쇠 꾸러미를 조카들에게 맡기며 외쳤다.

모두 한꺼번에 자리를 떴다. 가브렐 씨는 정말로 모로코가죽 서류가방을 소지하지 않은 채였다.

그로부터 2주 후, 뤼팽은 수표 한 장에 서명을 했다. 판매자에게 보내는 선불금이었다. 물론 클레르 로지의 가격이야 오랑주리 별장에 안

전하게 보관되어 있는 1000프랑짜리 지폐 다발로 그보다 몇 배는 더 보상받을 거라는 속셈이었다. 심지어 그는 반드시 필요한 수색마저 굳이 서두르지 않았다. 세상에 그만한 지폐를 소지한 자가 안심하는 것 이상으로 안전한 은닉처가 어디 있겠는가 하는 믿음이 강했던 것이다. 뭐니뭐니 해도 그 안에 담겨진 보물의 존재를 아무도 모른다는 것이야말로 은닉처의 수준을 결정짓는 가장 중요한 요건일 터였다. 그런데 뤼팽은 그것을 알고 있다.

우선 클레르 로지를 수리하기 위해 적당한 건축가를 찾아야 했다. 그러던 중 우연한 기회에 적임자와 선이 닿았다. 이미 그에게 이루 값을 칠 수 없는 도움을 준 바 있고(『기암성』 참조—옮긴이), 진짜 그의 정체를 잘 아는 한 의사로부터 어느 날 난데없이 편지가 배달되어온 것이다. 사실 그 의사와는 자신이 누구로 변신하든, 어디에 머물든, 뤼팽 쪽에서 항상 먼저 주소를 알리고 연락을 취해오는 관계였다. 그 들라트르 박사가 보낸 편지 내용은 다음과 같았다.

안녕하십니까, 친구?

내가 아주 흥미롭게 바라보는 펠리시앵 샤를이라는 이름의 젊은 건축가가 한 명 있는데, 당신이 이 친구를 좀 보듬어줄 수 있다면 나로선 정말 기쁘겠습니다. 아주 재능 있는 젊은이인데…… 기타 등등.

뤼팽은 당장 젊은이를 불러들였다. 어딘지 소심하고 과묵해 보이면서도 남의 환심을 얻고 싶은 마음에 비해 그 방법은 전혀 모르는 듯한 타입이었다. 제법 예쁘장한 용모의 스물일곱 내지는 스물여덟쯤 되는 청년으로 예술적이고도 지적인 분위기를 풍겼다. 젊은이는 자신한테 의뢰된 모든 사항을 정확하게 이해했으며, 클레르 로지의 전체 내장과 정원 정리까지 안심하라며 다짐해왔다. 앞으로 그는 철책문 좌측에 붙은 별채에서 지내기로 했다.

몇 달이 흘러갔다.

그동안 뤼팽은 불과 서너 차례밖에는 별장에 들르지 않았다. 그는 이미 펠리시앵 샤를을 두 명의 자매에게 자연스럽게 소개해주었는데, 그럼으로써 여자들의 동향을 항상 알 수 있도록 하자는 취지였다. 다행히 청년도 두 자매의 집에 즐겨 찾아가곤 했다. 언니가 기관지염을 호되게 앓아 결혼을 늦추고 있다는 사실도 그래서 알게 됐다.

결혼식 날짜는 7월 9일로 정해졌다. 가브렐 삼촌도 참석할 게 분명할 터, 마침 네덜란드를 여행 중이던 뤼팽은 적어도 결혼 일주일 전에는 돌아와 문제의 은행권 다발에 손을 대야겠다는 판단을 굳혔다.

그의 계획은 단순했다. 두 별장의 담장 사이로 공공 통행로가 연못가까지 닿아 있는데, 그 끄트머리에 이웃에서 빌린 보트를 댄다. 그리고 적당한 밤을 택해 오랑주리 별장 정원에 이르러 곧장 집 안으로 파고드는 것이었다.

일단 지폐 다발을 손에 거머쥐면 이전과 똑같은 형태를 유지하게끔 꾸러미를 가다듬는다. 이번 결혼식 때 와서 24시간만, 그것도 오랑주리가 아닌 자매들 집에서 지내기로 한 필립 가브렐은 그저 꾸러미가 제자리에 얌전히 있는지만 살피는 것으로 만족할 것이 분명했다. 안의 내용물까지는 일일이 확인하지 않고 말이다. 결국 도난당했다는 사실은 10월쯤 다시 돌아와서야 밝혀질 것이다.

그러나 뤼팽은 아침에 자동차를 타고 도착하자마자, 그 전날 끔찍스러운 일대 사건이 참담한 우여곡절을 동반한 채 잔잔한 연못의 평화로운 기슭을 강타했다는 사실부터 접해야만 했다.

2
학살

우선적으로 명확히 해둘 것이 있다. 비극의 파란만장한 국면들이 열두어 시간에 걸쳐 끔찍하게 이어지기 직전까지 자신들의 운명이 어찌 될지는 꿈에도 생각지 못한 두 명의 젊은 여자와 두 명의 젊은 남자는, 클레마티트 별장에서 무척이나 자연스럽고 화기애애한 분위기의 오찬을 들고 있었다는 사실이다. 그러고 보면 모든 폭풍우가 항상 그 전조가 되는 징후를 드러내 보이지는 않는 모양이다. 이번의 경우 역시 처절한 희생자가 될 사람들의 마음 한구석이라도 짓누를 만한 그 어떤 예감도 없이, 그저 해맑기만 한 하늘에 갑작스레 불어닥친 폭풍우와도 같았다.

모두들 당장의 계획과 다음 날 계획, 그리고 다음 주에 있을 일들에 관한 계획을 실컷 떠벌리며 서로 즐겁게 담소를 나누었다. 그중 가브렐 자매는 둘을 탄생 때부터 지켜봐온 가정교사 아멜리 노파와 그녀의 남편이자 이 집 하인인 에두아르의 보살핌 아래, 부모가 돌아가신 이후,

즉 7~8년 전부터 줄곧 클레마티트에 거주해온 처지였다.

두 자매 중 언니인 엘리자베트는 훤칠한 키의 금발에다 회복기 환자와 같은 창백한 얼굴에 소탈한 매력의 미소를 담고 있었다. 그녀는 특히 약혼자인 제롬 엘마를 상대로 이야기를 주고받았는데, 이 잘생긴 젊은이는 당장은 일자리도 없었지만, 파리행 국도변 베지네의 인구 밀집 지역에 돌아가신 어머니가 살았던 가옥을 한 채 소유하고 있었다. 사실 약혼자가 되기 전까지 그는 엘리자베트의 그냥 남자친구였고, 그 전에 먼저 동생인 롤랑드를 어려서부터 알고 지내며 너 나 하는 사이였기도 하다. 그는 그때 말고도 종종 클레마티트에 들러 점심을 해결하곤 했다.

나이 차이가 좀 나는 편인 동생 롤랑드는 언니인 엘리자베트보다 표정도 풍부하고 미모도 출중했으며, 특히 열정적이고 비밀스러운 데가 있는 매력의 소유자였다. 따라서 그녀에게 또 다른 젊은이 펠리시앵 샤를이 이끌리는 거야 당연했고, 정면으로 너무 노골적인 시선을 감히 보낼 수 없었던 젊은이는 힐끔힐끔 여자를 관찰하는 걸로 만족했다. 글쎄, 과연 그가 여자에게 빠져 있기는 한 걸까? 롤랑드도 그 점은 자신 있게 얘기할 수 없었다. 젊은이는 어딘지 믿을 수 없는 사람처럼 보였고, 도무지 인상만으로는 속내를 알 수 없는 타입이라서, 마치 보통 사람들이 생각하고 느끼는 방식으로 생각하고 느끼지 않는 사람처럼 여겨질 정도였다.

점심식사가 끝난 뒤, 네 명의 젊은이들은 모두 널찍한 응접실로 들어섰다. 꽤 넓은 공간이었는데도 가구나 골동품들, 책들의 배치 상태로 인해 매우 아늑하고 내밀한 느낌을 주는 응접실이었다. 거기에 더해 그 자체가 무척 큼직한 영국식 창문들이 연못과 별장 사이 좁다란 잔디밭을 향해 활짝 열려 있었다. 잔물결 하나 일지 않는 수면 위로 우거진 나무들의 길게 휘늘어진 가지들은, 물거울 속에 자기들을 빼닮은 나뭇가지들을 물끄러미 굽어보고 있었다. 창문 밖으로 고개를 내밀면 우측으로 한 60여 미터 떨어진 곳에 또 다른 건물 한 채가 보였다. 필립 삼촌이 사는 오랑주리 별장이었다. 나지막한 생울타리가 두 정원의 경계를 표시할 뿐, 잔디는 끊어짐 없이 연못의 기슭을 따라 죽 이어져 있었다.

엘리자베트와 롤랑드는 한동안 서로의 손을 붙잡고 있었다. 둘이 서로 몹시도 아끼는 형색이었다. 특히 롤랑드 쪽에서 헌신적인 심정과 한결같은 염려를 표정으로 드러내는 편이었다. 병환에 시달리는 엘리자베트의 건강 상태가 그만큼 긴장을 늦추지 못하게 하는 것이었다.

언니를 약혼자에게 맡긴 롤랑드는 피아노 앞에 앉은 뒤, 펠리시앵 샤를을 옆으로 불렀다. 처음에 젊은이는 은근히 자리를 피할 핑계를 댔다.

"마드무아젤, 미안하지만 오늘은 점심식사가 꽤 늦었습니다. 그런데 매일 내가 일을 시작해야 할 시각은 일정하게 정해져 있거든요."

"하지만 당신이 하는 일은 당신 마음대로 조절할 수 있는 것 아닌가요?"

"바로 그렇기 때문에 오히려 정확하게 시간을 지키려고 하는 겁니다. 더구나 내일 므슈 다베르니가 동틀 무렵에 맞춰 이곳에 당도하시기로 되어 있답니다. 밤새 자동차를 몰고 오신다더군요."

"그를 다시 보게 되다니 정말 기쁘군요! 참 흥미롭고 호감 가는 분이시던데."

"그렇다면 그분 기분을 만족시켜드리려는 내 욕심도 이해하시겠군요?"

"그렇다 해도 일단 좀 앉아보세요. 단 30초만이라도요."

젊은이는 결국 뚱하니 앉을 수밖에 없었다.

"뭐라고 얘기 좀 해보세요."

여자가 곧장 보챘다.

"얘기를 할까요, 연주에 귀를 기울일까요?"

"둘 다 해주세요."

"당신이 연주를 하지 않을 때만 내 얘기가 가능하지 않겠습니까?"

여자는 대답 대신 계속해서 몇 소절 감미로운 곡조를 연주했는데, 그 분위기가 너무 노골적이어서 무슨 속마음이라도 고백하는 듯했다. 정말 사내로 하여금 뭔가 은밀한 뜻이라도 넘겨짚게 하려는 것인가? 사내의 태도를 좀 더 개방적으로 이끌어내려는 심산인가? 하지만 젊은이는 끝내 침묵만 고수했다.

"이제 가보세요!"

여자의 말이 명령처럼 불쑥 튀어나왔다.

"가다뇨? 왜죠?"

"오늘은 충분히 얘기를 나눈 것 같네요."

여자의 말투에는 장난기가 물씬 배어 있었다.

문득 황당해하며 머뭇거리던 젊은이는 여자가 다시 똑같은 '지시'를 던지자, 휭하니 자리를 떴다.

롤랑드는 가볍게 어깨를 으쓱했을 뿐, 엘리자베트와 제롬 쪽으로 시선을 돌리고 피아노 연주를 계속했다. 두 남녀는 가깝게 붙어 앉아 서로를 바라보며 나지막이 얘기를 나누고 있었다. 감미롭게 흘러드는 음악은 두 사람을 부드러이 감싸며 좀 더 가깝게 다가앉도록 만들었다. 그렇게 20분이라는 시간이 흘러갔다.

마침내 엘리자베트가 일어서며 말했다.

"제롬, 이제 우리 산책할 시간이에요. 나뭇가지 사이로 수면 위를 미끄러지면 정말 멋질 거예요."

"엘리자베트, 정말 그래도 될까? 아직은 완전히 회복된 몸이 아니잖소?"

"웬걸요, 말짱해요! 오히려 바깥바람을 좀 쐬는 게 휴식도 되고, 건강에도 도움이 될 거예요!"

"그래도……."

"그래도 그런 거예요, 내 사랑 제롬. 배는 내가 찾아서 잔디밭 앞에 내올게요. 여기서 꼼짝 말아요, 제롬."

엘리자베트는 여느 날과 다름없이 자기 방으로 올라갔고, 개폐식 책상을 열어 늘 하던 습관대로 일기장에다가 몇 줄을 끄적였다. 결과적으로는 그녀의 다음과 같은 마지막 말들이 그 안에 담겨진 꼴이 되고 말았지만.

오늘 제롬은 무언가 골똘한 생각에 잠긴 듯 멍한 표정이었다. 나는 무슨 일 때문에 그러냐고 물었고, 그는 내가 잘못 본 거라고 대답했다. 내가 계속 다그치자 똑같은 대답을 하긴 했는데, 조금 더 애매 모호하게 말끝을 흐렸다.

"아니, 아무것도 아니오, 엘리자베트. 무슨 문제가 있을 수 있겠소. 우린 이제 곧 결혼할 건데 말이오. 무려 1년 전부터 가꿔온 꿈이 조금 있으면 실현될 텐데 말이야. 다만……."

"다만, 뭐죠?"

"가끔 미래가 불안하게 생각된다오. 당신도 알다시피 나는 부자도 아니고, 나이가 서른이 가까워오도록 이렇다 할 직장도 없소."

나는 손을 얼른 그의 입술에 갖다 대며 지그시 웃어주었다.

"하지만 내가 부자잖아요. 물론 떵떵거리며 벌려놓고 살 수야 없겠죠. 하지만 당신도 그 정도로 욕심낼 이유는 없지 않겠어요?"

"엘리자베트, 당신을 위해서는 자꾸 욕심이 난다오. 나만 따진다면 별로 그럴 필요를 못 느끼지만 말이야."

나는 웃으면서 이랬다.

"나 역시 다를 건 없어요, 제롬! 나는 제아무리 작은 걸로도 만족할 수 있어요. 이를테면 마음만 행복하면 그 이상 바라지 않는다고요. 저기 말이죠, 그냥 우리끼리 이곳에서 조용히 살면 안 될까요? 혹시 누가 알아요, 마음씨 좋은 요정이 우리 몫으로 정해진 보물이라도 안겨다줄 날이 올지."

"아, 난 터무니없는 보물 따윈 관심 없어요!"

"어머나! 하지만 우리의 보물은 진짜로 있답니다, 제롬. 내가 언젠가 얘기한 거 생각 안 나요? 우리 부모님 옛 친구분 중에 먼 친척뻘 되는 사람이 한 분 계신데, 오랜 세월 보지도 못하고 연락도 두절된 상태임에도 불구하고, 우릴 무척이나 아껴주신다고 했어요. 그런데 내 가정교사인 아멜리가 내게 글쎄 이러는 거예요. '마드무아젤 엘리자베트, 아씨는 엄청난 부자가 될 것입니다. 아씨의 오랜 친척 되시는 조르주 뒤그리발께서 자신의 전 재산을 아씨에게 물려주실 게 분명해요. 엘리자베트 아씨에게 말입니다. 지금 병환 중에 있거든요.' 내 말 알겠어요, 제롬?"

그러자 제롬은 이렇게 중얼거렸다.

"돈이라…… 돈…… 뭐 나쁠 거야 없겠지. 하지만 내가 원하는 건 일자리란 말이오. 내가 당신을 위해 바라는 건 말이오, 엘리자베트. 그건 당신이 자랑스러워할 만한 남편이 되는 거라오."

그리고 더는 아무 말도 하지 않는 제롬. 하지만 나는 웃고 있었어요. 제롬, 내 사랑 제롬, 우리처럼 서로 사랑하고 있는데 굳이 장래를 걱정할 이유가 있을까요?

그쯤에서 엘리자베트는 펜을 놓았다. 매일매일 습관적으로 속마음을 기록해두는 일이 거기서 끝난 것이다. 그녀는 얼굴에 조금은 발그레한 기운이 돌도록 분도 바르고 부랴부랴 채비를 차렸다. 어머니로부터 물려받고 단 한 번도 목을 떠나본 적이 없는 아름다운 진주 목걸이 걸쇠가 단단한지도 마지막으로 점검해본 뒤, 그녀는 필립 삼촌네 정원으로 달려나갔다. 그리고 세 단짜리 목재 계단을 내려가 근처에 매어둔 보트로 다가갔다.

한편 제롬은 엘리자베트가 자리를 뜬 후 꼼짝도 하지 않고서, 롤랑드가 즉흥적으로 연주해대는 가락들을 무심코 한쪽 귀로 흘려듣고 있었다.

문득 연주를 중단한 롤랑드가 물었다.

"나는 기분이 좋은데, 당신은 어때요, 제롬?"

"음, 나도 괜찮아."

"그나저나 엘리자베트는 정말 훌륭하지 않아요? 아, 당신 정말 미래의 아내 될 사람이 얼마나 고결하고 착한 여자인지 알기만 한다면! 하긴 제롬, 당신은 이미 다 알 거예요."

여자는 다시금 건반을 향해 자세를 바로 한 다음, 초인적인 행복을 표현하는 당당한 행진곡을 열정적으로 연주하기 시작했다.

하지만 얼마 못 가서 다시 연주가 뚝 끊겼다.

"어머, 누가 방금 비명을 질렀어요. 아무 소리 안 들렸어요, 제롬?"

두 사람은 함께 귀를 기울였다.

막막한 적막감이 바깥의 저 고요한 수면과 잔디밭으로부터 스며 들어왔다. 아마도 롤랑드가 잘못 들은 모양이었다. 그녀는 다시금 손가락을 쫙 펼쳐서 승리와 환희의 화음을 열정적으로 연주했다.

하지만 갑자기 롤랑드가 자리에서 벌떡 일어났다.

어디선가 또 비명 소리가 들렸고, 이번에는 확실하다고 느꼈다.

"엘리자베트."

그녀는 더듬거리며 창문 쪽으로 내달리더니 이내 목이 멘 소리로 내뱉었다.

"도와줘요!"

제롬이 이미 곁에 달려와 있었다.

고개를 내밀어 내다보자, 연못으로 내려가는 기슭의 계단쯤에 웬 남자가 엘리자베트의 목을 붙들고 있는 것처럼 보였다. 여자는 축 늘어진 채 두 다리는 물속에 잠겨 있는 상태였다. 이번에는 제롬도 냅다 비명을 질렀고, 이미 저 멀리 잔디밭 위를 달려가는 롤랑드를 따라잡기 위해 당장이라도 내달릴 참이었다.

저만치 의문의 남자가 이쪽을 홱 돌아본 건 그때였다. 그는 즉시 여자를 팽개치고는, 무언가를 주워 담아 오랑주리 정원을 통해 달아나기 시작했다.

제롬은 별안간 생각을 바꿨다. 옆방으로 달려간 그는 두 자매가 종종 사용하던 장전된 기병총을 빼 들고 나와 정원을 굽어보는 현관 앞 계단에 우뚝 버티고 섰다.

그사이 남자는 현장을 완전히 벗어났다. 그는 이제 별장 건물 바로 앞까지 도망쳐, 거기서 곧장 오랑주리의 채소밭까지 빠져나갈 태세였다. 순환도로와 직접 연결된 진입로가 바로 그곳으로 통했다.

제롬은 침착하게 거총해서 목표를 겨누었다. 그리고 총성 한 방! 남자가 그대로 거꾸러지더니 무성한 꽃밭 위로 굴렀다. 잠시 경련이 있었으나, 이내 맥없이 널브러지는 것이 보였다. 그제야 제롬이 후닥닥 달려나갔다.

"살았나?"

무릎을 꿇은 채 언니의 몸뚱이를 끌어안고 있는 롤랑드 곁에 다가가자마자 그가 허겁지겁 물었다.

"심장이 더 이상 뛰지 않아요."

롤랑드가 흐느끼며 간신히 대답했다.

"안 돼! 말도 안 돼! 그럴 리가 없다고! 살려낼 수 있을 거야!"

제롬이 찢어질 듯한 목소리로 외쳤다.

축 늘어진 몸 위로 덥석 달려든 그는 숨이 붙어 있는지 확인하기도 전에 다짜고짜 휘둥그레진 눈으로 더듬거렸다.

"아니, 목걸이가, 목걸이가 없어! 놈은 진주 목걸이를 빼앗으려고 목을 조른 거야. 오, 세상에, 죽었어!"

그는 늙은 하인 에두아르와 함께 미친 듯이 내달렸고, 롤랑드와 늙은 가정교사 아멜리는 희생자 곁을 지켰다. 남자는 아까 본 대로 꽃밭 속에 배를 깔고 엎드려 있었다. 총알이 견갑골 사이를 파고들어 곧장 심장을 관통한 듯했다.

에두아르의 도움을 받아 그는 남자의 몸뚱어리를 뒤집었다. 쉰에서 쉰다섯 살쯤 되어 보이는 작자였는데, 남루한 복장에 지저분한 챙 모자를 눌러썼고 창백한 얼굴을 헝클어진 잿빛 턱수염이 빙 둘러 감싸고 있었다.

제롬은 얼른 옷부터 뒤져보았다. 때묻은 지갑 속에 종이 몇 장이 욱여넣어져 있었고, 그중 손으로 이름을 끄적여놓은 판지가 두 장 포함되어 있었다.

바르텔르미

하인이 뒤진 윗도리 주머니 속에서는 엘리자베트의 목에서 떼어낸 굵직한 진주 목걸이가 고스란히 나왔다.

그나저나 총성과 비명 소리는 두 별장 주변 지역에서도 다들 들은 모양이었다. 사람들이 우르르 몰려들어 담장 너머로 사정없이 기웃거렸고, 철책문을 열고 들어와 클레마티트 별장 문 앞에서 초인종을 울려댔다. 그뿐만 아니라, 샤투 경찰서와 헌병대까지 알아서 연락을 취해주었다. 곧바로 치안업무가 이루어졌고, 어중이떠중이 구경꾼들의 접근은 적절히 차단되었다. 어쨌든 이럭저럭 최초의 현장 확인작업이 진행되었다.

제롬 엘마는 약혼녀의 시신 곁에 완전히 허물어진 채 부들부들 떠는 두 주먹으로 아예 두 눈을 틀어막다시피 하고 있었다. 시신을 집 안으로 옮겨갈 때조차 그는 주저앉은 자리에서 꼼짝도 하지 않았다. 심지어 대단한 극기력을 발휘해 고통을 이겨내면서, 엘리자베트에게 웨딩드레스를 입히던 롤랑드가 부르는데도 전혀 움직일 생각을 안 했다. 자신이 사랑했던 여인에게서 예전의 눈부신 이미지보다 덜 아름다울 뿐 아니라, 심하게 훼손되어 현격하게 달라진 이미지를 기억에 남기고 싶지 않다는 게 그의 고집이었다.

한편 비극의 소식을 전해 듣고서야 클레마티트로 달려온 펠리시앵 샤를은 롤랑드로부터 들이길 거부당하자, 제롬을 설득해 함께 조사작업에 끼어들었다. 그는 들것에 누인 살인자의 시신 앞에 제롬을 데리고 가더니 이전에 혹시 본 사람은 아닌지 물었다. 아울러 사건의 정황에 대해서도 꼬치꼬치 캐물었다. 하지만 그 어떤 것도 제롬을 일종의 마비 상태로부터 끌어내지는 못했다.

급기야 경찰들이 직접 나서서 다그치기 시작하자, 그는 아예 응접실로 도망치듯 피해 들어가더니 마지막으로 엘리자베트와 함께 있었던 바로 그 장소에서 한 발짝도 나오지 않았다.

같은 날 저녁, 롤랑드가 언니 방에서 두문불출하는 바람에 제롬은 하인 에두아르가 차려온 음식을 되는대로 먹어치웠다. 그리고 몰려드는 피로감에 완전히 곯아떨어지고 말았다. 얼마나 지났을까, 눈을 뜨자 슬그머니 정원으로 나가 환한 달빛 아래를 거닐었다. 그는 무작정 잔디밭 위로 쓰러지듯 누워 다시금 축축한 풀과 꽃 속에서 눈을 붙였다.

난데없는 빗방울이 쏟아졌고, 제롬은 집 안으로 들어왔다. 계단 발치에서 절망감에 사로잡혀 비틀거리는 롤랑드와 맞닥뜨렸다. 둘은 아무 말 없이 서로의 손을 잡았다. 두 사람 다 고통 말고는 아무것도 세상에 존재하는 것 같지 않았다. 새벽 1시가 되어서야 제롬은 별장을 나섰다.

롤랑드는 다시 엘리자베트의 방으로 올라가 가정교사와 더불어 밤샘을 재개했다. 커다란 양초에선 마치 뜨거운 눈물처럼 촛농이 흘러내렸다. 훨씬 시원해진 연못가 공기가 불꽃을 사정없이 뒤흔들었다.

제법 빗줄기가 거세졌다. 얼마나 그랬을까, 어느덧 몇 개의 별빛들이 끈기 있게 반짝이는 푸르스름한 하늘 한 켠으로 한 덩이 빛이 움트는가 싶더니, 군데군데 부유하는 구름들이 태양의 첫 기운을 받아 황금빛으로 서서히 물들었다.

바로 그 무렵이었다. 샤투로 이어진 샛길 양편의 둔덕 너머에서 도로인부 한 명이 비에 흠뻑 젖은 제롬 엘마가 반쯤 기절한 채 신음을 흘리고 있는 걸 발견했다. 사내의 옷깃에는 핏자국이 선명했다.

잠시 후, 아침 그 시각쯤에는 사람이 거의 지나다니지 않는 또 다른 길에서도 우유 배달부가 역시 부상당한 사람 하나를 발견했다. 가슴에 칼침을 맞은 게 분명한 이자는 검은 벨벳 바지와 같은색 재킷, 흰색 반점이 찍힌 큼직한 나비넥타이를 갖춘 단정한 차림새의 젊은이였다. 어딘지 예술가 티가 풍기는 그의 체격은 매우 장대한 편이었다.

부상 정도는 다른 누구보다 심해 보였다. 미동도 하지 못했지만, 겨우겨우 숨은 붙어 있었고, 심장은 약하게 뛰었다.

3
라울이 개입하다

평화롭던 베지네의 아침이 난데없는 북새통을 이루었다. 느닷없이 헌병대가 몰려오는가 하면, 사복형사들과 정복경찰관들이 왔다 갔다 하고, 부르릉거리는 자동차 엔진 소리, 혼잡한 교통, 이리저리 좌충우돌하는 신문기자들과 사진사들, 그야말로 하루아침에 아수라장이 되어 있었다. 여기저기서 서로를 부르는 외침과 언제 어디서 튀어나오는지 모를 만큼 엉망진창 뒤얽히는 사람들 간의 고함이 사방에 회오리쳤다.

오히려 유일하게 조용하고 안정된 장소는 클레마티트의 별장과 정원이었다. 거기만큼은 접근불가 수칙이 엄격히 적용되고 있었던 것이다. 경찰에 속한 인원이 아니면 절대 그 안으로 발을 들여놓을 수 없었다. 단순한 구경꾼은 물론이요, 신문기자도 어림없었다. 심지어 죽은 여자의 영혼과 롤랑드의 슬픔을 배려하는 뜻에서 목소리마저 한껏 낮추는 분위기였다.

제롬 엘마가 불의의 습격을 받고 다쳤다는 소식을 롤랑드에게 전하자, 여자는 그만 울음보부터 터뜨렸다.

"오, 가엾은 언니, 우리 불쌍한 엘리자베트!"

롤랑드는 가까운 병원으로 즉시 부상자를 데려가 치료해주도록 조치했다. 다른 부상자 역시 같은 병원에 실려온 상태였다. 반면 언니를 목 졸라 죽인 바르텔르미의 시체는 창고에 방치되어 공동묘지의 시체안치소로 운반되기를 기다리고 있었다.

오전 11시쯤, 수사판사 루슬랭 씨는 검사보와 함께 정원의 안락의자에 앉아 몰려드는 졸음과 싸우고 있었다. 그의 옆에서는 구소 형사반장이 베지네의 4중 비극에 관해 신나게 이런저런 사실들을 늘어놓았다.

루슬랭 씨는 온통 배와 엉덩이만 두드러져 보이는 땅딸보였는데, 이따금 배 속이 편치 않고 소화가 잘 안 되는 고충을 겪고 있었다. 무려 15년 동안 그 지역 수사판사로 일해온 그는 전혀 야망 같은 것 없이 데면데면한 성품으로, 그저 좋아하는 낚시를 마음껏 즐길 수 있는 시골에 붙어 있기 위해서라면 무엇이든 해온 사람이었다. 다만 불행히도 최근 맡았던 오르삭 성채 사건(『붉은 묵주』(1932)에 등장하는 사건. 뤼팽 시리즈에 포함되지 않는 모리스 르블랑의 추리모험소설 중 하나—옮긴이)에서 뜻하지 않은 섬세함과 통찰력이 발휘되는 바람에 그만 부담스럽기만 한 주목을 끌게 되었고, 유감스럽게도 지금은 파리 발령을 받아놓은 상태였다. 검은색 알파카 털로 짠 재킷 차림에 회색 바짓단이 둘둘 말린 걸 보면 그가 옷매무새에 얼마나 무관심한 사람인지가 여실히 드러났다. 하지만 이런 겉모습에도 불구하고 사실 그는 탁월한 정신력과 섬세함을 갖춘 사람으로, 개성 강한 행동이 지나쳐 종종 황당무계한 지경까지 치닫기도 하는 타입이었다.

한편 실제 그릇보다는 과장된 명성을 누리고 있는 구소 형사반장은 루슬랭 씨의 졸음을 일거에 깨뜨릴 만한 목소리로 결론을 내렸다.

"요컨대 마드무아젤 가브렐은 보트를 맨 쇠사슬을 풀기 위해 허리를 구부리는 순간 공격을 당한 겁니다. 그 충격이 어찌나 컸던지 수면까지 이르는 세 단짜리 목재 계단이 다 허물어질 정도였어요. 실제로 마드무아젤 가브렐이 허리띠 이상 높이까지 물에 몸이 젖었다는 사실을 주목할 필요가 있습니다. 곧이어 약간의 몸싸움이 있었고, 진주 목걸이 강탈과 살인자의 도주가 연달아 뒤를 이은 것입니다. 참, 살인자의 두 다리도 물에 흠뻑 젖어 있었습니다. 문제의 살인자는 의사들이 검사를 끝냈고, 현재 창고에 안치되어 있어서 당장이라도 살펴보실 수 있습니다만, 바르텔르미라는 이름 이외에 어떤 단서도 없는 실정입니다. 얼굴 생김새나 복장으로 보면 영락없는 떠돌이 부랑자입니다. 아마 도둑질을 하려다 여의치가 않자, 사람까지 죽인 걸로 보입니다. 그 이상은 전혀 알 수가 없고요."

구소 형사반장은 잠시 숨을 돌린 뒤, 말을 별로 가려서 하지 않는 사람이나 쉽사리 느낄 법한 만족감에 젖어 이렇게 덧붙였다.

"이제 나머지 두 건에 대해서입니다. 므슈 제롬 엘마는 거의 도망칠 뻔한 살인자를 소총으로 쏴서 쓰러뜨렸습니다. 그것이 우리로서는 정확히 짚을 수 있는 유일한 사실입니다. 나머지 그가 침상 위에서 고통 중에 헐떡이며 떠들어댄 모든 얘기들은 모호함투성이입니다. 일단 그는 자기 약혼녀를 살해한 장본인이 모르는 사람이라는 겁니다. 아울러 어둠을 틈타 자신을 공격한 자도 전혀 누구인지 모르겠고, 무슨 이유로 자기가 공격을 당했는지도 완전히 오리무중이라고 했습니다. 한편 또 다른 희생자의 경우는 신원에 대해서든, 공격받은 상황에 대해서든 어떤 단서도 주어져 있지 않는 형편입니다. 그나마 우리가 추정해볼 수 있는 사실은 두 건의 경우 죄다 동일범의 소행일 수 있다는 점입니다."

그때 누군가 말을 막고 끼어들었다.

"하지만 형사반장님, 이런 가정도 해볼 수 있지 않을까요? 간밤에 세 명을 둘러싸고, 즉 공격자 한 명과 희생자 둘 사이에 사건이 일어났다기보다는, 오로지 두 명 간의 소동이 있었을 뿐이라고 말입니다. 다시 말해서 므슈 제롬 엘마는 자신을 공격한 장본인에게 어느 정도의 부상을 입혔고, 후자는 그 상태로 300~400여 미터를 버티며 가다가 끝내 쓰러져서 아침에 발견된 셈이라는 거지요."

난데없이 나타나 매우 뜻밖의 가설을 척 꺼낸 남자의 한마디 한마디에는 그럴듯한 점들이 없지 않았다. 모두들 이 낯선 손님에게 눈길이 가서 머물렀다. 누구일까? 알고 보니 그는 방금 클레마티트 별장 쪽에서 걸어나와 구소 형사반장의 결론을 잠자코 듣고 있던 신사였다. 그나저나 무슨 권한으로 불쑥 끼어드는 것일까?

형사반장은 자신의 견해가 또 다른 가설로 뒤집어졌다 생각하고는 신경이 예민해졌다.

"대체 당신은 누구시오?"

"라울 다베르니라고 합니다. 내 사유지가 여기서 그리 멀지 않은 거리, 호숫가에 있지요. 지난 몇 주 동안 파리를 비우는 바람에 오늘 아침에야 돌아와, 우리 별장 내장공사를 맡은 젊은 건축가한테서 무슨 일이 있었는지 전해 들었답니다. 펠리시앵 샤를은 가브렐 자매와는 친구처럼 지내는 사인데, 어제 바로 이곳에서 그들과 함께 점심식사를 했다는 겁니다. 한 시간 전쯤에 그와 함께 마드무아젤 롤랑드를 보고 나오는 길입니다만, 잠시 이곳 정원을 거닐어볼까 하고 어슬렁대던 차에 형사반장님의 탁월한 추리능력을 뜻하지 않게 접하게 되었습니다. 그야말로 수사의 달인다운 실력을 여지없이 보여주시더군요!"

그렇게 말하는 라울 다베르니의 얼굴에 은근히 피어나는 노골적인 미소와 빈정대는 듯한 표정은, 구소 형사반장만 의식하지 못할 뿐 다른 모든 사람들에게 누군가를 희롱하고 있다는 인상을 심어주었다. 구소 형사반장은 자신이 중요한 위치에 있다는 사실과 꽤 재능 있는 존재라는 자부심에 너무 부푼 나머지 상대의 그런 인상까지는 잡아내지 못했다. 오히려 맨 마지막 발언을 명백한 칭찬으로 해석한 그는 고개를 꾸벅 숙여 답례를 한 뒤, 이 호감 가는 아마추어 탐정의 견해를 다음과 같이 적당하게 다독이는 걸로 만족했다.

"비슷한 가정을 나 역시 안 해본 건 아니라오. 심지어 므슈 엘마에게 직접 그런 견해를 내비치기까지 해봤으나 그의 대답이, 자신이 무슨 무기가 있어서 그런 부상을 입혔겠느냐는 겁니다. 자기는 그저 맨손으로 주먹질을 하거나 잘해야 발길질로 있는 힘껏 방어를 시도했을 뿐이라고 말이죠. 므슈 엘마의 말을 그대로 전하면 이렇습니다. '주먹을 놈의 얼굴에 한 방 먹였더니 바로 줄행랑을 치더군요. 물론 그땐 이미 나도 부상을 당한 상태였고요.' 그만하면 확실한 답변 아니겠습니까? 따라서……."

라울이 넙죽 고개를 숙이며 말했다.

"지극히 온당한 말씀입니다!"

하지만 수사판사 루슬랭 씨는 이 남자가 그럴듯하게 보였는지 불쑥 질문을 던졌다.

"혹시 우리에게 제공하실 만한 또 다른 견해가 있다면 부디 주저 말고 말씀해주시겠습니까?"

"오, 뭐 대단한 건 아닙니다만, 자칫 생각을 호도할 우려도 없지 않고……."

"오, 그러지 말고 털어놔보십시오! 털어놔봐요. 지금 우리는 언뜻 풀리기 어려워 보이는 사건을 맡고 있는 중입니다. 아무리 사소한 도움이라도 중요한 한 걸음을 내딛는 계기가 될 수 있어요. 자, 듣고 있을 테니 어서 말씀해보시오."

그제야 라울 다베르니는 정색을 하고 입을 열었다.

"좋습니다. 일단 엘리자베트 가브렐이 공격을 당했을 때, 그녀가 물속에 나뒹군 원인이 목재 계단이 허물어졌기 때문임은 의심의 여지가 없을 줄로 압니다. 내가 직접 그 무너진 계단을 조사도 해보았지요. 그 계단은 연못 속에 단단히 뿌리박힌 튼튼한 나무 기둥 두 개가 지탱해오고 있었습니다. 그런데 두 개의 기둥이 각각 4분의 3 정도 선에서 최근 누군가에 의해 톱질이 되어 한 번 밀치는 걸로도 쉽게 무너질 수밖에 없었답니다."

순간 어디선가 희미한 탄성이 새어나왔다. 응접실에서 나온 롤랑드가 펠리시앵 샤를의 팔에 의지한 채 후들후들 서서 다베르니 씨의 얘기에 귀를 세우고 있었던 것이다.

"그럴 리가?"

여자의 입가로 더듬대는 소리가 새어나왔다.

구소 형사반장은 즉시 문제의 목재 계단 있는 곳까지 달려갔다. 그는 다베르니 씨가 둑 위에다 다시 올려놓은 말뚝 중 하나를 집어 들고 가져오면서 말했다.

"틀림없군요. 최근에 잘린 흔적이 역력합니다."

롤랑드가 조심스럽게 짚고 넘어갔다.

"일주일 전부터 언니는 매일 같은 시각에 보트를 가지러 그곳을 갔었어요. 과연 살인자가 그 사실을 알고 있었던 걸까요? 그래서 미리부터 준비를 해놓았다는 얘긴가요?"

라울이 고개를 가로저었다.

"그런 식으로 일이 진행되었다고는 생각지 않습니다. 살인자가 목걸이를 빼앗기 위해 여자를 물속에까지 처넣을 필요는 없었을 거예요. 그저 갑작스럽게 한 방 먹이고, 고작해야 2~3초간 둑 위에서 몸싸움을 하는 게 고작이겠죠. 그러고 나서 도망치는 걸로도 충분했을 겁니다."

수사판사는 몹시 흥미롭다는 표정으로 말했다.

"그렇다면 당신 말은 실제 그 같은 사악한 함정을 만들어놓은 건 또 다른 사람이라는 겁니까?"

"그렇게 생각합니다."

"대체 누구일까요? 왜 그런 함정을 만들어놓았을까요?"

"그건 나도 모르죠."

루슬랭 씨는 자기도 모르게 가벼운 미소를 지었다.

"그러고 보니 무척이나 복잡한 사건이로군요. 살인자가 충분히 두 명일 수도 있겠어. 하나는 의도에만 머물렀고, 다른 하나는 실제로 살인을 저질렀고…… 물론 기회가 좋아서 그렇게 된 거겠죠. 그렇다 해도 대체 어떻게 그자가 사유지 안에 들어올 수 있었느냐는 게 의문입니다. 어떻게 들어와서, 어디 숨어 있었던 걸까요?"

라울은 서슴없이 손가락으로 가리키며 말했다.

"바로 저곳입니다. 필립 가브렐 삼촌 소유인 오랑주리 별장이지요."

"저 집 말입니까? 말도 안 돼요. 한번 잘 보십시오. 1층의 모든 문들과 창문들이 다 닫혀 있고, 정교한 덧문들로 차단되어 있지 않습니까?"

라울은 전혀 개의치 않고 대답했다.

"정교한 덧문들을 갖추고 있을지는 모르지만, 그 모두가 닫혀 있는 건 아니지요."

"계속해보시오!"

"저것들 중 하나, 즉 가장 우측에 자리한 유리문은 닫혀 있지 않습니다. 두 개의 문짝이 안에서 강제로 한 번 열렸다가 살짝 끌어당겨져 맞물린 상태예요. 직접 가서 살펴보시죠, 형사반장님."

"하지만 일단 안으로 들어가야 그나마 가능한 것 아니겠소? 어떻게 사람이 안으로 들어갔느냐는 말이오!"

루슬랭 씨가 내처 물었다.

"틀림없이 바깥쪽 가도로 면한 건물 정면에 위치한 문을 통해 잠입했을 겁니다."

"그럼 위조열쇠라도 가지고 있었을 거란 얘기입니까?"

"틀림없죠."

"그렇다면 마드무아젤 가브렐의 동태를 감시하다가 공격을 감행하기 위해 일부러 저곳을 은신처로 골랐단 말입니까? 그것참, 기발하군요."

"수사판사님, 그 점에 대해 나름대로 견해가 있긴 합니다만, 일단 므슈 가브렐이 나타날 때까지 기다리기로 합시다. 어제 마드무아젤 롤랑드로부터 전보를 받았을 테니까, 현재 아들 내외와 함께 휴양 중인 칸에서 돌아오실 겁니다. 그러고 보니 이제 돌아오실 때가 됐죠?"

"아마 벌써 도착은 하셨을 거예요."

롤랑드의 말이었다.

한동안 침묵이 흘렀다. 다베르니 씨의 권위는 이미 대단한 위력으로 좌중을 압도하고 있었다. 그가 이야기하는 내용 모두가 조금은 터무니없어 보이고 무리가 되는 부분이 있음에도 불구하고, 진실이나 다름없이 받아들이는 분위기였다.

구소 형사반장은 오랑주리 별장 앞에 떡하니 버티고 서서 문제의 유리문을 살펴보았는데, 실제로 완전히 닫혀 있지 않았다. 그걸 보고 사법관들은 소리를 죽여 저희들끼리 쑥덕였다. 롤랑드는 슬그머니 눈물을 떨구었고, 펠리시앵은 그녀를 바라보는 건지, 다베르니 씨를 바라보는 건지 모를 태도로 멍하니 서 있었다.

다베르니 씨가 다시 입을 열었다.

"수사판사님 말씀대로 사건은 꽤 복잡합니다. 그것도 정도를 논할 수 없을 만큼 복잡해요. 아울러 바로 이런 경우일수록 나는 내 눈에 보이는 바나 파악되는 그대로의 현실을 의심의 눈초리로 대한답니다. 그리고 문제를 보다 단순화하려는 노력을 기울이게 되지요. 그 이유는 종종 현실이란 어느 정도 간추린 노선을 따라 요약되기 마련이라는 사실 때문입니다. 자고로 사람이 사는 데 있어서, 이처럼 일련의 사태들이 동시다발적으로 일어나 대혼란을 일으키는 법은 없습니다. 그건 있을 수 없는 일이에요. 운명은 깜짝 놀랄 만한 사건들을 이렇게 무더기로 쏟아놓는 것을 즐기지 않는답니다. 불과 열두 시간 안에 매복을 하고, 익사사고가 일어날 뻔하는가 하면, 절도와 함께 교살로 죽은 사람이 생기고, 그다음으론 교살의 장본인이 또 죽고, 다른 두 건의 매복이 더 있어서 자칫 두 사람의 또 다른 목숨을 끝장낼 뻔했다는 건 도무지 말이 안 돼요! 이 모든 것이 앞뒤가 안 맞고 엉뚱하며 부조리하고 초인간적이란 말입니다. 아닐 거예요, 정말로 이건 너무합니다. 바로 그렇기 때문에……."

"그렇기 때문에 뭐죠?"

"그렇기 때문에 이렇게 한번 생각해볼 수 있지 않겠느냐는 거죠. 즉, 이 중구난방의 사태 속에서 사실들 하나하나를 가르는 어떤 기준선이 존재하지 않겠느냐는 겁니다. 일련의 사실들은 왼쪽, 나머지는 오른쪽으로 구분하는 선 말이죠. 요컨대 애당초 하나로 뭉뚱그려진 사건으로 바라볼 게 아니라, 보통 수준의 사건 두 개가 어떤 단계에 이르러 우연히 하나로 겹쳐진 걸로 봐야 한다는 겁니다. 만약 그런 거라면 두 개의 실이 서로 꼬이기 시작한 접점을 찾아내서 바로 그 지점부터 뭐가 뭔지 슬슬 파악해나가면 되겠죠."

루슬랭 씨가 빙그레 웃으며 대꾸했다.

"어허허, 저런! 이제 우리가 슬그머니 환상의 영역으로 걸어 들어가는 느낌입니다. 그런 생각에 근거가 될 만한 무슨 증거라도 갖고 계신 겁니까?"

"전혀 그런 건 없습니다. 하지만 때론 증거가 논리보다 훨씬 덜 믿을 만할 때도 있습니다."

대답을 마친 라울 다베르니가 입을 다물었다. 또다시 모두가 깊은 생각에 빠져들었다. 마침 클레마티트 별장 뒤편으로 자동차가 한 대 와서 멈추는 소리가 들렸다. 그와 동시에 롤랑드가 달려나가 다가오는 가브렐 삼촌을 맞이했다.

두 사람은 함께 시신이 안치된 방으로 올라갔고, 잠시 후 가브렐 씨가 다시 내려와 사법관들과 인사를 나누었다.

일단 몇 마디 말로 저간의 사정에 대한 설명이 있었다. 라울 다베르니는 별장의 열린 문을 손으로 가리키며 그에게 말했다.

"므슈, 누군가 별장 안으로 침입한 듯합니다."

가브렐 씨는 얼굴이 파랗게 질려 허둥댔다.

"누가 말입니까? 도대체 왜요?"

"한마디로 도둑이 든 거죠. 혹시 뭔가 귀중한 물건을 집 안에 남겨두진 않았나요? 유가증권 같은 거라도요."

롤랑드의 삼촌은 그 말에 금세 몸을 가누기 어려워했다.

"귀중품 말입니까? 유가증권요? 오, 안 돼! 그나저나 어떻게 알았을까? 안 돼! 도저히 믿을 수가 없어!"

갑자기 그는 미친 사람처럼 소리를 지르며 오랑주리 별장을 향해 달려갔다.

"안 돼요! 따라오지 마시오! 누구도 따라오면 안 됩니다!"

그러고는 별장 1층의 반쯤 열려진 문을 박차고 안으로 사라졌다.

2분이 흘러갔다. 아니나 다를까, 느닷없는 탄식 소리가 새어나왔다. 몇 초가 더 지나갔고, 마침내 그가 불쑥 튀어나와 두 팔을 허탈하게 부딪치면서 모두가 기다리는 입구 계단에 털썩 주저앉았다.

마치 넋 나간 사람처럼 그의 입에서는 이런 중얼거림이 새어나왔다.

"맞아, 그렇게 된 거야. 도둑맞았어. 은닉처가 들켜버렸다고. 아, 끔찍해라. 난 이제 망했어. 은닉처가 발각됐다고. 어떻게 이런 일이? 몽땅 다 가져가버렸어."

"중요한 물건을 도둑맞았나 봅니다? 대충 어느 정도 액수라고 보십니까?"

수사판사의 질문에 가브렐 씨는 다시 벌떡 일어섰다. 아마도 자신이 방금 내뱉은 말 때문에 스스로 놀란 것처럼 얼굴이 납빛으로 질려 있었다.

"중요한 거냐고요? 네, 그렇죠. 하지만 그건 어디까지나 나한테만 해당되는 문제입니다. 사법당국은 그저 딱 한 가지만 신경 쓰시면 돼요. 즉, 도난사건이 있었다는 사실 말입니다. 도둑만 잡아내면 되는 거예요! 내가 도둑맞은 게 무엇이든 그걸 돌려놓기만 하면 되는 거라고요!"

라울 다베르니와 구소 형사는 직접 안으로 들어가 살펴보기로 했다. 현관에 다다르자, 가도로 향한 대문 자물쇠가 다베르니가 내다본 대로 망가져 있는 게 발견되었다. 지금은 안쪽에서 걸게 되어 있는 빗장만으로 문이 닫혀 있었다.

둘은 다시 정원 쪽으로 나왔고, 라울이 롤랑드를 향해 물었다.

"어제 당신이 응접실 창틀을 넘어 뛰쳐나갔을 때, 언니를 살해한 사람이 도망치다 말고 무언가 땅에서 줍는 걸 봤다고 했죠? 맞습니까?"

"네, 진짜 그랬어요."

"그게 어떤 거였죠?"

"잘 보이지는 않았는데……."

"무슨 꾸러미이던가요?"

"그런 것 같아요. 자그만 크기의 꾸러미였어요. 웃옷 속에 감추고는 그대로 달리더라고요."

그렇다면 그 꾸러미는 이후 어떻게 된 걸까? 믿을 만한 하인 에두아르를 불러 물어보니 당시 시신에선 아무것도 발견되지 않았다고 했다.

그 밖에도 경찰이든 누구든 조사해본 결과, 전날부터 시작해 오전 내내 땅에서 무얼 주운 사람은 아무도 없다는 것이었다.

필립 가브렐은 다시 희망을 가져보려 했다.

"곧 찾게 될 거야. 틀림없이 경찰이 찾아내고야 말 겁니다!"

루슬랭 씨가 퉁명스레 꼬집었다.

"다시 찾아내려면 어떻게 생긴 건지나 알아야 할 것 아닙니까?"

"회색 천으로 된 자그마한 자루입니다."

"안에 뭐가 들었죠?"

가브렐 씨는 버럭 화를 냈다.

"그건 오직 내 문제입니다! 내 사적인 문제예요. 돈이든 서류든 잘 갈무리해두는 게 좋겠다고 판단하는 여부는 오로지 내 소관 아닙니까?"

"은행권 지폐가 있었던 겁니까?"

가브렐 씨는 점점 더 안달을 내며 내뱉었다.

"아뇨! 그런 말 한 적 없습니다! 왜 거기 은행권 지폐가 있을 거라 생각하는 거죠? 아니에요. 그냥 편지가 있었습니다. 별 쓸모도 없는 서류들하고 말이죠."

"그러니까 결국……."

"결국 내가 회색의 자그마한 헝겊 자루를 찾고 있는 만큼, 사법당국으로서는 그것만 찾아다주면 된다는 겁니다!"

라울은 한동안 침묵을 지키더니 이렇게 말했다.

"어쨌든 증거는 확보된 셈입니다. 적어도 그저께 밤에는 늙은 바르텔르미가 이 별장에 무단침입을 했습니다. 열심히 더듬거리던 끝에 결국 그는 문제의 자루를 훔치는 데 성공합니다. 자, 그다음이 문제인데, 과연 어떻게 벗어나야 할까요? 현관으로 나가 바깥 가도 쪽 문으로 나간다? 그건 아니죠. 그땐 이미 대낮이었기에 남의 눈에 띌 위험이 컸으니까요. 그래서 그는 저기 유리문을 슬그머니 열었습니다. 아무도 살지 않는 별장 정원이니 당연히 아무도 없을 것이며, 안전하게 채소밭 출구를 사용할 수 있을 거라 생각한 겁니다. 한데 마침 그때가 엘리자베트 가브렐이 클레마티트 별장에서 이쪽으로 다가오던 때였습니다. 전혀 예기치 못한 마주침이었죠. 여자는 다짜고짜 비명을 질렀고, 그 소리는 클레마티트까지 희미하게나마 들려왔습니다. 대체 무슨 일이 벌어진 걸까요? 절도범은 버럭 여자에게 달려들었습니다. 여자는 도망치려 했지요. 결국 문제의 계단에 이르러 몸싸움이 일어났고, 그 이후 일은 다들 아시는 바와 같습니다."

구소 형사반장은 다시금 어깨를 으쓱하며 이죽거렸다.

"제법 그럴듯한 얘기입니다만, 내가 직접 현장에 있었던 것도 아니니……."

"나 역시 마찬가지입니다."

"그럼 결국 사태가 그런 식으로 흘러갔다는 걸 증명하는 건 하나도 없다는 얘기잖아! 다시 말해서 바르텔르미 선생께서 딱히 마드무아젤 가브렐을 목표로 한 습격을 기도했다는 증거는 어디에도 없어."

"실제로 그걸 증명할 만한 물증은 없는 셈이죠."

라울은 순순히 인정했다.

제법 시간이 늦어져 있었다. 검사보는 당일 파리로 돌아가야 하는 입장이었지만, 루슬랭 씨는 텅 빈 배 속이 슬슬 괴로워지기 시작했다. 그는 나지막한 목소리로 하인에게 물었다. 근처에 혹시 괜찮은 식당이 없는가 하고 말이다.

라울 다베르니가 넌지시 말했다.

"수사판사님, 혹시 저의 초청을 수락하실 의향만 있다면 그다지 섭섭지 않은 식사를 하실 수 있으리라 생각하는데요."

라울은 형사반장도 초대했지만, 그는 수사를 중단하는 게 싫다며 퉁명스레 거절했다. 그때 롤랑드가 갑자기 라울 다베르니를 한쪽으로 데리고 가더니 자못 당혹스러운 기색으로 말했다.

"난 당신을 믿습니다. 우리 언니의 원수를 갚아주시겠죠? 내가 너무도 사랑하는 언니예요."

라울이 대답했다.

"당신 언니가 당한 일은 반드시 되갚아줄 겁니다. 그런데 내 느낌에 당신이야말로 나한테……."

그는 잠시 여자의 눈동자 깊숙한 곳을 들여다보더니 다시 말을 이었다.

"분명히 명심해야 될 것은 당신이야말로 나한테 도움을 줄 수 있을 거란 사실입니다. 이제 아주 지독한 문제 하나를 해결해야만 합니다. 현실적으로 전혀 그 정체를 알 수가 없는 난제 중 난제예요. 단 한순간도 그에 대한 생각을 멈추면 안 됩니다. 당신 언니한테 적이 있었는지 한번 찾아보세요. 누구한테 질투나 미움을 살 만한 일이 있었는지 말입니다. 만약 단 한 건이라도 그런 일이 발견되면 즉시 내게 연락을 주세요. 내 쪽에서도 전적으로 당신을 위해 헌신하겠습니다. 그럼 우린 성공할 수 있을 거예요."

4
구소 형사의 공세

라울이 펠리시앵 샤를을 동석시키고 베푼 점심식사는 루슬랭 씨를 매우 만족시켰고 온갖 감탄과 칭찬을 늘어놓게 만들었다.

"아, 이 대하 요리 좀 봐! 아, 이 소테른산 백포도주! 그리고 요 토실토실한 영계!"

"그렇지 않아도 당신이 무엇에 약한지를 이미 알고 있었습니다, 수사판사님."

라울 다베르니는 솔직히 실토했다.

"그래요? 누가 가르쳐줬나요?"

"부아주네라는 내 친구가 당신이 맹활약을 펼쳤던 저 유명한 오르삭 성채 사건에 동참했었다면서 가르쳐주더군요."

"맹활약을 했다고요? 허허, 난 그저 자연스럽게 일이 진행되는 대로 놔뒀을 뿐이라오."

"맞습니다, 당신의 이론은 나도 익히 알고 있지요. 뭔가 격정적인 사건이 있을 경우, 그 사건의 등장인물들이 스스로 자신들의 격정을 풀어나가게 놔두다 보면 저절로 어둠은 걷히게 되어 있다는 이론 말입니다."

"당연한 거죠. 다만 오늘 이 사건들은 그런 맛이 없어서 아주 유감이에요. 돈이나 훔치고, 목걸이나 낚아채고…… 하나도 재미가 없단 말씀입니다."

"그야 모르는 일이죠. 여하튼 엘리자베트 가브렐을 일부러 겨냥해서 함정이 설치된 건 사실이니까요."

"그건 그렇소. 계단을 무너뜨린 함정 말이죠. 그나저나 당신 생각엔 정말 그 같은 음모가 있었다고 보는 겁니까? 진정 별개의 두 사건이 일어난 거라고 보냐는 말입니다."

"수사판사님, 그보다 먼저 나를 소소한 재주만으로 자만하는 아마추어 탐정 정도라고 보지는 말아주십시오. 오, 전혀 그렇지는 않습니다. 책도 읽을 만큼 읽었고요. 탐정소설 같은 건 전혀 안 읽는답니다. 그런 건 지겨울 따름이에요. 단 『판결록(判決錄)』(1826년에 창간된 일간지로 실제 사건 판례가 수록되어 있다—옮긴이)은 다르죠. 아울러 실제 범죄사건에 관한 얘기들도 즐겨 살펴본답니다. 물론 나도 독서한 내용 중에서 간접적인 경험이나 사물을 보는 시각을 끄집어내지요. 때로는 그것이 정당하게 먹혀들기도 하지만, 때로는 완전히 실제와 어긋나기도 하죠. 간접 경험이나 간접 지식을 근거로 얘기를 하다 보면 엉망진창 오리무중으로 수다만 떨게 될 수도 있는 게 사실입니다. 물론 아주 간혹 평범한 경찰들의 허를 내두르게 만들 때도 없진 않지만요. 예컨대 저 선량한 구소 형사 같은 사람 말입니다. 어쨌든 진실은 이번 사건의 모든 점이 그 자체로 지독한 수수께끼라는 사실입니다! 뭐 하나 거저 들여다보이는 게 없어요. (이 대목에서 그는 은근한 미소를 지으며 덧붙였다.) 예컨대 므슈 필립 가브렐만 해도 자신이 은행권 다발을 숨기려 한다는 걸 누가 눈치 챌까 봐 저리도 전전긍긍하고 있는 실정이죠. 하지만 설사 그 회색 헝겊 자루를 찾아낸다 해도 안에 이미 아무것도 든 게 없다면 무슨 소용이 있겠습니까?"

루슬랭 씨는 곧바로 화답했다.

"맞는 말입니다. 도둑놈의 제일 첫 관심사라면 자루를 개봉해서 안의 내용물을 탈취하는 것이겠죠. 결국 그 안에 든 지폐 다발까지 되찾을 가능성은 희박하다는 얘깁니다."

펠리시앵은 아무 말도 하지 않았다. 그러고 보니 식사를 하는 내내 그는 라울 다베르니가 하는 말을 주의 깊게 경청할 뿐, 단 한 마디도 대화에 끼어들지 않았다.

오후 3시, 루슬랭 씨는 형사반장이 지키는 클레마티트 별장 정원으로 두 사람과 함께 다시 나왔다.

"그래, 형사 양반, 뭐 새로운 거라도 있소?"

구소는 되도록 쓰렁쓰렁한 태도를 드러내며 내뱉었다.

"쳇, 별거 없습니다! 므슈 제롬 엘마가 어찌 됐는지 알아보러 병원에 들러 의사들과 얘기는 좀 나눠봤습니다만, 위험한 고비는 넘겼다면서도 제대로 신문을 하는 건 허용을 안 해주더군요. 그나마 뒤따라와 공격한 작자가, 자기가 보기에는 연못에 이르는 막다른 길에서 뛰쳐나온 것 같더라는 얘기는 했습니다."

"범행에 사용한 칼은 어떻게 됐습니까?"

"도저히 찾을 수가 없는 실정입니다."

"또 다른 부상자는 어떻던가요?"

"그의 상태는 여전히 심각합니다. 아직은 의사를 제대로 표명하기도 어려워 보였습니다."

"아직 신상 정보는 묘연하고요?"

"완전 깜깜하죠."

형사반장은 잠시 뜸을 들인 후 그저 슬쩍 흘리듯 덧붙였다.

"다만 그 작자에 관해서 매우 흥미로운 사실을 딱 하나 확인해낸 게 있긴 합니다만."

"아, 뭡니까?"

"그게 말입니다. 간밤에 공격당한 게 분명한 그 작자가 실은 어제 이미 바로 이 정원 안에 잠입해 들어와 있었다는 사실입니다."

"그게 무슨 소리요? 이 정원 말입니까?"

"바로 이곳입니다."

"하지만 어떻게?"

"마드무아젤 엘리자베트가 살해당한 다음 므슈 펠리시앵 샤를이 동생 롤랑드를 만나보러 별장에 들어갔을 때, 그 틈을 노려 자신도 몰래 별장 안까지 잠입해 들어간 걸로 보여집니다."

"그다음엔?"

"그다음엔 총성을 듣고 사방에서 몰려든 사람들 틈에 자연스레 뒤섞였지요. 물론 질서가 어느 정도 잡히기 전에 말이죠."

"확실한 겁니까?"

"병원에서 몇몇 사람들을 취조해봤는데, 하나같이 자신 있게 그런 증언을 내놓더라고요."

수사판사는 펠리시앵을 돌아보며 말했다.

"그자가 당신과 동시에 별장을 파고든 건 물론 우연이겠죠?"

"저는 전혀 눈치도 못 챘습니다."

펠리시앵의 대답이었다.

"정말 아무것도 몰랐습니까?"

이번에는 구소가 다그쳤다.

"전혀요!"

"거참 이상하네. 당신이 그자와 얘기를 나누는 걸 봤다는 사람도 있는데."

젊은이는 전혀 당황하는 기색 없이 대꾸했다.

"그럴 수는 있겠죠. 현장에 있던 사람들하고는, 헌병이든 구경꾼이든 가리지 않고 얘기를 나눴으니까요."

"하얀 점박이 무늬가 박힌 큼직한 나비넥타이를 맨, 사이비 그림쟁이 같은 몰골의 키 큰 남자였는데 눈에 띄지 않았단 말인가요?"

"전혀요. 어쩌면 봤을 수도 있겠죠. 글쎄, 모르겠군요. 너무 놀라고 경황이 없던 터라."

잠시 침묵이 흘렀다. 구소 형사는 이내 다른 질문들을 퍼붓기 시작했다.

"당신은 여기 있는 이 므슈 다베르느의 사유지 한 켠 별채에서 기거하고 계시죠?"

"그렇습니다."

"정원사와도 알고 지내나요?"

"물론이죠."

"그 정원사 말로는 어제 총성이 울렸을 때 당신이 밖에 나와 앉아 있었다고 하더군요?"

"사실입니다."

"그뿐만 아니라, 이전에 두세 차례 찾아온 바 있는 어떤 남자와 함께 앉아 있었다는 겁니다. 그런데 그 남자가 다름 아닌 바로 그 사이비 미술쟁이라네요. 방금 전에 정원사가 병원에서 분명하게 확인해주었습니다."

펠리시앵은 얼굴이 금세 상기되면서 이마의 진땀을 훔쳤고, 눈에 띄게 머뭇대다가 급기야 이렇게 대꾸했다.

"그자가 문제인 줄은 미처 몰랐습니다. 다시 말하지만 난 그때 너무도 당황해 있었고, 그 사람이 나와 함께 클레마티트에 갔었는지 어쨌는지 전혀 몰랐어요. 어제 사람들 중에 그가 끼어 있었는지도 모르겠고요!"

"그래, 당신의 그 친구 이름은 뭡니까?"

"내 친구 아닙니다."

"어쨌든! 이름이 뭐냐고 물었소!"

"시몽 로리앙이라고 합니다. 어느 날 내가 호숫가에서 그림을 그리고 있는데 접근해왔어요. 그는 자기도 화가라면서 당장은 작품을 어디 내다 팔아야 할지 막막한 입장이라고 하더군요. 일자리를 구한다고도 했습니다. 그다음에는 언제 한번 므슈 다베르니를 뵙고 싶다고 했습니다. 나는 소개를 시켜주겠다고 약속했고요."

"그자와 자주 만났나요?"

"한 네다섯 번 정도요."

"그자 주소는 어디랍니까?"

"파리에 산다고 했어요. 그 이상은 나도 모릅니다."

젊은이는 어느새 침착함을 되찾은 상태였고, 수사판사도 이렇게 중얼거렸다.

"음, 모두 수긍할 만한 얘기로군."

하지만 구소는 전혀 고삐를 늦출 기색이 아니었다.

"좌우간 어제 만나긴 한 거죠?"

"네. 내가 머무는 별채 근처에서 봤습니다. 그때 제 생각에, 곧 므슈 다베르니가 돌아올 테니 마침 시몽 로리앙을 소개하면 되겠다 싶었죠."

"더 나중에, 내가 정원 소거령을 내린 다음에는 어땠습니까?"

"다시 보지는 못했습니다."

"하지만 그다음에도 그는 연못 주변의 별장들을 어슬렁대고 있었습니다. 근처 싸구려 음식점에서 저녁을 때웠고, 어제저녁까지만 해도 바로 이 근처에서 분명 그를 봤다는 증언이 한둘이 아닙니다. 요컨대 그는 일부러 어둠 속을 배회하고 있었던 거죠."

"내가 알 바 아닙니다."

"그럼 당신은 무얼 하고 있었나요?"

"항상 그렇듯이 므슈 다베르니의 관리인 여자가 차려주는 저녁식사를 별채에서 들었습니다."

"그다음엔?"

"책을 읽었죠. 그 후엔 잠자리에 들었고요."

"그때가 몇 시쯤이었죠?"

"11시쯤 되었을 겁니다."

"그러고 나서는 밖으로 나온 적이 없나요?"

"전혀 없습니다."

"확실한가요?"

"확실해요."

구소 형사는 이미 취조가 끝난 상태로 대기 중인 네 명 쪽을 돌아보았다. 그중 나이가 지긋한 한 사람이 알아서 앞으로 나섰다.

구소는 다짜고짜 그에게 말했다.

"당신도 이 근방 별장에 살고 있죠?"

"네. 므슈 필립 가브렐의 채소밭 너머 별장에 살고 있습니다."

"그 별장 옆으로 길게 나 있는 공공통로를 거치면 누구나 연못에 도달할 수 있죠?"

"그렇습니다."

"그런데 당신이 증언하기를, 밤 12시 45분쯤 창가에서 바람을 좀 쐬다가 누군가 연못에 보트를 띄운 채 노를 젓고 있는 모습을 보게 되었다고 했습니다. 얼마 후, 그가 공공통로가 끝나는 지점에 보트를 댔다고 했지요. 그 사람은 당신 사유지에 보트를 접근시켜서 항상 매어두는 말뚝에 묶어두었다는 겁니다. 요컨대 당신 보트를 사용했다는 얘기지요. 그때 그 사람 얼굴을 알아보겠던가요?"

"네. 마침 구름이 조금 걷히면서 환한 달빛이 얼굴에 부딪쳤거든요. 그러자 즉시 어두운 곳으로 뛰어들더군요. 틀림없는 펠리시앵 샤를이었습니다. 통로에서 한참 동안이나 움직이지 않고 머물러 있더군요."

"그다음에는요?"

"그다음은 나도 모릅니다. 그대로 잠자리에 들어 곯아떨어졌거든요."

"분명히 그때 그 사람이 여기 있는 므슈 펠리시앵 샤를이라고 확신하십니까?"

"그렇다고 말해도 틀림없을 거라고 믿습니다."

이번에는 펠리시앵 쪽을 돌아보며 구소 형사가 말했다.

"결론적으로 당신은 침대가 아니라 바깥에서 밤을 보낸 셈이로군요?"

펠리시앵은 단호한 목소리로 대꾸했다.

"나는 방에서 한 발짝도 벗어나지 않았습니다!"

"당신이 방에서 나오지 않았다면, 어떻게 보트에서 내려 막다른 통로에 숨어든 당신이 남의 눈에 띄었을 것이며, 므슈 엘마가 바로 그 막다른 통로에서 자신에게 달려드는 괴한을 목격할 수 있었겠습니까?"

"나는 방에서 나간 적이 없습니다!"

펠리시앵은 같은 말을 되풀이했다.

루슬랭 씨는 침묵을 지키고 있었지만, 이처럼 자신을 어설프게 방어

하는 젊은 친구와 같은 식탁에서 그 맛나는 식사를 함께했다는 게 조금은 거북해지는 중이었다. 그는 마찬가지로 입을 다물고 귀만 열어둔 채 펠리시앵을 유심히 관찰하고만 있는 라울 다베르니를 물끄러미 바라보았다.

마침내 라울이 끼어들었다.

"잠깐만요, 형사님. 일단 이 모든 객설들을 정식수사를 통해 검증하고 그 진정한 의미를 정립하기 전에 말입니다, 펠리시앵 샤를에 관해 당신이 어떤 의도를 가지고 있는지부터 내가 좀 알면 안 되겠습니까?"

구소는 퉁명스레 말을 받았다.

"나는 그저 진실의 모든 요소들을 취합하고자 힘쓸 뿐이오."

"이거 보세요, 형사 나리. 자고로 그런 모든 요소들도 어디까지나 감으로 느껴지는 어떤 진실의 통념에 맞춰서 취합하는 법입니다."

"내게 진실이 어떠하리라는 생각 따위는 없소."

"천만에요, 그렇지 않을걸요. 지금 경우만 봐도 당신이 신문해온 과정은 다음과 같은 결론을 상정하고 있습니다. 첫째, 당신은 어디까지나 부차적인 사건, 즉 은행권 다발의 도난과 두 건의 야간 습격에 주안점을 둔다는 것. 둘째, 간밤에 펠리시앵이 밖으로 나가서 오랑주리 정원에 도달하기 위해 남의 보트를 이용했고, 결국 지폐가 담긴 회색 헝겊자루를 훔쳐냈으며, 새벽 1시경에는 무슨 이유인지는 모르지만 좌우간 어둠 속에 매복했다가 잠시 후 이미 희생된 여자의 약혼자인 므슈 제롬 엘마를 용케 미행해 공격했다는 것이지요. 아울러 당신의 마음속 깊은 곳에서는 펠리시앵이 또 다른 부상자인 시몽 로리앙마저 건드린 장본인이 아닐까 하는 의문이 도사리고 있습니다."

구소는 여전히 냉랭하게 대꾸했다.

"난 아무 의문도 품고 있지 않소. 그리고 지금처럼 누구한테 이러냐

저러냐 추궁을 받는 것도 영 어색하기만 하오."

하지만 라울 다베르니는 계속했다.

"이것만 분명히 해두겠습니다. 당신은 아무래도 펠리시앵 샤를과 시몽 로리앙을 자꾸만 연관시킴으로써 의혹을 증폭시키고 있는 듯합니다. 하지만 만약 둘 사이에 공모관계 같은 게 있다면, 어떻게 펠리시앵 샤를이 시몽 로리앙의 공범이자 가해자가 될 수 있겠습니까?"

구소는 아무 대답도 없었다. 반면 라울은 어깨를 한 번 으쓱하고는 툭 내뱉었다.

"그러니 그 정도 가정만으로는 버티기 어려운 것 아닙니까!"

형사반장의 침묵은 결국 국면을 중단시켰다. 한편 언제 나왔는지 상복 차림이 의외로 아름다운 롤랑드가 현관 계단에 우두커니 서서 가만히 귀를 기울이고 있었다.

얘기가 끝난 것을 확인한 그녀는 삼촌과 함께 제롬 엘마를 보러 병원으로 향했다.

라울도 굳이 논쟁에 매달릴 생각은 없었다. 마침내 그는 펠리시앵에게 말했다.

"그만 돌아갑시다."

그리고 수사판사에게 깍듯이 인사를 했다.

길을 걸으며 라울 다베르니는 줄곧 침묵을 지켰다. 별장 앞에 도착하자, 그는 젊은이를 아담한 서재로 안내했다. 응접실 뒤쪽, 생울타리에 의해 아늑하게 구획된 정원 한 귀퉁이로 향한 서재였다.

일단 젊은이에게 의자를 권한 뒤 말했다.

"내가 왜 당신한테 나를 보러 와달라는 편지를 했는지, 지금까지 당신은 단 한 번도 내게 물어본 적이 없소."

"감히 그럴 생각을 못했을 뿐입니다."

"그럼 결국 왜 내가 이 별장의 내장공사를 당신한테 맡겼는지, 왜 이곳에 살도록 별채를 제공했는지 그 이유는 까마득히 모르고 있다는 거군요?"

"모릅니다."

"궁금하지도 않소?"

"그저 주제넘다고 하실까 봐…… 제게 따로 묻는 말씀도 없으시기에……."

"천만에! 당신의 지난 내력에 관해 물어봤었소. 그때 당신 대답이, 오래전 부모님이 둘 다 돌아가셔서 생활이 어려웠다는 게 전부였소. 내가 보기에는 그 대답에 왠지 뭔가 다른 속이 있는 것처럼 느껴졌고, 자신에 대해 별로 드러내고 싶어 하지 않는다는 판단이 들어서 더 이상 캐묻지 않았을 뿐이지. 그 이후로는 우리 사이에 거의 대화가 없었죠. 그러다 보니 내가 당신을 전혀 모르고 있다는 생각이 드는 거요. 오늘도……."

잠시 뜸을 들이는 라울은 눈에 띄게 주저하는 빛이었고, 마침내 덜컥 이렇게 내뱉었다.

"오늘도 보면, 당신은 무슨 좋지 못한 일에 연루된 듯 굴었습니다. 아니, 자칫 자신도 모르는 사이에 엮여 들어갔을 일련의 역할에 관해 슬기롭게 해명하는 것도 무척이나 어려워했어요. 자자, 이제는 내 앞에서 좀 속 시원하게 그 속내를 털어놓아보지 않겠소?"

펠리시앵은 차근차근한 목소리로 입을 열었다.

"당신이 나를 위해 해주신 일들에 내가 얼마나 감사하고 있는지 아마 잘 모르실 겁니다. 하지만 당신 앞에서 달리 털어놓을 속내 따위는 없어요."

결국 라울도 이렇게 대답할 수밖에 없었다.

"당신 답변이 딱히 마음에 안 든다는 건 아니오. 적어도 당신 나이라면 지금과 같은 상황은 너끈히 혼자서 헤쳐나갈 줄 알아야 하겠지요. 만약 당신이 어떤 잘못을 저지른 거라면 당신 입장에서도 유감이겠지만, 정말로 결백하다면 삶이 그만큼 보상을 해줄 거요."

펠리시앵은 자리에서 일어나 라울 다베르니에게 다가갔다.

"당신 생각은 어떨 거라 보십니까?"

라울은 상대의 눈을 잠시 동안 지그시 바라보았다. 젊은이는 두 눈을 깜박거리면서 왠지 개운치 않은 기색을 드러냈다. 마침내 라울이 말했다.

"모르겠군."

엘리자베트 가브렐의 장례식은 그다음 날 치러졌다. 롤랑드는 씩씩한 걸음걸이로 무덤까지 걸어갔고, 열린 무덤에서 한시도 눈을 돌리지 않았다.

관 위에 두 팔을 쭉 뻗어 얹은 그녀는 남이 알아듣지 못하게 작은 목소리로 뭔가를 중얼거렸다. 마지막으로 비탄의 심정을 하소연하면서 끝내 언니의 기억을 잊지 않겠노라며 다짐을 하는 눈치였다.

그러고 나서 롤랑드는 삼촌의 품에 안겨 자리를 떴다. 삼촌은 루슬랭 씨와 기나긴 대화를 나누었다. 아무리 충격을 받고 황망한 상황이라 해도 가브렐 씨는 기존의 판에 박은 입장을 고집했다.

"은행권 지폐는 단 한 장도 없습니다. 편지들하고 중한 서류들이 전부예요. 내가 사법당국에 의뢰한 것은 엄연히 그것들을 담고 있는 회색빛 자루를 찾아달라는 것입니다. 이 사건에 대해서는 남프랑스로 떠나기 전까지 파리 검찰청에 정식으로 고발을 접수시킬 예정이에요."

한편 라울 다베르니는 연못가를 산책하다가 기슭에 걸터앉아 조간신문들을 끝까지 다 읽었다.

그런데 분명 전날 어딘가에 숨어서 모든 걸 지켜보았을 게 틀림없는 어느 대범하고 약삭빠른 기자의 기사가 한 신문에 버젓이 실려 있었다. 즉, 펠리시앵 샤를에 대한 구소 형사반장의 놀랄 만한 취조 내용과 예심 과정이 상세하게 보도되어 있었다.

"이런 지경에서 작업에 들어가야 하다니!"

다베르니는 잔뜩 신경질을 내며 중얼거렸다.

사유지로 돌아오자, 일을 하고 있는 펠리시앵이 제일 먼저 눈에 들어왔다. 현관을 지나 별장 안으로 들어가면서 그는 평상시에 가만히 앉아 골똘한 생각에 잠기기 좋아하던 작은 방 앞을 지나쳤다.

거기서 문득 한 여인이 모자도 쓰지 않고 매우 단순한 옷차림에 붉은 머플러만 달랑 목에 감은 모습으로 기다리고 서 있는 게 눈가를 스쳤다. 생전 처음 보는 여인의 얼굴은 고통과 경악, 분노와 적의가 한꺼번에 어우러져 뭐라 말할 수 없이 괴로운 표정이면서도 자세히 보니 여간 아름다운 게 아니었다.

"누구십니까?"

"시몽 로리앙의 애인입니다."

5
포스틴 코르티나와 시몽 로리앙

분명 공격적인 어조였고, 마치 라울 다베르니가 시몽 로리앙의 불행에 어떤 책임이 있다는 투였다.

라울이 말했다.

"아마도 오늘 아침 『에코 드 프랑스』지의 기사를 보신 것 같군요. 마치 내 집 손님인 펠리시앵 샤를한테 무슨 혐의가 있는 듯 몰아간 기사 말입니다. 그를 만날 길이 막막하자, 대신 나한테 달려들고 있는 것 아닌가요?"

과연 살짝 건드리는 것만으로도 여자의 울화통이 봇물 터지듯 터져 나왔다. 중간중간 흐느끼면서 질겁을 해대는 게 평소에도 음울하고, 때론 격렬해 스스로를 잘 주체하기 어려워하는 성격임이 고스란히 드러났다.

"내가 사랑하는 남자가 사라진 지 사흘이나 지났습니다. 지난 사흘 동안을 나는 미친 여자처럼 사방을 돌아다니며 그 남자를 찾아 헤맸지만 허사였어요. 그런데 오늘 아침 느닷없이 신문에서 그의 이름을 본 겁니다. 그가 어떤 사건으로 희생되었다는 얘기를 죽 읽으면서 어찌나 황당하던지…… 부상을 당해 거의 죽어가는 지경이라고요. 어쩜 지금쯤 아주 죽었는지도 모르죠!"

"그럼 당장 병원으로 가셔야지, 왜 이리로 온 겁니까?"

"병원에 가기 전에 당신을 좀 만나보려고요."

"왜죠?"

여자는 대답을 하는 대신 라울을 향해 무척 험악하고 위압적인 자세로 다가들며 내뱉었다.

"왜냐고요? 그야 이 모든 일을 저지른 사람이 바로 당신이기 때문이죠! 그래요, 당신 말입니다! 모든 게 당신 작품이라고요! 그 신문만 자세히 읽어도 충분히 알 수가 있어요. 흥, 펠리시앵 샤를요? 단지 하수인에 불과하죠. 주범은 바로 당신입니다. 모든 사건을 꾸민 장본인은 당신이에요! 척 보면 알아요. 확실하단 말입니다. 신문기사를 읽자마자 난 그렇게 생각했어요. '아, 이건 바로 그자 짓이다!'라고 말이죠."

"내가요? 당신은 나를 알지도 못하잖습니까?"

"천만에! 난 당신을 알아요."

"나를 안다고요, 당신이 라울 다베르니를 알아요?"

"무슨 소리! 당신은 아르센 뤼팽이야!"

라울은 멈칫하지 않을 수 없었다. 이처럼 당돌한 직격탄이 날아오리라고는 생각지 못했던 것이다. 자신의 진짜 이름이 이렇게 모욕적으로 내뱉어지리라고는 전혀 예상치 못했다. 도대체 이 여자가 그걸 무슨 수로 알았단 말인가?

남자는 거칠게 여자의 손을 낚아채며 말했다.

"지금 무슨 소리하는 거요? 아르센 뤼팽이라니!"

"오, 거짓말 할 생각은 말아요! 그래봤자 소용없을 테니! 오래전부터 난 알고 있었어요. 시몽이 얼마나 자주 당신 얘기를 해주었는데. 그 다베르니라는 가짜 이름과 함께 말이지. 심지어 당신이 없던 지난주 어느 저녁에는 아무도 몰래 이곳에 와보기도 했었단 말입니다. 그이가 아르센 뤼팽이 사는 곳이라며 내게 구경시켜주려고 했어요. 아, 내가 그때 경고를 했었건만! 그 사람을 알려고 하지 말라고요. 공연히 화만 당하게 될 거라고 말입니다. 당신 같은 무서운 깡패에게서 뭘 기대하느냐며 극구 말렸다고요."

여자는 부들부들 떠는 주먹을 라울을 향해 치켜들기까지 했다. 파르르 떠는 눈빛과 목소리 모두 지독한 미움과 경멸감을 잔뜩 뿜어대며 상대를 호되게 저주하고 있었다. 라울은 전혀 미동도 않고, 여자의 말을 주의 깊게 듣고만 있었다. 대체 이 기이한 얘기가 어디서 어떻게 새어 나온 것일까? 그도 병원에서 시몽 로리앙은 만나보았지만, 전혀 아는 얼굴이 아니었다. 그런데 무슨 의도로 시몽 로리랑이 그토록 자신과 안면을 트려고 했었는지? 라울 다베르니가 아르센 뤼팽과 동일인물이라는 사실을 과연 어떻게 그가 알 수 있었는지? 대체 어떤 우연찮은 경로를 통해 비밀을 접하게 된 것인지 생각할수록 아리송할 뿐이었다.

라울은 이런 의문점들에 관해 여자가 아무것도 속 시원히 밝힐 입장이 못 될 것이며, 설사 그럴 수 있어도 단호히 거부할 것임을 대번에 눈치챘다. 저 고집스럽게 생긴 이마와 눈빛만 봐도 그 정도는 단박에 감이 왔다. 하지만 이 같은 상황에서 저토록 완강하게 버티는 와중에도 여자는 야성적이면서도 기품 있는 분위기를 잃지 않았다. 본능인지 습관인지는 모르지만, 자신의 미모를 항상 적절하게 내세우며 써먹을 줄 아는 여자처럼 보였다. 부드러운 비단 블라우스가 날씬한 몸의 윤곽과 균형 잡힌 어깨선을 고스란히 드러냈다.

라울의 노골적인 시선에 여자는 순간 얼굴이 붉어지는 눈치였다. 그녀는 안락의자 위에 거꾸러지듯 주저앉으며, 양팔로 상체를 가리면서 자연스럽게 두 손을 양 볼에 갖다 대 얼굴을 반쯤 가렸다. 마치 안으로부터 단번에 허물어지기라도 한 듯 여자는 다짜고짜 흐느껴 울기 시작했다.

"그이가 나한테 어떤 존재인지 당신은 모를 겁니다. 그이는 내 삶 자체예요! 그가 죽으면 나도 죽을 겁니다. 다른 남자는 결코 사랑해본 적이 없어요! 그이 앞에 난 이미 나 자신을 던진 몸이라고요. 그의 고통을 덜어주기 위해서는 내 한 목숨 내던지는 것 하나도 아깝지 않아요. 물론 그 역시 가슴 깊이 나를 사랑하고 있습니다. 우린 부자가 된 다음에 곧장 결혼해서 떠나버릴 예정이었어요. 그래요, 아주 떠나버릴 거였다고요!"

"누가 방해라도 한답니까?"

"하지만 그가 죽으면요?"

일단 죽는다는 생각이 들자 여자는 다시금 독기를 뿜어대며 발끈했다. 그렇게 그녀는 불과 몇 초 간격으로 온갖 상념과 감정을 어지러이 넘나들면서 극과 극을 제멋대로 치달았다.

급기야 여자는 라울에게 와락 달려들면서 극성스레 내질렀다.

"당신이 그이를 죽이고야 말 거야. 사정은 나도 모르지만, 틀림없이 당신 짓이라고. 나는 우리 고향인 코르시카에서 하는 방식대로 복수를 하고 말 테야. 우리 그이도 원수가 갚아졌다는 걸 알기 전에는 죽어선 안 돼! 그는 틀림없이 아르센 뤼팽의 손에 당한 거라고! 나는 그 이름을 사방에 고래고래 소리쳐서 퍼뜨릴 테야! 그래, 난 당신을 경찰에 고발할 겁니다. 지금 당장 말이에요! 당신이 누구인지 세상 사람들이 죄다 알아야 해. 아르센 뤼팽, 천하의 둘도 없는 악당! 도둑놈, 아르센 뤼팽이 여기 있다고 말입니다!"

여자는 문을 활짝 열어젖히면서 진짜 미친 사람처럼 악을 쓰며 밖으로 튀어나가려고 했다. 남자는 강제로 여자 입을 막고, 거칠게 낚아채 안으로 다시 끌어들였다. 잠시 험한 몸싸움이 일었고, 여자는 악착같이 몸부림을 쳐댔다. 남자는 여자의 양팔을 우악스레 붙들어 안락의자에 벌러덩 앉힌 뒤 꼼짝 못하게 내리눌렀다. 그런데 막상 아래 깔린 채 울분과 증오심을 주체 못해 헐떡이며 떠는 여체가 느껴지자, 남자는 잠시 정신이 아득해지면서 자기도 모르게 흡사 입이라도 맞추려는 것처럼 몸을 더욱 밀착시키는 것이었다.

하지만 이 상황에서 그런 어리석은 작태를 벌인다는 게 스스로도 어이가 없었던지 라울은 벌떡 일어섰다. 그 순간, 여자 입에서 대찬 웃음소리와 더불어 깜짝 놀랄 만큼 야멸친 독설이 튀어나왔다.

"오호호호. 역시 당신도 별수 없어! 다른 남자들하고 똑같다고! 흥, 내가 여자라 이거지. 힘으로 윽박지르면 여자 따위는 문제없이 제압한다는 건가? 오호라, 뤼팽한테는 모든 게 다 가능하다 이거겠지! 여자는 무조건 다 그의 먹잇감이나 다름없을 테니까. 이 엉터리 배우 같은 인간아! 내 입술에 살짝 스치기만 해봐, 개새끼처럼 죽여줄 테니까!"

이만하면 라울도 더는 참고만 있을 수 없었다.

"어리석은 소리 그만하시오! 보아하니 당신이 여길 찾아온 건 나를 고발하기 위해서도, 죽이기 위해서도 아니야! 자, 솔직히 털어놔보시지! 대체 원하는 게 뭐요? 어서 말해보라니까!"

라울은 다시 여자의 두 팔을 단단히 고쳐 잡고 얼굴을 바짝 들이대면서 부들부들 떨리는 음성으로 말했다.

"나는 이번 사건과는 전혀 상관없어. 시몽 로리앙을 공격한 건 내가 아니라고. 분명히 맹세하지만 내가 그런 게 아니야. 그러니 어서 실토하시오. 도대체 무얼 원하는 거요?"

여자는 불현듯 몸서리를 치며 대답했다.

"그이가 감옥에 간단 말입니다! 하지만 감옥에 갈 짓은 전혀 하지 않았어요! 그이는 정말 정직한 사람이에요. 절대 안 됩니다! 내가 나서서 그를 구해야만 해요. 나만이 그를 구할 수가 있단 말입니다! 그를 돌볼 사람은 나뿐이에요."

"그래서 어쩌란 말이오?"

"내가 병원에 직접 가서 그이 곁을 지켜야만 합니다. 밤낮으로 그이를 돌봐야 해요. 나는 4년 동안 간호사로 일한 경력이 있는 여자입니다. 나 말고는 다른 누구도 그이를 간호할 수 없다고요. 그러니 오늘, 지금 당장, 내가 옆을 지키도록 해줘야……."

"그렇다면 애당초 쓸데없이 나를 나무랄 게 아니라 처음부터 그렇게 얘기했으면 될 것 아닌가!"

라울이 어깨를 으쓱하며 뇌까리자, 여자는 앙칼지게 말을 받았다.

"그럼 나를 그이 곁에 데려다주는 겁니까?"

"그렇게 하겠소."

"지금 당장 말이죠?"

남자는 잠시 생각하더니 약속했다.

"그래요. 내가 병원 원장을 직접 만나보겠소. 그도 굳이 거절은 하지 않을 거요. 아니, 거부할 수 없도록 내가 알아서 조치하리다. 아예 보안을 지켜달라고 단단히 다짐을 해두지. 다만 그러려면 내가 마음 놓고 활동을 할 수가 있어야 합니다. 당신 이름은 뭡니까?"

"포스틴, 포스틴 코르티나라고 해요."

"병원 측에는 다른 이름을 대시오. 시몽 로리앙과의 관계에 대해서는 입도 뻥긋하지 말고."

여자는 여전히 미심쩍다는 표정이었다.

"당신이 배신을 하면?"

"닥쳐요!"

남자는 짜증 섞인 목소리로 내뱉고, 여자를 일으켜 서재 쪽 간이정원으로 거칠게 밀쳐냈다.

생울타리로 가려진 그곳은 바깥 차고로 통해 있었는데, 마침 운전기사는 없었다. 라울은 카브리올레형 자동차 문을 열고는 지시했다.

"그 빨간 머플러부터 치우시오. 남의 눈에 띄어봐야 좋을 것도 없으니까. 어서 타요."

여자는 순순히 차에 올랐다.

라울은 사유지의 다른 출구를 통해 빠져나와 곧장 센 강 방향으로 차를 몰았다. 이어서 페크(생제르맹 언덕 발치의 파리 근교 마을—옮긴이)를 가로지른 다음, 쏜살같이 언덕길을 거슬러 올라갔다.

"지금 어디로 가는 거죠? 만약 무슨 함정이라도 파놓은 거라면 알아서 해요!"

라울은 대꾸조차 하지 않았다.

생제르맹에 도착하자, 그는 어느 대형 기성복 상점 앞에 차를 멈추고 간호사 복장을 위아래로 구입했다.

그로부터 한 시간 후, 여자는 정식 간호사의 자격으로 병원 안에 들여져 특별히 부상자 치료를 맡게 되었다. 펄펄 끓는 신열에 휩싸여 탈진 상태인 시몽 로리앙은 그녀를 알아보지도 못했다.

반면 얼굴은 무척 창백한 데다 잔뜩 긴장한 상태였지만, 여자는 그래도 간호사 복장의 단정한 자세로 자신을 추스르면서 환자 상태에 관한 설명에 귀를 기울였다. 환자의 귓가에 대고 그녀는 이렇게 속삭였다.

"당신은 내가 살려낼 거예요. 내가 당신을 살려낸다고……."

병원을 나서는 길에 라울은 롤랑드 가브렐과 마주쳤다. 그녀는 죽은 여인의 무덤에서 꺾어 모은 꽃다발을 방금 제롬 엘마의 입원실에 갖다 주고 나오는 길이었다. 제롬의 건강은 점점 호전되고 있다고 했다. 그렇다면 내일 정식신문이 강행될 수도 있을 터였다.

라울은 여자와 동행하면서 은근히 떠보았다.

"내가 했던 말, 생각은 해봤습니까?"

"줄곧 그 생각만 하고 있었어요. 어찌 된 영문인지 알고 싶은 생각에 요즘 하루하루를 버텨내고 있어요."

"그래, 여태까지 뭐든 알아낸 거라도 있습니까?"

"지금으로선 전혀 없어요. 내 기억 속이든 엘리자베트의 기억 속이든, 아무리 파헤쳐봐도 딱히 이렇다 할 진실이 떠오르지 않고 있어요."

클레마티트 별장에 도착하자마자 여자는 언니의 일기장을 내놓았다. 일기를 보니 지난 몇 달에 걸쳐, 죽은 엘리자베트의 감정 상태를 알 수 있었다. 사랑의 화사하고 부드러운 기운이 이따금 병적인 우울과 뒤섞이는 가운데, 회복기 환자 특유의 은은한 환희와 결혼을 앞둔 새색시의 행복감이 서서히 그녀의 마음속을 가득 채워가고 있었다.

롤랑드가 말했다.

"특히 맨 마지막 페이지를 좀 읽어보세요. 얼마나 안정되고 근심 하나 없는 투인지! 그 글들과 다가올 행복 사이를 가로막을 만한 방해물은 아무것도 없는 것 같아요."

한편 밖에서는 루슬랭 씨가 마지막 현장조사를 마무리하고 있었다. 그는 라울에게 손짓을 하더니 다가와 말했다.

"그 펠리시앵이라는 젊은이한테는 일이 자꾸 어렵게 돌아가고 있소."

"어떤 점에서 그런가요, 수사판사님?"

"그 친구 혐의점들이 점점 또렷해지고 있어요. 하인 에두아르와 당신의 정원사가 공히 확인해준 내용을 들여다보면 이렇습니다. 보름 전 오후가 저물 무렵, 에두아르는 자기 친구와 잡담을 나누러 이곳에 들렀다고 합니다. 두 사람은 정원사들한테 할당된 구역과 당신네 정원을 가르는 생울타리 가까이에서 얘기를 나누고 있었다죠. 그런데 대화 중에 어쩌다 여기 아가씨들 삼촌에 관한 얘기가 나왔고, 하인 에두아르가 그만 칠칠치 못하게 므슈 필립 가브렐에 대한 험담을 늘어놓았다지 뭡니까. 이렇게 말이죠. '하여튼 끊임없이 긁어모은다니까! 아주 지독한 노랑이라고! 옛날에는 세무서하고 무슨 안 좋은 일까지 있었다더군. 그때부터 내가 알기로는 집에 돈 다발을 묻어두고 있다는 거야. 이제 그러다가 아주 큰일을 당하지, 암!' 잠시 후, 생울타리 너머에서 무슨 불꽃이 반짝하는 게 보이더라나요. 곧이어 담배 연기 냄새가 나더랍니다. 알고 보니 그 너머에 사람들이 주저앉아 담배를 태우고 있더라는 거예요. 그게 바로 펠리시앵 샤를과 시몽 로리앙이었다는 겁니다. 그들 두 사람이 얘기를 죄다 들었다는 거죠."

라울이 불쑥 물었다.

"그걸 어떻게 단언하죠?"

"방금 펠리시앵 샤를에게 물어보았더니 부정을 하지 않더군요."

"그래서 당신 결론은 뭡니까?"

"오, 수사판사는 성급하게 결론을 서두르지 않는답니다. 결론에 이르기 전에 몇 가지 거쳐야 할 단계가 있거든요. 어쨌든 그 두 사람 중 누구 하나의 머릿속에 일을 벌려볼까 하는 생각이 싹텄을 가능성은 충분히 고려해볼 수 있겠지요. 아울러 그런 유의 일에 익숙한 하수인인 바르텔르미 영감을 동원해 진짜 일을 치렀고 말입니다."

"그런 다음에는요?"

"그런 다음에는 당일 밤을 틈타 회색 헝겊 자루가 일단 도난당했고,

그 직후 어디론가 분실됐다가, 두 사람 중 한 명에 의해 정원 한구석에서 발견되어, 마침내 두 친구끼리 서로 칼을 손에 쥐고 다투는 지경에 이르렀다는 겁니다."

"그 와중에 제롬 엘마는 어떤 위치였다는 거죠?"

"그저 우연히 그곳을 지나치다가 두 사람에게 방해가 되었고, 어이없게 제거당하는 처지가 된 것이죠."

이틀 후, 라울은 시몽 로리앙의 상태가 훨씬 더 악화되었다는 소식을 접했다. 그는 부리나케 병원으로 달려갔다.

루슬랭 씨가 와 있었고, 구소 형사반장도 그곳에 있었다. 조금 떨어져서는 포스틴이 등을 돌린 채 서 있었다. 라울은 여자의 얼굴이 몹시 굳었고, 희망의 빛이라곤 전혀 찾아볼 수 없다는 걸 느꼈다.

시몽 로리앙은 가쁜 숨결을 몰아쉬었다. 그러다 잠시 동안 몸을 일으켜 앉아 그곳에 모인 사람들을 꽤 맑은 눈길로 천천히 훑어보았다. 어느 한순간 애인에게 눈길이 가 닿았고, 입가에 미소가 은은히 번졌다.

그러나 곧바로 단말마의 희부연 안개가 또다시 그의 눈앞을 가로막는 듯하더니 아주 천천히, 마치 어디가 아파 신음하는 어린아이처럼 헛소리를 늘어놓는 것이었다.

그중 알아들을 수 있는 말만 추려보면 대강 다음과 같았다.

"은닉처…… 노친네가 자루를 발견했어…… 그러고 나서는…… 내가 찾아 헤맸는데…… 더 이상은 나도 몰라…… 펠리시앵……."

특히 몇 차례 반복해서 이런 말을 되뇌었다.

"펠리시앵…… 펠리시앵…… 아주 기막히게 짜인 작전이었어…… 펠리시앵……."

그러고 나서 베개 위에 털썩 쓰러져 더는 움직이지 않았다.

기나긴 침묵이 뒤를 이었다. 라울은 포스틴의 험악한 시선을 느꼈다. 자기 애인을 죽인 장본인의 이름이 방금 죽어가던 한 인간의 진실한 입에서 뱉어진 게 아니겠는가?

루슬랭 씨는 구소 형사를 대동하고 밖으로 나서면서 라울 다베르니를 붙들고 말했다.

"므슈 다베르니, 정말이지 펠리시앵 샤를이 당신의 손님인 게 자못 유감스럽습니다. 당신이 그를 보호해야 할 입장일 테니 말입니다. 하지만 지금으로선 너무도 확실한 혐의가 그에게 쏠리는 걸 어쩔 수가 없군요."

그러면서도 자꾸만 머뭇대는 눈치였다. 이미 포스틴의 절망감에 온통 신경이 가 있는 라울은 펠리시앵이 진범이든 아니든, 오히려 경찰한테 체포당하는 것이 어리석고 무모한 복수로부터 안전하게 보호받는 길일 수 있다는 생각에 별다른 이견을 제시하지 않았다.

"굳이 반대할 수가 없겠군요, 수사판사님. 펠리시앵은 아마 내 별장에 딸린 별채에 있을 겁니다."

라울의 권위를 신뢰하고 있던 루슬랭 씨는 그 말에 즉각 조치를 내렸다.

"구소 형사, 당신이 그를 유치장까지 호송하도록 하시오. 이제부터는 직접 내 관리하에 두어야겠습니다."

6
조각상

그날 저녁 식사를 마친 뒤, 펠리시앵의 체포가 세상 사람 아무도 모를 정도로 극비리에 단행되었다는 보고를 하인으로부터 받은 직후, 라울은 그때까지 젊은이가 기거하던 별채로 가보았다. 단층짜리 단출한 가옥인 그곳은 작업실로 쓰는 방과 펠리시앵이 침소로 사용하는 욕실 딸린 또 다른 방, 단 두 개의 별도공간으로 이루어진 건물이었다.

라울은 출입구를 열어둔 채 작업실에 들어가 자리를 잡고 앉았다.

밤이 완만하지만 차츰차츰 두텁게 내려 깔리고 있었다. 한 시간쯤 지났을까, 문득 정원의 철책문이 삐걱대는 소리가 들렸다. 그러고 보니 열쇠로 잠그지 않은 상태였다. 조심조심 한 발짝 한 발짝 누군가 별채를 향해 다가왔다. 이제는 풀밭 위를 밟고 있었다. 그다음으로 계단을, 급기야는 현관 안으로…….

라울은 느닷없이 포스틴과 맞닥뜨렸다. 여자는 마치 그를 보지도 못한 것처럼 미끄러지듯 의자에 다가와 푹 주저앉았다.

잠시 후, 여자가 중얼거렸다.

"그 사람 어디 있나요?"

"펠리시앵 말이오?"

"어디 있죠?"

"감옥에 있소. 그걸 몰랐단 말이오?"

여자는 아무렇지도 않게 말을 받았다.

"감옥이라고요?"

"그렇소. 나는 일찌감치 당신 표정에 나타나는 혹독한 증오심을 읽었고, 그걸 경계하는 뜻에서 아예 그를 감옥에 보내버렸소. 어때요, 잘한 거죠?"

여자는 맥이 다 빠진 목소리로 내뱉었다.

"몰라요, 모르겠어요. 난 그저 찾고 싶을 뿐입니다…… 누가 시몽 로리앙을 칼로 찌른 거냐고요? 아, 찾아낼 수만 있다면!"

"당신, 펠리시앵과 면식이 있죠?"

"아뇨."

"그렇다면 왜 이곳에 온 거요?"

"그에게 묻고 싶었습니다. 정말 그자의 짓이라면……."

잔뜩 지친 듯한 여자의 말소리가 어찌나 나지막한지 라울의 귀에는 거의 들리지 않을 정도였다. 그는 이렇게 대꾸했다.

"보아하니 당신은 무언가를 알고 있는 게 분명하군요. 예컨대 경찰에서도 신원 파악이 안 되고 있는 바르텔르미에 대해서나 시몽 로리앙에 관해서도 말입니다. 지금까지 그의 주소지를 찾고 있지만 허사였소. 몽마르트르의 일부구역이라든가, 그를 아는 엉터리 그림쟁이들이 자주 가는 카페를 중심으로 열심히 탐문수사를 벌이고 있지요. 그런데도 대체 어디서 잠을 자왔는지가 오리무중입니다. 신분 증명서류는 또 어딜 가야 찾는답니까? 또 펠리시앵과는 어떤 관계인지? 아울러 나는 또 무슨 이유로 이 사건에 뒤얽혀 있는 건지? 당신도 시몽이 마지막으로 한 말 들었겠죠? 단말마의 착란 상태에서도 그는 분명 자기 스스로 죄를 고백했습니다. '은닉처⋯⋯ 노친네가 자루를 발견했어⋯⋯ 내가 찾아 헤맸는데⋯⋯' 하면서 말이오. 결국 그 둘이 공범이란 뜻입니다. 그렇지 않소? 그들은 서로 공범이었어요. 거기에 더해 어쩌면 펠리시앵까지 말이오."

여자는 마치 시몽은 결코 도둑이 아니며, 그런 이야기조차 절대 입밖에 내비친 적이 없다는 듯 고개를 세차게 가로저었다. 라울도 자제력을 잠시 제쳐두고는 버럭 외쳤다.

"이봐요! 시몽 로리앙은 내 뒤를 밟고 다닌 자요! 내 주변을 서성이고 있었다고! 그러니 어서 순순히 대답을 하란 말이오, 포스틴!"

하지만 상대의 완강한 침묵에 부닥치는 건 여전했다. 더군다나 이제 포스틴은 울고 있었다. 양 볼에 처량한 눈물을 주르륵 흘리고 두 손을 배배 꼬며 되풀이해 고통을 호소했다.

"내가 사랑한 사람은 오직 그이밖에 없단 말이에요. 그런데 이제 그가 죽었어요. 더 이상 볼 수가 없단 말입니다. 그는 죽었어요. 누가 그를 찔렀을까요? 어떻게 복수를 하지 않고 내가 살아갈 수 있느냔 말입니다! 복수를 해야만 해요. 그렇게 맹세했어요."

밤새도록 울음을 그치지 않으면서 복수의 다짐을 얼마나 끊임없이 되뇌는지, 그녀와 가까운 곳에 앉아 선잠이라도 청하려던 라울로서는 좀처럼 눈을 붙일 수가 없었다.

마침내 아침이 밝았고, 성당 종소리가 울렸다. 위령미사를 알리는 소리였다.

여자가 힘없이 중얼거렸다.

"그이를 위한 종소리네요. 어제 병원에서 지금 이 시각으로 합의를 보더니…… 나 혼자서 기도할 겁니다. 아직 복수를 하지 못하고 있는 나를 용서해달라고 빌 생각이에요."

여자는 자리를 떴다. 늘씬한 다리와 굴곡 있는 몸매, 대단히 우아하면서 힘 있어 보이는 걸음걸이였다.

사실 그즈음, 라울은 인생에서 무척 파란 많은 단계에 와 있었다. 그래서인지 가끔은 휴식에 대한 생각이 아주 기분 좋은 그림으로 다가왔다. 물론 결정적으로 쉰다는 얘기는 아니다. 모험을 향한 그의 강렬한 열망을 단념하기에는 아직 너무 젊고, 행동에의 욕구가 너무 치열했다. 그러면서도 그는 프랑스 전역에 걸쳐 코트다쥐르 지역이나 노르망디, 사부아, 파리 근교에 이르기까지 손만 뻗으면 언제든 아늑한 휴식을 취할 수 있는 오아시스들을 심심지 않게 만들어놓은 상태였다. 베지네의 사유지도 바로 그런 오아시스 중 한 곳이었다. 그리고 다른 영지들과 마찬가지로 이곳에도 하인 겸 운전기사, 요리사, 그리고 정원사 겸 관리인에 이르기까지 옛 동지들을 정착시켜놓았다. 말하자면 과거에 자신을 성심껏 도와준 자들의 공을 잊지 않고, 그들에게 역시 평온한 은신처를 제공해준 셈이었다. 그런데 이제 느닷없이 운명이 또 그를 끔찍한 싸움판으로 내동댕이치려고 하는 것이다. 그 자신은 결코 바라지도, 찾지도 않은 모험의 한복판으로!

이쯤에서 물러설까? 그건 도저히 할 수 없는 짓이다. 좋든 싫든 그는 행동을 해야 한다. 무엇보다 문제의 핵심은, 베지네의 평화롭고 안정된 시민으로서 깨끗하게 살아가고 있는 그가 왜 이처럼 자기도 모르는 곳에서, 심지어 자기를 겨냥해 꾸며진 게 틀림없는 일련의 사태에 맥없이 휘말려 들게 된 건지 그것만은 밝혀내야 할 터였다. 이런 경우에 우연만으로는 아무것도 해명되지 않는다. 어디까지나 있는 그대로의 사실들에서 설명을 구할 필요가 있다. 하지만 어디서 그 사실들을 찾아야 한단 말인가? 그것들을 무슨 수로 들추어낸단 말인가?

라울은 클레르 로지에 완전히 틀어박혀 일주일 동안 꼼짝도 하지 않았다. 누구도 만나지 않았고, 어떤 행동에도 나서지 않으며 오로지 모든 신문들을 꼼꼼히 정독하며 지냈다. 그 결과 펠리시앵이 결정적으로 피의자 신세가 되었다는 사실을 알게 되었을 뿐, 그 밖에는 이렇다 할 정보를 얻을 수 없었다.

이제 라울의 머릿속에는 문제의 본질이 점점 명료하게 그 의미를 굳혀가기 시작했다. 즉, 자신이 어떻게 해서 이 지긋지긋한 살인절도사건에 연루된 것인지를 알아내는 일 말이다. 그는 악착같이 문제의 해결을 물고 늘어졌고, 온갖 가설들을 세웠으며, 험난한 길들을 사방으로 헤쳐나가보았다. 하지만 그때마다 결국에 가서 부닥치는 건 난감한 장애물이나 막다른 길목뿐이었다.

그러면서 늘 똑같은 질문만 매번 다른 형태로 머릿속에 떠오르는 것이었다.

'도대체 내가 이 모든 사태 속으로 무얼 하려고 들어온 것인가? 정녕 두 가지 별개의 사건이 하나로 맞물린 거라면,—그건 확실한 것 같지만—왜 하필 내가 그 둘 중 한 사건에 등장해서 설쳐야 하는가! 왜 베지네의 은거생활이 이렇게까지 어지럽혀져야 하는가? 누가 감히 이 생활을 어지럽히고 있는 것인가?'

결국 우연의 덕분인지 문제의 핵심이 다음과 같이 최종적인 모습으로 정돈된 바로 그날, 그는 또한 스스로 대답을 구하지 않으면 안 될 처지가 되었다.

'도대체 누구지? 그놈의 펠리시앵이라는 친구 말이야.'

그리고 라울은 이렇게 덧붙였다.

'그가 여기를 어떻게 오게 된 거지? 워낙에 내가 큰 비중을 두는 들라트르 박사의 추천이라 당사자에 대해서는 별다른 정보도 가지고 있지 않았어. 그 친구, 출신이 어디지? 부모는 대체 누구지? 결국 나도 의식하지 못하는 사이 억지로 그를 받아들인 건 아니었을까?'

그는 주소를 모아놓은 수첩을 뒤적이기 시작했다.

'가만있자, 들라트르 박사라…… 알보니 광장이로군.'

즉각 전화를 걸었고, 박사는 집에 있었다. 라울은 부랴부랴 자동차에 올랐다.

키가 훤칠하고 수염이 눈같이 흰 노박사가 기다리는 손님이 줄을 이었는데도 불구하고 득달같이 달려나와 라울을 맞이했다.

"건강은 여전하시죠?"

"아주 좋습니다, 박사님."

"그래, 어인 일이신가?"

"뭐 하나 물어보려고요. 펠리시앵 샤를이라는 친구, 대체 어떤 사람입니까?"

"펠리시앵 샤를?"

"신문 안 보셨습니까?"

"그럴 시간이 없어서……."

"내게 추천해준 젊은 건축가 있지 않습니까? 벌써 여섯 달 전이네요."

"그렇지, 그래. 이제야 기억이 나는군."

"물론 그에 대해 좋은 생각을 갖고 계시겠죠?"

"내가요? 난 그를 만나본 적도 없는데요."

"그렇다면 박사님도 그 친구를 누구한테 간접적으로 소개받았단 말입니까?"

"물론이죠. 그게 누구였더라? 가만있자. 잠깐 생각 좀 해봅시다. 아, 그렇지, 생각납니다. 그러고 보니 정말 이상한 일이었죠. 실은 그 당시 우리 집에 일솜씨가 무척 만족스러운 하인이 한 명 있었죠. 제법 지적이고 과묵한 성격의 나이 지긋한 남자였는데, 때론 비서 역할도 훌륭히 소화해주었답니다. 그러던 어느 날, 당신한테서 엽서가 날아왔고 나는 즉시 그에게 발신 주소를 기록해두라고 지시했죠. 그런데 그 친구가 갑자기 엽서를 필요 이상으로 유심히 들여다보는 것이었습니다. 마치 아는 필체인 것처럼요. 그러더니 이렇게 얘기했습니다. 지금도 기억이 생생해요. '이 므슈 다베르니라는 분, 아주 멋진 양반이랍니다. 박사님께서 추천하시려면, 최소한 옛날에 제가 돌본 적이 있는 젊은 건축가를 권하시는 게 좋을 것 같습니다만. 일전에 잠깐 말씀드린 적도 있는데요.' 그러면서 아예 자신이 편지 한 장을 뚝딱 타자해서 내게 서명만 하라는 겁니다. 일이 그렇게 된 거예요."

라울은 얼른 물었다.

"그 하인, 지금은 여기 없겠죠?"

의사는 허탈한 웃음을 터뜨렸다.

"허허허, 그것참! 나중에 안 사실이지만 그 사람 나한테서 꽤 짭짤한 액수의 현찰을 빼돌렸었지 뭡니까? 당장 내보낼 수밖에 없었죠. 아, 그런데 어찌나 처절한 태도로 싹싹 비는지…… '박사님, 제발 부탁입니다. 저를 거리로 내쫓지 말아주십시오. 여기 와서야 가까스로 성실한 삶을 살아가고 있습니다. 이곳을 떠나는 게 두렵습니다. 저를 내치지 말아주십시오. 자칫 좋지 못한 인생을 다시 시작해야 합니다.' 글쎄, 이러는 거예요."

"그자 이름이 뭐였죠?"

"바르텔르미라고 했죠."

라울은 눈 하나 깜짝하지 않았다. 그 이름이리라고 예상했던 것이다.

"그 바르텔르미라는 작자의 가족관계는 어찌 되나요?"

"그때 훌쩍이면서 털어놓기로는 아들 둘이 있는데, 모두 건달이라지요. 특히 그중 한 녀석은 허구한 날 경마장이나 그르넬(당시 파리의 서민적인 동네. 오늘날에는 많이 변해 큼직한 건물들이 들어선 번잡한 구역이 되어 있으며, 현재 뤼팽 시리즈의 판권을 가지고 있는 아셰트 사도 이 구역에 위치하고 있다—옮긴이)에 있는 술집을 전전한다더군요."

"그 아들들이 이곳에 아비를 보러 온 적은 있나요?"

"전혀요."

"아무도 그를 보러 찾아온 적이 없습니까?"

"그건 아니고요. 몇 차례 어떤 여자가 찾아와 둘이 쑥덕거리는 걸 본 적은 있습니다. 중류 계급에 속한 듯 보였는데, 그래도 꽤 세련되고 아름다운 용모의 여인이었죠. 한 1년 반쯤 전 일인데, 어느 날 갑자기 그 여자가 정신 나간 것처럼 하고 나를 불쑥 찾아와 근처에 부상당한 사람이 있다며 잡아끄는 것이었어요."

"혹시 그게 누군지 말씀해주실 수……."

"오, 뭐 비밀도 아닌걸요. 신문에서 벌써 한참 떠들어댄 일입니다. 작년 살롱전에다 기막히게 아름다운 프리네상(像)을 출품한 유명 조각가 알바르라고, 아마 당신도 아실 겁니다(프리네는 옛날 그리스의 유명한 고급 매춘부로 조각가 프락시텔레스의 베누스상 모델이기도 하다—옮긴이)."

박사는 갑자기 은근한 웃음을 지으며 떠보듯 물었다.

"그나저나 지금 이런 질문들이 또 무슨 수상쩍은 계획과 관련 있는 건 아니겠죠?"

라울은 골똘한 생각에 잠긴 채 그곳에서 나와 발길을 돌렸다. 드디어 사태의 실마리를 부여잡은 느낌이었고, 바르텔르미 영감과 코르시카 여인, 그리고 펠리시앵을 서로 연결해주는 맥락을 가늠할 수 있을 것 같았다. 즉, 펠리시앵을 베지네까지 오도록 만든 맥락 말이다.

일단 얻을 만큼 정보를 얻었다고 판단한 그는 현장에서 5분 거리에 사는 조각가 알바르의 자택을 찾아가 명함을 건넸다.

널찍한 아틀리에로 들어가자, 젊은 사내 한 명이 무척 세련된 용모와 검고 아름다운 눈동자를 반짝이며 서 있었다. 라울은 작품을 구입하러 프랑스에 온 예술 애호가라며 자신을 소개했다.

그런 다음 진짜 감식가 같은 태도로 아틀리에 여기저기 비치된 초벌 작품들과 흉상, 토르소들, 미완의 입상들을 일일이 살피면서 동시에 힐끔힐끔 조각가를 관찰했다. 과연 저 유약한 듯하면서도 우아하고 세련된 사내와 코르시카 출신의 여인 사이에는 무슨 관계가 있을까? 혹시 그녀가 사랑했던 남자는 아닐까?

마침내 그는 비취로 만든 매력적인 작은 조각상 두 점을 구입하기로 했다. 그리고 초석 위에 우뚝 솟은 채 하얀 천으로 가려진 큼직한 조각상을 가리키며 물었다.

"저건 뭐죠?"

"저건 팔지 않습니다."

조각가의 대답이었다.

"바로 당신의 그 유명한 프리네상인가 보죠?"

"그렇습니다."

"좀 볼 수 있을까요?"

알바르가 조각상을 공개하는 순간 라울은 엄청난 탄식을 내뱉었다. 조각가가 느끼기엔 작품의 아름다움에 취한 감탄사에 불과했으나, 실은 깜짝 놀라고 아연실색한 정신 상태에서 튀어나오는 비명에 가까웠다. 의심할 나위 없이 포스틴 코르티나를 형상화한 조각상이었다! 바로 그 여자 얼굴의 형태와 표정, 부드러운 옷감 속으로 가늠할 수 있는 몸의 윤곽이 살아 숨 쉬는 듯했다.

엄청난 아름다움 앞에 그는 넋을 잃은 듯 아무 말 없이 한참을 서 있다가 급기야 한숨처럼 내뱉었다.

"맙소사! 세상에 저런 여성은 없습니다!"

알바르는 빙그레 웃으며 대꾸했다.

"아뇨, 엄연히 있답니다."

"당신 같은 위대한 예술가의 손으로 해석된 여자로서야 존재하겠죠. 그러나 저 올림포스 산중의 여신들과 그리스의 매춘부들 이래로 저런 완벽한 아름다움은 존재하지 않습니다."

"글쎄, 존재한다니까요! 나는 해석할 필요도 없었고, 그저 모사하기만 하면 됐어요."

"저런! 그래, 직업 모델인가요?"

"일정 시간 포즈를 취하고 대가를 챙기는 단순한 직업 모델이지요. 언젠가 그 여자가 불쑥 나를 찾아오더니 이미 내 동료 조각가 중 두 명 앞에서 포즈를 취한 경험이 있는데, 자기 애인이 무척 질투가 심한 편이라 괜찮다면 몰래 와서 포즈를 취하겠다는 겁니다. 자신은 애인을 너무도 사랑하기에 굳이 괴로움을 안겨주고 싶지 않다나요."

"그런데 왜 기어이 모델을 하겠다는 거죠?"

"돈이 필요해서랍니다."

"그 애인이라는 사람은 전혀 몰랐고요?"

"웬걸요. 철저히 감시를 했는지 어느 날 포즈가 끝난 다음 여자가 옷을 입는데, 난데없이 아틀리에 문을 박차고 들어와 나를 한 대 갈기는 겁니다. 여자가 부랴부랴 근처 병원에서 의사 선생을 데려오더군요. 다행히 부상 정도가 심각하지는 않았지요."

"그 여자를 또 본 적 있습니까?"

"요즘 들어서 겨우 봤지요. 애인이 죽었는데, 그럴듯한 장례를 치러 주기 위해 돈이 필요하다면서 얼마를 꿔갔답니다."

"그 여자가 다시 포즈를 취하러 올까요?"

"두상을 위해서라면 이따금 오겠다고 했습니다. 다른 포즈는 안 된다고 했고요. 장담은 그렇게 했습니다."

"그럼 살아갈 길이 막막할 텐데?"

"글쎄요, 그야 나도 모르죠. 어쨌든 함부로 몸을 굴릴 여자는 아닙니다."

라울은 다시금 한참 동안 프리네상을 바라보면서 중얼거렸다.

"그럼 저 조각상은 어떤 값에도 넘기지 않겠다는 말이오?"

"어떤 값에도 안 됩니다. 저건 내 일생일대의 작품이에요. 저것만큼 여성의 아름다움에 대해 신념을 쏟아부으며 열성적으로 매달린 작품은 앞으로 만들지 못할 겁니다."

"당신이 사랑했던 여성의 아름다움이니까 그렇겠죠, 아마도."

라울이 농담처럼 던지자, 이런 대답이 돌아왔다.

"사랑이라기보다는, 솔직히 말해 갈망이야 있었겠죠. 어차피 나만 일방적으로 목매는 일이었는걸요. 그녀는 따로 사랑하는 사람이 있었으니까 말입니다. 하지만 난 아쉽지 않습니다. 내겐 저 프리네가 곁에 있으니까요!"

7
장지바르

몇 년 전까지만 해도 간판에는 이렇게 새겨져 있었다.

오 비외 마스트로케('낡은 선술집으로'—옮긴이)

그러나 지금 그 글자들은, 보다 현대적인 느낌으로 간판을 차지한 다음과 같은 새로운 명칭 밑에 군데군데 페인트가 벗겨져나간 틈새로 어렴풋이 가늠해볼 수 있을 뿐이었다.

장지바르

그렇다 해도 술집의 위치는 여전히 공단 한복판, 서민적인 그르넬 구역의 황폐한 뒷골목에 있었다. 노트르담에서 샹드마르스에 이르는 파리의 가장 화려한 장관 중 하나를 방금 가로질러온 고귀한 센 강의 물결이 가깝게 흘렀다.

술집 장지바르는 그 구역에서 상습 경마 투기꾼과 암암리에 활동하는 불법 마권업자, 예상업자 등 경마로 먹고살고, 때론 빚더미에 올라앉기도 하는 모든 이들로 늘 북적대는 곳이었다.

공장에서 사람들이 몰려나오는 정오 때와 각자 계산을 결산하는 오후 5시가 그 술집이 가장 붐비는 시각이었다.

그리고 저녁 시간대는 비밀리에 도박장이 운영되었다. 가끔 싸움이 일기도 했고, 곤드레만드레 술로 떡이 되는 일이 부지기수였다. 바로 그럴 때면 토마 부키('부키(Bookie)'는 '북메이커(Bookmaker. 사설 마권업자)'의 약자이며, 여기서는 토마의 별명처럼 통하고 있다—옮긴이)가 항상 중요 인물이 되었다. 토마 부키는 아주 대담하고 냉정하게 게임을 해서 거의 언제나 돈을 땄다. 술도 깡술을 마다 않으면서도 거의 취하는 법이 없었다. 얼굴은 호방한 편이지만 표정은 어딘지 잔혹한 데가 있고, 냉철한 머리에 강건한 용모, 늘 속주머니가 두둑한 신사 복장에 결코 벗는 법이 없는 중산모 차림의 그는 사람들 사이에서 '자기 일에 통달한 사람'으로 통했다. '자기 일'이라니? 글쎄, 그걸 정확히 규명할 수 있는 자는 아무도 없었다. 그날 저녁도 그가 작업에 들어가는 걸 보고 모두가 잔뜩 촉각을 곤두세우고 있었다.

밤 11시 무렵, 도박 테이블에 웬 창백한 사내가 방금 퍼마신 술로 몸도 채 못 가누는 듯 후들거리는 다리를 이끌고 표류해왔다. 때 타고 닳아 해어진 외투는 고급 재단의 흔적만 어렴풋이 풍기는 차림새였고, 비록 지저분하기 이를 데 없었지만 그래도 딴에는 부착식 칼라를 달고 있었다. 아울러 곱상한 손에 바짝 면도한 턱을 보건대, 자신이 속한 계층에서 보기 좋게 밀려난 지 얼마 안 된 낙오자임이 분명했다.

"여기 퀴멜주!"

다짜고짜 내뱉은 주문에 주인은 잔뜩 눈을 흘기며 대꾸했다.

"선불이오."

사내는 은행권 지폐 다발이 넌지시 보이는 수첩 사이에서 10프랑짜리 지폐 한 장을 빼내 던졌다.

토마 부키가 가만있을 리 없었다.

"포커다이스(카드의 에이스와 9부터 킹까지의 그림이 각 면에 그려진 주사위로 진행하는 게임—옮긴이) 어떻소?"

그렇게 슬쩍 떠보면서 얼른 자기 소개부터 했다.

"토마 부키라 하오."

상대는 약간 영어식 억양이 섞인 말투로 깍듯하게 대꾸했다.

"'젠틀맨'이라 불러주시오. 한데 난 주사위 놀이 같은 건 안 하는데."

"그럼 뭘로 할까?"

"에카르테(둘이나 넷이 하는 카드 게임의 일종—옮긴이)로 하지."

그러나 에카르테 게임은 포커다이스를 했어도 마찬가지였을 결과로 금세 끝이 났다.

젠틀맨은 분연히 "한 판 더!"를 외치고 나왔다. 그렇게 수차례 패가 오고 가자, 졸지에 200프랑이 날아갔다.

그러는 동안에도 사내는 값을 지불하고 퀴멜주를 두 잔째 홀짝 들이켰다. 술 때문일까, 아니면 운이 따르지 않아서일까? 결국 난데없는 눈물까지 훌쩍거리는 척하더니만, 지그재그 걸음으로 꽁무니를 빼고 말았다.

사내는 다음 날에도 모습을 나타냈는데, 또다시 200프랑을 날리고서 훌쩍이며 자리를 떴다.

그다음 날 또다시 나타난 그는 형편없이 취한 상태여서 카드를 쥐는 것조차 포기해야 할 정도였다. 그러고 보니 돈을 잃어서 사람이 무너지는 게 아니라 퀴멜주를 들이부어서 그러는 모양이었다. 이번에도 역시 눈물을 글썽이면서 무언가 알아듣기 어려운 소리를 늘어놓았는데, 그 중 몇 마디가 토마 부키에게 매우 기이하게 들린 모양이었다. 그는 계속해서 세 잔의 퀴멜주를 상대에게 권했고 자신도 그만큼을 들이켰다. 물론 이런 식으로 섞어 마실 경우엔 토마도 그리 자신할 수는 없었다.

마침내 두 사람은 함께 술집에서 비틀비틀 걸어나갔고, 에밀 졸라 대로변 벤치 위에 앉아 누가 먼저랄 것도 없이 곯아떨어졌다.

얼마나 지났을까, 잠이 깬 두 사람은 조금은 덜 횡설수설하며 얘기를 나누기 시작했다. 토마 부키가 좀 더 말짱한 상태였는데, 무슨 명쾌한 생각이 들었는지 친구의 목에 팔을 감고는 꽤나 다정한 목소리로 이렇게 말하는 것이었다.

"어때 좀 괜찮은가, 친구? 자네 정말 너무 마시더군. 그래서 자칫하면 감옥에 들어갈 만한 말을 내뱉더라고."

"내가 감옥을?"

젠틀맨이 가까스로 발끈하는 태도를 지어 보였다.

"그렇다니까! 아까 술집에서부터 되풀이해 뇌까리던 그 베지네 사건이라는 게 대체 뭔가?"

"베지네?"

"그래, 베지네. 범죄사건 말이네. 신문에서 좀 떠들어댔나? 거기서 자네가 돈을 훔쳤다며?"

"자네, 말이면 다인 줄 아나?"

"그럼 안 훔쳤단 말인가?"

"천만에! 엄연히 누가 줘서 받았을 뿐이야."

"누가 줬는데?"

"어떤 녀석이……."

"베지네 사람?"

"아니."

"그럼 뭐야? 자네, 베지네에 살았다면서?"

"그래."

"언제 있었다는 거야?"

"전쟁 전에."

"이거 사람 짜증 나게 구네. 설마 전쟁 전 은행권 지폐를 가지고 있다는 얘기는 아니겠지?"

"그야 물론 아니지."

지루한 실랑이를 무려 20여 분간이나 거친 뒤에야 젠틀맨의 입에서 이런 말이 튀어나왔다.

"자네 말이 맞네, 부키. 그보다는 좀 전에 있었던 일이야."

"한 10여 일쯤 전?"

"그 정도 되지."

"그래, 자네가 말한 그 인간 이름이 뭔데?"

"아, 그거! 말할 수 없어, 부키."

"말할 수 없다니?"

"안 돼. 그자가 말하지 말라고 했단 말이야."

"돈은 왜 줬는데?"

"그냥 보상 차원에서……."

"자네가 저지른 일에 대한 보상 말인가?"

"아니. 꼭 해야만 했던 일에 대한 보상."

"그게 뭔데?"

"나도 더는 몰라."

또다시 지겨운 입씨름이 뒤를 이었다. 두 친구는 다시 곤죽이 된 몸을 질질 이끌고 가도를 걸어가 또 다른 술집으로 들어섰다. 거기서 젠틀맨은 부키도 똑같은 양을 마셔야 한다는 조건을 고집하며 퀴멜주 두 잔을 더 들이켰다. 그런 다음 두 사람은 고래고래 노래를 부르면서 다시 걸음을 옮겨 제방에 도착했다.

둘은 이제 강물에 바로 인접한 아래쪽 도로, 즉 바지선이 정박하는 기슭까지 내려왔다. 젠틀맨이 느닷없이 모래 더미 속으로 거꾸러졌다. 토마는 자기 얼굴부터 씻은 뒤 손수건에 물을 묻혀 젠틀맨의 얼굴을 적셔주었다.

이제야 호흡을 가다듬은 젠틀맨을 두고, 토마는 다시금 대답을 이끌어내기 위해 전전긍긍하며 귀찮은 작업에 들어갔다. 다만 이번만큼은 좀 색다른 방식으로, 무엇보다 이 주정뱅이의 머릿속에서 일단 제대로 된 정신부터 깨어나게 만들려고 애를 썼다.

"내가 한번 정리해보지. 맨 먼저, 베지네의 별장에 도둑이 들어 엄청난 가치를 지닌 회색 헝겊 자루를 훔쳐냈다. 하지만 그 자루는 금세 분실됐다. 때문에 누군가 자네더러 그걸 찾아내라고 하며 지폐 다섯 장을 쥐여줬다, 맞는가?"

"틀려."

"무슨 소리야? 물방울 무늬 넥타이 차림의 꺽다리 친구가 있었다면서."

"그런 게 아니라, 자루도 없고 물방울 무늬 넥타이도 없었단 말일세."

"거짓말! 그럼 왜 그가 자네한테 500프랑을 주었겠는가?"

"500프랑을 준 게 아니라……."

"그럼 뭐야?"

"1000프랑짜리로 다섯 장……."

"그럼 5000프랑이네!"

토마 부키는 슬슬 범상치 않은 흥분의 도가니에 빠져드는 듯했다. 5000프랑이라니! 하지만 진실은 좀처럼 붙잡히지가 않았다. 그건 마치 물살처럼 손가락 사이를 빠져 달아나는 듯했다. 점점 취기는 더해오고, 어리석게도 이제는 자기가 엉엉 울기 시작하면서 그는 무의식중에 넋두리처럼 속 얘기를 게워냈다.

"내 얘기 좀 들어보게나, 이 친구야. 그 사람들 다 나와 더불어 강도 짓을 한 거였다고. 그래, 바르텔르미 영감과 시몽. 그들은 항상 일을 치를 때 나를 멀찌감치 떼어놓았지. 나한텐 그저 이렇게 말했다네. '소형 화물차나 하나 빌려서 샤투 교 근처에서 기다리고 있어. 일을 치르고 나면 합류할 테니까.' 기껏 그러고 나서 둘 다 개죽음만 당했지 뭔가. 하여튼 난 상관 안 해! 그 얘긴 그만하자고. 그것 말고도 할 얘기가 더 있으니까."

그런데 캄캄한 어둠 속에서 젠틀맨이 천천히 팔을 짚고 몸을 일으키더니, 취기라고는 전혀 느껴지지 않는 눈동자를 반짝이면서 어스름한 불빛 속에 드러난 토마 부키의 눈물 젖은 얼굴을 노려보는 것이 아닌가!

그는 이렇게 중얼거렸다.

"다른 할 얘기라니? 그게 뭔데? 무슨 다른 이야기를 하겠다는 거지, 부키?"

토마 부키는 더듬더듬 얘기를 이어갔다.

"그들이 꾸민 일 말이야. 엄청난 일이지. 그것에 대해 내가 꽤 많이는 알고 있지만 다는 몰라. 예컨대 누구를 겨냥해서 일을 꾸민 건지는 아는데, 현재 그가 어떤 이름으로 행세하고 다니는지는 얘기를 안 해줬거든. 어디 사는지도 말 안 해주고. 그렇지만 않다면 수십만 프랑을 거머쥘 수 있는데 말이지. 수십만 프랑 말이야. 아, 내가 그걸 알 수만 있다면!"

"그러게 말이야. 그걸 알 수만 있다면 얼마나 좋을까! 좋아, 내가 좀 도와주기로 하지."

젠틀맨이 속삭이듯 대꾸하자, 부키도 훌쩍거리며 중얼거렸다.

"그래, 자네가 날 도와줄 거지?"

"여부가 있나! 도와주고말고. 이런 일들을 해결하는 회사가 더러 있거든. 일종의 흥신소처럼 말이야."

"자네가 아는 데인가?"

"내가 아냐고? 5000프랑을 받은 것도 다 내가 그런 일을 해서 받은 거라고."

"맞아, 누가 일한 대가로 줬다고 했지."

"흥신소 일을 하는 사람이었어. 내게 이랬지. '이보게, 젠틀맨. 최근 체포된 펠리시앵이라는 자가 누구인지 알고 싶어 하는 신사분이 계시네. 그러니 추적 좀 해봐! 쓸 만한 정보를 건져오면 그만한 돈을 더 받을 수 있을 것이네.'"

토마 부키는 펄쩍 뛰었다. 펠리시앵이라는 이름이 단번에 몽롱하던 취기를 뒤흔든 것이었다. 그는 이렇게 말했다.

"그게 지금 무슨 소리야? 그럼 자네더러 펠리시앵이라는 작자를 맡으라고 했다는 얘긴가?"

"그렇다네. 지금 감옥에 있는 사람 말이야. 실은 그 신사분을 직접 만나기로 되어 있어."

"자네한테 5000프랑을 더 내줄 사람 말이지?"

"그래."

"약속은 된 건가?"

"일단 그 사람 운전기사를 만나 차를 타고 가기로 되어 있지."

"어디서 만나기로 했는데?"

"콩코르드 광장 스트라스부르 동상 앞에서."

"언제?"

"사흘 후에, 목요일 아침 11시 정각. 운전기사는 『르 주르날』지를 손에 들고 있기로 했다네. 이만하면 내가 자넬 도울 만하지?"

토마 부키는 흡사 스쳐 지나가는 생각을 붙들어 매고 형태를 갖춰서 완전히 파악하기 위해 애쓰는 것처럼 두 주먹으로 머리를 압박했다. 펠리시앵이라? 5000프랑을 제안한 신사? 이거야말로 추적의 명백한 실마리가 될 수 있는 사안이 아닌가?

그는 불쑥 물었다.

"그 신사, 어디 사는지 아나?"

젠틀맨은 또박또박 대답했다.

"베지네에 사는 것 같긴 해. 맞아, 베지네에 살아."

"물론 자기 이름은 밝혔겠지?"

"그럼. 신문 지상에서도 그 사건 얘기로 한창 떠들썩하면서 몇 차례 이름을 언급했지. 그게 그러니까, 타베르니인가⋯⋯ 다베르니인가⋯⋯ 뭐 그런 정도 될 거야."

그쯤 해서 젠틀맨의 목소리가 몹시 늘어지더니 더는 아무 말도 하지 않았다.

한편 부키는 시끌벅적한 머릿속을 조용히 가라앉히고, 헝클어진 모든 것을 차근차근 정돈하기 위해 무진 애를 썼다. 지금까지 모든 대화 내용이 그저 아리송하기만 했다. 다만 중구난방으로 엇갈리는 얘기들을 완전히 이해할 수는 없다 해도, 그중 그나마 어둠 속에서 고정된 빛을 발하는 것처럼 느껴지는 두세 가지 요점들이 떠올랐고, 모든 생각은 그 점들을 중심으로 맴돌았다.

젠틀맨은 부키의 가슴에 머리를 기댄 채 졸고 있었다. 후텁지근하고 무거운 밤공기는 두터운 구름 아래로 점점 짙게 쌓여갔다. 정박해 있는 바지선의 불빛이 수면에 반사되어 조용하게 춤을 추었다. 맞은편 기슭에는 검게 늘어선 건물들과 트로카데로 팔라스의 위용, 교각의 아치들이 건너다보였다. 제방에는 행인 한 명 눈에 띄지 않았다.

토마 부키는 슬그머니 젠틀맨의 재킷과 조끼 사이로 손을 집어넣어 호주머니를 더듬었다. 급기야 안전핀으로 채워진(그걸 열기란 얼마나 까다로운가!), 조끼 안주머니에 이르러서야 은행권 지폐들로 이루어진 두둑한 다발의 촉감이 손가락 끝에 전해왔다. 그는 지체 없이 그것을 빼냈다. 그런데 재수 없게도 안전핀 끝에 손이 깊숙하게 찔렸고, 그 바람에 움찔하지 않을 수가 없었다.

단박에 젠틀맨의 선잠이 흐트러졌고, 미처 무슨 일이 일어났는지 감지하지 못하면서도 사내는 화들짝 몸을 도사렸다. 부키는 더 이상 개의치 않고 노골적으로 힘을 모았고, 상대는 빠져나가려는 그의 손을 두 손으로 악착같이 붙들고 늘어졌다.

토마가 예상한 것보다 만만치 않은 저항이었다. 상대는 아예 손톱을 세워 살갗을 파고들면서까지 매달렸다. 그뿐만 아니라, 고래고래 소리를 지르며 요란을 떠는 것이었다.

부키는 더럭 겁이 났다. 온 힘을 다해 상대를 뿌리치는가 하면, 매달리는 몸뚱어리를 바닥에 질질 끌며 빠져나가려고 했다. 그러다 어느 한 순간, 힘이 부쳤는지 상대가 떨어져 나갔다. 그러나 이미 부키의 흥분은 스스로 멈출 수 있는 한도를 넘어선 상태였다. 아까보다 정신도 말짱하겠다, 그 내용이 정확히 뭐였는지는 몰라도 어쨌든 해서는 안 될 속 얘기를 털어놓았다는 걸 깨달은 그는 공연히 부아가 났다. 이제 완전히 떨어진 두 남자는 강물이 흐르는 바로 옆에서, 서로 싸우다 만 사람들처럼 마주 보며 무릎을 꿇은 상태였다. 부키는 순간적으로 주위를 둘러보았다.

아무도 없었다.

부키는 냅다 젠틀맨의 몸을 밀쳐 강물로 떨어뜨렸다. 그는 거의 무의식중에 저지르고 만 자신의 행동에 기겁을 하며 잠시 동안 멍하니 있었다. 도대체 왜 그런 행동을 저지른 것일까? 단순히 젠틀맨의 돈을 날치기하려고? 아니면 5000프랑을 주기로 한 신사와의 약속을 이행하지 못하게 하려고?

저만치 아래를 내려다보니 젠틀맨은 아직 수면을 들락날락하면서 발버둥을 치고 있었다. 그러나 그것도 잠시, 마침내 모습이 보이지 않았다.

부키는 몸을 털고 일어나 집으로 돌아갔다.

한편 젠틀맨은 약 1분가량 수중에 그대로 잠긴 채 물살이 흐르는 방향으로 헤엄을 쳐가고 있었다. 더 이상은 부키의 시선이 미치지 않으리라 확신하고 나서야 그는 수면 위로 올라와 제방을 따라 능란한 수영 실력을 발휘했다. 결국 그가 땅에 닿은 건 그르넬 다리 조금 못 미쳐서였다.

근처에 운전기사가 대기하고 있었다. 그는 차에 올라 옷을 갈아입은 다음 곧장 베지네로 향했다.

새벽 3시, 라울은 클레르 로지의 아늑한 침대에 몸을 파묻고 잠을 청했다.

8
토마 부키

예심은 조금도 진전을 보지 못하고 있었다. 다음 날 라울은 매우 기분이 좋은 상태인 수사판사와 마주쳤다. 사실 루슬랭 씨는 어떤 사건이든 어쩔 수 없이 미결 상태로 정리해야 할 필요성이 언뜻 느껴질 때마다 늘 그런 기분에 젖어 들었다.

그가 말했다.

"솔직히 어림도 없답니다. 어림 반 푼어치도 없죠! 아직 머리 싸매고 매달려야 할 사항들도 그대로고, 검증해야 할 흔적들이 태반이에요. 구소는 그래도 자신만만이라지만 나는 꼭 망루 꼭대기에 올라 막막한 지평선만 바라보는 안(Anne)의 심정이나 다를 바 없다오. 뭐 하나 그럴듯하게 다가오는 게 안 보여요(샤를 페로(1628~1703)의 「푸른 수염」에 등장하는 일화로, 죽음을 앞둔 '푸른 수염'의 아내를 구하러 와줄 오빠들을 기다리기 위해 망루에 올라간 언니 안의 애타는 심정에 빗댄 대목이다—옮긴이)."

"바르텔르미 선생에 대해서 밝혀진 게 없습니까?"

"전혀 없어요. 시체를 찍은 사진을 신문에 죄다 깔아봤지만, 그자의 생전 행적에 관해서는 여전히 희미한 단서들밖에는 드러나지 않고 있어요. 게다가 바르텔르미가 자주 드나들던 수상쩍은 곳에서는 으레 경찰들한테 제대로 협조를 안 해주는 게 보통이라…… 누가 사진 속 얼굴을 알아봤다 해도 혹시 자기까지 걸고 들어갈까 봐 무조건 입을 다물기 일쑤죠."

"바르텔르미와 시몽 로리앙의 관계도 규명된 바가 없고요?"

"눈곱만치도 없습니다. 시몽 로리앙이라는 이름 자체가 가짜인 데다, 어디 출신인지도 깜깜하거든요."

"하지만 조사 결과 그가 자주 어울리던 그룹이라든가, 일부 카페에서 종종 목격되었다는 사실은 건져지지 않았나요? 심지어 어느 신문에서는 아주 예쁜 여자와 함께 다녔다는 설도 제기되던데."

"그 모든 것이 그저 애매한 단서일 뿐입니다. 그 여자에 대해서도 뭐 하나 정확하게 밝혀진 사실이 없어요. 원래 그런 작자들치고 꼭꼭 숨어 있거나 걸핏하면 정체를 바꾸며 돌아다니는 게 다반사 아닙니까."

"그럼 우리 젊은 건축가는 어떻습니까?"

"펠리시앵 샤를요? 그쪽도 수수께끼인 건 마찬가지예요. 신분 증명 서류도 없고, 호적도 오리무중이죠. 군 제대수첩을 보면 서명 하나만 정확할 뿐, 출생일이나 출생지에 관한 의례적인 질문에는 흔히 그렇듯 공란만 덩그러니 있을 뿐이고요(제1차 세계대전의 어지러운 상황을 참고할 것—옮긴이)."

"지금이라도 직접 대답할 수 있지 않습니까?"

"한데 그러지를 않아요. 자신의 과거에 대해서는 철저히 함구로 일관한단 말입니다."

"자신의 현재에 대해서도 마찬가지입니까?"

"똑같아요. 그저 한다는 얘기가 '난 안 죽였소, 난 안 훔쳤소'가 전부예요. 내가 '그럼 이건 뭐고, 저건 뭐냐'고 다그쳐 물으면, 그런 건 자기가 설명할 일이 아니라는 겁니다. 자긴 무조건 부인만 할 뿐이라나요. 또한 당신 집에서 살 때도 그자 앞으로 편지 한 장 배달된 적이 없다는 게 확인되었습니다."

"전혀 없었지요. 나 역시 그자의 인생이나 과거 전력에 관해 아는 게 하나도 없습니다. 실은 건축가 겸 실내장식가가 필요했었지요. 그런데 지금도 누군지는 모르지만 어떤 친구 한 명이 그의 이름과 주소를 제공해주었답니다. 주소가 어느 민박집이었는데, 거기도 그자가 그냥 오다가다 얹혀사는 곳이었다죠. 나는 일단 편지를 보냈고, 그러자 그가 나타난 겁니다."

"므슈 다베르니도 솔직히 펠리시앵 샤를의 주변에 늘 수상쩍은 분위기가 감돌았다는 점은 인정하시는 모양이군요."

루슬랭 씨가 얘기를 마무리했다.

다음 날 라울이 클레마티트 별장 문을 두드리자, 하인이 나오면서 아가씨는 정원에 있다고 귀띔해주었다.

여자는 집 앞 정원에서 조용히 바느질을 하고 있었다. 그로부터 멀지 않은 곳에는 여전히 병원 치료를 받으면서도 이제 슬슬 외출이 가능해진 제롬 엘마가 긴 의자에 느긋하게 누워 책을 읽고 있었다. 그는 무척 야위었고, 눈가에는 거무스름한 기미가 꼈고 양 볼도 홀쭉해 지친 몸 상태가 여실히 드러나 있었다.

라울은 오래 머물지 않았다. 무엇보다 여자가 외관 못지않게 정신적으로 많이 변했던 것이다. 뭔가 잔뜩 몰입해 있고, 속내라고는 일절 드러내지 않을 태세였다. 질문을 내밀어도 거의 대답이 없었다. 제롬도 말이 없기는 마찬가지였다. 그는 의사들이 여름 막바지를 산속에서 보내기를 권했다면서 곧 떠날 예정이라고 말했다. 더군다나 자꾸 고통의 기억만을 연상시키는 이곳 베지네에서 더 이상 머뭇거릴 엄두도 나지 않는다고 했다.

결국 다베르니로서는 어디로 고개를 돌려봐도 부닥치는 건 마찬가지의 장벽들뿐이라고 할 수 있는 상황이었다. 우선 부진하기 이를 데 없는 예심 과정. 이에 더하여 사람들마다 경계의 눈초리와 꽉 다문 입들. 마지막으로 펠리시앵 샤를, 포스틴, 롤랑드 가브렐, 제롬 엘마 모두가 잔뜩 웅크린 채 비밀을 감추고 있거나 조금이라도 자기 생각을 표해 진실이 밝혀지는 데 이바지할 생각은 하지 않았다.

그럼에도 불구하고, 어쨌든 돌아오는 목요일 아침에는 한판 승부가 펼쳐지게 되어 있었다. 과연 토마 부키가 나타날 것인지? 혹시라도 젠틀맨의 진짜 정체와 클레르 로지로 유인하려고 동원한 수상쩍은 방법에 대한 일련의 예감이나 심사숙고가 그의 발길을 붙드는 것은 아닐까? 남은 이틀 동안 조금 더 명료해진 그의 의식이 기껏 파놓은 함정 냄새를 맡는 것은 아닐까?

다베르니는 그렇지 않기만을 고대하며 정해진 시각에 운전기사를 약속 장소로 보냈다. 설마 주정뱅이의 횡설수설 이면에 무언가 도사리고 있을 거라 의심할 리는 없을 테니, 토마 부키는 기필코 약속을 믿고 나타날 것이었다. 게다가 부키를 현장으로 끌어낼 만한 보다 더 강력한 이유가 존재했으니, 그는 젠틀맨을 살해한 상황이다. 이왕지사 일이 이렇게 된 마당에 희생자의 호주머니 속에서 건진 몇 푼 안 되는 지폐 이상의 그 무엇을 기대하고픈 마음이야 인지상정 아니겠는가?

실제로 얼마 지나지 않아 자동차 엔진 소리가 라울의 귓전을 건드렸다. 차는 정원 안으로 들어오고 있었다. 당장 서재에 자리를 잡고 앉아 필요한 지시를 내려놓은 라울은 잠자코 손님이 나타나기만을 기다렸다. 그토록 바라왔고, 힘겹게 성사시킨 만남이 이제 곧 이루어질 참이었다. 아르센 뤼팽을 겨냥한 일련의 음모에 대한 단서를 쥔 유일한 인물 토마 부키, 바르텔르미와 시몽이 고안한 계획의 실행에 직접 나섰었던 토마 부키, 이제 그가 눈앞에 모습을 드러내는 것이다!

라울은 바지 주머니에서 권총을 꺼내 조금이라도 손에서 가까운 재킷 주머니로 옮겨 넣었다. 그만한 조심성은 당연히 필요했다. 그만큼 위험한 인물을 상대해야 하는 것이다.

하인의 노크 소리에 그는 내뱉듯 외쳤다.

"들어오시오!"

문이 열렸다. 부키가 들어서긴 했는데, 완전히 다른 모습이었다. 근사한 모자를 머리에 쓰고 칼날 주름이 진 바지의 깔끔한 정장 차림이, 한마디로 예전보다 훨씬 높은 사회계층에 속한 모습이었다. 그는 허리를 곧추세운 채 떡하니 버티고 서서 당당한 체격을 과시했다.

두 남자는 잠시 서로를 말없이 지켜보았다. 라울은 부키가 자신에게서 장지바르의 젠틀맨을 알아보지 못하고 있으며, 물에 던져버린 어쩔 수 없는 낙오자와 클레르 로지의 소유자 라울 다베르니 사이에 어떤 비슷한 점도 찾아내지 못하고 있다는 확신이 들었다.

그제야 그는 입을 열었다.

"내가 흥신소를 통해 펠리시앵 샤를의 인생을 추적해달라고 부탁한 사람이 당신입니까?"

"아닙니다."

"네? 아니, 그럼 누구시오?"

"그 사람을 대신해서 온 사람입니다."

"그게 무슨 말이죠?"

토마는 거침없이 말했다.

"그보다 먼저…… 지금 여기 우리뿐인가요? 아무도 방해할 사람은 없겠죠?"

"방해받을까 봐 심히 걱정되는 모양입니다?"

"그렇습니다."

"왜죠?"

"지금부터 이 세상에 단 한 사람밖에 들어선 안 되는 얘기를 해드릴 것이기 때문입니다."

"단 한 사람이라면?"

"바로 아르센 뤼팽이죠."

부키는 상대의 아연실색한 반응을 미리부터 노리기라도 한 듯 일부러 목소리를 높여 불쑥 내뱉었다. 요컨대 처음부터 그는 노골적인 적대적 위치를 점한 셈이고, 당장 공세를 시작하겠다는 투였다. 어조나 태도 모두 그런 의도임에 의심의 여지가 없었다. 뤼팽은 꿈쩍도 하지 않았다. 바로 이 장소에서 똑같이 그 이름으로 자신을 지목한 적이 있는 포스틴이 시몽 로리앙과 관련 있는 것과 마찬가지로, 역시 그와 연관된 토마 부키가 이런 태도로 나오는 건 어찌 보면 충분히 예상할 만한 일이지 않은가!

그는 간단히 말했다.

"당신이 아르센 뤼팽을 만나러 이곳에 나타났다면 제대로 찾아온 셈이오. 내가 바로 아르센 뤼팽이오. 당신은?"

"내 이름은 알아봤자 별거 없습니다."

토마 부키는 상대의 덤덤한 자세에 약간 당황한 듯했다. 그는 속으로 또 다른 공격 방향을 모색했다.

한편 라울은 문득 호출벨을 울렸고, 들어온 운전기사에게 말했다.

"이분께서 고집스럽게 머리에 얹고 있는 저 모자를 좀 받아드리시게."

금세 말뜻을 깨달은 부키는 얼른 모자를 벗어 건넨 다음, 자극을 받은 듯 빈정대는 투를 과장하며 내뱉었다.

"역시 지체 높은 귀인다운 방식은 다르다 이거군요? 하긴 아르센 뤼팽이시니! 유서 깊은 귀족이라! 항상 그럴듯한 작위를 호주머니 속에 넣어 갖고 다니시죠. 나하고는 아예 격이 다르다고나 할까요? 나는 그렇게 귀하신 몸도 아니고, 작위도 없는 사람입니다. 그래서 말씀인데, 황공하지만 조금만 눈높이를 아래로 맞춰주시기를 부탁드리나이다. 그래야 좀 더 편하게 이야기를 나눌 거 아니겠소?"

부키는 아예 담배까지 꼬나물고는 또 이렇게 비아냥거렸다.

"어떻소, 이 정도면 꽤 놀라셨겠지? 허구한 날 후작이다, 공작이다 지체 높으신 나리들만을 상대해오다가 난데없이 세상 천지분간 모르는 불한당 녀석을 앞에 두게 되었으니 말이야."

라울은 여전히 덤덤한 태도로 대꾸했다.

"후작이나 공작을 상대해야 할 때는 나도 그만한 예의를 가능한 한 지키지만, 저잣거리 상놈을 대할 경우에는 또 그 나름대로 다루는 방법이 다 있지."

"예컨대 어떤 식으로?"

"그야 아르센 뤼팽식이지!"

그 말과 함께 뤼팽은 전광석화 같은 동작으로 상대의 담배를 빼서 팽개친 다음 다짜고짜 뇌까렸다.

"자, 이제 그쯤 해둬! 난 바쁜 몸이야. 원하는 게 뭔가?"

"돈이다!"

"얼마?"

"10만 프랑."

라울은 짐짓 놀라는 표정을 지어 보였다.

"10만이라! 그만하면 뭔가 대단한 걸 제공할 모양이지?"
"그런 건 없다."
"그럼 순전한 협박인가?"
"그런 셈이지."
"아예 공갈로 나오시겠다?"
"바로 그거다."
"다시 말해서 돈을 안 내놓으면 뭔가 내게 해 끼칠 행동을 하겠다?"
"그렇다."
"그게 어떤 행동이지?"
"그쪽을 고발하겠다."
라울은 타이르듯 고개를 가로저었다.
"잘못 짚었군. 내게 그런 수단은 안 먹혀든다네."
"먹혀들걸."
"아니라면 어쩔 텐가?"
"정 그렇다면, 파리 경시청에 직접 편지를 쓸 거야. 베지네 살인절도 사건에 깊숙이 관여한 라울 다베르니는 다름 아닌 아르센 뤼팽이라고 선언하는 거지."
"그런 다음엔?"
"그럼 다음엔 뤼팽 당신은 곧장 철창신세가 되는 거지."
"그러고 나서는? 자네 손에 10만 프랑이 고스란히 굴러 들어오고?"
라울은 그 말과 함께 어깨를 으쓱하고는 내처 덧붙였다.
"멍청이! 자네는 내가 운신이 자유로운 데다, 자네가 끼칠 해악에 주눅이 들어 있는 동안에만 내게 영향력을 행사할 수가 있어. 다른 협박거리를 한번 찾아보게."
"이미 다 찾아놓았다."

"뭐지?"

"펠리시앵이 있지."

"그에게 불리한 증거라도 갖고 있나? 그가 도둑질의 공범이기라도 해? 살인을 함께 저질렀어? 그 때문에 징역형에 처해지겠지? 아니면 교수대로 가? 그런 걸로 나한테 겁을 줄 수 있을 거라 생각하나?"

"그런 게 아무 상관 없다면 왜 그에 관한 정보의 대가로 5000프랑이나 쓴 거지?"

"아, 그거? 그건 영 다른 문제지. 나는 그자가 감옥에 가든 다른 어떤 꼴을 당하든, 속옷 한 번 갈아입는 것만큼이나 상관 안 해. 그나저나 그자를 누가 붙잡히게 만든지나 아는가? 바로 날세."

잠깐 동안의 침묵 속에서 라울은 사내의 입술 사이로 미세하게 떨려 나오는 웃음소리를 감지했다. 약간의 불안감이 엄습해왔다.

"왜 웃는 거지?"

"아무것도 아니야. 그냥 머릿속에 떠오른 기억이 있어서."

"어떤 기억?"

라울의 불안감이 갑자기 흩어졌다. 드디어 무언가가 저 과거 속으로부터 고개를 들 것 같은 느낌이었고, 왜 이 수수께끼 같은 사건에 자신이 발을 들여놓게 된 건지 그 내막을 알 수 있을 거라는 생각이 들었다.

"어떤 기억인지 어서 말해보게."

상대가 말을 꺼냈다.

"당신, 들라트르 박사를 알지?"

"알지."

"옛날에 당신 부하들이 그 사람을 납치해서, 당신이 단말마의 고통에 허덕이고 있는 시골 여인숙으로 데려갔지. 그는 당신을 지극정성으로 치료했고 결국 목숨을 구해주었어. 내 말이 맞지(『기암성』 참조—옮긴이)?"

"저런, 자네가 그 오래된 작전을 다 알고 있다니!"

라울은 제법 놀란 얼굴이었다.

"그 밖에도 많이 알지. 아무튼 그 들라트르 박사가 당신한테 펠리시앵이라는 청년을 추천해준 거지?"

"그렇다네."

"근데 사실 들라트르 박사는 그 젊은 친구에 대해 전혀 아는 바가 없는 입장이었고, 당신이 나중에 알아본 바로는 그 추천도 전적으로 박사의 하인인 바르텔르미의 주선으로 이루어진 것이었지. 오랑주리에서 비명횡사한 바로 그 노친네 말이야."

"그건 나도 이미 다 아는 사실이고."

"어허, 좀 진득하니 기다리시지. 별로 길지 않을 테니까. 당신은 이제부터라도 이번 사건의 진면목을 정확히 이해해야만 해. 요컨대 펠리시앵을 당신 곁으로 들여보낸 건 다름 아닌 바르텔르미라는 거야."

"그야 펠리시앵 본인과의 합의에 의해 그리된 것 아닌가?"

"물론이지."

"그렇게까지 일을 꾸민 데엔 그럴 만한 숨은 의도라도 있었단 말인가?"

"당신 돈을 게워내도록 하자는 거였지."

"그런데 바르텔르미가 죽고, 펠리시앵이 감옥에 가서 일이 망쳐졌겠군?"

"그랬긴 하지만, 내가 다시 이렇게 떠맡았으니 상관없어. 실은 여기까지 들이닥친 진짜 이유가 바로 거기 있지."

"바로 거기서부터 난 당최 뭐가 뭔지 아리송하단 말이야. 자, 어서 털어놔보시지?"

"어허, 급하시긴. 그럼 얘기를 뒤집어서, 그러니까 거슬러 올라가서부터 얘기를 풀어보도록 하지. 지금으로부터 대략 15년 전부터 바르텔르미는 펠리시앵이 사는 모습을 멀찌감치 죽 지켜보면서 따라다녔어. 청년은 그 당시 건축사 자격증을 따기 위해 열심히 공부하고 있었지. 그 전에는 식료품가게 점원으로도 일했고, 한때는 행정관청의 사환 노릇도 했지. 시골 구석에서 차고 심부름꾼으로도 있었어. 그렇게 계속해서 시간을 거슬러 오르다 보면 마침내 바르텔르미가 푸아투의 농장에서 처음 소년과 마주친 시점까지 가 닿게 되지. 그때 펠리시앵은 그 농장의 다른 아이들과 함께 뒹굴며 자라고 있었지."

라울은 점점 얘기에 흥미를 느끼면서 약간의 초조함과 더불어 상대가 말하려는 요지를 붙잡아내기 위해 신경을 곤두세웠다. 그는 불쑥 질문을 던졌다.

"물론 펠리시앵은 그 모든 과거 사실을 전혀 잊지 않고 있겠지? 비록 예심 과정에서는 기어이 밝히기를 거부했지만 말이야."

"아마 그럴걸."

"그런데 바르텔르미는 그자를 어떻게 알게 된 걸까?"

"남편을 여읜 농장 여주인과 사귀게 되면서 여자한테 비밀 얘기를 직접 들어 알게 되었지. 내용인즉슨, 옛날에 한 여인이 아이를 한 명 데려와서는 앞으로의 양육비라며 엄청난 금액을 쏟아붓고 갔다는 거야."

라울 다베르니는 서서히 이유 모를 초조감에 휩싸여갔다. 그는 이렇게 중얼거렸다.

"그때가 몇 년쯤이었지?"

"나도 모르지."

"하지만 여자는 알 텐데?"

"그녀는 죽었어."

"그럼 바르텔르미는 알겠군."

"그럼 뭐해, 그도 죽은걸."

"자네가 이 모든 내용을 아는 걸 보면, 그가 얘기를 했을 게 아닌가?"

"그렇지. 딱 한 번 얘기한 적이 있지."

"그럼 어서 털어놔보게. 그 여인이 누군가? 아이 엄마 말이야."

"아이 엄마는 아니었어."

"엄마가 아니라고?"

"아니지. 아이는 유괴된 거였으니까."

"무슨 이유라도?"

"복수를 하기 위해서였다는군."

"그 여인, 어떤 여자였지?"

"아주 예뻤다지."

"부자였다던가?"

"돈은 많아 보였다고 했어. 자동차를 타고 돌아다닐 정도였으니까. 떠나면서도 다시 돌아올 거라 했다는군. 하지만 그 이후론 볼 수 없었다지."

라울의 초조감은 점점 걷잡을 수 없는 흥분으로 이어갔다.

목소리부터 사뭇 높아졌다.

"정 그렇더라도 뭔가 아이에 관한 정보는 남겨두었을 것 아닌가? 이름이라도…… 원래 이름이 펠리시앵 맞나?"

"펠리시앵은 농장 여주인이 임의로 붙여준 이름일 뿐이야. 펠리시앵 하고 샤를이라는 두 가지 이름으로 불렀다고 해. 때론 이걸로, 때론 저걸로 말이야."

"그럼 진짜 이름은?"

"농장 여주인도 그건 모른다는 거야."

"다른 거라도 뭐든 알 게 아닌가, 그 여주인 말이야!"

라울이 버럭 소리쳤다.

"글쎄, 그럴 수도 있겠지. 하지만 아무 말도 남긴 게 없으니……."

"거짓말! 자네 지금 거짓말을 하고 있는 거야! 분명 다른 무언가 아는 게 있었고, 얘기도 했어."

"아니, 아무것도 몰랐었어. 다만 여자와 내연관계를 죽 이어가는 동안 바르텔르미가 따로 좀 조사를 한 게 있지. 그 결과, 이런 사실들이 확인되었다고 해. 아이를 맡기고 농장을 떠난 자동차가 마을을 10킬로미터쯤 벗어난 지점에서 고장이 났고, 이웃 마을에 차를 멈춘 여인은 예비 부품이 공급될 때까지 당분간 기다려야 했다는군. 한데 수리공장에 있던 정비공이 자동차 쿠션 밑에서 편지 한 장을 발견했다는 거야. 그렇게 해서 알게 된 여인의 이름이 칼리오스트로 백작부인이라나."

다베르니는 펄쩍 뛰었다.

"칼리오스트로 백작부인!"

"그래."

"그 편지는 어떻게 됐지?"

"바르텔르미가 정비공한테서 가로챘다고 했어."

"자네는 그 편지를 직접 봤나?"

"그건 아니지만, 바르텔르미가 읽어줬지."

"내용은 기억하겠군?"

"내용까지는 몰라도……."

"그럼?"

"이름 하나는 똑똑히 기억하고 있지."

"어떤 이름인데?"

"아이 아버지의 이름."

라울은 일각도 지체하지 않고 다그쳤다.

"당장 말해봐!"

"라울."

그는 곧바로 상대에게 달려들어 어깨를 부여잡고는 우악스레 내질렀다.

"거짓말 마!"

"맹세하지만 진실이야."

"거짓말! 꾸며낸 얘기야. 라울이라 해도 전혀 중요한 게 아니지. 프랑스에는 라울이라는 이름이 수도 없이 많으니까. 그래, 라울 뭐라던가?"

"라울 드 리메지라고 했어(모리스 르블랑의 실수로 보인다. 원래는 라울 당드레지—옮긴이). 당신의 지금 이름인 라울 다베르니와 마찬가지로 뤼팽이 가진 이름들 중 하나지."

라울은 그 자리에서 몸이 휘청거렸다. 실로 옛날에 라울 드 리메지라고 불리던 때가 있었지 않은가(『초록 눈동자의 아가씨』 참조—옮긴이)! 아, 끔찍해라! 처절했던 삶의 기간들이 느닷없이 저 아득한 어둠 속으로부터 솟아나는 느낌이었다. 그나저나 펠리시앵이 어떻게?

일련의 생각하고 싶지 않은 가설들에 라울은 발끈하면서 몸을 추스르고는, 나지막한 목소리로 말했다.

"헛소리는 그 정도로 끝내! 아주 혼자서 제멋대로 상상을 하는군!"

"내가 리메지라는 성까지 상상을 해낼 수는 없지."

"대체 그건 누구한테 얻어들은 건가?"

"바르텔르미."

"바르텔르미, 그놈 완전히 사기꾼이군. 난 그자를 알지도 못해. 그 역시 나를 알 리 없고 말이야."

"아니, 알고 있던데."

"무슨 소리야?"

"당신 밑에서 일을 한 적이 있었다던걸!"

"또 무슨 헛소리를 지껄이려는 건가?"

"당신의 옛 부하들 중 한 명이었다고 했어."

"바르텔르미가?"

"그때는 그 이름이 아니었지."

"무슨 이름이었는데?"

"오귀스트 델르롱! 뤼팽이 치안국장으로 있을 당시 총리실 수석 경비원 자리에 앉혀놓았던 사람이지(『813』 참조—옮긴이)!"

9
대장

라울은 고개를 떨구었다. 머릿속에선 옛 기억이 슬금슬금 고개를 들었다. 그의 모험 인생 중 초기 시절, 저 오귀스트 델르롱이라는 자는 가장 적극적인 부하들 중 한 명이었고, 뤼팽 역시 아무런 의심 없이 자신의 가장 비밀스러운 작전에 여러 차례 투입한 재목이었다. 그러던 것이 총리실에서의 사태 이후, 더는 아무 소식도 들을 수가 없었다(이 대목도 모리스 르블랑의 명백한 착각이다. 오귀스트 델르롱은 제1차 세계대전 당시 아프리카에서 뤼팽과 재회한다. 『호랑이 이빨』 488쪽 참조—옮긴이).

그런데 이제 와서 그 오귀스트 델르롱이 난데없는 바르텔르미로 둔갑을 해 나타나, 왕년의 두목을 겨냥한 이 모든 음모를 꾸미기에 이르렀단 말인가!

라울의 흔들리는 태도 앞에서 토마 부키는 더욱 뻔뻔하고 대담해졌다. 그는 기고만장한 목소리로 내뱉었다.

"자, 이제 20만 프랑 정도는 내셔야겠는걸! 한 푼도 깎아줄 수 없어!"

그러고는 곧장 보다 친근하면서도 어딘지 건방진 어조로 설명을 시작했다.

"그것 보라고, 이제 뭐가 뭔지 감이 오지 않는가? 당신은 자신을 위해 돈을 게워내는 건 단호히 거부했지. 하지만 문제가 당신 아들이라면, 글쎄 그건 영 다른 차원이 될걸! 그러니 이젠 나한테 30만 프랑을 쏟아붓지 않고서는(그래, 분명 30만이라고 했어. 그 정도는 값이 나가야겠지), 내가 수사판사에게 펠리시앵의 돌이킬 수 없는 과거 전력을 세세히 일러바치는 걸 막을 도리는 아마 없을 거야. 그가 라울 다베르니의 아들이자, 결국에는 아르센 뤼팽의 자식이라는 걸 증명하는 것쯤이야 땅 짚고 헤엄치기나 다름없지, 안 그래? 어때, 이만한 일석이조도 따로 없지 않겠어? 다베르니 하나로 뤼팽과 또 뤼팽의 아들 펠리시앵까지 일거에 잡아들이게 되는 셈이니 말이야. 아참, 그 젊은이의 어미는 누구였더라? 뤼팽이 리메지 남작이라는 가면을 쓰고 꼬드겨 결혼한 아가씨……."

라울은 고개를 벌떡 쳐들며 윽박질렀다.

"닥쳐라! 그 이름은 입에 올리지 마!"

그러면서도 라울은 자신의 마음 깊은 곳에서 그 이름을 남몰래 불러보고 있었다. 그러자 비극적인 옛 모험의 쓰라린 추억이 고스란히 정신 속에서 용트림하는 것이었다. 클라리스 데티그와 나누었던 감미롭고 신선한 사랑과 함께 잔혹하고 야성적인 여자 칼리오스트로 백작부인, 즉 조제핀 발자모를 향해 품었던 광적인 열정…… 얼마나 모진 싸움의 연속을 거친 후에야 결국 클라리스 데티그와 결혼을 할 수 있었던가! 그리고 그다음은? 5년 후, 한 아이가 태어났고, 장 드 리메지라는 이름이 호적에 정식으로 올랐다. 그러나 출산 이틀 후, 산모가 분만후유증으로 사망한 상황에서 아이가 감쪽같이 사라지고 만다. 칼리오스트로 백작부인이 보낸 하수인들이 업어간 것이었다.

사정이 그러할진대, 저 증오와 복수의 화신이나 다름없을 무시무시한 존재가 어느 날 푸아투의 농장 여주인에게 불쑥 나타나 맡긴 아기가 정녕 그 장 드 리메지라는 말인가? 다정했던 클라리스 데티그를 떠올리며 그토록 찾아 헤맸던 바로 그 장이, 어느 날 불쑥 찾아와 사악한 흉계를 착착 실행에 옮긴 저 음험하고 수상쩍은 펠리시앵이란 말인가? 무엇보다 라울이 감옥에 처넣은 청년이 정말 그 자신의 아들, 사랑하는 아들 장이란 말인가?

그는 넌지시 떠보듯 말했다.

"칼리오스트로 백작부인은 죽은 걸로 아는데."

"그래서? 아이만 살아 있으면 됐지! 펠리시앵을 보면 알잖아?"

"펠리시앵이 그 아이라는 증거는 있는가?"

"정 못 믿겠으면 사법당국이 밝혀주겠지."

부키는 실컷 비아냥대는 투였다.

라울은 다시 반복해 추궁했다.

"증거가 있냐고 물었다."

"바르텔르미가 끈기 있게 모아놓은 확실한 증거들이 좀 있지. 이만해도 벌써 모르겠나? 그 선량한 노친네의 입장에서 보기에 이건 정말 일생일대의 회심을 건 일격이라 할 수 있어! 아이를 당신 집에 들여 넣음으로써 그는 당신을 발톱으로 움켜쥔 거나 다름없다고. 오늘 비록 내가 득이나 보자고 대신 나서서 이러고는 있지만, 원래 자신이 이렇게 할 것을 계획하면서 그 영감탱이가 얼마나 속으로 신났을지 한번 생각해보란 말이야. 여기 이렇게 나타나 당신 면전에다 대고 이러고 싶었겠지. '나를 이 비참한 지경에서 구해내라! 아니면 당신을 사법당국에 넘기고, 아들까지 콩밥 신세를 지게 만들 테다! 당신과 당신의 아들, 둘

다 말이다!'"

라울은 이제 세 번째로 같은 질문을 되풀이했다.

"증거는 있나?"

"하루는 바르텔르미가 지난 수년간 조사를 해오면서 취합한 증거들이 들어 있다며 내게 조그만 주머니를 보여준 적이 있지."

"그 주머니, 어디 있지?"

"내가 보기에 시몽의 정부였던 여자한테 맡겨둔 것 같았어. 코르시카 출신인데, 둘이서도 잘 통했거든."

"그 여자, 만나볼 수 있겠나?"

"어려울 거야. 영감이 죽은 뒤부터는 나도 전혀 본 적이 없거든. 아마 경찰도 그 여자를 쫓고 있는 것 같던데."

라울은 한참 동안 입을 다물고 있었다. 그러더니 호출벨을 울려 하인을 불렀다.

"점심은 준비되었소?"

"네, 므슈."

"식기를 한 세트 더 놓으시오."

라울은 부키를 등 떠밀듯 앞세워 식당으로 건너갔다.

"앉지."

상대는 당황한 빛을 내보이며 주춤주춤 지시에 응했다. 어쨌든 그는 거래가 이루어진 걸로 확신했으며, 이제는 아까부터 내심 욕심이 당긴 40만 프랑이라는 액수를 내걸 것인가 말 것인가만을 고심하는 중이었다. 하긴 불시의 기습공격을 당해 일거에 허물어진 라울 다베르니가 굳이 액수에 연연하지는 않을 것도 같았다.

라울은 별로 먹지 않았다. 비록 상대가 예상하듯 허물어진 건 아니라 해도 고심은 대단했던 것이다. 문제가 끔찍하리만치 복잡하게 보였으며, 일정한 해결책에 정착하기까지 이리저리 뒤집어보며 고민에 고민을 거듭하고 있었다. 문제 자체가 이중으로 겹쳐 있으니 그 해결책도 이중적이어야 할 터였다. 물론 펠리시앵과 관련한 문제의 해결책을 찾는 일도 중요하지만, 보다 더 시급한 문제로서 토마 부키의 제법 위협적인 협박에 당장 어떻게 대처해야 할지 그 방도를 찾아야만 했다. 식사를 끝낸 뒤 둘은 다시 서재로 자리를 옮겼다.

반 시간가량 또다시 침묵이 흘렀다. 부키는 안락의자에 느긋하게 몸을 파묻고, 아바나산 시가상자에서 자기 마음대로 고른 큼직한 시가 한 대를 맛좋게 피우고 있었다. 라울은 뒷짐을 진 자세로 깊은 생각에 잠겨 방 안을 이리저리 서성댔다.

마침내 부키가 먼저 말을 꺼냈다.

"여러모로 깊이 생각해봤는데, 아무래도 50만 프랑 이하로는 안 되겠어. 그 정도는 돼야 합당한 가격이라 할 수 있지. 그리고 내 쪽에서도 충분한 대비가 되어 있다는 점을 명심하는 게 좋아. 만약에 나를 물먹일 심산이라면, 미리 내가 작성해놓은 고발편지가 친구에 의해 곧장 우체국으로 날아들 예정이거든. 그러니 허튼수작은 부리지 않는 게 좋겠지. 당신은 지금 꼼짝달싹 못할 지경에 빠진 거라고. 깎을 생각일랑은 아예 하지 마. 50만 프랑이야. 한 푼도 모자라면 안 돼."

라울은 묵묵부답이었다. 아울러 어딘지 안정되고, 훨씬 덜 고민에 사로잡힌 듯 보이는 게 마치 결단을 이미 내려서 더는 흔들리지 않을 사람 같기도 했다.

10분쯤 흘렀을까, 그는 문득 탁자 위의 추시계를 보았다. 그리고 전화기 앞에 앉아 수화기를 들고 다이얼을 돌리기 시작했다.

통화가 연결됐는지 그는 이렇게 말했다.

"파리 경시청이죠? 므슈 루슬랭의 집무실 좀 부탁합니다."

그는 금세 덧붙였다.

"라울 다베르니입니다. 수사판사님이시죠? 아이고, 감사합니다. 물론 잘 지내죠. 네, 새로운 소식이 하나 있어서요. 지금 내 집에 베지네 사건에 적극적으로 가담했던 장본인을 한 놈 붙잡아두었습니다. 아뇨, 아직 자백을 한 건 아닙니다만, 이제 조만간 그럴 수밖에 없는 상황에 처해 있습니다. 여보세요…… 네, 그렇죠…… 그를 보내 잡아들이는 게 최선이겠군요. 구소 형사반장을 보내시는 거죠? 잘 생각하셨습니다. 오, 그건 걱정 마십시오. 도망칠 수는 없을 겁니다. 꽁꽁 묶인 채로 바닥에 동댕이쳐 있거든요. 감사합니다, 수사판사님."

라울은 수화기를 내려놓았다.

토마 부키는 통화 내용에 귀를 기울이면서 점점 더 놀라는 기색이 역력했다. 이제는 몰라볼 정도로 얼굴이 창백해졌다.

"다, 당신 미쳤어! 도대체 뭐하는 짓이지? 나를 경찰에 넘기겠다고, 나를? 그럼 동시에 당신도 경찰에 넘겨지는 걸 텐데? 펠리시앵도 무사하지 못할 거고."

더듬대는 부키의 말을 라울은 거의 듣는 기색도 아니었다. 흡사 눈앞에 토마 부키가 아예 없는 것처럼 행동했고, 그와는 전적으로 무관하게 마련된 일련의 행동계획에 따라 무턱대고 할 일을 해나가는 분위기였다. 이 모든 것이 오직 라울 다베르니 자신의 문제일 뿐이지, 거기에 토마 부키가 개입할 틈은 없어 보였다.

토마는 길길이 날뛰며 권총을 빼 들고는 장전을 한 뒤 상대를 겨누었다.

"미친놈한테는 이걸 한 방 먹이는 게 최선이지!"

비록 소리는 쳤지만 방아쇠를 당기지는 않았다. 하긴 다베르니를 그런 식으로 쓰러뜨린다고 해서 목적이 달성되고 손안에 따끈한 현찰이

만져지는 건 아니니까. 게다가 라울 다베르니가 부키 같은 존재를 불속에 들이미는 즐거움 따위나 맛보기 위해 과연 자신의 희생마저 감수할까? 아니, 그건 아닐 것이다. 아마도 허세이거나 뭔가 오해나 착오가 있을 터였다. 아무튼 어찌 된 영문인지 파악을 하기 위해 반 시간 정도는 아직 여유가 있는 상황이었다.

그는 두 번째 시가를 피워 물더니 이렇게 농담을 던졌다.

"멋진 연극이었어, 뤼팽! 역시 공연한 명성이 아니로군. 바르텔르미가 얘기해준 내용에 결코 못 미치지 않아. 맙소사, 정말이지 대단한 반격이 아닌가! 하지만 나한테는 별 효력이 없을걸. 잘 생각해봐, 뤼팽. 설사 나를 경찰에 넘긴다 치더라도, 당신은 고작 고만고만한 사람들끼리 등이나 처먹고 공갈이나 해대는 어떤 녀석을 잡아넣는 것뿐이지. 그 상대가 이번에는 어쩌다 아르센 뤼팽이라는 좀 거물이 걸렸을 따름이라고. 아마 그래봤자 당신만 남의 웃음거리가 될걸. 보아하니 당신이 나라는 사람을 전혀 모르는 거 같아서 하는 얘기야. 도대체 내가 경찰을 겁낼 거라 생각하는 이유가 뭔가? 이 내가 말이야! 이래 봬도 난 눈처럼 새하얀 사람이거든. 눈곱만큼도 비난받을 죄를 저지른 적이 없어."

라울이 대꾸했다.

"그런데 왜 그리 퍼렇게 질렸지? 왜 추시계를 힐끗거리느냔 말이야."

"당신보다는 덜한데 뭘 그래. 다시 말하지만 난 죄 하나 없이 정직한 사람이라고."

"그럼 뒤를 좀 돌아보게나, 정직한 사람아. 그 열쇠를 들고 저기 저 개폐식 책상을 좀 열어보게. 좋았어. 그 선반 위에 파일이 하나 보이지? 그걸 이리 좀 건네주게. 고마워. 사실 내게는 아주 정확하거나, 거의 그런 수준이라 할 만한 색인카드가 상당수 구비되어 있다네. 자네 색인카드는 바로 이 파일 안에 있지."

라울은 P. Q. R. S. T. 등으로 연속되는 이니셜 글자들을 주르륵 훑다가 외쳤다.

"여기 있다! 자넨 T. 목록에 속해 있겠지."

"T. 목록이라면?"

"당연하지. 토마(Thomas)로 분류했을 테니까 말이야."

마침내 라울은 색인카드를 한 장 뽑아내 큰 소리로 읽기 시작했다.

토마 부키, 즉 토마 북메이커.

신장: 1미터 75센티미터.

가슴둘레: 95센티미터.

짙은 콧수염. 앞이마가 약간 대머리. 천박한 인상에 이따금 짐승 같은 표정이 됨.

주소: 그르넬 구역, 아르드부 가 24번지.

돼지고기 푸주한 여자의 정부이자, 그 가게 위층에 세 들어 삶.

좋아하는 냄새: 흰색 라일락꽃 향기.

옷장 속에는 하늘색 비단 팬츠 두 벌과 같은 색깔의 양말 네 켤레가 들어 있음.

"동의하겠지, 토마 부키?"

토마는 휘둥그레진 눈으로 상대를 바라보고만 있었다.

라울은 계속했다.

이상 토마 부키라는 사람은 사이비 그림쟁이 시몽 로리앙의 형제임.

또한 그들은 오랑주리 별장 도난사건의 진범인 바르텔르미 영감의 두 아들임.

토마 부키는 벌떡 일어서지 않을 수 없었다.

"대체 뭐하는 거야? 모두 다 엉터리라고!"

"천만에, 엄연한 진실이지. 이제 곧 단행될 경찰의 가택수색으로도 충분히 확인될 사실들이야. 자네 거처이든 그 푸주한 여자 집이든, 아니면 자네가 그토록 뻔질나게 드나드는 장지바르든 간에 어딜 쑤셔도 똑같은 결론이 나올걸."

이미 경황이 없으면서도 여전히 허세를 부리려 애쓰면서 부키는 버럭 외쳤다.

"그래서? 그래서 어쨌다는 거야? 그걸로 나를 어쩌겠다는 거냐고? 그것만으로 나를 걸고넘어질 수 있을 거라 생각해?"

"최소한 자네를 감옥에 처넣을 만큼은 되지."

"동시에 당신도 마찬가지 신세가 될 텐데!"

"아니. 왜냐하면 이건 그야말로 내가 사법당국에 제출할 요량으로 그동안 자네의 범죄경력에 관해 조사해둔 자료들 중 극히 미미한 일부에 지나지 않거든. 조만간 구소 형사반장이 도착할 때까지 얌전히 이 탁자 위에 있을 자료 말이야. 게다가 그게 다가 아니지."

"또 뭐가 있지?"

부키는 한층 불안해진 목소리로 물었다.

"자네의 이 은밀한 방문, 몇 가지 자세한 사항들, 자네가 범한 행동들, 그런 것들로 경찰의 관심을 쏠리게 하는 건 내게 일도 아니야. 한마디로 내가 꽉 잡고 있는 거지."

토마 부키는 잔뜩 긴장한 손으로 다시 권총을 움켜쥐었다. 그는 차고 쪽 정원을 향한 유리문으로 한 발 한 발 뒷걸음질을 치면서 더듬거렸다.

"엉터리야! 뤼팽식의 속임수일 뿐이라고! 진실은 하나도 없어. 증거가 없다고!"

라울은 천천히 상대에게 다가가면서 다정한 목소리로 타일렀다.

"자자, 자네의 그 브라우닝이나 내려놓게. 그리고 도망치려 하지 마. 굳이 싸울 필요도 없을 테니까. 그냥 얘기만 하자고. 아직은 우리에게 15분이라는 시간이 남아 있어. 그러니 일단 내 말을 잘 듣게나. 그래, 솔직히 아직까지 충분한 물증을 모아들일 시간적 여유가 없었던 건 사실이야. 그걸 찾아내는 건 구소와 그 동료들 소관이지. 그리고 또 몇 가지 새로운 일들도 있어. 알겠나? 내가 뭘 말하려는 지 알지? 불과 사흘 전 일이야. 그걸 두고 별것 아닌 일이라고는 말 못할걸!"

토마 부키의 얼굴이 졸지에 백지장처럼 변했다. 워낙 최근에 저지른 범죄행위라 그 끔찍한 기억이 여간 생생한 게 아니었다. 라울은 좀 더 노골적으로 쏘아댔다.

"설마 젠틀맨이라고 불리던 선량한 젊은이를 잊은 건 아니겠지? 흥신소에서 나를 위한 조사활동을 맡긴 친구 말이야. 자네, 그 친구 대신 여길 오기 위해서 무슨 짓을 한 거지?"

"그건, 그 친구가 부탁을 해서……."

"오, 그건 사실이 아니지. 그렇지 않아도 흥신소에 전화를 해봤어. 벌써 며칠 동안 그 친구를 봤다는 사람이 없다더군. 지난 일요일 저녁부터 말이야. 나는 직접 그 친구를 찾아 나섰지. 그러다 보니 자네의 아지트나 다름없는 장지바르까지 가 닿게 되더군. 그날 일요일 밤늦게 자네와 그 친구는 술로 곤죽이 되어 둘이 함께 걸어나왔지. 그다음부터 소식이 뚝 끊긴 거야."

"그렇다고 증명되는 건 하나도 없어."

"있지, 왜 없어? 제방에서 자네가 그 친구와 함께 있는 걸 봤다는 사람이 둘이나 있거든."

"그래서?"

"그래서라니? 자네 둘이 다투는 소리가 센 강을 따라 선명하게 들렸다는 거야. 그 친구가 고래고래 도움을 요청하며 소리를 질렀다더군. 증인들 이름을 줄줄이 거명해볼까."

부키는 더는 저항하지 못했다. 사실 왜 그 보이지 않던 증인들이 그때는 전혀 개입하지 않았으며, 어떻게 인기척조차 느껴지지 않은 건지 캐물을 수도 있었다. 하지만 더는 아무것도 생각하지 않았다. 그저 두려움으로 숨까지 헐떡일 따름이었다.

라울은 잠시도 틈을 주지 않고 다시 몰아붙였다.

"자, 그러니 이제 경찰 나리들께서 나타나시면 자네가 그때 그 친구를 어떻게 했으며, 그가 어쩌다가 익사를 했는지 차근차근 설명해야 하지 않겠느냐고! 진짜 익사를 했더군! 어제저녁에 사체를 발견했다지. 현장에서 조금 더 가서, 길게 늘어져 자리 잡은 백조 섬(1825년 센 강 한복판에 길쭉한 모양으로 조성된 섬—옮긴이) 기슭에서 말이야."

부키는 진땀으로 흥건한 이마를 소맷부리로 덥석 닦아냈다. 끔찍한 살인의 현장, 즉 강물로 굴러떨어지는 주정뱅이의 모습에서부터, 수면에서 발버둥치는 광경, 그러다가 이내 캄캄한 물속으로 자취를 감추는 과정 모두가 주마등처럼 그의 뇌리를 스쳐 지나가는 게 분명했다. 그럼에도 불구하고, 그는 다시 한번 버텨보려고 안간힘을 다했다.

"아무것도 몰라, 아무것도 못 봤다고!"

"그럴지도 모르지. 하지만 곧 밝혀질 거야. 젠틀맨은 흥신소 동료들과 사장한테 미리 알린 얘기가 있다더군. 사건 당일 아침 이랬다는 거야. '만약 내게 어떤 불상사가 일어나면 토마 부키라 불리는 사람을 찾아가 물어보세요. 지금 잔뜩 경계는 하고 있는 사람인데, 그르넬 구역의 장지바르라는 술집에 가보면 만날 수 있을 겁니다.' 실제로 거길 가니까 자넬 찾을 수가 있었지."

드디어 라울은 상대가 완전히 허물어지는 걸 느꼈다. 모든 저항이 끝났다. 토마 부키는 라울의 전격적인 위력에 압도되었고, 완벽한 무기력 상태에 빠져 자신이 어디로 끌려가는지 생각할 힘도 없었다. 적이 명하는 것을 무엇이든 받아들이고 따를 준비가 되었다고나 할까. 단지 죄가 있는 자로서 위축된 것뿐 아니라, 월등한 강자의 위세에 눌려 갈피를 잡지 못하는 약자의 처지라고 할 만했다. 라울은 손을 뻗어 상대의 어깨를 짚은 뒤 천천히 내리눌러 의자에 주저앉혔다. 그러고는 한껏 너그러운 티를 내며 말했다.

"자네, 설마 내빼려는 건 아니겠지? 내 하인들이 저만치 자네를 감시하고 있어. 뤼팽하고 있을 때는 그냥 포기하는 게 좋아. 대신 말만 잘 들으면 난관을 슬기롭게 해결해나갈 수가 있지. 그것도 아주 훌륭한 조건하에서 말이야. 다만 내 말에 절대 복종해야만 해. 싫은 표정 짓지 말고. 용기를 갖고 허심탄회한 심정으로. 자, 대답해봐. 경찰의 범죄기록에 올라간 적이 있나?"

"없다."

"도둑질이나 사기와 연관된 더러운 구설수는?"

"명확히 알려진 바는 전혀 없다."

"누구든 자네를 의심했다거나 앞으로 의심할 가능성은?"

"없다."

"경시청 감식과의 범죄자 인체측정 색인표에 오른 적은?"

"없다."

"맹세할 수 있나?"

"맹세한다."

"좋았어! 이제 자넨 내 사람이야. 몇 분 후면 구소와 그의 부하들이

들이닥칠 것이네. 그럼 자네가 순순히 붙들려 가줘야겠어."

부키는 눈이 휘둥그레지면서 펄쩍 뛰었다.

"당신 미쳤어!"

"이미 내 손에 잡힌 처지인데, 까짓 경찰한테 또 한 번 잡히는 게 무슨 대수라고 그러나? 나한테 당하는 것보다야 훨씬 양반이지 뭘 그래! 자넨 그저 이 손에서 저 손으로 옮겨가는 것뿐이야. 게다가 그래줘야만 나를 도와줄 수가 있어."

"당신을 돕는다?"

순간 토마 부키의 눈이 반짝거렸다.

"물론이지. 나도 그 정도 도움이라면 제법 비싸게 쳐줄 수가 있어, 아무렴! 아무튼 펠리시앵이 진짜 내 아들인지를 알 수 있는 유일한 방법은 내가 직접 그 젊은이에게 물어보는 것 뿐이야. 그래서 만약 그 친구가 내 아들이라면, 자기 아들을 감옥에서 썩게 내버려두는 내 심정이 어떠할지 한번 생각해보라고."

"하지만 별 도리가 없는걸."

"아니지. 현재 경찰한테는 단순한 심증만 있을 뿐이야. 뭐 하나 단단한 증거라곤 없지. 그런 상황에서 자네가 체포되어 자백을 하면 저들의 모든 기소 논리가 한꺼번에 허물어지게 돼."

"자백이라니, 무슨 자백 말인가?"

"바르텔르미 영감이 도둑질을 했던 낮 동안과 자네 형제인 시몽 로리앙이 부상을 당해 자빠져 있던 밤 동안 자네가 한 일 말이야."

"사전에 약속된 대로 소형 화물차를 대령해놓고 샤투 교 근처에서 기다리고 있었을 뿐이다. 그러다가 자정에서 한 30분쯤 지났을 때, 다른 길로 다들 돌아간 줄 알고 나도 거길 떠났던 거지."

"좋아. 그럼 자네가 집에 돌아간 시각이 언제인지 증명할 수 있나?"

"물론이다. 화물차를 다시 차고에 돌려주러 갔을 때, 야경꾼과 몇 마디 잡담을 나누었으니까. 아마 새벽 1시가 약간 넘은 시간이었을 거야."

"완벽해! 그럼 자네는 수사판사 앞에서 그 사실을 정확히 진술만 하면 되네. 그저 샤투 교 근처에서 기다렸다고 말이야. 단, 자정 조금 전에, 다시 말하지만 자정 전에 자넨 괜히 어슬렁거리다가 베지네까지 들어오게 되었다고 말하는 거야. 그것도 오랑주리 별장 앞쪽으로 말이지. 그런 다음 내친김에 연못까지 막다른 길목을 따라 걸어 들어와 보트를 좀 타고 있었기 때문에, 만약 그 시간에 누군가 오랑주리 앞을 지나다녔으면 분명 자네 눈에 띄었을 거라고 말해. 그러나 바르텔르미 영감도 시몽도 보이지 않았고, 가도에서도 마주치지 않았기에 그대로 화물차 있는 데로 돌아갔다고 하는 거야. 거기까지만 말하고 입 다물면 만사 끝일세."

토마 부키는 잔뜩 긴장해 귀를 기울였다. 그러더니 마침내 고개를 절레절레 흔들며 말했다.

"그건 너무 위험해! 나까지 공범이라고 몰아붙일 텐데! 생각해보라고. 오랑주리 별장이 어떻다느니, 보트를 타고 있었다느니 하다 보면, 다들 내가 이 사건에 대해 훤히 알고 있다고 생각할 것 아니겠나?"

"공범이긴 하되, 수동적인 차원에 머물렀다고 보겠지. 기껏해야 여섯 달 살다 나오면 돼. 무엇보다 자네한테 중요한 건, 자네 형제와 제롬 엘마가 습격을 당했던 시각에 자네는 파리로 돌아가는 중이었다는 사실을 증명할 수 있다는 거야."

"그건 그렇지만, 그 사건에 얽힌 혐의를 완전히 벗으려면 앞으로 2~3년은 족히 걸릴 거야. 그동안 펠리시앵은 자유의 몸이 되겠지."

"맞는 말이네. 예심 단계에서 이미 보트에 타고 있던 자가 펠리시앵이었다는 점에 더 이상 확신을 가질 수가 없게 되고, 은행권 지폐 다발을 찾아다니느라 오랑주리 별장 근방을 어슬렁댄 것도 자네라는 믿음이 서는 순간, 펠리시앵을 겨냥해 지금까지 취합된 모든 빈약한 협의사항들은 일거에 허물어지게 되어 있지."

부키는 마지막으로 한동안 망설이더니 이렇게 내뱉었다.

"까짓, 그렇게 하지! 다만……."

"다만?"

"문제는 액수다. 내가 치러야 할 위험 부담이 당신이 생각하는 것보다 훨씬 크다는 걸 알아야 해."

"당연히 자네가 마땅히 받아야 할 금액보다 훨씬 더 많이 가게 될 걸세."

"그게 얼마지?"

"펠리시앵이 석방되는 그날로 10만 프랑. 그리고 자네가 감옥에서 나오는 날 또 10만 프랑. 한 건으로 엄청난 돈 다발 두 덩이를 만지게 되는 셈이지."

부키는 눈을 깜박이면서 더듬거렸다.

"20만이라…… 괜찮은 금액이긴 한데……."

"앞으로 진짜 정직하게 살아갈 밑천으로는 충분할 것이네. 그 정도 돈이면 시골이나 외국에 돼지고기 푸줏간쯤 근사한 거 하나 차릴 수 있을 거야. 자네, 뤼팽의 약속이 어느 정도인지는 알고 있겠지? 프랑스 은행(1800년 나폴레옹의 요청으로 전국 은행가들이 집단으로 설립한 국립은행—옮긴이)의 공식 서명을 받은 것이나 다름없어."

"솔직히 믿음은 간다. 다만 약간 일이 꼬일 수도 있어서……."

"예컨대?"

"만약 내 과거에 있었던 일부 행적이 발각되기라도 하는 날엔…… 그래서 도형수로 아예 보내버린다면?"

"내가 탈출시켜주지."

"불가능해!"

"바보 같으니! 자네 아버지가 총리실 수석 경비원으로 일할 때 내가 고발해서 잡아넣었지. 그런 다음 공개적으로 정한 날짜에, 그것도 파리 시내 한복판에서 약속한 대로 빼내준 일을 모른단 말인가(『813』 461~465쪽 참조—옮긴이)?"

"그건 그래. 하지만 비용이 만만치 않게 들 텐데."

"어린애 같은 소리!"

"어쨌든 탈옥은 비싼 거야."

"자네가 신경 쓸 일이 아니네."

"돈이 엄청 깨질 텐데. 탈출에 드는 비용에다 내게 약속한 보상금까지 합하면…… 정말 엄청난 액수일 거다. 진짜 자신 있는 건가?"

"다시 한번 뒤를 돌아보게. 책상 깊숙이 손을 밀어 넣어봐. 파일이 있던 바로 그 선반, 찾았나?"

토마 부키는 시키는 대로 손을 넣어 더듬었고, 이내 회색 헝겊 자루를 빼냈다.

"그게 뭐라고 생각하나?"

부키는 더듬더듬 대답했다.

"회색으로 된…… 헝겊 자루……."

"잘 보라고, 헝겊 한 귀퉁이를 내가 약간 째놓았지. 어때, 지폐 다발이 보이지? 바로 가브렐 삼촌의 돈이네. 바르텔르미 영감이 오랑주리 별장에서 슬쩍한 바로 그 돈 다발이지!"

순간 휘청하는가 싶더니 부키가 의자에 주저앉았다.

"저, 저, 저런, 맙소사! 도대체 다, 당신 어떤 사람이야?"

라울은 히죽 웃으며 대꾸했다.

"나도 먹고는 살아야 할 것 아닌가? 게다가 자네처럼 곤경에 처한 친구들도 도와줘야 하고 말이야."

"하, 하지만, 어떻게 이럴 수가?"

"쉬운 일이었네! 사건 다음 날 아침 도착했을 때, 나는 시몽 로리앙이 문제의 자루를 정원이나 다른 어느 곳에서 틀림없이 찾아냈을 거라고 생각했지. 아울러 사람들이 그에게서만 물건을 되찾으려고 공연한 헛수고를 했을 거라 내다봤어. 나는 그 즉시 시몽이 부상당해 쓰러져 있었던 장소로 달려갔다네. 아니나 다를까, 자루는 한참 떨어진 풀밭 속에 아무렇게나 나뒹굴고 있더군. 아무도 그걸 눈치채지 못했던 거야. 그러니 일단 분실되는 것만은 막아야 하지 않겠는가?"

그제야 토마 부키는 건방진 반말투를 완전히 버리고 말했다.

"아! 당신이야말로 진정한 대장이오!"

그는 지극히 자발적인 동작으로 두 손을 쓱 내밀었다.

"자, 이제 곧 경찰차가 도착할 것입니다. 어서 저를 묶으십시오, 대장! 당신 말이 맞습니다. 저는 당신 사람입니다. 자고로 아버지가 걸어간 길로 아들도 걸어가는 법입니다. 다만 두 부자가 당신을 협박하려 했다니 그것만큼은 정말 어리석은 짓이었습니다."

"솔직히 말해서 자네 아버지는 원래 선량한 사람이었네. 내가 알기로는 다시 정직하고 죄 없는 삶을 살려고 부단히도 노력했던 사람이야."

"그렇습니다. 하지만 펠리시앵과 관련한 일 때문에 마가 끼기 시작했던 거죠. 그 일을 떠맡으라고 부추긴 것도 시몽이고, 나아가 오랑주리 작전을 시도하라고 보챈 것도 시몽이랍니다. 그러자 아버지가 이러셨죠. '도둑질? 까짓, 좋아! 해보지 뭐! 공갈협박? 좋아! 그것도 재미있겠군. 어쨌든 부자가 되는 일이니까. 하지만 살인은 안 돼, 알았지?'"

"하지만 결국에는 사람을 죽였지. 엘리자베트 가브렐을 목을 졸라 죽였어."

"대장, 혹시 제 의견을 말해도 되겠습니까? 아마도 노인네가 뜻하지 않게 사람을 죽이기는 한 것 같습니다. 하지만 그보다는 여자를 구하기 위해 달려간 걸로 봐야 할 겁니다. 여자가 물에 빠지는 걸 봤을 때 말입니다. 네, 여자를 구하려고 달려간 거예요. 원래 노인네가 그런 열정 같은 게 있는 분이셨거든요. 하지만 일단 여자를 물에서 건져내자, 목에 걸린 진주 목걸이에 눈이 간 겁니다. 그러자 순간적으로 이성을 잃게 된 거죠."

"나도 그랬을 거라는 생각이네."

라울의 대답이었다.

밖에서 자동차 소리가 들려왔고, 라울이 다급하게 말했다.

"무엇보다 자네 아버지의 진짜 이름을 절대 입 밖에 내선 안 되네. 옛날 총리실 사건이 오늘의 이 사건과 관계 있다는 정보가 새기만 하면 그 즉시 모든 관심은 뤼팽에게 쏠리고 말 거야. 그것만은 못 참아. 지금 이 사건만 해도 내 상황이 충분히 힘들다고. 그러니 우리가 방금 채택한 시나리오에서 단 한 치도 어긋나지 않도록 신중에 신중을 기하란 말일세. 거기서 단 한 마디도 빗겨나가선 안 돼. 조금이라도 자신이 없는 대목에서는 입을 다무는 게 최선의 대답이야. 나머지는 무조건 나만 믿으라고."

그는 상대에게 다가가 친근한 말투로 덧붙였다.

"한마디만 더 하지. 자네가 죽인 젠틀맨에 대해서는 너무 괴로워하지 말게."

"아, 왜죠?"

"젠틀맨은 나였으니까."

토마 부키는 거의 황홀해하는 상태로 구소 형사의 손에 넘겨졌다. 회색 자루를 가로챈 일이나, 젠틀맨의 역할을 그토록 대담하고 완벽하게 치러낸 뤼팽에 대한 감탄과 믿음, 거기다 자신이 결코 사람을 죽이지 않았다는 사실을 알게 된 기쁨까지 합쳐서, 토마 부키는 날아갈 듯 홀가분하고 신나는 기분이었다. 이만한 보호자가 뒤를 든든히 봐주고 있는데, 대체 두려워할 일이 무어란 말인가? 모든 걸 뒤흔들어버리려고 클레르 로지에 왔던 그는, 지금 감옥으로 떠나면서 마치 가장 멋진 승리를 쟁취한 사람 같았다. 게다가 이제는 사법당국을 신나게 농락하고 대장에게 충성을 다함으로써 그 승리의 가치를 더욱 배가시킬 결심을 굳히는 것이었다.

한편 얼굴에 화색이 도는 구소 형사가 라울을 향해 말했다.

"정말 애쓰셨소! 그러니까 이 친구가 우리의 이 사건에 연루되어 있다는 말이죠?"

"그럼요! 그자는 시몽 로리앙의 형제랍니다."

"세상에! 형제지간이에요? 아니, 어떻게 그걸 다 낚았습니까?"

라울은 짐짓 겸손한 목소리로 대답했다.

"오, 내가 한 건 별로 없습니다. 멍청한 친구가 제 발로 걸어 들어왔으니까요."

"뭣 때문에 말입니까?"

"날 협박하려고……."

"무슨 협박을 하던가요?"

"펠리시앵 샤를과 관련해서요. 나한테 와서 한다는 말이, 펠리시앵이 회색 헝겊 자루를 빼앗기 위해 공범인 시몽 로리앙을 살해했다는 증거가 자기한테 있다는 거예요. 그러면서 비밀이 유지되기를 바란다면 막대한 금액을 내놓으라는 겁니다. 그에 대한 대답으로 나는 즉시 므슈 루슬랭에게 전화를 걸었지요. 좌우간 녀석을 잘 요리해보십시오, 형사반장. 확신컨대 놈의 자백 속에서 꽤 짭짤하게 득이 될 내용을 건질 수 있을 겁니다."

경찰에 이끌려 문턱에 이른 토마 부키는 라울 쪽을 홱 돌아보면서 일부러 분노와 원한이 가득 담긴 표정으로 내지르기까지 했다.

"흥, 어디 두고 봅시다, 잘난 신사 양반!"

"그러지 뭐. 나도 기대하고 있겠네!"

부키는 마침내 휘파람을 불면서 밖으로 끌려나갔다.

라울은 사람들의 발소리가 멀어지는 걸 가만히 들었다. 마침내 자동차가 출발했다.

평소 습관과는 다르게 승리의 기쁨을 표출하는 그 특유의 몸짓이 이번에는 나오지 않았다. 토마 부키를 감옥으로 얌전히 보내다니 그게 어디 보통 성과인가! 하지만 라울은 왠지 조용하고 뭔가 골똘한 생각에만 잠겨 있었다. 그의 머릿속엔 감방에 갇혀 지내는 펠리시앵 생각이 가득했던 것이다. 진짜 아들일까? 과연 그를 성공적으로 빼내올 수 있을까? 또 빼낸다 해도, 바르텔르미와 시몽 로리앙의 음흉한 공범이었던 저 수상쩍은 자식이 과연 어떻게 나올 것인가?

10

"나, 칼리오스트로 백작부인이 명하노니……"

후텁지근한 일요일, 라울은 베지네에 인접한 작은 도시 샤투의 어느 거리에서 발길을 멈췄다. 그 거리와 센 강을 따라 자리 잡은 공원 겸 채소밭 사이에 가구 딸린 방들을 임대하는 3층짜리 건물이 한 채 서 있었다. 그는 관리인이 운영하는 카페를 지나쳐 3층으로 올라간 다음, 어둠침침한 복도를 통과해 5호실이라 팻말이 부착된 방 앞까지 걸어갔다. 열쇠가 문에 꽂혀 있었다. 노크를 했으나 반응이 없자, 그는 소리 없이 문을 밀고 들어섰다.

옷장 하나와 탁자, 의자 두 개와 함께 허름한 지붕 아랫방의 가구 일체를 이루고 있는 빈약한 쇠침대 위에 포스틴이 기대앉은 채 곤히 잠들어 있었다.

그렇게 그녀는 베지네를 떠나지 않고 있었다. 복수를 하고야 말겠다는 지독한 의지가 시몽이 죽은 지역에 그녀의 발목을 붙들어 맨 셈이었다. 병원에서는 그녀를 보조간호사로 거두고 있는 상태였지만, 워낙에 공간이 한정된 터라 아예 밖에다 방을 잡은 모양이었다. 매일 저녁근무가 끝나고 나면 이곳에 돌아와 잠을 잤으며, 일요일에는 아예 처박혀 지냈다.

그날도 그녀는 해어진 블라우스를 깁다가 곯아떨어진 듯했다. 맨어깨인 데다, 블라우스는 무릎에 얹어놓은 상태로 골무와 실 달린 바늘을 아직 손에 쥐고 있었다. 창틀 너머 드리워진 공원의 나무 위로 은은한 강변 풍광이 아련하게 내다보였다.

침대 위이건 탁자 위이건 온갖 신문들이 펼쳐져 있는 것을 보니, 최근 돌아가는 사태에 대해 얼마나 신경을 곤두세우고 있었는지 짐작이 갔다. 조금 멀리 있는 신문에서 이런 제목이 라울의 눈에 들어왔다.

> 시몽 로리앙의 형제 전격 체포!
> 첫 번째 법정신문 진행.

이런 제목도 눈에 띄었다.

> 형제는 바르텔르미의 두 아들인 것으로 추정.

라울은 다시금 포스틴에게로 눈을 돌렸다. 삶의 기운이 스미고 살아 숨 쉬는 지금도 아름다웠지만, 그 순수한 윤곽만을 따로 떼어 오면 더욱 아름다울 것 같은 용모였다. 문득 조각가 알바르의 그 기막힌 프리네상이 머릿속에 떠올랐다.

두 구름 사이를 꿰뚫고 비치는 햇살이 창문을 통해 미끄러져 들어왔다. 여자에게서 눈을 떼지 않은 채 라울은 천천히 다가갔다. 그는 비쳐드는 햇살이 여자의 잠든 얼굴, 그 감은 눈꺼풀까지 미치기를 조용히 기다렸다. 마침내 햇살의 방해를 받은 눈꺼풀은 길고 짙은 눈썹을 바르르 떨면서 천천히 올라갔다.

여자가 미처 잠이 다 깨기도 전에 라울은 그 백옥 같은 어깨를 감싸쥐고 침대 위에 여체를 가지런히 누였다. 팔다리를 편하게 뻗게 한 뒤 그는 이불을 부드럽게 덮어주었다.

"비명도 지르지 말고, 아무 말도 하지 마시오."

입안으로 웅얼대듯 말하자, 여자는 몸부림을 쳐대면서 앙탈부터 부렸다.

"이거 놔요! 이거 놓으라고!"

하는 수 없이 남자는 손으로 여자의 입을 막았다.

"조용히 하라니까! 나는 적으로 이곳까지 온 게 아니야. 내 말을 따르면 하나도 겁낼 일이 없을 거야."

단단한 손길로 입이 막힌 상태에서도 여자는 계속 욕지거리를 우물대면서 거세게 반항했다. 그러나 차츰차츰 기운이 빠지면서 저항도 수그러들었다. 남자는 상체를 잔뜩 기울이며 말했다.

"나는 적으로 온 게 아니오. 해를 가하려고 온 게 아니라고. 단지 당신이 내 말을 귀담아듣고 나서 대답을 좀 해주었으면 해서 온 거야. 그렇지 않으면 당신만 손해라고."

남자는 여자의 어깨를 다시 부여잡고 뒤로 벌렁 누였다. 그리고 더욱 상체를 숙여 가까이 굽어보는 자세로 나지막이 속삭였다.

"나는 시몽의 형제인 토마 부키를 만나봤소. 아주 장시간 대화를 나눴지. 펠리시앵에 관해 알고 있는 진실을 모두 내게 털어놓더군. 이제 그 나머지는 당신한테서 마저 들어야겠어. 포스틴 코르티나, 당신도 알다시피 나는 결코 단념하는 사람이 아니오. 그러니 당장 속 시원히 털어놓든가, 아니면…… 아니면……."

남자의 얼굴이 기겁을 하며 격한 표정을 짓고 있는 여자의 얼굴을 향해 점점 내려갔다. 포스틴의 파르르 떠는 입술이 서서히 접근해 내려오는 남자의 입술에 무방비로 노출되었다.

"말해, 포스틴! 말하라고!"

남자의 음성도 가볍게 떨렸다.

여자는 라울의 완강한 눈빛을 가까이서 올려다보고 있었다. 더럭 겁이 나는 건 당연했다.

"나를 놔주세요."

여자는 완전히 기가 꺾인 듯 힘없이 중얼거렸다.

"그럼 말을 할 건가?"

"네."

"지금 당장? 괜히 돌리거나 숨기지 않고?"

"네."

"시몽 로리앙의 머리에 손을 얹고도 맹세할 수 있겠지?"

"맹세해요."

남자는 즉시 몸을 떼고 나서 얼른 창가로 물러나 여자를 등지고 섰다.

여자가 몸을 제대로 추스른 다음에야 남자는 다시 침대 옆으로 돌아갔다. 그는 마치 손아귀를 빠져나간 멋진 먹잇감이라도 바라보듯 아쉬운 눈길로 여자를 내려다보았다. 그리고 이내 신속하고 정확한 대화의 자세로 들어갔다.

"토마 부키가 주장하기를 펠리시앵이 내 아들이라는 거요."

"토마 부키는 내가 모르는 사람이에요."

"하지만 시몽 로리앙의 입을 통해서라도 그의 아버지인 바르텔르미 영감에 관해서는 알고 있었을 테지?"

"그건 그래요."

"그 영감이 당신을 신뢰했었다고 하던데?"

"맞아요."

"그자의 은밀한 삶에 관해 당신은 어느 정도까지 알고 있나?"

"전혀 몰라요."

"시몽 로리앙의 인생에 대해서는? 그의 계획에 관해서는?"

"전혀 아는 바 없어요."

"나를 겨냥해 꾸민 음모에 대해서도 전혀 몰라?"

"몰라요."

"그래도 그들한테서 펠리시앵이 내 아들이라는 말은 들었을 텐데?"

"그런 말을 하긴 했어요."

"증거는 들이대지 않던가?"

"내가 요구하지 않았으니까요. 어차피 나하고는 상관없는 일 아닌가요?"

라울은 잔뜩 굳어진 인상으로 심정을 토로했다.

"나한테는 중요한 문제지! 그 청년이 내 아들인지 아닌지를 반드시 알아야 한단 말이오! 혹시 우연히 얻어들은 몇 가지 정보를 이용해 연극을 꾸며댄 건 아닐까? 아니면 정녕 나를 협박해 이득을 얻고자 몰래 간직해왔던 진실이란 말인가? 아무튼 나는 이런 불확실한 상태로는 살아갈 수가 없어. 도저히 그럴 순 없다고."

음성에서 언뜻언뜻 내비치는 격정을 느낀 여자는 자못 놀라지 않을 수 없었다. 하지만 여자는 여전히 목소리를 냉랭하게 가다듬고 말했다.

"나는 아무것도 모릅니다."

"그럴지도 모르지. 하지만 이제라도 알아낼 수는 있을 거야. 최소한 내가 알 수 있도록 도와줄 수는 있겠지."

"어떻게 말이죠?"

"토마 부키 얘기로는, 바르텔르미가 당신한테 이 문제와 관련한 서류들이 든 작은 주머니를 맡겼다고 하던데."

"그랬죠, 하지만……."

"하지만 뭐지?"

"하루는 그가 주머니 속의 서류들을 죽 한 번 훑어보더니 아무 설명 없이 불태워버리는 거예요. 그러고는 딱 하나만 남겨 봉투 안에 넣고 봉한 다음 다시 내게 맡겼죠."

"그러면서 뭐라던가?"

"그냥 이랬어요. '이건 따로 놔두시오. 그럼 나중에 봅시다.'"

"그걸 나한테 건네줄 수 없겠소?"

여자는 잠시 망설이는 눈치였다.

남자는 더욱 다그쳤다.

"안 될 게 뭐가 있습니까? 바르텔르미도 죽었고, 시몽 역시 더 이상 이 세상 사람이 아닙니다. 또한 토마 부키가 사실 전반에 걸쳐 이미 내게 공개할 만큼은 했어요."

여자는 이맛살까지 약간 찌푸리고 시선을 멍하니 고정시키며 꽤 오랫동안 생각을 거듭했다. 그러더니 문득 옷장 속 어떤 서랍을 뒤져 편지들이 끼워져 있는 압지를 찾아냈다. 편지들 중에서 그녀는 봉투를 하나 빼내 주저 없이 개봉한 뒤 반으로 접은 종이 한 장을 꺼내 들었다.

우선 자기가 먼저 거기 적힌 글자들을 확인한 다음, 건네줘도 될지 판단하겠다는 태도였다.

잠시 글을 읽던 여자가 불현듯 소스라치게 놀라는 기색이었다. 어쨌든 그녀는 아무 말 없이 라울에게 종이를 건넸다.

거기에는 흡사 어떤 도당의 우두머리나 폭군이 수하들에게나 내렸을 법한 강력한 명령조의 글귀가 한 줄, 아니 두 줄 적혀 있었다. 고고한 필체에 굵고 묵직하게 꾹꾹 눌러쓴 티가 역력했다. 아뿔싸, 처음 보는 순간 라울은 할 말을 잃었다! 예전에 라울 스스로 악마 같은 존재로 불렀던 여자의 필체를 어찌 알아보지 못하겠는가! 늘 가공할 지시를 아랫사람에게 내릴 때, 언제나 사용하던 그 여자의 거만하고 혹독한 어투를 어찌 알아보지 못한단 말인가!

세 번씩이나 라울은 다음과 같은 끔찍한 글귀들을 읽고 또 읽었다.

아이를 도둑으로, 가능하면 살인자로 만들라.

그래서 나중에 제 아비와 맞서게 하라.

검을 휘두른 것처럼 두 겹의 선으로 끄트머리에 한껏 멋을 부린 서명 또한 여전했다.

라울의 하얗게 질린 안색은 젊은 여자를 소스라치게 만들기에 충분했다. 그건 분명 현재에 이르기까지 가장 비극적인 위협으로 남은 과거의 불안과 공포, 이루 형언할 수 없을 고통으로부터가 아니면 우러나올 수 없는 얼굴빛이었다. 그제야 여자는 괴로움으로 일그러진 얼굴, 그러면서도 악착같은 노력으로 그것을 제어하려는 한 남자의 얼굴을 관심과 동정을 담은 눈길로 유심히 관찰하기 시작했다.

남자는 더듬더듬 중얼거렸다.

"아, 증오, 복수…… 당신은 그런 것들을 안다고 했지. 포스틴…… 하지만 이 여자…… 이건 증오나 복수와는 또 달라. 이건 하나의 욕망이야. 악을 향한 탐욕이라고! 얼마나 사악하고 오만한 괴물인지! 오늘에 이르러서 그녀가 이룬 일을 봐! 나에게 대항할 범죄자를 만들기 위해 키워낸 저 아이를 보란 말이야. 나는 여태껏 살면서 무얼 겁내본 적이 없어. 하지만 그 여자만큼은 두려움 없이 머릿속에 떠올릴 수가 없지. 아, 또다시 그 지독한 싸움을 시작해야 하는가!"

포스틴은 천천히 다가와서 잠시 망설이는 듯하다가 이내 나직한 소리로 말했다.

"과거는 다시 시작되지 않을 겁니다. 칼리오스트로 백작부인은 죽었어요."

라울은 여자한테 와락 달려들면서 가쁜 숨을 몰아쉬었다.

"뭐라고? 방금 뭐라고 했소? 그녀가 죽었다고? 그걸 당신이 어떻게 알아?"

"그녀는 죽었습니다."

"그냥 그렇다고 말하는 걸론 부족해! 당신이 봤어? 당신이 그 여자를 알아?"

"네."

남자의 입에서 비명처럼 탄식이 터져나왔다.

"아, 당신이 안다니! 그럴 리가! 참으로 이상한 일이 아닌가! 그렇지 않아도 두세 번 당신이 그 여자가 보낸 밀정은 아닐까 하고 생각했었거든. 나를 파괴하려는 작전을 당신이라는 사람이 이어받은 게 아닐까 하고 말이야."

여자는 고개를 가로저었다.

"아니에요. 그녀는 나에게 아무 말도 한 바 없어요."

"계속해보시오."

"그땐 내가 아주 어린아이였죠. 지금으로부터 15년 전이니까요. 사람들이 그녀를 코르시카의 우리 마을로 데려왔어요. 그리고 자그마한 집에다 들어앉혔죠. 그 당시 여자는 반쯤 미쳐 있었어요. 다만 겉으로 보면 아주 조용하고 우아하기만 했죠. 한번은 나를 자기 있는 데로 친절하게 이끌더라고요. 말은 전혀 하지 않았어요. 그냥 하염없는 눈물만 흘리면서도 전혀 닦을 생각을 안 하는 거예요. 그래도 여전히 예쁘기만 하더군요. 그때 이미 깊은 병이 그녀의 심신을 급속도로 갉아먹고 있었어요. 그러다가 6년 전 어느 날, 나는 그녀의 임종을 지키게 되었답니다."

남자는 흥분을 감추지 못하면서 다그쳐 물었다.

"그게 정말이오? 누가 그 여자 이름을 말해주었지?"

"그녀 이름은 마을 전체가 알고 있었어요. 게다가……."

"게다가?"

"나는 이미 바르텔르미 영감과 시몽 로리앙을 통해 그 여자에 대해 알고 있었어요. 두 사람은 그 여자를 찾아 방방곡곡을 헤집고 다녔는데, 마침내 여자가 죽기 직전 우리 마을에서 찾아냈지 뭐예요. 바로 그즈음 해서 약 몇 주 사이에 시몽과 나는 서로 사랑하는 사이가 된 거랍니다. 결국 그를 따라 파리까지 오게 된 거죠."

"그들이 왜 그녀를 찾아 헤맸을까?"

잠시 주저하던 여자가 대답했다.

"누차 말하지만 나는 시몽과 그의 아버지가 어떤 은밀한 삶을 살아왔는지에 관해선 전혀 아는 바가 없어요. 오늘에 와서야 그들이 나쁜 짓을 저지르고 다녔다는 걸 안 거지, 이전까지는 나한테 철저히 숨겨와서 전혀 알 수가 없었답니다. 다만 조금씩 조금씩, 아주 서서히 펠리시앵에 관한 얘기만큼은 감을 잡아오고 있던 거예요. 물론 속속들이 다는 아니고요. 그들 역시 그렇게까지 아는 건 아니었으니까요."

라울은 내처 물었다.

"바르텔르미가 진짜 푸아투 농장에서 아이를 찾아낸 건가?"

"네."

"칼리오스트로 백작부인이 맡겨놓은 아이를?"

"사실 그건 그리 확실하진 않아요. 시몽 생각은, 아마도 정비공이 발견한 편지를 자기 아버지가 조작했을지도 모른다는 거였어요."

"하지만 여기 적힌 이 명령들은…… 틀림없이 칼리오스트로가(家)의 여자가 적은 이 명령은 어디서 튀어나온 거란 말인가?"

"그건 시몽도 모르고 있었어요."

"하지만 농장 여주인의 손에서 자란 아이, 그러니까 펠리시앵 샤를한테 직접 관련된 명령일 텐데?"

"솔직히 그 점에도 의혹은 있어요. 우선 바르텔르미가 그 문제에 관해 정확하게 해둔 얘기가 하나도 없어요. 그저 시몽과 바르텔르미가 칼리오스트로 백작부인의 족적을 찾아냈고, 그러다 보니 코르시카까지와 닿게 된 데 불과했죠. 그나마 별 소용은 없었지만."

"도대체 그들의 목표가 뭐였지?"

"나도 이제 와서 안 일이지만, 바르텔르미의 목표는 항상 펠리시앵이 당신 아들이라는 걸 증명하는 서류를 당신 눈앞에 들이밀자는 것이었어요."

"그렇게 해서 나로부터 돈을 뜯어내자는 것 말이지. 그런데 과연 펠리시앵도 그 계획에 공모를 하고 있었던 걸까? 토마 부키가 주장하는 바대로, 과연 그 아이가 완전히 서로 짠 상태에서 내 집에 발을 들여놓은 거냐는 말이야? 아, 정말로 칼리오스트로가의 여인이 바라던 사람이 된 것일까? 사기꾼? 범죄자가 된 거냔 말이야!"

여자는 진지한 목소리로 대꾸했다.

"나도 정말 모르겠습니다. 그것이야말로 그들의 비밀스러운 삶의 일부일 텐데, 특히 펠리시앵 샤를과는 나도 한마디조차 나눠본 적이 없어서."

"그렇다면 결국 본인만이 그 문제에 대해 내게 뭔가를 알려줄 수 있는 사람이겠군. 사건의 전모를 파악하기 위해서는 내가 직접 그를 만나 물어봐야만 하겠어."

라울은 잠시 뜸을 들인 후 이렇게 마무리했다.

"토마 부키는 내가 경찰에 넘겼소. 실은 그와의 동의하에 그렇게 한 것이지. 그는 이제 예심을 헷갈리게 할 것이고, 결국 펠리시앵한테 누적된 협의사항들을 일거에 허물게 될 것이오. 만약 내가 바라는 대로 펠리시앵이 자유의 몸이 된다면, 포스틴 당신의 복수를 걱정하지 않아도 되겠소?"

여자의 대답은 간명했다.

"만약 그 사람이 시몽을 죽게 한 원인이 아니라면야! 네, 걱정할 필요 없겠죠. 나한테는 그 사실이 제일 중요합니다. 복수를 하겠다는 생각을 버리고선 나는 살아갈 수가 없어요. 죄를 저지른 살인자가 마땅히 벌을 받기 전에는 시몽도 저승에서 평온하지 못할 거라는 생각입니다."

마침내 면담은 끝이 났다. 라울은 포스틴에게 악수를 청했고, 포스틴은 싸늘하게 거절했다.

라울이 말했다.

"좋소. 그만하면 당신이 나를 믿지도 않고, 우애를 보이지도 않는다는 걸 잘 알겠소. 하지만 그렇다고 서로 적은 되지 맙시다, 포스틴. 나로 말하자면 당신이 그 정도나마 내게 얘기를 해준 것에 감사할 따름이오."

다시 클레르 로지로 돌아온 라울은 베지네나 그 인근 지역으로 간단한 산책을 나가는 일을 제외하고는 일절 바깥출입을 삼갔다. 그동안 수차례에 걸쳐 제롬 엘마의 모습을 목격했는데, 산중여행은 포기한 듯 클레마티트 쪽으로 향했다가 그쪽에서 돌아나오는 모습이 수시로 포착되었다. 심지어 롤랑드 가브렐과 함께 있는 걸 본 적도 여러 번이었다. 두 젊은 남녀는 아무 말 없이 가도를 나란히 걸어가고 있었다.

라울은 두 사람을 향해 멀찌감치 인사를 건네보았다. 그럴 때도 왠지 롤랑드는 그에게 얘기하고 싶은 생각이 전혀 없어 보였다.

하루는 수사판사가 급히 부른다기에 가보니 몹시 당혹스러운 기색이었다. 이유를 들어보자, 토마 부키가 지극히 완강하게 방어벽을 치고 있다는 것이었다. 말하자면 라울이 지시한 그대로를 성실하게 이행하고 있는 셈이었다. 설명을 들어보니 전혀 실수를 하지 않았다. 워낙에 일관된 진술만을 고수해, 루슬랭 씨의 능란한 기술로도 도무지 빈틈을 찾아낼 수가 없는 모양이었다. 바로 이런 식이었다.

"내가 이랬고, 저랬는데…… 나머지는 하나도 모르겠습니다."

마침내 루슬랭 씨는 난감함을 내비치며 고민을 토로했다.

"펠리시앵 샤를과 부키, 이 둘의 진술 안에서는 모든 게 착착 맞아떨어지고 있어요. 그 양상이야 하나는 마치 처음부터 미리 짜 맞춘 듯 질서정연한 데다 매번 똑같은 진술이고, 다른 하나는 집요한 침묵이지만 말입니다. 그야말로 빛 한 줄기 새어 들 틈새조차 보이지가 않아요. 흡사 사전에 무슨 교육이라도 철저히 받고 나온 것처럼 여겨진다니까요. 내가 요즘 어떻게 느끼는지 아십니까, 므슈 다베르니? 뭔가 보다 강력한 힘이 뒤에서 조종을 하면서 펠리시앵 샤를과 토마 부키를 서로 바꿔치려 한다는 느낌이 팍팍 든다니까요."

라울은 루슬랭 씨의 시선을 한쪽으로 견디면서 열심히 머리를 굴렸다.

'그리 바보는 아니로군, 이 친구!'

루슬랭 씨는 얘기를 계속했다.

"정말이지 이상하지 않습니까? 그러다 보니 펠리시앵이 죄가 없다는 생각이 점점 들기도 하는 거예요! 반면 스스로 혐의 사실을 인정하고 있는 부키가 그날 밤에 연못까지 산책이나 하고 있었다는 사실은 왠지 받아들일 수가 없는 겁니다. 물론 보트의 주인을 불러다가 펠리시앵하고 부키와 각각 대질도 시켜보았죠. 그러자 그 사람도 처음보다 한층 자신 없어 하는 거예요. 그러니 어쩝니까?"

루슬랭 씨는 말하는 동안 라울에게서 줄곧 시선을 떼지 않았다. 라울은 수긍한다는 듯 천연덕스럽게 고개를 끄덕일 뿐이었다. 마침내 수사판사는 느닷없이 대화 주제를 흩뜨리며 이렇게 말했다.

"그나저나 므슈 다베르니, 이 분야 고위층에서는 당신에 대한 호의적인 평가가 대단하더군요! 알고 계십니까?"

라울은 얼른 대꾸했다.

"그저 그 양반들을 도울 기회가 간혹 우연찮게 있었을 뿐입니다."

"그래요, 그런 얘기를 들었습니다. 뭐 자세히는 아니고요."

"언젠가 당신에게 시간이 좀 날 때 자세한 얘기를 들려드리지요, 수사판사님. 내 인생도 알고 보면 제법 다채로운 구석이 있답니다."

요컨대 사태는 괜찮은 방향으로 전환한 듯싶었고, 그 와중에 몇 가지 문제도 명확하게 밝혀진 셈이었다. 이를테면 이 사건에서 포스틴의 역할이라는 것도 더 이상 수수께끼가 아니었다. 그녀는 옛날에 칼리오스트로 백작부인과 지극히 미미한 관계에 머문 적이 있고, 우연한 기회에 시몽 로리앙과 사랑에 빠져 프랑스로 오게 된 이후, 자기도 모르게 이 사건에 연루된 것일 뿐이었다. 물론 바르텔르미와 그 아들이 꾸민 음모와는 지극히 먼 관련만 있을 따름이다. 한마디로 그녀는 사랑에 빠진 일개 아녀자였고, 자신이 사랑한 사람을 위한 복수심 외에 특별한 목적이 있어서 이러는 게 전혀 아니었다.

한편 칼리오스트로가의 여인이 죽었다는 사실은 라울에게 더없이 다행한 소식이었고, 옛날 그녀가 서명한 저 끔찍한 명령이 실제로 펠리시앵에게 적용되었음을 믿게 할 만한 증거는 어디에도 없었다. 라울을 상대로 해서는 오로지 칼리오스트로 백작부인의 직접적인 지도 없이는 성공이 불가능한 작전이기에, 그것이 과연 바르텔르미나 그의 변변치 않은 두 아들 같은 2류급 인력에 의해 제대로 추진되었으리라고는 도저히 볼 수가 없는 것이다. 설사 억지로 강행되었다고 해도 결과는 어처구니없이 부정적일 게 뻔하다. 실제로 현재 라울 다베르니는 어쩌면 자기 자식일지도 모를 한 청년을 느닷없이 앞에 두고도 바르텔르미와 시몽 로리앙이 둘 다 죽어버린 탓에 숨겨진 진실에 도달할 방법이 전무한 상태인 것이다. 솔직히 그뿐만 아니라, 지금으로선 세상 그 누구도 명확한 진실의 전모를 알 만한 사람이 없는 실정이었다.

3주라는 시간이 속절없이 흘러갔다. 그러던 어느 날 아침, 라울은 펠리시앵이 마침내 면소판결을 받았다는 소식을 접했다.

아침 11시경, 그날 중으로 별장에 들러 소지품을 챙겨가도 되겠느냐는 전화가 펠리시앵으로부터 걸려왔다. 점심식사를 마친 뒤 라울은 모처럼 큰 호수 주변을 어슬렁거렸다. 저만치 호수 한복판 섬의 벤치 위에 롤랑드와 제롬이 함께 앉아 있는 게 눈에 들어왔다. 8월의 화창한 날씨에 나무의 잔가지조차 흔들지 않는 가벼운 북풍이 소소소 불고 있었다.

처음으로 라울은 두 젊은 남녀가 얘기를 나누는 모습을 보았다. 특히 제롬이 무척 활발하게 얘기를 하고 있었다. 롤랑드는 가만히 귀를 기울이다가 짧게 대답하고, 또다시 귀를 기울이면서 두 눈은 손에 든 꽃송이들에게만 떨구고 있었다.

두 남녀는 한동안 입을 다물었다. 1분쯤 지났을까, 제롬이 여자 쪽으로 고개를 돌려 다시금 무언가 떠들어댔다. 여자는 고개를 끄덕인 뒤 상큼하게 웃는 얼굴로 남자를 바라보았다.

라울은 별로 서두르지 않는 걸음으로 클레르 로지로 돌아왔다. 하지만 갑작스레 자신의 인생에 커다란 자리를 차지하며 밀고 들어온 저 미지의 청년을 다시 대한다는 생각에 조금은 흥분되는 것이 사실이었다. 그렇다고 해서 그 청년을 향해 마음이 확 다가가는 것도 아니었다. 솔직히 지금까지 펠리시앵을 향한 호의를 그다지 생생하게 느껴온 적도 없었거니와, 이제 그 젊은이가 어쩌면 당연한 권리처럼 애정을 요구해올지 모른다는 생각을 하자 오히려 더욱 거북하게만 여겨지는 것이었다.

어쨌든 그는 펠리시앵이 그저 자신의 짐만 챙기고는 머쓱한 악수를 내미는 걸로 유야무야 넘어가도록 내버려둘 생각은 아니었다. 천만에! 그는 우선 조목조목 해명을 요구할 것이고, 그다음에는 다시 함께 붙어살면서 천천히 사람을 관찰해야겠다는 생각이었다. 아직은 펠리시앵이 그의 아들이냐 아니냐를 확인하는 게 문제라기보다는, 펠리시앵 본인이 그의 앞에서 아들로 나설 생각이 있느냐 없느냐가 문제인 듯했다. 다시 말해서 펠리시앵이 과연 심정적으로 바르텔르미와 시몽 로리앙의 공범인 것인가 하는 문제 말이다. 펠리시앵이 음모에 가담을 한 것인가? 모든 증거들은 그렇다는 쪽으로 모아지고 있다. 그러나 가장 확실한 증거는 반드시 젊은이 자신의 말과 행동을 통해 직접 드러나야 할 것이다.

"므슈 펠리시앵은 도착했소?"

라울은 별장으로 들어서며 정원사에게 던지듯 물었다.

"도착한 지 15분 됐습니다, 므슈."

"건강은 좋아 보이던가?"

"므슈 펠리시앵은 몹시 흥분한 듯 보였습니다. 곧장 별채로 들어가버리더군요."

"이상한 일이로군."

다베르니는 그렇게 중얼거리면서 별채 쪽으로 달려갔다.

문은 안에서 빗장이 채워져 있었다.

약간 불안해진 라울은 집을 한 바퀴 빙 돌아 침실 창문을 마구 흔들어보았다. 그러나 꿈쩍도 하지 않아 가만히 귀를 대보았다.

안에서는 심상치 않는 신음 소리가 들썩이고 있었다.

라울은 다급하게 창문 일부를 깨서 안으로 손을 넣어 손잡이를 돌렸다. 다음 순간, 곧장 창턱을 타고 넘으면서 커튼까지 후닥닥 젖혀버렸다.

펠리시앵은 의자를 앞에 놓고 무릎을 꿇은 채 머리를 푹 수그린 자세였다. 가만히 보니 피에 젖은 손수건으로 목 부위를 틀어막고 있는 게 아닌가! 옆에는 권총이 떨어져 있었다.

"아니, 어떻게 된 건가?"

라울이 버럭 소리치자, 젊은이는 뭔가 대답을 하려고 애를 쓰다가 그만 기절해버렸다.

라울은 부리나케 무릎을 꿇고 가슴에 귀를 대보며 상처를 살폈다. 권총을 이리저리 만져본 라울이 속으로 중얼거렸다.

'자살을 시도한 거야. 하지만 손이 떨렸고, 그 바람에 치명상은 겨우 피할 수 있었어.'

간단하게나마 치료를 하면서 펠리시앵의 창백한 얼굴을 가만히 들여다보자니, 라울의 머릿속으로는 수많은 의문점들이 스멀스멀 기어 올라와 입술로 자꾸 새어나오는 것이었다.

"네가 내 아들이냐? 네가 바로 클라리스 데티그의 아들이냔 말이다.

네가 도둑이고 살인범이냐? 정녕 죽은 두 악당과 한패란 말이냐? 도대체 왜 자살은 하려 했느냐, 이 딱한 것아!"

5분 정도가 지나자, 집 안의 하인들이 우르르 몰려와 부상자를 에워쌌다.

"이 일에 대해서는 일절 입을 다물도록, 알겠소?"

라울의 준엄한 지시였다.

그는 편지지에다 급히 몇 자 휘갈겼다.

포스틴,

펠리시앵이 자살을 시도했소. 아무한테도 알리지 말고, 이곳에 와서 좀 도와주시오. 의사를 부르고 싶진 않소. 병원에다는 그냥 간병인을 필요로 하는 데가 있다고만 해두시오.

다베르니

얼른 편지를 봉한 다음 운전기사에게 들려 병원으로 보냈다.

자동차가 포스틴을 태우고 도착했을 때, 라울은 별채 문 앞에 서서 기다리고 있었다.

"둘이 얼굴을 마주 대한 적은 한 번도 없었죠?"

"네."

"시몽 로리앙이 당신에 관한 얘기를 그에게 안 했답니까?"

"했다는 얘기는 없었어요."

"혹시 시몽이 마지막으로 죽음과 싸우고 있을 동안 그가 병원에 찾아간 적도 없었고요?"

"오긴 했지만, 나뿐만 아니라 다른 간호사들 누구한테도 전혀 신경 쓰는 것 같지 않았어요."

"좋아요. 그에게 당신이 누구인지도, 또 내가 누구인지도 절대 밝히지 마시오."

마침내 여자는 별채 안으로 들어섰다.

제2부

첫 번째 사건

1
결혼 소식

그렇게 해서 모두 6주 만에, 상황은 점점 전체 사건의 양상을 변화시키는 방향으로 새롭게 전개되어갔다. 처음부터 라울 다베르니의 직관이 꿰뚫은 바대로, 별개의 두 개 사건은 마치 우연에 의해 한 지점에서 교차하는 두 갈래의 길처럼, 어느 순간 한데 뒤엉키고 만 것이었다. 요컨대 어느 날 라울 다베르니는 은행권 지폐 다발을 듬뿍 소지한 누군가의 뒤를 밟다가 이곳 베지네까지 이르게 되었고, 내친김에 사유지 일부를 매입하기로 했다. 물론 그 비용과 이사 경비는 문제의 돈 다발을 훔쳐내서 충당하겠다는 심보였지만. 그런데 이러한 일련의 과정이 결과적으로 바르텔르미와 그의 아들들까지 같은 장소에 끌어들이게 되었고, 원래는 라울을 협박하기 위해 차근차근 흉계를 꾸며왔던 삼부자는 공연한 요령을 부리느라 오랑주리 별장에 숨겨진 돈 다발을 후무리게 된 것이었다.

한편 돈 다발이 후무려진 바로 그날,—바로 이 때문에 두 갈래 길의 교차점, 두 사건이 뒤엉키는 매듭지점이 있다는 얘기이다—이와는 전적으로 별개의 또 다른 사건이 이미 진행 중이었고, 이는 곧 엘리자베트 가브렐을 하필 바르텔르미가 도적질을 막 끝내고 나서는 순간, 오랑주리 별장 앞에 이르게끔 발길을 이끌고 만 것이었다. 일이 그렇게 되자, 당장 모든 것이 뒤엉키면서 깊이를 잴 수 없는 수수께끼의 심연 속으로 곤두박질쳤고, 사법당국은 캄캄한 밀림의 한복판에 갇힌 것처럼 오도 가도 못하는 지경이 되고 말았다.

라울 다베르니는 속으로 중얼거렸다.

'오늘에 와서는 적어도 나한테는 모든 게 단순명확해졌어. 두 개의 사건이 서로 완전히 분리가 된 거야. 그러니까 두 번째 사건(바르텔르미의 협박 건)은 바르텔르미와 시몽의 죽음으로, 또 토마 부키의 체포와 포스틴의 고백으로 깨끗하게 걸러진 셈이지. 다만 첫 번째 사건(가브렐 자매 건인데, 사실 나로서는 간접적인 흥미밖에는 없는 사건이지)은 아직 그 어떤 해결의 실마리도 보이지 않은 채 계속 진행 중이라고 할 수 있어. 남는 문제는 펠리시앵인데, 아직 그 정체가 모호한 이 문제야말로 이상 두 사건에 공히 걸쳐서 늘어져 있는 느낌이란 말씀이야.'

그의 생각은 계속해서 이어졌다.

'그래, 펠리시앵이 문제지. 음모를 꾸민 자들은 사라졌지만, 그들이 기도한 협박의 필수 조건인 이 친구 문제는 아직 수수께끼로 남아 있어. 겉모습은 쌀쌀맞고 덤덤해 보이지만, 속은 무척 불안하고 여린 이 친구야말로 바르텔르미 사건이 그런 식으로 끝남으로써 완전히 미스터리가 되어버린 셈이지. 그런데 내가 그걸 파헤치려면 동시에 가브렐 자매 사건 또한 해결을 해야만 가능하거든! 도대체 이 친구가 한 짓이 무어란 말인가? 도대체 이 친구 정체가 뭐냐고! 이유 없이 자살을 시도하지는 않았을 테고. 그렇다면 이 친구의 내면에 스스로를 뒤엎어버릴 만큼 강력한 뭔가가 있다는 얘긴데. 죽음에 이르게 할 정도로 강력한 어떤 이유가 말이야! 대체 정체가 뭘까? 내게 무얼 바라는 거냔 말이야!'

별채의 침실로 찾아갈 때마다 라울은 더없이 예리한 눈길로 젊은이를 혹독하게 뜯어보았다. 그러면서 어찌나 얘기가 하고 싶은지! 마침내 신열도 떨어졌고, 포스틴의 치료도 다 끝난 것 같았다. 하지만 펠리시앵은 여전히 맥없이 뻗어 있을 뿐이었다. 마치 무시무시한 시도를 유발한 원인은 여전히 마음속 고통으로 건재한 듯했다.

그러던 어느 날 아침, 작업실에서 잠을 자던 포스틴이 라울을 따로 불러내 말했다.

"간밤에 누가 저 사람을 보러 왔었어요."

"누가요?"

"모르겠어요. 무슨 소리가 들려서 내가 들어가려 했는데, 빗장이 채워져 있는 거예요. 둘이서 한참 동안을 쑥덕거리면서 이따금 긴 침묵이 이어지기도 하더군요. 그러다가 갑자기 내가 알아챌 틈도 없이 누가 후딱 방을 빠져나가는 겁니다."

"그럼 어떤 단서도 없단 말이오?"

"전혀 없어요."

"맙소사!"

실제로 라울은 그날 이후 문제의 야간 방문이 남긴 후유증을 직접 목도할 수 있었다. 펠리시앵이 결코 예전 같지 않았던 것이다. 얼굴에 신선한 활력이 휘도는가 하면, 연신 히죽히죽 웃으면서 포스틴과 잡담을 마다하지 않았다. 심지어 여자의 초상화를 그려주고 싶어 했고, 조만간 일을 재개하려는 궁리까지 했다.

이제 더 이상 라울도 주저하지 않았다. 사흘의 여유를 더 관망한 뒤, 그는 젊은이가 쉬고 있는 별채로 들어가 가까이에 자리를 잡고는 이야기를 시작했다.

"다시 기운을 차린 걸 보니 반갑소, 펠리시앵. 이곳에서 우리의 관계가 이전처럼 다시 회복되었으면 하는 바람이오. 하지만 그 관계가 보다 신실한 것이 되려면 우리 사이에 먼저 허심탄회한 대화가 선행되어야 할 것이오. 일단 므슈 루슬랭의 결단으로 현재 당신은 그간의 사건들과 관련해 전개되어온 예심으로부터는 완전히 벗어난 상태가 되었소. 하지만 당신과 나한테 특별히 연관된 또 다른 사안들이 아직 남아 있답니다."

라울은 거기까지 말한 뒤 한층 친근한 목소리로 물었다.

"이봐요, 펠리시앵. 당신이 어느 마음씨 좋은 푸아투 시골 아줌마 손에 자라났다는 얘기를 왜 진작 하지 않은 거요?"

젊은이는 금세 얼굴이 홍당무가 되면서 중얼중얼 대답했다.

"자기가 주워온 아이였다는 얘기를 누가 쉽사리 꺼낼 수 있겠습니까."

"하지만 그 전에는 달랐지 않겠소?"

"그에 대한 기억은 전혀 없습니다. 내 양어머니는—실은 내 진짜 어머니라 해도 과언은 아니지요—내게 아무 언질도 없이 돌아가셨어요. 그 대신 어느 귀부인이 맡긴 거라면서 내게 엄청난 액수의 돈을 물려주셨지요. 하지만 그 귀부인이라는 사람도 내 친어머니는 아니었던 것 같아요."

"혹시 마지막 몇 년 사이에 웬 사내 한 명이 그 농장에 정착해서 살았던 기억은 없소?"

"아, 있습니다! 친구 아니면 친척쯤 된다고 생각했는데……."

"그자 이름을 압니까?"

"그 당시에도 정확히는 몰랐어요. 어쨌든 지금은 전혀 기억에도 없습니다."

"그자 이름은 바르텔르미였습니다."

라울은 단정적으로 말해버렸다.

펠리시앵은 화들짝 놀라는 기색이었다.

"바르텔르미라고요? 그 도둑 말입니까? 살인자 말이에요?"

"그렇소. 바로 시몽 로리앙의 아버지이죠. 그때 이후로 그자는 당신에게서 단 한순간도 시선을 떼지 않고 있었어요. 당신이 파리에서 무얼 하며 사는지, 당신이 거주하는 곳이 어디 어디인지 항상 꿰차고 있었답니다. 그러다 결국 내 친구들 중 한 명을 통해 자연스럽게 당신을 내게 추천까지 한 것이죠."

펠리시앵은 사뭇 어안이 벙벙한 태도였다. 라울은 젊은이의 온갖 동작, 모든 반응에 시선을 고정시킨 채, 진실함이든 거짓이든 아무리 미세한 징후도 놓치지 않으려고 신경을 곤두세웠다.

마침내 젊은이가 물었다.

"왜 그랬을까요? 무슨 목적이 있었나요?"

"그건 나도 모릅니다. 다만 확실한 건 바르텔르미가 어떤 의도하에 당신을 내 곁에 두려고 했으며, 그의 아들 시몽 로리앙도 나를 겨냥한 어떤 계획의 수행에 당신의 도움을 이끌어내려는 생각에서 이곳에 왔었다는 사실입니다. 그런데 그게 과연 어떤 의도였고, 무슨 계획이었을까요? 그걸 나로서는 도저히 알아낼 수가 없단 말입니다. 그래서 묻는 건데, 혹시 시몽 로리앙이 당신한테 뭔가 언질을 준 일은 없나요?"

"없어요. 도무지 나로선 뭐가 뭔지 모를 뿐입니다."

"그럼 결국 당신 입장에서는 이 집에 들어와 맡은 일을 하겠다는 생각밖에는 없었다는 말이로군요?"

"내가 다른 무얼 생각하겠습니까?"

펠리시앵은 오히려 반문을 해왔다.

라울은 내심 쾌재를 불렀다. 펠리시앵이 진실을 말하고 있다는 확신이 든 것이다. 젊은이는 결코 협박의 공모자가 아니며, 만에 하나 뭔가를 알았다 해도 아무 욕심도 없는 사람임이 분명했다.

"이건 좀 다른 얘깁니다만, 토마 부키가 자수를 하지 않았습니까? 살인절도가 일어난 날 저녁에 보트에 타고 있던 자가 바로 자신이라며 말입니다. 그 자백에 당신, 혹시 놀라지는 않았소?"

"왜 그 말에 내가 놀라야 하는지요? 어차피 내가 아닌 건 분명한 사실인데 말입니다. 나는 그 시각에 잠을 자고 있었어요."

이번에는 웬지 억양이 이전 같지 않았다. 그러고 보니 시선도 은근히 피하는 게 영 진실성이 느껴지지 않았다. 게다가 광대뼈 쪽으로 발갛게 달아오르는 저 홍조는…….

'거짓말을 하고 있는 거야.'

라울은 단박에 머리를 굴렸다.

'이 부분에서 거짓말을 한다면, 나머지도 몽땅 거짓으로 일관할 텐데…….'

그는 일부러 발소리를 쿵쿵거리면서 방 안을 성큼성큼 걸어다녔다. 젊은이의 표리부동한 태도는 다시금 분명한 것으로 보였다. 그는 속 시커먼 사기꾼인 게 틀림없다. 언젠가는 아들로서의 권리를 내세우며 나설지 모를 일이다. 그러면 다른 공범들과 마찬가지로 협박도 불사하겠지. 마침내 부글부글 끓는 속을 참지 못해 라울은 문 쪽으로 뚜벅뚜벅 걸어갔다. 그때 펠리시앵이 불쑥 앞을 가로막으며 걱정스러운 목소리로 말했다.

"나를 믿지 않으시는군요. 그래요, 틀림없어요. 믿지 않는다는 게 느껴져요. 당신에게 나는 여전히 그날 밤 훔친 돈 자루를 찾으러 돌아다니다가, 어쩌면 동료인 시몽 로리앙을 칼로 찔러 살해했을지도 모를 인간으로 비치고 있어요. 이런 상황에서는 내가 여길 떠나는 게 나을 것 같군요."

라울은 즉각 거칠게 내뱉었다.

"안 돼! 나는 그 반대로 우리 사이에 어떤 방향으로든 한 치의 나무랄 데 없는 진실이 자리 잡을 때까지 이곳에 당신이 머물기를 바라오."

"진실은 이미 수사판사가 지적한 방향으로 판결이 난 마당입니다."

젊은이의 말에 라울은 버럭 화를 내며 고함을 내질렀다.

"므슈 루슬랭의 판결은 아무런 의미도 없소! 그건 단지 내가 찾아내서 매수해버린 토마 부키의 거짓 증언에 의해 내려진 판단일 뿐이야! 반면 이 사건에서 당신의 역할은 처음부터 지금까지 여전히 오리무중이오. 그동안 단 한순간도 당신이라는 사람에게서는 허심탄회하게 속까지 내비치는 솔직함이나, 단호하게 항거하는 따위의 쌈박한 맛이 느껴지지가 않아. 당신의 가장 진지하고 격한 행위들은 캄캄한 어둠 속에 숨겨두고 있는 기분이라고. 예컨대 이번의 자살 소동도 그렇소. 당신, 이곳에 돌아온 이유가 나한테 작별인사를 하기 위해서 아닌가? 그리고 당신에 대해 나한테 해명도 하고 말이야. 그런데 이렇게 권총이나 손에 쥐고 고통스러워하는 모습이나 보이다니. 도대체 왜 그러는 거요?"

펠리시앵은 묵묵부답이었고, 그 바람에 다베르니는 더더욱 울화통이 치밀었다.

"침묵이야, 여전히 침묵이라고! 아니면 수사판사 앞에서 써먹었던 은근한 술책일지도 모르지. 빌어먹을, 어서 대답을 하시오! 우리 사이를 갈라놓는 건 당신이 항상 뒤로 빠지면서 내세우는 그 침묵의 장벽이오. 그러니 내게서 신뢰를 요구한다면 그따위 태도부터 내팽개치란 말이오! 그렇지 않으면 나로서는 계속해서 의심하고, 머리를 굴려서 자칫 엉뚱한 상상을 밀고 나갈 수도 있는 거요. 오해를 해서 당신을 잘못 고발할 수도 있다고! 당신, 그걸 바라는 건가?"

라울은 젊은이의 팔을 거칠게 부여잡았다.

"당신 나이라면 사랑 때문에 스스로 목숨을 끊을 수도 있겠지. 그렇지 않아도 당신이 자살을 시도했던 날 하루를 어떤 식으로 보냈는지 조사를 해봤소. 당신은 롤랑드 가브렐과 제롬 엘마가 별장에서 나와 호수 쪽으로 걸어가는 모습을 멀리서 미행했더군. 그들은 섬의 벤치에 가서 앉았지. 당신은 가만히 지켜보고 있었어. 그때 내가 본 바로는, 두 남녀 사이가 뜻밖에도 무척이나 친밀한 사이 같더군. 당신은 아무렇지도 않은 척 정원사에게 넌지시 물어보았소. 그러곤 두 남녀가 매일같이 만나고 있다는 사실을 알아냈지. 그로부터 한 시간 뒤 당신은 권총을 꺼내 들었소. 어때, 내 말이 맞죠?"

펠리시앵은 잔뜩 일그러진 표정으로 가만히 듣고만 있었다.

라울은 내처 말을 이었다.

"계속하겠소. 롤랑드 가브렐이 어떻게인지는 모르지만, 당신의 자살 시도를 알게 되었지. 기겁을 한 그녀는 사흘 전 밤에 득달같이 달려왔어. 당신의 의심은 부당하기 그지없으며, 제발 살아달라고 애원하기 위해서 말이오. 그녀의 설명을 충분히 듣고 나자, 당신은 다시금 스스로 행운아라 확신하게 되었고 마음의 상처는 씻은 듯 쾌유되었소. 내 말이 정확하죠?"

이번만큼은 펠리시앵이 쇄도해 들어오는 질문을 피하기만 할 수도, 또 그러고 싶지도 않은 듯했다. 다만 어떤 식으로 대답을 해야 할지 잠시 머뭇거리고는 말을 꺼냈다.

"이거 보십시오, 므슈. 사건이 일어난 뒤부터 나는 롤랑드 가브렐을 두 번 다시 만나본 적이 없는 사람입니다. 그리고 밤에 여길 찾아온 사람도 그 여자가 아니었어요. 롤랑드와의 우정 어린 관계만으로는 그녀가 그런 대범한 행동을 할 수 없습니다. 그 대신 하인을 시켜서 내게 편지를 보내 자신의 결정을 알리는 일은 훨씬 수월했겠죠."

펠리시앵은 난데없는 편지를 쑥 내밀었고, 라울은 점점 놀라는 심정으로 다음과 같은 내용을 읽어 내려갔다.

펠리시앵,

불행이 제롬 엘마와 나, 두 사람을 결합시켜주었습니다. 가엾은 엘리자베트를 위해 함께 눈물을 흘리다 보니, 그저 이렇게 가까이서 그녀의 기억을 되살리며 간직하는 것만이 우리의 상심을 달랠 수 있는 유일한 방법이라는 생각이 들었답니다. 심지어 그녀 자신이 우리 두 사람을 가깝게 해준 것이며, 그토록 행복하게 지냈고, 앞으로도 그러기를 바랐던 바로 그 장소에서 우리 두 사람이 아늑한 가정을 꾸며주기를 바라고 있다는 생각이 진지하게 드는 겁니다.

우리가 언제 결혼을 할지는 모르겠어요. 솔직히 내 발목을 붙잡는 많은 난관들이 있고, 내가 자칫 실수하는 건 아닌가, 또 마지막 순간까지 이런 걱정들 때문에 망설이게 되지나 않을까 두렵다는 얘기를 당신한테 꼭 할 필요가 있을까요? 아, 어떻게 살아가야 할지. 이젠 더 이상 혼자 살아갈 힘이 내겐 없답니다!

펠리시앵, 당신도 엘리자베트를 아는 사람이니 내일 클레마티트로 나를 보러 와서, 그녀도 이 결혼을 승낙할 거라고 말해주세요. 부탁입니다.

롤랑드

라울은 목소리를 낮춰 편지를 천천히 다시 읽어보더니 비아냥거렸다.

"거참 해괴한 짓일세! 이 아가씨, 자기 누이의 기억에 충실하려는 방법 한번 기가 막히군! 이봐요, 펠리시앵. 어서 가서 이 여자를 만나

보지 뭐하고 계시오? 가서 조금이라도 힘이 되어드리지 그러쇼! 이곳 일은 전혀 급하지 않은 데다, 그렇지 않아도 당신에겐 얼마간 휴식이 필요해."

그는 잠시 생각에 잠기는가 싶더니 젊은이를 굽어보며 말했다.

"그러고 보니 내 머릿속을 종종 스치고 지나가던 생각을 이젠 도저히 당신한테 말하지 않을 수가 없겠어. 말하자면 두 남녀 사이에 모종의 교감이 있어왔다는 점 말인데……."

펠리시앵은 멍한 표정으로 말했다.

"물론이죠! 그야 당연한 것 아닌가요? 둘이 결혼하기로 했다니 교감이 있는 거야 당연한 일이겠죠."

"물론이오. 하지만 그 교감이 좀 더 오래전부터 있어오지 않았나 하는 게 문제지."

"좀 더 오래전이라뇨? 언제 말입니까?"

라울은 그에 대한 대답을 또박또박 한 글자 한 글자 짚어내듯이 말했다.

"엘리자베트 가브렐이 살아 있었을 때부터 말입니다."

"그렇다면, 결국?"

"결국, 결혼을 두 달여 앞둔 엘리자베트 가브렐을 겨냥해서 살인을 목적으로 한 흉계가 꾸며졌다는 얘기죠."

펠리시앵은 발끈하는 태도로 외쳤다.

"이것 보십시오! 정말 말도 안 되는 소리를 하시는군요! 나는 두 자매를 다 알고 있는데, 언니를 향한 롤랑드의 애정 어린 마음은 보통이 아니었습니다. 아니에요, 아닙니다. 도저히 그런 파렴치한 누명을 그녀에게 씌울 수는 없어요."

"누명을 씌우는 게 아닙니다. 지금으로선 도저히 제기하지 않을 수 없는 문제를 제기하는 것뿐입니다."

"왜 그럴 수밖에 없다는 얘기죠?"

"바로 그 편지 때문이오, 펠리시앵. 내용을 가만히 들여다보면 그렇게 무신경할 수가 없어요."

"롤랑드는 고상하고 진실한 여자입니다."

"롤랑드도 여자일 뿐이오. 쉽게 잊어버리는 여자 말이오."

"분명히 말하지만 롤랑드는 무얼 그렇게 쉽게 잊는 여자가 아닙니다!"

"그렇겠지. 하지만 그렇다고 해서 슬픔을 애도하는 기분으로 신접살림을 꾸리겠다는 건 아닌 것 같은데?"

라울은 살짝 농을 던지듯 받아넘겼다.

펠리시앵은 벌떡 일어나 엄숙한 어조로 말했다.

"더 이상 그에 관해서는 말하지 마십시오! 부탁입니다. 롤랑드는 모든 혐의점으로부터 자유스러워요."

라울은 편지를 돌려준 뒤 잔디밭으로 몇 발짝 나갔다. 이대로 계속 밀고 나간다면, 이 젊은이의 은밀하고 어두운 성격의 구석구석으로 잠입해 들어가, 진정 흥분하거나 발끈하는 면모도 확인할 수 있으리라는 느낌이 들었다. 그렇게 몰아붙일 생각을 다지는데, 문득 철책문이 삐걱 열리는 소리가 들려왔다. 라울은 입안으로 재빨리 웅얼거렸다.

"제기랄! 구소 형사로군. 저 재수 없는 인간이 또 무얼 가지고 온 것일까?"

형사반장은 두 남자가 서 있는 관목숲 쪽으로 다가오더니 웃으며 말하는 라울의 손을 덥석 붙들었다.

"어이쿠! 우리 사이에 용무는 다 끝난 것 아니었습니까, 형사 양반?"

구소 형사는 전혀 평소답지 않게 까불거리는 말투로 대꾸했다.

"아, 끝났죠! 끝났고말고요! 다만, 있잖습니까? 비록 인연은 정리되었다고 하지만, 그래도 사법당국으로서 당연히 해야 할 바는 해야…….”

“요컨대 감시는 계속하시겠다?”

“오, 감시라뇨! 그저 성심을 다해 주의를 기울이는 정도라고나 할까. 그렇기 때문에 내 나름대로 수사를 계속하면서 이렇게 환자의 용태나 좀 알아볼 겸해서 들린 겁니다.”

“펠리시앵 샤를의 몸 상태는 아주 좋아지고 있습니다. 그렇지 않소, 펠리시앵?”

구소는 호들갑스럽게 말을 막았다.

“아이고, 그럼 더 말할 나위 없이 잘된 거고요! 다만 이 지역에서 총소리가 들렸고, 자살 소동이 있었다는 등 흉흉한 소문이 도는 것 같아서 말입니다. 그에 관해서는 타자기로 작성한 익명의 제보편지까지 접수된 상황이거든요. 뭐 거의 다 일고의 가치도 없는 헛소리들이지만…… 이미 결백이 선언된 무고한 자가 스스로 목숨을 끊을 리는 없지 않겠습니까?”

“그야 물론이죠.”

“그게 아니라면 사실은 결백하지 못한 게 되겠죠.”

구소는 은근슬쩍 말꼬리를 흐렸다.

“그거야말로 이번 경우에는 전혀 고려할 문제가 아니고요.”

“글쎄요, 과연 그럴까요?”

“어디 하실 말씀이 있으면 해보시죠.”

“좋습니다. 일단 경찰의 관행적인 수사 방식에 대해 미리 양해 말씀부터 드리겠고요. 어쨌든 당신의 젊은 친구가 감옥을 나서자마자 어딘가로 전화를 했다는 사실을 알아냈습니다만.”

“그랬을 겁니다. 나한테 전화를 했으니까요.”

"그다음에는 마드무아젤 롤랑드에게 전화를 해서 그날 중으로 여자를 보러 가도 되겠느냐며 간청을 했죠."

"그런데요?"

"그런데 아가씨 쪽에서 단호하게 거절을 한 모양입니다."

"무슨 뜻이죠?"

"말하자면 여자는 젊은이가 결백하다고 보지 않는다는 얘기죠. 그렇지 않겠습니까?"

라울은 대번에 빈정대는 투로 응수했다.

"그래, 그동안 열심히 수사를 해왔다는 결과가 고작 그 정도입니까, 형사 나리?"

"안됐지만, 그러네요."

"그렇다면……."

라울은 즉각 철책문 쪽으로 뻗은 길을 손가락으로 가리켰다. 구소는 그 자리에서 구두 뒤축을 축 삼아 빙그르르 돌았고, 마지막으로 상대를 다시 한번 힐끗 돌아보며 말했다.

"아참! 한 가지 잊은 게 있습니다. 파리의 기차역 중 한 곳의 수하물 보관소에서 시몽 로리앙의 것으로 추정되는 가방을 발견했지 뭡니까. 그 속에 든 옷의 호주머니 속에서 이런 명함이 나왔어요. 여기 뒷면에 보이죠? 건물 한 층의 구조 도면이 연필로 그려져 있고, 붉은 잉크로 십자가 표시가 되어 있습니다. 다름 아니라, 시몽 로리앙의 아버지가 필립 가브렐의 은행권 지폐 다발을 훔쳐낸 바로 그 층의 구조 도면이지요."

"명함 이름은?"

"보시다시피 펠리시앵 샤를로 되어 있지요."

형사는 라울과 펠리시앵에게 깍듯하게 인사를 건넨 뒤, 건들건들 야유 섞인 어조로 내뱉으며 물러났다.

"뭐 간접 증거자료쯤 된다고 생각하십시오. 그저 기념으로 참고하는 것뿐입니다. 하지만 어쩌면 후속편이 있을 수도 있겠죠?"

라울은 즉시 달려가 철책문을 막 빠져나가려는 구소 형사를 붙들었다.

"이것 보시오, 형사!"

"네, 뭘 도와드릴까요, 므슈 다베르니?"

"내가 아니라 당신이 문제요. 이 철책문의 두 개 말뚝이 보이시는지?"

"그야 물론이죠."

"그럼 앞으로는 이 두 말뚝을 연결하는 엄밀한 선을 절대로 넘어서지 말 것을 충고하는 바요."

"하지만 영장만 있으면……."

"영장도 당신 동료들처럼 깔끔하고 품격 있는 경찰관의 자격으로 방문할 경우에만 효력이 있지, 이따위 껄렁껄렁한 태도로 망발이나 내뱉는 감시인 행세를 하면 아무 가치도 없는 걸로 간주하겠소. 그만하면 내 말 잘 알아들었을 테니, 이만 잘 가시오!"

그런 다음 라울은 상황이 벌어지는 내내 한마디도 입을 열지 않은 펠리시앵에게 돌아가 말했다.

"아까 롤랑드를 다시 만난 적이 없다고 했었죠?"

"나를 보기를 거부했거든요."

"그럼 여전히 그 여자 때문에 자살을 시도했었다는 걸 부인한다는 얘기지요?"

젊은이는 아무 대답도 안 했다.

라울이 얘기를 계속했다.

"그리고 또…… 아까 그 명함은 어찌 된 겁니까?"

"언젠가 당신이 돌아오기 전에 시몽 로리앙이 이곳에 왔다가 슬쩍 챙겨간 모양입니다."

"오랑주리 별장의 구조 도면은?"

"그가 직접 그린 거겠죠. 어쨌든 나와는 무관한 겁니다."

"보다시피 당신은 경찰에게 여전히 요주의 인물로 통하고 있습니다. 불안하지 않습니까?"

"천만에요. 그동안 사람들이 나를 해치려고 무던히도 못살게 굴었지만, 뭐 하나 발견한 게 없습니다. 어차피 죄가 없는 이상 불안하거나 초조해할 일 또한 있을 리 없죠."

2
수상한 방문객

라울은 그만 단념하는 수밖에 없었다. 그 어떤 설명도 펠리시앵한테는 먹혀들지 않을 것 같았다. 어떤 위협에 대한 경고도, 최소한 겉으로 보기에 아무런 불안도 야기하지 못할 것 같았고, 이렇다 하게 버티는 기색 또한 색출해내지 못할 것 같았다. 요컨대 말만으로는 그에게서 비밀을 이끌어내지 못할 게 분명했다.

이제는 행동으로 돌입하는 수밖에 없었다.

하지만 처음부터 상황이 여의치가 않게 돌아갔다. 우선 포스틴이 병원업무로 복귀해버렸다. 지금까지 그녀와 같은 시각에 맞춰 별채에서 점심을 들었던 펠리시앵은, 그 뒤로 클레마티트로 건너가 오후 내내 거기서 시간을 보냈다.

마침내 닷새째가 되는 날, 라울은 사정이나 알아볼 겸 그곳에 들러보았다.

요리사가 문을 열어주면서 다짜고짜 말했다.

"마드무아젤은 잔디밭에 계실 겁니다. 일단 식당에 가셔서 기다리시지요."

현관을 넘어 들어서자, 문이 두 개 보였다. 라울은 식당으로 들어갔다. 그때 문득 응접실 유리문에 드리워진 얇은 커튼 너머로 전혀 뜻밖의 광경이 눈길을 붙들었다.

방의 왼편으로 환한 조명을 받으며 포스틴이 포즈를 취하고 있었고, 그 맞은편에 화구를 앞에 놓고 펠리시앵이 앉아 있는 게 아닌가! 여자는 팔과 어깨의 맨살을 훤히 드러내놓았다.

순간 라울은 안달 난 심정에다—굳이 스스로에게 금할 것도 없는—심술 맞은 질투의 감정을 뒤섞으며 입술을 질끈 깨물었다.

'저런 방탕한 계집을 봤나! 저 여자, 저기서 뭐하는 짓이야? 저 녀석은 또 무슨 수작이고?'

젊은이는 정면에서 여자를 바라보고 있었지만, 여자의 시선은 그를 조금 빗나간 방향, 즉 잔디밭과 연못을 향해 활짝 열린 창문을 향했다. 빛이 물결치듯 흘러내리는 여자의 맨어깨는 약간 황금빛마저 감도는 순백의 기운 가득히 충만한 균형미를 과시하고 있었다. 종종 라울의 머릿속에 떠오르던 기억이 다시금 고개를 들면서 조각가의 눈부신 프리네상이 눈앞에 아른거렸다.

라울은 무슨 얘기를 나누는지 궁금해하며 소리 나지 않게 조심조심 문을 열어보았다. 그러다 뜻하지 않게 시선을 잡아끈 건, 창턱에 나란히 걸터앉아 바깥쪽으로 발을 내놓고 있는 롤랑드와 제롬 엘마의 뒷모습이었다.

그들은 나지막한 목소리로 얘기를 나누고 있었다. 이따금 펠리시앵 샤를은 그쪽으로 고개를 돌려 두 남녀를 지그시 바라보았다.

그 광경을 보던 라울은 클레마티트와 오랑주리의 별장에 얽힌 미스터리, 즉 두 개의 사건 중 하나의 전모가 바로 이 응접실, 지금 저 네 명의 인물들 사이에서 벌어진 거라는 확신이 들었다. 이 네 명의 등장인물 밖에서 수수께끼의 열쇠를 찾을 필요가 없다는 결론이었다. 그것이 애정이든 증오든, 야심이든 질투든 처절한 비극의 도가니는 바로 이 한정된 테두리 내에서 지지고 볶으며 벌어진 일임이 분명했다. 지금 저 네 명은 각자 목전의 관심사에 잔뜩 열중한 채 고요하게만 보인다. 하지만 그 모두를 둘러싸고 과거와 미래, 범죄와 징벌, 죽음과 삶이 지독한 원수들처럼 맞부딪치고 있음을 라울은 섬뜩하게 느꼈다.

이 치열한 각축 속에서 저 네 사람 각각의 지분은 과연 어느 정도씩일까? 의심할 여지없이 롤랑드를 사랑하고 있을 펠리시앵은 결혼을 앞둔 두 남녀 사이에서 대체 어떤 역할을 하고 있는 것일까?

간호사인 포스틴은 또 어떻게 저들 사이를 비집고 들어간 것일까? 무슨 이유가 있어서 저리도 계층이 다른 여자를 롤랑드는 받아들이게 된 것일까? 너무도 많은 수수께끼가 해답 없이 떠돌았다.

두 남녀가 정원으로 모습을 감추고 나서야 라울은 슬그머니 문을 밀고 들어섰다. 마침 시선을 바깥으로부터 거두어 화구 쪽으로 모으던 포스틴은 화구와 그 앞에 앉은 펠리시앵 너머 불쑥 등장한 라울의 모습을 발견했다.

갑작스레 당황한 그녀는 얼굴을 붉히면서 숄로 어깨를 감쌌다.

"개의치 마시구려, 펠리시앵! 그나저나 세상에! 정말 멋진 모델이로군요!"

라울의 말에 젊은이는 소탈하게 털어놓았다.

"경탄할 만하죠. 나로서는 과분한 모델입니다."

"웬 겸손의 말씀."

"그럴 수밖에요, 워낙에 출중한 미모 앞이라."

젊은이의 말에 라울은 내처 빈정댔다.

"포스틴, 당신은 어떻소? 병원에서 환자나 돌보는 것보다 그런 자세로 포즈를 취하는 게 훨씬 재미있죠?"

여자는 덤덤하게 대답했다.

"요즘은 환자가 거의 없거든요. 더구나 오후근무는 자유입니다."

"그야 저녁 시간도 마찬가지고, 밤 시간도 그렇겠죠. 자유 시간 실컷 이용하시구려, 포스틴! 젊음을 만끽해요!"

라울은 툭 말을 던진 뒤, 곧장 정원으로 나가 롤랑드를 예의 주시하면서 두 남녀의 결혼 소식에 축하의 뜻을 전했다. 롤랑드의 얼굴은 분명 포스틴보다는 덜 화려했지만, 사람의 심금을 움직이는 점에서는 결코 못하지 않았고, 미모 그 자체보다 보는 이의 마음을 어지럽히는 관능적인 매력이 좀 더 나아 보였다. 그러다 보니 그녀를 바라보는 제롬 엘마의 표정도 열정으로 충만할 수밖에 없었다.

제롬은 파리에서 마무리해야 할 일이 있었기에 롤랑드와 라울이 오랑주리 별장의 채소밭 쪽으로 난 외부 출입구까지 배웅해주었다. 그러다 보니 엘리자베트를 죽음으로 내몬 문제의 불길한 계단 앞을 지나치게 되었다. 그런데도 두 남녀는 그쪽으로는 조금도 신경을 쓰지 않는 듯했다. 실은 매일 그쪽으로 산책을 해왔었다. 심지어 이번에는 아예 그 부근에서 걸음을 멈추고는, 단지 무료하게 그곳을 지나치던 산보자처럼 맞은편 기슭의 길목 어귀에서 세 명의 사내를 태운 채 기우뚱거리는 보트를 무심코 바라보는 것이었다. 다름이 아니라, 구소와 나머지 형사 두 명이 보트에 올라타 그중 한 명이 강바닥을 열심히 긁어대고 있는 중이었다.

제롬이 덤덤하게 말했다.

"예심이 계속되고 있는 모양이야. 시몽 로리앙과 내게 상처를 입혔던 무기를 저렇게 찾고 있는 거라고."

롤랑드는 부르르 몸서리를 치면서 속삭였다.

"그놈의 악몽, 아직도 끝나지 않은 건가요?"

제롬과 작별인사를 나눈 뒤 롤랑드와 라울은 곧장 방향을 돌려 클레마티트로 천천히 발걸음을 뗐다. 잠시 후, 라울은 일부러 내심 품고 있는 생각을 강조하는 말투로 여자에게 물었다.

"결혼한 다음에도 줄곧 이 별장에서 거주할 생각입니까?"

여자가 대답했다.

"네, 그럴 것 같아요. 필요한 곳은 물론 손을 보아야겠죠."

"하지만 일단 신혼여행은 다녀온 뒤겠죠? 오래 다녀올 생각입니까?"

"아직 아무것도 정해진 것은 없어요."

남자는 또 다른 질문들을 늘어놓았고, 롤랑드는 어디까지나 짤막짤막하고 모호한 답변들로 대응했다. 그러다 문득 말을 끊으며 이렇게 말했다.

"방금 전에 우리 집 문에서 누가 초인종을 울렸어요. 찾아올 사람이 없을 텐데."

마침내 유리문 앞 계단까지 이르자 안에서 자잘하게 다투는 소리가 들렸고, 곧이어 제법 소란스러운 싸움 소리로 커져갔다. 그 와중에 하인 에두아르가 노발대발해 고함을 쳐대는 소리가 또렷하게 튀어나왔다.

"들어오실 수 없습니다! 내가 살아 있는 한, 절대로 이 집 안으로 발을 들여놓을 수 없어요!"

롤랑드는 부랴부랴 식당을 가로질러 달려갔다. 펠리시앵과 포스틴은 이미 현관까지 나가 있었다. 입구에서 늙은 하인이 어느 나이 지긋한 신사의 앞을 열심히 가로막고 있었다. 신사는 비교적 부드러운 태도로 말했다.

"제발 부탁이니 진정하시구려. 나는 마드무아젤 롤랑드와 얘기를 하고 싶소. 그러니 어서 내가 왔다는 기별을 좀 해주시오."

롤랑드는 문턱에 멈춰 서서 이 낯선 방문객을 유심히 바라보고 말했다.

"처음 뵙는 분이신 듯한데요, 므슈."

노신사는 아무 말 없이 명함부터 불쑥 내밀었다. 롤랑드는 힐끗 명함을 보더니 그만 온몸을 후들후들 떨었다.

그 모습을 본 노신사는 거칠게 거부당할 걸 걱정한 듯 다급하게 매달리기 시작했다.

"꼭 얘기를 나누고 싶습니다, 롤랑드. 이렇게 만나서 얘길 나누지 않으면 안 돼요. 절대로 거부해서는 안 됩니다. 이건 당신을 위한 일입니다."

구부정하게 굽은 자세에 백발이 성성한 신사는 비교적 섬세하고 품위 있는 생김새였지만, 지나치게 창백한 안색이 고갈된 체력과 심한 병마의 고통을 말해주었다.

여자는 잠시 망설이더니 하인에게 지시했다.

"그냥 놔두세요, 에두아르. 글쎄, 그만 가보래도요."

에두아르가 하는 수 없이 씩씩대며 물러나자, 롤랑드는 신사를 향해 말했다.

"제 약혼자가 여기 없어서 유감이군요. 있었으면 소개해 올렸을 텐데."

"그렇지 않아도 약혼했다는 건 알고 있었습니다, 롤랑드."

"네, 제롬 엘마와요."

"알고 있어요. 원래는 당신 언니와 하려고 했었죠?"

"그럴 예정이었죠."

"옛날에 그의 어머니를 잘 알고 지냈다오. 그때만 해도 그 친구, 아주 꼬마였었지."

사람들이 있는 곳에서 더 이상 대화를 진행시키고 싶지 않은지 롤랑드가 말을 잘랐다.

"규방으로 올라가시죠, 므슈. 거기가 대화를 나누기 훨씬 좋을 겁니다. 제가 안내하죠."

여자가 앞장서자, 노신사는 무척이나 힘겹게 천천히 계단을 올랐다.

라울은 펠리시앵과 포스틴 역시 자기처럼 이 상황에 잔뜩 흥미를 느끼고 있다는 걸 한눈으로 눈치챘다. 그들에게도 이 낯선 방문객은 전혀 영문 모를 존재인 게 분명했다.

셋은 그냥 나름대로 생각을 굴리며 조용히 기다리는 수밖에 없었다.

무려 두 시간이 흐른 뒤에야 아까의 그 노신사는 롤랑드의 부축을 받으며 계단을 내려왔다. 여자의 두 눈은 붉게 충혈되었고, 표정은 발칵 뒤집힌 그대로였다.

"그건 그렇고, 롤랑드, 당신 결혼식은 언제죠?"

여자는 마치 갑작스럽게 마음이 정해진 듯 간명하게 대꾸했다.

"청첩장을 만들어야 하니 한 열이틀 정도 후에는 하게 될 거예요."

"행복해야 합니다, 롤랑드."

노신사는 훌쩍이는 여자의 이마에 가볍게 입을 맞추었다. 이윽고 여자가 다소곳이 몸을 떼고 신사를 문 앞까지 배웅했다.

"데려다드릴까요?"

여자의 말에 신사가 대답했다.

"아니요. 역이 그리 멀지도 않으니 혼자 가는 편이 낫겠소. 또 봅시다, 롤랑드. 아무튼 내 집에 놀러 와주면 좋겠소! 약속한 겁니다? 너무 지체하지 말고 와주시오, 롤랑드."

노신사는 뒤 한 번 돌아보지 않고 휭하니 별장을 나섰다. 롤랑드는 눈으로 그의 뒷모습을 가만히 좇았다. 마침내 문을 닫고는 깊은 생각에 잠긴 채 응접실로 들어갔다. 라울은 조금도 지체하지 않고 즉시 식당을 통해 밖으로 나와 클레마티트 별장을 벗어났다. 미지의 방문객을 얼른 따라잡아 뭔가 정보를 얻어내려는 생각이었다. 가도에서 목격한 노신사는 운전기사 차림의 어느 하인 팔에 기대고 있었다. 자가용 한 대가 국도에 가깝게 주차되어 있었다. 운전기사는 신사를 태운 뒤 곧장 출발했다. 라울로서는 자동차가 이곳에 올 때까지 오랜 여정을 밟은 것처럼 온통 먼지투성이라는 것밖에는 확인할 수가 없었다.

저녁 7시경, 라울은 병원 문을 막 나서는 포스틴의 옆구리를 무작정 따라붙었다.

"그 노신사에 대해 아무것도 모르죠? 롤랑드가 한마디도 얘기 안 해주던가요?"

"안 해줬어요."

"맙소사! 나한테는 입도 뻥끗하지 말라고 단단히 이른 모양이군! 좋소, 나 혼자 헤쳐나가도록 하죠. 하긴 이번 경우에는 그리 힘들지도 않아요. 이미 밝혀낸 사실들에다가 진실을 조금 더 첨가하는 것에 불과하니까. 우린 차근차근 전진해나가고 있답니다, 포스틴."

그는 보다 신랄하면서 도발적인 목소리로 덧붙였다.

"아차, 한 가지 더! 당신 클레마티트에서 대체 무슨 장난을 하고 있는 거요? 이젠 아주 그 집 친구처럼 굴더군. 무슨 자격으로 그러는 거지? 당신들 네 사람 사이에 어떤 공통점이 있다는 거요? 펠리시앵의 판단을 흐리게 하기 위해 당신 매력을 뿌리고 다니는 건가? 그쯤 해두시지, 당돌한 아가씨. 그렇지 않으면 나라도 나서서 젊은이를 빼돌릴 것이오. 그럼 당신은 허탕만 치게 될 거야."

여자는 왠지 전혀 동요하는 기색이 아니었다. 오히려 방긋 웃으며 대답했다.

“혹시 내가 당신한테도 환심을 사려고 애를 쓰던가요?”

“천만에!”

“하지만 나를 마음에 들어 하시잖아요.”

금세 마음이 누그러진 라울은 이번에는 자기가 히죽 웃으며 말했다.

“몹시 그런 편이지. 아마 그래서 내가 약간 제정신을 잃은 듯하군.”

그날 저녁과 다음 날 아침 내내 라울은 나름대로 조사를 진행했고, 그러다 보니 자동차로 20여 분 거리에 있는 가르슈 근처 어느 양로원 앞까지 가게 되었다. 그의 요청에 의해 면회실로 나온 스타니슬라스 영감은 완전히 허리가 굽었고, 몸까지 부들부들 떠는 노인이었다. 라울은 방문 목적을 일사천리로 밝혔다.

“당신은 베지네 출신이며, 그곳에서 하인으로 일을 한 40여 년의 세월 중 30년간을 현재 오랑주리 별장의 소유주인 므슈 필립 가브렐의 형을 주인으로 모시고 지냈습니다. 내 말이 틀리지 않죠? 베지네 면사무소에서 이번에 당신을 생활원조금 수혜자로 선정하였음을 알려드립니다. 나는 그 지침을 이행하기 위해 당신에게 현금 100프랑을 전달하기 위해 찾아온 사람입니다.”

약 5분에 걸쳐 소감을 피력하는 시간이 있었고, 나머지 한 시간가량을 베지네와 그곳에 사는 주민들, 오랑주리에 자주 드나들었던 사람들, 그들과 이웃하는 별장에 터를 잡고 사는 사람들 등에 관한 잡담에 할애하고 나자, 라울은 정확히 알고 싶었던 정보를 어렵지 않게 거둬들일 수 있었다.

특히 새롭게 안 사실은 엘리자베트와 롤랑드의 아버지이자, 필립 삼촌의 형이었던 알렉상드르 가브렐 씨는 자기 아내와 무척 사이가 안 좋았다는 것이다. 워낙에 밖으로만 나다니는 남자였기에 여자가 몹시 불행한 생활을 한 모양이었다. 게다가 질투심도 대단했다는데, 부부 곁에 알렉상드르 가브렐 부인의 먼 친척뻘 되는 사내가 집요하게 맴돌았던 걸 보면, 남편의 질투에는 그럴 만한 이유도 없진 않았던 듯하다.

스타니슬라스는 이렇게 얘기했다.

"결국에는 오랑주리 별장의 정원에서도 다 들릴 만큼 소란스러운 싸움이 종종 일어났고, 하루는—그러니까 그때가 마드무아젤 엘리자베트가 막 세 살을 넘겼을 때였지, 아마—므슈 알렉상드르가 부인의 친척을 문밖으로 내치기에 이르렀다오. 현관에서 마구 몸싸움이 벌어지게 되었고, 그때 내 동료였던 하인 에두아르가 그만 주인에게 뜻하지 않은 손찌검까지 하는 지경에 이르렀지 뭐요. 정말이지 어찌나 고래고래 소리를 지르던지! 우리끼리 부엌에서는 사실 벌써부터 마드무아젤 엘리자베트의 진짜 생부가 부인의 먼 친척뻘 된다는 조르주 뒤그리발이라는 얘기들을 하고 있었죠."

"가브렐 부부는 화해하지 않았던가요?"

라울이 물었다.

"그럭저럭 지내긴 했죠. 심지어 3~4년 후에는 둘째 딸 마드무아젤 롤랑드를 낳았으니까 말입니다. 다만 남자가 또다시 흥청망청 방탕한 생활에 빠져든 게 문제였지. 급기야는 파리에서 친구들과 질펀하게 퍼마시고는, 그만 뇌일혈로 세상을 하직하고 말았다오."

"그 뒤로 친척이라는 사내는 얼굴을 내민 적 없고요?"

"전혀 없었지요. 단, 그 뒤로 죽을 때까지 마담 알렉상드르 가브렐은 딸들을 데리고 바닷가 카부르(영불해협 연안인 칼바도스 지방에 위치한 해수욕장. 벨에포크 시대의 명소—옮긴이)에서 매년 여름을 나긴 했었지요. 그런데 그 카부르라는 곳이 말입니다. 마담 알렉상드르의 친척인 므슈 조르주 뒤그리발이 현재 사는 캉에서 불과 20킬로미터밖에 떨어지지 않은 곳이라는 점이 좀 이상하죠. 그것 가지고 또 우리끼리 부엌에서는 틀림없이 카부르의 해변에서 둘이 몇 차례는 만났을 거라는 얘기가 돌았죠. 물론 두 어린 딸은 모르게 말입니다. 그러다가 오랑주리의 여자 요리사가 한번은 이러는 겁니다. '두고 봐요, 그 남자가 자기 전 재산을 마드무아젤 엘리자베트한테 양도할 테니까. 보나마나 뻔한 사실이죠. 이미 그 사람과 마담 알렉상드르 사이에 합의가 된 모양이에요. 아, 마드무아젤 엘리자베트는 지참금 하나는 두둑하게 벌어놓은 셈이지!'"

라울은 자신이 발품을 팔아 얻어낸 성과에 황홀할 지경이었다. 곰곰이 생각해볼수록 거둬들인 정보의 중요성이 가슴에 훅훅 와 닿았다. 바로 이 가정 내의 분쟁을 중심으로 해서 빛의 줄기가 자리를 잡았고, 그 안에서 이제는 서서히 의미를 드러내기 시작하는 수수께끼 같은 행위들의 뿌리가 아련히 감지되는 것이었다.

그날 오후와 이튿날에 걸쳐 라울은 클레마티트에서 시간을 보냈다. 다만 비교적 성의껏 환대를 받으면서도 왠지 전에 이곳에 발을 들여놓았을 때와 같은 고립감, 어딘지 모르게 비장한 분위기가 느껴졌다. 각자 자기 안에 틀어박혀 자기만의 생각을 갖고 사는 듯했고, 자기만의 목적에만 사로잡혀 있는 것 같았다. 도대체 이 사람들 모두 무슨 꿍꿍이속을 보듬고 있는 걸까? 이따금 롤랑드와 제롬은 애정 어린 눈길을 나눴고, 펠리시앵의 시선 역시 가끔 포스틴이나 작업 중인 초상화를 떠나 롤랑드와 제롬 쪽으로 건너갔다.

조용한 분위기 속에서 롤랑드가 자신의 약혼자에게 말했다.

"당신 서류는 다 준비됐죠, 제롬?"

"물론이오."

"나도 그래요. 오늘이 7일 화요일이에요. 우리 결혼 날짜는 18일 토요일로 정해요. 괜찮겠죠?"

제롬은 여자의 손을 잡고 자신이 얼마나 열정적으로 사랑을 하고 있는지 훤히 드러날 만큼 열과 성을 다해 손등에다 입을 맞추었다. 여자는 살며시 웃으면서 눈을 지그시 감았다.

펠리시앵은 열심히 그림을 그리고 있었다.

한편 라울은 계속해서 머리를 굴리고 있었다.

'9월 18일이라…… 앞으로 11일 후로군. 그때까지는 모든 것이 가동을 해야 할 텐데. 아직은 아득하고 복잡하기만 한 진실이 저들의 열정으로 단번에 작열해야 할 텐데 말이야.'

이제 롤랑드가 맞이했던 그 낯선 방문객이 누구인가는 문제가 아니었다. 문제는 그 용건이 무엇이냐는 것이었다. 처음에는 적대적이었던 롤랑드가 손님이 떠날 즈음엔 왜 그렇게 부드러워진 건지? 그 일에 대해 제롬 엘마는 알고나 있는 건지?

9월 11일 토요일, 라울은 클레마티트로 와달라는 롤랑드의 전갈을 받았다. 구소 형사가 뭔가 중요한 전달사항이 있다며 오후 3시에 들를 텐데, 다베르니 씨와 펠리시앵 샤를도 그 자리에 입회해주었으면 좋겠다는 것이었다.

라울은 정확히 약속 시간을 지켰고, 펠리시앵도 마찬가지였다. 다만 이번에는 포스틴의 모습이 보이지 않았다.

구소 형사의 전달사항은 비교적 간단했다. 그는 아예 라울과 펠리시앵은 안중에도 없다는 듯 롤랑드와 제롬을 향해서만 말했다.

"지금까지 우리에게 접수된 익명의 편지들이 여러 장 됩니다. 모두 다 아주 서툰 타자 솜씨로 작성되었으며, 밤에 베지네 우체국에서 부쳐졌습니다. 그런데 이곳에 타자기를 소지한 사람들을 대상으로 내가 수사를 벌이고 있다는 소문이 언제 돌았는지, 오늘 아침 이곳으로부터

3킬로미터 거리에 있는 폐허 더미 속에서 만들어진 지 제법 오래된 타자기가 버려진 채 발견되었답니다. 아무튼 마지막으로 어제 그 타자기를 사용한 듯 저녁 무렵에 파리 경시청으로 바로 이 편지가 도착했는데, 한 번 읽어볼 테니 잘 들어보시기 바랍니다.

> 그날 밤 시몽 로리앙이 칼침을 맞았던 가도를 따라 살펴보면, 몇 달 전부터 사람이 살지 않는 사유지가 펼쳐져 있다는 걸 알 수 있을 겁니다. 담장이 낮은 대신 그 위로 철책이 쳐져 있지요. 바로 그 철책 너머를 유심히 건너다보면 관목 나뭇잎 아래 손수건이 한 장 떨어져 있는 걸 확인할 수 있을 겁니다. 그 손수건이 어디서 나온 건지를 검증해보는 것이 아마 좋을 듯합니다.

나는 편지의 충고대로 이행했지요. 지금 보시는 바로 이 손수건은 분명 비와 이슬에 시달려 더럽고 축축해진 상태입니다. 하지만 피가 묻은 칼을 옷감으로 훔칠 때에 묻어나기 마련인 검붉고 들쭉날쭉한 기다란 자국을 분간하기란 그리 어렵지 않을 겁니다. 이름 이니셜을 보자면, 보통 상점에서 구입한 손수건이 대개 그렇듯 글자가 딱 하나만 새겨져 있지요. F. 라고 말입니다. 마침 이곳에 므슈 펠리시앵 샤를(Félicien Charles)도 와 계시니, 실례지만 손수건 좀 보여주시겠습니까?"

펠리시앵은 고분고분 손수건을 꺼내 내밀었다. 구소는 두 개의 손수건을 면밀히 비교해본 뒤 말했다.

"여기엔 이니셜이 없군요. 그러나 두 개의 손수건이 똑같은 섬세한 천과 정확히 같은 크기인 것은 누구라도 알아챌 수 있을 겁니다. 어쨌든 협조해주셔서 감사합니다. 이 손수건들은 예심에서 증거로 채택될 것입니다. 여기 이 갈색 얼룩들은 연구소에서 혈흔인지 아닌지를 판별

해줄 것이고요. 만약 결과가 혈흔이라고 나오면, 처음에 므슈 엘마를 칼로 찌른 뒤 이어서 시몽 로리앙까지 칼침을 놓은 장본인에 대한 더할 나위 없이 중대한 혐의가 성립되는 셈이라 하겠습니다."

형사는 더 이상 아무 말 없이 두 남녀에게 인사를 던지고 쏜살같이 방을 빠져나갔다.

라울은 자리에서 일어서며 말했다.

"이보시오, 펠리시앵. 상황이 무척 급박하게 돌아가는 것 같소. 경찰에선 당신의 혐의 사실에 대해 더 이상 의심을 하지 않는 것 같아요. 이제 보나마나 며칠 안으로 므슈 루슬랭에게서 자기 집무실로 출두해달라는 전갈이 당도할 것이오. 그러니……."

역시나 펠리시앵은 묵묵부답이었다. 심지어 전혀 다른 문제를 생각하는 기색이었다. 정말이지 라울로서는 울화통이 치밀 일이었다.

저녁식사를 마친 뒤 정원의 어둑한 그늘을 거닐던 라울은 문득 가도 쪽에서 가벼운 휘파람 소리가 스치는 걸 들었다. 곧이어 웬 여자의 윤곽이 호수를 따라 죽 나아가더니, 갑자기 좌측으로 진로를 틀어 클레마티트 별장의 반대 방향으로 사라지는 모습이 보였다.

라울은 휘파람 소리가 아마도 무슨 신호였을 거라 생각했다. 실제로 펠리시앵이 부랴부랴 별채에서 튀어나왔다. 그는 조심스레 철책문을 열더니 마찬가지로 좌측으로 방향을 틀었다.

라울은 신중을 기하느라 클레르 로지 안으로 일단 들어섰다가 차고 쪽 출입구를 이용했다.

저만치 호숫가를 에두르는 오솔길로 두 개의 그림자가 멀어져 가는 모습이 보였다. 밤이 아직은 두터운 어둠을 드리우기 전이었다. 덕분에 뭔가를 활발하게 논의하는 펠리시앵과 포스틴의 모습을 분명하게 알아볼 수 있었다.

라울은 충분한 거리를 둔 채 두 사람을 미행했다.

두 사람은 다리를 건넜고, 롤랑드와 제롬 엘마가 앉았던 벤치에 자리를 잡았다.

다행히 이쪽으로 등을 돌린 자세였기에 라울은 들킬 염려 없이 약 25~30미터 정도는 접근할 수 있었다.

그 정도 거리에서는, 펠리시앵이 포스틴의 품에 안기다시피 한 채 머리를 젊은 여자의 어깨 위에 다소곳이 기대고 있는 것까지 고스란히 분간할 수가 있었다.

3
납치

만약 본능이 시키는 대로 투박한 반응을 보이라면, 라울은 그대로 두 연인에게 달려들어 펠리시앵을 속 시원히 물속에 던져 넣고 포스틴은 목을 졸라버리기라도 했을 것이다. 하지만 그가 다리 쪽으로 두세 걸음 옮기다 말고 제자리에 붙박인 듯 아무 짓도 못하고 만 것은, 나중에서야 제대로 깨닫게 된 어떤 이유들 때문이었다.

일단 그는 제자리에 멈춰 선 채 가만히 있었다. 당장은 울컥하는 심정으로 아무 생각 없이 날뛸 계제가 아니었다. 사실 지금까지 포스틴에 대해서는 일말의 참다운 사랑조차 개입하지 않은 단순한 욕정만을 품었을 뿐인데, 이제 광풍처럼 사건의 파국이 임박해오는 바로 이 흉흉한 시점에 이르러 굳이 모든 것을 망칠지도 모를 무책임한 광기의 발작에 휘둘릴 수는 없는 노릇이었다. 더구나 몇몇 사실들이 슬슬 머릿속에서 적당하게 정리가 되어가던 차에, 만약 즉흥적으로 날뛰다가는 모든 게 또다시 뒤엉켜버릴지도 몰랐다.

무엇보다도 칼리오스트로가 여자의 이미지가 난데없이 눈앞에 불쑥 솟아올랐다. 세상에! 아버지와 아들이 한 여자를 사이에 두고 피 튀기는 싸움을 벌인다면, 저 지독한 여인으로서는 그보다 더 통쾌한 승리가 어디 있겠는가! 그녀가 운명에게 의뢰했을 복수극이 그 얼마나 철저하게 완수되는 셈이란 말인가!

라울은 즉시 집으로 발길을 돌렸다. 그는 철책문을 닫은 뒤 한 번도 사용해보지 않은 장치를 문에다 부착시켰다. 철책문이 열림과 동시에 벨이 작동하는 장치였다.

그로부터 30분 후, 벨이 울렸다. 펠리시앵이 돌아온 모양이었다. 라울은 그대로 잠이 들었다.

다음 날 아침 내내, 라울은 펠리시앵에 대해 투덜투덜 구시렁거렸다. 왠지 모르게 자꾸만 젊은이가 꼴 보기 싫어졌다. 아울러 이제는 모든 모순과 무리를 넘어서까지 롤랑드와 제롬 사이의 공모관계에 대해서도 점점 확신의 무게가 실리는 것이었다. 결국 두 남녀의 결혼계획이란 아직 제대로 규명되지 않은 뒤그리발의 유산상속에 얽힌 사연에 의해 지탱되고 있는 셈이었다. 라울은 간단히 산책을 한 뒤 점심을 들었고, 마침내 캉까지 직접 가보기로 결정을 내렸다. 조르주 뒤그리발에 대한 조사를 단행하고, 어쩌면 운 좋게 마주칠 것까지 각오하면서 내일 밤쯤에 흥미진진한 가정 방문이라도 하고야 말겠다는 심산이었다.

막 차에 오르려던 찰나, 느닷없이 울리는 전화벨 소리가 클레르 로지 안으로 발길을 잡아끌었다. 제롬 엘마가 지금 당장 급하게 와달라는 전화였다. 말하는 투로 봐서 무척이나 절절한 분위기였다.

그로부터 2분 후, 라울의 자동차가 도착했다. 제롬은 하인과 함께 문간에 서서 기다리고 있었는데, 라울을 보자마자 숨이 턱턱 막히는 목소리로 더듬거렸다.

"나, 나, 납치당했어요!"

"누가 말이오?"

"롤랑드요! 그놈한테 납치당했습니다!"

"그놈이라니?"

"펠리시앵 샤를요!"

아직도 포스틴의 품에 안긴 펠리시앵의 모습이 뇌리를 떠나지 않은 라울이 대번에 발끈했다.

"이보시오! 그럼 롤랑드의 동의하에 함께 어딜 갔나 보지."

제롬은 더욱 길길이 날뛰며 외쳤다.

"아니, 당신 제정신이오? 강제로 납치당했다니까! 내 차근차근 설명을 해드리리다! 일단 당신만이 이 일을 수습할 수 있으리라는 생각이 들었단 말이오."

그는 다짜고짜 차 안으로 덥석 올라탔다.

"도대체 어느 길로 갔단 말이오?"

마침내 라울도 정색을 하고 물었다.

"생제르맹 방향으로 갔습니다. 그렇죠, 에두아르? 당신이 똑똑히 목격했지?"

"그렇습니다. 생제르맹 쪽입니다."

하인의 대답이었다.

라울의 자동차는 이미 출발하고 있었다.

약 300미터쯤 가다가 자동차는 우측으로 트인 국도로 방향을 틀었고, 그대로 센 강을 건넜다. 190번 국도는 노르망디 지방 루앙으로 통하는 길이었다.

제롬은 완전히 이성을 잃고 으르렁댔다.

"그녀도 전혀 눈치 못 채고 있었고, 나도 마찬가지였습니다. 그 작자는 자기가 사고 싶다던 자동차를 파리에서 몰고 왔어요. 놈은 내가 정원에 있는 틈을 노려 여자한테 한번 타보지 않겠느냐고 꼬드긴 겁니다. 여자는 달랑 올라탔고요. 하지만 녀석이 시동을 걸자마자 여자는 내리겠다고 했고, 놈은 극구 못 내리게 한 모양입니다. 그때쯤 여자가 비명을 내지르는 걸 에두아르도 나도 똑똑히 들었거든요. 에두아르가 허겁지겁 나가보았을 땐 자동차가 이미 멀어진 뒤였답니다."

"어떤 차였답니까?"

"카브리올레형(型) 자동차였다고 합니다."

"어떤 특별한 점은?"

"연한 노란색 차체였습니다."

"얼마나 앞질러 간 거죠?"

"기껏해야 한 10분."

"곧 따라잡을 수 있겠군. 펠리시앵의 운전 솜씨는 뻔하니까."

그렇게 내뱉으며 라울은 생제르맹 언덕길로 핸들을 꺾었다. 그러다 갑자기 베르사유 방향으로 급격히 방향을 바꿨다.

"10에서 12킬로미터 직선코스로 전력 질주합니다!"

"아니, 왜 갑자기 방향을 바꿉니까?"

"내게 언뜻 떠오르는 생각이 있어서 그렇소. 펠리시앵은 푸아투에서 자란 젊은이요. 어차피 우리한테는 그 어떤 정확한 단서도 없는 상황이니 되도록 실수할 가능성을 최소화하는 게 좋습니다. 즉, 그 친구로서도 자기가 잘 아는 장소로 숨어들 거라 가정하는 게 합리적이라는 얘기죠. 아마도 10번 국도를 택했을 게 분명합니다."

"만약 틀리면 어쩌죠?"

"하는 수 없죠."

자동차는 베르사유의 아름 광장을 질풍처럼 내리 가로질렀고, 생시

르와 트라프까지 달려갔다.

"노란색 카브리올레라면 벌써 눈에 띄었을 텐데…… 펠리시앵이 아마 전속력으로 달리고 있는 모양이오."

"정말 그럴 거라 확신합니까?"

"오, 당연하죠! 지금까지 시속 110킬로미터로 밟아왔소. 이런 정도라면 랑부이예(파리에서 약 50킬로미터 떨어진 외곽도시—옮긴이)에 미처 닿기 전에 틀림없이 따라잡을 것이오."

라울은 머지않아 거머쥐게 될 승리의 기쁨에 미리부터 취해 있었다. 그놈의 빌어먹을 펠리시앵 녀석! 이번에야말로 분풀이를 확실히 해서 그 무엇으로도 도울 수 없이 망신살이 뻗칠 대로 뻗치고 형편없이 깨지도록 만들 테다!

하지만 제롬은 거듭 딴죽을 걸었다.

"정말 자신 있어요? 확실한 거냐고요! 혹시 길을 잘못 든 건 아닙니까?"

"그럴 리가 없소. 자 보시오, 저기…… 이제 막 숲 속으로 진입하고 있지 않소?"

"오, 맞아요! 정말 그렇군요!"

제롬은 버럭 소리를 지르더니 당장 길길이 날뛰면서 욕설을 뱉어냈다.

"비겁한 자식! 놈이 흑심을 품고 있는 줄 내 알았다니까. 내가 롤랑드한테 얼마나 귀띔을 해주었는데. 놈은 항상 그녀에게 마음을 주고 있었다고요. 처음부터 아예 그녀 주변을 맴돌기 일쑤였지. 그 가엾은 엘리자베트가 살아 있을 때부터 그랬어. 제일 처음에 눈치챈 것도 바로 그녀였지. 이봐요, 분명히 말하지만 놈은 저 여자를 좋아하고 있습니다. 아, 엉터리 배우 같은 자식! 겉으로는 멀쩡한 척, 포스틴한테만 열을 올리는 척하더니! 그러면서도 놈이 나를 증오하고 있는 게 확연히 느껴졌지. 지독한 질투심이었답니다. 놈이 암만 아무렇지도 않은 듯 허세를 부려도 소용이 없었죠. 분노로 덜덜 떠는 게 죄다 느껴졌으니까 말입니다! 놈은 그녀를 좋아하고 있어요. 좋아해서 일부러 납치한 겁니다. 아, 그나저나 끝내 달아나면 어쩌지? 이봐요, 저러다가 놓쳐버리면 롤랑드는 영영 놈의 손에서 벗어나지 못할 거예요. 아, 이런 제기랄! 속력 좀 내세요! 뭐가 이렇게 굼벵이야!"

사실 라울은 마음속 깊이 정체를 알 수 없는 어떤 뿌듯한 기분을 남몰래 음미하고 있었다. 그러고 보니 과연 저 펠리시앵이라는 젊은이는 이따금 그럴듯하게 배짱 넘치는 행적을 보여왔던 게 사실이었다. 경찰의 집요한 추적을 당하는 불안한 가운데서도 그는 대체 무슨 짓을 하고 돌아다녔던가? 포스틴의 마음을 사로잡는다거나 롤랑드를 업어가는 일 따위를 하지 않았는가! 자기 일신을 방어하거나 위험 앞에서 몸을 사리는 대신, 치열한 싸움이 벌어지는 한복판에서 나중 일이야 어찌 되든 대범한 도발행위까지 저지르고 있지 않은가! 그것참 맹랑하고 대담무쌍한 사내라고 인정할 수밖에 없었다!

랑부이예에 들어서자, 도로가 길게 꼬여 어지럽게 들어간 데다 포석까지 깔려 있어 차의 속도를 늦출 수밖에 없었다. 게다가 길이 샤르트르와 투르 두 방향으로 갈라져 있었다.

"아무 길이나 택하는 수밖에 없겠군."

라울이 중얼거렸다.

제롬은 이제 완전히 자제력을 잃은 상태로 질겁했다.

"아, 이 비열한 자식! 내 그토록 롤랑드에게 경계하라고 일렀거늘! 음험한 인간, 위선자라고 말이야. 나머지는 따질 것도 없어. 암, 따질 필요도 없지. 오랑주리 별장에 얽힌 모든 사연에 대해서도 내 나름대로 생각하는 바가 있단 말입니다. 어디 이놈을 붙잡기만 해봐라!"

제롬은 주먹을 극성스레 내뻗었다. 라울이 보기에 키도 훤칠하고 체격도 단단하며, 제법 근육질인 데다 운동신경도 발달했을 것 같은 이 사내라면, 외모가 보다 여리고 야위기만 한 펠리시앵 정도는 손쉽게 제압할 거라는 생각이 들었다. 하지만 라울 역시 가는 데까지 가보지 않을 수 없는 입장이었다. 제롬의 도망자에 대한 앙심이 그 완전한 파멸까지를 집요하게 요구하고 있었기 때문이다.

모퉁이를 돌자마자 느닷없이 약 300~400여 미터쯤 멀리 노란 자동차가 나타났다. 그와 더불어 라울의 자동차는 마치 경주마가 마지막 역주를 다할 때처럼 순간적으로 속력을 배가했다. 이제는 그 어떤 장애물과 거리도 납치범을 안전하게 지켜주지 못할 상황이었다.

서로의 간격이 차츰차츰 줄어드는 것도 아니었다. 그야말로 순식간에 두 차량 사이의 거리가 감쪽같이 사라지는 듯싶었다. 급기야는 라울이 모는 자동차가 상대의 차량을 훌쩍 앞질렀고, 충돌을 피하기 위해 어쩔 수 없이 노란 자동차는 속도를 천천히 줄여야만 했다. 한 50여 미터는 떨어졌을까, 노란 자동차는 서서히 길가에 멈춰 섰다.

앞으로도 뒤로도 다른 차량이나 사람은 전혀 보이지 않았다.

"드디어 우리 둘이 만났군!"

제롬 엘마는 자동차에서 뛰어내리며 외쳤다.

펠리시앵 역시 문을 열고 밖으로 나온 상태였고, 롤랑드도 온몸을 후들거리며 도로 한복판으로 달려나왔다.

오로지 상대와 맞붙기 위해 득달같이 달려오던 제롬은 어느 정도 거리를 두면서부터는, 마치 한 방을 염두에 두고 다가드는 권투선수 같은 자세로 보조를 늦췄다.

펠리시앵은 꼼짝도 하지 않았다.

여자가 둘 사이를 차단하기 위해 몸을 날리려 했지만, 라울 다베르니가 얼른 나서서 어깨를 붙들었다.

"가만있어요."

여자는 몸부림을 쳤다.

"안 돼요! 둘이 싸우려고 하잖아요?"

"그래서 뭐 안 될 것 있소?"

"내가 싫어요. 그가 저 남자를 죽이려고 할 거예요."

"진정하라니까. 어찌 될지 두고 봅시다."

"세상에, 끔찍해라! 이거 놔요!"

라울은 단호하게 말했다.

"싫소! 저자가 겁을 내는지 내 눈으로 직접 봐야만 하겠소."

롤랑드는 남자의 품 안에서 발버둥을 쳐댔고, 여전히 단단히 붙든 남자의 시선은 악착같이 펠리시앵을 향했다.

한눈으로 봐도 펠리시앵은 겁을 내고 있지 않은 게 분명했다. 놀랍게도 그는 웃음까지 머금고 있는 듯 보였다! 도발적이고 빈정대는 듯한 웃음, 당당한 자신감과 상대를 향한 조롱의 빛이 역력한 미소였다. 어쩌면 저럴 수가 있을까?

드디어 두 남자의 간격이 2미터쯤으로 줄자, 뚜벅뚜벅 걸어오던 제롬 엘마가 덜컥 걸음을 멈추면서 두 차례에 걸쳐 웅얼거렸다.

"꺼져버려, 꺼져버리라고…… 그렇지 않으면……."

그러나 상대는 그저 어깨만 으쓱할 뿐 얼굴의 웃음기는 갈수록 확연해졌다. 심지어 이렇다 할 방어 자세조차 취하고 있지 않았다.

한 발, 또 한 발 다가들던 제롬이 어느 한순간, 그 막강한 몸뚱어리를 앞으로 날리는가 싶더니 그의 주먹이 무방비 상태의 펠리시앵 얼굴을 향해 날아들었다.

하지만 펠리시앵은 고개를 살짝 비켜 타격을 보기 좋게 따돌리는 것이었다.

괜히 몸만 나뒹군 꼴이 된 제롬은 후딱 뒤돌아보며 내질렀다.

"거기 꼼짝 말고 있어요, 롤랑드! 놈은 결판난 거나 다름없으니까."

잠시 긴장된 권투 동작이 진행되었다. 펠리시앵은 두 다리로 굳건히 버티고 서서 조금도 물러서지 않았다. 한 차례 맞부딪치고 나서야 제롬은 이런 방법으로는 쉽게 결판이 나지 않으리라는 느낌이 들었다. 그는 아예 몸을 통째로 날려 상대를 덮쳤고, 허리를 부둥켜안다시피 해서 있는 힘껏 조임과 동시에 체중을 실어 넘어뜨리려고 했다.

잠시 버티던 펠리시앵은 거의 허리가 꺾이다시피 할 정도로 뒤로 젖히면서 자연스레 제롬 엘마를 끌어안으며 벌러덩 넘어졌다.

한편 롤랑드는 여전히 발버둥을 치며 소리를 질러대고 있었다. 라울은 아예 여자의 입을 손으로 막았다.

"입 닥치시오! 하나도 걱정할 것 없습니다. 둘 중 누구 하나라도 예상에 없던 무기를 꺼내는 날에는 내가 가만있지 않을 것이오. 내가 모든 걸 책임지겠소."

"세상에, 가증스러워라!"

"아니, 어차피 싸움은 끝을 봐야 하오. 반드시!"

과연 그리 오래 끌 싸움은 아닌 것 같았다. 두 사내의 몸뚱어리는 흙바닥과 지저분한 잡초 위를 이리저리 엎치락뒤치락했다. 먼저 약세를 보인 건 펠리시앵 쪽이었다. 그걸로 이미 결말이 가깝다는 걸 알 수 있었다. 그러다 문득 예상했던 것과는 판이하게 다른 현상이 벌어졌다. 갑자기 펠리시앵이 부스스 일어나 손바닥으로 옷을 터는데 비해, 제롬은 길게 널브러져 신음을 토하고 있는 게 아닌가!

라울이 이죽거렸다.

"어럽쇼! 거 솜씨 한번 대단한데!"

그는 부리나케 패자 쪽으로 달려가 몸을 수그리고 들여다보았다. 그저 팔에 고통을 느끼는 것뿐이었다. 라울은 슬그머니 귓가에다 속삭였다.

"2분 후에는 거뜬히 일어날 수 있을 것이오. 하지만 내 생각엔 그냥 자빠져 있는 게 낫겠어. 저런 놈은 그저 피하는 게 상책이니까."

펠리시앵은 느긋한 걸음으로 자리를 떴다. 그의 얼굴에는 그 어떤 흥분도, 기쁨도 찾아볼 수 없었다. 가공할 위력의 연적을 방금 전 시원스레 쓰러뜨린 사내의 얼굴이라고는 그 누구도 생각할 수 없을 만큼 덤덤한 표정이었다. 사내가 롤랑드의 곁을 지나쳤지만, 여자는 비난의 말을 포함해 단 한 마디도 감히 건네지 못했다.

라울의 압박에서 풀려난 롤랑드는 사실 무척 불안하고 어리둥절한 상태였다. 그녀는 두 사내를 번갈아 바라보았다. 그러더니 이번에는 라울을 한참 보고는 또 주변을 두리번거렸다.

그리 멀지 않은 곳에서 자동차가 한 대 천천히 다가오고 있었다. 랑부이에로 돌아오는 빈 택시였다. 여자는 얼른 운전기사를 불렀고, 다가온 택시 안으로 냉큼 올라탔다.

바로 그 순간, 몸을 벌떡 일으킨 제롬이 손짓으로 택시를 세우고는 여자 옆자리로 후닥닥 올라탔다. 마침내 자동차는 먼지를 날리며 출발했다.

한편 펠리시앵은 사태를 뇌리에 접수하는 기색조차 없었다. 그저 자기 자동차로 다가가 올라타려는 것을 라울이 버럭 소리를 쳐 불렀다.

"정말 축하하오! 멋진 주짓수(유도의 전신에 해당하는 일본 무술—옮긴이) 솜씨였소. 이제는 고전적인 무술이 됐지만, 그래도 여전히 효력 만점이지. 팔 비틀기 기술…… 도대체 그건 어디서 배운 거요? 그러고 보니 복싱 기술도 보통이 아닌 것 같고…… 아무튼 다시 한번 축하하오! 더구나 제롬 같은 덩치를 상대로 보기 좋게 이겼으니……."

펠리시앵은 무관심한 동작을 슬쩍 취하는 둥 마는 둥 하더니 자동차 문을 열었다. 그러나 라울은 순순히 놔주지 않을 요량인지 덥석 붙들었다.

"그나저나 펠리시앵, 당신은 나를 언제나 놀라게 하는군. 대체 무슨 놈의 성격이 그렇소? 롤랑드를 그토록 좋아해서 납치라는 정신 나간 짓까지 불사할 땐 언제고, 이제는 전혀 아랑곳 않는 듯이 연적한테 순순히 내주다니 말이오."

젊은이의 입에서 중얼거림이 새어나왔다.

"둘은 약혼한 사이니까요……."

"그야 그렇지만, 일단 싸워서 우위에 선 이상 끝을 보아야 하는 것 아니겠소?"

펠리시앵은 라울을 똑바로 바라보더니, 깍듯하니 예의는 바르면서도 똑 부러진 목소리로 얘기했다.

"만약 당신이 끼어들어 제롬을 편들지만 않았어도 끝까지 싸워서 완전히 상대를 제압해버렸을 것입니다. 당신 역시 그들을 약혼한 사람들로 보고 있지요. 게다가 당신한테 나는 그저 불청객이면서 사람들한테 쫓기는 도둑일 뿐이고요. 그러니 이제는 모든 걸 순리대로 푸는 길밖에 없습니다. 무엇이든 될 대로 되라죠."

또 수수께끼 같은 말이었다. 세 젊은이의 행동은 늘 그랬고, 롤랑드의 태도 또한 같았던 것과 하나도 다르지 않았다. 그렇게 툭 내던진 펠리시앵이 멀어져 가는 동안, 라울은 오랜 시간 홀로 생각에 잠겼다. 지금까지 비밀스러운 의미를 밝혀낸 사실들을 더욱 확고히 하거나 변화시키면서 새로운 요소들이 그에 가세하고 있었다. 라울의 정신 속에 바야흐로 지금까지와는 다른 가정들이 차근차근 그 구체적인 윤곽을 갖춰나가고 있었다. 이제 진실은 보다 견실하고 논리적인 양상을 드러내기 시작했다. 애매모호하기만 하던 눈앞의 안개가 시원스레 갈라지는 것보다 더 신나는 일이 있을까?

라울은 오던 길을 돌아가는 대신 북서쪽으로 방향을 꺾어 계속 차를 몰았다. 기분은 상쾌하기 그지없었으며, 슬금슬금 나오는 웃음을 주체할 수 없어 나지막한 혼잣말로 흥겹게 지껄였다.

"그럼 뭐야, 이거? 운동선수 아냐? 아주 사내대장부 아닌가! 오로지 자기 하는 일에만 노심초사하던 건축가의 껍질을 한 꺼풀 벗기니까 근육과 운동신경과 의지와 용기, 대범함을 두루 갖춘, 그야말로 나무랄 데 없는 사나이가 튀어나오지 않았는가! 하여튼 그 젊은 친구, 제법 멋쟁이인 것만은 확실해! 주짓수와 복싱, 그리고 사바트(『초록 눈동자의 아가씨』 562쪽 참조—옮긴이)만 조금 교습해주면 아주 괜찮은 인물 하나 만들어낼 수 있겠어! 이보게, 뤼팽! 자, 어떤가? 그가 자네 아들이라 해도 생각만큼은 나쁘지 않겠지? 아무튼 두고 볼 일이라고, 뤼팽 이 친구야!"

라울은 속도를 높였다. 삶이 다 화창해지는 기분이었다. 정말이지 펠리시앵이라는 젊은이의 아까 행동거지를 생각하면 저절로 기운이 샘솟는 것이었다.

노낭쿠르, 에브뢰, 리지외…… 줄줄이 여정을 밟아 저녁 8시가 되어서야 라울은 캉의 대형 호텔 앞에 닿을 수 있었다. 사람을 시켜 항상 준비된 채로 차 안 트렁크에 처박혀 있는 여행용 가방을 빼낸 다음, 그는 느긋한 마음으로 저녁식사를 했다.

당일 밤, 그는 마담 가브렐의 옛 친구이자 엘리자베트 가브렐의 생부로 추정되는 조르주 뒤그리발에 대한 조사에 착수했다.

지금이 9월 12일 일요일. 돌아오는 토요일에는 롤랑드와 제롬 엘마가 결혼을 하기로 되어 있었다.

4
푸른 보석함

조르주 뒤그리발은 언제나 지극히 유복한 생활을 누려온 사람이었다. 노르망디 지방의 광산과 철강회사들에 대한 지분으로 막대한 부를 거머쥐고 있는 그는, 지역의 소규모 경주마 마사와 종마사육장을 건설하고 운영하는 데 잔뜩 흥미를 가지고 있었다.

그는 캉이라는 고풍스럽고도 다채로운 도시에서 아직도 종종 발견되는 낡은 대저택에 하인들을 여럿 거느리며 독신으로 살았다. 섭정시대(오를레앙 공 필립의 섭정시대(1715~1723). 퇴폐풍조가 만연했음—옮긴이)를 연상시키는 조각상들로 장식한 데다, 키 큰 창문들이 당대의 스타일을 반영하는 건물 전면은 인적이 드문 평온한 거리를 굽어보고 있었다.

그날 저녁에만도 라울은 수차례나 그 앞을 이리저리 지나다녔다. 창문들 중 세 개는 어둠이 이슥한 시간까지 불이 켜져 있었다. 그중 하나는 아마 관리인들 숙소일 것이고, 2층에 위치한 다른 두 개는 커튼이 부분적으로 드리워진 게 분명 침실이 위치한 곳일 터였다.

라울의 머릿속에 제일 처음 떠오른 생각은 일단 조르주 뒤그리발을 만나 상황을 있는 그대로 펼쳐 보여주는 것이었다. 하지만 다음 날 아침, 그의 귀에 들려온 얘기는 간에 불치의 질환을 앓고 있는 조르주 뒤그리발이 극도로 위독한 상태에 있어 방문객을 맞이할 처지가 아니라는 사실이었다. 그러니까 결국 간밤 늦게까지 불이 켜져 있던 침실은 바로 그가 기거하는 곳이었던 셈이다. 두 명의 경비원이 밤낮으로 그곳을 지킨다고 했다. 또한 관리인도 거의 잠자리에 들지 않은 채 언제라도 의사를 부르러 달려갈 태세라는 것이었다.

라울은 생각을 정리했다.

'그렇다면 결국 야간 가정 방문을 해드리는 수밖에 없겠군. 그런데 어디로 들어가야 하지?'

건물은 안이 깊었고, 뒤쪽 마당은 높은 담벼락을 사이에 두고 육중한 문을 통해 거리와 인접했다. 담벼락의 높이는 거의 5미터에 육박했고, 이웃한 거리는 그 도시에서 가장 통행이 많은 거리들 중 한 곳이었다. 결국 작전이 완전히 불가능하지는 않더라도 제법 어려울 것임은 불 보듯 자명했다.

하는 수 없이 라울은 일단 호텔로 돌아왔다. 그는 막 현관을 지나 식당으로 들어서려다 말고 갑자기 걸음을 멈췄다. 더없이 황당한 광경에 직면한 것이다! 유리창 너머로 펠리시앵 샤를과 포스틴이 같은 테이블에 앉아 한참 점심을 먹고 있는 게 아닌가! 둘은 서로 신이 나서 잡담을 나누기까지 하고 있었다.

도대체 무슨 수수께끼 같은 조화로 저 두 인간이 이곳에 와 있단 말인가? 무슨 짓거리를 벌이려고 둘이 또 작당을 하고 앉아 있는 걸까? 어쩌다 마주친 것일까, 원래 친했기에 만난 것일까? 보아하니 후자일 듯도 한데…….

라울은 하마터면 그들에게 다가가 같은 테이블에 자리를 차지하고 앉아 아무렇지도 않게 점심을 주문할 뻔했다. 그가 그러지 않은 것은 어차피 그래봤자 그들한테 대놓고 온갖 신랄하고 심술궂은 야유를 퍼부어댈 걸 누구보다 그 자신이 잘 알고 있었기 때문이다. 그나저나 저들은 무슨 이유로 여기까지 찾아와 조르주 뒤그리발의 주위를 배회하는 걸까?

그는 자기 방에서 서둘러 끼니를 때우며 객실 담당 종업원을 상대로 요령껏 정보를 캐냈다.

알고 보니 두 남녀는 밤 기차로 도착했으며 방을 두 개 요청했다는 것이다. 하지만 호텔 방이 이미 꽉꽉 들어차, 부득이 여자는 3층에, 남자는 5층에 들게 된 상황이었다.

아침이 되자 남자만 혼자 외출을 했고, 여자는 방에 틀어박혀 지냈다고 했다.

라울은 아래층으로 내려왔다. 두 남녀는 여전히 머리를 맞댄 채, 마치 사업상 의견을 교환하면서 최선의 결정을 모색하는 분위기로 얘기를 나누고 있었다.

둘의 얘기가 끝나기 전에 라울은 호텔에서 그리 멀리 떨어지지 않은 공원에 터를 잡고 기다렸다.

20분이 흐른 뒤, 펠리시앵이 호텔 밖으로 나섰다. 혼자였다.

라울은 공원 울타리 철책 사이로 젊은이의 단호한 표정을 읽었다. 분명 펠리시앵은 자기가 앞으로 해야 할 일에 대해 확고한 의식을 가지고, 차근차근 실행해나갈 준비 또한 철저히 갖춘 듯했다. 그야말로 목적과 더불어 더없이 신속하고 확실한 수단 모두를 단단히 꿰찬 모습으로 한시도 지체할 수 없는 상황 같았다.

그는 조르주 뒤그리발이 사는 방향으로 걸어가는가 싶더니 곧장 그

집으로 가는 게 아니라 뒷마당에 인접한 거리를 따라 걷기 시작했다.

라울은 속으로 중얼거렸다.

'뭐야, 저건? 설마 백주대로에서 지나가는 행인과 이웃 상점 주인들이 빤히 바라보는 가운데 저 담을 뛰어넘을 생각은 아닐 텐데! 내가 알기론 호주머니에 사다리를 숨겨 가져왔을 리도 없고. 그게 아니라면 혹시 자물쇠를 뜯고 들어가? 하지만 그것도 엄청 까다로운 작업이라 이런 시각에는 사람들 시선 때문에 감히 엄두도 내지 못할 일이지. 자칫 그 자체만으로도 경찰서로 끌려갈 수 있단 말이야.'

그러나 펠리시앵은 이런 문제들은 조금도 염두에 두지 않는 눈치였고, 어떤 장애 요소를 고민하거나 몇 가지 길 중에 무얼 고를까 망설이는 분위기도 전혀 아니었다. 걸음걸이가 생기 넘치면서도 남의 시선을 끌만큼 요란스럽지는 않았다. 그는 계속해서 키 큰 담벼락을 따라 걷다가 육중한 문 앞에 이르러 열쇠를 빼내 들었다.

'브라보!'

라울은 속으로 외쳤다.

'제법 주도면밀한 친구인걸! 자고로 닫힌 문을 여는 가장 평범하고 무난한 방법이란 그 문의 열쇠를 수중에 갖고 있는 것이지. 한데 진짜 떡하니 열쇠를 갖고 있네. 그냥 제 집처럼 들어가면 그만이라 이거지! 누가 저걸 보고 눈 하나 깜짝하겠어?'

실제로 젊은이는 열쇠를 집어넣고 두 차례 돌린 뒤, 이번에는 빗장을 제어하는 또 다른 열쇠를 넣어 두 차례 돌리더니 훌쩍 문을 열고 안으로 사라졌다.

순간 라울의 뇌리를 스친 생각은, 만약 펠리시앵이 그저 자기 등 뒤로 문을 닫는 것에 그쳐만 준다면—충분히 그럴 법도 했다—자기가 다시 열고 들어가는 게 불가능하지는 않을 거라는 점이었다. 이중으로 잠그지 않은 문 자물쇠를 곁쇠질로 여는 것쯤이야 애들 장난이나 마찬가지였으니 말이다. 적당한 갈고리와 풍부한 경험만 있으면 그만인데, 라울에게는 그 둘 다 있었으니! 그는 방금 펠리시앵이 보여준 결연한 자태와 걸음걸이를 취하면서 길을 가로질러 문 앞에 다다라 갈고리로 작업을 시작했다. 그리고 얼마 지나지 않아 '두 번째로' 그냥 제 집에 들어가는 광경을 연출했다.

마당의 좌측 절반가량은 단층짜리 부설 건물이 자리하고 있었는데, 저택의 창문에서 아무리 이쪽을 내다봐도 그 안으로 누가 들고나는지 알 수가 없게 되어 있었다.

라울은 소리 없이 안으로 잠입했다. 제일 먼저 현관에 딸린 비좁은 대기실이 나왔고, 한쪽으로는 망토가 몇 벌 걸린 탈의공간이, 정면으로는 뒤그리발이 널찍한 책상과 정리함, 서가를 구비해놓고 곧잘 칩거하는 외딴 방이 위치해 있었다. 바닥은 온통 양탄자로 덮여 있었다.

구석 쪽으로 시선을 돌리자 문이 빠끔히 열린 벽장이 보였는데, 금고가 하나 어설프게 숨겨져 있었다. 바로 그 금고 앞에 펠리시앵이 무릎을 꿇고 있었다.

그는 어찌나 작업에 몰두해 있는지 살금살금 들어서다 만 라울의 인기척을 전혀 감지하지 못했다. 하긴 문을 살짝 연 상태에서 고개만 비죽이 들이민 형국이었으니.

금고 앞에서 펠리시앵의 행동은 지금까지와 다름없이 신속하고 침착했다. 이미 조합번호를 숙지한 듯 세 개의 다이얼을 느긋하게 돌렸고, 그 같은 금고에서 결정적으로 잠금장치를 해체하는 데 쓰이기 마련인 열쇠를 마지막으로 사용했다.

마침내 묵직한 강철 문짝이 스르르 열렸다.

안에는 서류들이 빼곡했는데, 펠리시앵은 그 제목조차 훑어보는 기색이 없었다. 분명 다른 것을 찾고 있는 모양이었다.

그는 맨 위 칸의 서류들을 이리저리 헤쳤고, 다음으로 중간 서류함에 손을 가져가 깊숙한 속의 종잇장들을 더듬거렸다. 재차 시도한 끝에 통통한 크기의 푸른 보석함을 꺼냈는데, 그가 찾고 있던 물건임이 분명했다.

여전히 꿇어앉은 채 젊은이는 물건을 좀 더 잘 보기 위해 창 쪽으로 약간 몸을 틀었고, 그 바람에 라울은 그의 몸동작 하나하나를 놓치지 않을 수 있었다.

마침내 보석함의 뚜껑이 열렸다. 안에는 다이아몬드가 대여섯 알 정도 들었는데, 젊은이는 그것들을 꼼꼼하게 들여다보고는 차례차례 더없이 침착한 동작으로 호주머니 속에 집어넣었다.

정말이지 라울조차도 놀랄 만큼 냉정한 태도였다. 처음부터 충분한 정보를 끌어모은 뒤 차근차근 준비해서 그에 걸맞은 수단들을 동원하는 게 아니고서야, 펠리시앵의 저렇듯 차분한 태도는 나오기 힘들 터였다. 심지어 건물 안쪽이나 바깥 마당 쪽 어디에서든 무슨 소리가 날까 귀 기울이는 기색조차 없었다. 지금 이 시각에는 훼방꾼이 드나들 일이 없다는 것 또한 미리 파악해둔 듯했다.

'아이를 도둑으로 만들라'고 칼리오스트로 백작부인이 지시했거늘. 바로 그 아이가 펠리시앵이라면 지시는 너무나도 완벽히 실행된 셈이었다. 펠리시앵은 남의 집을 몰래 파고들어 물건을 훔치고 있었다. 더구나 저 숙달된 솜씨! 쓸데없는 동작은 눈을 씻고 찾아봐도 보이지 않았다. 지극히 냉정한 태도와 능숙한 방법. 거기다 치밀한 사고까지. 천하의 아르센 뤼팽이라도 저보다 나을 거라고는 장담하기 어려웠다.

펠리시앵은 보석함을 완전히 비우고 나서 혹시 비밀공간이 없나 살펴본 뒤, 마찬가지로 금고 아래 칸 역시 서류 뭉치들밖에 없다는 것을 확인하고 나서야 문짝을 조심스레 원위치시켰다.

마주치지 않는 게 낫다고 판단한 라울은 얼른 대기실 쪽 탈의공간으로 물러나와 매달린 옷자락 사이로 숨어들었다. 펠리시앵은 자신이 감시당했다는 사실은 꿈에도 생각지 못하는 듯 아무 의심 없이 현장을 빠져나갔다.

그는 곧바로 마당을 가로질러 밖으로 나갔고, 즉시 육중한 문짝의 자물쇠와 빗장을 열쇠로 단아걸었다.

라울은 얼른 문제의 너른 방으로 들어섰다. 펠리시앵의 안정된 분위기가 너무도 인상적이라 라울은 여전히 기분이 흐뭇했고, 지금은 자신도 안락의자에 느긋하게 앉아 차분하게 생각을 정리했다.

'아이를 도둑으로 만들라.'

분명 칼리오스트로 백작부인의 의도는 그대로 이루어진 것 같았다. 펠리시앵은 도둑질을 했고, 그것도 아비가 똑똑히 보는 앞에서 저질렀다. 따지고 보면 이 얼마나 끔찍한 복수란 말인가!

'그래, 만약 저 녀석이 진짜 내 아들이라면 정말이지 끔찍한 일이 되겠지. 과연 내 아들이 도둑놈이라는 사실을 받아들일 수 있을까? 이봐, 뤼팽. 자넨 자신 앞에서는 항상 솔직하지 않은가? 지금 아무도 자네 얘길 듣고 있지 않아. 그러니 공연한 연극은 할 필요 없다고. 솔직히 자네의 그 진지한 의식 한구석에서나마 저 알량한 양아치 녀석이 자네의 아들일 거라 믿은 적이 단 1초라도 있다면, 극심한 죽음의 고통을 당한다 해도 할 말이 없을 상황 아닌가? 정말이지 안 그렇겠느냐고! 그런데 지금 자네는 펠리시앵이 도둑질을 하는 걸 버젓이 보면서도 전혀 괴로워하지 않고 있어. 그렇다면 결국 펠리시앵이 자네 자식이 아니라는 뜻 아니겠냐고! 이거야말로 맑은 샘물처럼 분명한 사실이야. 누구든 그 반대를 내게 증명하려는 놈이 있으면 나와보라고 해! 아하, 펠리시앵 이 친구야! 네 녀석의 행동은 또다시 허탕만 친 꼴이라고. 도둑질을 하고 싶다면 얼마든지 해! 난 전혀 상관없으니까.'

라울은 생각을 굴리다가 큰 소리로 덧붙였다.

"자, 이제 다른 의문점으로 슬슬 넘어가볼까."

하지만 라울은 이번에는 그 의문점에 골몰하지 않았다. 머리로 이리저리 끼워 맞추기보다는 훨씬 좋은 방법이 있었던 것이다. 즉, 책상 서랍을 모조리 파헤쳐보는 일.

그는 깔끔하게 자물쇠를 해체했다. 문득 다른 사람에 의해 도둑질이 행해졌을 경우에는 속을 뒤흔드는 울분 어린 혐오감을, 자기 스스로 남의 서랍을 뒤질 때만큼은 전혀 느끼지 못한다는 역설적인 사실이 계속해서 머릿속을 맴돌았다.

어쨌든 일단 중요한 건 성공한 도둑질이어야 한다는 점이다. 실제로 라울은 성공했다. 발견해낸 물건이 엄청나게 중요한 것이었다.

비밀서랍 깊숙이 처박혀 있는 판지 사이에 10여 장가량의 편지가 얌전히 모여 있었다. 여자 필체였고 서명은 되어 있지 않았지만, 발신자를 추정케 할 만한 일부 단서들을 담고 있었다. 그것들은 다름 아닌 엘리자베트와 롤랑드의 모친이 쓴 것으로, 겉보기와는 달리 마담 가브렐은 두 남자 사이에 충돌이 일었을 당시만 해도 어디까지나 남편한테 충실했던 것 같았다.

편지에 적힌 몇 가지 은근한 암시와 에두른 말투로 봐서, 여자가 조르주 뒤그리발의 애정공세에 넘어갔다고 추정할 만한 확실한 근거는 좀 더 이후에나 찾아볼 수 있을 듯했다. 즉, 두 자매 중 누군가가 정녕 조르주 뒤그리발의 자식이라면, 그건 롤랑드일 수밖에 없다는 얘기였다. 하지만 그건 이 세상 누구도 몰랐던 일이요, 이렇다고 장담할 권리는 그 누구에게도 없는 문제였다. 롤랑드 본인이 자신의 출생 비밀을 전혀 모르는 것 또한 당연하며, 알아서도 안 되는 일이었을 게 분명했다. 그것은 두 자매의 모친이 직접 챙겼던 일이기도 했고, 무엇보다 다음과 같은 분명한 표현이 그 점을 증명해주고 있었다.

그 애가 아무것도 모르게 해주세요, 부탁입니다.

라울은 자신이 발견한 사실을 두고 한참 생각에 잠겼고, 그 바람에 들어왔던 구멍으로 다시 빠져나갈 기회를 놓치고 말았다. 이제 그는 밤이 될 때까지 마냥 기다려야만 했다.

저녁 7시경, 라울은 저택의 1층으로 통하는 네 개짜리 계단을 밟아 올라갔다. 맨 처음 부닥친 건 큼직한 거실이었는데, 서로 엇갈려 드리워진 커튼으로 어둑한 곳에 피아노와 가구들이 덮개로 덮여 있었다. 그 다음은 널찍한 층계가 자리한 대기실이 동그란 창문을 사이에 두고 관리인 숙소와 마주해 있었다.

저녁 8시가 되자, 집 안 전체에 소란이 일기 시작했다. 두 남자가 허겁지겁 계단을 달려 내려왔다. 의사를 부르러 사람이 달려갔고, 잠시 후 도착한 의사가 두 남자와 몇 마디 나누자마자 득달같이 계단을 뛰어 올라갔다.

비교적 남루한 차림새인 두 남자는 관리인과 더불어 나지막이 뭔가를 속삭였다. 의사가 다시 나타나기를 기다리는 동안, 둘은 반쯤 열린 거실 문 가까이의 의자에 앉아 본격적으로 쑥덕이기 시작했다. 거실에 숨은 라울의 귀에 그 내용 중 일부가 흘러들었다. 두 사람은 조르주 뒤그리발의 사촌인 모양이었다. 듣자하니 환자의 건강 상태가 길어야 1~2주를 버티지 못할 것 같은 상황이었다. 그들은 또 뒷마당의 서재를 봉인해두는 문제에 대해 언급했는데, 그 이유가 '엄청난 값어치의 다이

아몬드를 보관 중인 금고 속 보석상자' 때문이라는 것이었다.

이윽고 의사가 내려왔다. 그와 동행하기 위해 사촌들이 옆방에 둔 모자를 가지러 간 사이, 라울은 마치 이 집안 식솔 중 한 명인 것처럼 태연하게 거실에서 빠져나와 의사에게 악수까지 청했다. 그러고는 관리인이 의사를 위해 문을 열어준 순간 느긋하게 바깥으로 걸어나갔다.

밤 10시, 라울은 마침내 캉이라는 도시를 떠났다. 하지만 길을 가는 도중에 폭우를 동반한 폭풍을 만나 하는 수 없이 리지외에서 일박을 했고, 생제르맹 언덕 발치에 위치한 페크 교는 다음 날 오전 늦은 시각이 되어서야 건널 수 있었다.

다리를 건너자 라울의 운전기사가 대기하고 있었다.

"그래, 무슨 새로운 소식이라도 있는가?"

라울이 던지듯 묻자, 사내는 재빨리 옆 좌석에 올라앉으며 말했다.

"네, 두목. 그나저나 혹시 다른 길로 오시는 줄 알고 걱정 많이 했습니다."

"어서 얘기나 해보게."

"구소 형사가 오늘 아침 가택수색을 단행했습니다."

"내 집에 말인가? 클레르 로지를? 그게 뭐가 어쨌다고?"

"그게 아니고요. 별채를……."

"펠리시앵 숙소를 말인가? 그 친구 거기 있었어?"

"네. 어제저녁에 돌아왔는데, 그가 보는 앞에서 무자비하게 뒤지더군요."

"그래, 뭘 발견했는데?"

"그건 저도 모릅니다."

"젊은 친구를 연행해 갔나?"

"아닙니다. 대신 별장 전체를 포위했어요. 펠리시앵은 연금 상태이고요. 심지어 집안 고용인들조차 형사의 허가를 받고 출입을 하는 실정이랍니다. 다행히 저는 미리 사태를 내다봤기에 일찍 빠져나올 수가 있었죠."

"그 와중에 또 내가 어디 갔느냐며 여간 성화가 아니었겠군?"

"물론이죠!"

"영장은?"

"그건 모르겠고요. 어쨌든 두목과 관련해 경시청에서 발부한 서류가 하나 있긴 했습니다. 좌우간 두목이 나타나기만을 기다리고 있어요."

"우라질! 그러고 보니 자네가 중간에서 내 진로를 잘도 차단해준 셈이로군! 공연히 함정 속으로 걸어 들어갈 필요는 없겠지!"

그는 잇새로 또 이렇게 덧붙였다.

"도대체 원하는 게 뭘까? 나를 체포하는 것? 아니지, 아니야. 감히 그들이 거기까지 넘볼 리는 없어. 하지만…… 그럼에도 불구하고 가택수색은 얼마든지 가능하다는 거겠지. 그래서 어쩌자는 것일까?"

잠시 생각에 잠기던 라울이 내뱉었다.

"일단 돌아가라. 나는 라넬라그 구역(파리 16구에 속한 동네—옮긴이)의 숙소에서 내일 아침만 빼고 두문불출할 생각이다. 오후에 내가 따로 전화를 하지."

"하지만 구소는 어떡하고요? 그 부하들은요?"

"그때까지도 안 물러나고 지키고 있다면 망하는 거지 뭐! 그렇게 되면 자네들이 알아서 헤쳐나가라고! 아차, 한마디만 더…… 포스턴은 어떻게 되어 있나?"

"그렇지 않아도 그녀 얘기를 쑥덕대더군요. 분명 별장에 들이닥치기 전에 병원부터 들른 듯했습니다. 제 생각에는 왠지 그런 것 같았어요."

"허허, 그것참 일이 심각하게 되어가는군. 하여튼 어서 가보라고!"

운전기사는 즉시 자리를 떴다. 라울은 국도와 베지네를 피하기 위해서, 만곡의 하안지대를 따라 빙 돌아 크루아시쉬르센을 경유해, 결국 샤투까지 거슬러 올라갔다.

라울은 우체국에 잠시 멈춰 병원으로 전화를 넣어보았다.

"마드무아젤 포스틴 좀 부탁합니다."

"누구시라고 전할까요?"

하는 수 없이 이름을 밝혀야만 했다.

"므슈 다베르니라고 전해주십시오."

수화기 저 너머에서 여자를 부르는 소리가 흘러나왔다.

"당신이오, 포스틴? 나 다베르니입니다. 그랬군요. 협박을 당한 거예요. 내 말 잘 들어요. 아무래도 당신이 몸을 피해야 할 것 같소. 일단 지금 있는 호텔에서 나와 샤투 외곽에서 나를 만나요. 크루아시 도로입니다. 단, 너무 허둥대지는 말아요. 여유를 갖고 침착하게 해야 합니다."

여자 쪽에서는 대답이 없었다. 하지만 그로부터 30분이 지난 후, 그녀는 여행가방을 손에 들고 모습을 드러냈다.

두 사람은 아무 말 없이 부지발과 말메종을 지나쳐 달렸다. 급기야 뇌일리에 이르자 라울이 말을 꺼냈다.

"어디에 내려주면 되겠소?"

"포르트 마이요(파리 시내 북서부 지명—옮긴이)."

라울은 곧장 빈정대는 투로 받았다.

"행선지치고는 거참 모호한 주소로군! 여전히 나를 의심하시오?"

"네."

"어리석기는. 당신의 그 만사 의심하는 버릇 때문에 우리의 모든 골칫거리가 생겨나는 거요! 도대체 그래봤자 뭐가 이득이라고? 당신이 그런다고 해서 내가 어제 당신이 묵은 캉의 같은 호텔에서, 같은 시각에 점심 먹는 걸 못하리라고 생각한 거요? 뒤그리발의 저택에서 펠리시앵이 도둑질을 하는 걸 내 이 두 눈으로 목격하지 못했을 것 같으냐 말입니다. 아울러 당신이 그렇게 나오면 내가 당신에 대해 한결같이 원했던 것을 획득하지 못할 거라고 믿는 거요? 아서요, 포스틴, 잘 가시오!"

라울은 곧장 라넬라그 구역에 위치한 파리의 아지트 중 한 곳에 칩거했고, 점심식사를 한 뒤 하루 밤낮이 다 가도록 곯아떨어졌다.

다음 날, 그는 경시청으로 출두해 수사판사 루슬랭 씨에게 명함을 전달했다.

때는 9월 15일 수요일.

다음 주 토요일은 롤랑드와 제롬이 결혼하기로 한 날이었다.

5
결혼이 가능할까?

수사판사의 집무실로 안내되어 들어갈 때까지 얼마간 시간 여유가 있었음에도 불구하고, 안으로 들어서자마자 라울은 자신의 예기치 않은 방문에 루슬랭 씨가 혼비백산 놀란 흔적을 여실히 느낄 수 있었다. 과연 다베르니 씨가 위험한 소굴이나 다름없는 이곳 경시청사 안에 제 발로 걸어 들어온다는 게 말이나 되는가? 수사판사가 황당해하는 것도 무리는 아니었다.

라울은 그럴수록 더더욱 천연덕스럽게 악수를 청했다. 루슬랭 씨는 어쩔 줄 모르면서도 그 손을 덥석 잡았다.

라울은 히죽 웃으며 말했다.

"이런 걸 두고 소위 불가항력이라고 하나 봅니다."

상대 역시 어정쩡한 웃음을 지어 보이자, 그는 또 농담처럼 덧붙였다.

"우리 사이의 일이라는 게 항상 그런 식으로 굴러왔어요. 이번에 당신은 또다시 펠리시앵 샤를을 못살게 굴 수밖에 없고, 오늘은 아예 나를 잡아들일 수밖에 없는 지경일 테니 말입니다."

루슬랭 씨는 짐짓 눈을 끔벅대며 반문했다.

"당신을요?"

"맙소사! 구소, 그 양반이 호주머니 속에 나와 관련한 영장을 가지고 있다는 얘기를 들었습니다."

"기껏해야 소환장 정도에 불과한걸요."

"그만해도 심하죠, 수사판사님. 정 나를 보고 싶다면, 그냥 당신이 직접 전화 한 통화만 하면 될 텐데 말입니다. '안녕하시오? 당신 혜안의 도움이 좀 필요한데 말이오.' 그럼 득달같이 달려왔을 텐데요. 아무튼 이렇게 왔습니다. 자, 뭘 어떻게 도와드리면 될까요?"

이렇듯 몇 마디 언변 하나로 협력자로서 자신의 위상을 그럴듯하게 회복하는 이 맹랑한 남자의 여유 넘치는 넉살에 힘입어, 루슬랭 씨 역시 겨우 침착성을 되찾았다. 결국 루슬랭 씨는 함께 있던 서기를 수사과로 보내 아까 주문했던 사람을 빨리 이쪽으로 보내달라는 말을 전하도록 조치했다. 그러고 나서는 제법 쾌활한 말투로 말했다.

"무얼 어떻게 돕느냐고요? 그거야 물론 당신이 알고 있는 사실들만 얘기해주면 되죠."

"일부는 오늘 말씀을 드리겠지만, 대부분의 내용은 이번 토요일이나 일요일에 마저 해드리도록 하지요. 그때까지는 내 마음대로 일을 할 수 있도록 해주십시오."

"므슈 다베르니, 당신 마음대로 일을 해온 지가 벌써 두 달이나 되었습니다. 이미 숱한 사건들을 가지고 장난을 쳐온 데다, 처음엔 펠리시앵을 감옥에 보내더니 나중에는 그자를 토마 부키로 바꿔치기도 했어요. 그래도 아직 부족하단 말입니까?"

"꼭 그렇다기보다는…… 앞으로 사흘만 더 짬을 달라는 것뿐이오."

"그건 차차 두고 보며 결정할 문제고요. 먼저 펠리시앵 샤를에 관해 얘기나 좀 해봅시다. 어제 아침, 구소 형사가 당신을 소환해오라는 내 지시를 이행하기 위해 클레르 로지를 찾아갔다가 당신이 부재 중임을 알고는, 그 틈에 아마 펠리시앵 샤를의 숙소를 수색하면 괜찮겠다고 생각했던 모양입니다. 한데 거기서 단도 하나와 톱날이 꼼꼼하게 숨겨져 있는 걸 발견했다지 뭡니까! 문제는, 우리가 밝혀낸 바로는 그 단도가……."

"잠깐 말을 끊겠습니다, 수사판사님. 내가 지금 여기 온 건 펠리시앵 샤를을 변호하기 위해서가 아닌데요."

"그럼 누구 때문에?"

"바로 나 자신입니다. 네, 바로 나요. 당신이 내게 일말의 불만을 가진 것 같아서…… 그런 불만들이 결국에는 진짜 논고로 굳어질 가능성이 큰 법이라, 도대체 그 진상을 알고 싶어서 이렇게 온 겁니다. 내 말이 틀렸습니까?"

루슬랭 씨는 슬슬 이런 상황 자체를 즐기는 투였다.

"여전히 엉뚱하신 데가 있군요, 므슈 다베르니. 이제 보니 우리 사이의 대화를 이끌어나갈 사람은 내가 아니라 당신인 듯합니다. 자, 내가 무엇에 관해 해명을 하면 되겠는지요?"

"나에 대한 불만부터 말씀해주시죠."

루슬랭 씨는 간명하게 얘기를 풀어나갔다.

"좋습니다. 실은 이렇습니다. 이번 사건의 모든 구석구석을 살펴보고, 이제까지 예심을 주욱 진행해오면서 온갖 진술들과, 특히 토마 부키의 유독 입조심하는 태도를 종합해보건대, 다음과 같은 느낌, —좀 어폐가 있습니다만—일종의 확신이 드는 겁니다. 즉, 상당 부분에 있어 뭐라 딱 꼬집어 제시할 수는 없지만, 당신이라는 사람이 이번 사건에 어느 정도 직결되어 있다는 점 말입니다. 따라서 나는 이제 당신에게 이런 질문을 정식으로 드리지 않을 수가 없습니다. 자, 과연 이상과 같은 확신이 나만의 착각일까요?"

"정 그렇게 나오시니 나도 솔직하게 답변해드리지요. 아닙니다. 전혀 착각하고 계시지 않습니다. 다만 내가 열심히 움직이고 다니는 건 순전히 당신을 돕기 위함임을 알아주십시오."

"사사건건 내 일에 딴죽을 걸면서도요?"

"예컨대?"

"토마 부키를 체포하게 만들었으면서, 그에게 미리 대답을 정해준 장본인이 당신 아닙니까?"

"솔직히 그렇습니다."

"왜죠?"

"펠리시앵을 빼내려고요."

"무슨 의도로요?"

"이번 사건에서 그의 진짜 역할이 무엇인지를 밝혀내기 위해서였습니다. 사법당국으로선 도저히 하지 못할 일이니까요."

"그래, 알아는 냈나요?"

"바로 그걸 이번 토요일이나 일요일쯤엔 알아낼 거란 얘깁니다. 단, 내가 마음대로 활동할 수만 있게 해준다면요."

"당신이 내 결정사항에 대해 자꾸 어긋나게 개입을 하는 한, 나로선 약속을 할 수가 없습니다."

"그 일 말고 다른 예를 들 것도 있습니까?"

"바로 어제 밝혀낸 사실이 있습니다."

"뭐죠?"

"당신이 병원에 간호사로 들여앉힌 뒤, 내내 시몽 로리앙을 전담해서 보살펴왔던 마드무아젤 포스틴이 다름 아닌 그 시몽 로리앙의 정부라는 게 사실입니까?"

"그렇습니다."

"그런데 당일 구소가 그 여자에게 확인을 해보려고 병원으로 들이닥치자 그만 날아버린 겁니다! 사정을 알아보니 정오가 땡 하자마자 므슈 다베르니에게서 전화가 왔다는 얘기예요. 구소는 득달같이 여자가 머물던 숙소로 내달렸는데, 글쎄 거기서도 이미 줄행랑친 뒤라지 뭡니까! 여자가 낮 12시 반쯤 어떤 자동차에 올라탔는데, 바로 그게 당신 차라는 거지요. 아닙니까?"

"내 차였습니다."

바로 그때, 루슬랭 수사판사의 집무실 문을 누군가 노크했다.

"들어오시오."

우락부락하고 건장한 근육질의 친구가 성큼 들어서며 말했다.

"부르셨습니까, 수사판사님?"

"그렇소, 뭐 좀 물어볼 말이 있어서. 아, 먼저 소개부터 하지. 여긴 몰레옹 수사과장입니다. 당신도 몰레옹 과장 아시죠, 므슈 다베르니?"

"존함이야 물론 들어 알고 있죠. 국방공채 사건에서 저 유명한 아르센 뤼팽과 맞섰던 몰레옹 과장 아니십니까(『강력반 형사 빅토르』 참조—옮긴이)?"

루슬랭 씨는 수사과장을 돌아보며 또 이렇게 물었다.

"당신은 어떻소, 몰레옹? 므슈 다베르니를 알고 있죠?"

몰레옹은 라울에게서 시선을 떼지 못한 채 약간 어리둥절한 태도로 아무 말도 못했다. 그러다 마침내 움찔하며 더듬거렸다.

"아, 네. 그럼요. 그렇고말고요. 그런데 말입니다……."

순간 수사판사는 몰레옹의 말문을 막으려는 듯 한쪽 팔을 붙들고 구석으로 데려갔다. 둘이서 한 1~2분 정도 다급한 대화를 나누더니, 루슬랭 씨가 문을 후딱 열고 상대를 밖으로 내몰다시피 하며 말했다.

"복도에 나가 계시오, 몰레옹. 인원 좀 몇 명 더 불러들여서 함께 대기하고 있어요. 되도록 조용하게 말이오. 입단속 철저히 해야 합니다, 알겠죠?"

그는 제자리로 돌아와 무골호인 같은 얼굴을 잔뜩 긴장시키고는, 짜리몽땅한 하체 위로 볼록한 뱃살을 내밀며 이리저리 서성대기 시작했다.

라울은 그 모습을 가만히 바라보면서 연신 머리를 굴렸다.

'그렇군. 내 정체가 탄로 난 거야. 아무리 과시욕 없는 사람이라 해도 잡아들일 상대가 뤼팽이라면 충분히 솔깃한 일 아니겠어? 이보다 더한 명예가 어디 있겠냐고. 그나저나 독단으로 감히 그런 일을 시도하려 들까? 문제는 바로 거기 있는데 말이야. 만약 저자가 움직여서 영장에 서명을 휘갈길 수만 있다면 세상에 막을 사람이 하나도 없을 텐데. 세상 누구도 말이야.'

갑자기 루슬랭 씨는 자리에 털썩 앉더니 페이퍼나이프로 책상을 톡톡 두드리면서 흥분한 듯 가볍게 떠는 거친 목소리로 말했다.

"교환 조건으로 무엇을 내걸겠소?"

"무얼 교환한단 말입니까?"

"우리 서로 괜히 긴 얘기 하지 맙시다. 지금 당신이 어떻게 해야 할 처지인 줄은 잘 알잖소?"

실제로 라울은 그 교환이라는 단어가 무얼 의미하는지, 무엇을 거래하려는 건지 잘 알고 있었다. 그래서 루슬랭 씨가 다시 한번 같은 질문을 던지자, 단도직입적으로 대답했다.

"내가 내걸 수 있는 것 말입니까? 계단을 받치는 말뚝을 톱으로 잘라내 결국 엘리자베트 가브렐을 죽음으로 내몬 장본인의 이름과 시몽 로리앙을 칼로 찔러 죽인 살인범의 이름입니다."

"자, 그럼 여기 펜과 종이가 있소. 이름을 적어보시죠."

"사흘 후에 적어드리겠습니다."

"왜 그때여야만 되는 거죠?"

"그때 가서야, 이쪽이든 저쪽이든 정확한 방향을 내게 지목해줄 사태가 벌어질 것이기 때문입니다."

"그럼 지금은 여러 용의자를 놓고 망설이고 있단 말입니까?"

"그렇소."

"그게 대체 누구누구입니까? 당신더러 입을 다물고 있어도 괜찮다고는 하지 않았소. 대체 누구예요?"

"용의자는 펠리시앵 샤를, 아니면……."

"아니면?"

"제롬과 롤랑드 일당입니다."

루슬랭 씨는 저도 모르게 탄식을 내뱉었다.

"허어! 그게 무슨 소리요? 도대체 당신이 말하는 그 사태가 뭔데 그러시오?"

"바로 이번 토요일 아침에 있을 결혼식을 말하는 겁니다."

"하지만 그 결혼식은 아무 상관이 없……."

"아니, 있죠. 내가 보기에 만약 펠리시앵이 범인이라면 그 결혼은 불가능할 겁니다."

"왜죠?"

"왜냐하면 펠리시앵은 현재 롤랑드를 미칠 듯이 사랑하고 있기 때문이죠. 두 차례나 살인을 저지르면서까지 흠모했고, 한 번은 직접 납치까지 감행했던 여인을 남의 손에 순순히 넘겨준다는 건 도저히 생각할 수 없는 일입니다. 그것도 자신이 칼로 찔렀던 남자의 손에 말입니다. 사건이 일어났던 밤을 한번 생각해보세요. 게다가 사랑만 문제가 되는 게 아닙니다."

"그럼 또 뭐가 문제란 말입니까?"

"돈이죠. 가까운 장래에 롤랑드는 한 친척으로부터 막대한 유산을 상속받기로 되어 있습니다. 실은 친척이 아니라 생부이지만요. 그 사실을 펠리시앵은 알고 있답니다."

"그럼 만약 그가 결혼을 기정사실로 받아들인다면 얘기는 어떻게 되는 겁니까?"

"만약 그렇다면 그에 대한 이상의 내 생각이 잘못된 거겠죠. 아울러 범인들은 살인이 이루어짐으로써 이득을 보는 다른 무리가 될 것입니다. 즉, 롤랑드와 제롬 말이죠."

"포스틴은요? 그녀의 역할은 어떻게 되는 거죠?"

라울은 솔직히 털어놓았다.

"나도 모릅니다. 내가 알고 있는 건 포스틴이 오로지 자기 애인인 시몽 로리앙의 복수에만 목매달고 있다는 사실입니다. 다만 그녀가 펠리시앵과 롤랑드, 제롬, 이렇게 3인의 주변을 맴도는 것은 오로지 여성으로서의 본능이 어쩔 수 없이 그쪽으로 이끌었기 때문일 뿐입니다. 펠리시앵, 롤랑드, 제롬…… 좌우간 그쯤에서 관둡시다! 오, 물론 이 모든 게 확실하다고 강변하는 것은 아닙니다. 천만에요, 아직 해명되지 않은 사항들이 꽤 있죠. 앞으로 사태가 어떻게 진행되느냐를 봐야지만 해명되는 사항들이오. 문제는 상황을 완벽하게 타개해나갈 수 있는 자가 바로 나밖에 없다는 사실입니다. 만약 사법당국이 어영부영 개입했다가는 몽땅 망치게 되어 있어요."

"그건 또 왜죠? 이미 당신이 지목한 흔적만을 추적해간다 해도……."

"그 흔적만으로는 어떤 확실성에도 도달할 수가 없습니다. 진실은 오로지 문제의 모든 요소들이 결집되어 있는 나의 이 머릿속에 존재할 따름입니다. 내가 빠지면 당신네들은 그저 사방을 더듬대다 말 겁니다. 지난 두 달 동안 내내 그랬던 것처럼 말이죠."

루슬랭 씨는 이러지도 저러지도 못하고 쩔쩔매는 기색이 역력했다. 라울은 천천히 다가가 친근한 어투로 말했다.

"너무 지나치게 생각하지 마십시오, 수사판사님. 세상에는 이처럼 결단을 내리기 전에 그 모든 결과들부터 가늠해봐야 할 결정사항들도 있는 법이랍니다."

그러자 루슬랭 씨는 발끈하는 티를 숨기지 않고 대꾸했다.

"수사판사란 절대적으로 자기 주관하에 결단을 내리는 존재입니다!"

"물론 그렇겠죠. 하지만 결단을 내리기 전에 미리 이러이러한 쪽으로 갈 거라는 귀띔 정도는 해줘야 할 때도 있는 법이지요."

"누구한테 귀띔을 해줘야 한다는 말이오?"

라울은 대답을 하지 않았다. 루슬랭 씨는 무척 안달이 난 듯했다. 그는 다시금 그 통통 튀는 걸음걸이로 방 안을 이리저리 배회했다. 아마도 양심이 지령하는 노선에 따라 독단적으로 행동에 돌입할 용기는 도저히 나지 않는 모양이었다.

급기야 그는 출입구로 다가가 문을 활짝 열었다. 몰레옹 수사과장이 대여섯 명의 형사들과 함께 안을 기웃거리는 게 라울의 시야에 고스란히 들어왔다.

루슬랭 씨는 일단 한시름 놓은 기색이었다. 이만큼 철저한 경비가 갖춰져 있으니…… 그는 아무 말 없이 밖으로 나갔다.

방 안에는 라울 혼자만 남아 있었다.

문을 살며시 열어보았다. 아니나 다를까, 몰레옹이 기다렸다는 듯 불쑥 다가들었다. 라울은 손으로 싹싹한 몸짓을 살짝 취해준 다음 코앞에서 냅다 문을 닫아버렸다.

더도 말고 딱 10분이라는 시간이 흐르자, 루슬랭 씨가 평상시와 다르게 잔뜩 인상을 구긴 채 돌아왔다. 경시청 내의 선배들이나 혹은 아주 고위 간부로부터 내려온 지시사항이 지극히 단호했음에 틀림없었다. 그는 이렇게 말을 꺼냈다.

"결론은……."

"결론은, 토요일까지 아무 할 일이 없다!"

라울이 냉큼 웃으며 말을 가로챘다.

"하지만 펠리시앵 샤를만큼은 그냥 수상쩍은 정도가 아니라서……."

"그 친구는 내가 책임지지요. 조금이라도 움직이려고 하면 내가 손발 꽁꽁 묶어서 대령하겠습니다. 만약 토요일 오전 11시 이전까지 내게서 전화가 안 오면 그땐 결혼이 성사된 걸로 아십시오. 그러면……."

"그러면?"

"다음 날 아침 9시 반쯤, 클레르 로지에 한번 휘 둘러나 보러 오십시오. 일요일이니 근무는 쉬실 테고…… 함께 얘기라도 나눕시다. 그러다 뭐, 점심을 드셔도 좋겠고."

루슬랭 씨는 어깨를 으쓱하며 그르렁댔다.

"구소와 그의 부하들을 대동하고 가겠소."

라울은 배시시 웃으면서 받아넘겼다.

"좋으실 대로. 하지만 공연한 수고일 겁니다. 물건은 완전히 포장하고 꽁꽁 싸맨 다음에야 인도해드릴 테니까 말이오. 아차, 잊을 뻔했네! 미안하지만 구소로 하여금 베지네에서의 모든 작전을 일시 중단하게끔 몇 글자 좀 적어주시면 고맙겠소. 이번 주말에는 그곳이 좀 조용해야만 되거든요."

루슬랭 씨는 완전히 시키는 대로 따르듯 종이를 한 장 꺼냈다.

그러자 라울이 이렇게 나서는 것이었다.

"오, 뭐 그럴 필요도 없겠어요. 아예 내가 몇 자 적을 테니 당신은 그냥 서명만 하시면 됩니다. 그래요, 그 종이에다 쓰죠."

이쯤 되자 루슬랭의 언짢았던 기분도 금세 사라져버렸다. 그는 기분 좋게 껄껄 웃더니 서명도 말고 차라리 구소에게 직접 전화를 거는 편이 낫겠다고 했다. 그러고 나서 그는 멀뚱하니 모여 선 몰레옹과 경찰들 앞을, 건들거리는 몸짓에 고갯짓까지 끄덕끄덕 해대면서 본때 있게 지나치는 라울 다베르니를 직접 복도 끄트머리까지 깍듯하게 배웅했다.

목요일과 금요일, 라울과 펠리시앵은 둘 다 클레르 로지를 에워싸고 철책이 쳐진 담벼락을 한 발짝도 넘어서지 않았다. 흡사 바깥세상에서 벌어지는 모든 일에 두 사람은 전혀 관심도 없고, 타인들의 삶이란 그 둘이 개입을 할 필요도 없고, 알 이유도 없는 상태로 흘러가도록 놔두는 것 같았다.

하지만 둘은 자주 보는 편이었는데, 그것도 오로지 건물 보수와 내장에 관련한 문제 때문이었다. 지나간 일이나 앞으로 닥칠 사태에 관해서는 둘 다 입 한 번 뻥긋 안 했다. 가택수색이나 새로운 혐의점들, 경찰의 위협적인 압박, 그러다 갑작스럽게 보장된 행동의 자유로움, 그리고 롤랑드와 제롬의 임박한 결혼식 등, 이 모든 것이 더 이상 하나도 중요치 않은 듯했다.

실제로 라울은 그에 대해 거의 아무 생각도 하지 않았다. 눈앞에 펼쳐지는 사실들 자체가 적나라하든 비밀스럽든, 그에게는 모든 의미를 상실한 듯 보였다. 대신 그의 정신 속에서는 오로지 심리학적인 관점에서만 문제가 대두될 뿐이었는데, 그것들을 총체적으로 해결하려고 시도할 때마다 사건의 세 등장인물의 특성 자체가 부분적으로 베일 속에 가려지기만 하는 것이었다.

지난 두 달 내내 펠리시앵의 거의 모든 생활 면면을 곁에서 지켜보았지만, 도무지 그 숨겨진 이면의 행동거지는 가늠해볼 수가 없었다. 그가 무슨 생각을 하는지, 어떤 천성을 지니고 있는지를 전혀 알 도리가 없었기 때문이다. 그뿐인가, 롤랑드와 제롬이 진짜 어떤 영혼의 소유자들인지에 대해서는 또 얼마나 캄캄한지! 두 남녀 모두가 너무나 멀게만 느껴졌고, 마치 유령처럼 안개 속으로 희미해져가는 존재들과 다를 바 없지 않은가!

사실 라울은 루슬랭 씨를 상대로, 애매모호한 상황일 때마다 일부러 더더욱 내세우는 자신감을 과장한 것에 불과했다. 라울이 항상 자신의 권위 아래 승복시켜온 사람들과 마찬가지로, 루슬랭 씨 역시 이 같은 자신감의 위세에 잔뜩 주눅이 들었던 것이다. 하지만 정작 라울이 확실하게 말할 수 있었던 단 한 가지 사실은, 그나마 직관을 이리저리 뒤섞으며 추리한 끝에 제롬과 롤랑드의 결혼 그 자체가 펠리시앵, 제롬, 롤랑드, 세 사람에 얽힌 사연이 궁극적으로 해명되는 대단원의 장이 되어줄 거라는 점이었다.

그러나 펠리시앵은 마지막 순간까지 그에 대해 일절 무관심한 태도를 보였다. 물론 한 차례 납치의 시도 때문에 클레마티트의 출입구가 그에게는 완전히 봉쇄된 것이나 다름없으며, 관청이나 성당으로의 출입도 금지된 것과 마찬가지이긴 했다. 하지만 막상 토요일 아침이 되어 관청에서의 혼인 서약이 이루어질 시각인데도 그는 얼굴 근육 하나 찡그리지 않았고, 마침내 성당 종소리가 울리는 순간에도 전혀 흔들림 없는 감정 상태를 유지했다. 이제 모든 게 끝이 나고, 바야흐로 롤랑드는 그의 손아귀에서 완전히 벗어난 셈이었다. 이제부터는 다른 남자의 성을 취하게 되리라. 손가락에는 결혼반지를 끼고서!

과연 겉으로만 내색을 하지 않는 걸까? 자신의 신경을 철저하게 통제하고 있을까? 내면에서 울컥 솟는 사랑의 감정을 억누르고 있을까?

눈에 불을 켜고 젊은이를 관찰하는 라울로서도 그 어떤 징후를 결코 감지할 수가 없었다. 젊은이는 마치 속을 뒤집어엎을 만한 심각한 일이란 전혀 없다는 듯, 한결같이 편안한 태도로 내장 설계도에 매달리면서 이런저런 작업에 몰두했다.

몇몇 낙엽들이 힘없이 떨어져 나가 고요하게 땅으로 내려앉는 가운데, 그날 오후 시간은 더없이 아름답고 평화로운 9월의 분위기 속에서 그렇게 흘러갔다.

한편 오후 내내, 그리고 저녁 시간대에 이르기까지 라울은 혼잣말을 중얼거렸다.

"괴롭지가 않단 말인가? 잠시 후면 벌어질 일에 대해 아무런 생각도 없어? 아니, 어떻게! 네가 사랑하는 여인이 다른 남자의 품에 안기는데, 그걸 두고만 바라본단 말이냐? 도대체 그럼 왜 여자를 납치한 거지?"

마침내 어둠이 내렸다. 밤이 짙어가자—왠지 비밀스럽고 무거운 분위기의 후텁지근한 밤이었다—라울은 차고 쪽 출입구를 통해 클레르로지를 빠져나와 사유지를 한 바퀴 돈 다음, 철책문 가까운 암흑 속에 버티고 섰다. 온갖 어지러운 상념들이 그의 머릿속에서 난동을 부렸다. 떠오르는 광경은 캉의 조르주 뒤그리발 저택에 파고들어 금고 앞에 무릎을 꿇은 채, 푸른 보석함 속의 보물들을 열심히 챙기는 펠리시앵의 모습이었다. 젊은이와 제롬 엘마 사이의 결투 장면도 눈에 선했다. 그때 그 모든 걸 지켜보던 롤랑드는 이렇게 더듬거렸지. '그이가 저 남자를 죽이려고 할 거예요.' 아울러 포스틴의 이해할 수 없는 행태도 떠올랐다. 그녀는 대체 어떻게 된 걸까? 그러고 보니 현재 진행 중인 사태에서 네 명 중 한 사람이 빠져 있는 꼴이었다. 여태껏 어둠 속에서 한 축을 담당하고 있던 포스틴은 정녕 자신의 역할을 포기해버린 것일까?

어디선가 열 번에 걸친 시계 종소리가 들려왔다. 라울은 롤랑드의 삼촌인 필립 가브렐이 아들 내외와 함께 결혼식 참석차 남프랑스로부터 돌아와 있다는 사실을 하인들 얘기를 통해 알고 있었다. 아마 펠리시앵도 그 사실을 알고 있을 터였다. 가족끼리의 만찬은 이미 끝났을 시각이고, 이제 클레마티트에는 신혼부부만 호젓이 남아 있을 것이었다. 결국 펠리시앵은 이렇게 물러나고 마는 것일까? 혹시 뒤늦게나마 뛰어들어 칼부림이라도 벌여서 이제 막 롤랑드의 임자가 된 사내를 제거해버리지는 않을까?

15분이 더 흘렀고, 30분을 알리는 종소리가 들렸다.

가도의 가로수 뒤에 숨은 라울의 귀에 출입로의 자갈 밟히는 소리가 굴러들었다. 누군가 무척이나 조심스러운 발걸음을 천천히 내딛고 있었다. 철책문이 부드럽게 열렸다가 곧 닫혔다.

사람 윤곽이 저만치 다가왔다. 분명 펠리시앵 샤를의 실루엣이었다.

가로수를 약간 지나쳤을 때였다. 라울은 펠리시앵이 눈치채지 못하게 튀어나와, 그대로 달려들어 허리를 감아 패대기쳐버렸다.

몸싸움은 그리 오래가지 않았다. 워낙에 불시에 습격을 당한 처지라 펠리시앵은 이렇다 할 저항을 할 수 없었다. 순식간에 천 조각이 그의 얼굴을 휘감았고, 노끈이 팔다리를 옭아맸다.

라울은 젊은이의 몸뚱이를 번쩍 들어 안고 클레르 로지로 들어와 현관의 기둥 한 곳에 단단히 비끄러맸다. 게다가 온몸을 거적으로 뒤덮어 조금도 움직거릴 엄두가 나지 않도록 했다. 실제로 몸뚱어리는 축 늘어진 듯 전혀 움직일 기미를 보이지 않았다.

마침내 라울은 완전히 자유로운 행동의 재량권을 확보한 채 밖으로 나섰다.

'네 명 중 한 명은 됐고.'

그는 속으로 중얼거렸다.

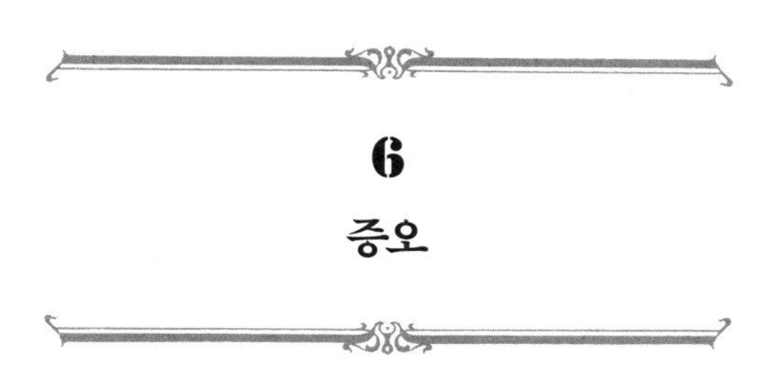

6
증오

그렇지 않아도 언제든 이웃집 야간 방문을 감행할 날이 올지 모른다는 생각에서, 라울은 오래전부터 차근차근 준비를 갖춰왔었다. 지금 오랑주리 별장의 우측 채소밭으로 통하는 문 열쇠가 그의 손에 쥐어져 있는 것도 다 그런 준비 덕분이었다. 아울러 클레마티트 별장의 측면 벽에 부착된 담쟁이덩굴용 격자틀을 지탱하는 갈고리 쇠못들 위치도 비슷한 준비 과정에서 눈여겨봐둔 것이었다.

라울은 지체 없이 채소밭으로 침투해 불빛이 모두 꺼진 오랑주리 별장의 앞쪽 연못을 끼고 나아가 마침내 클레마티트에 도달했다. 일단 식당과 그 윗방은 캄캄했다. 응접실은 환하게 불이 밝혀 있었지만 사람은 보이지 않았다. 아마도 롤랑드와 남편은 불빛이 보이는 그 위의 방들, 즉 여자의 규방이나 침실, 혹은 층계를 지나 지금은 신혼방으로 꾸며졌을 큼직한 방—그 바로 다음이 생전 엘리자베트의 거처였다—어딘가에 있을 게 분명했다.

라울은 손을 더듬어 측면 벽에 고정된 격자틀의 갈고리 쇠못을 찾았다. 그러고는 모서리에 위치한 방, 즉 욕실 위치까지 손쉽게 기어 올라갔다. 벽면의 돌출부를 더듬더듬 디디면서 그는 욕실에서 규방으로 이어진 발코니에 다다랐다. 규방 덧문은 닫혔지만 잠겨 있진 않았고, 그 안의 창문들은 반쯤 열려 있었다. 힐끔 들여다보니 안락의자에 등을 돌리고 앉은 롤랑드의 뒷모습이 눈에 들어왔다. 웨딩드레스는 벗은 상태였고, 대신 나이트가운 차림에 모슬린 천으로 된 삼각 숄을 어깨에 두르고 있었다.

제롬이 우아한 실내복 차림으로 이리저리 서성대고 있었다. 둘 사이에는 단 한 마디도 오가지 않았다.

라울은 속으로 중얼거렸다.

'좋았어. 드디어 막이 오른 거야.'

지금까지 파란만장한 삶을 살아온 몸이지만, 지금 이 순간처럼 고통스러울 정도의 흥분된 심정으로 어떤 장면의 개시를 기다려본 적도 드문 듯했다. 두 신혼부부의 영혼, 그 애정 어린 관계와 인생의 비밀을 단번에 노출시킬 만한 첫 대사, 첫 장면이 이제 막 전개될 터였다. 아무리 머리를 굴려도 알 수 없었던 그 모든 것이 조금 있으면 또렷이 확인될 참이었다.

한참의 침묵이 지나자, 롤랑드 앞에 덜컥 멈춰 선 제롬이 말했다.

"좀 어때?"

"나아졌어요."

"그런데도?"

"무슨 말을 하려는 거예요?"

"왜 아까 저기…… 우리만의 방으로 오지 않은 거야?"

여자는 중얼거리듯 대꾸했다.

"조금만 참아요. 완전히 상태가 회복되어야죠."

제롬은 잠시 뜸을 들이다가 그 자리에 털썩 주저앉아 팔꿈치를 무릎에 괴고, 여자를 똑바로 바라보며 말했다.

"거참 이상하군! 우린 이제 결혼을 했는데, 난 아직도 이해할 수가 없어."

"뭘 이해할 수 없는데요?"

"우리의 이 결혼 말이야. 정말로 각별한 과정 속에서 결혼이 이루어졌단 말이거든. 나도 모르게 우정에서 사랑으로 건너간 느낌이란 말이야. 사실 당신한테 말을 할 때도 나는 거부당할 걸 충분히 예상했던지라 보통 떨리지가 않았어. 그 이후에도 나는 마치 애정을 바칠 뿐 사랑은 하지 않는 것처럼 당신을 사랑해왔지."

그는 목소리를 더욱 낮춰 덧붙였다.

"지금도 새삼 무슨 고백을 하자는 게 아니야. 단지 내가 이런 얘길 하는 건 꼭 그래야만 할 것 같아서일 뿐이라고. 그러면서도 왠지 속은 엄청 거북한 거 있지."

제롬은 기대하는 반응이 한참 동안 나오지 않자, 다시 말을 이으려 했다. 그러다가 갑자기 몸을 홱 돌리며 귀를 기울였다.

"무슨 소리가 들린 것 같은데, 당신 방에서……."

"뭐라고요?"

"소리가 들렸어."

"그럴 리가요. 하인들은 전부 다 반대편 익랑채, 그것도 맨 위층에서 자는걸요."

"아니야, 틀림없어. 잘 들어봐."

남자가 벌떡 일어섰으나 여자는 한발 앞서 방 쪽으로 갔고, 고개를 쑥 들이밀고 이리저리 훑어보더니 문을 닫으며 열쇠로 잠갔다.

"아무도 없어요. 하긴 그 방에 누가 있겠어요?"

여자의 말에 남자는 잠시 생각하더니 이렇게 말했다.

"그러고 보니 당신은 그 방에 한 발짝도 나를 들이려고 한 적이 없어."

"그건 그래요. 내 처녀 적 방이니까 당연하죠."

"하지만 지금은?"

여자는 피곤한 듯 다시 안락의자에 앉았다. 그 앞에 남자가 무릎을 꿇고서 오랫동안 여자의 눈동자를 들여다보았다. 이어서 아주 부드럽고도 은근하게 여자 손을 잡더니 맨살이 드러난 팔 위로 점점 고개를 기울였다. 남자의 입술이 막 피부를 스치려는 찰나, 여자가 벌떡 일어서며 외쳤다.

"안 돼요, 안 돼! 이러지 말아요!"

두 사람은 얼굴을 마주한 채 상대의 눈을 노려보았다. 특히 제롬은 이리저리 회피하는 여자의 마음을 꿰뚫어 보기 위해 여간 애를 쓰는 게 아니었다. 일단 속을 진정시키면서 제롬은 아까와 똑같이 부드럽고 은근한 태도로 말했다.

"이봐요, 롤랑드. 너무 신경 쓸 것 없어. 오늘 아침 그 사건이 있고 난 다음부터 당신은 아직까지 안정을 되찾지 못하고 있어요. 하지만 이 모든 것은 우리 사이에 이미 합의가 된 사안이야. 그리고 벌써부터 우리 어머니의 뜻을 당신한테 전한 바 있고 말이지. 생각해봐요. 결코 부자가 못 되는 어머니는, 내게 당신의 약혼반지 외엔 거의 남겨준 게 없을 정도였지. 어머니는 그것만은 팔 수 없다면서 내게 틈만 나면 이러셨어. '너 결혼할 때가 되면, 네 아빠가 나한테 했듯이 네 아내한테 해야 하느니라. 성당에서 돌아오는 길에 이 반지를 네 아내한테 주어라. 그 전(前)이 아니고 말이야. 결혼반지를 낀 손가락에 이 반지를 함께 끼워 줘.' 알다시피 우리는 이 일에 대해 벌써 합의가 된 상태였지. 그런데도 당신은 내가 이 반지를 끼워주자, 곧장 기절해버렸어."

여자가 얼른 대꾸했다.

"그냥 우연의 일치였을 뿐이에요. 그저 감정이 좀…… 너무 피곤도 했고……."

"그럼 기꺼운 마음으로 반지를 받아들인 건가?"

여자는 슬그머니 손을 내보였다. 손가락 하나에 결혼반지와 함께 멋진 다이아몬드가 박힌 금반지가 끼워져 있었다.

제롬은 지그시 웃으며 말했다.

"결혼반지에다 보석반지라…… 결혼반지는 내가 고른 거고, 보석반지는 내 어머니가 고른 거지. 결과적으로 롤랑드, 당신의 그 손은 완전히 내 것이 된 셈이야. 내가 청했을 때 당신은 이미 그 손을 내 손에 맡긴 거라고."

"그건 아니에요."

여자의 대답이었다.

"뭐야? 그게 아니라니? 당신 손을 내게 맡긴 게 아니란 말인가?"

"아니에요. 당신은 그저 이렇게 말했을 뿐이에요. '언젠가 당신이 나와 결혼해줄 거라고 기대해도 되겠소?'"

"당신은 '네'라고 대답했지."

"'네'라고만 했을 뿐, 내 손을 당신 손에 맡긴 건 아니었어요."

둘은 한동안 서로를 마주한 채 멀뚱하니 서 있었다. 급기야 제롬이 이렇게 속삭였다.

"도대체 그게 무슨 말이지? 당신이란 여자는 이전에도 몇 차례 정말 알 수 없는 사람처럼 굴었어. 그러더니 오늘 밤, 오늘 밤조차…… 당신은 오히려 더 멀게만 느껴지니…… 어찌 이럴 수가 있느냐고!"

몹시도 안달이 나는 모양이었다.

"뭔가 분명히 해야만 하겠어, 롤랑드. 당신의 그 손, 결혼반지와 보석 반지가 함께 끼여 있는 그 손을 내 손에 이렇게 얹어놔봐요. 내게는 그 손을 거머쥘 권리가 있어. 그 손에 입을 맞출 권리가 엄연히 있다고."

"아니에요!"

"세상에! 이건 말도 안 돼!"

"당신 언제 이 손에 입 맞춰본 일이 있나요? 내가 그걸 허락한 적이 있냐고요! 내 입술, 내 볼, 아니면 내 이마에, 머리카락에 당신 입술이와 닿도록 가만히 내버려둔 적이 있나요?"

"아니지. 분명 그런 적 없었어. 하지만 그 이유는 당신 말대로 엘리자베트 때문이었어. 그녀에 대한 기억이 워낙에 우리 둘 다 생생했기에, 당신은 그러기를 원치 않는다고 말이야. 일종의 순진한 마음에서겠지. 그래서 당신은 나의 애무를 받아들이기 어려워했던 거라고. 그건 나도 이해해. 나도 찬성을 한 바였고 말이야. 하지만 지금은……."

"지금은 뭐가 달라졌죠?"

"이봐요, 롤랑드. 지금은 당신이 내 아내잖아?"

"그래서요?"

남자는 어이가 없다는 표정으로 더듬거렸다.

"그, 그럼 당신이 원하는 건…… 정녕 당신이 예상한 건 도대체?"

여자는 진지한 말투로 되물었다.

"당신은 그럼 내가 이 집 안에서…… 언니가 살았었고…… 당신이 언니를 사랑했던 바로 이 집 안에서 그런 짓에 동의하리라 믿었나요?"

남자는 갑자기 발끈하며 소리쳤다.

"좋아! 그럼 떠나자고! 당신이 원하는 데로 떠나잔 말이야! 단, 다시 한번 말하는데, 당신은 내 아내야! 여길 나서면 내 아내가 되는 거라고!"

"안 돼요!"

"안 되다니?"

"당신이 바라는 의미로는 싫다는 뜻이에요."

남자는 여자의 목을 두 손으로 와락 감아 안으면서 다짜고짜 입술을 들이밀었다. 여자는 믿을 수 없을 만큼 강한 힘으로 남자를 밀쳐내면서 비명을 질러댔다.

"안 돼! 안 된다고! 애무는 안 돼! 절대로 안 돼!"

그래도 어떻게든 굴복시키고자 애를 쓰던 남자는 문득 여자의 내부에서 들고일어나는 엄청난 저항을 실감했고, 도저히 그것을 내리누를 수 없다는 판단이 들었다. 마침내 제롬은 황당한 심정으로 완력을 풀었다. 그가 온몸을 후들후들 떨며 중얼거렸다.

"분명 다른 문제가 있는 거야, 그렇지? 만약 문제가 그뿐이라면 이런 식으로 나올 리가 없어. 다른 뭔가가 있는 게 분명해."

"있어도 아주 많이 있어요. 하지만 그중에서도 당신한테 상황을 좀 더 잘 이해시킬 만한 문제가 하나 있지요."

"그게 뭐지?"

"나는 다른 남자를 사랑한다는 거예요. 그 남자가 아직 내 애인이 되지 못한 건, 그가 나를 너무 존중했기 때문이에요."

여자는 눈 한 번 내리깔지 않으면서 또박또박 얘기를 뱉어냈는데, 그 대담한 말투 속에는 멸시와 증오의 감정이 물씬 배어 있었다.

남자는 일그러진 표정에 억지 미소를 담으며 말했다.

"흥, 왜 거짓말을 하는 거지? 롤랑드, 당신이 그럴 거라고 내가 어떻게 인정할 수 있겠어?"

"이봐요, 제롬. 다시 말하지만 나는 다른 남자를 사랑하고, 이 세상 그 무엇보다 그 남자를 사랑해요!"

제롬은 주먹까지 치켜들면서 길길이 날뛰었다.

“닥쳐! 그 입 닥치라고! 거짓말인지 다 알아! 도무지 무슨 이유인지는 알 수 없지만, 나를 자극하려고 괜히 그런 소리를 나불대는 거야. 어쨌든 당신이 지금 내 머리를 돌게 만들고 있다는 건 알아둬! 롤랑드, 당신 말이야!”

남자는 발로 바닥을 쿵쾅거리면서 마치 실성한 사람처럼 방 안을 서성대더니 다시금 여자 앞으로 돌아와 말했다.

“나는 롤랑드, 당신을 잘 알아. 만약 그 말이 사실이라면 그 반지만큼은 손가락에 끼지 않았을 거야.”

순간 여자는 반지를 빼내 멀리 던져버렸다.

남자는 여자를 거칠게 휘어잡았다.

“이런, 발칙한! 뭐하는 짓이야? 이젠 그 결혼반지조차 내던질 참인가? 받아들일 땐 언제고, 내가 직접 손가락에 끼워준 그 반지도 빼내버릴 참이냐고!”

“이 결혼반지는 당신이 준 게 아니에요. 다른 남자가 끼워준 거라고요.”

“거짓말! 거짓말! 우리 두 사람 성이 거기 새겨져 있어. 롤랑드와 제롬이라고 말이야!”

“그런 성은 새겨져 있지 않아요. 다른 성들이 새겨진 완전히 다른 반지예요.”

“거짓말!”

“다른 두 사람의 성이 새겨져 있다고요. 롤랑드와 펠리시앵…….”

남자는 여자의 손을 우악스레 낚아채 결혼반지를 잡아 빼고는 황망한 눈동자를 굴리며 안쪽을 살폈다.

잠시 후, 그의 입에서는 숨소리가 빠져나가듯 이런 중얼거림이 흘러나왔다.

“롤랑드…… 펠리시앵…….”

이제 남자는 도저히 감당할 수 없는 현실에 발버둥치는 격이었고, 사방에서 조여오는 엄연한 현실에서 빠져나오지 못하면서도 끝내 받아들이길 거부하는 꼴이었다.

그는 나지막한 목소리로 중얼거렸다.

“이건 미친 짓이야. 도대체 왜 나랑 결혼한 거지? 이젠 내 아내잖아. 아무것도 그걸 바꿀 수는 없어. 당신은 내 아내야. 당신한테 나는 권리가 있다고. 지금은 우리의 신혼 밤이야. 나는 내 집에 와 있는 거지. 바로 내 집, 내 아내와 함께 말이야…….”

여자는 차분하면서도 고집스러운 태도를 드러내며 대꾸했다.

“당신은 당신 집에 있는 게 아니에요. 지금이 우리의 신혼 밤도 아니고요. 당신은 그저 낯선 이방인, 침입자일 뿐이에요. 그러니 앞으로 어떤 말 한마디만 떨어지면 당신은 나가줘야만 해요.”

남자도 지지 않고 고함을 쳐댔다.

“내가 여길 나간다고? 당신 미쳤군!”

“당신은 다른 남자에게 자리를 내주기 위해서 여길 떠나야만 해요. 이 집의 진정한 주인을 위해서요.”

“좋아, 어디 와보라고 해! 감히 용기가 있으면 나타나라고 해보란 말이야!”

제롬의 으름장에 여자는 조용히 말했다.

“이미 와 있어요, 제롬. 엘리자베트가 죽던 날 밤에도 나를 보러 와주었죠. 난 그때 그 사람 품에 안겨 울었어요. 너무 슬펐던 나는 그때 이미 그 사람에게 사랑을 고백했죠. 그 이후로 두 번 그가 날 찾아왔어요. 그 사람은 지금 내 방에 와 있어요. 앞으로는 그 사람 방이 될 예정이죠. 아까 당신이 들었던 소리도 그 사람 때문에 난 소리였어요. 이제 더 이상 그는 내 곁을 떠나지 않을 거예요. 오늘 밤이 바로 그 사람과 나의 신혼 밤인 셈이죠."

남자는 방문 쪽을 향해 돌진했고, 문을 열려고 애를 쓰는가 하면, 주먹으로 마구 두드려대며 악을 쓰기 시작했다.

롤랑드는 그 모습을 놀랄 만큼 고요한 태도로 바라보며 말했다.

"공연히 당신 손만 아프게 하지 말아요. 열쇠는 여기 있으니 내가 순순히 열어줄게요. 단, 그 전에 뒤로 좀 물러서요. 한 열 발짝쯤 뒤로……."

그러나 남자는 머뭇대면서 말을 듣지 않았다. 그러는 사이 적지 않은 침묵의 시간이 이어졌다. 한편 반쯤 닫힌 덧문 뒤에 숨은 채 발코니를 딛고 서 있던 라울 다베르니는, 너무도 갑작스럽게 직면한 처절한 광경과 예상치 못한 여자의 침착하면서도 혹독한 태도에 어리둥절했다. 라울이 생각했다.

'아니, 저 여자가 어떻게 펠리시앵이 저 방에 있다고 단언하는 거지? 불과 15분 전에 그 친구는 내가 꽁꽁 싸매서 클레르 로지에 붙잡아두었는데.'

하지만 이와 같은 극한 상황에서의 합리적인 추리라는 것은 언제나 어긋나기 일쑤이다. 모든 것은 논리를 떠나 미친 듯이 전개되는 상황이었고, 라울은 두근대는 가슴을 안고 제롬이 겪는 극심한 심적 고통을 지켜보고만 있었다. 과연 저 젊은 친구가 롤랑드를 휘어잡아 열쇠를 빼앗은 다음, 펠리시앵한테 달려들기라도 할 것인가?

그러나 롤랑드 쪽에서 먼저 소형 권총을 들이대며 뇌까렸다.

"물러서요! 열 발짝 물러서!"

남자는 주춤주춤 물러섰다. 롤랑드는 상대에게 총구를 단단히 겨누고 천천히 나서서 방문을 활짝 열어젖혔다.

순간 펠리시앵이 눈앞에 나타났다! 라울이 클레르 로지에 붙들어 매두었던 그 펠리시앵이 유유히 모습을 드러낸 것이었다!

그는 웃는 얼굴로 방에서 나오며 입을 놀렸다.

"당신의 그 무기는 불필요할 것 같소, 롤랑드. 저런 멋들어진 실내복 차림을 하면 거친 몸싸움 따위에는 생각이 없어지는 법이니까. 저것 봐요, 별 의욕이 없는 것 같잖아."

펠리시앵은 평소보다 훨씬 더 여유만만한 기색이었다. 라울이 보기에도 눈빛을 반짝거리는 모습이 보통 때보다 더 활짝 핀 표정이었고, 롤랑드처럼 차분하면서도 진지한 태도였다.

라울은 머릿속으로 끊임없이 생각을 굴렸다.

'도대체 저 녀석이 어떻게 저기 있는 거지? 어떻게 빠져나온 거야?'

펠리시앵은 바닥 양탄자에서 반지를 주워 화장대 위에 올려놓으며 수수께끼 같은 말을 흘렸다.

"롤랑드, 더 이상 이걸 빼지 말아요. 당신도 알다시피 이걸 착용하는 건 당신의 권리랍니다."

그러고 나서 이번에는 제롬을 향해 말했다.

"이 회동은 롤랑드가 원했던 걸세. 그녀의 판단은 언제나 옳았기에 이번에도 나는 동의했지. 아울러 우리 세 사람 사이에 약간의 해명도 필요할 테고 말이야."

여자가 끼어들었다.

"우리 네 사람이죠. 엘리자베트도 포함해야 하니까요. 죽고 나서도 엘리자베트는 내 곁에서 한 번도 떨어진 적이 없어요. 언니에게 의견을 물어보지 않고 내가 어떤 행동을 취한 적은 단 한 번도 없답니다. 어때요, 제롬? 이제는 내가 뭘 원했는지 알 것 같은가요?"

남자는 얼굴이 하얗게 질리면서 점점 표정이 일그러졌다.

"내게 고통을 주길 원한 거라면 완전히 성공한 셈이야, 롤랑드. 내가 행복을 얻었다고 생각한 이 결혼…… 한마디로 끔찍한 덫에 불과한 것 같으니 말이야."

"맞아요, 덫이에요. 진실이 뭔지 예감했던 그 순간부터, 내 머릿속엔 바로 당신이 만들어놓았던 그 치명적인 덫에 버금가는 또 다른 덫을 만들 생각만 가득했어요. 이제 알겠어요? 이제는 알겠느냐고요!"

여자는 스스로 진정하려는 마음을 결코 놓지 않으면서도, 안에서 부글거리는 증오심에 떠밀리듯 상대를 향해 저절로 한 발 다가섰다.

남자는 더듬더듬 대꾸했다.

"아, 아니. 모, 모르겠어."

여자는 벽난로 위에 있던 언니의 사진을 집어 들더니 남자 앞에 불쑥 들이대며 외쳤다.

"그럼 이걸 봐! 이걸 똑똑히 보라고! 이보다 더 다정하고 사랑스러운 여자는 없었어! 그녀는 너를 사랑했는데, 너는 그녀를 죽였어! 오, 이 가증스러운 인간!"

사실 롤랑드와 제롬이 서로 심상치 않은 분위기를 보일 때부터 라울 다베르니도 이와 같은 폭로를 예감하고는 있었다. 다만 새삼 놀란 것은 이전까지 어떠한 의심 속에서도 롤랑드와 제롬을 분리해서 생각한 적이 없었고, 몇 가지 힌트가 될 만한 요소들이 있었음에도 불구하고 제롬이 범인일 것이라는 추정 속에서도 롤랑드를 제외할 생각은 전혀 하지 못했었다는 사실이다. 결국 기막히게 연출된 한판 승부를 펼쳐서 상대의 기를 단번에 허물어뜨리려는 게 롤랑드의 계획이었던 셈이다. 물론 정염에 눈먼 제롬으로서는 도저히 속아 넘어가지 않을 수가 없었을 것이다.

남자는 이대로 꺾이지는 않겠다는 듯 어깨를 으쓱하며 내뱉었다.

"아하, 이제야 알겠군. 이제야 당신이 왜 깽판을 놓는 건지 이해가 돼. 그러니까 언니의 죽음이 한스러워 어딘가 앙갚음할 데가 필요했고, 그 희생양이 바로 내가 된 거야. 하지만 롤랑드, 이거 한마디만 해두지. 내가 알기로는 당신 언니가 저 늙은 살인자 바르텔르미의 손에 붙들린 채 발버둥을 치고 있는 걸 당신과 나, 둘이서 분명히 목격한 것 같은데. 왜 당신도 알지, 바르텔르미 영감? 내가 언니의 죽음을 복수하기 위해 총으로 쏴 죽인 늙은이 말이야."

이번에는 여자 쪽에서도 어깨를 으쓱하며 말을 받았다.

"은근슬쩍 둘러대거나 도망칠 생각은 하지 마! 지금까지 네 곁에 붙어서 조금씩 알아온 것들, 네 과거 전력을 조사해오고 너 자신을 관찰해오면서 깨닫게 된 사실들만 따져도 어떤 자백조차 필요 없을 만큼 분명해. 자, 이거나 좀 보시지!"

여자는 서랍 속에서 공책 한 권을 꺼내며 덧붙였다.

"엘리자베트가 적어간 일기에 이어서, 나는 그동안 온갖 위선과 거짓으로 점철된 네놈의 인생을 기록해두었어. 이게 사법당국의 손에 들어가는 그 즉시, 너는 지금 내 눈앞에서처럼 이 사건의 진범으로서 빼도 박도 못하게 될 거야!"

남자는 얼굴을 보기 흉하게 찡그리며 중얼거렸다.

"아하, 그러고 보니 그쪽 나름대로 무슨 의도가 있는 모양인데?"

"있지! 우선 네 눈앞에 너 자신의 기소장을 낱낱이 보여줄 생각이다!"

"그러고 나서 심판하시겠다는 거로군. 바야흐로 내가 지금 판사 앞에 선 꼴이야."

남자가 이죽대자, 여자가 당차게 내질렀다.

"너는 지금 엘리자베트 앞에 서 있는 거다! 잘 듣기나 해!"

제롬은 여자를 한 번 쏘아본 뒤 펠리시앵한테 눈길을 돌렸다. 두 사람 다 잔뜩 가시가 돋친 게 여차하면 개처럼 이쪽을 박살 내버릴 태세임이 분명했다. 하는 수 없이 그는 의자에 털썩 앉아 데면데면하게 다리를 꼰 자세로, 마치 지루한 설교를 억지로 들어주기로 한 사람마냥 한숨을 쉬듯 내뱉었다.

"시작해보시지."

7
퇴장할 사람

여자는 별로 신랄한 맛도, 흥분도 내보이지 않고 절제된 음성으로 얘기를 시작했다. 이를테면 논고를 펼치는 투가 아니라 단순히 일련의 사건을 요약해 풀어내는 분위기였고, 제롬 엘마라는 인간의 본성에 대한 심리학적 고찰이나 설명 따위는 일절 배제했다.

"제롬, 너의 첫 번째 희생자는 바로 네 어미였다. 부인할 생각 마라. 이미 네 입으로 거의 다 고백한 거나 마찬가지니까. 그녀는 너 때문에 죽은 거다. 여자가 워낙에 모성적인 우려로 애써 덮어두는 바람에 주위 사람들은 네 잘못이 뭔지 알 수 없었을 뿐이야. 즉, 위조서명을 해대고, 부도수표를 남발하면서 온갖 추행을 저지르고 다닌 거지. 하지만 네 어미가 파산지경까지 가도록 그 뒷감당을 해주었기 때문에 아무도 진상을 바로 알 수가 없었어. 결국 네 어미는 그 후유증으로 죽음을 맞이했지. 아무튼 그 얘긴 그쯤 해두지."

남자는 슬금슬금 웃으며 대꾸했다.

"그러는 게 좋겠군. 다만 한 가지 말해두겠는데, 당신이 무슨 이야기를 읊든 간에 모조리 똑같은 망상일 뿐이야. 시간 낭비라고."

여자는 아랑곳하지 않고 얘기를 계속했다.

"그러고 나서 너한테 어떤 일들이 일어났는지는 알 수가 없었다. 그저 시골이나 외국을 떠돌았다는 것밖에는. 그러나 재수 없게도 엘리자베트 앞에 한 차례 나타난 뒤로 너는 다시금 베지네의 네 집에 정착했고, 수시로 클레마티트를 드나들었다. 그즈음 너는 한 가지 생각을 갖게 되었지."

"무슨 생각?"

"엘리자베트와 결혼을 하겠다는 생각. 그때는 아직 막연한 생각이었어. 무엇보다 그녀가 제공해올 지참금이 네 욕심에 못 미쳤거든. 한데 엘리자베트가 신중하지 못하게 얘기를 흘리는 바람에 그 생각이 구체화되고 만 거지."

"정말 그럴까?"

"물론이다. 언젠가 그녀 입으로 이런 얘기를 했을 거야. 우리 어머니의 친척 중 한 분이 막대한 유산을 물려주기로 되어 있어서 그만큼 지참금도 불어날 거라고 말이지."

제롬이 발끈했다.

"순전히 지어내는군! 난 그 사실을 알지도 못했어!"

"대체 왜 거짓말을 하는 거지? 너한테 읽으라고 내준 적은 없지만—다른 사람한테는 보여줬지만, 너한테만큼은 안 된다는 생각이 본능적으로 들더군—엘리자베트가 쓴 일기가 확실하게 그 점을 짚고 있어. 결국 문제의 친척이 병환 중인 데다 유산도 튼튼하다는 걸 확인한 너는, 그 즉시 몸 달아 하면서 엘리자베트의 애정을 얻어내는 데 성공했고, 그녀는 네 청을 기꺼이 받아들였지. 엘리자베트는 행복해했어. 너 역시 적어도 겉으로는 그런 척이었지. 하지만 그러는 와중에도 너는 뭔가를 조사하기 시작했어."

"그게 뭔데?"

"친척이 재산을 유증하려는 이유. 너는 과거를 캐러 여기저기를 쑤시고 다녔지.—아니라고는 하지 마. 한두 명이 증언해준 게 아니야—너는 옛날 흘러다니던 추문들을 닥치는 대로 주워 모았고, 결국 우리 아버지와 그 친척 사이에 못 볼 꼴이 벌어졌었다는 사실을 알게 되었지. 그 당시 일부 짓궂은 주장 중에는 엘리자베트가 조르주 뒤그리발의 딸이라는 얘기가 있었는데, 네놈이 그걸 놓칠 리가 없었어. 내가 이렇게 분명히 이름을 거론하는 건, 그 얘기가 다 파렴치한 중상모략에 불과하기 때문이야."

"정말이지 중상모략이로군."

"상관없어. 아무튼 너는 더더욱 궁금증이 들끓었다. 도대체 조르주 뒤그리발의 속뜻이 뭔지 보다 확실하게 확인하고 싶었어. 그래서 엘리자베트가 시름시름 앓으며 이곳에 묶여 있는 동안, 너는 캉으로 가서 본격적인 조사를 진행했지. 어느 날 밤, 너는 어떻게인지는 모르지만 조르주 뒤그리발의 방까지 침입해 거울장을 열었고, 10년 전 작성한 그의 유언장을 읽어 내려갔지. 그리고 유산을 받을 사람이 엘리자베트가 아니라 바로 나라는 사실을 알아냈던 거야. 바로 그때부터 엘리자베트의 목숨은 죽은 것과 다름없었어."

제롬은 고개를 설레설레 저으며 말했다.

"당신의 그 소설 속에 한마디 진실이라도 있다면 말이지만, 도대체 왜 엘리자베트가 그때부터 죽은 목숨이라는 건지 모르겠네. 나로선 그냥 헤어지면 그뿐 아닌가?"

"그녀와 헤어지는 것만으로 과연 나와 결혼할 수 있었을 것 같아? 네가 여자를 차버리면 그건 곧 배신행위를 뜻하고, 그럼 모든 희망은 물거품처럼 날아가는걸. 막대한 유산이 그대로 사라지는 셈이지. 너는 슬슬 애매한 태도를 고수하며 이리저리 결혼을 미루기 시작했어. 그렇게 날만 흐르는 가운데 흉악한 계획이 네 머릿속으로 스며들었지. 정말 비열하고 위선적인 계획 말이야. 사실 사람을 죽인다는 것처럼 끔찍하면서, 또 위험 부담도 많은 해결책이 어디 있겠어? 과연 사람을 죽이면 너 자신은 홀가분하게 벗어날 수 있을까? 아니지. 너는 일단 이것저것 정체불명의 핑계를 대는 둥 마는 둥 하면서 어떻게든 결혼을 지연시키고 시간을 벌기로 했어. 그러다 보면 이미 허파 쪽 질환이 있는 엘리자베트가 상태가 안 좋아져 위독하게 될 수도 있는 거고, 그럼 자연스럽게 결혼이 무산되어 너는 서서히 자유를 되찾게 될 거라는 계산이었지. 누가 알아, 그러다 보면 언젠가는 나한테 그럴듯한 핑계로 접근할 수도 있을지. 언니를 차버린 것도, 죽인 것도 아닌 입장에서 말이야! 그게 아니라도 어쩌면 너한테는 책임을 물을 수 없는 죽음, 즉 사고사를 연출해내는 방법도 가능하겠지. 실제로 너는 이미 어둠 속에서 너만의 작업에 착수했어. 꼭 극단적으로 갈 게 아니라 그저 운에 맡기자는 생각을 가졌을진 모르나, 그러면서도 너는 줄기차게 네 작업을 추진해왔던 거야. 매일 정해진 시각에 엘리자베트가 물가로 딛고 내려가는 나무 계단과 말뚝을 야금야금 갉아가면서 말이야."

롤랑드는 몹시 지친 기색이었다. 목소리도 가까스로 귀에 들릴 정도였다. 결국 잠시 숨을 돌리지 않을 수 없었다.

한편 제롬은 아무렇지도 않은 티를 노골적으로 드러내며 여자를 똑바로 마주 보았고, 참 같잖은 이야기를 억지로 들어주고 있다는 경멸어린 표정을 지었다.

펠리시앵은 제롬의 지극히 미세한 동작까지 놓치지 않고 지켜보았다.

덧문 뒤의 라울 다베르니도 열심히 실내의 상황을 주시하며 귀를 기울였다. 여자의 폭로는 한 치의 빈틈없이 논리정연하게 이루어지고 있었다. 다만 딱 하나 아직 모호한 점이라면, 엘리자베트가 아닌 롤랑드가 조르주 뒤그리발의 유산상속자라는 사실에 대해 그 어떤 논거도 정확히 들이대지 않고 있다는 점이었다. 다만 어찌 보면, 그러한 논거 자체를 사전에 예감했다 해도 그녀 입장에선 마치 모르고 있는 것처럼 말하고 행동할 수밖에 없지 않았을까?

롤랑드는 얘기를 이어갔다.

"어쨌든 막상 눈앞에서 살인행각이 벌어지자, 정작 네가 의도한 죽음이었음에도 불구하고 순간적으로 네 정신이 송두리째 흔들린 게 분명하다. 그래서 너는 잠깐이나마 그럴듯한 정신적 방황과 심지어 절망 증세를 보이기까지 했어. 그러다 바르텔르미의 사체 근처에 회색 헝겊 자루가 떨어져 있는 걸 눈치채고는 다시금 기운을 회복했지. 오후에 사람들이 들락날락하느라 부산한 와중에 너는 그 자루를 빼돌려 아마도 응접실 어딘가에 숨겨두는 데 성공했다. 문제는 누군가 그걸 집어 드는 너의 행동을 목격했다는 사실이지. 다름 아닌 시몽 로리앙이 클레마티트에 드나드는 사람들 가운데 섞여서 너를 죽 관찰하고 있다가, 저녁때 너를 미행해 결국엔 덮치기에 이른 것이지. 두 사람은 아침에 시몽 로리앙이 발견된 바로 그 지점에서 몸싸움을 벌였고, 치명상을 입은 그를 팽개친 너 역시 상처 입은 몸을 이끌고 즉시 현장을 이탈해 한참 거리를 벌린 다음에야 바닥에 쓰러졌다. 이로써 너는 하루 만에 두 건의 범죄행위를 저지른 셈이었지."

"오호라, 그럼 이제 세 번째 얘길 들어볼까."

제롬이 농을 던졌다.

"그 세 번째 범죄행위도 너는 별로 지체하지 않고 준비에 들어갔다.

일단 너에게 향할지 모를 의혹의 시선들을 다른 쪽으로 돌려놔야 했으니까. 다른 쪽이라면? 아무래도 네겐 운이 따라줬던 것 같다. 하필이면 애매한 시각에 펠리시앵이 나를 위로해주러 보트로 연못을 건너왔으니까. 그는 내 곁에 두 시간가량 머문 뒤 떠났지. 그런데 배를 타려 할 때 누군가 그를 알아보았어. 마침 네가 클레마티트를 벗어나 시몽 로리앙의 미행을 받고 있을 즈음이었지. 경찰조사 때 그 일에 관해 질문을 받자, 너는 이렇게 대답했더군. '나를 공격한 자는 연못에 이르는 막다른 길에서 뛰쳐나온 것 같았어요.' 역시나 그 즉시 모든 수사는 펠리시앵한테로 집중되었지. 하지만 그는 자신을 방어하지도 않았고, 그럴 마음도 없었어. 실은 처녀의 몸으로 내가 남자를 방에 들였다는 사실을 공개하지 않고서는 도저히 연못 주위의 자기 행적을 설명할 수 없었기에, 아예 부정으로 일관하면서 집에만 틀어박혀 있었다고 한 거야. 그 결과, 진술의 신빙성이 문제가 되어 체포되고 말았지. 그렇게 해서 네 앞의 모든 장애가 깨끗하게 쓸려나간 꼴이 된 거야. 다만, 다만 내가 문제였지. 왜냐하면 내가 슬슬 생각을 깊게 하기 시작했거든."

여자는 목소리를 한껏 낮춰 점점 더 숨 가쁘게 말을 이어갔다.

"그래, 나는 곰곰이 생각했지. 생각하고 또 생각했어. 그야말로 매 순간 마치 강박관념처럼 생각에 시달렸으니까. 묘지에서 언니의 관 위로 두 팔을 얹고 나는 맹세했지. 엘리자베트의 복수를 하고야 말겠다고. 나는 인생에서 그것 외에 다른 목표는 없을 것이며, 그를 위해 모든 걸 희생하겠노라고 맹세했어. 그중 펠리시앵을 제일 먼저 희생했을 정도야. 므슈 다베르니도 내게 주의하기를, 주변을 잘 살펴보라고 했지. 그리고 내 생각에 어떤 수상한 단서가 밟힐 경우, 절대 그냥 넘겨버리지 말라고 했어. 내 주변을 살펴라? 주변에는 펠리시앵과 너밖에는 보이지 않았어. 근데 펠리시앵은 전혀 엘리자베트를 살해할 동기가 없으니 범인일 리가 없었지. 그렇다고 내가 과연 제롬, 너를 염두에 두었어야 할까? 나는 엘리자베트의 일기장을 세심하게 읽고 또 읽었지. 그러자 뭔가 주의력을 새삼 일깨우는 점이 발견되는 거야. 매일 너와 함께하던 나들이를 위해 언니가 보트를 준비하러 나가기 직전에 남긴 글 말이야. 그때 너는 무언가 거북스러운 태도로 멍하니 생각에 잠겨 있었다더군. 그러면서 형편이 그리 좋지 못한 자신의 처지에 대해 푸념을 늘어놓더라는 거야. 너는 장래에 대해 불안해했고, 가엾은 언니는 너를 위로하려고 유산상속 얘기를 또다시 꺼냈지. 그 후로는 더 이상 어떤 의심도 나를 파고들지 못했어. 대신 나는 모든 사람들, 심지어 므슈 다베르니조차 조심하기 시작했지. 나무 계단이 사전에 훼손되어 있다는 걸 밝혀낸 사람인데도 말이야. 나는 누구와도 말 한마디 나누지 않았어. 시몽 로리앙이나 바르텔르미와 관련된 사실들 모두 나는 안중에 없었어. 네가 병원에서 회복해 돌아왔을 때도, 생각나는지 모르지만 우리 사이에는 침묵만이 감돌았지. 너한테 무슨 질문을 하거나 의심을 하는 건 털끝만치도 생각할 수가 없었어. 너에 관해서라면 어떤 불순한 예감도, 어떤 뒤끝 구린 생각도 있을 수가 없었지. 그런데 어느 날……."

롤랑드는 잠시 숨을 골랐다. 그리고 제롬에게 좀 더 다가가 얘기를 이어갔다.

"어느 날 말이야, 우리는 잔디밭에 서로 가까이 앉아 책을 읽고 있었지. 오후 5시쯤, 너는 자리를 떠나면서 내 손을 붙잡고 작별인사를 하려 했어. 그런데 네가 이 손을 한 2~3초 정도 지나치게 오래 붙들고 있는 거야. 그건 우정의 표시도 아니었고, 죽은 엘리자베트를 애도하는 표현은 더더욱 아니었지. 아무렴! 분명 다른 뭔가가 있는 동작이었어. 외면되어온 어떤 감정을 표현하려고 안달이 난 사내의 성급한 태도라고나 할까. 그건 거의 심중을 고백하거나 호소하려는 뜻이 담긴 동작이었다고 해도 과언이 아니었지. 세상에, 그런 경솔한 행동을 하다니, 제롬! 적어도 그런 표현을 보이려면, 1년 아니 한 2년은 참고 기다렸어야지! 그런데 기껏 한 달이나 지났을 때라니! 그날 이후로 내 생각은 단단히 뿌리를 박게 되었지. 만약 내 주변, 나와 가까운 사람 중에 범인이 숨어 있다면, 그건 엘리자베트와 약혼한 사이였으면서 그녀가 죽은 지 한 달여 만에 동생인 나에게 노골적인 관심을 보이는 작자일 수밖에 없다는 생각 말이야. 물론 아직은 모든 게 수수께끼였지. 하지만 그것을 푸는 암호가 너한테 있다는 것, 네 영혼의 은밀한 구석, 네가 알고 있는 것, 네가 원하는 것 속에 존재한다는 사실만은 분명해진 거야. 더 이상은 나도 생각에 골몰할 필요가 없어진 셈이지. 그 대신 너만을 빈틈없이 조사하면 되었어. 엘리자베트와 우리 두 사람 모두에 관련된 사건들을 면밀히 검토한 거지. 물론 네가 진범임을 기정사실화하고 나서 말이야. 따지고 보면 솔직히 나도 보통 이상이었어. 너를 안심시키고 덫으로 유인하기 위해 네가 가장하는 애정공세를 고스란히 받아들이는 척했으니까. 그 바람에 너는 내가 마치 진짜로 그런 감정을 느끼는 줄 믿게 되었고, 그러다 보니 똑똑한 머리는 어디다 두고 그만 나를 진정으로 좋아하게 되었지."

여자의 음성은 더더욱 가라앉았다.

"그래! 너도 봐서 알겠지만, 그때까지만 해도 내 인생은 온통 슬픔에 휩싸여 있었어. 하지만 차곡차곡 나를 채우는 확신으로 인해 나날이 단단해져갔지. 그리고 어느덧 엘리자베트의 복수에 자신이 붙은 거야. 나는 누가 내 비밀을 들춰낼까 봐 몹시 두려웠었지. 그것이 마치 보물이나 되듯 가슴 안에 품고 있을 정도였으니까. 심지어 감옥에서 막 출소한 펠리시앵조차 처음엔 보려고 하지도 않았어. 오히려 그를 배신하고, 엘리자베트를 배신한 것처럼 믿게 했지. 내가 한밤중에 기겁을 하며 그를 보러 달려갔던 건, 그가 자살을 하려 했다는 사실을 알게 된 다음이었어. 그때 모든 걸 그에게 털어놨지. 그런 다음 이번에는 포스틴이 내게 와서 속 얘기를 털어놓는 와중에 자기 애인의 죽음으로 인한 원한과 복수계획이 튀어나오더군. 나는 주저하지 않고, 그녀의 애인을 죽인 진범과 관련한 내 의혹들을 낱낱이 공개했어. 흥, 의혹이라고? 아니야, 차라리 확신이라고 해야겠지. 내 얘기를 죄다 듣더니 포스틴 역시 상황을 같은 식으로 판단하는 거야. 무엇보다 우리 모두를 아연실색하게 할 만큼 명명백백한 증거가 있잖아! 즉, 너는 희생자의 집에 버젓이 살고 있으며, 여자를 죽음으로 내몬 무너진 계단을 태연하게 바라보며 정원을 산책하는가 하면, 불과 몇 주 전에 언니에게 했던 똑같은 밀어를 이제는 그 동생의 귓가에 속삭여주고 있었으니. 아, 이 엉터리 배우야! 대체 어떻게 그럴 수가 있어?"

롤랑드는 다시 한번 폭발할 것 같은 분노를 간신히 억누르면서 계속 몰아붙였다.

"근데 너는 그토록 치밀하게 게임을 벌이면서도 정작 우리 세 사람이 의기투합했다는 사실은 전혀 눈치 못 채더구나. 하긴 우리가 보통 조심을 한 게 아니었지. 너는 애초부터 펠리시앵이 나한테 열을 올리고 있다 넘겨짚고는 잔뜩 긴장을 하고 있었어. 그래서 우리는 포스틴과 펠리시앵이 노골적으로 붙어 다니게끔 작전을 짰지. 그러자 네놈의 그 알량한 질투심도 잦아들더군. 그러면서도 너는 펠리시앵을 향한 별의별 사악한 짓거리를 계속했어. 익명의 편지질을 해댄 것도 다 네놈 소행이라는 것 누가 모를 줄 알아? 물론 시몽 로리앙을 칼로 찔렀던 바로 그 장소 근처에다 펠리시앵이 가지고 다니는 것과 유사한 손수건에 피를 묻혀서 던져놓은 것도 네놈 짓이지. 하여튼 그 같은 모든 짓이야말로 오히려 내가 필요로 하던 확실한 증거가 되어준 셈 아니겠어? 그러더니 결국에는 사건이 일어나더군. 운이 내 손을 들어주기 시작한 거야. 하루는 조르주 뒤그리발이 나를 보러 찾아왔는데, 때마침 다행스럽게도 네가 클레마티트에 없었던 거지!"

순간 제롬은 몸서리를 쳤다. 당혹한 속내를 굳이 숨기려는 눈치조차 없었다. 얼굴은 쇄도해오는 불안감으로 잔뜩 일그러졌다.

여자는 단호한 말투로 뇌까렸다.

"그래, 그분이 나를 보러 왔어. 난 옛날에 아버지와 그가 대판 싸움을 벌인 일을 알고 있었기에 처음엔 만나려고도 하지 않았어. 하지만 그는 중대한 이유가 있다면서 자꾸 고집을 부렸지. 결국 나는 그를 바로 이 방으로 들였고, 그는 자기가 우리 어머니한테 얼마나 깊은 우정과 존경, 그리고 애정을 품었는지 고스란히 내게 이야기를 해주었어. 그러더니 불쑥 자신이 찾아온 진짜 이유를 내미는 거야. '롤랑드, 최근에 내가 몸져누워 있는 동안, 누군가 내 방으로 잠입해 거울장을 억지로 열었소. 거기 내 재산 일부를 당신에게 유증하기로 한 유언장이 개봉되어 있는 겁니다. 게다가 귀걸이, 반지, 보석 등 가문 대대로 내려온 귀중품들이 담긴 가죽 보석함 속에서 유독 두 개가 한 쌍을 이루는 반지 하나가 없어졌지 뭡니까! 그러고 나서 며칠 지나지 않아, 자주 소식 왕래하는 친구들이 좀 있는 이곳 베지네로부터 당신이 결혼하게 됐다는 편지를 받은 거예요. 그런데 남편 될 제롬 엘마라는 사내에 관해서는 아주 안 좋은 정보를 함께 전하더군요.' 그 당시 내가 그 양반과 어떤 대화를 나누었는지 지금 이 자리에서 굳이 재론할 필요가 있을까, 제롬? 나는 그에게 청했지. 유산을 상속할 이유가 내게는 전혀 없으므로 문제의 유언장은 찢어버리시고, 그 대신 보석들에 관한 제안만 받아들이면 안 되겠느냐고 말이야. 그렇게 해서 펠리시앵이 그를 만나러 캉에 가기로 약속을 정한 거야. 단, 그때 혹시 병이 더 위중해질 것에 대비해, 조르주 뒤그리발은 아예 방해받지 않고 펠리시앵이 집 안으로 들어와 가죽 보석함이 든 금고를 열 수 있도록 필요한 열쇠 일체를 내 손에 쥐여주었지. 일이 그렇게 된 거야. 물론 보석함은 지금 여기 이 서랍 안에 고이 모셔져 있어. 그 안에는 도둑맞은 반지와 똑같이 생긴 또 다른 반지가 얌전하게 들어 있고. 바야흐로 마음껏 행동을 개시할 재량권이 나한테 넘어왔다고나 할까. 이제 네가 네 어미로부터 물려받은 거라 주장하면서 결혼식 날 내게 건네줄 반지가 보석함 속에 남아 있는 반지와 같다는 점만 확인되면, 너는 결혼 선물용으로 반지를 도둑질한 장본인이 되는 거고, 궁극적으로는 엘리자베트와 시몽 로리앙을 살해한 범인으로 판명될 수밖에 없다는 얘기지. 단, 그 같은 증거를 확보하기 위해서는 어쩔 수 없이 너와 결혼식을 올려야만 했어. 물론 펠리시앵은 결사반대였지. 강제로라도 막겠다는 거야. 내가 네놈의 성을 달게 된다는 생각에 잠시 이성을 잃었는지 그는 어느 날 나를 납치까지 했어. 하지만 쓸데없는 훼방일 뿐이었지. 어차피 이루어질 일은 이루어지는 법이니까. 과연 오늘 아침, 너는 반지를 내밀더군. 너에 대한 증오심과 역겨운 확신에 이미 단련된 몸인데도 정말이지 속이 뒤집히더라고! 황금으로 된 거미발과 그 속에 박힌 다이아몬드 모두 한 치의 오차 없이 동일한 반지들이라는 사실, 즉 네놈이 범인이라는 너무나도 확고부동한 증거를 내 이 두 눈으로 확인하면서 내가 얼마나 피가 거꾸로 솟았는지 네가 이해할 수 있겠어? 너처럼 파렴치한 놈이 그걸 이해해?"

롤랑드의 목소리는 점점 날카로워졌다. 눈앞의 남자에 대한 경멸과 증오로 온몸이 후들거리면서 그녀는 온 기력을 다하여 위협과 모욕을 가하고 있었다.

남자는 고개를 바짝 치켜들며 중얼거렸다.

"그래서?"

"뭐가 어째?"

"그래서 원하는 게 뭐야? 나를 비난하는 거야 알겠는데, 정식으로 고발할 거냐고?"

"그렇다! 이미 편지를 써놓았어."

"부쳤나?"

"아니."

"언제 부칠 거지?"

"오후에 부칠 거다."

"오후라고?"

남자는 씁쓸한 어투로 이죽거렸다.

"그렇군, 내게 외국으로 내뺄 시간은 주겠다는 뜻이야."

그러나 잠시 후, 또 이렇게 발끈하는 것이었다.

"대체 고발은 왜 하려는 거지? 나를 당신 인생에서 개처럼 내쫓는 것만으로도 충분히 앙갚음했다고는 생각지 않나? 나를 절망의 구렁텅이에 빠뜨릴 심산이라면, 지금처럼 내가 당신을 사랑하게끔 유도한 걸로도 충분하지 않은가?"

"지금 펠리시앵이 의심받고 쫓기는 것 안 보여? 진범이 정식으로 고발되지 않고서, 결백한 그를 어떻게 구할 수가 있겠어? 게다가 나는 일종의 보장이 필요해. 네놈이 다시는 내 눈앞에 나타나지 않을 거라는 확신이 필요하다고. 모든 것이 완전히 마무리되었다는 확신! 그러니 편지는 사법당국에 제출되어야만 하지."

그렇게 내지르다 말고 여자는 잠깐 주저하더니 말을 이었다.

"그래, 편지는 전달되어야만 해. 다만……."

"다만, 뭐지?"

제롬이 다그쳐 묻자, 롤랑드는 또박또박 말했다.

"내 말대로 하면 봐줄 수도 있어. 자, 여기 탁자 위에 필기도구가 갖춰져 있어. 이리 와 앉아서 엘리자베트와 시몽 로리앙, 그리고 너 때문에 누명 쓴 펠리시앵 샤를에 대해 너 자신이 유일한 진범이라는 사실을 글로 남기는 거야. 마지막에 네 서명을 넣고."

남자는 오랫동안 생각에 잠겼다. 그의 얼굴에는 극도의 고통과 낭패감만이 가득했다. 마침내 그가 중얼거렸다.

"버텨서 뭐하겠어! 이젠 나도 지쳤어! 당신 말이 맞아요, 롤랑드. 내가 어떻게 그런 연극을 꾸며댈 수 있었느냐고? 어차피 엘리자베트는 나 때문에 죽은 게 아니고, 시몽 로리앙을 칼로 찌른 것도 정당방위에 불과했다고 나 스스로 거의 믿고 있었기에 가능했지. 정말이지 비겁한 생각이었어. 하지만 내가 당신을 사랑하면 할수록 내가 저지른 행위들이 끔찍하게 여겨졌다는 것만은 알아줘. 당신은 아마 이해 못했을 거야. 나는 그래도 조금씩 변화해가고 있었어. 그리고 결국에는 당신이 나를 나 자신으로부터 구해주었겠지……. 쳇, 다 관두자. 모두 지나간 일이니까."

그는 탁자 앞에 앉아 펜을 쥐고는 쓰기 시작했다.

롤랑드는 그 내용을 어깨너머로 읽었다.

마지막으로 남자는 서명을 했다.

"원하는 대로 된 거지?"

"그렇다."

남자는 자리에서 일어났다. 바야흐로 롤랑드가 원한 대로 모든 게 끝나는 순간이었다. 남자는 롤랑드와 펠리시앵을 번갈아 바라보았다. 무얼 기다리는 걸까? 작별의 인사? 용서의 말 한마디?

하지만 롤랑드와 펠리시앵은 꼼짝도 하지 않았고, 입 한 번 열지 않았다.

남자는 갑작스레 울화통이 치밀었고 심술궂은 악의가 몸을 들썩였다. 하지만 간신히 스스로를 달래면서 결국 밖으로 나갔다.

그가 자기 방, 즉 신혼방으로 건너가는 소리가 두 사람의 귓가에 들려왔다. 아마 몇 가지 소지품이라도 챙기려는 뜻일 터였다. 몇 분 후, 계단 내려가는 발소리가 들리는가 싶더니 현관문이 조용히 열렸다가 이내 닫혔다. 그는 그렇게 멀어져 갔다.

두 젊은 남녀만 방 안에 남게 되자, 둘은 손을 맞잡은 채 눈시울을 붉혔다.

펠리시앵은 세상 더없이 소중한 반려자에게 하듯 롤랑드의 이마에 입을 맞추었다.

여자는 살포시 웃으며 말했다.

"우리의 첫날밤이죠, 펠리시앵? 하지만 당신은 당신 숙소에서, 나는 이 집에서 신혼의 밤을 보내야겠네요."

"그러려면 두 가지 조건이 충족되어야 하오, 롤랑드. 우선 놈이 다시 돌아오지 않는다는 확신이 설 때까지 내가 당신 곁에 한두 시간은 머물러 있어야겠고……."

"다른 조건은요?"

"결혼한 반려자라면 적어도 한 번쯤은 이마가 아닌 다른 곳에 입을 맞춰보는 게 당연한 권리라 생각되는데."

여자는 금세 홍당무가 되었고, 자기 방 쪽을 힐끔 바라본 뒤 잔뜩 당황해하며 말했다.

"좋아요. 하지만 여기선 싫어요. 아래로 내려가서요! (이 대목에선 제법 명랑한 어조로 말했다.) 내가 피아노 연주로 처음 당신에게 마음을 전했던 응접실로 내려가서 해요."

여자는 보석함 안에 제롬의 서명이 담긴 종이를 넣고 나서 펠리시앵과 함께 아래층으로 향했다.

그와 거의 동시에 라울 다베르니가 방으로 들어와 보석함에 있던 종이를 빼내 호주머니 속에 집어넣었다.

그는 다시 발코니로 나가 건물 측면 벽의 돌출 부위에 이르렀고, 마침내 채소밭의 출입로를 빠져나갔다.

펠리시앵이 별채로 돌아온 건 새벽 3시가 다 되어서였다. 안락의자에 몸을 파묻고 꾸벅꾸벅 졸면서 그를 기다리던 라울은 얼른 손을 내밀어 악수를 청했다.

"나를 용서하시오, 펠리시앵."

"뭘요?"

"아까 당신을 덮쳐서 꽁꽁 묶어둔 것 말이오. 무슨 어리석은 짓이라도 벌일까 봐 미리 손을 쓴다는 게 그렇게 된 거요."

"어리석은 짓이라뇨?"

"그게, 그놈의 신혼 밤 때문에 당신이……."

펠리시앵은 얘기를 듣다 말고 웃음을 터뜨렸다.

"하하하! 그렇지 않아도 당신일 거라는 생각은 했었습니다! 뭐 우리 사이에 까짓 상관없어요! 그러고 보니 나 역시 용서를 구해야 할 것 같군요."

"무슨 용서를?"

"결박을 풀고 빠져나간 거요."

"혼자서 해냈소?"

"아뇨."

"누가 도왔는데?"

"포스틴요."

라울이 잇새로 웅얼거렸다.

"내 그럴 줄 알았지. 그러니까 포스틴도 밤에 이 근처를 배회하고 있었던 거로군. 그러다 들키지나 말았으면."

그러고는 이렇게 마무리했다.

"아무튼 그야 두고 볼 일이고. 이보시오, 펠리시앵. 동이 트는 대로 당신이 롤랑드 가브렐에게 전화를 한 통 넣어줬으면 하는데…… 그녀더러 제롬의 서명이 담긴 종이를 찾다 없어도 당황하지 말라고 전해주면 고맙겠소. 실은 아침 9시 반에 수사판사가 이리 오기로 되어 있는데, 내 생각에는 당신과 롤랑드 두 사람을 또다시 시달리게 하지 않으려면 아예 보석함 속의 종이를 빼두는 게 나을 것 같아서……."

펠리시앵은 황당해하며 외쳤다.

"아니, 어떻게! 당신이 어떻게 그걸……."

라울은 방을 나가며 던지듯 말했다.

"좌우간 그녀한테 걱정할 것 없다고 해주시오. 그리고 내가 곧 보러 갈 거라는 얘기도 전해주면 고맙겠소. 물론 당신도 거기서 보는 겁니다, 펠리시앵!"

8
프리네상

루슬랭 씨는 정확하게 약속 시간을 지켰다. 오전 9시 반 라울이 막 아침식사를 마칠 무렵, 그는 수사판사가 아니라 자기 말로는 그저 크루아시 지역의 한가로운 잉어들이나 집적대러 온 낚시꾼으로서 모습을 나타냈다. 밀짚으로 만든 종 모양의 낡은 모자와 노란색 작업복 바지, 그리고 즈크(천막용 직물—옮긴이) 신발을 신은 편한 차림새였다.

라울은 그를 보자마자 소리쳤다.

"멋지십니다, 수사판사님! 오늘 하루는 아주 근사한 날이 되겠는걸요! 우리의 지긋지긋한 사건을 조금은 잊을 수 있는 기회인 모양입니다."

"당신 생각은 그렇소?"

"그럼요! 틀림없이 그럴 거예요."

"이 사건의 결말을 보여주려고 나를 부른 걸로 아는데요? 간밤에 벌어진 일 말입니다."

"일이 있긴 했죠."

"하지만 당신한테 행동의 자유를 한껏 부여해줄 만큼 내가 기대를 품고 있던 그 '상품'은 왠지 얼른 눈에 안 들어옵니다만?"

"아, 그건 내일 인도하면 안 될까요?"

"내일은 너무 늦소."

라울은 상대를 찬찬히 뜯어보더니 불쑥 물었다.

"무슨 새로운 소식이 있죠, 수사판사님?"

그제야 루슬랭 씨는 너털웃음을 지었다.

"허허, 그렇소, 므슈 다베르니. 새로운 소식이 있어요. 그래서 말인데, 우리 약속과는 반대로 놀라운 소식을 전할 사람은 당신이 아니라 나인 것 같습니다."

루슬랭 씨는 잠시 뜸을 들인 뒤 얘기를 풀어냈다.

"지금으로부터 한 시간 반 전에 샤투 경찰서장으로부터 파리 경시청으로 전화가 걸려왔는데, 제롬 엘마의 가정부가 베지네의 자택 현관에 죽어 나자빠져 있는 주인의 시체를 발견했다는 겁니다. 스스로 자기 심장에 권총을 발사해 자살을 했다더군요. 방금 들어왔는지 대문도 열린 채였답니다. 현재 구소 형사가 현장으로 급파된 상황이죠. 나는 기차에서 내리면서 소식을 접했고요."

라울은 전혀 흔들림 없이 내뱉었다.

"그야말로 논리적인 결말이로군요, 수사판사님. 죄인이 스스로를 판결해버린 겁니다."

"유감인 것은 일단 초동수사를 한 결과, 제롬 엘마가 자신이 진범임을 고백하는 유서 한 장 남기지 않아 보인다는 점입니다. 자살만으로는 자백을 했다고 보기 어렵죠. 또 한 가지 의아한 것은, 갓 결혼한 제롬 엘마가 굳이 신혼집을 놔두고 옛집을 찾아 들어가 목숨을 끊었다는 사실입니다."

"그건 그 자신이 롤랑드 가브렐과 펠리시앵 샤를, 그리고 바로 이 사람 앞에서 자백을 한 데 따른 자연스러운 행동일 뿐입니다."

"그저 구두로 한 자백이겠죠?"

"글로 남긴 자백입니다."

"지금 가지고 있습니까?"

"바로 이겁니다."

라울은 제롬 엘마의 서명이 적힌 종이를 내밀었다.

루슬랭 씨는 만면에 만족감을 한껏 드러내며 외쳤다.

"이제 문제가 거의 해결된 듯한 느낌이군요. 다만 아주 완전히 정리되어 일말의 의문도 남기지 않으려면, 당신이 내게 몇 가지 점을 좀 해명해주셔야 할 것 같습니다, 므슈 다베르니. 어떻게 보면 이것도 일종의 자백이 될 수도 있긴 합니다만."

라울은 호쾌하게 대답했다.

"기꺼이 그리하겠습니다! 근데 내가 누구를 상대로 자백을 해야 하는지요? 사법당국을 대표하는 수사판사 루슬랭 선생입니까, 아니면 내가 알기로 관대한 이성과 세련된 심성, 그리고 넘치는 인간미를 두루 갖춘 선량한 낚시꾼 므슈 루슬랭입니까? 전자라면 나도 어쩔 수 없이 입단속을 하지 않을 수가 없고, 후자라면 그야말로 모처럼 허심탄회하게 털어놓을 수가 있겠죠. 아울러 우리 둘이서 앞으로 대중 앞에 공개할 부분과 어둠 속에 남겨두어야 할 부분을 결정하는 문제를 놓고, 완전한 합의를 통한 의기투합이 가능할 테고 말입니다."

"한 가지 예를 들어봐주시겠습니까, 므슈 다베르니?"

"이를테면 이런 것 말입니다. 펠리시앵 샤를과 롤랑드 가브렐은 서로 사랑하는 사이다. 두 달 전, 사건이 일어났을 때도 펠리시앵이 보트를 탔던 건 상심하고 있는 롤랑드를 만나러 가기 위해서였다. 그가 자신에게 쏠리는 의혹의 시선을 적극 방어하지 않은 것도 바로 여자의 명예를 보호하기 위해서였다…… 뭐 이런 사안 정도는 어둠 속에 놔두어야 할 비밀로 쳐야 하지 않을까요?"

워낙 예민한 심성을 갖춘 루슬랭 씨는 벌써부터 눈가 한 귀퉁이에 촉촉한 물기가 배면서 이렇게 외쳤다.

"지금 여기 와 있는 사람은 낚시꾼 루슬랭이오, 므슈 다베르니! 아무 기탄없이 얘기를 해주세요! 더군다나 경시청에서도 한시적 협조자인 당신 역할에 관해 나한테 분명히 언질을 준 바 있고, 그간 얼마나 많은 공헌을 해오셨는지도 잘 알고 있는 만큼, 더더욱 자유스럽게 말씀을 해주시는 게 당연하고말고요! 분명히 말하지만, 당신은 일부 과거 전력에도 불구하고 경찰 내에서도……."

"약간은 골치 아픈 전력 말이죠?"

"바로 그렇습니다. 사실 지나치게 엄격하기만 한 법률 일부에 대한 당신의 어긋난 행태에도 불구하고, 당신은 경찰 내에서도 '바람직한 인물'로 평가받고 있습니다! 그러니 어서 말씀이나 해보십시오, 므슈 다베르니!"

루슬랭 씨는 호기심으로 가슴이 두근두근하는 모양이었다. 게다가 라울 다베르니가 그럴듯한 암시들로 호기심을 더더욱 살찌우는 바람에, 루슬랭 씨는 애초의 낚시꾼 역할조차 망각한 채 클레르 로지에 눌러앉아 융숭한 점심을 대접받았고, 오후 3시에 이르기까지 아르센 뤼팽의 일부 속내도 슬금슬금 섞어가며 늘어놓는 라울 다베르니의 흥미진진한 이야기에 두 귀를 완전히 맡겨버렸다.

마침내 자리를 파할 시각이 다가오자, 루슬랭 씨는 감격에 떠는 목소리로 말했다.

"므슈 다베르니, 당신 덕분에 나는 오늘 내 생애 가장 열정적인 하루를 보낸 듯하오. 지금 나는 이 사건을 모든 각도에서 바라볼 수 있게 되었고, 전적으로 당신과 동감하는 바예요! 이는 분명 신중하고 분별력 있게 따져서 공개해야 할 사안입니다. 비록 살인이 있었고, 그걸 부추긴 물질적 동기가 있긴 했지만, 뭐랄까 이는 진정 아름다운 사랑 이야기라고 할 만한 사건입니다. 그러면서도 무엇보다 증오심과 복수심이 한바탕 난리를 부린 치열한 모험담이기도 하고요. 맙소사, 우리의 아리따운 롤랑드가 어떻게 자신의 과업을 그토록 끝까지 밀고 나갈 수 있었는지! 정말 대단한 정신력 아닙니까? 성질은 또 보통 혹독한 겁니까?"

"달리 내게 묻고 싶은 점들은 없는지요, 수사판사님?"

"있습니다. 두 가지 점에서 약간의 보충 정보를 좀…… 아니, 세 가지 점이라 해야겠군요. 그저 단순한 궁금증 때문입니다만."

"말씀해보시죠."

"첫째, 앞으로 펠리시앵에 대해서는 어떤 계획을 갖고 계신지요? 무엇보다 그가 진짜 당신 아들이라고 생각하십니까?"

"그건 나도 모르겠습니다. 아마 앞으로도 그럴 거예요. 다만 설사 그가 내 아들이라 해도, 그에 대한 내 행동에 별다른 변화는 없을 것입니다. 그 친구에게 사실을 말해준다거나 하는 일은 없을 거예요. 차라리 사생아로 자신을 생각하고 사는 게 낫습니다. 자칫 누구의…… 당신도 잘 아는 그 누군가의 아들이라는 걸 깨닫기보다는 말이죠. 동의하시죠?"

루슬랭 씨는 가슴이 뭉클해짐을 느끼며 대답했다.

"물론입니다! 그다음으로 둘째, 포스틴은 어떻게 된 거죠?"

"그게 바로 수수께끼입니다. 내가 찾아내야죠."

"꼭 다시 만나볼 생각이 있습니까?"

"그렇습니다."

"이유는요?"

"워낙에 예쁜 아가씨이니까요. 아울러 그녀가 모델이 된 프리네상이 도무지 내 뇌리에서 떠나지를 않아요."

루슬랭 씨는 감정과 욕망에 관한 한 자기도 결코 문외한은 아니라는 듯, 깍듯하게 고개를 한 번 숙인 뒤 다음 얘기로 넘어갔다.

"셋째, 그 어지럽게 뒤얽힌 사건들 속에서 묵직한 은행권 다발이 담긴 회색빛 헝겊 자루 따위는 결코 문제 될 게 없다는 것이 므슈 다베르니, 당신의 의견이라는 거죠? 그러니까 그 막대한 재산은 영영 사라진 게 아니라 이겁니까?"

"내 생각에는 그렇습니다. 누군가 그 혜택을 본 사람이 있어요."

"그게 누구죠?"

"맙소사, 그건 말씀드릴 수가 없겠는데요. 다만 그 누군가가 다른 사람보다 똑똑한 덕분에, 시몽 로리앙과 그를 쓰러뜨린 자가 한바탕 몸싸움을 벌인 바로 그 장소 주변을 면밀히 살폈을 거라는 점입니다. 두 사내가 모두 부상을 당해 경황이 없자, 돈 자루는 풀밭의 어느 움푹한 구렁으로 굴러떨어졌겠죠."

루슬랭 씨는 라울의 말을 반복하며 중얼거렸다.

"다른 사람보다 똑똑한 누군가라…… 아무리 생각해도 얼른 떠오르는 사람이 없는데……."

"오, 있지요! 있고말고요."

다베르니 씨는 탁자 위에서 담배 한 개비를 빼내 들어 불을 붙인 뒤, 생각에 잠긴 눈빛을 허공으로 향하며 중얼거렸다.

실제로 루슬랭 씨는 별다른 생각 없이 중얼댄 말이었으나, 라울의 태도를 보자 퍼뜩 감이 오는 바가 있었다. 지금 자기와 얘기를 나누고 있는 저 남자야말로, 필립 가브렐에게 더는 쓸모가 없어진 보물을 차라리

자기가 슬쩍 챙기는 편이 낫겠다는 판단쯤 아무렇지도 않게 할 그 똑똑한 사람이라는 데에 의심의 여지가 없었던 것이다. 어차피 아무도 눈여겨보지 않을 구렁 속에 처박힌 물건이 아니던가.

라울을 휘둥그레 바라보는 루슬랭 씨의 태도는 마치 이렇게 말하는 듯했다.

'정말 보통 인물이 아니지 않은가! 더없이 우아한 기품을 갖추고 있으면서도 도둑의 본성은 전혀 꿈쩍도 않다니! 타인의 행복과 안위를 위해 자기 목숨을 초개처럼 던지면서도, 그 타인의 지갑을 털 기회 또한 결코 마다하지 않는 인물이라니! 과연 저자와 헤어지면서 악수를 청해도 되는 건지, 나 참!'

라울은 상대의 난감한 심정을 긁어주기라도 하듯 활짝 웃으며 말했다.

"내 생각에는 말입니다, 수사판사님, 그런 인물이 한 건 한 정도는 너그러이 눈감아주는 게 도리라고 봅니다. 아마도 보통 사람들 호주머니나 털자는 사람이 아니라, 필립 가브렐처럼 지독한 탈세자에 대해서나 인정사정 봐주지 않을, 지극히 정정당당한 신사일 테니까 말입니다."

그리고 여전히 호탕한 태도로 덧붙였다.

"수사판사님, 어쨌든 간에 나는 이번 일이 나의 마지막 모험담이 되리라 생각하고 있어요. 그래요, 나도 이제는 좀 맑은 공기를 호흡하고 싶고, 좀 더 점잖은 일에 관여하고 싶답니다. 게다가 지금까지 남의 일에만 너무 열심히 살아왔기에 이제는 좀 나 자신을 돌보고 싶은 생각입니다. 아 그렇다고 무슨 수도원 같은 곳으로 은둔이나 하자는 건 아니고요. 뭐 어쨌든 그렇다는 거죠. 그리고 당신도 이해하시겠지만, 그저 소박한 바람이 있다면…… 내가 사람들 눈에 더 이상 보이지 않게 될 때 나에 대해 이런 말들이나 해주었으면 하는 겁니다. '아무튼 괜찮은 사람이었어. 물론 나쁜 놈이지만, 그래도 괜찮은 사람이었다고.'"

루슬랭 씨는 헤어지면서 뜨거운 악수를 청해왔다.

"작별인사나 하려고 왔습니다, 마드무아젤 롤랑드. 그리고 당신, 펠리시앵한테도요. 그래요, 난 떠납니다! 아마 세계일주를 하든지 뭐 그럴 겁니다. 사방에 친구들이 많은 편인데, 다들 날 보고 싶어 하네요. 그리고 롤랑드, 당신한테는 내가 몇 가지 사죄를 할 일도 있고, 또 일체 나에 대한 비난을 삼간 데 대한 감사의 말도 좀 해야겠습니다. 그래요, 그래. 솔직히 인정합니다. 내가 조금 잘못된 점이 있었죠. 그중에서도 수사판사한테 내밀기 위해 보석함 속의 그 종이를 훔친 건 정말 점잖지 못한 짓이었습니다. 그나마 그 일만 문제라면 또 얼마나 좋겠습니까? 한데 그게 아니거든요, 롤랑드. 당신의 신혼 밤 일에 대해서도 속속들이 파악하고 있답니다. 그게 어떻게 가능했냐고요? 실은 발코니에서도 제일 좋은 위치에 터를 잡고, 모든 걸 다 보고 들었거든요. 그뿐만 아니라, 캉의 조르주 뒤그리발 서재에도 직접 찾아가서 펠리시앵이 금고를 터는 모습을 죄다 지켜보았답니다. 그것들 말고도 음으로 양으로 못할 짓들이 있었지요. 다만 당신도 인정해야 할 사실은, 그 모든 게 다름 아닌 당신의 잘못에도 빚진 바 크다는 점입니다. 기억하겠지만 롤랑드, 당신은 애당초 내게 조언을 구한 적이 있었고, 그때 나는 우리가 손을 맞잡고 함께 헤쳐나갈 수 있으리라 믿었습니다. 그런데 당신은 느닷없이 침묵으로 일관하는 거예요. 그거야말로 모든 걸 바쳐 돕겠다는 친구에게 갑자기 등을 돌린 꼴이란 말입니다. '잘 가세요, 라울. 이제 각자 알아서 합시다!'라고 한 것과 마찬가지죠. 그리고 펠리시앵, 당신한테도 누차 나를 믿으라고 타일렀지요! 하지만 그러지를 않았어요. 당신도 연못을 살그머니 건너갔으면서, 내게 솔직하게 '사랑하는 여인에게 달려갔다 왔습니다!'라고 털어놓는 대신, 자신 속으로만 처박혀 지내지 않았습니까? 그래서 일이 어떻게 되었죠? 결국 두 개의 진영처럼 나뉘어, 각자 별로 신통치 않은 일들만 벌여왔지요. 그래요, 우리는 서로 버벅대기 일쑤였죠. 나만 해도 때로는 므슈 루슬랭과 보조를 맞춰 일을 하다가, 때로는 그에 반해서 일을 벌이기도 하고, 급기야는 펠리시앵이 결백하다는 점을 믿고서 결국 롤랑드와 제롬을 이 사건의 두 공범으로 간주하기도 했단 말입니다. 더 말해 무엇하겠습니까! 롤랑드, 당신의 모든 행위가 철저히 증오심에 기초한 것임을 그 당시 내가 어찌 알 수 있었겠어요? 자고로 증오란 길거리에 발로 차일 만큼 흔한 감정이 아닙니다. 당신이 경험한 그 정도의 증오심이란 거의 비정상적인 감정이라 할 수 있어요. 그런 것에 휩싸이다 보면 결국 어쩔 수 없이 어리석고 무모한 짓으로까지 나아가게 되는 겁니다. 솔직히 당신이 덤빈 행동도 얼마나 무모한 짓이었습니까, 롤랑드 아가씨! 이봐요, 롤랑드. ―라울은 이 대목에서 여자 곁에 가만히 앉아 부드럽게 손을 잡고 말했다―굳이 결혼식까지 올린 것은 정말 짓궂은 행동이라 생각지 않나요? 왜냐하면 그 때문에 당신은 졸지에 유부녀가 됐고, 제롬 엘마와 같은 성을 갖게 되어 결국 마담 엘마가 되었으니 말입니다! 그러니 이제 당신의 진정한 결혼 첫날밤을 복구하기 위해서는 여러 달에 걸친 어이없는 수고와 공연한 골치를 썩여야 할 판입니다. 하지만 만약 당신이 나를 진짜 친구로 대했더라면, 결코, 결단코 내가 그런 바보짓을 하도록 당신을 내버려두지 않았을 것입니다. 사실 당신이 그 지경까지 가지 않아도 똑같은 목표에 도달할 수 있는 다른 방법이 열 가지도 넘어요. 예컨대 당신 연인에게 충분히 이렇게 얘기할 수도 있었을 겁니다. '사랑하는 펠리시앵, 언젠가 내 방 창문 아래까지 남몰래 배를 저어와 발코니까지 기어올라왔던 바로 그 실력으로, 이번에는 제롬 씨의 집으로 잠입해 그가 훔쳐간 반지를 빼내와주었으면 해요. 그러면 두 개의 반지를 서로 비교해볼 수 있지 않겠어요?' 그렇게만 해도 일을 깔끔하게 처리할 수 있었을 겁니다. 게다가 롤랑드, 당신의 욕심은 제롬을 경찰에 넘겨 기요틴에 목이 달아나도록 만드는 게 아니라 단지 그의 기도를 좌절시키고, 이 집에서 쫓아보내는 것에 불과했습니다. 자자, 우리 솔직해집시다, 롤랑드. 이만하면 애당초 모든 걸 이 라울 다베르니에게 맡기는 게 나았다고 인정해야 하는 것 아닙니까?"

여자는 뭔가 대답을 하려 했지만, 이미 얼굴에 감도는 미소만으로도 어떤 대답일지 짐작이 갔다. 라울은 얼른 말을 막고, 얘기를 이어갔다.

"됐습니다. 사실 그런 말이나 듣자고 온 건 아니고요. 뭐 간단한 연설도 할 겸, 당신한테 궁극적인 해결책을 가져다주고, 축하의 말이나 전할까 해서 온 겁니다. 그래요, 롤랑드. 펠리시앵과 결혼을 하게 된 것, 진심으로 축하합니다. 나도 한때는 이 사람에 대해 잘못 판단해서 온갖 비행이나 저지르고 다니는 젊은이로 아주 믿어버릴 뻔했답니다. 그런데 알고 보니 무엇보다 사랑을 할 줄 아는 남자이더군요. 아주 용기 있는 청년이며 근성도 만만치 않지요. 내가 우정을 외면한 걸 얄밉게 생각하면서도, 끝내 자신의 일을 돌봐준 데 대해 그는 아마도 내가 밉지는 않을 겁니다. 전부 그가 잘되기를 바라는 뜻이었으니까요. 그는 앞으로 당신에게 걸맞은 지극한 행복을 선사해줄 것입니다. 그리고 내가 마련한 결혼 선물 말인데……. 그럼요, 꼭 받아야 합니다. 당신이라면 당연히 받을 만한 데다, 나로서도 큰 기쁨이 될 테니까요. 클레르 로지 공사도 거의 마무리 단계입니다. 그나저나 펠리시앵, 당신한테 또 다른 맡길 일이 있어요. 니스를 굽어보는 산정 위에 내 이름으로 오래된 건물이 하나 있어요. 올리브나무들이 멋진 장관을 이룬 영지도 딸려 있는데, 거기서 당신 마음껏 편히 지내면서 나를 위해 아주 멋진 일을 하나 해주어야겠어요. 물론 당신 구미에도 안성맞춤일 겁니다. 그래서 앞으로 보름 정도 후, 므슈 루슬랭도 만나보고, 사건이 완전히 종결처리가 된 이후에는 두 사람이 함께 니스로 가서 정착하도록 하세요. 두 사람은 여기서 멀리 벗어나 좀 홀가분하게 쉴 필요가 있어요. 포옹을 해도 되겠죠, 롤랑드?"

라울은 상대가 깜짝 놀랄 만큼 지극히 다정하게 여자를 포옹했고, 펠리시앵도 와락 껴안았다. 이어서 그는 젊은이의 두 손을 바싹 그러쥐고는, 몇 초 동안 두 눈을 지그시 들여다보았다.

"펠리시앵, 당신한테는 이것들 말고도 다른 할 얘기가 좀 더 남아 있을 겁니다. 하지만 그건 앞으로 신들이 돕는다면 나중에라도 할 기회가 있을 거요. 분명 그럴 겁니다, 이 몸도 제법 운이 따르는 편이니까……."

라울은 다시 한번 사내를 와락 껴안았고, 깜짝 놀라서 멍하니 있는 두 남녀를 뒤로하고 홀연히 자리를 떴다.

라울은 1년이 넘도록 여행을 다녔다. 여행 중에도 두 남녀와는 긴밀한 서신 교환을 유지했다. 펠리시앵은 자신이 설계한 도면들을 보내왔고, 그에 대해 자주 조언을 구했으며, 그럴수록 점점 신뢰하는 마음을 편하게 드러낼 수 있었다. 하지만 라울은 그 이상의 가까운 관계가 둘 사이에 이루어지지 않을 거라는 생각을 하고 있었다.

'녀석은 틀림없이 클라리스 데티그와 나 사이에 난 아들이야. 하지만 그렇다고 내가 그를 많이 안다고 말할 수 있을까? 과연 내 안에 아비로서의 마음가짐이 존재하긴 하는 걸까?'

그럼에도 불구하고 그는 기뻤다. 일단 칼리오스트로 백작부인의 복수는 이루어진 셈이지만 그 효력은 흐지부지되었으니…… 결국 라울은 가끔가다 빈정대는 투로 이렇게 모든 걸 반추할 정도가 되었다.

"당신은 실패했다오, 조제핀 발자모. 아이는—펠리시앵이 진정 그 아이라면 말이지만—도둑도 살인자도 되지 않았고, 우리 부자는 아주 사이가 좋아요. 임자가 실패한 거야, 조제핀."

그가 예견했던 대로 클레마티트와 오랑주리 사건은 종결처리 되었다. 한편 토마 부키는 정말 운 없게도 감옥에서 나오기 힘들게 되어버렸다. 사실 진범이 밝혀졌으니 그에게도 감옥 문이 활짝 열렸어야 옳았다. 하지만 유감스럽게도 추후조사 과정에서 그의 또 다른 범죄행각이 들통났고, 결국 악성 유행성 독감이 이 모든 세상만사로부터 그를 아예 앗아가지 않았다고 해도 곧바로 도형수로 복역해야 할 처지였던 것이다.

마침내 열다섯 달 정도가 지났을 때, 라울은 다시 프랑스로 귀국해 대규모 화훼농장을 조성해둔 바 있는 코트다쥐르의 기가 막힌 영지로 정착했다.

그러던 어느 날, 몬테카를로의 어느 도박장에서 그는 수많은 찬미자들에 둘러싸인 채 너무도 우아한 자태를 뽐내고 앉아 있는 눈부신 미모의 귀부인을 목격하게 되었다. 용케 그녀의 뒷자리에 공간을 확보한 그가 중얼거렸다.

"포스틴……."

여자는 얼른 고개를 돌려보았다.

"아, 당신이?"

여자는 화사하게 웃고 있었다.

"그렇소, 나요. 그토록 악착같이 당신을 찾아다녔건만……."

두 사람은 즉시 밖으로 나와 근사한 풍광을 배경으로 한동안 거닐었다. 라울은 지난 일들을 이야기하다가, 벤치 위에서 그녀가 펠리시앵을 보듬어 안고 있었던 그날 밤에 대해 넌지시 물어보았다.

"정확하게 얘기하면 내가 보듬어 안았던 게 아니고, 그가 내 어깨에 머리를 기대고 있었던 거죠. 그 남자, 울고 있었거든요."

"그가 울었다고요?"

"네. 무엇보다도 그는 제롬 엘마를 몹시도 미워했습니다. 그 결혼을 끔찍스러워했어요. 너무도 고통스럽게 절망하기에, 어느 날 저녁 내가 가서 따뜻하게 위로해주었던 거죠."

라울은 여자가 미처 알지 못하는 결혼 첫날밤의 자세한 상황을 얘기해주었다. 그러다가 문득 여자를 돌아보며 말했다.

"그나저나 포스틴, 당신 맞죠?"

"나라뇨? 누가요?"

"맞아! 당신은 제롬이 진범이라는 걸 믿어 의심치 않았고, 롤랑드가 그를 쫓아낼 거라는 것도 예상했었어. 결국 자신의 정체가 탄로 날 것이 두려워 도망치기 전에, 먼저 그가 자기 집에 들르리라는 것 또한 당신은 훤히 내다보고 있었던 거야."

"그래서요?"

"당신은 그의 집 문 앞에서 숨은 채 기다리고 있었겠지. 그가 문을 열 때를 기다려 냅다 총을 발사했을 테고, 그렇게 된 거죠? 아무리 생각해도 제롬은 자살을 감행할 사람이 못 되거든."

여자는 대답 대신 손가락을 들어 멀리 희미한 수평선을 가리켰다.

"저 너머가 우리 고향이에요. 코르시카 말이에요. 어떤 날에는 이곳에서도 어렴풋이 보인답니다. 저곳에서는 남한테 해침을 당한 사람이 유일하게 행복을 누릴 수 있는 방법이란 복수를 이루었을 때뿐이지요."

"그래서 당신은 지금 행복하오, 포스틴?"

"아주 행복해요. 과거와 그 깨끗한 결말 때문에 더없이 행복하답니다. 그리고 현재 때문에도 행복해요. 어느 부유한 이탈리아 귀족이 나한테 마음을 바친 데다, 제노바에 장밋빛 대리석 궁전까지 선사한걸요."

"그럼 결혼을 했단 말인가?"

"그럼요."

"그를 사랑하오?"

"그는 일흔다섯 살이에요. 그나저나 라울, 당신은 어때요? 행복한가요?"

"글쎄…… 내 행복에 뭔가 결핍되지만 않았어도 지금쯤 행복했을 거요."

"그게 뭔데요?"

문득 두 사람의 시선이 마주쳤고, 여자의 얼굴이 붉어졌다. 라울이 중얼거렸다.

"나는 하나도 잊지 않고 있소. 비록 이루어지지는 않은 일이지만."

여자도 조용히 화답했다.

"이루어지지 않은 일은 아마 그럴 만한 가치가 없는 일일 거예요."

남자는 여자를 발에서 머리까지 유심히 살펴보다가 다시 중얼거렸다.

"나는 하나도 잊지 않았소."

잠시 후, 여자가 노골적으로 대꾸했다.

"어디 증명해보시죠."

"당신한테 증명하라고?"

"네. 이루어지지 않은 일에 대해 회한을 품고서, 정확히 추억을 간직하고 있다는 증거를 내게 보여달란 말이에요."

"그건 회한의 감정 이상이라오, 포스틴."

"그러니까 증거를 보여달라니까요!"

"그럼 내게 하루만 시간을 내줄 수 있겠소? 내일 이 시각, 당신을 이곳에 다시 데려다주리다."

여자는 라울을 따라 자동차에 올랐다. 둘은 출발한 지 한 시간 만에 니스 전체를 굽어보는 언덕 꼭대기를 향해 달렸고, 마침내 아스프르몽이라는 마을 근처에 도달했다.

큼직한 대문이 스르르 열렸고, 여자는 별장의 두 개 기둥이 받치고 있는 다음과 같은 글자를 천천히 읽었다.

포스틴 별장

무척 감동은 받았지만 여자는 이렇게 중얼거렸다.

"추억의 증거는 될 수 있을지 몰라도, 회한의 감정은 엿보이지 않네요."

남자가 대답했다.

"이건 희망의 증거라오. 언젠가 이 별장 안에서 당신을 다시 만나게 되리라는 희망."

그래도 여자는 고개를 절레절레 흔들며 말했다.

"라울, 당신 같은 사내라면 기둥 두 개 위의 이름보다 더 나은 걸 내게 줄 수 있을 거예요."

"물론 훨씬 더 나은 게 있지. 아마 실망하지 않을 것이오. 하지만 그 전에 한마디만 하고 넘어갑시다, 포스틴. 왜 처음부터 당신은 내게 그리 적대적이었소? 단순히 경계심만 있었던 게 아니라, 원한과 분노까지도 느낄 수 있었다오. 솔직하게 대답해주시오."

여자는 또다시 얼굴이 붉어지더니 이렇게 속삭였다.

"그래요, 라울. 난 그때 당신이 미웠어요."

"왜?"

"왜냐하면, 아무리 해도 충분히 당신이 미워지지가 않아서……."

남자는 열정적으로 여자의 팔을 붙잡았다.

둘은 평지에서 평지로 이어지는 산길을 걸어서 올라갔다. 가끔씩 알

프스의 눈부신 설경과 깎아지른 듯한 산악 풍경이 나무들 틈으로 펼쳐졌다가 사라졌다.

마침내 대형 정자의 열주가 이중으로 에워싼 맨 꼭대기 평지까지 다다랐을 때였다.

정중앙에 그야말로 여신의 찬란한 자태가 그대로 살아 숨 쉬는 듯한 프리네 조각상이 눈부신 모습으로 서 있는 게 아닌가!

포스틴은 자기도 모르게 더듬거렸다.

"오, 나야! 나라고!"

그로부터 10여 주 동안을 포스틴은 자신의 이름을 딴 그 별장에 머물렀다.

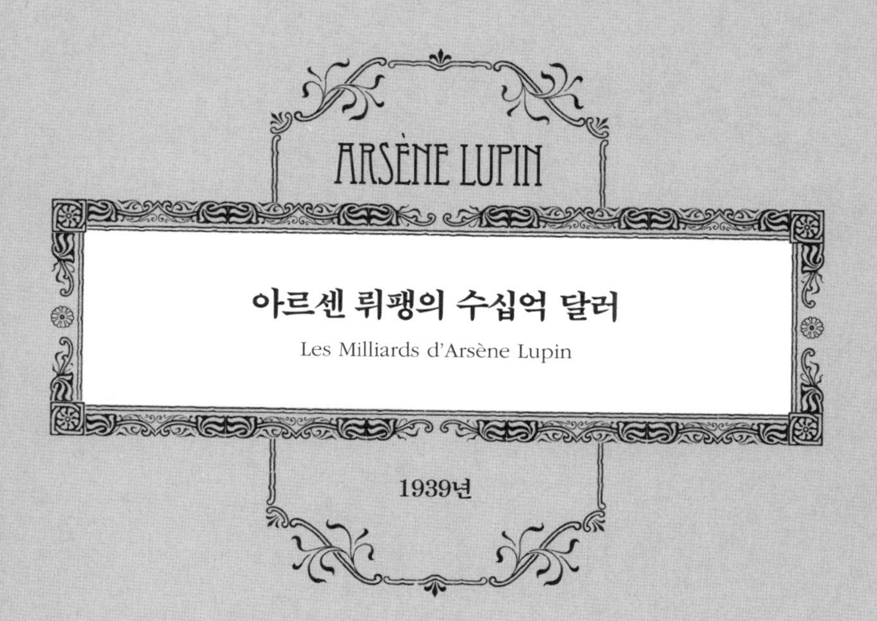

ARSÈNE LUPIN

아르센 뤼팽의 수십억 달러

Les Milliards d'Arsène Lupin

1939년

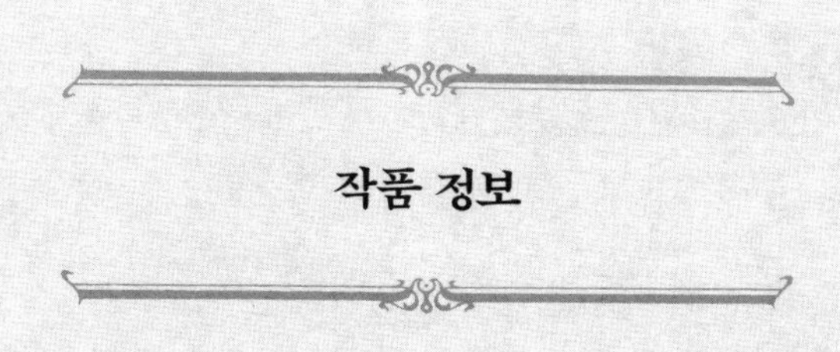

작품 정보

적어도 2012년 5월이 도래하기까지, 『아르센 뤼팽의 수십억 달러(Les Milliards d'Arsène Lupin)』는 세상에 발표된 아르센 뤼팽 시리즈의 최종편이었다. 소문으로만 막연히 전해오던 르블랑의 유작 『아르센 뤼팽의 마지막 사랑』이 그해 5월 15일—날짜까지 양국이 정확하게 일치한다!—프랑스와 한국에서 동시 출간되기 전까지는 말이다. 뤼팽 시리즈의 역사에서 『아르센 뤼팽의 수십억 달러』가 누리는 유명세는 의외로 조금은 엉뚱한 사정에 기인한다. 지금은 멀쩡한 완전체로 독자의 사랑을 받고 있으나, 2003년 한국에서 뤼팽 전집이 나오기 전까진 치명적인 '흠결' 하나 때문에 출간 자체가 불가능했던 것이다. 1939년, 그러니까 르블랑이 죽기 불과 2년 전 『로토(L'Auto)』라는 스포츠 일간지에 연재(1. 10~2. 11)된 이 작품은 1941년 아셰트 사에서 단행본으로 출간되는데, 그땐 이미 작가가 사망한 뒤라, 편집관리 미숙으로 중간 1회(回) 연재분 에피소드가 누락, 분실되고 만다.

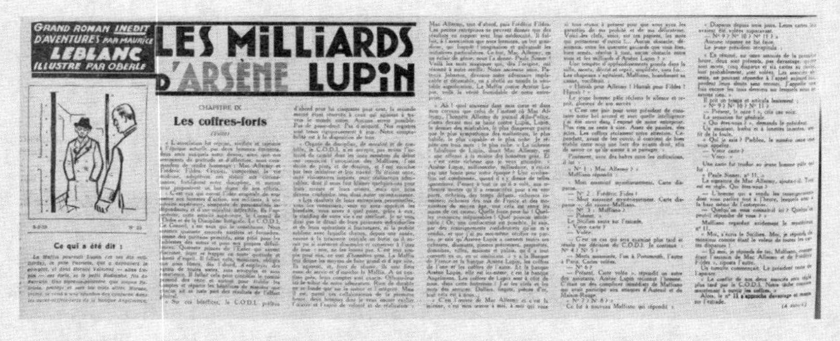
GRAND ROMAN INEDIT D'AVENTURES PAR MAURICE LEBLANC ILLUSTRE PAR OBERLE

LES MILLIARDS D'ARSÈNE LUPIN

CHAPITRE IX

Les coffres-forts

Ce qui a été dit :

1939년 2월 3일 자 『로토』. 『아르센 뤼팽의 수십억 달러』 9장 「금고」에서 누락된 연재분

이후 줄곧 어둠 속에 묻혀 있다가 1987년 로베르 라퐁(Robert Laffont) 출판사의 뤼팽 전집에 재수록되지만, 이 역시 문제의 에피소드를 빠뜨린 상태였다. 결국 상당 부분 앞뒤가 맞지 않는 불완전한 작품으로 낙인찍혀, 저작권자인 르블랑의 아들 클로드 르블랑이 재출간을 극구 반대했고, 누락된 에피소드를 방치한 채로는 더 이상 출간할 수 없게 된다. 2002년 뤼팽 전집 번역에 매달리던 역자는 이 모든 사정을 구체적으로 파악한 뒤, 백방으로 수소문하고 매달려 문제의 에피소드 원고를 구했고, 그것을 전집에 복원해 2003년 11월 세계 최초로 『아르센 뤼팽의 수십억 달러』 완전체를 출간하기에 이르렀다. 프랑스에서도 2015년에야 완전한 복원이 이루어졌으니, 지금 생각해도 이 작품과 한국의 인연은 묘한 전율을 동반하는 것이 사실이다. 그 전율을 다시 음미하는 뜻에서, 1939년 『로토』 연재 당시 장 오베를레(Jean Oberlé)가 담당한 삽화 전체를 복원했다. 오리지널을 누리는 소중한 기쁨을 만끽했으면 하는 바람이다.

1
폴 시너

미국 내 범죄학 관련 최대 일간지 『알로폴리스』의 설립자이자 사장인 제임스 맥 앨러미는 오후 막바지가 되어서야 편집실로 들어섰다. 순식간에 몇몇의 편집부 직원들에 둘러싸인 그는 전날 세 명의 어린아이들을 상대로 저질러진 가공할 살인사건에 관한 자신의 의견을—아직은 막연한 수준에 불과했지만—피력하기 시작했다. 사건 자체가 워낙 특별한 상황 속에서 벌어진 터라, 잔뜩 흥분한 일반 여론은 이미 '세 쌍둥이 참살사건'이라는 끔찍한 명칭으로 그 사건을 부르고 있었다.

아동을 상대로 한 일반적인 범죄행위와 특히 전날 사건에 대해 얼마간 얘기가 오고 간 다음, 제임스 맥 앨러미는 직원들 틈에 섞여 열심히 귀를 기울이던 비서 패트리셔 존스턴을 돌아보며 말했다.

"패트리셔, 우편물 발송 시간이오. 편지들에 서명할 준비는 되었겠지? 자, 방으로 갈까요?"

"네, 준비는 다 되었습니……."

패트리셔는 문득 말을 멈추었다. 그리고 난데없는 소음에 귀를 기울이는가 싶더니 마저 말을 이었다.

"미스터 맥 앨러미, 사무실에 누가 있습니다!"

사장은 흠칫하더니 대꾸했다.

"누가 내 사무실에? 그럴 리가! 출입문이 빗장으로 잠겨 있을 텐데."

"하지만 전용 출입구는요?"

앨러미는 호주머니에서 열쇠를 꺼내 보이며 싱긋 웃었다.

"보다시피 열쇠는 내 손에서 한 번도 떠난 적이 없어요. 패트리셔, 공연한 생각을 하고 있군. 자자, 어서 일이나 합시다. 아, 그리고 이거 미안하오, 필즈. 내가 너무 기다리게 했네!"

그러면서 그가 어깨에 손을 얹은 사람은 편집부 직원들 중 하나가 아니라 그곳에 함께 있던 개인적인 친구였다. 필즈라는 이름의 이 사람은 거의 매일 신문사로 사장을 찾아왔다.

변호사인 프레데릭 필즈가 밝은 표정으로 말했다.

"천천히 하시게, 제임스 앨러미. 별로 급한 일도 아닌 데다, 우편 발송 시간이 어떤 건지 나도 알 만큼은 아니까."

맥 앨러미는 직원들을 향해 외쳤다.

"자자, 이만 퇴근하도록 하세요! 내일 봅시다. 다들 이번 사건에 대한 취재에 전념하도록!"

그는 고개를 끄덕이며 직원들과 인사를 대충 나눈 뒤, 비서와 프레데릭 필즈를 데리고 편집실을 나와 복도를 건너갔다.

마침내 사장실의 문을 열자, 우아한 가구들이 갖춰진 널찍한 방이 펼쳐졌다.

"봐요, 패트리셔. 아무도 없잖아."

비서는 중얼중얼 대답했다.

"그러네요…… 하지만 사장님, 저기 저 문은 여태껏 닫아놓은 건데 지금은 열려 있어요."

그녀는 조금 더 작은 방으로 통하는 문을 가리켰다. 거긴 금고가 놓여 있는 방이었다.

"패트리셔, 저 금고 있는 방으로부터 내가 가끔 사용하는 거리로 빠지는 비밀 출입구까지 가는 데만 해도 200여 미터의 통로와 계단들을 거쳐야 하고, 열세 개에 달하는 문에다 빗장과 자물쇠가 갖춰진 철책문이 다섯이나 된다오. 그 누구도 저리로는 드나들 수가 없어."

패트리셔는 가느다란 눈썹을 살그머니 씰룩이며 잠시 생각에 잠겼다. 늘씬한 키에 운동으로 다져진 게 분명한, 유연하고 균형 잡힌 몸매의 아가씨였다. 다소 작은 듯한 얼굴형은 그리 조화롭다고는 할 수 없었고, 고전적인 미모와는 확실히 거리가 있었다. 하지만 화장기 없이 투명할 정도의 깨끗한 피부에다, 도톰하고 선이 또렷한 입술은 자연스레 붉은빛을 띠면서 눈부신 치열을 살그머니 드러냈다. 아울러 황금빛과 갈색이 어우러진 웨이브 아래로 지적인 분위기가 물씬 풍기는 시원스러운 이마가 자리 잡았고, 짙은 속눈썹 사이로 청록빛의 눈망울이 그윽한 눈꼬리를 자랑하며 비할 바 없는 매력을 뿜어대고 있었다. 특히 어딘지 진지한 기분이 될 때 그 매력은 심오하다 못해 거의 신비스러울 정도였고, 대신 명랑한 기분이 될 때는 경쾌한 걸 넘어서 어린아이 같은 면모까지 보였다. 요컨대 그녀의 내부는 온통 건강미로 넘쳐났고, 육체와 정신의 균형과 에너지, 삶의 욕구로 충만했다. 거짓말이라곤 할 것 같지 않은 여자, 사람을 속이기는커녕 더없는 신뢰와 공감만을 불러일으켜 조금만 함께 지내다 보면 우정과 애정을 듬뿍 쏟지 않을 수 없는 타입이었다.

패트리셔는 자신이 정돈해둔 것에서 뭐 하나라도 흐트러진 부분이

없나 방 안을 한 번 휘 둘러보았는데, 그 같은 행위는 맥 앨러미를 곁에서 보좌하며 차츰 버릇이 들다 못해 이제는 반사작용처럼 되어버린 터였다.

그런데 뭔가가 그녀의 시선에 심상치 않게 부닥쳤다.

책상 위에 놓아둔 메모지철이 반대로 뒤집어진 채, 연필로 다음과 같은 글자가 적혀 있는 것이었다.

폴 시너

즉, '폴(Paule)'이라는 이름에 '시너(Sinner)'라는 성이 아니겠는가. 어느 여자 이름임에 틀림없었다.

하지만 맥 앨러미의 엄격한 사생활에 대해 잘 알고 있는 패트리셔로서는 어떤 여인도 이 남자의 인생에 석연치 않게 끼어들 거라는 생각은 단 한순간도 할 수가 없었다. 더욱이 감히 사장실 책상 위에 이처럼 공개적으로 이름을 휘갈기다니, 도저히 있을 수 없는 일이었다.

그렇다면 도대체 폴 시너가 무슨 뜻이란 말인가?

비서를 가만히 바라보던 맥 앨러미는 빙그레 웃으며 말했다.

"역시 그 무엇도 당신 눈을 벗어날 수 없는가 보군, 패트리셔! 그러나 의외로 설명은 간단하네. 실은 오늘 어느 번역가가 프랑스 소설을 한 권 가져왔는데, 아주 재미가 있더라고. 폴 시너는 다름 아닌 그 소설 여자 주인공 이름이기도 하지. 프랑스어 제목은 좀 더 강렬한 인상을 주네. 『폴라 라 페슈레스(Paula la Pécheresse)』거든('라 페슈레스'는 '죄 지은 여자'라는 뜻. 영어로 하면 '시너(Sinner)'가 된다—옮긴이)."

솔직히 맥 앨러미가 딱 부러진 해명을 내놓지 않고 있다는 느낌이 들었다. 하지만 그녀 입장에서 또 무얼 다그쳐 물을 수 있겠는가?

게다가 바로 그 순간, 전기가 나가는 바람에 더 이상의 생각할 겨를도 없이 일행은 캄캄한 어둠 속에 갇히는 신세가 되고 말았다.

"걱정 마세요, 아마 퓨즈가 나간 모양입니다. 다행히 제가 좀 아니까 금방 고쳐보도록 하겠습니다."

패트리셔는 신속하게 내뱉었다.

그녀는 어둠 속을 더듬어 맥 앨러미의 사무실 앞쪽, 문만 열면 사장실 전용 계단의 4층 층계참으로 통하는 대기실까지 나아갔다. 1층에 켜진 채 방치된 유리등들이 어둠 속에 희부연 불빛을 던지고 있었다. 여자는 잡동사니를 치워두는 비좁은 구석에서 여섯 단짜리 접이식 사다리를 빼내와 벽에 대고 펼쳐 세웠다. 그런데 사다리를 오르던 도중 캄캄한 구석 어느 곳에서인가 문득 희미한 소리가 들렸고, 그 바람에 별안간 오싹하면서 심장이 조여드는 느낌이 들었다.

'그'가 어딘가에 숨어 있는 게 분명했다. 마치 당장이라도 먹잇감을 덮치려고 노리는 야수처럼.

'그'는 당최 정체가 아리송하면서 조금은 위험스러운 존재였다. 여태껏 한 번도 본 적은 없었지만 패트리셔는 그의 존재를 알고는 있었다. 맥 앨러미의 개인 비서로서 겉으로는 결코 모습을 드러내지 않는 존재. 사장의 경호원이자, 밀정, 심부름꾼이기도 한 그는 온갖 은밀하고 잡다한 성격의 일들을 도맡아 처리했다. 그야말로 수수께끼 같고 위험스러운, 어딘지 음산하게 느껴지는 그자의 존재를 패트리셔는 항상 주위에서 감지했고, 딴에는 강단이 보통 아니라고 자부하는 그녀임에도 가끔씩 섬뜩한 기분이 엄습하는 걸 어쩌지 못했다.

여자는 사다리에 올라선 채 뛰는 가슴을 달래며 귀를 기울였다. 아니, 아무것도 아니야. 아마 뭔가 잘못 들었던 게 분명해. 그녀는 가까스로 흥분을 가라앉혔고, 억지 미소까지 지으며 하던 일로 돌아갔다.

먼저 끊어진 퓨즈를 제거하고, 새로운 퓨즈로 바꿔 끼운 다음 차단기를 손보았다. 마침내 지저분한 유리등 속의 전구가 부연 빛을 뿜어내기 시작했다.

바로 그때, 일이 터지고 말았다. 지금까지 어둠 속에 꼭꼭 숨어 있던 존재가 패트리셔가 서 있는 바로 아래로 불쑥 다가드는 것이었다. 그러더니 두 손을 뻗어 젊은 여자의 무릎을 덥석 움켜쥐었다. 사다리에서 그만 휘청해버린 패트리셔는 비명 한 번 내지르지 못한 채, 거의 정신을 잃는 지경으로 미끄러져 떨어지고 말았다. 아래에서 팔을 쭉 뻗어 떨어지는 패트리셔를 받아 안은 의문의 존재는 그대로 여체를 바닥에 누이고 꼼짝달싹 못하게 만들었다.

상대가 대단한 거구인 데다, 당해낼 수 없는 완력의 소유자라는 사실은 금세 알 수 있었다. 물론 즉각적인 반응으로 약간의 몸부림을 시도해봤지만 말짱 허사였다. 남자의 내리누르는 힘에 여자는 기 한 번 제대로 못 펴고 붙잡힌 사냥감과 같은 처지였다.

그런 상태에서 남자가 여자의 귓가에 속삭였다.

"저항하지 마, 패트리셔. 그래봤자 무슨 소용 있겠어? 누굴 부르려는 생각도 말고! 맥 앨러미 영감탱이가 들을지도 모르잖아? 만약 그 양반이 내가 당신을 꼭 껴안고 있는 걸 본다면 뭐라 생각하겠어? 아마도 우리 둘이 그렇고 그런 사이라고 하겠지. 하긴 그 생각이 결국엔 옳을지도 몰라. 우린 어차피 서로 화통하게 되어 있으니까 말이야. 우리는 둘 다 우리의 야심을 채우고 싶어 해. 가능한 한 빨리 돈을 벌고 권력을 얻고 싶어 한다고. 그런데 패트리셔, 당신은 시간만 허비하고 있어. 당신이 지금처럼 앨러미의 아들과 놀아난다고 해서 뭔가를 얻을 수 있는 건 결코 아니거든. 앨러미 2세는 무능한 바보 멍청이일 뿐이야. 영감도 따지고 보면 거기서 거기지. 게다가 현재 그는 필즈라는 친구와 함께 뭔가 엄청난 사업을 추진하려는 중이란 말이야. 그래, 완전히 신세 조질 만한 일거리지. 그러니 패트리셔, 만약 당신과 나 둘이서 함께 손을 잡고 잘만 한다면, 앞으로 여섯 달이 지나기 전에 『알로폴리스』를 통째로 손에 넣어서 그 뒤부터는 수십만 달러쯤 제대로 한번 벌어들일 수가 있는 거라고! 구독 예약, 광고, 스캔들, 공갈협박 모두가 그것들을 어떻게 잘 다루느냐에 성패가 달려 있어. 바로 내가 그런 것은 뭘 좀 알거든! 그리고 무엇보다 페트리셔, 난 당신을 사랑해. 그게 바로 나의 힘이자 약점이기도 하지. 그러니 당신이 나를 좀 도와줘야겠어. 내가 거물이 되어서 모든 걸 좌지우지할 수 있고, 당신과 더불어 온갖 승리를 함께 구가할 수 있도록 말이야! 우리 둘이서 세상을 지배하자는 거지. 내 말 알겠어? 받아들일 거지?"

여자는 혼비백산해 더듬거렸다.

"나를 놔줘요, 일단 지금은 놔주세요. 그 얘기는 나중에 다시 하기로 해요. 나중에, 적당한 시기에요. 누가 엿듣거나 들킬 염려가 없을 때를 골라서요."

"그럼 우리가 서로 합의를 했다는 증거가 필요해. 당신이 내 말을 호의적으로 받아들인다는 증거 말이야. 내게 입맞춤을 해주면 놔주도록 하지."

패트리셔는 기겁을 했다. 남자한테서 술 냄새가 훅 풍겨왔다. 어느새 찡그린 얼굴이 바짝 다가와 있는 게 느껴졌다. 열에 들뜬 남자의 입술이 여자의 목과 볼, 급기야는 기를 쓰고 이리저리 회피하는 입술을 찾아 더듬어 들어왔고, 그러는 와중에도 여자의 귓가로는 계속해서 남자의 목소리가 집적거렸다.

"당신을 사랑해, 패트리셔. 이 사랑만 있으면 당신과 나, 둘이서 얼마나 든든한 협력관계를 이룰 수 있을지 알기나 해? 그깟 앨러미 부자, 둘이 기를 써봐야 무능한 꼭두각시놀음에 불과하지. 하지만 나라는 사람은 당신의 야망을 잘 파악하고 있고, 그걸 훨씬 웃돌 만큼의 성취도 가능하게 해줄 수 있어. 그러니 나를 사랑해줘, 패트리셔. 이 세상에 나만큼 뛰어난 지능과 자질을 갖춘 사람은 또 없어요. 나만 한 힘과 의지의 소유자는 다시 없다고. 아! 패트리셔, 당신 슬슬 약해지고 있어. 내 말을 듣고 있는 거야. 흔들리고 있는 거라고."

사실이었다. 속은 역겹고 거부감이 일면서도 여자는 점점 알 수 없는 혼란에 휩싸였고, 정신이 혼미해지면서 더없이 끔찍한 결론으로 어쩔 수 없이 이끌려 들어가고 있었다.

남자는 나지막이 웃음을 흘리며 말했다.

"그래, 이제야 말을 듣는군, 패트리셔. 더 이상 거부할 수는 없을 거야. 지금 당신은 까마득한 낭떠러지 바로 앞에 와 있는 격이라고. 딱한 아가씨, 당신이 여자라서 그렇다고 생각하면 오산이야. 오, 천만의 말씀! 이 세상 누구든 내 앞에서는 이런 혼란과 무기력함을 느끼기 마련이거든. 나의 의지력이 상대를 압도하고, 모든 장애를 뒤엎어 산산조각으로 분쇄해버린단 말씀이야. 심지어는 내 손에 모든 걸 맡기면서 일종의 행복감마저 느끼고 말지. 솔직히 말해봐. 두려워 말고. 나 이래 봬도 나쁜 사람 아니야. 비록 내 부하들과 적들 모두가—실은 친구 따위는 없거든—이 몸을 '독종'이라고는 부르지만 말이야. 말하자면, 악랄하고 거칠며 인정사정없는 놈이라는 뜻이지."

거기서 패트리셔는 완전히 정신을 잃었다. 과연 누가 그녀를 구해낼 수 있단 말인가?

무지막지하게 여자를 내리누르던 남자의 두 팔이 별안간 풀린 건 바로 그때였다. 독종은 갑자기 엄청난 고통으로 목이 멘 듯 외마디 신음을 내뱉었다.

"으윽, 이게 뭐야? 당신은 누구요?"

그는 몸을 배배 꼬며 헐떡였다.

착 가라앉은 목소리가 빈정대는 투를 깔고 대답했다.

"미스터 필즈의 친구이자 운전기사. 까짓, 그냥 신사라고 해두지. 나더러 롱아일랜드의 친척집에 데려다달라고 했거든. 아마 거기서 저녁식사를 할 예정인가 봐. 어쩌면 주무실지도 모르고. 어때, 이제 알겠어? 그래서 여길 지나치던 중인데, 마침 자네의 일장 연설이 내 귀에 걸려들었단 말씀이야. 말 한번 똑소리 나게 잘하더군, 독종! 다만 이 세상을 마치 자기가 다 호령한다고 떠벌린 것 하나만은 엉터리지만 말이야."

"엉터리 아니다!"

상대는 가까스로 으르렁거렸다.

"아니, 엉터리야. 자네도 알아 모셔야 할 상전이 엄연히 계시거든."

"알아 모실 상전이라니? 그게 누구지? 내가 알아 모셔야 할 상전이 누구냐고? 글쎄, 혹시 아르센 뤼팽 정도라면 모를까. 혹시 당신이 아르센 뤼팽이라도 된다는 거야?"

"나는 질문을 던지는 사람이지 남의 질문이나 받는 사람이 아니야."

상대는 곰곰이 생각을 굴리더니 목멘 음성으로 중얼거렸다.

"하긴 뭐 아니란 법도 없겠지. 어쨌든 그자가 현재 뉴욕에 와 있고, 뭔지는 몰라도 앨러미, 필즈 일당과 무슨 일을 꾸미고 있다는 건 나도 알고 있어. 게다가 이런 식으로 팔을 비트는 건 그자의 특기지. 제아무리 단단한 녀석도 이 기술에는 맥을 못 춘단 말이거든. 좋아, 당신이 뤼팽인가?"

"아무튼 그에 대해선 신경 꺼. 뤼팽이든 아니든, 난 자네 상전이니까 내 말 들어."

"나더러 말을 들으라고? 당신, 머리가 어떻게 된 거로군! 나야말로 당신이 뤼팽이든 아니든, 아무 상관 없이 내 할 바는 하는 사람이야! 필즈를 찾는 거라면 지금 앨러미의 사무실에 있으니 어서 가봐! 난 좀 내버려두고."

"먼저 저 여자를 얌전히 놔둬! 당장 여기서 꺼지란 말이야!"

"싫다!"

독종은 다시금 묵직한 손길을 패트리셔한테 뻗었다.

"저런! 그래봤자 자네만 손해지. 자, 다시 기술 들어간다!"

남자는 고통과 두려움에 사무친 신음 소리를 길게 내뱉었다. 마치 목숨이 다 빠져나가는 것처럼 보였다. 마침내 두 팔 모두가 축 늘어진 남자는 관절이 죄다 어긋난 꼭두각시처럼 바닥을 버둥거렸다.

그제야 이 미지의 구원자는 패트리셔를 도와 몸을 일으켜 세웠다. 여자는 사내의 몸에 기댄 채 아직도 후들후들 숨을 헐떡이며 중얼거렸다.

"조심하세요! 이 남자 무척 위험한 인물이랍니다."

"이 친구를 아십니까?"

"이름을 아는 건 아니에요. 한 번도 본 적 없고요. 하지만 항상 나를 따라다니던 사람이에요. 너무 무서워요!"

"만약 앞으로 무슨 위협을 느끼면 지체 없이 나를 부르십시오. 당신 소리가 미치는 곳에 있는 한, 즉시 달려와 지켜주겠소. 자, 여기 자그마한 은제 호루라기를 줄 테니 받아두어요. 작지만 성능은 대단해서 웬만한 거리에서도 소리가 똑똑히 들린답니다. 위험에 처하거든 냅다 불어봐요. 내가 득달같이 달려오겠소. 그리고 한시도 이 독종에 대한 경계를 늦춰선 안 됩니다. 악당 중에서도 아주 말종에 속하는 녀석이라오. 내가 할 일은 지금 당장 이놈을 사법당국에 넘기는 일이죠. 요즘은 당최 이런 일에 다들 소홀하단 말이야. 뭐가 잘못돼도 한참 잘못됐다니까!"

신사는 섬세한 얼굴 가득 서글서글한 미소를 담고는, 늘씬한 상체를 시원스레 꾸벅 수그리면서 패트리셔의 손에다 깔끔한 예를 갖춰 입술을 갖다 댔다.

여자는 상대의 표정을 열심히 살피면서 속삭이듯 물었다.

"정말 아르센 뤼팽이신가요?"

"아무려면 어떻습니까! 왜요, 그자의 보호라면 받기 싫으신가요?"

"오, 천만에요! 그냥 알고 싶어서."

"쓸데없는 호기심입니다."

여자는 더 이상 캐묻지 않고 곧장 『알로폴리스』 사장실로 돌아가 시간이 오래 지체된 것에 대한 변명을 늘어놓았다.

"속이 좀 안 좋아서요."

맥 앨러미는 걱정스러운 표정으로 물었다.

“이젠 괜찮은 거요? 음, 보아하니 안색은 제대로 돌아온 듯하군.”

그리고 어조를 바꿔 덧붙였다.

“자, 그럼 우리 어디 얘기 좀 나누도록 할까요? 실은 당신한테 긴요하게 할 얘기가 좀 있답니다.”

갑자기 귀에 익은 말투로 상관이 새삼 주의를 환기하자, 패트리셔는 혼란스러운 마음을 떨쳐버리고 비로소 차분하고 명징한 정신 상태로 돌아왔다. 그녀는 맥 앨러미가 권한 안락의자에 앉아 사장을 바라보며 대기했다. 사장은 잠시 뜸을 들인 후 얘기를 이어갔다.

“패트리셔, 당신은 입사한 지 어언 10여 년이 지나는 동안, 모든 하급 부서들을 두루 거쳐온 입장이오. 그러다가 5년 전에 사장실 비서로 전격 발탁된 이유가 어디 있는지 혹시 알고 있소?”

"그야 제가 일을 할 만하다고 판단되었기 때문이겠죠, 사장님."

"그야 당연하지. 하지만 그런 재목이 어디 당신 하나이겠소? 그것 말고 다른 이유들이 있지요."

"어떤 이유들인지 여쭤봐도 괜찮겠는지요?"

"우선 당신은 아름답소. 그리고 나는 아름다움을 좋아하거든. 내가 친구 앞에서 이런 식으로 말한다고 언짢게 생각지는 마시오. 이 친구와는 원래 비밀이 없는 사이이니까. 그리고 또 하나, 당신 삶에 문제가 하나 있다는 것. 지금까지 가까이서 지켜봐온 나도 잘 알고 있어요. 내 아들 헨리가 당신의 처지를 악용해서 은근슬쩍 곁을 파고들었다는 것 말이오. 그때 당신은 아직 어리고, 세상 외톨이 신세였지. 그 녀석은 당신과 결혼을 하겠다고 약속했고, 당신은 그만 유혹에 넘어가 거절할 수가 없었소. 일단 그런 다음 녀석은 당신을 버렸소. 웬만한 액수의 돈만 쥐여주면 자기는 훌훌 털고 일어날 수 있을 거라 생각한 거지. 하지만 당신은 그 돈을 끝내 거절했소. 녀석은 권세가를 친인척으로 둔 어느 돈 많은 규수와 결혼을 했고 말이오."

패트리셔는 빨게진 얼굴을 손으로 가리면서 더듬거렸다.

"그, 그만하세요, 미스터 앨러미. 저의 불찰로 인해 지금 너무 부끄러울 따름입니다. 그때 그냥 죽어버렸어야 하는 건데."

"죽어버리다니요! 한심한 망나니 녀석 하나 때문에 말입니까?"

"아드님에 대해 그렇게 말씀하시지 마세요, 제발."

"그럼 아직도 그놈을 사랑한단 말이오?"

"그건 아니지만…… 이미 용서한 일입니다."

앨러미는 격한 몸짓을 취하며 내뱉었다.

"나는 용서한 적 없소! 모든 잘못은 내 아들놈 몫이오! 바로 그렇기 때문에 당신을 내 곁으로 불러들여 일을 도와달라고 한 거요."

"그럼 일종의 보상이었다는 건가요?"

"그렇소."

패트리셔는 얼굴을 천천히 들면서 사장을 똑바로 바라보았다.

"만약 그때 알았더라면 사장님의 제의를 거절했을 겁니다. 아드님이 건넨 돈 다발을 거절했듯이 말이에요."

쓰라린 감정이 물씬 배어 있는 말투였다.

"만약 그랬다면 어떻게 살아왔을 것 같소?"

"원래 그랬듯이 열심히 일하며 살았겠죠. 퇴근한 후엔 저녁 아르바이트를 하고, 아침 출근 전에는 다른 곳에 타이프 일도 하고요. 이 세상에는 건강하고 용기 있는 사람이 자기 일을 하면서 헤쳐나가지 못할 삶이란 없답니다."

앨러미는 눈썹을 찌푸렸다.

"이제 보니 자존심이 보통 아니군."

"네, 그건 사실이에요."

"욕심도 보통 아니고……."

"그것도 그렇고요."

여자는 차분하게 대꾸했다.

또다시 짧은 침묵이 따랐고, 마침내 『알로폴리스』의 사장이 입을 열었다.

"실은 방금 전에 이 책상 위에서 당신이 작성한 기사를 발견했소. 아까 편집실에서 얘기했던 어제의 그 끔찍한 세 쌍둥이 참살사건에 관한 기사 말이오."

패트리셔는 금세 안색과 어조가 변했다. 그녀는 어느새 상관의 평에 전전긍긍하는 말단기자가 되어 있었다.

"그걸 기꺼이 읽어주셨단 말씀인가요, 사장님?"

"그렇소."

"마음에 드시던가요?"

사장은 고개를 끄덕이며 말했다.

"이번 범행에 관해 그 동기라거나 혐의를 둘 만한 사람 등 당신이 작성한 모든 내용은 제법 그럴듯합니다. 무엇보다 대단히 기발하면서도 지극히 논리적이에요. 그야말로 판단력과 상상력을 두루 갖추었다는 확실한 증거를 보여준 기사였소."

"그럼 게재하실 건가요?"

패트리셔는 눈을 휘둥그레 뜨고 물었다.

"아니요."

여자는 자리에서 벌떡 일어서며 가볍게 떨리는 목소리로 다그쳐 물었다.

"어째서요, 사장님?"

"그야 형편없으니까!"

"형편없다뇨! 하지만 방금 말씀은……."

앨러미는 차근차근 설명을 시작했다.

"기사로서는 형편없다는 말이오. 이것 봐요, 아가씨. 내가 보기에 범죄 관련 보도의 진가는 무슨 추론이나 가정, 심지어 그 속에 내포된 진실 자체에 있는 것이 아니오. 오로지 그 모든 것이 제시되는 방식에 있는 것이지."

"무슨 말씀인지 이해가 얼른 안 가는군요."

"차차 이해하게 될 거요. 가령 말이오……."

갑자기 앨러미가 말을 중단했다. 아마도 이렇게까지 설명을 끌고 가야 하는지 후회가 되는 모양이었다. 아무튼 사장은 되도록 얘기를 간추리는 투로 마무리했다.

"가령 나, 맥 앨러미가 말이오. 당장 오늘 밤 살해당할 걸 각오하고 어떤 수상쩍은 일에 끼어든다고 가정해봅시다. 어쩌다 보니 당신이 신문 사회면을 담당하게 됐다면, 분명 당신은 지금 우리 사이의 이 대담을 대단히 중요하게 부각시켜야 할 거요. 거기에 아주 비장한 색채를 덧칠해 그걸 읽는 사람들이 끔찍한 결말의 전조를 느끼게끔 말이오. 강렬한 느낌이 마지막 줄에 이르도록 점점 가중되어야 한단 말입니다. 자고로 언론인이나 소설가의 기술이란 사건을 어떻게 준비하고 연출하느냐, 특히 처음 도입부를 어떤 식으로 전개해나가고, 독자들을 어떻게 하면 몰입하게 만드느냐에 있지요. 자, 그렇다면 과연 무슨 수로 몰입하게 하느냐? 그건 나도 말해줄 수 없지. 전적으로 재능의 비밀에 관한 문제이니까. 만약 그처럼 언어를 통해 사람의 주의력을 휘어잡는 비결이 당신한테 없다면, 옷이나 속옷을 만들지언정 결코 소설을 쓴다거나 기사를 작성하는 일은 하지 말아야 할 것이오. 내 말 알겠소, 패트리셔 존스턴?"

"알겠습니다, 사장님. 아무래도 우선은 견습으로 일을 해야겠어요."

"바로 그거요. 물론 당신 기사에도 좋은 점은 있어요. 하지만 그것도 초등학교 여학생이 작성했다면 봐줄 만한 정도라는 겁니다. 뭐 하나 콕 짚는 맛이 없고, 전체적으로 효율성이 보이지 않아요. 다시 써보세요. 다른 소재를 가지고 써봐요. 그럼 내가 한번 봐주리다. 하지만 제법 그럴듯한 방식으로 기사를 쓰기까지는 매번 퇴짜를 놓을 테니 그리 알아요."

맥 앨러미는 히죽 웃으며 덧붙였다.

"부디 그 기사가 나나 나와 관련된 범죄사건을 파헤치는 내용이 아니기를 바랄 뿐이오."

패트리셔는 불안한 눈으로 상대를 바라보면서 다년간 함께 일해온 사람을 향한 배려가 물씬 풍기는 어조로 말했다.

"그런 말씀, 당혹스럽습니다. 사장님, 정말 사장님 생각에는……."

"전혀 아니오! 뭐를 꼭 짚어서 한 얘기는 아니었소. 다만 우리 신문의 성격 자체가 워낙 유별나다 보니 사장인 나도 간혹 특별한 세계와 접촉을 할 수밖에 없고, 그러다 보면 뜻하지 않은 원한이나 복수의 대상이 될 수도 있다, 뭐 그런 얘기지. 직업적인 위험 부담이라고나 할까? 하여튼 이제 그 얘긴 관둡시다. 당신 얘기나 해요, 패트리셔. 당신 처지라든가 장래 문제 말이오. 사실 당신은 그동안 내게 참 많은 도움을 주었어요. 그래서 이번에 동기 부여도 해주고 물질적인 생활의 안정도 도모해줄 겸, 내가 사실 2000달러의 수표를 미리 지급해둔 상태요. 당신 은행잔고에서 확인할 수 있을 겁니다."

"어머나, 너무 많은 금액입니다, 사장님!"

"나를 위해 해준 일에 비하면 너무 적은 편이지. 당신의 장래 가능성을 봐도 그렇고."

"하지만 제가 기자일을 제대로 해내지 못하면 어떡하죠?"

"그럴 리는 없소."

"그 정도로 저를 믿으세요?"

"그보다 훨씬 더 믿지! 나는 당신한테 절대적인 신뢰를 품고 있소. 그래서 늘 당신한테는 마음을 활짝 열고, 내 가장 내밀한 속내를 털어놓고 싶어요. 그래서 얘긴데, 패트리셔, 남자에게는 뭔가 강렬한 흥분과 보다 장대하고 복잡한 야망을 품어야 할 시기가 있는 법이오. 그런데 내 친구 필즈와 내가 바로 그런 시기에 와 있어요. 거의가 지겹고 단조롭기 그지없는 이놈의 인생살이에서 뭔가 새롭고 강력한 흥밋거리를 창출하기 위해, 우린 여태껏 보기 힘들었던 어마어마하고 기발한 일을 준비해둔 상태요. 지금까지 살아오며 체득한 경험과 활동력이 몽땅 요구될 뿐만 아니라, 우리의 본능적인 투지와 높은 도덕적 욕구 또한 완벽히 충족시킬 건수이지. 이 일로 우리가 도달하려는 목표는 정말 대단한 것이오. 온갖 형태의 악에 대항하는 유구한 역사의 준엄한 청교도적 영혼에 비춰, 정말이지 안성맞춤인 목표란 말이거든. 안 그래도 조만간 당신한테 이번 일의 성격에 관해 얘기를 자세히 해줄 참이오. 당신이야말로 우리의 야심 어린 투쟁의 일각을 담당할 만한 자격이 충분하다고 보니까. 필즈와 나는 얼마 안 있어 계획을 마무리하기 위해 프랑스를 방문할 예정이오. 그때 당신도 함께 가는 겁니다. 당신을 옆에 두고 일하는 데 익숙해져서 그렇소. 당신이 옆에서 협조해주는 게 다른 어느 때보다 필요한 시점이오. 아울러 당신만 좋다면 이번 여행이 우리 두 사람에게는…… 우리 두 사람에게는…….”

몹시 어색해하는 태도로 그는 어떻게 말을 마무리해야 할지, 감히 말을 입 밖에 내야 할지 적잖이 망설였다. 마침내 그는 여자의 두 손을 지그시 감아쥐면서 거의 소심하게 보일 만큼 기어 들어가는 목소리로 말했다.

“신혼여행이 될지도 모르겠어요, 패트리셔.”

패트리셔는 잠시 자신의 귀를 의심하며 멍하니 있었다. 그만큼 그 제의는 전혀 예기치 못한 것이었고, 엉뚱하리만치 갑작스러우면서 그만큼 진솔함에 마음이 흔들리는 것도 사실이었다. 여자는 너무도 감격했고 한편으로는 자부심도 복받쳐 올라 결국 눈물을 참지 못하면서 사장의 품 안으로 와락 달려들었다.

“감사합니다! 오, 감사합니다! 말씀만 들어도 저는 충분히 지난 수모를 보상받고도 남아요! 하지만 정작 그 제의를 받아들여야 할지는 모르겠어요, 사장님. 아시다시피 아드님 문제가…….”

여자는 슬그머니 눈길을 돌리며 얼버무렸다.

남자는 눈썹을 찌푸리며 말했다.

"아들 녀석도 제멋대로 살았으니, 이제는 나도 한번 이 가슴이 명하는 대로 인생을 살아볼까 해요."

여자는 얼굴이 새빨개진 채 무척이나 거북한 듯 속삭였다.

"사실 사장님이 모르는 문제가 있습니다, 미스터 앨러미. 제게는 아이가 하나 있어요."

남자는 펄쩍 뛰었다.

"아이라고?"

"네. 헨리의 아들이죠. 저는 그 녀석을 위해 내 남은 삶 모두를 바치기로 맹세했답니다. 이름은 로돌프라고 하죠. 마치 큐피드처럼 잘 생겼어요. 다정다감하고 지혜롭고……."

"결국 그 아이도 내 혈통 아니오? 내 아들의 자식이니, 내 핏줄로 들어오는 건 당연한 것 아니겠소?"

"아니지, 그건 당연한 게 아니야."

그때 프레데릭 필즈가 내심 당혹스러우면서도 일단 겉으론 침착한 척 끼어들었다.

앨러미는 어두운 표정으로 친구 쪽을 돌아보며 물었다.

"그럼 필즈, 자네 생각에는 내가 단념해야 한다는……."

"단념이라…… 그런 말은 아니고…… 다만 좀 생각을 깊이 해보자는 것이네. 이 비정상적인 상황을 차분하고 현명하게 검토해보자는 말이지. 이 상황이 모든 이들에게 알려질 것도 고려해봐야 할 테고. 혹여 자네 평판에 부도덕하다거나 나약한 처신이라는 얘기가 돌 수도 있어."

그제야 맥 앨러미는 잠시 생각에 잠기는가 싶더니 마지못한 듯 말했다.

"좋아. 그럼 일단 시간을 두고 보도록 하지. 자고로 서로 사랑하는 사람에게는 대개 시간이 도움되는 법이니까. 아무튼 패트리셔, 설사 그렇다 해도 우리의 생활이나 일상적인 협력관계에는 아무런 영향이 없는 겁니다, 서로 간에 잘 지내는 거예요? 알겠죠?"

여자는 나이 지긋한 신사가 혹시라도 젊은 아가씨를 잃을까 전전긍긍하는 모습을 보면서 다시금 감동한 눈치였다.

"물론입니다, 미스터 앨러미."

『알로폴리스』 사장은 즉시 책상 서랍을 열어 봉투를 하나 꺼내 봉하고는, 겉에다 여자의 이름을 적어 건네며 말했다.

"이 봉투 안에는 내가 당신을 위해 작성한 문서가 하나 들어 있소. 당신은 앞으로 여섯 달이 지난 후에만 그 내용을 개봉해 볼 수가 있어요. 즉, 9월 5일에 당신은 문서에 적힌 내용을 확인한 뒤, 정확히 거기에 지시된 대로 따라야만 합니다. 지금부터 그 모든 것을 당신만 믿고 맡기는 거예요. 앞으로 이 봉투를 항상 몸에 지니고 다니든지, 아니면 아주 안전한 장소에다 보관해야만 하오. 아무도 알지 못하게 말이오! 아무도!"

패트리셔는 봉투를 받아 든 뒤 맥 앨러미에게 인사할 겸 이마를 내밀었고, 영감은 거기다 가볍게 입을 맞췄다. 여자는 필즈에게도 다정한 손길을 내밀어 악수한 다음, 무슨 언약과도 같은 이 말을 남기고 자리를 떠났다.

"그럼 내일 뵙겠습니다, 사장님. 내일요. 아니, 앞으로 내내 뵐게요."

여자는 대기실 쪽으로 건너갔고, 곧이어 맥 앨러미와 필즈도 그 뒤를 따랐다. 때마침 두 사람이 층계참까지 나왔을 때였다. 저 아래, 2층에서 3층에 이르는 계단에 웬 남자 두 명이 연달아 내려가는 모습이 언뜻 보였다. 그중 뒤에 가는 사내는 어깨가 떡 벌어지고 키가 훤칠한 편이었는데, 앞서가는 남자를 들키지 않고 따라붙으려는 듯 은밀하면서 신속한 태도였다. 불시에 거리를 좁힌 그 사내가 날렵하게 오른손을 치켜드는 순간, 난데없는 칼날의 번쩍하는 섬광이 그 끄트머리를 스치는 게 느껴졌다. 모든 걸 고스란히 목격한 패트리셔는 당장이라도 비명을 내지를 참이었지만, 목소리가 차마 목구멍에 걸려 나오지 않았다. 한편 치켜든 손이 내려오면서 흉기가 등에 내리꽂히려는 바로 그 순간, 앞선 남자가 상체를 바싹 숙이며 상대의 다리를 휘어잡더니 엄청난 괴력을 발휘해 난간 너머로 냅다 내던지는 게 아닌가! 불의의 반격을 당한 습격자는 그만 2층 계단 한복판에 육중한 굉음과 함께 떨어졌고, 몇 계단을 더 데굴데굴 구르며 신음을 내뱉었다.

『알로폴리스』 사장은 크게 웃음을 터뜨렸다.

"뭐가 그렇게 우스우세요, 미스터 앨러미?"

패트리셔는 황당한 표정으로 물었다.

"심복 비서가 저 꼴을 당했는데 말이에요."

영감은 뿌듯한 얼굴로 대답했다.

“좋은 교훈이 되었을 거요. 아무튼 독종은 보통 지독한 건달이 아니오. 그야말로 이 사회의 공적 1호라고나 할까. 조금만 지체했더라면 아마 저 친구도 칼에 찔렸을 테지. 그나저나 제법 단단해 뵈는 친구인걸. 왠지 아주 낯설지만도 않아. 자넨 어떤가, 필즈?”

필즈의 대답은 간단했다.

“나도 마찬가질세.”

두 남자는 발길을 돌려 계단을 다시 올라갔다. 맥 앨러미가 큰 사업건과 관련한 서류들이 담긴 황갈색 서류가방을 책상 위에 놔두고 나온 것이었다.

패트리셔가 아래층까지 계단을 다 내려갔을 땐 옥신각신하던 두 남자는 이미 자취를 감춘 뒤였다.

여자는 속으로 중얼거렸다.

‘아이 참, 어쩌면 아르센 뤼팽이었을지 모르는 그 사람, 다시 만나보고 싶었는데!’

여자는 흥분을 가라앉히려고 애쓰며 건물을 빠져나갔다. 맑은 바깥 공기를 쐬자 기분이 한결 나아졌다. 어수선하게 소란스러워지기 시작한 가도는 여기저기 내비치는 전기 불빛들로 조금씩 밝혀지고 있었다. 여자는 우측으로 방향을 틀어 걷다가 비교적 조용한 소광장에 자리를 잡고 앉았다. 잠시 생각을 정리할 필요가 있었던 것이다. 비록 기자로서의 첫 도전에 실패한 것은 실망이었지만, 사장이 언뜻 내비친 호의와 함께 자신의 미래에 대해서까지 그만큼 믿어주고 있다는 점에서는 든든한 위로를 느꼈다. 아울러 진심 어린 프러포즈까지 받고 보니 지난 과거의 오점이 깨끗이 씻겨나가는 듯했고, 오히려 이전보다 더욱 강해지고 정화되는 심정이었다.

고아로 태어나 자신을 전혀 사랑해주지도 않고, 관심도 주지 않는 늙은 친척 아줌마한테 억지로 떠맡겨지다시피 한 패트리셔는 무척이나 쓰라리고 외로운 어린 시절을 보냈다. 물론 어린아이로서의 온갖 희망과 활력도 여지없이 억압받았다. 때문에 그녀는 오로지 독립할 수 있을 나이가 하루빨리 되고 싶은 마음 하나만으로 성장을 해왔다. 마침내 거의 학업을 마칠 즈음 맡아 기르던 친척이 사망했고, 정말이지 몇 주도 버틸까 말까 한 재산밖엔 남은 게 없는 꼴이었다. 하지만 패트리셔는 용기를 잃지 않았고, 악착같이 일에 매달렸다. 이미 실력 있는 타이프라이터여서 일자리는 금세 구할 수 있었다. 비록 보잘것없는 자리였지만, 그나마 안정된 직장이라 당장의 생활을 꾸려나가기엔 충분했다.

그러던 중, 토요일 저녁이면 가끔가다 들르는 사교모임에서 패트리셔는 헨리 맥 앨러미를 만나게 되었다. 당시 맥 앨러미는 싱그러운 젊음과 멋진 외모를 갖춘 데다, 열정적이며 성실해 보이기까지 한 청년이었다. 순진하고 외로운 듯하면서 은근히 매력적인 여자가 눈앞에 나타나자, 젊은이는 즉시 수작을 걸어왔다. 늘 행복해지고 싶고 삶의 열의로 충만하던 패트리셔는 자기한테 관심을 보이는 이 사랑의 유혹을 있는 그대로만 받아들인 나머지, 희망과 믿음으로 몸 둘 바를 몰라 하며 마음을 열고 말았다. 결국 몇 달에 불과한 꿈 같은 시간이 흐른 뒤, 슬슬 본색을 드러내는 남자의 불성실한 마음이 여자를 결정적으로 버리면서 가슴 아프고 허탈한 결별로 치닫고 말았다. 무엇보다 가슴 아픈 건, 그토록 사랑했던 사람을 외면하고 불신해야만 한다는 사실이었다. 어쩌면 아직까지 사랑의 감정이 남아서 그런지도 몰랐다.

만신창이가 된 패트리셔를 다시금 삶에 매달리게 만든 건 새로 태어난 아이였다. 그녀는 요람 속의 아기에게 자신의 미래를 향한 모든 희망을 걸었다. 인생에서 자기는 완전히 뒷전인 채, 패트리셔는 모든 애정과 욕심을 어린 로돌프에게만 광적으로 집중시켰다. 이 아이야말로 자신을 배반한 남자에 대한 펄펄 살아 숨 쉬는 복수가 되어줄 터였다. 즉, 아이를 처음 헨리 맥 앨러미의 모습에서 보았다고 믿은 아주 고상하고 진실한 사내로 키울 작정이었던 것이다. 그녀 자신조차 아직 어린 티를 벗지 못한 아가씨였지만, 이제는 어쩔 수 없이 엄마가 되어야만 했던 셈이다.

시간이 흘러 어두운 과거의 짐도 어느 정도 가벼워지는 듯하자, 패트리셔는 다시금 삶의 맛을 느끼기 시작했다. 그러나 아이를 최고의 운명에 어울리는 남자로 키우겠다는 욕심만큼은 여전히 그녀에게 가장 큰 삶의 이유였다. 그러고 보면 오늘 그녀는 굳이 찾아 나서지 않았으면서도 꼭 필요한 도움의 손길을 발견한 건지도 몰랐다. 정말이지 전혀 뜻하지 않게 나타난 절호의 기회가 아니겠는가! 맥 앨러미 영감이야말로 그녀에게나, 로돌프에게나, 거짓말쟁이에 파렴치한인 헨리 맥 앨러미의 별 볼 일 없는 지원을 결정적으로 대체할 막강한 지원자가 되어줄 것이 아니겠는가. 이제 막 내려 깔리는 저녁 어스름 속에서 패트리셔는 보다 환한 미래의 가능성을 엿보고 있었다.

시간이 점차 경과했고, 패트리셔는 마침내 골똘한 생각을 털고 일어나 걸음을 옮겼다. 그녀는 먹고살기 위해 하루하루 열심히 일하는 독신녀의 초라한 숙소로 들기 전, 늘 저녁 끼니를 해결하는 비좁은 식당으로 발길을 향했다. 문득 패트리셔는 걸음을 멈췄다. 바로 정면, 광장 밖의 어떤 건물 1층 작은 쪽문 하나가 빠끔히 열리는 게 아닌가. 그 문은 기다란 통로와 많은 계단을 거치기는 하지만, 맥 앨러미의 금고가 위치한 작은 방으로 통하는 문이었다. 사장이 신문사를 빠져나올 때 종종 이용하기도 하는 바로 그 출입구 말이다.

가만히 보니 거기서 빠져나오는 사람은 맥 앨러미와 친구 프레데릭 필즈, 두 사람이었다.

그들은 패트리셔를 보지 못한 채 광장을 가로지르더니 중앙가도와 나란히 뻗은 다른 길로 멀어져 갔다.

2
11인의 회동

패트리셔는 들키지 않게 두 남자의 뒤를 밟았다. 그렇다고 무슨 진부한 호기심이나 흥미가 발동해서는 아니었다. 다만 끔찍한 결말로 치달을지 모르는 어떤 위험한 일거리에 관해 아까 제임스 맥 앨러미가 암시한 몇 마디 말을 잊을 수가 없었던 것이다. 혹시라도 어떤 명백한 위협에 진짜 시달리고 있는 것은 아닐까? 그 말들 속에서 주의를 기울여야 할 암시를 패트리셔 입장에선 마땅히 잡아내야 했던 건 아닐까? 사장의 동태를 예의 주시하는 게 당연한 비서의 직무가 아니겠는가. 맥 앨러미와 필즈는 지금 한밤중 암행에 돌입한 게 분명했다. 그렇다면 패트리셔 역시 행동에 들어가는 게 마땅하지 않겠는가.

두 친구는 뒤 한 번 돌아보지 않고 걸어갔다. 서로 팔짱을 낀 채 활발한 얘기를 나누고 있었다. 맥 앨러미의 나머지 한 손에는 황갈색 가죽 손가방이 들려 있었고, 프레데릭 필즈는 지팡이를 휘휘 돌리고 있었다.

집요하게 따라붙는 패트리셔로서는 생전 다녀보지 않은 길들로 한참이나 걸었는데, 두 사람은 그 길들이 전혀 낯설지 않은 듯 조금도 머뭇대는 걸음걸이가 아니었다.

마침내 그들은 널찍한 정방형 광장을 끼고 돌았다. 광장의 한쪽 모서리에는 회랑이 멋들어지게 자리했고, 그 아래 다닥다닥 붙어 늘어선 상점들은 지금 이 시각 덧문까지 모두 닫혀 있었다. 그중 여러 곳이 규모나 배치, 그리고 외장 모두 똑같은 모습이었다. 각각을 나누는 문들은 위층에 자리 잡은 살림집 출입구로 통했다.

맥 앨러미는 문득 그중 한 곳 앞에 멈추더니 문 하나를 거침없이 열었다. 그리 멀리 떨어지지 않은 회랑의 그림자 속에 숨어서 모든 걸 지켜보던 패트리셔의 시야에 건물 중이층으로 통하는 층계 하단이 언뜻 들어왔다.

맥 앨러미는 필즈와 함께 층계로 진입했고, 이내 문이 닫혔다. 1층의 상점 안에서 켜진 불빛이 진열대 셔터에 너저분하게 뚫린 구멍들을 통해 밖으로 새어나오는 걸로 봐서, 『알로폴리스』 사장은 아마 한 1분 정도 위에 머물다가 곧장 내려온 듯했다.

몇 분 정도 적막이 흘렀다.

밤 10시를 알리는 시계 종소리가 들려왔다. 그와 거의 동시에 두 명의 남자가 어디선가 나타나 한가로이 회랑 아래를 어슬렁거리기 시작했다. 패트리셔는 숨어 있는 어둠 속으로 더욱 깊숙이 파고들었다. 두 남자는 마침내 문제의 상점 있는 곳까지 다다랐고, 그중 한 명이 손에 든 무슨 금속 같은 물체로 진열대 셔터를 두드렸다. 곧장 철제 셔터 안의 쪽문 하나가 내부를 향해 방끗 열렸다. 두 남자가 순식간에 안으로 빨려 들어갔고, 문짝은 금세 도로 닫혔다. 두방망이질하는 가슴을 달래며 지켜보는 패트리셔의 눈에, 이번에는 남자 네 명이 마찬가지로 한가한 산보자처럼 어슬렁거리며 다가오는 게 보였다. 아니나 다를까, 그들 역시 아까 그 상점 앞에 멈춰 서서 진열대를 두드렸다. 문이 열렸고, 네 명도 안으로 사라졌다.

잠시 후, 한 명이 더 나타나 똑같은 과정을 밟아 상점 안으로 모습을 감췄다. 그리고 또 한 명. 마침내 나타난 마지막 한 명은 모자를 푹 눌러쓰고, 회색 면 목도리를 잔뜩 둘러서 얼굴을 가린 훤칠한 신장의 사내였다.

몇 분간 더 기다려봤으나 아무도 나타나지 않자, 패트리셔는 그때까지 나타난 열한 명의 머릿수를 다시 한번 되짚어보았다. 먼저 와서 기다리고 있던 맥 앨러미와 필즈를 포함해 분명 모두 열한 명이었다. 두 사람을 제한 나머지는 대체 정체가 뭘까? 언뜻 봐서도 사회 각계각층에 소속된 것 같은 저 사람들은 과연 누구란 말인가? 무엇하러 저기 모여든 거지? 무슨 수상쩍은 일을 벌이려고 저렇게 무심히 버려진 듯한 상점 구석에 비밀스레 모여든 걸까? 이토록 외진 동네로 말이다.

순간 패트리셔의 뇌리에 사장이 내뱉은 말 한마디가 스쳐 지나갔다. 그가 얘기한 '어마어마하고 기발한 일', 필즈와 함께 뛰어들었다는 그 일과 무슨 관계가 있는 건 아닐까? 약간 위험하면서 대범한 사업이라, 잘못하면 그 결말이 맥 앨러미 자신의 죽음이 될지도 모른다는 바로 그 건수?

패트리셔는 불안했고, 더럭 겁이 났다. 혹시 누군가 바로 지금 맥 앨러미를 살해하는 건 아닐까? 여자는 당장이라도 지나는 행인을 붙잡고 제일 가까운 경찰서가 어디쯤이냐 다그쳐 물을 태세였다.

하지만 패트리셔는 금세 생각을 고쳐먹었다. 일단 내막을 전혀 모르거니와, 어쩌면 전혀 위험할 것도 없을지 모를 일에 끼어들 권리가 과연 있을까 해서였다. 이만한 사람들을 끌어모을 일이라면 맥 앨러미로선 분명 충분한 숙고하에 행동에 들어갔을 것이다. 설사 어떤 위험이 따른다 해도 자진해서 그걸 수용했을 터이다. 이런 상황에서 과연 무슨 명분을 내세워 난데없이 경찰을 끌어들이면서까지 사장의 계획을 엉망으로 흩어놓는단 말인가? 그것이야말로 상상 속의 위험을 막는답시고 진짜 위험을 부추기는 꼴이 아니겠는가?

여자는 숨은 채 꼼짝도 하지 않고 사태를 주시했다. 수 분이 흐르고, 한 시간, 두 시간이 지나갔다. 마침내 상점의 셔터가 걷혔다. 셋, 넷, 아니 다섯 명이 모습을 드러냈다. 이윽고 모두 열 명의 남자가 밖으로 나와, 패트리셔가 꼭꼭 숨어 열심히 지켜보는 가운데 이리저리 흩어져 갔다. 그중 목도리를 두른 남자가 문득 눈에 들어왔고, 패트리셔는 그가 프레데릭 필즈일 거라고 넘겨짚었다. 반면 제임스 맥 앨러미는 당최 눈에 들어오지 않았다.

패트리셔는 조금 더 기다려보았다. 별안간 목도리를 둘렀던 남자가 다시 나타났다. 그는 상점 쪽으로 다시 발길을 되밟아오고 있었다. 이전과 똑같이 셔터를 두드리더니 그는 반짝 열리는 쪽문으로 다시금 모습을 감췄다.

기껏해야 4~5분이 지났을까, 목도리를 두른 남자가 또다시 쪽문을 열고 불쑥 튀어나왔다. 자세히 보니 그의 손에는 맥 앨러미의 황갈색 손가방이 들려 있었다. 남자는 서둘러 그곳을 벗어났다.

패트리셔가 보기에 아무래도 상황이 심상치가 않았다. 대관절 저 사람이 누구이기에 중대한 사업의 비밀이 담겼을 저 소중한 가방을 챙겨가는 것일까? 이 상황에서 과연 맥 앨러미가 나타나기만을 잠자코 기다려야 할지, 아니면 저 목도리 두른 남자의 뒤를 밟아야 할지 패트리셔는 얼른 판단이 서지 않았다. 결국 그녀는 너무 머리만 굴릴 게 아니라 일단 남자의 뒤를 따라잡아야겠다고 결정했다. 즉각 잽싼 걸음걸이로 추적이 시작되었다. 남자는 상당히 빨리 걸었고, 뭔가 불안한 듯 주

변과 뒤를 힐끔힐끔 돌아보았다. 패트리셔는 들키기 않기 위해 극도의 조심성을 발휘하며 뒤를 밟아야만 했다. 감히 마음먹은 대로 접근할 수도 없을뿐더러, 전혀 알지도 못하는 동네의 길모퉁이를 돌아들 때마다 놓치는 것이 아닌가 전전긍긍했다. 어느 한순간, 느닷없이 남자가 뛰기 시작했다. 패트리셔도 덩달아 달렸고, 마침내 여러 갈래길이 모이는 어느 광장에 이르렀다. 어디로 가야 할지가 갑자기 막막했다. 그도 그럴 것이 남자의 모습이 온데간데 사라지고 없는 것이었다.

달리기를 멈춘 패트리셔는 가쁜 숨을 몰아쉬었다. 결국 공연한 헛수고만 했단 말인가. 속으로 약도 오르고, 어설프게 행동한 점이 부끄럽기도 한 패트리셔는 멋쩍게 어깨를 으쓱했다. 그러고도 스스로 제법 약삭빠른 아가씨라 생각해왔다니. 아, 탐정치고는 이 얼마나 보잘것없는 행동이었단 말인가! 여러 시간을 고생하며 지켜봐온 결과가 고작 이거라니. 게다가 이제 보니 수상쩍은 사람들이 모여들었던 그 상점 주소도 모르고 있지 않은가! 그걸 다시 찾는 일은 도저히 불가능해 보였다. 어렴풋이 줄지어 선 상점가가 떠오르기는 하는데……. 그래! 하지만 누가 그리 데려다준다 해도 과연 정확한 장소를 알아볼지는 미지수였다. 그저 하루 저녁을 고스란히 허비한 꼴. 기껏 애를 쓴 결과는 오로지 그게 다였다.

스스로가 한심스럽기도 하고 도무지 뭘 어찌 해야 할지 갈피를 잡을 수 없게 되자, 여자는 요란한 조명과 수상한 손님들로 북적대는 술집들이 즐비한 번화가를 정처 없이 걸었다. 여기저기 떠들고 웃어대는 소리가 시끌벅적했다. 불안에 지친 패트리셔는 지금 가는 길이 어느 길인지 누구한테 물어볼 엄두도 못 내고 걸음을 재촉했다. 경찰관은 단 한 명도 눈에 띄지 않았다. 대신 몇몇 인상이 안 좋은 치들이 슬금슬금 따라와 접근하려는 티를 냈다. 여자는 그럴수록 더더욱 걸음을 빨리했다. 문득 쌩한 바람이 얼굴에 부닥쳐왔다. 어느새 물가로 다가가고 있다는 게 느껴졌다. 그러고 보니 주변이 한껏 어둑하고 조용한 게 인적도 그만큼 드물어졌다. 여자가 당도한 곳은 모래와 석고 포대, 통나무 기둥들, 그리고 꽉 차거나 텅 빈 통들이 가득 쌓여 있는 제방 위였다.

별안간 낯선 손이 어깨를 덥석 붙들자, 패트리셔는 소스라치듯 놀랐다.

"아니, 패트리셔. 여기서 보게 되다니, 이런 행운이 있나! 더 이상은 놔주지 않을 테야, 요 이쁜이 아가씨! 어허, 이제는 발버둥쳐봐야 소용없대도!"

목소리도 얼굴도 분간할 수 없는 상황이었지만, 여자는 이자가 아까 오후에 『알로폴리스』 층계에서 한 차례 자신을 덮친 적이 있는 바로 그 독종임을 단박에 확신했다. 당장 몸부림부터 쳐봤지만, 완강하게 붙든 손이 그야말로 강철과도 같았다. 사내는 잔뜩 위협적이면서도 빈정대는 투가 역력하게 말을 이었다.

"어차피 일이 이렇게 되었으니까 하는 말인데, 당신은 지금 길을 잘못 든 거라고. 그러니 조심하란 말이야! 내 참, 이젠 아주 염탐질까지 하시다니! 대체 누굴 위해서지? 누구, 마음에 둔 연인이라도 있나? 앨러미 영감탱이 때문이야? 맙소사, 아들 녀석도 모자라 이제는 아비까지 나서? 역시 한 핏줄이란 말인가! 내 말 잘 들어, 이쁜이. 만약 오늘 저녁에 목격한 것에 대해 어디 가서 입만 뻥끗하면 그대로 끝인 줄 알아. 그래, 끝장이라고! 당신과 당신 자식 로돌프 모두 끝이야! 분명히 말하지만, 고 애틋한 녀석이 그만 저세상으로 가버리는 거지. 그러니 입 닥치고 조용히 해. 누구든 당신 생활을 건드리지 않길 원하거든, 우리 일에도 참견하지 말란 말이야. 알아듣겠어? 자, 계약서에 도장 찍는 셈치고, 우리 어디 뽀뽀나 한 번 하지! 딱 한 번만, 대신 진짜 사랑의 키스여야 해!"

사내는 잔뜩 팔 힘을 가하면서 자꾸만 이리저리 피하는 여자의 입술에 억지로 다가들었다. 오후에 있었던 실랑이가 재현되는 셈이었다. 패트리셔는 으르렁거리는 독종한테 목이라도 졸릴까 봐 감히 비명 지를 엄두는 내지 못한 채, 악착같이 몸부림을 쳤다.

"당신, 정말 어리석어. 키스 한 번만 해주면 내가 일에 끼어줄지도 모를 텐데 말이야. 다시 말하지만 엄청난 돈을 챙길 만한 건수라고. 엄청난 액수의 돈 말이야! 그것만 있으면 로돌프 그놈을 공작으로도, 왕자로도, 심지어 어엿한 임금님으로도 만들 수가 있어! 그런데도 거절이야? 그럼 정녕 맥 앨러미 밑에서 일해 성공할 수 있다고 믿는 건가? 정말이지 못 말리는 멍청이로군. 아얏, 이 더러운 계집이!"

여자가 마치 화가 난 암고양이처럼 손톱을 잔뜩 세워 사내를 할퀸 것이다. 독종은 피가 나는 얼굴로 누군가를 소리쳐 불렀다.

"알버트, 나 좀 도와주게!"

뱃사람 복장에 키가 180센티미터가 넘는 거구가 제방의 어둠 속에서 불쑥 튀어나와 독종이 소리쳐 부르는 곳으로 득달같이 달려왔다. 그의 도움을 받은 독종은 마침내 반항하는 패트리셔를 동댕이쳐 납죽 주저앉게 만들었다.

"여자를 붙들고 있게, 알버트! 저기 참하고 앙증맞은 우리가 하나 있지. 그 안에서라면 아마 할퀴거나 난동을 부려 도망칠 엄두도 못 낼 거야."

실은 사전에 제방에 방치된 어느 빈 통을 보아둔 터였다. 역시 거구의 도움을 받아 그는 여자를 번쩍 들어 안았고, 간신히 얼굴만 나올 수 있도록 잔뜩 웅크린 자세 그대로 통 안에 처박아 넣었다.

독종은 날카롭게 지시했다.

"여자한테 바짝 붙어서 감시하고 있게, 알버트. 조금이라도 소리를 지르거나 기어나오려 하면 구두 밑창으로 머리를 한 대 후려갈겨. 달팽이처럼 껍데기 속으로 도로 들어가게 말이야. 앞으로 한 시간 후쯤 돌아오겠네. 내가 어디로 가는지는 잘 알겠지? 아직 반밖에 일을 처리 못 했으니 마저 마무리해야지! 쇠뿔도 단김에 빼랬다고, 현재 운이 좋은 편이니 그걸 잘 이용해야지. 잘만 되면 자네한테도 한몫 떼어줄 거야. 자, 이따 봐, 패트리셔! 만약 여기가 좀 춥거든 가까운 곳 '오션 바'라는 술집에 내 방이 있으니 거기 가서 따뜻하게 녹여주지. 어이, 선원 친구, 근무수칙은 잘 알고 있겠지? 귀찮게 굴면 신발짝으로 머리를 쥐어박는 거야. 아니면 키스를 해서 입을 다물게 만들든지! 이 여자, 그거라면 아주 사족을 못 쓴다니까!"

사내는 실컷 이죽거리더니 포대 자루 위에 놓아둔 황갈색 가죽가방을 집어 들고 횡하니 자리를 떴다.

패트리셔는 통 속에 우스꽝스러운 몰골로 갇혀 꼼짝달싹 못하는 처지였지만, 그다지 육체적인 불편함을 느끼지는 않았다. 그 대신 심리적인 공포와 걱정이 온몸을 달구고 있었다. 게다가 일종의 역겨움까지 가세했다. 독종이 현장을 뜨자마자 뱃사람이 잔뜩 상체를 숙이며 얼굴을 들이밀었는데, 담배와 술에 찌든 입 냄새 때문에 속이 다 뒤집힐 지경이었던 것이다.

그는 나지막하고 불량스러운 말투로 말했다.

"흐음, 정말 사족을 못 쓰는 거 같은데? 자자, 어쩌면 우리 잘 지낼 수도 있을 거야. 그놈의 독종은 나도 지긋지긋해. 내게 얌전히 입만 맞춰주면 통에서 꺼내줄 수도 있어."

잘만 하면 이 역겨운 짐승이 자신을 빼내줄지도 모른다고 판단한 패트리셔는 가까스로 내뱉었다.

"먼저 나를 좀 꺼내줘요."

"그럼 약속하는 거지?"

자못 의심스러운 듯 남자는 힘주어 다짐해왔다.

"물론이죠! 그 정도 들어주는 거야 문제도 아니에요!"

그러자 남자는 거나하게 취한 술꾼 특유의 지저분한 미소를 흘리며 말했다.

"어쩌면 그보다 더 많은 걸 요구할지도 몰라! 좌우간 일단 믿어보지!"

남자는 덥석 부둥켜안은 통을 마치 곡예 하듯 단번에 뒤집었고, 패트리셔는 순간적인 반동을 이용해 몸을 빼내고는 진창 바닥에서 펄쩍 뛰어올라 몸을 바로 했다.

"자, 내게 해주기로 한 키스."

거구가 양팔을 쭉 뻗은 채 다가들었고, 여자는 한 걸음 뒤로 물러섰다.

"아, 그거요? 물론 약속은 돼 있죠. 뭐든 원하는 대로 할게요. 다만 여기서는 싫어요. 너무 춥거든요. 누가 올 수도 있고. 그 사람 사는 방이 어디라고 했죠?"

남자는 캄캄한 어둠 한복판을 손가락으로 가리키며 말했다.

"저기 붉은 등불 안 보이나? 저기 말이야. 저기가 바로 오션 바지."

패트리셔는 얼른 대꾸했다.

"난 저기 가 있을게요. 나중에 따라와요, 기다릴 테니."

여자는 냉큼 달음박질치기 시작했다. 몸이 풀려난 것만 해도 너무 흥분되는지 별로 피곤한 느낌도 없었다. 게다가 무엇보다 중대 관심사 하나가 그녀의 마음을 온통 사로잡고 있었다. 아까 독종이 마지막으로 내뱉은 말 한마디가 여간 걱정되는 게 아니었던 것이다. 마저 마무리해야 할 반쯤 남은 일이 대체 뭐란 말인가? 누구를 죽이기라도 하려는 걸까?

여자는 주막이 늘어선 거리로 달려가 그중 붉은색 간판이 내걸린 술집으로 들어섰다.

오션 바의 종업원에게 그녀가 주문했다.

"커피 한 잔하고 브랜디 한 잔 주세요. 전화기가 어디 있죠?"

종업원은 곧장 전화부스로 안내했고, 여자는 전화번호부부터 뒤졌다.

사실 보통 당혹스럽지가 않았다. 여자는 머리를 재빨리 굴리면서 속으로 중얼거렸다.

'가만있자, 누구한테 알려야 하나? 경찰? 아니야. 우선 필즈한테 알려야지. 지금쯤 집에 들어가 있을 테니까. 분명 그쪽이 위험에 처해 있을 거야. 맞아, 프레데릭 필즈가 곤경에 처해 있어.'

여자는 벌벌 떠는 손가락을 움직여 다이얼을 돌렸다. 잠시 후, 전화선 반대 끄트머리에서 수화기 드는 소리가 들렸다.

“여보세요…… 여보세요…….”

흥분에 복받쳐 까칠해진 목소리로 여자가 안달을 하자, 저쪽에서도 불안한 듯 머뭇대는 필즈의 음성이 대꾸해왔다.

“여보세요……. 누구시죠? 맥 앨러미, 자넨가? 방금 독종이 왔다네.”

여자는 기겁을 하며 온몸을 사시나무 떨듯 떨었다. 필즈한테 위험을 경고해? 천만에, 그래봤자 노쇠한 몸으로 어찌 스스로를 방어할 수 있겠는가? 이왕 이렇게 된 거 차라리 악당놈을 직접 겁주는 게 나을 것이다. 여자는 대뜸 말했다.

“마침 잘됐군요. 그렇지 않아도 바로 그 사람한테 할 얘기가 있습니다. 맥 앨러미 사장님 일로 말이에요.”

이내 독종의 거칠고 투박한 목소리가 전화선을 타고 흘러왔다.

"여보세요, 거기 누구요?"

"나다, 패트리셔. 한 가지 충고해주지. 당장 거길 벗어나는 게 좋을 걸. 당신이 필즈를 어떻게 하려는 건지 내가 경찰에 죄다 알렸거든. 지체 없이 거길 뜨는 게 상책일 거야."

사내의 목소리는 전혀 흔들림이 없었다.

"쳇, 당신이로군! 그놈의 멍청이 선원이 역시 제 버릇 개 못 줬어……. 좋아, 내 곧 출발하지. 하지만 그래도 5분은 여유가 있을걸. 아직 미스터 필즈한테 할 얘기가 조금 남았단 말이거든."

패트리셔는 정신이 다 아찔했지만, 목소리만큼은 더더욱 강하게 다잡아 내질렀다.

"하여간 조심해, 독종! 내가 다 불어버렸다고! 경찰관들이 모두 자동차로 출동을 하더군. 아마도 이미 집을 포위했는지도 몰라. 엉뚱한 짓을 저지르다간 전기의자 신세를 걱정해야 할 거야."

히죽거리는 목소리가 대꾸했다.

"그렇게까지 내 걱정을 해주시다니 이거 고마운걸! 자, 그럼 슬슬 서둘러야겠군."

잠시 적막이 흘렀다. 그러고는 갑자기 숨죽인 비명 소리. 분명 단말마의 외침이었다.

패트리셔는 거의 실신할 지경으로 숨을 헐떡이며 자기도 모르게 중얼거렸다.

"아, 이 악당 같으니…… 기어코 사람을 죽였어……."

기겁을 한 그녀는 수화기를 거칠게 내려놓고, 술집 종업원을 향해 던지듯 돈을 내민 다음 부리나케 밖으로 나섰다. 마침 뱃사람이 들어서던 참이었지만, 패트리셔는 잽싸게 몸을 빼서 미친 듯이 달리기 시작했다. 다행히 지나가는 빈 택시가 눈에 들어왔고, 거기에 냉큼 올라탔다.

정신을 제대로 추스를 수도 없어 그녀는 프레데릭 필즈나 신문사의 주소를 대는 게 아니라 거의 기계적으로 자기 집 주소를 운전기사에게 댔다. 그야말로 자기 소굴로 다짜고짜 피해 달아나는 다친 들짐승이 따로 없었다.

흡사 죽을 것만 같은 피로감이 난데없이 전신을 엄습했다. 무턱대고 눈을 감고 깊은 잠에 빠져들고 싶었다. 그녀로선 도저히 어쩔 수 없었던 사건, 지금은 이미 저질러졌을 그 참극에 대해 무조건 까맣게 잊어버리고만 싶었다. 그녀 혼자의 힘으로는 당최 감당하기 어려운 사태들이 한꺼번에 벌어졌으니…….

잠이라고 해봐야 무시무시한 악몽들로 중간중간 끊어지는 선잠이었다. 그나마 한밤중에는 대책 없는 불면증이 더럭 찾아왔고, 그 속에서 사태는 더더욱 끔찍스럽게 다가왔다. 게다가 문제의 서류가방이 강탈당했다는 데 생각이 미치자, 불안은 점점 더 가중되기만 했다. 그러면서도 머릿속에 금세 떠올랐어야 마땅한 논리적인 추론에까지는 미처 도달하지 못했다. 즉, 맥 앨러미의 손에서 가방이 벗어났다면 그건 반드시 강제로 벌어진 일일 거라는 사실 말이다. 어쩐 일인지 그녀는 프레데릭 필즈가 독종한테 희생되었다는 것을 분명히 의식하면서도, 맥 앨러미의 신상에 대한 걱정은 단 한순간도 하지 않고 있었던 것이다. 아무것도 짐작할 수 없었고, 무엇 하나 그럴듯한 예감이 떠오르지 않았다.

다음 날, 신문사에 발을 들여놓고서야 엄청난 당혹감에 맞닥뜨리게 되었다. 여기저기 사무실마다 분위기가 어수선했고, 편집실은 그야말로 난리 북새통이었다. 마침내 사장이 리버티 광장에 위치한 어느 상점 안에서 심장에 정통으로 칼침을 맞은 채 발견되었다는 소식을 접한 패트리셔는 기겁을 하고 말았다. 리버티 광장이라니! 그렇다면 바로 거기, 상점들이 도열한 바로 그 광장이란 말인가?

그녀는 정신을 잃지 않고, 되도록 침묵을 유지하기 위해 긴장을 늦추지 않았다. 정말이지 속이 다 뒤집힐 것 같은 사태가 아닌가! 극심한 후회가 가슴을 옥죄는 게 느껴졌다. 맥 앨러미를 충분히 구해낼 수 있지 않았을까? 무언가 행동을 할 수도 있지 않았을까? 패트리셔는 이미 저질러진 범행 안에 자신의 책임이 없지 않다는 생각에만 골몰할 수밖에 없었다. 그 밖의 나머지 것들, 이를테면 경찰이 어떻게 사건을 접할 수 있었는지, 문제의 상점과 그 주인, 거기 모여들었던 사람들에 관해 형사들이 알아낸 사항들 등 차후에 알려지게 된 세부 사실들은 지금과 같은 비장한 순간에 그녀에게 하등 중요한 문제가 아니었다. 오로지 속수무책으로 아무 행동도 하지 못했던 자신을 마치 범죄자처럼 나무랄 뿐이었다.

그녀는 당일 석간신문들을 모조리 읽어보았다. 모두가 서로 다른 정보와 제멋대로인 논평들을 첨부해가며 살인사건에 대해 떠들어대고 있었다. 특히 희생자에 관해서는 걸핏하면 엉뚱하게 비껴가기 마련인 자료들을 잔뜩 들이댔는데, 워낙에 저명인사라 그 처절하면서도 수수께끼 같은 죽음이 일반 대중에게는 엄청난 충격인 모양이었다.

그 신문들 속에는 화제가 될 만한 또 다른 살인사건 보도가 있었는데, 패트리셔만큼은 그에 대해 별로 놀라지 않았다. 따지고 보면 그녀야말로 범행이 일어나는 바로 그 순간, 제일 먼저 전화상으로 사건을 접한 당사자가 아니겠는가! 다름 아닌 변호사 프레데릭 필즈를 대상으로 한 살인사건 말이다. 그는 막 배를 타고 유럽으로 떠날 예정이었다가, 전날 저녁 자신의 집에서 살해당한 채 발견되었다. 자신을 보러 온 미지의 가해자에 의해—『알로폴리스』 사장이 당했던 것과 똑같이—정확하게 심장 한복판에 칼침을 맞았다고 했다. 신문마다 그 두 사건 사이에 어떤 연관성이 있는 게 아닐까 수군대는 건 당연한 일이었다. 두 희생자가 마침 잘 아는 사이였고, 공동으로 추진하는 일도 있는 처지이니 왜 안 그렇겠는가? 혹시 그들 죽음에 어떤 갱단이라도 연루된 것은 아닐까? 어떤 이유에서인지는 모르지만, 갱단이 조직적으로 나서서 두 사람을 거의 같은 시각에 처단한 건 아니었을까?

그런데 필즈의 집 금고 문짝이 뜯겨 있었고, 그곳에서 현금 5만 달러가 도난당한 건 또 어떤 이유에서일까? 단순히 단독범의 흐트러진 절도 사건에 불과하단 말인가?

패트리셔는 두 노인이 동일범에 의해 칼침을 맞았다는 사실을 도저히 의심할 수가 없었다. 하지만 정확히 무슨 목적으로 그런 짓을 한 걸까? 대체 그 어떤 드러나지 않은 힘이 있기에? 독종은 과연 막강한 범죄자인가, 아니면 단순한 하수인에 불과한가? 그녀가 알고 싶은 게 바로 그것이었다. 그러기 위해서는 단 한 가지 방법이 있었다.

* * *

두 건의 살인이 발생한 다음 날 오후, 패트리셔는 제임스 맥 앨러미의 아들이자 유일한 상속자인 헨리 앨러미의 호출을 받고, 지금은 그가 주인으로서 차지하고 있는 신문사 사장실로 향했다.

여자는 되도록 겉으로 감정을 드러내지 않고, 그 부름에 차분히 응했다. 헨리 맥 앨러미의 나이는 서른 살. 지난 수년간 한 번도 마주친 적이 없는 패트리셔는, 이제 완연한 성인이 된 그의 모습 속에서도 그 옛날 익히 알고 지냈던 젊은이의 윤곽을 떠올릴 수 있었다. 하지만 당시의 모든 정열은 남자와 마찬가지로 여자에게서도 이미 죽어 있었다. 둘은 마치 애당초 남남이었던 사이처럼 지극히 절제된 대화를 나누었다.

먼저 젊은 사장이 말을 꺼냈다.

"미스 존스턴, 아버지께서 개인 장부에다 마지막으로 남긴 메모에 당신 얘기를 담고 있더군요. 이렇게 말이오."

패트리셔.
조직에 대한 감각이 있고, 매우 정력적인 성격의 재목임.
앞으로 '부사장'직을 맡을 적임자라 사료됨.

그는 여자한테 눈길 한 번 주지 않은 채 덧붙였다.
"나는 당신과 관련한 아버지의 의견을 가능한 한 전격적으로 수용할 생각입니다. 물론 그것이 당신 의견과도 어느 정도 부합해야겠지만 말입니다."
패트리셔도 마찬가지의 절제된 어투로 대꾸했다.
"저로서는 현재 신문사를 위해 공헌할 수 있는 가장 최선의 방법이, 다름 아닌 부친의 복수에 저 자신을 온전히 바치는 일이라 생각합니다. 앞으로 몇 시간 후에 저는 프랑스행 배에 탑승할 것입니다. 방금 정기 여객선 일드프랑스호에 좌석을 잡아놓고 오는 길입니다."
헨리 맥 앨러미는 흠칫 놀라는 기색이었다.
"프랑스로 간다고요?"
"네. 부친께서 하신 몇 가지 말씀을 보면, 얼마 안 있어 당신 또한 그리로 가실 계획이었음이 확실합니다."
"그래서요?"
"제가 보기에는 이번에 하시기로 했던 프랑스 여행이 난데없이 돌아가신 일과 무슨 연관이 있다는 생각입니다."
"그렇다는 무슨 증거라도 있습니까?"
"딱히 증거랄 건 없습니다. 단지 느낌이 그렇다는 거지요."

"아니, 신문사가 당신을 가장 필요로 하는 하필 이때에 단순한 느낌 하나 가지고 그처럼 중대한 결정을 내린다는 말입니까?"

헨리 앨러미는 약간 비꼬는 듯한 말투로 꼬집었다.

패트리셔가 차분하게 응수했다.

"행동에 나서기 위해서는 종종 자신만의 직관을 따를 필요가 있는 법입니다."

"하지만 그러려면 우선 경찰 측과 협의를 거쳐야 할 텐데요?"

"그럴 필요는 전혀 못 느끼고 있습니다. 어차피 경찰한테 쓸 만한 정보도 전혀 제공해주지 못할 테니까요."

잠시 침묵이 흘렀다.

젊은 여자의 단호한 태도에 자기도 모르게 감화된 듯 헨리 맥 앨러미가 얘기를 이어갔다.

"그래, 돈은 좀 있습니까?"

"미리 받아놓은 2000달러가 있습니다. 부친께서 제가 앞으로 해나갈 일에 대한 선급금 삼아 은행계좌에 넣어둔 돈이죠."

"그 정도만으로는 충분치가 않을 텐데?"

"만약 목표 달성을 위해 보다 막대한 자금이 필요할 경우엔 사장님께 즉시 연락을 드리도록 하겠습니다."

"그럼 나도 그런 줄 알고 있겠소. 잘 가시오, 미스 존스턴."

둘은 더 이상 아무 말도 나누지 않고 헤어졌다.

패트리셔가 막 방을 나오는데, 젊은 아가씨 한 명이 아무런 통보 절차도 거치지 않고 곧장 사장실로 들어섰다.

예쁘장한 화장에 우아한 상복 차림의 여자는 눈길 한 번 던지지 않고, 패트리셔 곁을 살짝 지나치더니 다짜고짜 외치면서 헨리의 품에 뛰어들었다.

"내 새 망토예요, 여보! 어때요? 제법 슬퍼 보이죠?"

알고 보니 헨리 앨러미의 젊은 아내였다.

패트리셔는 시간에 맞춰 정기여객선 일드프랑스호에 승선했다. 혼자의 몸이었다. 아들 로돌프는 2~3주 후에 한 여자친구가 따로 데리고 올 예정이었다.

얼마 지나지 않아 패트리셔는 항해에 아주 편안함을 느꼈다. 낯선 여행객들 속에 고립된 채 차분하게 이어지는 하루하루의 선상생활이 그녀의 심신에 더할 나위 없이 좋은 영향력을 미쳤다. 자고로 인생에서는 자기 눈을 감아야 무언가를 명확히 볼 수 있는 시기가 있는 법이다. 누구라도 혼란스럽고 불안정한 상황에 처해 있을 때, 간절히 필요로 하게 되는 고요한 안정을 바다는 어렵지 않게 가져다준다.

처음 이틀간 패트리셔는 선실 밖으로 한 발짝도 나서지 않았다. 어차피 선실 위치가 복도 맨 끝이라서 좌측으로는 아무런 소음도 침투하지 않았다. 아울러 우측도 쥐 죽은 듯 조용하기는 마찬가지였다. 급사장 얘기가, 옆방 승객은 허구한 날 침대에 누워 지내느라 선실 밖 출입을 전혀 하지 않는다고 했다.

사흘째 되는 날, 모처럼 갑판 위를 이리저리 거닐다가 돌아와보니 여행가방과 서랍들이 온통 뒤죽박죽 어질러져 있었다. 누군가 선실로 침투해 물건을 뒤졌다는 얘긴데……. 대체 누구 짓이란 말인가? 무얼 찾아내려고?

패트리셔는 필요에 따라 옆방과 소통이 가능한 사잇문 양쪽 끝의 빗장을 검사해보았다. 전혀 손을 댄 기미가 없고, 자물쇠도 이중으로 잘 채워져 있어 도저히 지나다닐 수가 없었다. 하지만 그럼에도 불구하고 누군가 통과했던 것이다.

다음 날, 또다시 침투한 흔적과 뒤진 흔적이 발견되었다. 이제 더 이

상 의심의 여지가 없었다. 누군가 그녀가 없는 틈을 노려 선실로 들어왔다. 과연 누가 무슨 이유로 이 같은 짓을 벌이는 것인가? 정보를 좀 얻어볼까 하는 마음에 패트리셔는 공동 선상생활에 적극적으로 섞여 들었고, 승객들의 면면을 유심히 관찰하기 시작했다. 점심이든 저녁이든 꼭 식당에서 제대로 했고, 틈만 나면 갑판을 거닐었으며, 일부러 살롱에도 자주 드나들었다. 물론 귀와 눈은 잔뜩 열어둔 채로. 하지만 알 만한 사람이라곤 한 명도 눈에 띄지 않았다.

그러는 와중에도 선실침입과 소지품 검사는 계속해서 이어졌다. 마침내 패트리셔는 선장에게 항의를 했고, 선장은 즉시 사무장에게 지시해 일련의 조사를 거친 뒤 적절한 경비태세를 갖추도록 조치했다.

그러나 아무런 효력이 없었다. 대신 패트리셔 개인 차원의 조사라고

나 할까. 선실 바닥에 쌀가루를 살짝 뿌려놓은 결과, 그 위에 남은 발자국은 분명 침입자가 바로 옆 선실로부터 잠입해 들어왔음을 나타내고 있었다. 문제의 선실은 앤드루 포브라는 이름의 승객이 머물렀다. 앤드루 포브…… 아무리 생각해도 모르는 이름이었다. 하지만 어찌나 초조하고 당혹스러운지 패트리셔는 그 이름 너머 필시 독종의 정체가 숨어 있으리라 믿었다. 그게 아니라면 글쎄, 누가 알까? 혹시 『알로폴리스』의 층계참에서 독종과 몸싸움을 벌였던 남자일지도. 패트리셔를 듬직하게 구해준 바로 그 구원자 말이다.

하지만 옆방 승객이 일체 두문불출을 하는 지금과 같은 상황에선 진실을 알아내는 길이 막막할 따름이었다.

급기야 이 지긋지긋한 의혹을 단번에 일소하겠다고 마음먹은 패트리셔는 사무장을 동반하고 이웃 선실을 방문하기로 했다. 사무장은 문을 노크한 뒤 신분상의 권위를 충분히 활용하면서 장황하게 용건을 내세우고는 패트리셔를 불쑥 들여보냈다.

베일에 가려 있던 승객을 보자마자 패트리셔는 질겁하며 비명을 질렀다.

"어머나, 헨리, 다, 당신이?"

그녀는 즉시 둘만 있게 해달라며 사무장을 내보냈다.

사무장이 입회해 있을 때는 침착한 태도였던 헨리 맥 앨러미는 여자와 단둘이 남자, 신문사 면담 당시에는 철저하게 절제를 가장했던 표정은 온데간데없이 창백하게 질린 몰골로 다짜고짜 패트리셔의 발치에 무릎을 꿇었다. 그는 모든 사정을 줄줄이 털어놓기 시작했다.

패트리셔 당신을 사랑하고 있으며, 단 한순간도 잊은 적이 없노라. 그처럼 비열하게 당신을 버린 걸 제발 용서해달라. 더 이상 당신 없이는 살아갈 수가 없다 등등.

급기야는 가쁜 숨을 헐떡이며 마무리했다.

"정말이지 그렇게 얄미울 수가 없소. 내 마음이 얼마나 괴로웠는데. 도대체 갑자기 왜 떠난다는 거요? 내 아버지 복수를 하겠다고? 쳇, 그건 핑계일 뿐이야! 거짓말이라고! 당신은 분명 혼자 떠나는 게 아닐 거요, 패트리셔. 당신이 사랑하는 다른 누군가와 함께 떠나는 걸 거야. 대체 누구지? 나는 아무것도 모르고 있소. 하지만 반드시 알아내고야 말 거요. 누가 됐든 놈에게서 당신을 빼앗아올 거라고! 중요한 건 오로지 당신이야! 내가 결혼한 건 정말 미친 짓이었소! 나는 당신만을 사랑해! 다른 남자 품에 안기는 당신을 두고 볼 수가 없단 말이오! 그럴 바에는 차라리 당신을 죽여버리겠어! 당신이 배신하는 꼴은 절대로 용납할 수가 없단 말이야!"

패트리셔는 이처럼 말도 안 되는 행태에 놀라면서도 슬그머니 화가 났다.

"배신행위는 바로 당신이 저지른 거예요, 헨리! 나는 그래도 당신을 믿었어요. 내 모든 사랑을 바쳤다고요! 나는 당신과 우리의 아이를 위해서만 살았어요! 그랬는데 당신이 몽땅 망쳐버린 거예요! 모든 것이 아무런 이유나 설명도 없이 순식간에 무너져버렸어요. 단지 종이쪽지에 한마디 휘갈겨 쓴 게 전부였죠. '안녕'이라고 말이에요. 나를 죽여버리겠다고요? 만약 로돌프만 아니었다면 난 벌써 죽어 있을 거예요! 당신을 용서하라고요? 천만의 말씀! 아니지, 잔혹했던 과거에 대해서라면 이젠 나한테 하나도 문제가 안 되니까 그럴 수도 있겠네요. 누구든 자기 머릿속에서 말끔히 내쫓아 더 이상 경멸의 대상조차 되지 못하는, 완전히 무관한 사람을 용서하는 거야 그리 어렵지 않을 테니까요."

패트리셔의 태도는 한 치의 빈틈없이 단호하면서 거만스럽기까지 했다. 한편 헨리 맥 앨러미는 안간힘을 다해 냉정을 되찾으려 애를 쓰고 있었다. 그는 가까스로 일어나 당일로 선실을 바꾸겠으며, 더 이상은 귀찮게 하지도 않고, 유럽에 도착하는 즉시 또 다른 배로 갈아타 뉴욕으로 돌아가겠노라고 약속했다.

"그래야 당신 신문사와 마누라를 건질 수가 있을 거예요."

패트리셔가 가혹한 말투로 내지르자, 남자는 어깨를 으쓱하며 말을 받았다.

"아니, 신문사는 지긋지긋해. 아무래도 내 능력 밖의 일인 듯하오. 이럴 바엔 차라리 편집위원들끼리 협력해서 꾸려나가는 게 내가 손대는 것보다 나을 것이오. 실은 떠나기 전에 이미 전권을 넘겨주고 오는 길이지. 모든 걸 이참에 완전히 정리해버릴 생각이야."

"당신 부인은 어쩌고요?"

"그 여자도 잘 알게 된 다음부터는 역겹기만 해. 그 여자는 나를 당신한테서 빼돌리기 위해 무지막지하게 달려든 것이오. 순전히 경망스럽기만 한 변덕쟁이인 데다, 버르장머리 하나 없는 지독한 이기주의자야."

"그래도 당신이 있을 자리는 그 여자 곁이에요. 어쨌든 그 여자와 결혼했으니까요. 그 여자를 행복하게 해줄 의무가 있다고요."

남자는 졸지에 다시 기가 꺾여서 울고불고 애원했다. 그런데도 여자가 전혀 수그릴 기미를 보이지 않자, 마침내 요구하는 건 뭐든지 들어주겠다며 갖은 약속까지 남발하는 것이었다.

패트리셔는 냉혹하게 자기 선실로 돌아오면서 속으로 중얼거렸다.

'비겁한 사람 같으니! 도무지 변덕스럽고 믿을 수 없는 남자야. 세상에 기가 막혀, 내가 어떻게 저런 사람한테 빠질 수 있었을까? 저런 인간한테 뭘 사랑할 점이 있다고…….'

그녀에게 헨리 맥 앨러미라는 인간은 조금도 두렵거나 걱정할 대상조차 못 되었다. 그래서인지 그날 밤만은 아주 편안한 마음으로 숙면을 취할 수 있었다.

다음 날 아침이 밝자, 간밤에 갑판 위에서 누군지 몰라도 두 사람 사이에 격한 다툼이 있었다는 얘기가 들려왔다. 게다가 둘 중 한 명이 상대를 그만 바다로 내던져버렸다고 했다.

문제는 그 이후부터 앤드루 포브라는 이름의 승객이 선상에서 자취를 감췄으며, 다들 그 사람이야말로 간밤의 희생자가 아니겠느냐며 수선을 떠는 것이었다. 아울러 배 바깥으로 사람을 동댕이친 장본인이 누구인지도 아직 전혀 밝혀지지 않았다. 일단 싸움을 직접 목격한 증인이 아무도 없었다. 싸운 두 당사자 중 한 명이 바다에 빠졌고, 나머지 한 명은 종적을 감춘 것이다. 승무원들과 승객들을 대상으로 아무리 조사를 해봐도 소용이 없었다. 수수께끼는 밝혀지지 않은 채 이대로 묻혀질 참이었다.

다만 패트리셔만은—비록 증거는 없지만—가해자가 다름 아닌 독종일 거라는 확신을 가지고 있었다. 놈이 아버지를 죽이고 나서 그 아들마저 깨끗이 제거해버린 셈이다. 그녀의 상상 속에 독종은 항상 승객들 가운데 섞여 있는 모습이었다. 패트리셔는 사람들의 얼굴을 하나하나 뜯어보았다. 하지만 정확히 눈여겨볼 수도 없는 극적인 상황 속에서 언뜻 스쳤을 뿐인 얼굴을 다시 대한다 한들, 어떻게 알아볼 수가 있겠는가!

패트리셔는 제법 야무진 용기의 소유자였지만, 실은 누군가 자신을 지켜주고 있다는 조금 엉뚱하면서도 든든한 느낌이 없었다면 매 순간 불안 속에서 지내야만 했을 터였다. 그렇다! 그녀는 일전에 한 번 멋들어지게 나타나 자신을 위기에서 구해주었던 바로 그 사람이 또다시 위급한 순간에 나타나주리라는 생각을 품고 있었다. 아, 그 사람이 여기 일드프랑스호에도 승선하고 있을까? 하긴 아니랄 이유도 없지! 언제나 지켜주고 도와줄 거라고 약속을 하지 않았던가! 그라면 무엇이든 할 수 있지 않을까? 그 어떤 위험으로부터도 든든하게 보호받고 있다는 느낌을 다시 한번 되새기며, 패트리셔는 남자가 건네준 은제 호루라기를 행운의 부적이라도 되듯 얌전히 목에 걸었다. 조금이라도 심상치 않은 기운이 감돌면 즉시 이걸 불 것이고, 그럼 구원자가 나타나 안전하게 지켜주리라.

이런 다짐을 하면서부터는 나머지 선상여행이 그처럼 평온하게 진행될 수가 없었다. 정말 아무 일도 일어나지 않았다. 그러고 보니 독종과 마찬가지로 구원자 역시, 패트리셔가 눈에 불을 켜고 두리번거리는 어둠 속에 꼭꼭 숨어 있는 모양이었다.

마침내 목적지에 도착한 뒤, 여자는 일부러 하선용 트랩이 똑바로 건너다보이는 뱃전에 붙어 서서 배에서 내리는 사람들 면면을 자세히 살펴보았다. 하지만 그녀의 뇌리 속에 그토록 큰 자리를 차지하고 있는 두 사람, 즉 집요하고 거칠기 그지없는 정염의 소유자인 무섭고 역겹기만 할 뿐인 악당과 그 반대로 항상 지켜주겠다고 다짐해준 사내, 너무도 강하면서 또한 다정해서 그와 함께라면 세상 아무것도 두려울 게 없을 것 같은 바로 그 남자 중 누구도 식별할 수 없기는 마찬가지였다.

* * *

패트리셔의 계획은 다음과 같은 추론에 근거했다.

제임스 맥 앨러미의 은밀하고도 거창한 사업은 그로 하여금 프랑스로의 여행을 감행하지 않으면 안 되게 만들었다. 결국 그를 살해한 진범인 독종 역시—그렇다, 이제 그 점에는 일말의 의혹도 있을 수 없다—뉴욕 경찰의 추적을 피하기 위해, 또 애당초 자기 몫으로 가로챌 요량이었던 문제의 사업을 계속 추진하기 위해 마찬가지로 프랑스행을 시도할 것이 확실시된다. 분명 그는 비밀리에 보트로 배를 벗어나 영국 해안에 다다른 뒤, 다른 길을 통해 프랑스로 건너올 것이다. 따라서 패트리셔는 르아브르에 내리자마자 차를 한 대 빌려 불로뉴로, 칼레로 내달려 대영제국으로부터 대륙으로 다가오는 모든 선박들을 감시해야 할 것이다.

* * *

하루가 저물 무렵의 칼레. 넉넉한 래글런식 외투를 입고 챙 모자를 푹 눌러쓴 한 남자가 회색 목도리에 얼굴 반을 파묻고 배의 트랩을 걸어 내려오는 모습이 패트리셔의 눈에 포착됐다. 남자의 오른손에는 묵직한 여행가방이 들려 있었고, 왼팔 겨드랑이에는 신문, 잡지들과 더불어 맥 앨러미의 도난당한 서류가방과 크기가 똑같은 꾸러미 하나가 포장용지에 싸이고 끈으로 묶인 상태로 감춘 듯 끼어 있었다.

숨죽여 모든 걸 지켜보던 패트리셔의 눈에 독종이라 불리는 불한당의 실루엣이 고스란히 붙잡혔다. 여자는 즉시 남자의 뒤를 밟기 시작했다.

남자는 파리행 기차에 올랐고, 패트리셔도 같은 기차 바로 옆 객실에 자리를 잡았다. 파리에 내린 남자는 북부 역에서 그리 멀지 않은 어느 대형 호텔에 여장을 풀었다. 패트리셔는 같은 호텔, 같은 층에 방을 잡았다.

여자는 남자가 아무것도 눈치 못 채리라 확신했다. 하루 종일 그녀는 이런저런 계획들을 세웠다 허물면서 참을성 있게 기다렸다. 도움을 빌리기 위해 따로 돈까지 주고 구슬린 객실 담당 하녀가 남자의 하루 시

간표를 조목조목 알려주었다. 알고 보니 아주 간단했다. 남자는 오후 내내 늘어지게 잠을 잔 뒤 방에서 저녁을 시켜 들었다. 중요한 건 가죽 손잡이가 달린 황갈색 큼직한 손가방에서 한시도 떨어지지 않는다는 사실이었다.

이 마지막 정보야말로 패트리셔의 마음 한 자락을 붙들고 있던 주저함과 두려움을 말끔히 가시게 했다. 이제는 악당이 움직이기 전에 행동에 들어가야만 한다는 게 명확해졌다. 놈이 그 안에 들었을 문서를 제멋대로 이용하거나, 아예 통째로 빼돌려 어디 확실한 장소에 숨겨버리기 전에 가방을 탈취해야만 하는 것이다.

패트리셔는 화장품상자 안에서 여행할 때 호신용으로 가지고 다니는 앙증맞은 권총 한 자루를 빼 들었다. 이번에는 정말 마음먹고 두둑하게 돈을 쥐여준 끝에, 객실 담당 하녀는 그녀를 독종이 묵은 방까지 안내해주었고 만능열쇠를 이용해 문까지 따주었다.

패트리셔는 안으로 들어가 등 뒤로 문을 닫았다. 그녀는 결국 남자와 단둘이 남게 되었다.

방금 막 저녁식사를 끝낸 남자가 벌떡 일어섰다. 패트리셔는 여태껏 층계참이나 제방의 어둠 속에서 어렴풋이 짐작해볼 뿐이었던 큰 키와 당당한 체격, 그리고 지금 당장은 너무도 당황한 나머지 거의 우스꽝스럽게 되어버린 투박하고 야수 같은 얼굴을 가만히 바라보았다.

남자는 이내 냉정을 되찾고는 억지로 웃음까지 지으며 말했다.

"세상에, 패트리셔 아니신가? 정말 당신이야! 이런 기막힌 일이 있나! 이렇게까지 옛 친구를 보러 와주다니 고맙기 그지없군! 어서 거기 앉으시지. 과일을 드릴까? 커피? 술? 아니지, 먼저 포옹부터 해야겠지?"

남자는 한 걸음 불쑥 다가섰다. 그 순간, 패트리셔는 부리나케 앙증맞은 권총을 쳐들어 겨눴다.

"얌전히 있어요!"

남자는 히죽거리면서도 제자리에 멈췄다.

"그래, 뭘 도와드릴까?"

"11인의 회동이 끝난 후, 다시 상점에 돌아가 미스터 맥 앨러미를 살해한 다음 훔쳐낸 황갈색 가죽가방을 내게 넘겨요!"

패트리셔는 앙칼지게 목소리를 높였다.

남자는 여전히 웃음을 흘리며 대꾸했다.

"이봐요, 내가 그 가방을 빼앗기 위해 사람을 죽이는 것마저 괜찮다고 판단한 이상, 그걸 순순히 내어줄 리가 없지. 그나저나 그건 왜 필요한데?"

"사장님이 시작하신 일을 계속할 생각이에요. 바로 그 가방 안에 없어서는 안 될 서류들이 죄다 들어 있는 것 아닌가요?"

"그야 물론이지. 그것들이 없으면 아무것도 할 수가 없어."

"당장 내놔요! 어차피 당신은 현재 경찰의 추적을 받고 있어. 아마 조만간 두 건의 살인혐의로 당신은 체포되고 말 테지. 그러면 서류들은 영영 우리 손을 벗어나는 거란 말이에요."

"'우리'라니? 오, 내 사랑 패트리셔! 그럼 정녕 나를 위해 일을 해주겠다는 거요?"

"천만에, 어디까지나 나와 신문사를 위해서입니다."

"다시 말하자면 당신 옛날 남자친구 앨러미 2세를 위해서라 이거로군?"

패트리셔는 목소리가 떨리는 걸 어쩌지 못하고 숨죽여 내뱉었다.

"그는 죽었어요. 누가 바다에 던져버렸다고요."

독종은 그저 어깨를 한 번 으쓱했다.

"헛소리! 누군가 물에 떨어진 건 사실이지. 2세께서는 단지 그게 자신이라 믿게 만들고서 3등칸 승객들 틈으로 교묘히 숨어들었을 뿐이란 말씀이야. 그러고 보니 뉴욕에서 발신된 최근 뉴스는 아직 읽지 않으신 모양이지?"

"그럼 물에 빠진 사람은 누구죠?"

"더러운 전력 때문에 미국에서 추방당한 어느 이탈리아계 이민자. 아마 돈푼이라도 강탈하려고 했던 모양이더군."

"그러니까 당신한테서 나를 구해주었던 바로 그 사내가 강도를 물에 던져버린 거로군요?"

"난 그 사내 몰라."

"거짓말! 그 사람한테 당신이 직접 아르센 뤼팽이 아니냐며 떠보기도 했으면서!"

"무슨 확신이 있어서 그런 건 아니었소. 어쩌면 그일지도 모른다는 거지. 아닐 수도 있고. 아무튼 당신, 지금 가방을 원한다는 거요?"

"그래요."

"내가 싫다고 하면?"

"경찰에 당신을 넘길 겁니다."

"좋소. 하지만 그러기 전에 우리 둘 선에서 매듭을 한 번 지어봅시다."

잠시 침묵이 흘렀다. 독종은 머뭇거리는 듯 싶다가 이내 웅얼거렸다.

"내가 당신의 그 권총하고 짭새들 사이에서 정말 어떻게 하길 바라오?"

"순순히 가방만 내놓으면 돼요. 어디에다 숨긴 겁니까?"

"저기 베개 밑에…… 잠깐 기다려주시오."

자그마한 권총이 겨누어진 상태로 독종은 슬슬 침대로 다가가 천천히 허리를 숙였고…… 다음 순간, 그야말로 전광석화처럼 몸을 옆으로 날리는가 싶더니 베개가 방을 가로질러 날아와 패트리셔의 얼굴을 냅다 후려쳤다. 그 바람에 여자의 손에선 권총이 튀어나갔다.

바닥에 떨어진 무기를 어느새 낚아챈 악당은 여자 앞으로 성큼 다가들었다.

침침한 조명 속에 그 짐승 같고 잔악무도할 것 같은 얼굴 표정이 그대로 느껴졌다.

여자는 은제 호루라기를 냉큼 입에다 갖다 대며 일갈했다.

"멈춰요! 아니면 이걸 부를 거야!"

"그럼 누가 납시기라도 하나?"

악당은 실컷 비아냥댔다.

"그 사람이 와요! 당신한테서 나를 지켜줄 그 사람."

"오호라, 그 수수께끼 같은 구원자 말인가?"

"그래, 아르센 뤼팽!"

"그럼 정말 그 친구가 그 사람이라 믿는 건가?"

독종이 흠칫 물러서며 중얼거리자, 패트리셔는 놓치지 않고 뇌까렸다.

"당신 역시 같은 생각일걸! 그래서 겁이 나는 거지."

남자는 억지로 허풍을 떨려 애쓰는 기색이 역력했다.

"그래? 그럼 당장 불어보시지! 어서 오라고 해봐! 나도 이번 기회에 그 친구랑 좀 더 가깝게 사귀어보고 싶은걸."

하지만 그마저도 어느 정도의 허세에 불과했는지 여자를 그냥 내빼도록 내버려두었다.

부리나케 자기 방으로 돌아온 패트리셔는, 다음 날 필요하다면 경찰에 신고를 하고서라도 다시 시도하리라 다짐했다. 그녀는 몇 시간 동안 눈을 붙였고, 아침이 되자 여기저기 사람들이 지나다니는 소음과 떠들썩한 목소리에 놀라 잠이 깼다.

객실 담당 하녀의 말에 의하면, 간밤에 그 독종이라는 사람이 곤봉으로 머리를 맞아 심한 부상을 당했다는 것이었다. 피해자는 아직 숨이 붙어 있고 생명에 큰 지장은 없어 보이지만, 오고 가는 여행객들 사이에 쥐도 새도 모르게 섞여 든 가해자를 알아보지는 못했다고 했다.

마침 소지하고 있던 기자 신분증 덕분에 패트리셔는 경찰서장의 초동수사 과정을 마음대로 참관할 수 있었지만 별 소득은 없었다. 그 대신 호텔로 돌아왔을 때 객실 담당 하녀가 은근한 투로 하는 말이, 보아하니 부상자한테 관심이 많은 것 같은데 보수만 두둑이 준다면 그가 쓰던 수첩 겸용 지갑을 넘겨주겠노라는 것이었다. 그 지갑은 피해자의 방 라디에이터 뒤에서 찾아냈다고 했다. 패트리셔는 일단 제의를 수락했고, 혹시나 하는 마음에 문제의 가방에 대해서도 물어보았다. 하지만 그건 못 보았다는 대답이었다. 독종을 공격한 자가 가져간 모양이었다.

아마도 그걸 노리고 공격을 감행했을 것 같았다.

지갑 속에서 패트리셔는 코팅된 사진이 첨부된 자그마한 신분증 하나를 발견했다. 그 사진 뒷면에 맥 앨러미의 필체로 이런 글이 적혀 있었다.

(M)—폴 시너 n°3.

수첩을 펼쳐보자, 그중 한 면에 에드거 베커라는 사람의 포츠머스 주소지(세인트조지 선술집)가 적혀 있었고, 나머지 면들은 모두 백지였다. 패트리셔는 순간적으로 이 에드거 베커라는 자야말로 독종을 습격한 장본인이며, 이자가 문제의 손가방을 강탈해간 거라고 추정했다. 패트리셔는 그자가 전리품을 챙긴 채 그대로 영국으로 줄행랑쳤을 가능성이 크다고 보고, 진상을 규명하기 위해 즉시 르아브르로 출발했다. 그곳에서 일사천리로 영불해엽을 건넌 다음 곧장 포츠머스에 도착했다.

세인트조지라는 선술집을 찾는 일은 그다지 어렵지 않았다.

항구에 바로 인접해 자리 잡은 보잘것없는 선술집이었는데, 도착하자마자 건물 안팎이 온통 북새통이었다. 붉은 머리의 뚱뚱한 주인이 자세히 설명해준 바에 의하면, 불과 몇 시간 전에 업소 안에서 살인사건이 일어났다는 것이다. 피해자는 선술집에 딸린 여관에 묵고 있던 에드거 베커라는 작자라고 했다. 잠깐 동안 프랑스에 다녀온 뒤였다나.

패트리셔는 들썩대는 흥분감을 애써 달래며 물었다.

"혹시 황갈색 가죽 손가방을 가지고 있지 않았던가요?"

"맞습니다! 여행가방에 그런 게 있는 걸 봤어요. 베커는 도착하자마자 위층으로 올라가 휴식을 취했지요. 그래서 무슨 일이 벌어지는지 아무도 모르고 있었죠. 무슨 수상쩍인 점이라고는 하나도 보이지 않았거

든요. 그런데 세 시간쯤 있다가 하녀가 올라가보니, 그만 베커가 목이 졸려 죽어 있는 겁니다."

"손가방은 어떻게 됐나요?"

패트리셔가 다그쳐 물었다.

"온데간데없던걸요. 대신 수첩은 하나 있었어요. 아차, 경찰한테는 깜빡하고 말도 못했네."

"그걸 나한테 주시면 10파운드를 드리지요."

여자가 얼른 말하자, 주인은 조금도 망설이지 않았다.

"오, 그야 좋으실 대로! 나야 별 상관 없으니까요. 게다가 베커한테 받을 돈도 있는데, 경찰이 대신 내줄 리도 만무할 테고."

그런데 그 수첩이라는 것이 독종이 가지고 있던 것과 비슷하게 생긴 데다, 같은 종류의 신분증과 동일한 크기의 사진 한 장이 다음과 같은 글자가 뒷면에 적힌 채로 첨부되어 있는 게 아닌가.

(M)—폴 시너 n°4.

프랑스로 돌아온 패트리셔는 에투알 광장에 위치한 호텔에 방을 구했고, 사흘 후에는 『알로폴리스』 신문사에 향후 미국은 물론 전 세계적으로 엄청난 화제를 불러일으킬 기사를 송고했다. 그 기사는 아래처럼 매우 충격적인 문장으로 시작되었다.

> 네 건의 범죄사건이 발생했다. 그중 둘은 뉴욕에서, 하나는 영국에서, 나머지 하나는 파리에서 벌어진 것이다. 겉으로 보기에 그 사건들 간에는 어떠한 공통점도 찾아볼 수 없으며, 설사 경찰이 뉴욕에서의 두 건에 대해서는 어느 정도 그런 추정을 했을지 몰라도, 결코 전체 사건들을 하나의 연관성 속에서 파악하지는 못했을 거라는 게 기자의 생각이다. 그런데 실은 그 모든 게 단일한 범죄행각이라는 점을 이제부터 증명하고자 하는 것이다.

일단 그렇게 운을 띄우고 나서 패트리셔는 자신이 맥 앨러미와 나눴던 대화 내용과 어느 날 저녁 거리를 누비며 그의 뒤를 밟은 이유, 리버티 광장의 상점 안에서 열한 명이 회동한 사실, 황갈색 가죽 손가방이 강탈당한 일, 프레데릭 필즈와의 처절한 전화통화, 이어서 감행한 유럽행 여행길, 그로부터 두 건의 또 다른 범죄사건을 가까이서 지켜본 사연 등 그야말로 일사천리로 그간의 사정을 전했다.

정말이지 얼마나 술술 얘기를 풀어내는지! 얼마나 명석한 추리력이 느껴지는지! 서두부터 물씬 풍기는 그 의미심장한 분위기는 또 어떻고! 아, 과연 앨러미 영감이 따끔하게 가르친 충고를 이 초보기자가 얼마나 훌륭히 소화해내고 있는지 여실히 보여주는 글이 아닐 수 없었다.

기사는 마지막 장에 가서 그 의미가 또렷하게 각인될 수 있도록 모든 힘을 집약해 이렇게 끝맺었다.

요컨대 분명 오랜 기간 준비되어왔을 11인의 비밀 회동이, 대단히 중대한 것으로 추정되는 어떤 사업을 논의하기 위해 소집된다. 막상 그렇게 공모해서 시도된 조치의 첫 결과는 과연 무엇인가? 바로 세 사람이 죽어나가고, 한 명이 살해될 뻔한 것이다. 그렇다면 이른바 그날 논의되었을 사업부터가 결국 살인과 절도 등을 몰고 올 수밖에 없는 그 무언가라고 단정해야 할까? 그건 아니다. 원래 그 사업은 도덕적으로나 성품상으로 한 점 의혹도 없고, 나무랄 데 없는 두 친구의 머릿속에서 아이디어가 움튼 것이었다. 다름 아닌 맥 앨러미와 그의 고문변호사 프레데릭 필즈 말이다. 다만 거기엔 많은 위험 요소가 잠복해 있고, 숱한 장애가 가로놓여 있다. 따라서 두 친구는 함께 일할 인력으로 어딘지 험하고 수상쩍은 전력을 지닌 사람들을 뽑아야만 했다. 이를테면 전문 사기꾼이나, 돈만 주면 무엇이든 할 사람, 모든 계층의 범죄조직 등 맥 앨러미의 판단에 일련의 음험한 습성과 욕구를 지닌 자들이 물색 대상이었던 셈이다. 그는 내게 직접 말한 적이 있다. "내가 살해당할 걸 각오하고 어떤 수상쩍은 일에 끼어든다고 가정해봅시다." 그러고는 금세 그런 지경에 이르고 만 것이다. 두 명의 점잖은 인사가 연속으로 살해당했고, 사업의 성공에 필수적인 서류가 도난당했으며, 이제는 음흉한 무리가 전 세계를 제멋대로 활개치며 지독한 야심과 목표에 몸 달아 점점 더 기승을 부리는 상황. 결과는 두 명의 또 다른 희생자가 발생했고 그걸로 끝이 아니라는 사실이다.

이 모든 걸 한낱 가설로 치부해야 할까? 증거가 없는 추측일 뿐이라고?

사실 나는 지금껏 결론을 대비해 증거들을 확보하고 있었다. 아니, 보다 정확히는 하나의 증거라고 하는 게 낫겠다. 대신 절대 반박의 여지가 없을 증거인데, 이는 뉴욕 경찰당국에서 명명백백하게 그 가치를 입증해줄 것으로 믿는다.

다름 아니라 독종과 에드거 베커에게서 나온 두 장의 신분증 얘기다. 내가 직접 발견한 이 신분증들과 똑같은 신분증 두 개가 아마도 지금쯤 미스터 맥 앨러미와 프레데릭 필즈의 소지품 가운데서 발견되었거나, 이제 곧 발견될 것으로 기자는 확신한다.

그 기사 내용이 뉴욕 경찰당국에 알려진 직후, 살해당한 두 친구의 소지품이 전면적으로 재조사되었고, 일부 서류 더미 속에서 여태 눈여겨보지 않았던 두 개의 유사한 신분증이 발견되었다.

거기 적혀 있는 글귀를 살펴보자면, 프레데릭 필즈의 것에는,

(M)—폴 시너 n°2.

맥 앨러미의 것에는,

(M)—폴 시너 n°1.

이로써 증거가 완벽히 성립된 셈이었다. 네 명의 희생자 모두가 동일한 징표를 지니고 있었던 것이다. 일종의 암호일까? 무슨 동맹 표시?

실존하는 여자의 이름? 정말로 '폴라 라 페슈레스(죄 지은 여자)'를 의미하는 별명일까? 수수께끼가 아닐 수 없다! 철두철미한 수수께끼 그 자체! 하긴 나머지 생존한 일곱 명의 공모자들 역시 하나의 같은 이름하에 모여든 꼴이니 어찌 이를 두고 수수께끼가 아니라 하겠는가? 다름 아닌,

폴 시너

그것도 머리에는 대문자 M을 앞세운 채, 음흉한 조직 내에서 각 개인을 지목하는 번호를 꽁무니에 달고 말이다.

그런데 증거가 확인된 바로 그날 밤, 살해된 두 사람에게서 나온 문제의 신분증들이 그만 경찰 사무실에서 감쪽같이 사라지고 말았으니 과연 어떻게 된 일일까? 결국에는 또 하나의 수수께끼가 더해진 형국이었다.

3
오퇴이유롱샹 대공 오라스 벨몽

유모 할멈 빅투아르는 주인이 오색찬란한 가운을 걸친 채 디방에 누워 곤히 자고 있는 욕실 안으로 숨소리마저 들릴세라 살금살금 걸어 들어갔다.

눈을 감고 있던 남자의 문득 웅얼대는 목소리가 침묵을 깼다.

"뭐하러 그렇게 조심을 떠는 거요? 문을 삐걱대도 괜찮고, 의자를 때려 부숴도 상관없어요. 폭스트롯을 한바탕 추시든, 큰북을 두드리든 마음대로 하시라고. 나로 말하자면 항상 정해진 시각에만 잠에서 깨는 사람이니까. 그럼, 그때 봅시다, 빅투아르."

그는 쿠션들 사이로 얼굴을 더욱 깊숙이 파묻으며 더할 나위 없이 안정된 수면 상태에 빠져들었다.

그의 모습을 빅투아르가 감탄 어린 눈길로 한참을 들여다보며 구시렁거렸다.

"하여튼 잘 때 보면 깬 상태에선 늘 떠나지 않는 그 빈정대는 미소라든지 팔팔한 기색을 조금도 찾아볼 수가 없단 말이야. 그토록 오랜 세월 유모로 지켜봐오면서도 항상 이 늙은이를 불안하게 만드는 그 태도들에는 좀처럼 익숙해지지가 않더니만……."

그러더니 또 혼잣말처럼 중얼거렸다.

"참 아이처럼 잔단 말이야. 아, 저 미소 좀 봐. 보나 마나 멋진 꿈을 꾸고 있을 거야. 온 의식이 휴식 중인가 보지. 어쩌면 얼굴이 저리도 편안할꼬. 아직도 젊고 팔팔해 보여. 누가 감히 저 나이를 쉰 줄로 보겠어?"

노파는 차마 말을 끝맺지 못했다. 아까부터 그 소리를 죄다 듣고 있던 남자가 벌떡 일어나더니 다짜고짜 노파의 멱살을 움켜잡고는 대차게 일갈했기 때문이었다.

"제발 그 입 좀 다물지 못할까! 저기 동네 구석 돼지고기 장수한테 당신 나이를 팍 고해버려? 당신한테 군침을 흘리는 그 작자 말이야!"

빅투아르는 완강하게 조여오는 헤라클레스의 손힘에 눌려 갑갑한 것도 갑갑한 거지만, 우선은 부아가 나서 더듬거렸다.

"돼, 돼지고기 장수한테는 제발, 오!"

"내 나이를 우스꽝스럽게 떠벌린 건 그쪽이 먼저요!"

"하지만 여긴 아무도 없잖니."

"내가 있지 않소, 내가! 아직 서른도 채 안 된 나이인데…… 그러니까 왜 별것도 아닌 숫자놀음으로 날 상처 주려고 하냔 말이지!"

남자는 내뱉고 다시 디방에 털썩 주저앉아 늘어지게 하품을 하더니 물을 한 잔 벌컥벌컥 들이켰다. 그러고는 이젠 갑자기 어린아이처럼 유모를 부둥켜안고 외치는 것이었다.

"빅투아르, 난 요즘처럼 행복한 적이 없어요!"

"그래? 왜 그럴까?"

"왜냐하면 내 인생을 정리했거든. 더 이상의 격한 모험은 없어요! 빅토르 시절의 모험과 칼리오스트로가 여자와의 실랑이가 정녕 마지막일 거요. 이젠 나도 지긋지긋해요! 재산은 두둑하게 간수해두었으니 더 이상 덜컥거리지 않고 억만장자 귀족 나리로 여생을 편히 보내렵니다. 게다가 이제는 여자들도 지겨워! 사랑도 이젠 그만! 난봉꾼 노릇도 더는 관심 없어요. 감상적인 기분이나 달밤의 세레나데도 모두 다 지긋지긋하고. 모조리 싫증났단 말이오! 자, 어서 풀 먹인 셔츠하고 제일 근사한 의복이나 내오시오!"

"어디 나가려고?"

"넵! 일찌감치 트란스발로 이주한 옛 프랑스 항해 가문의 유일한 후손이자 바로 그곳에서 더없이 정당한 방법으로 갑부가 되어 돌아온 이 오라스 벨몽께서 오늘 밤 은행가 앙젤만이 1년에 한 번씩 베푸는 축제에 참석하기로 되어 있다는 말씀! 그러니 어서 이 몸이 성장(盛裝)을 하고 한껏 멋을 내야 하지 않겠냐 이거지, 할멈씨!"

* * *

10시 반, 오라스 벨몽은 앙젤만 은행과 그 은행주의 아파트까지 포함한 포부르 생토노레의 호화로운 건물 앞에 당도했다. 거창한 아치문을 통과하자 사무용 공간이 양쪽으로 도열했고, 계속해서 주거공간으로 할애된 익랑채들 사이로 아름다운 잔디정원이 샹젤리제 대로까지 뻗어나갔다.

바로 그 정원 위로 거대한 천막 두 개가 드리워져 있었다. 저만치 안쪽으로는 회전목마와 그네, 진귀한 풍물 전시실들, 권투나 레슬링을 위해 마련된 가설 링 등 온갖 여흥거리가 떠들썩하게 펼쳐졌다. 눈이 휘둥그레질 만한 조명시설로 환하게 밝혀진 그곳에 수많은 사람들이 북적대는 건 당연했다. 오케스트라와 재즈밴드는 각각 세 그룹씩이나 포진해 한창 열을 올리고 있었다.

앙젤만은 입구에서 손님들을 맞이했다. 머리는 백발이지만 아직은 정정한 그는 홍조가 깃든 깔끔한 얼굴에다, 영화 속에 흔히 등장하는 미국 재정가 스타일의 화면 잘 받는 풍채의 소유자였다. 그는 현재 자신의 위치를, 세 차례에 걸친 대실패를 의연하고 수완 있게 견뎌나감으로써 든든한 기반 위에 구축할 수 있었다. 그에게서 그리 멀지 않은 곳에는 수많은 흠모자들이 '아름다운 마담 앙젤만'이라 부르는 그의 아내가 서 있었다.

오라스는 은행가의 손을 덥석 붙잡았다.

"안녕하신가, 앙젤만?"

앙젤만은 상대의 얼굴에 얼른 이름이 떠오르지 않자, 더더욱 다정다감한 어투로 응대했다.

"아이고, 우리 친구 오셨네! 안녕하신가? 이렇게 와주시다니 정말 사려도 깊으시군!"

'우리 친구'는 언뜻 물러서는 듯하다가 다시 다가와 나직한 목소리로 말했다.

"나를 아시는가, 앙젤만?"

은행가는 놀라는 기색을 간신히 억제하면서 아까와 똑같은 어투로 대답했다.

"아, 그야 자세히 안다고는 말 못하지. 워낙에 호칭이 많으신 터라."

"이봐, 앙젤만. 난 내 뒤통수에다 대고 허튼 짓거리 하는 사람 안 좋아해. 이렇다 할 증거는 없어도 느낌상 난 왠지 자네가 날 배신하고 있다는 생각이 들어."

"내가 당신을…… 배신하다니?"

누가 보면 지극히 친근한 동작 같지만, 강철처럼 완강한 손의 악력이 상대의 어깨를 강하게 압박하면서 또다시 나직한 목소리가 덧붙였다.

"내 말 잘 들어, 앙젤만! 마음만 먹으면 나는 언제든 자네를 유리잔처럼 부수어버릴 수 있어. 그럼 자넨 끝난 목숨이라고. 그때까지 기회를 한 번 주지. 자네 성실함이 어느 정도인지는 자네의 경탄할 만한 안사람을 통해 가늠해보기로 하겠네."

은행가는 낯빛이 하얗게 질리면서도 자기 집에 가득 모인 손님들 눈치를 보느라 재빨리 태도를 추스르고는 예의 그 사교적인 미소를 꾸며댔다.

한편 오라스는 아랑곳하지 않고 자리를 떠나 이번에는 '아름다운 마담 앙젤만' 앞에서 우아하게 허리를 숙였다. 대귀족 특유의 나무랄 데 없는 느긋함과 잘 가다듬은 예법을 깍듯이 차리면서 그는 여자 손에 그윽한 키스를 함과 동시에 몸을 일으키며 중얼거렸다.

"안녕하시오, 마리테레즈. 여전히 젊고 매혹적이면서도 정숙한 거지?"

빈정대는 투에 여자 역시 가볍게 미소를 지으면서 마찬가지의 비꼬는 투로 중얼거렸다.

"어머, 엉큼한 미남자께서 오셨네. 그쪽도 여전히 점잖게 지내시는 거죠?"

"물론이지. 점잖은 행색이야말로 내 고유의 액세서리들 중 하나인걸. 하지만 여자들이 나한테서 정작 좋아하는 건 따로 있지. 안 그런가, 마리테레즈?"

"하여튼 저 거드름하고는!"

여자는 살짝 얼굴을 붉히면서 어깨를 으쓱했다. 남자는 이어서 약간 진지해진 목소리로 말했다.

"당신 남편을 잘 감시하라고, 마리테레즈. 분명히 말하지만, 잘 감시해."

"왜요, 무슨 일이죠?"

여자가 더듬댔다.

"오, 뭐 바람 같은 걸 피운다는 얘기는 아니고. 어떻게 이처럼 아리따운 마리테레즈를 놔두고 부정을 저지를 수 있겠나! 그보다 훨씬 더 심각한 문제야. 내 말 믿어요, 그를 잘 감시하라고."

오라스는 만족한 기분에 빙그레 미소 띤 얼굴로 이제는 정원의 눈요기할 거리를 찾아 저만치 멀어져 갔다.

그는 한동안 사람들 사이를 이리저리 거닐었다. 예쁘장한 아가씨들이 꽤 많이 있었다. 그중 몇몇 알고 있는 여자들한테는 살짝살짝 미소를 던지기도 했다. 그러면 여자들 쪽에서도 미소를 보내오면서 살그머니 얼굴을 붉혔는데, 그다음부터는 계속해서 남자를 눈길로 좇는 것이었다. 마침내 남자는 한번 즐겨보기로 마음을 굳힌 듯했다. 일단 회전목마를 한 바퀴 타고 나서 곧장 싸움판이 벌어지고 있는 가건물 쪽으로 다가갔다. 호피로 된 레슬링 팬츠와 분홍빛 타이즈를 착용한 어느 건장한 노인이 방금 거칠고 수다스러운 거구의 전문 레슬러와 맞붙다가 그만 손목이 부러진 상황이었다. 오라스는 모자를 벗어 들고 노인을 위해 돈을 모아 거둔 뒤, 가건물로 잠시 모습을 감췄다가 곧장 레슬링 복장을 갖춰 입고 링 위로 뛰어들었다. 한눈으로 봐도 유연하면서 제법 울퉁불퉁한 근육질이 돋보이는 몸이었다. 정식으로 거구의 격투가에게 도전을 한 그는 단 두 차례의 시도 끝에 최고의 멋진 일본식 기술을 구사해 상대를 넘어뜨리는 데 성공했다. 일거에 환호성을 내지르며 열광한 군중은 승자가 다시 정장을 하고 가건물에서 걸어나오자, 잔뜩 호기

심을 보이며 에워쌌다. 오라스는 입가에 여유 있는 미소를 달고서 무용수들이 나아가는 뒤를 따라 자리를 피해버렸다. 때마침 한 쌍의 2인무가 그 기민한 곡예동작으로 사람들의 주의를 끌었고, 이내 관중을 둥그렇게 모여들게 했다. 역시 흥미롭게 구경을 하고 있던 오라스에게 문득 어떤 신사가 접근하는가 싶더니 앞을 떡하니 가리고 말았다. 신사의 키가 제법 훤칠한 편이어서 오라스는 더 이상 아무것도 보이지가 않았다. 그래서 얼른 위치를 이동했지만, 신사는 조금 이따가 다시 같은 식으로 눈앞을 가리는 것이었다. 오라스는 뭐라 항의를 하려 했는데, 바로 그 순간 구경꾼들 속에서 일단의 소란이 일었다. 그 바람에 앞에 선 신사가 흠칫 뒷걸음질을 쳤고, 결국 오라스의 발을 밟는 사태까지 이르고 말았다. 뭐 고의적이진 않았겠지만, 그렇다고 전혀 신경 쓰는 것 같지도 않았다.

"제기랄, 사과를 해야 할 거 아냐!"

오라스는 으르렁댔다.

그제야 신사는 뒤를 돌아다보았다. 호리호리하고 우아하면서 살짝 뺀질한 느낌의 곱슬머리 멋쟁이인 데다, 근동지방 냄새가 풍기는 얼굴 둘레로 턱수염이 꼬불꼬불 돋아난 젊은이였다. 그는 오라스의 얼굴을 빤히 바라볼 뿐 사과는 하지 않았다.

마침 2인무가 끝나가고 있었다. 오케스트라는 이제 막 또 다른 춤을 유도하며 탱고 연주로 넘어갔다. 근동지방풍의 젊은 친구는 몇 걸음 떨어져 있던 앵글로색슨 스타일의 어느 아리따운 아가씨 앞에다 대고 깍듯이 허리를 숙였는데, 그렇지 않아도 오라스가 눈여겨보아둔 매력 넘치는 여자였다. 여자는 잠깐 머뭇거리는 듯싶더니 이내 젊은이의 춤 제의를 받아들였다. 두 남녀는 그때부터 완벽한 춤 솜씨를 자랑하며 사람들의 시선을 휘어잡아, 이제는 모두들 이들을 보러 둥그렇게 원을 그렸다.

춤이 끝나고 여자를 제 위치에 데려다준 젊은이는 또다시 모르는 척 오라스 벨몽을 떡하니 등지고 섰다. 하지만 이번에는 오라스도 가만히 있지만은 않았다. 그는 젊은 친구의 팔뚝을 거칠게 낚아채고는 후딱 밀쳐냈다. 근동지방풍 젊은이는 버럭 신경질을 부리며 돌아섰다.

"이보시오."

"버르장머리 없기는!"

벨몽도 따끔하게 내뱉었다.

젊은이는 벌겋게 얼굴이 상기되면서 소리를 질렀다.

"지금 시비 거는 거요?"

"천만에. 잘못을 확인시켜주려는 것뿐이지."

"이러면 나도 가만있을 수 없는데."

"바라던 바인걸!"

젊은이는 근엄한 몸짓을 크게 하며 호주머니 속에서 명함을 한 장 빼내 내밀었다.

"아말티 디 아말토 백작이오! 그쪽 이름은?"

"오퇴이유롱샹 대공(오퇴이유나 롱샹 모두 평범한 지역 명칭으로, 순전히 허세를 부리기 위해 즉흥적으로 둘러댄 호칭이다—옮긴이)!"

단박에 주위로 구경꾼들이 몰려들었고, 특히 오라스 벨몽의 천연덕스럽게 비아냥대는 투를 싱글벙글 재미있어했다. 근동지방풍의 젊은이는 점점 더 얼굴을 붉히며 씩씩대는 투로 다그쳐 물었다.

"당신 주소는?"

"바로 여기."

"여기라니?"

"아무렴. 지금처럼 무슨 심각한 일이 발생할 경우, 나는 워낙에 현장에서 즉시 해결을 보는 타입이라…… 그쪽이 가만있기가 어렵다고 한 것 같은데……. 좋소! 무기는 무엇으로 하겠소? 검? 총? 손도끼? 독 묻은 단도? 대포? 그것도 아니면 1430년식 석궁으로 할까?"

주위를 에워싼 구경꾼들의 웃음소리는 점점 커져만 갔다. 마침내 이방인은 이 입심 좋고 화끈한 인물을 이대로 계속 방치하다가는 자기만 더더욱 조롱거리가 될 거라 판단했는지 일단 흥분을 자제하고 냉정하게 대답했다.

"총으로 하겠소!"

"그럽시다, 그럼!"

마침 바로 가까이에 장터 사격장이 있었고, 새하얀 접시가 튀어나오는 분수대와 파이프 등 온갖 종류의 과녁이 준비되어 있었다. 오라스는 제2제정시대로 거슬러 올라가는 2연발 플로베르형 피스톨(유명한 무기 제조인이었던 니콜라 플로베르(1819~1894)의 이름을 딴 권총—옮긴이) 두 자루를 집어 들었고, 상대가 보는 앞에서 장전을 해 아말티 백작에게 그 중 하나를 쓱 내밀며 진지한 말투로 말했다.

"접시 두 개가 깨지는 즉시 명예가 회복되는 겁니다."

젊은이는 언뜻 머뭇거리는 듯하더니 이내 이 어처구니없는 장난에 합류하기로 결정했다. 그는 무기를 선뜻 받아 쥐고는 한참을 겨누었지만 목표를 맞추지는 못했다. 오라스는 냉큼 그의 손에서 피스톨을 낚아챈 다음, 총을 거머쥔 양손을 되는대로 쭉 뻗어 제대로 겨누지도 않은 채 방아쇠를 당겨 두 개의 접시를 단번에 박살내버렸다.

구경꾼들의 환호성이 터져나오는 건 당연했다.

오라스는 대차게 외쳤다.

"자, 접시 두 개가 나뒹굴었으니 이제 명예 회복은 끝났소."

아말티 백작을 향해 그가 악수를 청하자, 백작 역시 스스럼없는 웃음을 터뜨리며 대꾸했다.

"브라보! 총 솜씨도 유머도 보통이 아니시오! 나 정도는 어림도 없겠소! 언제 다시 한번 뵐 기회가 있으면 좋겠습니다."

"난 아니오."

오라스는 근엄하게 한마디 툭 뱉고는, 구경꾼들의 호기심 어린 시선을 피하기 위해 재빨리 자리를 떴다.

비교적 인적이 뜸한 정원 구석을 거닐던 그가 어느새 출구 쪽으로 점점 다가가던 차였다. 문득 어떤 손 하나가 슬그머니 어깨를 짚는 게 느껴졌다.

"말씀 좀 나눌 수 있을까요, 므슈?"

여자 목소리였다.

후딱 뒤를 돌아본 오라스가 기겁기 그지없는 목소리로 외쳤다.

"아니, 그 아리따운 앵글로색슨 마나님 아니신가!"

"미국인이고, 아직 아가씨입니다."

여자의 대답에 오라스는 정중하게 허리를 숙이며 말했다.

"이 몸도 정식으로 소개를 올리겠나이다, 마드무아젤!"

여자는 지그시 웃으며 말했다.

"그러실 필요 없습니다. 그냥 오퇴이유롱샹 대공만으로도 충분하니까요."

"알겠습니다. 하지만 유감스럽게도 나는 아직 당신이 누구인지 잘 모르고 있는데요?"

"정말 그렇게 생각하세요? 우린 뉴욕의 한 건물 계단에서 만난 적이 있는 걸로 아는데요. 어머, 기억 못하시나 봐! 벌써 나는 한 시간 전부터 당신을 죽 지켜봐왔답니다!"

"그럼 감시를 하셨단 말입니까?"

"네."

"왜죠?"

"당신은 분명 지난 며칠 동안 내가 힘들게 찾아온 사람일 테니까요."

"누굴 찾으셨는데요?"

"나에게 크나큰 도움이 되어주실 분."

오라스는 여전히 깍듯하고 서글서글한 태도로 말했다.

"나야 아리따운 여인한테는 항상 크나큰 도움이 되어줄 수 있는 사나이올시다! 자, 어서 명만 내리시죠, 마드무아젤!"

그는 한쪽 팔을 내어주며 여자를 에스코트하면서 방금 벗어난 인적 뜸한 정원 구석을 향해 인파를 헤치며 나아갔다. 한적한 나무 아래에 다다르자, 두 사람은 나란히 자리를 잡고 앉았다.

“여기가 춥진 않겠습니까?”

오라스의 물음에 여자는 맨어깨를 덮고 있던 얇은 베일을 벗으며 대답했다.

“원래 추위를 잘 타지 않는 체질이랍니다.”

“고맙습니다.”

오라스가 갑자기 진지하게 말하자, 여자는 어리둥절한 표정으로 물었다.

“고맙다니, 뭐가요?”

“이처럼 근사한 볼거리를 너그러이 제공해주시니까 말입니다! 정말 대단한 아름다움입니다! 마치 그리스 대리석 같아요.”

여자는 살짝 홍조 띤 얼굴에 인상을 찌푸리면서 다시 어깨를 베일로 감쌌다.

"부탁인데 제 얘기에 진지하게 귀 기울여주시면 안 될까요?"

여자의 목소리가 순간적으로 날카로워졌다.

"물론 그래야죠! 당신에게 기꺼이 도움이 되고 싶습니다!"

"그럼 시작할게요. 사실 나는 미국의 대표적인 경찰 관련 신문사에서 일을 하고 있습니다. 그러다 보니 일련의 범죄사건에 휩쓸리게 되었는데, 그 사건의 끄트머리 일단이 이곳 프랑스에서 벌어졌답니다. 다름 아닌 맥 앨러미 사건 말이에요. 그 이후 나는 신문사에서 기대 이상의 두각을 나타냈고, 두 달 전부터 지금 이 순간까지 그 사건에만 죽자고 매달려왔지만 아무런 성과를 보지 못하고 있는 형편입니다. 더 이상 뭘 어찌해야 좋을지 몰라서, 예전에 나를 한 차례 도와준 적이 있는 훌륭하신 형사 한 분을 뵈러 이틀 전 파리 경시청을 찾아갔답니다. 그런데 그가 다짜고짜 이러는 거예요. '아, 당신이 마생(마생(Machin)은 우리말로 '아무개', '거시기'에 해당하는 속어—옮긴이)의 도움을 받아 일할 수 있으면 괜찮을 텐데!'라고 말입니다."

"마생이라뇨?"

오라스가 얼른 물었다.

"그 형사분 얘기가 이따금 기꺼이 경찰일을 도와주는 어떤 비범한 친구가 하나 있는데, 자기들 사이에선 그렇게 부른다고 하더군요. 얼굴이 어떻게 생겼는지도, 이름이 뭔지도 몰라서 그런다나요. 무척이나 부유한 귀족 출신이면서 사교계 인사인 듯하다는 게 그에 관해 알고 있는 전부였어요. 행동하는 걸 보면 언제나 기발하면서 완력도 수준급이고 재치도 보통이 아니랍니다. 게다가 그 어느 것으로도 흔들리지 않는 침착성의 소유자래요. 다만 어딜 가야 만날 수 있느냐가 문제인데…… 마침 생각이 떠오른 듯 이렇게 가르쳐주는 겁니다. 앙젤만 남작이 내일 자기가 사는 포부르 생토노레의 호화 주택에서 연례축제를 연다는 거예요. 거기에 모든 파리 사교계 인사들이 초대받을 텐데, 마생도 틀림없이 그곳에 나타날 거라는 거죠. 그러면서 이러더군요. '그의 정체를 까발리든, 당신 일에 관심을 갖게 만들든 모두 당신 하기에 달렸습니다!'"

나머지 얘기는 오라스가 이어받았다.

"그래서 이곳에 와본 거란 말이죠? 아까 장터 싸움판에서 거구를 쓰러뜨리고 돈을 걷어 챙기는 모습, 접시를 상대로 결투를 벌이는 모습을 지켜보고는 속으로 이랬겠어요. '저게 바로 마생이구나!'"

"맞습니다."

"저런! 어쨌든 내가 바로 그 '마생'인 건 사실입니다. 당신을 힘껏 도와드리지요."

"고마워요. 그럼 이제부터 본론으로 들어가겠습니다. 혹시 방금 전에 내가 잠깐 비쳤던 미국 내 그 사건에 대해 아시나요?"

"맥 앨러미 사건 말입니까? 조금은……."

"어떻게 알게 되었죠?"

"어떤 여기자가 쓴 기사에 그에 관한 얘기가 실린 걸 읽은 적이 있습니다."

"그 여기자가 바로 저였어요, 패트리셔 존스턴."

"정말 대단한 기사였어요!"

패트리셔는 칭찬하는 상대의 말투에 자못 긴장한 듯 물어왔다.

"전적으로 그렇다는 건가요? 아니면……."

"아, 물론 한 가지 걸리는 점은 있지요. 그때 그 기사는, 이를테면 지나치게 잘 써졌어요. 즉, 너무 문학적이랄까, 너무 멋을 부린 티가 나더라는 겁니다. 나로 말하자면 범죄 문제에 대해서만큼은 직설적인 서술이 마음에 듭니다. 반대로 여기저기 태깔을 부리고, '이야기로 꾸며내

듯' 하는 건 그다지 좋아하지 않아요. 무슨 효과를 노린다거나 괜한 충격이나 주려고 사전에 짜 맞추는 건 영 마음에 안 듭니다. 그래서인지 탐정추리소설은 지겨울 따름입니다."

여자는 슬그머니 웃음을 흘렸다.

"내가 비서로 모시던 미스터 앨러미가 해주신 충고와는 완전히 상반되는 말씀이로군요. 하여튼 그렇다 치고요. 그간 내가 알아낸 사실은 이렇습니다."

여자는 되도록 간략하게 사실들을 늘어놓았다. 남자는 여자에게서 눈 한 번 떼지 않고, 주의 깊게 귀를 기울였다. 그리고 얘기가 다 끝나자 말했다.

"이제야 술술 이해가 되는데요!"

"결국 내가 직접 설명하는 게 기사 쓰는 것보다 낫다는 말씀인가요?"

"그게 아니라 당신이 입술을 놀리면서 설명을 한다는 게 중요하죠. 당신의 고 입술은 정말 기가 막힐 정도거든!"

여자의 얼굴이 다시금 붉어졌고, 기분이 상했는지 중얼거렸다.

"아무튼 프랑스 남자란 항상 똑같다니까."

사내는 한 치의 흔들림 없이 받아넘겼다.

"항상 똑같은 건 말입니다, 나는 어떤 여자에게든 일단 느끼는 감정부터 솔직히 털어놓고서야 허심탄회하게 그 여자와의 대화가 가능하다는 사실입니다. 말하자면 진실한 자세를 중시한다고나 할까요. 아마 이해하실 겁니다. 자, 이제 당신의 그 맨어깨와 입술, 그 모든 아름다움에 합당한 찬사를 바쳤으니 본격적인 대화에 들어가보도록 하죠. 그래, 뭐가 문제입니까?"

"모든 게 다 문제예요."

"포츠머스에서 벌어진 네 번째 범행 이후에 새로 발생한 사건은 없습니까?"

"없어요."

"전혀 아무 단서도 없어요?"

"전혀 없어요. 파리에 온 지 석 달이나 됐고, 그동안 눈을 씻고 찾아 봤지만 전혀 보이지가 않아요."

"그건 당신의 불찰 때문입니다."

"내 불찰이라뇨?"

"그래요. 당신 곁을 우연히 스쳐 지나간 사실들 가운데에서 당신은 진실의 극히 일부만을 도출해냈을 뿐입니다."

"저도 할 만큼은 다 했어요!"

"아닙니다. 그 증거로, 나는 단지 지금 당신이 하는 얘기만 듣고도 그 이상을 알아냈어요. 그러니 당신한테 뭐가 잘 안 돌아간다면 그건 당신 자신의 불찰일 수밖에요. 당신 쪽에 어떤 소홀함이 있는 겁니다. 정신의 나태라고나 할까요."

"내가 어떤 점에서 소홀하고 나태했다는 거죠?"

패트리셔는 기분이 상한 듯 따져 물었다.

"일단 폴 시너라는 이름에 관한 설명을 너무 쉽사리 수용했다는 점입니다. '시너'의 뜻이 '죄 지은 자'라는 생각에서 당신은 다짜고짜 '폴 시너'가 '죄 지은 여자, 폴'이라고 단정했지요. 하지만 그건 너무 손쉽고도 간단한 설명입니다. 그보다는 좀 더 현실을 깊숙이 파헤칠 필요가 있었어요. 예전에 아르센 뤼팽 선생께서 행했던 것을 머릿속에 떠올리면서 말입니다. 당신도 그 사람 잘 알죠?"

"세상 사람들이 다 그렇듯 그의 활약상을 글로 읽어서 아는 정도예요. 하지만 개인적으로 안다고는 말할 수 없겠어요."

그러자 오라스는 진지한 말투로 말했다.

"참 많은 것을 놓치고 있군요."

"그가 무얼 어떻게 행했다는 거죠?"

여자는 잔뜩 호기심을 드러내며 물었다.

"그는 장난 삼아 자신의 이름과 성의 철자를 뒤죽박죽 섞은 다음, 전혀 다른 형태로 재조립한 적이 지금까지 두 번 있었습니다. 그렇게 해서 얼마간 러시아 공작 폴 세르닌으로 지내기도 했고, 좀 더 나중에는 스페인 귀족 루이스 페레나로 행세하기도 했지요. 당시 아무도 그것을 눈치채지 못했답니다."

오라스는 계속 얘기를 하는 도중에, 지갑에서 명함 몇 장을 꺼내 각각 반으로 찢은 다음 전부 열한 장의 쪽지를 만들었다. 그리고 '폴 시너(PAULE SINNER)'라는 이름을 이루는 총 열한 개의 철자를 그 위에 하나씩 써나갔다. 마침내 쪽지마다 글자가 다 채워지자, 그는 그 모두를 하나하나 여자한테 건네면서 말했다.

"차례대로 읽어보십시오."

여자는 모두 열한 글자를 또박또박 소리 내어 읽기 시작했다.

A-R-S-E-N-E L-U-P-I-N

"이게 어떻게 된 거죠?"

여자는 어리둥절한 표정이었다.

"이봐요, 아가씨. 이건 말입니다. 아르센 뤼팽(Arsène Lupin)이라는 이름의 철자 열한 개가 똑같이 열한 개의 철자로 만들어진 '폴 시너(Paule Sinner)'라는 이름으로 둔갑을 했다는 뜻입니다."

"그럼 결국 폴 시너라는 사람은 존재하지 않는다는 말인가요?"

패트리셔의 질문에 오라스는 고개를 끄덕였다.

"그런 이름의 여자는 존재하지 않습니다. 당신이 간파했던 바로 그 뉴욕의 패거리를 한데 뭉치게 하는 일종의 암호에 불과했던 거죠."

"그러면서도 실제로는 아르센 뤼팽이라는 이름을 내포하고 있네요?"

"그런 셈이죠."

"대체 이 '아르센 뤼팽'이 이번 사건에서는 또 어떤 역할을 한다는 걸까요? 당연히 패거리의 왕초 역할이겠죠?"

"그런 것 같지는 않습니다. 분명한 건 어디까지나 평화를 중시하는 뤼팽의 버릇으로 볼 때, 네 건의 범죄행각과는 어딘지 맞지 않는다는 사실입니다. 결국 사건을 가만히 살펴보건대, 언뜻 뤼팽의 지휘하에 돌아가는 것처럼 보이는 집단적 움직임이, 실은 그를 난관에 빠뜨리려는 수작인 듯하다는 겁니다. 맥 앨러미가 당신한테 '도덕적으로 만족스러운 건수' 운운했다고 했죠? 그 사람이나 프레데릭 필즈 같은 청교도가 보기에, 뤼팽 같은 범죄자를 공략해 가진 것을 몽땅 게워내게 함으로써, 결국엔 그의 엄청난 재산으로 자신들의 집단을 강대하게 배불리는 것만큼 도덕적으로 뿌듯하고 가치 있는 사업이 또 어디 있겠습니까? 감쪽같이 훔치든, 협박을 해서 빼앗든 말입니다. 내가 보기에 이 새로운 십자군의 행동강령이라고 할까, 신조라고 할까, 아무튼 일종의 모토라면 바로 '아르센 뤼팽에 대항하는 마피아'라고 할 수 있을 겁니다(여기서 '마피아(Maffia)'는 흔히 일컫는 범죄조직 '마피아(Mafia)'에다 'f'를 하나 더 첨가한 것이다. 그렇게 함으로써 모리스 르블랑은 실제 범죄조직에다 허구적인 요소를 살짝 첨가해 자신의 소설 속에 무리 없이 끌어들인 셈이다. 때문에 소설 속의 마피아는 실제 범죄조직 마피아와 닮았으면서 또한 다른 모습이다—옮긴이). 말하자면 무찔러야 할 이교도 사라센족이 이번 경우엔 아르센 뤼팽 선생인 거고, 반면 예루살렘을 탈환하기 위해 소집된 십자군 병사, 즉 고드프루아 드 부이용(1061~1100. 1차 십자군의 유명한 지휘관—옮긴이)과 사자왕

리처드(1157~1199. 영국 왕으로 3차 십자군 원정을 이끌었다—옮긴이), 성왕(聖王) 루이(1214~1270. 프랑스 왕 루이 9세로 7차 십자군 원정을 이끌었다—옮긴이) 등등은 다름 아닌 맥 앨러미와 프레데릭 필즈, 그리고 독종이 되는 셈이죠. 어때요, 나처럼 그런 생각이 들지 않나요?"

"오, 정말 그런 것 같아요! 내가 아는 맥 앨러미라는 분은 정말이지 반(反)그리스도에 대항하는 싸움이라면 물불을 가리지 않고 뛰어들 위인이셨죠. 그분 눈에는 아마 아르센 뤼팽이야말로 반그리스도나 다름없는 존재임에 틀림없었을 거예요!"

여자는 확신에 찬 어조로 대꾸했다.

4
마피아

패트리셔는 한참 동안 깊은 생각에 잠겨들었다. 이윽고 그녀는 혼잣말처럼 중얼거렸다.

"마피아 대 아르센 뤼팽이라……."

여자는 고개를 들고, 오라스 벨몽을 똑바로 바라보며 말했다.

"맞아요, 마피아! 당신 얘기가 정확한 것 같아요."

"물론이오. 미국에 뿌리를 둔 이 마피아라는 집단은 사실 그 지도자들이 주창한 원대한 목표, 즉 악에 대항해 싸운다는 모토에만 머물지는 않았습니다. 아무렴요, 얼마 못 가 역시나 돈을 밝히게 되었죠. 그리하여 옛날의 용병처럼 돈을 받고 맡은 바 일을 해주기로 했답니다. 예컨대 누군가에게 앙갚음할 일이 있거나, 반대로 그런 앙갚음을 피하고 싶어 하는 특정인한테 고용이 된다든지, 일부 정적이나 눈엣가시 같은 고급 관리, 적국의 장군, 혹은 너무 힘이 비대해진 정치인을 제거하고 싶어 하는 여타 정치집단의 하수인 노릇을 하게 된 겁니다."

"그렇다면 사람들이 흔히 얘기하는 그 마피아가 바로 이것이란 말인가요?"

"그렇소."

"무슨 증거라도 확보하신 건가요?"

"증거라고 해봤자 당신도, 또 경찰도, 아니 이 세상 누구라도 어렵지 않게 확보할 수 있었을 겁니다. 당신이 발견해서 기사화했던 그들 공모자들의 신분 확인을 위한 징표에 하나같이 대문자 M이 붙어 있지 않았던가요?"

"그랬죠."

"그 M이 바로 마피아(Maffia)의 첫 글자에 붙은 M이랍니다. 아울러 M과 A는 맥 앨러미(Mac Allermy)의 이니셜이고, 그다음에 따라나오는 FF는 프레데릭 펠즈(Frèdèric Fildes)의 이니셜이죠. 또한 맥 앨러미의 개인 비서로—당신은 독종이라 부릅니다만—일하다가 지금은 아예 조직의 수장 노릇을 하고 있는 친구 이름이 마피아노(Maffiano)라고 하더군요. 원래의 두 주창자가 '마피아'라는 단어를 끌어온 것 역시 팔레르모 출신의 이 시칠리아인 이름에서랍니다. 그러고 보면 자신들의 범죄행각을 슬그머니 정치색으로 위장하는 데 명수였던 예전 시칠리아 범죄집단 '마피아'의 흉흉한 기억이 떠오르기도 합니다만."

"언제부터인가 프랑스 내에서도 그토록 말이 많던 바로 그 마피아 말인가요?"

"아직은 모르는 일입니다. 사실 그 명칭은 일종의 총칭으로 보는 게 좋습니다. 즉, 온갖 형태의 악덕을 추구하는 정신을 지칭하는 이름으로 말이죠. 이를테면 세계적 차원의 마피아가 있고, 각기 다른 나라들에 산재해서 살인과 절도를 목표로 엄청난 조직망을 형성하고 있는 모든 범죄집단들이 음으로 양으로 이에 속해 있다고 보면 됩니다. 어쨌든 이제 우리 두 사람만큼은 조직의 핵심이 뉴욕에 있고, 현재 그 행동 반경을 이곳 유럽에까지 넓히고 있다는 사실을 알게 되었습니다. 아울러 정작 주창자인 맥 앨러미와 프레데릭 필즈는 그 검은 이면에 대해 까마득히 모른 채, 그저 좋은 일을 하는 세력으로 그것을 활용하고자 했다는 사실도 말이죠. 지금까지 내가 조사한 바에 따르면, 저들의 활동 주체는 현재 두 개의 별도 그룹으로 나뉘어 있습니다. 우선 행동부대 격인 그룹으로 시칠리아인 마피아노가 그 정점에 서 있지요. 그리고 회계 및 전체적인 통솔을 맡은 위원회가 일종의 이사회 구실을 하고 있는데, 이것이 바로 두 친구가 직접 만들어낸 것이랍니다. 주업무는 조직원들로부터 회비를 수렴하고, 특히 이득을 분배하는 일입니다. 보통 이런 유의 조직에서는 규범의 적용이 더없이 엄격하고, 그에 따른 역할 분배가 정교하기 그지없지요. 각자 조직 내 서열과 계열의 순번에 따라 맡은 바 몫이 정해집니다. 흡사 옛날 카리브해의 해적단에서 이루어지던 상황이 그대로 재현되는 셈이죠. 조금이라도 정직의 규율을 어기거나 맡은 바 임무를 실패했을 경우, 처벌은 단 한 가지, 죽음이랍니다. 일단 잘못을 저질렀다 찍히게 되면 그 벌을 피할 수가 없어요. 어디로도 숨을 수 없고, 변장을 해서 피해 다니는 것도 불가능합니다. 언젠가는 당사자의 시체가 발견되기 마련인데, 항상 '마피아'의 M 자가 새겨진 단도에 찔려 있지요."

패트리셔는 다시금 입을 다문 채 깊은 생각에 잠겨들더니 결국 이렇게 말했다.

"알겠어요. 전적으로 당신 의견에 동의합니다. 하긴 내가 폴 시너라는 이름에서도 아무런 의미를 간파해내지 못할 만큼 허술한 마당에, 그 M 자가 무얼 뜻하는지, 그런 무시무시한 조직이 도사리고 있을지 어떻게 알 수 있었겠어요? 그나저나 당신은 뭔가 특별한 정보통이라도 확보해놓으셨나 봐요?"

"물론입니다!"

오라스 벨몽은 순순히 시인했다.

"어떤 식으로요? 조직 내에 누군가 정보를 흘려주는 배신자라도 있는 건가요?"

"바로 맞혔습니다! 아르센 뤼팽의 옛 부하였던 자이죠."

"그럼 결국 당신의 부하였다는 얘기로군요. 이젠 솔직히 고백하세요!"

"정 그걸 원하신다면. 하지만 지금 그런 건 하나도 중요한 문제가 아닙니다. 어쨌든 현재 뉴욕의 갱단에 들어가 있는 뤼팽의 옛 부하가 아르센 뤼팽을 겨냥한 모종의 음모가 진행 중임을 간파하고는, 즉각 내게 그 사실을 귀띔해준 건 사실입니다. 나는 즉시 뉴욕행 배에 올랐고, 맥앨러미 주변으로 접근해 중요한 서류 하나를 그에게 팔았습니다. 그걸 토대로 나는 조직에 가입 신청까지 할 수 있었습니다."

"당신이 마피아의 일원으로요?"

"그것도 상급 임원 중 하나로 들어간 겁니다. 이게 바로 내 신분증이죠."

폴 시너

N°11

패트리셔는 아연실색한 얼굴로 중얼거렸다.

"정말 기발하군요! 정말이지 믿을 수 없을 만큼 잽싸고 대담한 솜씨예요!"

"이제야 그걸 아셨단 말입니까?"

문득 오라스 벨몽은 입을 다무는가 싶더니 마치 대화 중이었던 얘기를 계속하기라도 하듯 큰 소리로 엉뚱한 말을 떠벌리기 시작했다.

"요컨대 남작부인께서는 현재 자신의 연한 금발이 붉게 그려졌다는 핑계로 초상화에 냉큼 퇴짜를 놓았다지 뭡니까! 화가는 소송을 걸려 하고요. 일이 그 지경으로 된 거랍니다."

패트리셔는 어안이 벙벙한 표정으로 남자를 바라보았다. 오라스는 목소리를 한껏 낮춰 덧붙였다.

"침착해야 합니다. 누가 우릴 염탐하고 있어요."

그제야 패트리셔도 큰 소리로 웃으며 맞장구를 쳤다.

"어머나, 호호호! 정말 재미있는 얘기로군요."

"그렇죠?"

벨몽은 그럴듯하게 너스레를 떨면서 다시 속삭였다.

"저기 야회복 차림을 한 사내 서너 명이 보이죠? 손님들 틈에 어영부영 섞여는 있지만 뭔지 모르게 음험하고 수상쩍은 냄새가 물씬 풍기는 놈들 말입니다. 혹시 기억나는 얼굴들 아닙니까?"

여자는 두방망이질하는 가슴을 간신히 달래면서 대답했다.

"맞아요! 뉴욕에서 범행이 일어난 바로 그날 저녁에 봤던 얼굴들이에요. 리버티 광장의 상점가에서 말이에요!"

"그럼 그렇지!"

"당신을 노리고 있어요!"

패트리셔가 주지시키자, 오라스는 한 치의 동요도 없이 대꾸했다.

"맞습니다. 조직이 바로 열한 명에 의해 결성되었다는 점을 한번 생각해보세요. 만약 이득의 분배 시점에 맞춰 남은 인원이 네 명이나, 심지어 세 명에 불과하다면 막상 전리품은 그 서너 명만이 나눠 가지면 되는 겁니다. 바로 그 때문에 놈들은 자체적으로 인원수를 하나하나 제거해간 거죠. 이제 조만간 연속적인 숙청이 진행될 테고, 그러다 보면 최종 결산 단계에 가서는 단 한 명만 남게 될 겁니다. 결국 오는 9월 말쯤에는 아예 조직 자체가 해체되겠죠. 저기 오른쪽 인물을 한번 보세요. 저기 저 수족이 기다란 꺽다리 친구, 아는 사람입니까?"

"아뇨, 전혀 몰라요."

"아까 당신이 함께 춤을 추었던 녀석입니다. 잘못한 행동이었어요. 춤 제의를 당연히 내쳤어야 했습니다. 아, 놈이 자리를 뜨는군요! 이름하여 아말티 디 아말토 백작이자, 다름 아닌 마피아노 남작이지요!"

"그럼 저 사람이 독종이란 말인가요? 도당 중에 한 명이자, 그중에서도 수장이라고 당신이 여기는 바로 그 사람?"

"그렇습니다. 맥 앨러미의 긴밀한 조언자이자, 무엇이든 도맡아 일을 처리해온 자이죠. 어둠 속에 숨어서 당신을 못살게 굴었던 녀석 말입니다. 저자가 바로 맥 앨러미와 프레데릭 필즈를 살해했죠."

"하지만 내가 아는 바로는 그 자신 역시 파리의 호텔에서 불의의 일격을 당했다던데."

"일격은 당했지만 죽지는 않았죠. 상처는 입었지만 살아남아서 당신의 기사가 게재되기 전에 호텔에서 자취를 감춰버렸지요. 사건 초기부터 그자의 역할을 송두리째 파헤치는 바람에 자칫 그것만으로도 체포가 될 뻔했던 바로 그 기사 말입니다."

여자는 제법 강단이 있는 타입임에도 불구하고, 부르르 몸서리를 쳤다.

"어머나, 그건 모르고 있었네요. 오, 정말 저 남자는 무서워요! 당신도 조심하세요, 부탁입니다!"

"패트리셔, 당신도 조심해야 합니다. 일단 놈이 당신의 족적을 추적해낸 이상 쉽사리 놔주지는 않을 거예요. 항상 위험이 상존하는 셈입니다."

여자는 불안감을 잠재우려고 애쓰며 물었다.

"하지만 정작 내가 걱정해야 할 일이 있을까요?"

"나 못지않게 위험하다고 볼 수 있습니다."

"나는 저들 패거리에 소속되어 있지도 않은걸요!"

"맞습니다. 대신 당신은 단지 적일 따름이에요. 당신이 뉴욕을 떠나고 나서 불과 10분 만에 유럽의 회원들에게 동일한 전신 메시지가 일거에 전달되었답니다. 이런 내용으로 말이죠.

패트리셔 존스턴이라는 비서가 1번과 2번의 복수를 목표로 승선함

그 이후, 당신은 줄곧 감시와 위협을 걱정해야 하는 처지에 빠진 겁니다. 특히 오늘 밤에는 죽음의 그림자가 당신 주위를 배회할지도 몰라요. 일단 나와 함께 여기서 나갑시다. 나하고 붙어 있는 한 두려워할 것은 조금도 없습니다. 오늘 밤은 아예 내 집에서 지내요."

여자는 다소곳이 대답했다.

"좋아요. 다만 제 걱정 못지않게 당신에 대해서도 몹시 우려가 된다는 점만은 알아주세요. 아까 어떤 서류를 넘겼다는 당신 얘기도, 결국 저들이 뤼팽의 모든 거처를 훤히 파악하게 되었다는 뜻 아닌가요?"

"내가 넘긴 서류의 목록은 모두가 맥 앨러미의 사망 이전에나 해당하는 내용입니다. 현재 내 거처는 전혀 언급되어 있지 않아요."

남자는 자리에서 일어서며 말했다.

"자, 어서요, 패트리셔. 당신 머리를 내 어깨에 기대고, 내가 점잖게 당신 허리를 감아 안을 수 있게 해주십시오. 네, 그렇게요. 그리고 함께 여길 벗어나는 겁니다. 서로의 안위를 걱정하면서 전전긍긍 도망칠 궁리나 하는 사람이 아니라, 서로 정열에 휩싸여 못내 떨어지기 싫어하는

두 연인이나 되듯이 말입니다. 자, 좀 더 가까이 다가서요, 패트리셔!"

여자는 남자가 시키는 대로 했다. 두 사람은 서로의 몸을 바짝 밀착시킨 채 지극히 천천히 걸음을 떼기 시작했다.

마침내 출구 쪽을 향해 약간 한산하고 어둑한 정원 한 구역을 지나던 차였다. 문득 호리호리하고 훤칠한 신장의 어떤 남자 그림자가 불쑥 앞을 가로막았다.

순간 오라스 벨몽의 손이 여자의 허리를 떠나면서 낯선 자의 얼굴을 향해 전광석화처럼 손전등의 불빛을 들이댔다. 나머지 손은 여차하면 상대의 목을 움켜쥘 태세를 갖추고 있었다.

오라스의 입에서 날카로운 웃음소리가 터져나왔다.

"아하, 그럼 그렇지! 바로 자네였군, 아말티 디 아말토이자 마피아노 남작. 독종, 바로 자네야! 우리가 지나갈 수 있게 옆으로 좀 비켜나주시지. 알겠지만 자네의 그 얼굴은 숲 속 같은 데서는 정말로 마주치고 싶지 않은 상판이란 말이야. 물론 이런 곳에서도 역시 외면하고픈 낯짝이고. 아울러 자네가 저 선량한 므슈 맥 앨러미를 칼로 찌른 것처럼 나도 그렇게 하려는 생각만큼은 말아주었으면 해. 뭐, 변호사 프레데릭 필즈의 일은 접어두고라도 말이야! 아차, 그리고 또 한 가지 충고 좀 해줄까? 앞으로는 패트리셔 존스턴을 얌전히 내버려두라고."

악당은 흠칫 뒤로 물러나면서도 이렇게 대꾸했다.

"뉴욕에서 온 지시에 의할 것 같으면, 이 여자는 우리한테 위험인물이다."

"그래? 그렇다면 이제 내가 파리발 새로운 지시를 하달하지. 이 여자분은 전혀 위협적이지 않은 분이시네. 아, 뭐 굳이 힘들게 여러 말 할 필요도 없겠군. 이 여자는 내가 사랑하는 여자야. 결국 신성불가침의 존재란 뜻이지. 그러니 손가락 하나 건드릴 생각 마, 마피아노. 그렇지 않으면……."

상대는 잇새로 으르렁거렸다.

"제기랄, 언젠가는 두고 봐……."

"두고 봐봤자야, 이 친구야! 자네 자신을 위해서라도 나에 대해 허튼 수작 걸 생각은 안 하는 게 좋을걸!"

"네가 아르센 뤼팽이라는 거 안다!"

"그럼 더더욱 쓸데없는 생각은 관둬야겠군. 자자, 알았으면 이제 꺼져! 어서 자네 갈 길이나 서두르라고! 우린 이대로 놔두고 마피아노의 마피아나 신경 쓰란 말이야! 분명히 말하지만 그러는 게 신상에 좋을 거야."

악당은 잠시 머뭇대는가 싶더니 마치 물로 다이빙하는 것처럼 어둠 속으로 사라졌다.

오라스와 패트리셔는 정원을 벗어나 널찍하고 텅 빈 방을 내처 가로질렀다. 현관에 이른 패트리셔가 망토를 받아 걸치는 사이, 오라스는 작별인사 겸 앙젤만 남작부인 앞에서 깍듯하게 허리를 숙였다.

"당신이 새로 건진 여자도 꽤 예쁘군요."

남작부인이 한껏 비아냥대는 투를 드러내며 중얼거리자, 오라스는 진지한 말투로 대꾸했다.

"예쁜 건 사실이지. 하지만 새로 건졌다기보다는 그냥 대서양을 건너온 여자친구에 불과해. 이곳 파리에 대해서는 거의 문외한이라 나한테 숙소까지 바래다줬으면 할 뿐이라고."

"어머나, 단지 그것뿐인가요? 가엾은 양반, 어째 이번에는 운이 나쁜 모양이군요!"

"그래도 기다릴 줄 아는 자에게 복이 있나니!"

오라스는 근엄한 투로 선언하듯 말했다.

여자는 금세 남자의 눈에 지그시 시선을 꽂으며 속삭였다.

"그럼, 나도 여전히 기다리시나요?"

"그 어느 때보다 간절하지."

오라스도 은근한 투로 대답했다.

순간 남작부인이 움찔하듯 눈길을 돌렸다. 패트리셔가 다가오고 있었던 것이다.

오라스는 얼른 미국 아가씨의 팔을 에스코트하면서 앙젤만 저택을 총총히 벗어났다.

두 사람은 보도 위를 몇 발짝 걸었는데, 오라스가 불쑥 입을 열었다.

"다시 말하지만 혼자 집에서 이 밤을 보내려는 생각은 아예 마세요."

"그럼 정말 당신 집에서 보내라는 얘긴가요?"

"그렇소, 내 집에서…… 놈들은 무척 거친 녀석들이라 당신한테는 여전히 위협이 됩니다. 절대로 그냥 물러설 놈들이 아니에요."

"그나저나 집의 하인들은 믿을 만한가요?"

여자의 질문에 오라스는 명쾌하게 대답했다.

"늙은 하녀가 한 명 있을 뿐입니다. 옛날 내 유모였던 사람이죠. 나를 위해서라면 죽음까지 불사할 만한 여인입니다."

"그 충직한 빅투아르 말씀이죠?"

"그렇소. 나 역시 그 사람을 나 자신만큼이나 신뢰한다오. 자, 어서 갑시다!"

남자는 여자를 차 있는 곳까지 데려가서 함께 올라탔다. 15분 후, 오라스는 오퇴이유의 사이공 대로변, 정원과 안뜰을 겸비한 자신의 별장 앞에 차를 멈추었다.

철책문을 열면서 빅투아르에게 알릴 겸 벨을 울렸으나 늙은 유모는 현관 계단 앞에 다다를 때까지 모습을 드러내지 않았다.

벨몽은 인상을 찌푸리며 당혹스럽게 중얼댔다.

"거참 이상하군. 지금쯤 현관 불부터 켜고 득달같이 달려나왔어야 정상인데. 내가 들어오기 전에는 결코 잠드는 법이 없었어."

그는 일단 불부터 밝혔고, 그 즉시 계단 양탄자를 향해 상체를 구부렸다.

"사람들이 왔었어. 발자국이 남아 있다고! 같이 올라가볼 테요?"

그렇게 말을 던진 뒤 오라스 벨몽은 패트리셔를 대동하고 3층까지 내처 올라가 어떤 문 하나를 활짝 열어젖혔다. 침실인 그곳 디방 위에는 손발이 묶이고 재갈이 채워진 데다 눈까지 가려진 빅투아르가 널브러져 있었다.

오라스와 패트리셔는 후닥닥 달려 들어가 모든 결박을 풀어주었다.

빅투아르는 순간적으로 실신했다가 잠시 후 제정신으로 돌아왔다.

벨몽은 서둘러 물었다.

"괜찮소? 어디 다친 데는?"

여자는 자기 몸을 쓰다듬으며 씩씩하게 대답했다.

"응, 괜찮아."

"대체 어찌 된 일입니까? 누가 습격을 한 모양인데, 누군지 봤소? 어디로 해서 들어온 거요?"

"아무래도 식당을 통해서 침입한 것 같아. 난 여기서 졸고 있었는데, 느닷없이 문이 열리는 거야. 다짜고짜 머리에 뭘 던지더라고."

오라스는 이미 1층으로 달려 내려가고 있었다. 넓은 방을 지나 반대쪽 끄트머리쯤 찬방이 있었고, 그 안 벽장 속으로 계단이 하나 뚫린 게 휑하니 드러났다. 계단은 땅 밑으로 파고들어 가 안뜰 지하로 통하는 터널 출입문까지 닿아 있었다. 물론 그 문도 활짝 열린 상태였다.

오라스는 입가로 신음처럼 내뱉었다.

"우라질 놈들! 내 생활을 죄다 염탐해오고 있었어! 모든 걸 파헤친 거야! 허허허, 이거 이렇게 되면 제대로 임자를 만난 건가? 이 친구들하고 함께라면 적어도 심심하진 않겠군."

그는 다시 식당으로 돌아와 창문을 마주한 탁자 앞에 앉았다. 패트리셔도 아직까지 정신이 멍한 상태인 빅투아르를 위층에 놔두고 곁에 와 있었다. 그녀는 탁자 건너 오라스를 마주 보고 앉았다.

두 사람은 아무 말 없이 한동안 가만히 있었다. 그러면서 둘 다 깊은 생각에 잠겼다. 마침내 패트리셔가 입을 열었다.

"저 마피아 사람들, 감히 어떻게 아르센 뤼팽을 털어먹을 생각까지 할 수 있을까요? 재산을 무슨 손가방 날치기하듯 간단히 빼앗을 수 있는 게 아닐 텐데요."

"사실 뤼팽은 공연히 약삭빠른 척 자신이 가지고 있는 유가증권이든, 보석이든 할 것 없이 모조리 여기저기다 팔아서 현금화해두었답니다. 그렇게 해서 쌓인 현찰이 어마어마한 액수가 되었지요. 물론 아주 잘 숨겨두었다고는 믿고 있지만, 아마도 조만간 백일하에 파헤쳐질 위기에 처한 것 같습니다. 그렇게 되면 저들과 한판 대결이 불가피하게 되는 셈이죠. 솔직히 말해서 일단 저들에게 대단한 상수패가 들려 있는 건 분명해 보입니다. 하지만 그래도 뤼팽이 어디 가겠습니까? 뤼팽은 어디까지나 뤼팽이죠!"

"그럼 뤼팽은 여전히 느긋하단 얘긴가요?"

"항상 그런 건 아니겠죠. 저들은 숫자도 많을뿐더러, 제법 교활하고 쉽게 물러날 태세가 아닙니다. 지금까지 그런 점들은 충분히 증명된 것과 다름없어요. 게다가 저들에게는 현재 필요한 자금도 완벽하게 갖춰진 상태입니다. 작전에 뛰어들면서부터 맥 앨러미와 프레데릭 필즈는 회원들 각자에게 10만 프랑이라는 거금을 배당해주었어요. 그 금액은 일련의 수상쩍은 공작들을 통해서 지금쯤 이미 두 배로 불어나 있을 겁니다. 무엇보다도 저들에게 더없이 유리한 점이라면, 뤼팽이 격렬한 싸움을 벌이는 일에 이제는 어느 정도 진력이 나 있다는 사실이지요. 현재 그는 휴식과 평온한 생활, 정직한 여생을 원하고 있습니다. 인생을 편하게 즐기고, 지금까지 노력의 대가를 안정되게 맛보고 싶어 하는 거죠. 그는 지금 승리의 원정이 끝나고 나서 나폴레옹의 운이 서서히 그 빛을 바래기 시작할 즈음의 프랑스 장군들과 유사한 상황에 있는 셈입니다. 그는 지쳐 있어요."

오라스 벨몽은 갑자기 하던 말을 멈췄다. 그러나 이미 내뱉은 연약한 고백의 말들을 주워담기에는 늦었다는 느낌이었다.

* * *

패트리셔는 오라스의 심정에는 무심한 척 물었다.

"그 뤼팽이라는 사람이 그렇게 부자인가요?"

"글쎄요, 뭐라 평가하기는 힘들어요. 수십 억쯤 되려나. 한 70억, 80억, 어쩌면 90억쯤요."

"상당한 수준이로군요."

"나쁘다고는 할 수 없죠. 게다가 워낙에 고생을 해가며 쌓아 모은 돈이라 그에게는 충분한 권리가 있다고 할 수 있습니다. 평균 한 차례 사건당 1000만 프랑 정도 건졌다고 치면, 각기 다른 700~800여 차례의 사건들을 겪어냈다고 볼 수가 있죠. 그것도 매번 복잡한 음모라든가 진을 다 빼놓을 만큼 어려운 여정, 온갖 위험을 거치면서 때론 크고 작은 상처에 시달리기도 하고, 지독한 싸움을 치르는 동안 쓰라린 실패도 맛봐오면서 말이죠. 게다가 나이가 들어감에 따라 집 유지비나 기타 등등으로 들어갈 돈이 점점 증가하는 건 논외로 치더라도, 간혹 투자가 잘못되서 폭삭 손해를 볼 수도 있고, 얼마든지 재정적인 곤란에 부닥칠 수도 있는 법이죠. 그러면서도 뤼팽은 씀씀이에 절대로 인색할 사람이 아니거든요! 상황이 그러한데 어떻게 자신이 가진 것에 집착하지 않을 수가 있겠어요? 자고로 뤼팽은 타인의 사유재산권은 별로 존중하지 않으면서도, 자기 것에는 누구든 절대 접근 불가를 고수하는 타입이지요. 세상 어느 놈이든 자기 재산에 눈독을 들인다는 생각 하나만으로도 그는 노발대발할 사람입니다. 아주 사나워지지요."

"그것참 재미있군요. 그런 사람이라고는 생각지 않았는데."

패트리셔가 깊은 생각에 잠겨 중얼거리자, 오라스는 태연하게 대꾸했다.

"저런, 그 역시 하나의 인간입니다. 모든 인간적인 것은 그에게도 생소하지 않아요."

그래도 미국 여자는 냉큼 꼬집었다.

"하지만 훔친 재산에 대해 그렇게 집착해서는 안 되는 게 아닐까 하네요."

남자는 어깨를 으쓱하며 응답했다.

"왜 안 된단 말인가요? 모험을 해서 훔치는 건 어디까지나 일해서 버는 것보다 힘든 일인데요. 또 그만큼 위험 부담도 크고 말이죠! 오로지 소유한다는 사실 하나만으로 사람의 영혼은 얼마든지 각박해질 수가 있는 겁니다. 게다가 나이가 들어갈수록 그런 정신 상태는 점점 더 심해지기 마련이죠. 뤼팽은 현재 대략 100억 정도의 재산을 가지고 있습니다. 그래요, 그 자신이 고백한 수치가 그렇죠. 아무튼 누구든 그의 현금에 곁눈질을 하지 말라고 타이르는 바입니다."

갑자기 오라스의 목소리가 차츰 잦아드는가 싶더니 문득 손으로 입술의 움직임을 살짝 가리며 신음처럼 속삭였다.

"움직이지 말아요. 한마디도 하지 말아요. 입도 뻥긋하면 안 됩니다. 내 말 알겠죠?"

여자 역시 덩달아 매우 낮은 음성으로 대답했다.

"네."

"그래요, 그렇게……."

"대체 무슨 일이죠?"

패트리셔는 궁금해 죽겠다는 듯 조심스레 물었다.

남자는 겉으론 아무렇지도 않은 척 우선 담배 한 대에 불을 붙이고는, 의자 등받이에 느긋하게 기대앉아 몽실몽실 천장을 향해 원을 그리며 올라가는 담배 연기를 가만히 바라보았다. 그리고 이내 잇새로 말을

꺼냈다.

"내가 무슨 말을 하든 아무런 반응도 보이지 말아요. 움찔해서도 안 됩니다. 그리고 아무 생각도 하지 말고 그대로 따르기만 해요. 자, 준비 됐죠?"

여자는 단박에 상황의 심각함을 눈치챈 듯했다.

"네."

"지금 당신 맞은편 벽에 거울이 하나 걸려 있을 겁니다. 당신이 고개를 한 몇 센티미터만 들면 현재 창문을 향해 있는 내가 보고 있는 모든 것이 거울에 반사되어 보일 겁니다. 자, 어때요?"

"네, 거울이 보이고 그 안에 유리창이 보여요. 그중에서도 왼쪽 아래 창 말이죠?"

"그렇소. 바로 창문 그 부분에 누군가 구멍을 뚫어놓았습니다. 보입니까?"

"네, 그리고 뭔가 움직거리는 것도 보이네요."

"그 움직거리는 게 다름 아닌 총구멍입니다. 바로 바깥에 위치한 누군가가 나를 겨누고 있는 총이죠. 여기 거울 위로 무구 한 벌이 보일 겁니다. 거기 아세틸렌 공기소총이 하나 모자랄 거예요. 발사할 때 총성이 거의 나지 않죠."

"당신을 겨누는 자가 누구인가요?"

"틀림없이 마피아노일 겁니다. 독종 같은 녀석…… 아니면 사격 솜씨가 빼어난 부하 중 어느 한 놈이든지……. 좌우간 1센티미터도 그 자리에서 움직이면 안 됩니다. 이봐요, 패트리셔. 설마 기절하려는 건 아니겠죠?"

"나는 괜찮아요. 하지만 당신은?"

"나야 스릴 만점입니다. 쉿, 조용히 해요, 패트리셔! 담배에 불을 붙이세요. 그러면 당신 얼굴이 하얗게 질리는 걸 감출 수 있을 겁니다. 놈은 당신을 몰래 살피고 있어요. 자신이 들켰다는 건 모르고요. 자, 지금부터 내가 하는 말을 잘 들으세요. 당신은 이제 천천히 자리에서 일어나 2층으로 올라가십시오. 층계참 정면이 내 방입니다. 방에 들어가면 직통 전화기가 설치되어 있지요. 수화기를 들고 17번, '폴리스스쿠르(Police-Secours)'를 대달라고 하세요('Secours'는 '구조'라는 뜻으로, 1928년 4월 5일부터 시작한 경시청의 치안서비스. 전화 한 통화에 경찰력이 긴급 출동하는 당시로서는 획기적인 제도였다—옮긴이). 사이공 가도 23번지로 대여섯 명의 경찰관을 급파해달라고 신청하면 됩니다. 단, 말할 때 소리는 한껏 죽이세요. 그런 다음 3층에 안전하게 있을 빅투아르 걱정은 접어두고, 방 안에 콕 틀어박혀 있어야 합니다. 창문이랑 덧문들도 모두 닫아걸고 문도 잠근 뒤, 아무한테도 열어주어서는 안 돼요. 아무한테도 말입니다!"

"그럼 당신은 어떡하고요?"

패트리셔의 목소리에는 심한 불안감이 배어 있었다.

"나는 당신을 따로 신경 쓸 필요 없게 된 상태에서 홀가분하게 이 난국을 타개할 겁니다. 자, 어서 가요, 패트리셔!"

그러고는 곧 커다란 소리로 시침을 뗐다.

"저런, 가만히 보니 당신도 하루가 무척 피곤했던 모양이군! 생각해서 하는 얘기인데, 당신 이만 가서 잠이나 청하는 게 좋을 것 같소. 우리 유모 할멈이 당신 쓸 방을 안내해줄 거요."

패트리셔도 침착하게 대응했다.

"당신 말이 맞아요. 지금 솔직히 기진맥진한 상태랍니다. 그럼 이만."

여자는 지극히 자연스럽고 서두는 기색 하나 없이 자리에서 일어나 식당을 벗어났다.

오라스 벨롱은 자신이 방금 대처한 방식에 기분이 흡족했다. 사태를 깔끔하게 통제하고 위험 앞에 의연함을 잃지 않음으로써, 좀 전에 어줍잖은 고백을 해서 실추된 위신을 다시 세웠다는 생각이었다.

언뜻 창문의 총구가 다시 움직이는 게 눈에 들어왔다. 아마도 이제는 거총을 제대로 하는 모양이었다. 오라스는 느닷없이 고함을 버럭 내질렀다.

"그래, 마음대로 해봐라, 마피아노! 어서 쏘란 말이다, 인마! 대신 빗나가지만 않게 해! 아니면 내 쪽에서 네놈의 그 얄궂은 대갈통을 관통시켜버릴 테니까!"

그러더니 아예 재킷을 풀어 헤쳐 가슴팍을 선뜻 내미는 것이었다.

그 즉시, 아무 소리 없는 총탄이 발사되었다.

벨몽은 가슴팍에 손을 갖다 대며 신음을 내뱉고는 바닥에 엎어졌다.

아니나 다를까, 승리의 쾌재 소리가 밖에서 새어 드는가 싶더니 창문이 활짝 열렸다. 하지만 덮어놓고 안으로 뛰어들려는 찰나, 괴한은 전광석화처럼 발사된 벨몽의 권총 탄환에 어깨를 스치면서 날카로운 신음을 내뱉었다.

벨몽은 어느새 지극히 멀쩡한 모습으로 일어나 있었다.

"멍청한 녀석! 자네 같은 돌대가리가 무구에서 탄창을 갖춘 소총을 빼돌린 데다, 마피아 최고의 사격 솜씨를 자랑하기만 하면, 내가 꽥 하고 얌전히 죽어 나자빠져주리라 생각했나? 어리석을 뿐만 아니라 정말 딱한 녀석이로군! 이처럼 외진 거처에 몸담고 있으면서, 언제든 불을 뿜을 수 있는 무기를 침입자 손이 마음대로 닿는 곳에 방치할 만큼 내가 어리숙한지 알아? 오냐, 이 녀석아! 내가 그럴듯한 쇠파이프에 탄창을 내어준 건 사실이다. 다만 정작 중요한 건 빠졌지!"

"그, 그게 무엇이냐?"

상대가 신음에 섞어 물었다.

"총알이지! 지금 네놈 손에 든 그 소총은 그야말로 완전 껍데기야! 아무리 방아쇠를 당겨봤자 바람만 빠진다는 얘기지! 그러니 사람이 죽어 나자빠질 리가 있겠나, 이 바보야?"

그렇게 뇌까리면서 벨몽은 무구의 상단에 걸린 또 다른 소총을 빼 들고, 창가로 부리나케 다가들었다. 그의 시선 끝에는 이미 어둠 속으로 부랴부랴 내빼는 그림자가 붙잡혔다. 마침내 마피아노의 윤곽이 완전히 사라지자, 그는 불안한 듯 속으로 중얼거렸다.

'이젠 어디로 숨어들까? 또 무슨 술책을 부릴 거지?'

바로 그때였다. 2층에서 귀에 익은 날카로운 호루라기 소리가 냅다 들리는 것이었다. 패트리셔가 도움을 요청하는 소리였다.

'아니, 놈들이 내 방으로 통하는 비밀 출입구까지 꿰뚫었단 말인가?'

또다시 불안감이 치밀었지만, 원래 그에게는 불안감이 곧 가장 적극적인 행동을 유발하기 일쑤였다. 후닥닥 층계로 달려간 그는 눈 깜짝할 사이에 2층으로 치솟듯 올라갔다.

문 앞에 당도한 그의 귓가에 이미 그 너머 우당탕하는 소란이 느껴졌다. 그에게 집 안 누구도 모르게 들고나는 걸 가능하게 해주었던 비밀 출입구 바로 앞에서 일대 실랑이가 일고 있는 것이었다.

오라스는 버럭 성을 내며 문짝을 향해 몸을 날렸다.

방 안에서는 벽 한 면이 완전히 개방된 채, 마피아노가 패트리셔를 빼내가려 악을 쓰고 있었다. 그 뒤, 즉 비밀 출입구 저 안쪽 어둠 속에서는 두 명의 다른 공범이 안쪽을 힐끔거리면서 여차하면 손을 빌려줄 태세였다.

패트리셔는 기력이 다했는지 더 이상은 버티기가 어려워 보였다. 게다가 은제 호루라기도 손에서 놓쳐 이제는 힘없는 목소리로 도움을 호소할 뿐이었다.

"도와줘요, 도와줘……."

무서운 기세로 문짝을 치받는 벨몽의 격렬한 몸부림 소리가 안으로 파고든 건 바로 그때였다.

"아, 이제 살았다! 그가 와주었어!"

여자는 중얼거리며 다시금 기운을 차려 발버둥을 쳤다.

하지만 그럴수록 마피아노는 여자의 몸을 더더욱 단단히 부둥켜안고 이죽거렸다.

"살았다고 말하기엔 아직 이를걸!"

그러나 문짝이 우지끈하며 심상치 않은 상태를 보이자, 비밀 출입구 어귀에 있던 두 명은 곧장 줄행랑을 쳤다. 마피아노가 길길이 날뛰며 으르렁댔다.

"우라질! 이렇게 된 바엔 최소한 보상이라도 받아놔야겠어."

그러더니 별안간 몸을 숙여 여자의 입술을 덮치려고 했다.

하지만 겨우 스치기나 했을까, 패트리셔는 역겨운 느낌에 기겁을 해서인지 초인적인 힘을 발휘해 몸을 뒤로 뺐다. 그리고 앙칼진 손톱을 내세워 상대의 얼굴을 사정없이 할퀴었다.

"이 더러운 짐승! 치사한 자식!"

또다시 남자의 손아귀에 붙들리고도 여자는 악착같이 욕을 해대며 몸부림을 쳤다.

급기야 문짝이 떨어져 나갔다. 순간적으로 돌진해오는 벨몽을 마피아노는 미처 돌아다볼 틈도 없었다. 그대로 엄청난 주먹이 턱주가리로 날아들었다. 그제야 패트리셔를 놔주며 저 혼자 비틀거렸지만, 연이어 날아오는 매서운 따귀세례가 막 쓰러지려는 그의 몸을 바로 세우고 멍해진 정신마저 추스르게 해주었다. 어느 정도 충격에서 벗어난 마피아노가 서둘러 도망치려 했으나 비밀 출입구는 이미 봉쇄된 상태였다. 결국 다시 몸을 돌려 방 한가운데로 돌아온 그는 권총을 빼 들고 의자에 앉았다. 그리고 역시 들고 온 소총으로 완벽한 사격 자세를 취한 벨몽을 향해 말했다.

"잠깐만, 벨몽! 일단 우리 둘 다 무기만은 내려놓고 얘기하지. 그쪽이나 나나, 우리 같은 사람들은 싸울 땐 인정사정없지만, 아무 설명 없이 덮어놓고 서로를 죽이지는 않으니까."

벨몽은 어깨를 으쓱하며 대꾸했다.

"네놈이 방금 전에 하려던 짓은 아무 설명 없이 나를 쏴 죽이려던 것 아니었나? 아무튼 좋아, 네놈이 얘기 나누기를 바란다면 그렇게 하지. 단, 간단명료하게 끝내자고!"

“좋았어! 오늘 저녁 앙젤만가의 축제 때 당신은 나한테 말했지. 여기 이 이쁜이 패트리셔를 요구하는 건 지극히 사랑하기 때문이라고. 하지만 그래봤자 헛수고야. 무엇보다 이 여자한테 당신은 아무 권리가 없다는 걸 알아야 해.”

“이미 내 손안에 들어와 있는 권리야. 게다가 여자가 손수 내게 넘겨준 권리이기도 하지.”

그 말을 듣는 순간 악당의 눈동자에 기분 나쁜 섬광이 번득였다.

“절대로 인정할 수 없다.”

벨몽은 잔뜩 빈정대는 투로 말을 잘랐다.

“정 그렇다면 집달관 아저씨한테나 가서 이르지 그래. 뭘 인정하기 어려울 땐 그렇게 하는 게 이 나라에선 보통이야.”

그러자 마피아노도 어깨를 으쓱하며 빈정댔다.

"당신은 돌았어! 잘 생각 좀 해보라고. 당신, 이 여자를 안 지 불과 두어 시간밖에 안 돼."

"그러는 자네는?"

"무려 4년간 알고 지내왔지. 4년 동안이나 나는 그녀 곁에서 지내왔다고. 내 모습은 드러내지 않은 채 줄곧 쫓아다니고 지켜봐왔다. 그녀도 내가 앨러미의 회사에 소속되어 있는 건 알고 있었어. 안 그래, 패트리셔? 어둠 속에서 내가 얼마나 자기를 따라다녔는데! 내가 자기를 사랑하고 갈망한다는 걸 그녀 자신도 익히 아는 만큼, 그녀는 내 여자나 마찬가지라고."

벨몽은 같잖다는 듯 이죽거렸다.

"말 한번 잘했다! 자네에겐 이 여자가 온전히 전부일지 몰라도, 자네는 이 여자한테 쥐뿔도 아니야. 아무 존재도 못 된다고. 그렇지 않소, 패트리셔?"

여자는 역겹다는 표정을 드러내며 내뱉었다.

"그 이하예요!"

"봤지, 마피아노? 자자, 그러니 이제 얌전히 꺼져. 내 앞에 얼씬하지 말란 말이야!"

"천만에! 절대로 양보할 수 없어! 네놈은 저 여자에게 그저 이방인일 뿐이야. 그리고 참, 저 여자의 인생에 대해 뭘 알기라도 하는 건가? 저 여자가 앨러미 부자 모두의 애인이었다는 사실을 알아?"

"거짓말!"

"저 여자가 사장의 아들인 헨리 앨러미의 정부였다는 걸 알기나 하냐고!"

"허튼소리!"

"엄연한 진실이야! 그 친구 자식까지 낳은 몸이라니까!"

벨몽은 얼굴이 하얗게 질렸다.

"거짓말을 하고 있어. 이봐요, 패트리셔. 제발 당신이……."

여자는 거짓말 따윈 못한다는 듯 단호하게 내뱉었다.

"저 사람, 사실을 말하고 있는 거예요. 제겐 아이가 있어요. 지금 열 살 되었죠. 이름은 로돌프라고 해요. 사랑하는 아들이죠. 그 아이는 제 인생 자체이고, 존재 이유나 마찬가지예요."

마피아노는 옳다구나 얼른 덧붙였다.

"결코 떨어질 수 없는 피붙이지. 그래서 얼마 전에 이곳 파리로 데려오도록 했다지."

악당의 어투가 어딘가 의미심장하게 다가온다 싶은지 오라스는 여자를 향해 은근히 초조한 기분으로 물었다.

"그 아이 지금 어디 있소, 패트리셔? 물론 아주 안전한 곳에 있겠지?"

여자는 확신에 찬 미소를 지으며 대답했다.

"그럼요. 위험은 없을 거예요."

"패트리셔, 지금 당장 그 아이 곁으로 돌아가도록 해요. 그리고 가능한 한 먼 곳으로 다시 데려가요. 당장 그 아이를 여기서 멀리 데려가란 말이오!"

벨몽이 유독 진지하게 이르자, 마피아노는 더더욱 기가 살아 비아냥거렸다.

"아하, 그러기엔 너무 늦지 않았을까?"

그제야 패트리셔는 펄쩍 뛰며 질겁했고, 두 눈도 극심한 두려움으로 가득 찼다.

"대체 무슨 말을 하려는 거죠? 아이는 오늘 아침에도 보고 나왔는데."

"그렇겠지. 거기가 베르농 근처의 지베르니라는 도시 아니던가? 바바쉐르 할멈이라 불리는 어느 씩씩한 여인네한테 맡겼지? 그래, 어서 가봐, 패트리셔. 그래봤자 아이도, 바바쉐르 할멈도 만나지는 못하겠지만 말이야. 그 마음씨 좋은 할멈이 오늘 오후에 내게 얌전히 아이를 데려다주더군."

패트리셔의 얼굴이 완전히 일그러졌다.

"이 비겁하고 치사한 인간 같으니! 그 아이가 얼마나 연약한데. 주의 깊게 돌봐줘야 할 아이라고!"

"오, 그런 건 충분히 신경 써줄 테니 걱정 마! 내 약속하지. 이 몸이 그 애에게 엄마가 되어주면 되잖아, 안 그래?"

마피아노는 음흉한 미소를 흘리며 중얼거렸고, 그럴수록 패트리셔는 악착같이 외쳤다.

"당장 경찰에 신고할 테다!"

"흥, 나는 어디까지나 그 아이 아빠인 앨러미 2세의 친권을 통째로 위임받은 몸이시라고. 아마 법도 아들을 제 아비에게 어서 돌려주라고 등 떠밀어줄걸!"

마피아노는 연신 싱글벙글 농담이었다.

그때였다, 벨몽의 우악스러운 손이 그의 어깻죽지를 와락 움켜잡은 것은.

"법 따지기 이전에 일단 경찰이 너를 체포해서 이것저것 따지고 들 것이다."

"그래도 멀리 있는 경찰이 여기까지 당도하려면 제법 시간이 걸릴걸!"

"꼭 그렇지만도 않아! 내가 이미 '폴리스스쿠르'에 전화를 해두었거든. 아마 못해도 5분 후면 자동차가 득달같이 와서 멈출 거야. 저런, 벌써 오셨나? 잘 들어봐. 자동차 경적 소리가 요란하네. 슬슬 도착하고 있는 거야. 어때, 이제 상황이 어떤지 알겠나, 마피아노? 자네의 그 손목에 강철 수갑이 채워지는 거야. 그런 다음 유치장에 일단 들어가겠지. 곧이어 중죄재판이 열릴 테고. 그러다 보면 어느새 기요틴 위에 목이 올라가 있겠지?"

"흥, 그렇게 되면 아르센 뤼팽의 체포도 잇따를걸!"

"미쳤군. 아르센 뤼팽한테는 경찰이 손도 못 댄다는 것 모르시나?"

악당은 잠시 생각에 빠지더니 마침내 중얼거렸다.

"좋아, 그쪽 생각부터 들어보지."

"일단 아이가 어디 있는지부터 대. 그러고 나면 제2의 비밀통로를 통해 네가 무사히 빠져나갈 수 있게 허락하마. 어서 서두는 게 좋아. 이미 자동차들이 집 앞에 와 있다. 자, 아이는 어디 있나?"

"패트리셔도 나와 함께 여길 벗어나야 한다. 이 일은 그녀와 나, 둘이서 수습하면 돼. 이미 여자는 내 조건이 뭔지는 알 것이다. 그러니 여자부터 나에게 내놔. 그러면 곧장 아이를 내주겠다."

그러자 패트리셔가 나직이 눌러 말했다.

"그럴 바엔 차라리 죽을 테다."

별안간 1층에서 초인종 소리가 울렸고, 벨몽이 외쳤다.

"경찰이야!"

그는 벽 어느 곳 나무판자의 돌출 부위에 손가락을 갖다 대며 말했다.

"여길 누르기만 하면 현관문이 열릴 것이다. 자, 누를까, 마피아노?"

"망설일 필요 있겠나? 다만 그 순간부터 패트리셔는 아들과 영영 이별이야."

벨몽은 손가락으로 돌출 부위를 지그시 눌렀다. 그러자 얼마 지나지 않아 남자들 목소리와 쿵쾅대는 발소리가 저만치 1층에서부터 들려왔다. 벨몽은 그들을 맞이하기 위해 문 쪽으로 다가갔다. 그런데…… 정말이지 순식간에 벌어진 일이었다! 마피아노가 잽싸게 창가로 달려가는가 싶더니 창문 하나를 열어젖히고 난간을 타고 넘어 바깥으로 훌쩍 사라져버렸다!

그런데도 웬일인지 벨몽의 입에서는 이런 중얼거림이 장난처럼 새어 나올 뿐이었다.

"흐음, 정확히 바라던 대로 됐어."

그는 총신 위의 가늠자 부분에 특수 조준장치가 부착된 자신의 소총을 다시 집어 들었다.

밤의 어둠이 드넓은 정원 전체를 통해 무겁게 드리워져 있었다.

벨몽은 계속해서 중얼거렸다.

"세 개의 낮은 담장을 뛰어넘은 다음, 마지막 네 번째 나타나는 좀 더 높은 담벼락은 미리 준비해둔 사다리가 있어야 넘는 게 가능할 거야. 그래야만 무사히 한적한 거리로 내려가 내뺄 수 있어."

"하지만 사다리 준비는 하지 못한 것 같잖아요?"

패트리셔가 묻자, 그는 대답했다.

"아니, 준비했어요. 여기서도 사다리가 분간되는걸."

여자는 신음을 내뱉었다.

"아! 만약 저대로 무사히 도망간다면, 난 영영 아들을 다시 만나지 못할 겁니다."

한편 저 아래층에선 경찰들이 불러대는 소리가 계속해서 들려오고 있었다. 빅투아르가 허겁지겁 층계를 내려갔지만, 오라스는 이미 대차게 외쳐둔 상태였다.

"여러분, 계단으로 올라오세요! 2층 정면에 바라보이는 방문입니다!"

그는 창가에 기대고 침착하게 총을 겨누었다.

그 모습을 보고 패트리셔가 간청했다.

"그를 죽이지는 말아요. 그러면 결국 아무도 모르게 돼요. 내 아들은 영영 못 찾게 됩니다.”

“걱정 말아요. 단지 다리 한쪽만 못 쓰게 만들 생각이니까.”

이어서 방아쇠 딸깍하는 소리가 들렸다. 요란한 소음도, 총성도 없었고, 단지 가볍게 바람 가르는 소리만 쉬익 하고 들렸다. 그러나 정원 저만치 끄트머리에선 사정이 딴판이었다. 갑자기 찢어질 듯한 비명이 어둠을 뒤흔드는가 싶더니 이어서 처량한 신음이 울려 퍼졌다.

벨몽은 창문 난간을 넘었고, 건물 벽면에 마치 사다리처럼 고정된 강철 갈고리들을 의지해 바닥까지 무사히 닿을 수 있도록 패트리셔를 부축하며 함께 내려갔다.

과연 세 개의 나지막한 담장들은 어렵지 않게 넘을 수가 있었다. 그러나 네 번째 담벼락은 훨씬 더 높았고, 그 발치에는 웬 몸뚱어리가 버둥거리고 있었다. 벨몽은 부리나케 손전등을 들이댔다.

“어이, 거기 마피아노 맞지? 오른쪽 장딴지가 조금 다친 것 아닌가? 그 정도 가지고 엄살은…… 내가 쓰는 노루 사냥용 총알들은 항상 증기소독기로 철저히 소독하는 데다, 구급상자도 준비되어 있어. 자 상처 난 다리나 좀 보여주게. 자비의 손길이 자네를 치료해줄 것이야.”

패트리셔가 능란한 손동작으로 그리 심각하지 않은 상처에 붕대를 감아주는 동안, 벨몽은 신속한 손길로 마피아노의 호주머니를 뒤졌다.

잠시 후, 그의 입에서 환호성이 튀어나왔다.

“그럼 그렇지! 자네, 이제 제대로 걸린 거야! 그렇지 않아도 패트리셔를 통해 자네의 회원 신분증은 확보하고 있었는데, 이제 보니 여기에 맥 앨러미와 프레데릭 필즈의 신분증이 숨어 있었어! 자네가 뉴욕에서 빼돌리도록 한 것들 말이야!”

그는 좀 더 바싹 상체를 들이대면서 거친 말투로 덧붙였다.

“이제 아이를 내놔. 그러면 자네의 신분증을 돌려주기로 하지.”

마피아노는 더듬거렸다.

"내 신분증은 어찌 되든 상관 안 해!"

"그건 자네 착각이야, 이 친구야! 결코 상관 안 할 수 없을 거라고! 이 신분증은 단체 내에서의 자네 서열을 명시하고 있기 때문에, 실제로 전리품이 손에 들어와서 분배해야 할 경우엔 전적으로 이에 의존할 수밖에 없다는 말이야. 만약 제때에 이걸 들이대지 못하면 자넨 회원으로 취급받지도 못할뿐더러, 결국에는 이득을 함께 나누는 데 끼지도 못하게 될 것이야. 한마디로 신세 완전 조지는 거지!"

"그렇지 않을걸!"

마피아노는 곧장 반박했다.

"저들은 내가 누구인지 다들 알고 있어. 난 그저 신분증을 도둑맞았다고 말만 하면 된다고."

"그래도 증거가 있어야만 할 거야. 그럴 경우, 패트리셔나 나의 증언이 절대적으로 필요하지. 하지만 자네는 그 어느 것도 취할 수가 없어. 바야흐로 모든 희망이 무너져버리는 꼴이라고."

"흥, 보아하니 아이를 확보한 내가 당신 두 사람 다 꼼짝 못하게 틀어쥐고 있는 셈이라는 걸 깜박 잊은 모양이로군. 어디까지나 아이는 내 수중에 머물러 있을 거야."

"아니. 자넨 오늘 아침이 밝으면 곧장 아이를 데리고 와야 해. 그래서 교환을 하게 될 거라고. 정정당당한 맞교환으로 말이야."

마피아노는 한동안 망설이는 빛이 역력하더니 내뱉듯 말했다.

"좋다."

"이제야 뭘 좀 이해하는군! 만약 오늘 아침 9시까지 아이가 건강한 상태로 나타나지 않으면, 나는 자네의 신분증을 불태워버릴 거야."

"이런 답답한 소리가 있나! 나더러 어떻게 하란 말인가? 내 다리를 이

지경으로 만들어놓고서. 꼼짝달싹 못하는 걸 뻔히 보고 있지 않은가!"

"맞는 말이로군. 우선 패트리셔가 자네 붕대를 갈아줄 것이네. 그런 다음 우선 푹 쉬도록 해. 내일 저녁에 자넬 데리러 와서 셋이 함께 아이를 구하러 가는 거야. 어때, 괜찮지?"

"좋다, 그렇게 하지."

패트리셔와 벨몽은 사내의 몸뚱어리를 들어 올려 높다란 담벼락에 인접한 어느 비좁은 창고로 데리고 갔다. 거긴 온갖 정원용 의자들로 가득했다. 그중 긴 의자 하나를 골라 몸뚱어리를 누인 다음, 붕대를 갈아주고 나서 패트리셔와 벨몽은 창고를 나와 열쇠로 문을 걸어 잠갔다.

두 사람은 다시금 집으로 돌아왔다.

오라스는 경찰관들을 지휘하고 있는 반장을 보자마자 말했다.

"놈이 날랐소!"

"아, 이런 빌어먹을! 도대체 당신들, 어떻게 했기에 도망치게 내버려 둬! 우린 시간 허비한 거 하나도 없어요. 대체 어디로 해서 도망을 친 겁니까?"

"정원으로 꽁무니를 뺐소. 높다란 담벼락을 사다리를 이용해 넘어갔소. 한번 찾아보시든지."

물론 아무리 뒤지고 엎어봐야 소용이 없었다. 반장은 다시 돌아와 오라스 벨몽에게 물었다.

"그나저나 므슈, 당신은 누구신지요?"

"경시청 사람들이 '마생'이라 부르는 사람이오."

그러자 경찰은 호기심 가득한 눈빛으로 상대를 바라보면서도 더 이상 뭐라고 하지 못했다. 대신 이번엔 여자 쪽을 향해 같은 질문을 던졌다.

"마담께서는요?"

"미스 패트리셔 존스턴이라고 합니다. 미국 기자이고요. 파리는 그냥 들렀습니다."

얼마 후, 반장은 경찰관들을 인솔하고 현장을 빠져나갔다.

그날 밤, 벨몽은 침실에 붙어 있는 골방에서 잠을 청했고, 패트리셔는 바로 그 침실을 이용했다.

다음 날은 하루 종일 별다른 일 없이 흘러갔다. 두 사람은 오래된 친구 사이처럼 아기자기하게 담소를 나누었다. 실은 새벽이 밝자마자 상처 때문에 많이 허약해진 포로에게 먹을 것과 물을 가져다준 상태였다. 그리고 격렬할 것으로 예상되는 밤 시간을 준비하기 위해 잠깐 낮잠을 자두었다. 워낙에 마피아노의 말을 신뢰하지 않았던 것이다. 과연 그 악랄한 독종이 어린 로돌프를 순순히 돌려주려고 할 것인가?

어쨌든 저녁이 내렸고, 오라스와 패트리셔는 높은 담벼락에 인접한 창고를 향해 발길을 옮겼다. 문을 연 오라스의 입에서 난데없이 외마디 탄식이 튀어나왔다. 들이댄 전등 불빛에 비친 창고 내부가 텅 비어 있었다! 정말로 새가 날아가버린 것이다. 일말의 흔적조차 없었다. 열쇠로 단단히 잠근 자물쇠 그 어디에도 억지로 무리를 가한 흔적이 발견되지 않았다. 사다리는 원래 놔두었던 제자리에 얌전히 있었다.

오라스는 자못 놀란 기색으로 중얼거렸다.

"그 녀석들 제법인걸! 분명 내 별장에 바로 가까이 붙어 있는 건물을 통해서 들락날락한 거야."

"거긴 누가 사는데요?"

패트리셔도 걱정스레 물었다.

"아무도 살지 않소. 하여튼 놈들은 내가 그곳에 만들어놓은 두 개의 비밀통로를 활용한 게 분명합니다. 하나는 1층으로 통해 있고, 다른 하나는 2층 내 침실과 통하죠. 당신도 어제저녁에 봤다시피 말입니다."

"당신 침실이라고 했나요?"

"그래요. 알고 있을 텐데, 어젯밤에 잤던 곳 말입니다. 혹시 그쪽으로 사람 지나다니는 소리 듣지 못했소?"

"전혀요."

"분명히 들었을 텐데. 왜냐하면 출입구가 침대에 바로 붙어 있으니…… 아뿔싸, 내가 멍청이로군! 그게 아닌데 말이야!"

"무얼 생각하는 거죠?"

"생각하는 게 아니라 확실하게 알고 있는 거요, 패트리셔. 즉, 마피아노를 풀어준 게 당신이라는 사실을!"

여자는 움찔하더니 억지웃음을 지으며 말했다.

"어머나, 세상에! 내가 무슨 목적으로 그런 짓을!"

"그야 당연히 당신 아들이 그의 손에 붙잡혀 있으니까 그렇죠. 무슨 내용인지는 모르지만 분명 당신을 붙들고 협박을 가했을 거요. 이를테면 야비하게 모성을 볼모로 자극한 거지!"

잠시 당혹스러운 침묵이 뒤를 이었다. 두 눈을 내리깐 데다 창백하게 질린 안색의 패트리셔는 당장이라도 눈물을 떨굴 것 같은 기세였다. 오라스는 전등 불빛을 여자 쪽으로 향하면서 얼굴을 주의 깊게 들여다보았다. 마침내 그는 깊은 생각에 잠긴 채 말했다.

"놈은 당신 아들을 미끼로 해서 당신을 꼼짝 못하게 하고 있어요."

여자는 아무 대답도 하지 못했다. 남자는 골치 아픈 생각을 털어버리듯 고개를 좌우로 흔들흔들, 손가락 마디를 우두둑거리더니 빈정대는 듯한 곡조 하나를 입에 흥얼거리며 창고 밖으로 뛰쳐나갔다.

몇 분 후, 겨우 마음을 추스른 오라스 벨몽은 일단 패트리셔와 새롭게 대화를 나누어야겠다고 생각했다. 도대체 무얼 의도하고 있는지 알아보기 위해서였다. 하지만 정원이든, 별장이든 아무리 찾아봐도 허사였다. 패트리셔는 어디론가 사라지고 없었다.

5
로돌프 공

오라스는 의사를 불러와 최근 벌어진 험한 사태 때문에 무척 충격을 받은 듯한 빅투아르의 건강 상태를 점검하게 했다. 다행히 큰 지장은 없다는 게 의사의 소견이었다. 타박상 하나 발견되지 않았다. 신경성 흥분 상태를 진정시키기 위해 그저 한 사나흘 정도 푹 쉬면 문제없을 거라는 얘기였다. 그런 다음엔 아예 시골로 거처를 옮기리라.

사실 늙은 유모를 향한 오라스의 애정은 각별했다. 그는 이 훌륭한 여인의 빠른 쾌유를 위해 무엇이든 힘닿는 데까지 다할 참이었다. 바로 다음 날, 오후 신문들을 죄다 섭렵한 오라스 벨몽은 5시가 조금 못 될 즈음 공증인사무소를 찾아갔다. 거기서 그는 최근에 방문한 적이 있는 데다, 마침 매물로 나와 있다는 광고를 접한 망트(파리에서 루앙 사이, 센 강 유역의 도시—옮긴이) 근방의 광대한 영지, 메종루즈('빨간 집'이라는 뜻—옮긴이)를 즉석에서 사들였다.

그리고 이튿날 건축가와 실내 장식업자를 메종루즈로 불러들였고,

48시간 이내에 모든 단장을 마칠 수 있다는 약속을 받아냈다. 그것도 모자라 벨몽은 미처 새로운 거처가 다 준비되기 전인데도 불구하고, 많은 수의 하인들과 더불어 왕년의 부하들 중에서도 각별히 부지런하고 또 신임이 두터운 몇몇을 그곳으로 소집했다.

바로 그날—즉, 메종루즈를 구입한 바로 다음 날—저녁이었다. 오퇴이유의 별장으로 돌아온 오라스는 저녁식사가 끝나자마자 전화 한 통을 받았다.

"오라스 벨몽입니다만, 누구신지요?"

수화기 저 너머 들려오는 소리는 플루트 음색처럼 해맑은 아이 목소리였다.

"여기는 므슈 로돌프인데요."

"므슈 로돌프? 그런 사람 모릅니다."

오라스는 금방이라도 수화기를 내려놓을 사람처럼 퉁명스레 대꾸했다.

플루트 같은 목소리가 허겁지겁 말했다.

"마담 패트리셔의 아들인 므슈 로돌프라고요!"

"네? 아, 그러세요. 그래, 무슨 일인가요, 므슈 로돌프?"

"저희 어머니가 지금 무척 힘든 상황을 맞고 계신데요. 그래서 선생님과 제가 한 번 만나서 얘기를 나눠보길 바라고 계십니다."

오라스는 지체 없이 대답했다.

"좋은 생각입니다! 어서 만나보도록 하죠, 므슈 로돌프! 언제든 시간만 정하십시오."

그는 행동 방침을 머릿속에 굴리면서 마무리했다.

"장소만 얘기해주세요."

"그럼 만나주시겠다는 거죠?"

바로 그 순간, 느닷없이 전화가 뚝 끊겼다. 상대방이 수화기를 놓은 거라기보다는 전화선 자체가 끊어진 것이었다. 오라스는 버럭 화를 내며 일어나 전화기가 설치된 식당에서 출발해 전선을 따라가보았다. 전선은 옆의 찬방으로 이어져 있었다. 진상이 눈에 들어온 건 얼마 지나지 않아서였다. 전선이 지하실로 통하는 계단 바로 초입 지점에서 여지없이 절단되어 있었던 것이다. 끊겨진 전선의 양쪽이 맥없이 늘어져 있었다.

그렇다면 누군가 찬방에서 통화 내용을 엿듣고 있다가 오라스가 잔뜩 흥미로워할 즈음, 즉 뭔가 자신이 위험해진다고 판단한 순간에 가차없이 전선을 끊어낸 것일 터였다. 대체 어느 보이지 않는 적이 또 스며든 것일까? 이번엔 무슨 속셈으로?

오라스 벨몽은 조금도 지체하지 않았다. 적이 누구인지 짐작이 갔던 것이다. 마피아노가 사라지고 이어서 패트리셔마저 종적을 감춘 뒤, 이틀이 지나는 내내 그의 머릿속에선 패트리셔가 자신을 배반했다는 생각이 가시지 않았다. 그녀는 아들을 구하기 위해 악당놈을 도망치게 해주었다. '므슈 로돌프'를 자유의 몸이 되게 하고, 마피아노의 사정권에서 완전히 해방시키기 위해서라지만, 결국에는 그럼으로써 그 시칠리아 녀석의 손아귀에 영영 사로잡히고 만 것이다.

따지고 보면 그녀와 마피아노 사이에는 이미 모종의 거래가 이루어진 셈이다. 오라스의 기억 속에는 악당의 기분 나쁜 중얼거림이 계속해서 맴돌았다.

'패트리셔, 이제 그만 항복해. 그러면 당신 아이를 놔줄 테니까.'

과연 패트리셔가 그 말에 이미 허물어진 것일까? 아니면 지금 막 그럴 위험에 처해 있다는 얘긴가? 하긴 어미로서의 그 심정, 그 마음속의 갈등이 오죽 끔찍하겠는가! 얼마나 지독한 고통이었으면 공동의 적을 도망치게 해줌으로써 같은 편인 벨몽을 배반했으면서도, 이제는 아들을 중간에 내세워 도움을 요청한단 말인가!

'저희 어머니가 지금 무척 힘든 상황을 맞고 계신데요.'

어쨌든 아이를 만나보면 최소한 사태가 어디서, 어느 정도까지 진행된 것인지 알 수 있으리라!

오라스는 지금까지 결코 경험해보지 못한 곤혹스러운 느낌에 시달리지 않을 수 없었다. 자기 피붙이가 위험에 처한 상황을 빤히 알면서, 그 극심한 불안과 절망감 속에서 어미 되는 사람이 과연 언제까지 비열한 악당의 욕망을 모른 체하고 꿋꿋이 버텨낼 수가 있을까.

워낙에 불같은 성품을 지닌 오라스 벨몽이기에 이처럼 처절한 비탄과 애틋한 심정이 단번에 강렬한 사랑의 감정으로 치닫는 건 당연했다. 파렴치한 위협과 공갈 앞에서 언제까지나 무력하게 손놓고 있다는 것이 그에게는 도저히 견딜 수 없는 일이었다.

하지만 그동안 살아오면서 갈고 닦은 경륜과 식견에 의해, 일단 진실의 새로운 국면을 확인하기 전에는 그 어떠한 행동도 무용하다는 판단은 이미 서 있었다. 오라스 벨몽은 집 안에만 단단히 칩거해 바깥 동향에 촉각을 곤두세우고, 이런저런 대처 방법을 치밀하게 가늠하면서 마음으로는 온갖 고뇌와 불안을 묵묵히 감내했다. 아마 여태껏 살아오면서 이처럼 불행함을 느낀 일도 드문 듯했다.

그렇게 열에 들뜬 사흘 밤낮이 답답하게 흘러갔다. 마침내 나흘째 아침, 사이공 가도의 철책문 쪽에서 벨소리가 요란하게 울렸다. 벨몽은 득달같이 창가로 달려갔다. 한 아이가 있는 힘껏 초인종을 울려대고 있었다. 벨몽은 현관 계단과 정원을 내리 달려나갔다. 언뜻 도로 쪽을 넘겨보니, 자동차 한 대가 엄청난 속도로 돌진해와서 별장 앞에서 급브레이크를 밟고 있었다. 그러더니 웬 사내가 차에서 튀어나와 아이를 휘둘

러 업고는, 부리나케 차 안으로 뛰어들자마자 쏜살같이 내빼는 것이었다. 그 시간이 다 합해야 20여 초도 걸리지 않았다. 드넓은 정원의 거리상 벨몽이 개입하기에는 물리적으로 불가능한 시간이었다. 헐레벌떡 달려가 철책문을 열었을 때는, 저만치 한적한 가도로 오렌지색 차체의 카브리올레형 자동차 한 대가 멀어져 가는 것을 볼 수 있을 따름이었다. 물론 마피아노의 자동차였다.

벨몽이 터벅터벅 건물로 돌아오자, 충분한 휴식으로 기운을 회복한 빅투아르가 요란한 벨소리에 놀라 막 달려나오고 있었다.

그는 단도직입적으로 지시를 늘어놓았다.

"지금 이 길로 당장 메종루즈로 가세요. 가서 나의 최고 수준 부하들 스무 명을 불러 모아놓고 전하세요. 지금부터 거기에 진짜 요새화된 진지, 그 누구도 침투할 수 없는 철옹성을 구축해야 한다고 말입니다. 야간에는 제일 사나운 양치기 개를 세 마리 풀어놔 지킬 것이고, 암호를 대지 않으면 누구도 나다니지 못하게 하세요. 순찰은 기본이고, 끊임없는 감시와 경계를 굳건히 다져서, 말하자면 최고로 엄한 규율을 영지 전체에 걸쳐 가동시키십시오. 당신도 모든 사태에 대비한 마음가짐을 가지세요. 아마 조만간 내가 당신한테 누구를 데려갈 겁니다. 당신 눈동자처럼 소중히 돌봐야 할 존재예요. 자, 서둘러요! 후딱 뒤로 돌아, 어서 가봐요! 아니, 말도 필요 없고, 질문도 다 사양입니다. 이건 내 목숨이 걸린 문제란 말이오! 이 정도면 내가 얼마나 절박한지 알 거요. 어서 가라니까!"

오퇴이유 별장 안에 혼자 틀어박힌 오라스 벨몽은, 그 또한 신변 안전을 위해 필요한 모든 조처를 취했다.

처음 열이틀 동안은 모든 조치가 공연한 기우처럼 여겨질 정도로 아무 일 없이 지나갔다. 다만 몇 가지 사소한 단서들이 종종 벨몽의 신경을 건드렸는데, 온갖 조치와 경계가 무색하게도 적이 밤낮으로 집 안을 드나들면서 집주인의 하루 일과를 세세하게 염탐하고 있다는 느낌을 지울 수가 없었다. 마치 어디를 가나 유령들이 주변을 스치며 지나다니는 기분이었다. 심지어 이따금 자신이 꿈을 꾸고 있는 게 아닌가 의문이 들 정도였다. 하지만 아니었다. 분명 누군가 집 안을 들락거리고 있었다. 건물 전체에 악령이 씐 듯한 분위기…… 권총을 부여잡고 잠복해 있거나, 되는대로 흔적을 따라다녀도 아무런 소용이 없었다. 눈에는 아무도 붙잡히지 않는 것이다. 하지만 어느 곳이든 가만히 앉아 있노라면, 바로 그 옆방으로부터 옷 스치는 소리, 숨소리, 심지어 마루판이 삐걱대는 소리까지 짜 맞춘 듯 가세해, 분명 누군가 있다는 생각을 불어넣는 것이었다. 그러면 오라스 벨몽은 또다시 득달같이 달려들어 문을 열어봤지만 아무도 없기는 매한가지였다. 그림자도, 소음도 감쪽같이 자취를 감췄다. 아주 가끔은 부랴부랴 내빼는 발소리가 어렴풋이 꼬리를 남길 때도 있었다. 물론 그러고 나서는 영락없는 적막이 깔렸지만…… 오라스 벨몽은 이처럼 악마적인 조작행위에 점점 혼란스러워졌고, 울화통이 치밀었다. 이러는 와중에도 확인을 해보면 언제나 비밀 출입구는 완전히 봉쇄되어 있는 형편이었다. 도대체 이놈들, 무슨 수로 여길 드나들고 있는 걸까? 이 집! 이 아르센 뤼팽의 집을 말이다!

마침내 13일째 되던 밤, 고요한 적막 가운데 알코브와 비밀통로 사이의 칸막이벽에서 문득 뭔가 가볍게 긁는 소리가 들려왔다.

침대에 누워 책을 읽던 오라스는 바짝 청각을 곤두세웠다. 바득바득 긁는 소리는 점점 또렷해졌고, 괴이한 울음소리 같은 것을 동반했다. 오라스는 웬 길 잃은 고양이냐는 생각으로 침대에서 튀어나와 문제의 칸막이벽 판자를 떼어냄과 동시에 전깃불을 환히 밝혔다.

어둠 속으로 이어진 비밀 계단의 층계참에서 곱슬곱슬한 금발에 섬세하고 아름다운 얼굴을 가진 소년이 여자아이 옷을 입고 뭔가를 기다리고 있었다(옛날 서양에서는 남자아이에게 여자아이 옷을 입히고 머리 모양도 여자아이처럼 해주는 게 보통이었다. 일종의 애정 표시—옮긴이).

"너는 누구니? 거기서 뭐하는 거야?"

벨몽은 눈이 휘둥그레져 물었다. 실은 아이가 다음과 같이 대답하기 전에 이미 누군지 짐작이 갔다.

"로돌프라고 합니다."

목소리가 가녀리게 떨리는 걸로 봐서 몹시 힘들고 지친 모양이었다.

오라스는 아이를 붙잡아 방으로 끌어들인 다음 열에 들떠 물었다.

"엄마는 어디 있니? 너를 보낸 여자 말이다! 무슨 일이 벌어진 건 아니니? 대체 너 지금 어디서 오는 길이냐? 어서 말해보아라!"

아이는 얼른 몸을 뺐다. 가만히 보니 엄마의 야무진 면모를 그대로 빼닮은 듯했다.

"맞아요. 엄마가 저를 이리로 보냈어요. 아저씨를 찾으러 온 거예요. 하지만 지금은 말만 할 때가 아니에요! 그보다는 움직여야 할 때라고요! 어서 서둘러요!"

"어디로 가자는 거니?"

"엄마를 데리러요. 그 남자가 엄마를 못 나다니게 하고 있어요! 하지만 전 어떻게 하면 되는지 알아요! 제 말대로만 하세요!"

상황이 돌아가는 게 무척 비장해 보였고, 패트리셔가 위험에 처한 건 분명했지만 오라스는 터져나오는 웃음을 어쩔 수가 없었다.

"푸하하하! 그래, 므슈 로돌프께서 어찌해야 되는지 잘 알고 있으니, 나로서는 잠자코 따르기만 하면 되고말고. 자, 갑시다, 로돌프 공!"

"왜 저를 그렇게 부르는 거죠?"

아이가 똘망똘망하게 물었다.

"그건 말이다, 로돌프라는 이름의 어떤 귀족이 온갖 어려움을 딛고 일어나, 친구들을 곤경에서 구하고 적들을 물리친다는 어느 유명한 소설(외젠 쉬(1804~1857)의 대표작 『파리의 비밀』. 주인공 이름은 로돌프 드 제롤슈타인이다—옮긴이) 줄거리가 갑자기 생각나서 그렇단다. 가만히 보니 네가 꼭 그런 인물 같아서 그래. 내가 걱정하는 건……."

"전 겁 안나요! 자, 어서요!"

아이는 아무렇지도 않게 내뱉었다.

로돌프는 얼른 앞장서서 손전등을 비추며 다시 비밀통로로 들어갔다. 아이의 꼬불꼬불한 황금빛 머리카락이 공기의 흐름을 타고 나풀거렸다. 캄캄한 어둠을 예리한 눈길로 파헤치듯 하면서 아이는 층계참을 지났다.

뒤따라서 어둠 속에 숨겨진 계단을 밟고 내려가려던 오라스가 갑자기 아이를 붙잡았다.

"잠깐만! 실은 아까 이런 말을 하려고 했던 거다. 이 통로 끝을 저들이 지키고 있지 않을까 걱정이라고 말이야. 저들에게 이미 알려진 통로란 얘기지."

로돌프는 어깨를 으쓱하며 대꾸했다.

"그렇지 않아요, 오늘 밤만큼은……."

"그걸 네가 어떻게 아니?"

"만약 지키고 있었다면 제가 여기까지 들어올 수 없었을 테니까요."

"그야 잠시 한눈을 파는 사이에 네가 들어왔을지도 모르잖니? 아니면 너와 함께 나까지 밖으로 끌어내려고 일부러 들어가게 내버려둔 것일 수도 있고 말이야. 어쨌든 할 수 없지. 일단 나가고 보자꾸나! 두고 보면 알겠지!"

아이는 고개를 끄덕인 다음 덧붙였다.

"뭐 두고 볼 필요도 없을 거예요. 제가 바깥에 아무도 지키고 있지 않다고 하면, 진짜 아무도 지키고 있지 않은 거니까요."

오라스는 또다시 빙그레 웃으며 말했다.

"허허. 그래, 좋다. 하지만 내가 앞장서게 해주면 더 좋겠구나."

"그건 맘대로 하세요. 다만 제가 길을 알고 있는데, 이리로 온 것도 그 길을 통해서였거든요. 출구가 아저씨네 차고에 가까운 거리 쪽 작은 집으로 통해요. 아주 한산한 거리에 텅 빈 집이죠. 제가 다 봐두었어요. 엄마가 진작에 설명을 해주었고요. 그리로 가면 돼요. 아무 걱정할 거 없다고요. 게다가 제가 아저씨 차고로 빠져나올 것처럼 해놔서, 저들이 자동차를 아예 밖으로 끌어다 내놓았어요. 지금은 자동차가 길가에서 그냥 덩그러니 우릴 기다리고 있을 거예요."

"어떤 차 말이냐?"

"8기통짜리였어요."

"저런! 그래, 운전도 네가 할 거니?"

"아뇨. 그건 아저씨 몫이죠."

쥐 새끼 한 마리 마주치지 않고서 둘이 거리까지 빠져나가자, 정말로 자동차가 기다리고 있었다. 오라스는 올라타자마자 운전대를 붙잡았다. 로돌프 공은 앞 유리창에 바짝 붙어 서서 맨머리를 휘날리며 제법 의젓하게 방향을 지시했다.

"오른쪽으로! 그다음 왼쪽! 앞으로 곧장 가세요! 좀 밟아요, 밟아! 엄마가 기다리신다고요!"

"거리 이름이 뭐지?"

"오스망 대로와 나란히 뻗은 라봄 가예요."

자동차는 전속력으로 질주했다. 오라스는 이렇게 빠른 속도로 차를 몬 기억이 없었다. 그야말로 곡예운전이나 다름없었다. 정말이지 충돌 사고도 일으키지 않고, 전복되거나 보도 위로 치고 오르지도 않는 게 놀라울 정도였다.

마피아노의 횡포에 시달리고 있을 패트리셔의 모습이 자꾸만 떠오르고, 어린아이까지 옆에서 용기를 불어넣는 마당이니, 오라스 벨몽으로서도 거의 광분에 가까운 활력에 휩싸이지 않을 수가 없었던 것이다. 그는 가속페달을 밟고 또 밟았다.

아이가 눈 하나 깜빡하지 않고 외쳤다.

"오른쪽요, 오른쪽! 이제 왼쪽으로 꺾어서 첫 번째 거리가 바로 라봄 가예요. 정지! 여기서 불러요! 경적을 울려서 부르라고요. 좋아요, 다시!"

1층이 매우 나지막하게 설계된 어느 아담한 저택 앞이었다. 중이층 창문 앞으로는 테라스가 마련되어 있었다. 아이 말대로 경적을 울려대자, 중이층 창문이 하나 열리면서 한 여자가 테라스의 석조 난간 앞까지 달려나오더니 어둠 속으로 몸을 내밀어 이리저리 둘러보았다.

"로돌프, 너니?"

"납니다, 벨몽!"

패트리셔의 모습을 알아본 오라스는 일단 자신을 알린 뒤 차에서 훌쩍 내렸다.

"아, 다 잘되었네요!"

여자가 외치다 말고 홱 돌아섰다. 순간 또 다른 창문이 활짝 열리면서 남자 하나가 불쑥 튀어나오더니 테라스로 뛰쳐나오며 악을 썼다.

"당장 들어가지 못할까!"

벨몽이 다급하게 팔을 쭉 벌리고 소리쳤다.

"이리로 뛰어내려요!"

패트리셔는 조금도 머뭇대지 않고 난간을 타고 넘어 밑에서 받치고 있는 강력한 팔 위로 몸을 날렸다. 바닥에 내려놓기 전에 오라스는 여자를 열정적으로 부둥켜안았다.

그제야 어린 로돌프도 차에서 달려나와 외쳤다.

"엄마! 우리 엄마!"

한편 저 위에서는 마피아노가 길길이 날뛰면서 악을 써대고 있었다. 심지어 자신도 뛰어내릴 것처럼 난간에 한쪽 다리를 걸치기까지 했다.

그 모습을 지켜보며 오라스가 비아냥댔다.

"진정하시지, 마피아노. 호들갑 떠는 모양새가 꼭 꽁지 빠진 족제비 꼴 아닌가. 그나저나 자네 또 나한테 기막힌 조준점이 되어주고 있어! 저 멍텅구리, 뒤룩뒤룩한 엉덩이 좀 봐! 오른쪽, 왼쪽 실룩대는 꼴이라고는."

그는 자동차로 가서 침착하게 소총을 꺼내 들었다. 마피아노가 완전히 뒤로 돌아 난간에 간신히 매달렸다가 아래로 뛰어내리기 직전, 오라스는 조용히 두 번 방아쇠를 당겼다. 엉덩짝에 각각 한 발씩 노루 사냥용 총탄을 맞은 마피아노는 그대로 거리 바닥에 나뒹굴었다.

"도와줘! 이놈이 사람 잡는다!"

그는 죽어라고 비명을 질러댔다.

"웃기는 소리 하지 마! 그 총알은 조금 뜨끔하지만 사람을 죽이지는 않아. 자네 목숨은 어디까지나 사형집행인의 몫이니, 내가 가로챌 수는 없는 노릇이지!"

마치 작별인사라도 하듯 오라스가 내뱉었다.

자동차는 라봄 가 길모퉁이를 쌩 돌아 어둠 속으로 사라졌다.

새벽 2시, 몇 차례 통행암호를 대고서야 자동차는 메종루즈의 환하게 밝혀진 마당 안으로 들어갈 수 있었다. 빅투아르가 전달한 지시에 따라 경계태세에 임하고 있던 스무 명의 경비원들은 일제히 환호성을 내지르며 일행을 맞이했다. 그토록 사납던 개들 역시 주위를 껑충껑충 뛰며 즐거워 난리였다. 오라스는 여자와 아이를 화려한 꽃들로 장식한 방으로 안내했다.

"패트리셔, 내 허락 없이는 여기서 꼼짝도 해선 안 됩니다. 너 역시 마찬가지다, 로돌프."

오라스는 두 모자에게 단단히 일렀다.

창문들은 고작해야 2~3미터 위에서 정원을 굽어보고 있었다. 그 아래에는 세 명의 경비원이 잔디 위에서 잠을 잘 수 있도록 조치를 취해 놓았다.

오라스는 두 손을 여자의 어깨 위에 얹고서, 로돌프가 들을 수 없도록 잔뜩 목소리를 낮춰 물었다.

"내가 너무 늦게 도착한 건 아니죠, 패트리셔?"

여자는 남자의 두 눈을 지그시 마주 보며 중얼거렸다.

"아니에요. 아주 제때에 와주었어요. 그 비열한 인간이 정해놓은 기한은 정오까지였어요."

"그래, 마음은 정한 상태였나요?"

"네, 죽어버리기로요."

"그럼 로돌프는 어찌하려고?"

"로돌프는 오퇴이유로 당신을 찾아가서 보호를 받게 하려고요. 하지만 막상 당신한테 저 아이를 보낼 수 있게 되자, 마음이 차분해지는 거예요. 믿음을 갖고 기다려지게 되더군요. 당신이 나를 구해주리라는 확신이 절로 생겼어요."

"당신을 구한 건 내가 아니라 로돌프였답니다, 패트리셔! 얼마나 용감한 꼬마 녀석인지!"

6
마피아노의 복수

오라스 벨몽과 아들에 의해 라봄 가의 저택에서 구출되기 며칠 전, 패트리셔는 『알로폴리스』에 실릴 새로운 기사를 작성했다. 반지를 주고 그곳 하녀 한 명을 매수한 그녀는 기사를 뉴욕으로 송고할 수도 있었다. 이 두 번째 기사는 첫 번째 것 이상으로 화제를 불러일으켰다. 심지어 세계 각국어로 번역돼 전 세계 사람들을 열광시켰다. 다만 벨몽의 간곡한 요청도 있어서, 패트리셔는 그와의 만남에 관해서는 일절 언급하지 않았다. 대신 폴 시너라는 이름과 M이라는 글자의 진짜 의미, 마피아라는 단체의 존재 등 오라스 벨몽이 발견한 모든 사안들이 고스란히 패트리셔의 업적으로 소개되었다.

패트리셔가 제시한 설명은 즉시 일반 대중에게 전적으로 수용되었다. 정말이지 그처럼 명쾌하고 흥미진진한 설명은 없을 거라는 의견들이었다. 경찰은 사람들로 하여금 마음대로 말하고, 제멋대로 생각하게 내버려두는 분위기였다. 그도 그럴 것이 오퇴이유에서 한 차례 소동이 벌어진 이후 형사들이 보충수사를 위해 다시 별장에 가보았지만, 그땐 이미 마생 선생도, 미국 신문기자도, 또 늙은 유모 빅투아르도 보이지 않았기 때문에 그들 모두 혐의 대상이 될 처지였다. 그뿐만 아니라, 온갖 조사에도 불구하고 도무지 해명이 안 되는 그날 습격의 장본인들 역시 오리무중이었다. 과연 경찰 입장에서 그 모든 사안마다 좌절의 벽에 부닥쳤다는 고백을 순순히 할 수 있을까? 그보다는 이번 사건 전체는 물론이고, 그 밖의 해결되지 않은 여타 사건들까지 싸잡아, 어차피 괴도로서의 지난 행적상 언제든 범죄행각으로 귀결되는 게 당연한 도당의 우두머리와 음험한 마피아 사이의 알력 탓으로 몰아붙이는 것이 훨씬 더 바람직한 설명 방법이 아니겠는가! 항상 유명세와 무사불패(無事不敗)의 전력이 공권력에 대한 끊임없는 도발처럼 여겨지는, 저 붙잡히는 법 없는 인물의 후광을 이용할 기막힌 기회라고나 할까. 역시 경찰은 그 기회를 놓치지 않았다. 양측 간 곧 신속한 반격이 있을 것이며, 사태가 경찰이 원하는 방향으로 돌아가 결국 어느 진영에서건 조만간 공권력의 협조를 구해오면, 경찰은 그때 본격적으로 싸움에 개입해 모두를 일망타진할 수 있을 것이라 판단했다.

일단 패트리셔와 오라스 벨몽은 적극적인 추적 대상에서 제외되었다. 치안국이 우선 '사태관망'을 유지했고, 혐의자들을 거짓 안전 속에 안주하게끔 놔두자는 입장이었다.

결국 패트리셔와 오라스 벨몽, 그리고 유모 할멈 빅투아르와 어린 로돌프는 무려 4주 동안, 여기저기 그늘이 드리워진 광대한 메종루즈의 아름다운 영지에서 평화로운 휴식을 맛볼 수 있었다. 정원의 중앙 가로수길은 양쪽으로 아케이드처럼 다듬어져 궁륭을 이루는 보리수들 아래로, 석조 화분 및 대리석 조각상들이 도열한 가운데 뻗어나가 저 멀리 초록빛 초원과 꽃이 만발한 과수원을 앞에 두고 센 강에 인접해 있었다.

그처럼 아늑한 안식처에서 벨몽은 지복의 나날을 흘려보냈다. 사실 그에게는 원하기만 하면 언제든 심각한 근심거리에서 스스로를 떼어내, 눈앞의 감미로움에 얼마든지 취할 수 있게 해주는 참으로 달가운 성향이 내재해 있었다. 지금도 그는 가능한 한 조심조심 스스로를 돌보면서도 더 이상 마피아노 생각은 하지 않으리라 다짐했다. 한마디로 마피아노는 지금 이 시간만큼은 존재하지 않는 셈이었다. 벨몽은 이제 패트리셔에게 완전히 빠져 있었다. 하지만 그 감정을 결코 입으로 내뱉지는 않았다. 둘 사이의 친밀함이란 단지 우정의 모습을 띠고 있을 뿐이었다. 그러면서도 하루가 다르게 그 매력과 지성, 싱그러운 활력이 경탄을 금치 못하게 하는 젊은 여인과 붙어 지내자니, 매 순간이 그에게는 열락의 도가니나 다름없었다. 거기다가 어린 로돌프가 함께 있다는 사실은 벨몽에게 더없이 든든하고 푸근한 느낌으로 다가왔다. 로돌프는 아직 아이임에도 불구하고, 자기 엄마와 똑같이 그렇게 매력덩어리일 수가 없었다. 그 아이와 함께 놀아주면서 벨몽 자신이 다시금 어린 시절로 돌아가는 기분이었다. 두 사람을 물끄러미 바라보는 패트리셔의 입가에도 은은한 미소가 번졌다.

그럼에도 불구하고, 사실 벨몽은 잔뜩 긴장하고 있었다. 메종루즈에 도착하자마자 그는 다양한 방어체제를 주의 깊게 살폈으며, 빅투아르에 의해 기용된 새로운 하인들 신상명세를 일일이 확인했다.

그 하인들 중 여성의 매력이라면 도무지 반응을 보이지 않고는 못 배기는 벨몽에게, 건강미와 활달한 매력으로 눈이 번쩍 뜨이게 만드는 어느 시골 여인이 있었으니, 다름 아닌 앙젤리크라는 이름의 처녀였다. 빅투아르는 그녀를 아주 빼어난 일손이라며 극구 칭찬했다. 이미 패트리셔에게 연정을 품고 있는 벨몽이었기에 설사 그가 앙젤리크의 매력에 감탄한다 해도 전혀 뒤끝이 없는 순수한 감탄 그 자체였다. 하지만 어찌나 귀엽고 재미있는 아가씨인지! 화장기 하나 없는 상큼한 양 볼에 날씬하고 유연한 몸매, 거기다 등 뒤로 질끈 동여맨 딱 맞는 검은색 벨벳 상의가 마치 희가극에 등장하는 하녀와도 같은 분위기였다. 생기발랄, 경쾌하고 활달하게 부지런을 떠는 그녀의 모습은 영지 어디에서나 항상 눈에 잡혔다. 채소밭에서는 채소들을 고르고 있었고, 과수원에서는 과일을 따고 있었으며, 농장에서는 탐스러운 달걀을 한 아름 모으는 중이었다. 그러는 내내 입가에 환히 피어난 미소와 순박한 즐거움으로 반짝거리는 눈동자, 그리고 조화로우면서도 절제된 동작들이 그렇게 어여쁠 수가 없었다.

"도대체 어디서 저런 예쁘장한 여자를 구한 겁니까, 빅투아르?"

벨몽은 첫날 보자마자 물었다.

"앙젤리크 말이니? 단골가게에서 알선해주더구나."

"신원 보증은 확실한가요?"

"아주 말끔했어. 이웃 성에서 일을 보았었다는 거야."

"어느 성 말이에요?"

"저기 왼쪽에 커다란 나무들이 보이는 곳에 있다지. 코르네이유 성이라고 하던데……."

"잘했어요, 빅투아르! 곁에 귀여운 아가씨들이 북적댄다는 건 언제나 기분 좋은 일이거든! 아참, 그리고 급사 피르맹은 어떤 친구인가요?"

이렇게 모든 집안 인원에 대해 꼼꼼히 체크를 한 뒤에야 벨몽은 다른 곳으로 생각을 옮겨 현재의 즐거움에 빠져들었다. 계절은 화려했고, 들판은 아름다웠다. 가까운 곳을 흐르는 강물은 아무리 가까이해도 지겹지 않을 여흥거리가 되어주었다. 거의 매일 벨몽과 패트리셔, 로돌프는 그곳으로 뱃놀이를 나갔다. 셋은 종종 물에 뛰어들어 멱도 감았는데, 점점 벨몽과 허물없는 사이가 되어버린 로돌프는 이 믿음직스러운 놀이동무의 든든한 어깨 위로 무등을 타거나 물장난을 하면서 즐거운 함성을 요란스레 내질렀다.

글자 그대로 경쾌한 흥겨움의 시간들이었고, 아무 걱정 없이 서로의 친밀함만 갈수록 굳건해지는 나날이었다. 패트리셔는 이 고마운 남자에게 점점 더 완벽에 가까워지는 믿음과 애정을 느껴갔다.

하루는 로돌프가 빅투아르와 함께 집에 남아 있고, 패트리셔와 단둘이서만 뱃놀이를 하고 있을 때 벨몽이 넌지시 물었다.

"왜 그런 식으로 나를 바라보는 겁니까?"

실은 아까부터 여자의 눈길이 노를 젓는 자신한테 집요하게 꽂혀 있는 걸 느꼈던 것이다.

"아, 미안해요. 가끔 사람들이 속으로 무슨 생각을 하는지 알아내기 위해 공연히 상대를 힐끔거리는 좋지 않은 버릇이 생겼답니다."

"내가 생각하는 것은 딱 하나입니다. 오로지 어떻게 하면 당신 마음을 즐겁게 해줄 수 있느냐는 거지요."

그러고는 덧붙였다.

"당신 생각은 훨씬 복잡할 듯하군요. 당신은 이러고 있어요. '이 남자의 정체가 뭘까?', '뭐라고 불러야 하지?', '도대체 이 사람 아르센 뤼팽인 거야, 아니야?'"

패트리셔는 중얼중얼 대꾸했다.

"그 점에 대해서라면 전 생각이 확고해요. 당신은 아르센 뤼팽입니다. 그게 진실 아닌가요?"

"그럴 수도 있고, 아닐 수도 있습니다. 당신이 좋을 대로 생각하면 돼요."

"그 사람이 아니기를 아무리 내가 바란다고 해도, 정작 당신이 아르센 뤼팽이라면 하나도 소용이 없죠."

마침내 남자가 목소리를 낮춰 털어놓았다.

"사실 내가 그 사람입니다."

의외의 솔직함에 놀란 듯 여자는 할 말을 잃고 얼굴만 빨개졌다.

그리고 잠시 후 말했다.

"그러고 나니 훨씬 낫군요! 당신 같은 분과 함께라면 승리할 게 틀림없어요. 다만 걱정인 건……."

"뭐가 걱정입니까?"

"미래요. 나를 즐겁게 해주고 싶다는 당신의 그 바람은 분명 우리 사이를 우정관계에만 머물도록 놔두지는 않을 것 같다는 생각이……."

남자는 지그시 웃으며 말했다.

"그런 생각이라면 걱정 놓아도 됩니다! 우리 사이의 우정관계는 당신이 정한 범위를 결코 넘어서지 않을 겁니다. 당신이라는 여자는 은근히 흑심을 품는다거나 강제로 덮칠 만한 존재가 아니에요."

"그럼 이대로도 괜찮단 말인가요?"

"지금 그대로의 당신의 모든 것에 만족합니다."

"정말이에요? 모든 것에요?"

"네. 모든 것에…… 왜냐하면 나는 당신을 흠모하니까."

여자는 다시금 얼굴에 홍조를 띠면서 입을 다물었다.

남자가 대신 말을 이으려 했다.

"패트리셔."

"왜 그러세요?"

"언젠가는 내 마음에 응답을 해주겠다고 약속해주오. 그렇지 않으면 이대로 물속에 풍덩 하고야 말 테야."

남자의 말투에는 진지함과 더불어 장난기가 반반씩 섞여 있었다.

하지만 여자의 대답은 아까와 똑같은 어조로 이루어졌다.

"그건 약속할 수가 없습니다."

"그럼 난 물로 뛰어들어야겠군!"

벨몽은 정말 자기 말대로 하기 시작했다. 즉, 노를 내려놓고 벌떡 일어서더니 옷을 입은 채 머리부터 센 강으로 뛰어드는 것이었다. 이내 그는 힘차게 물살을 가르고 헤엄을 쳤다. 마침 오른편 조금 앞에서 또 다른 보트 한 대가 빠른 속도로 나아가고 있었는데, 패트리셔가 보기에 벨몽은 그쪽을 향해 헤엄치고 있었다. 문제의 보트에 앉아 있는 사람은 백발의 수염이 휘날리는 구부정한 노인이었지만, 왠지 노 젓는 솜씨만은 잽싸고 박력이 넘치는 게 한창나이 젊은이의 패기와 집요함을 고스란히 짐작케 했다. 분명 무슨 이유 때문인지 가발과 등에 넣은 소품으로 위장을 하는 게 좋다고 판단한 모양이었다.

오라스 벨몽은 그쪽을 향해 외쳤다.

"어이, 어이! 이보게, 마피아노! 결국 우리의 은신처를 발견해냈어! 브라보!"

마피아노는 노를 내던지고 권총을 꺼내자마자 덮어놓고 방아쇠를 당겼다. 총알은 수영선수의 머리에서 불과 몇 센티미터 떨어진 곳에 물기둥을 튀어 오르게 했고, 그와 더불어 대찬 웃음소리 또한 터져나오게 만들었다.

"우하하하하! 사격 솜씨하고는 참! 왜, 손이 떨리는가, 마피아노? 자네의 그 딱총을 이리로 던져보게. 어떻게 사용해야 제대로인지 내 한 수 가르쳐주지!"

상대의 비아냥에 시칠리아인은 약이 오를 대로 올랐다. 이제는 보트 위에 버티고 서서 노를 휘저으며 적의 머리통을 박살이라도 낼 태세였다. 물론 그 적은 조금도 지체하지 않고 물속으로 쏙 들어가버렸다. 그리고 얼마 있지 않아 마피아노의 보트가 세차게 뒤흔들리면서 오라스 벨몽의 머리가 좌현 쪽에서 불쑥 솟아오르는 것이었다.

"손 들어! 손 들지 않으면 쏜다!"

오라스는 고래고래 소리를 지르며 위협했다.

혼비백산한 마피아노는 방금 30여 미터를 수면 아래로 헤엄쳐 다가온 상대가 대체 무엇으로 쏘겠다는 건지 아예 생각조차 할 엄두도 못 내고서 얼떨결에 두 팔을 번쩍 쳐들었다. 그와 거의 동시에 벨몽의 체중이 실린 뱃전이 기우뚱 뒤집어지면서 시칠리아인을 물속으로 끌어들였다.

이어서 우렁찬 승리의 탄성이 벨몽의 입에서 솟구쳤다.

"만세! 적이 패퇴하도다! 마피아노도 마피아도 물속으로 꼴깍하셨어! 그나저나 자네 수영은 할 줄 아는가? 저런, 딱하네. 흡사 사산된 송아지 꼴이야! 그렇지, 고개를 들고! 그러지 않으면 센 강 물을 대책 없이 삼키게 될 거야! 그러다 보면 결국 빠져 죽든지, 배탈 나 죽든지 둘 중 하나겠지. 아하하하, 아무튼 잘 헤쳐나와 보게나. 오호라, 저기 자네한테 구원의 손길이 다가오는군!"

두 사내가 강물로 뛰어들고는, 물살에 보트를 놓쳐버려 허우적대는 시칠리아인을 향해 맹렬히 헤엄쳐오고 있었다. 한편 그들이 가까이 다가오기 훨씬 전, 워낙에 능란한 수영선수인 오라스는 이미 강기슭에 다다랐고, 비탈에 아무렇게나 팽개쳐진 사내들의 옷가지를 샅샅이 뒤진 다음 외쳤다.

"맥 앨러미가 승인한 마피아 신분증이 또 두 개씩이나 굴러 들어왔군! 그러니까 이제 마피아노와 맥 앨러미, 필즈 그리고 에드거 베커의 것까지 합해 모두 여섯 장일세! 빨리 재산 분배식을 거행하셔야겠는걸! 이러다가 정말 뤼팽의 전리품이 몽땅 내 몫으로 오겠어!"

패트리셔는 보트에 앉아 이 모든 광경을 눈으로 좇으면서 한없이 즐거운 기분에 취했다.

마침내 보트가 다가오자 벨몽은 여자의 허리를 감아 안아 뭍에 내린 뒤, 가장 가까운 길을 통해 걸음을 재촉했다. 그제야 세 악당은 물에 빠진 생쥐 꼴로 강기슭에 거의 닿았다.

벨몽은 여자를 향해 기고만장한 태도로 소리쳤다.

"드디어 황금 양털을 쟁취했도다! 아름다운 패트리셔를 말이야! 모든 게 척척 돌아가고 있어! 적은 강바닥까지 가라앉아 톡톡히 쓴맛을 보았을 터! 이제 내 침실로 가는 거다, 요 비할 바 없는 여인아! 내가 고분고분한 하인이 되어드리지. 이 몸, 비록 이렇게 젖긴 했지만 사랑의 열기가 금세 뽀송뽀송하게 말려줄 거요!"

마침 건초를 실은 어느 농부의 짐수레가 터덜거리며 지나고 있었다.

벨몽이 그걸 세워 먼저 여자부터 앉힌 뒤 바로 옆에 올라탔다. 그는 또 다시 호들갑을 떨었다.

"신분증이 두 개나 더 들어왔소, 패트리셔! 정말 대단한 수확이야!"

"그래봤자 저들이 성공하면 어차피 돈은 당신 차지가 못 될 텐데요."

"하긴 저 눈부신 팍톨루스 강(고대 리디아에 있었다고 전해지는 황금강. 사금 채취로 유명했다—옮긴이)을 다시 내 호주머니 속으로 흘러 들어오게 할 방법을 발견할 수 없을지도 모르지. 더군다나 모조리 내 호주머니에서 빠져나간 것일 텐데 말이야. 어차피 그렇게 되면 눈에는 눈, 이에는 이로 나아가야 하겠지!"

마치 일생 마지막 여행길에 오른 듯 한없이 초연한 발걸음을 터벅터벅 옮기는 늙은 말이 짐수레를 끌다 보니 보통 느긋하게 길을 돌아가는 게 아니었다.

그래도 농부는 자신 있게 말했다.

"어쨌든 메종루즈로 가긴 할 겁니다요. 이 건초 더미를 농장에 갖다 놓아야 하거든요."

오라스는 반갑게 대꾸했다.

"아, 그럼, 메종루즈의 농장에서 일을 하시오?"

"네. 오늘이 바로 건초 더미를 곳간에 쟁여놓는 날이죠."

"들었소, 패트리셔? 이게 꿈이 아니고 무엇이겠소! 풍성한 곳간과 푸른 초원, 그득하게 쌓아둘 건초 더미, 이 모든 목가적인 즐거움이라니! 그야말로 고요한 전원생활이 따로 없지 않소! 아, 우린 정말 행복하게 잘 살 겁니다!"

여자가 슬그머니 웃는 듯 마는 듯한 얼굴로 말했다.

"난 왠지 미심쩍네요."

"미안하지만, 뭐가 그리 미심쩍다는 겁니까?"

"당신이 얼마나 진득할지가 말이에요. 당신이 이 여자, 저 여자 수시로 넘나드는 남정네라는 것은 세상이 다 아는 일입니다."

"이봐요, 나의 둘도 없는 패트리셔. 당신을 알게 된 바로 그 순간부터, 그 황갈색 머리카락의 아름다움에 내 감탄하는 마음은 그대로 고착되고 말았답니다. 나아가 설사 당신 머리가 하얗게 새는 날이 온다 해도 내 이 마음은 하나도 변하지 않을 거요. 아, 은발의 패트리셔라니! 그 또한 꿈처럼 감미로운 모습이 아니런가!"

여자는 활짝 웃으며 말했다.

"고맙긴 하네요. 하지만 조심하는 게 좋을 겁니다. 나는 이래 봬도 어두운 구석도 많고 외곬수인 면도 다분한 여자예요. 그래서인지 비록 겉으로나마 가벼워 보이는 거라면 무엇이든 받아들이질 못해요. 만약 당신이 순 변덕쟁이에 바람둥이라면, 아예 조심하시라는 말을 하고 싶네요."

두 사람은 적이 다시 모습을 드러낸 데 대한 근심과 우려를 애써 감추려는 듯 서로 질세라 명랑하게 얘기를 나누었다. 그러는 사이 짐수레는 시멘트를 섞어 굳힌 자갈들로 턱을 만들고, 두엄 더미와 비료로 쓸 오물 웅덩이를 주위로 빙 둘러 거느린 어느 널찍한 마당 안으로 들어섰다. 중앙에는 뭉뚝한 탑 모양의 비둘기집(프랑스 시골 지역에서 볼 수 있는 옛날 비둘기집. 소위 '피조니에(pigeonnier)'라고 부르는 '비둘기집'은 흔히 우리가 말하는 소박한 의미의 '새집'이 아니라, 옛날 유럽의 시골 지역에서 비둘기 배설물을 거름으로 활용하기 위해 커다란 탑 모양을 구축하고 여러 개의 구멍을 낸 건축물의 개념이다—옮긴이)이 솟아 있었고, 송악으로 뒤덮인 고딕식 예배당의 아치형 버팀벽들이 그로부터 시작되어, 거의 무너져가는 수도교(水道橋)까지 이어져 있었다.

벨몽은 패트리셔를 부축해 짐수레에서 내려주었다. 서서히 어둠이 내릴 즈음 여자는 메종루즈로 향했으나, 오라스는 농부가 한사코 자기가 기르는 말들을 보여주겠다는 바람에 마구간에 들러 잠시 돌아보았다. 결국 몇 분 뒤늦게 오라스 역시 정원과 숲을 부랴부랴 가로질러 집으로 향했다. 문득 그의 걸음이 달음박질로 변했다. 저만치 현관 계단에 집의 일꾼들이 모여 서서 왠지 호들갑을 떨고 있는 게 시야에 들어온 것이다.

"무슨 일들이오?"

오라스 벨몽이 불안한 심정으로 다그쳐 묻자, 누군가 대답했다.

"그 젊은 숙녀분 일입니다!"

"패트리셔 존스턴 말이오?"

"네. 멀리서 걸어오는 걸 가만히 보고 있는데, 난데없이 세 남자가 덤불숲에서 튀어나와 여자를 에워싸는 겁니다. 여자는 막 도망치려 하고요. 비명도 질렀죠. 우리가 달려가 보았지만, 그 전에 세 명이 여자를 번쩍 들쳐 업고는 줄행랑을 치지 뭡니까. 그 뒤로도 여자 비명 소리가 들렸는데, 이내 그마저 뚝 그치더라고요!"

얼굴이 하얗게 질린 오라스 벨몽은 끔찍한 불안감으로 가슴이 조여들었다.

"그래, 나도 비명 소리를 듣긴 했는데…… 그냥 어린아이들이 노는 소리로 알았지. 그래, 그 세 명이 어느 쪽으로 갔습니까?"

"옛 창고와 새로 지은 차고 사이로 지나갔습니다."

"거긴 정원 끄트머리 지점인데…… 그럼 농장 쪽으로 갔다는 얘긴가?"

"그런 셈이죠."

오라스는 마피아노 일당의 짓이라는 걸 조금도 의심치 않았다. 저들은 센 강에서 곧장 메종루즈를 향해 직행통로로 달려와 매복을 하고 있었을 터였다. 하필 농부의 성화에 못 이겨 말들을 구경하는 사이 일을 저지른 것이었다.

오라스는 허겁지겁 아까 그 농부를 찾으러 갔다.

"혹시 농장이나 정원에서부터 시작해 센 강까지 닿아 있는 통로에 대해 알고 있거나, 어렴풋이 들은 얘기라도 있습니까?"

남자의 질문에 농부는 전혀 머뭇거리지 않고 대답했다.

"그럼요, 알다마다요! 아마도 옛날에 코르네이유 성과 연결된 통로가 있었던 것 같습니다. 어라? 근데 어디 갔지? 방금 전까지 여기 있었는데…… 앙젤리크가 길 안내를 해드릴 수 있거든요. 왜 예쁘장한 하녀 있지 않습니까! 통로에 대해 워낙 빠삭하기 때문에…… 그나저나 이 아가씨가 어딜 갔나? 앙젤리크, 앙젤리크!"

끝내 이쁜이 앙젤리크로부터 아무런 대답이 없자, 농부는 직접 나서서 오라스와 함께 비둘기집으로 향했다. 자세히 살펴본 결과, 고대 수도교의 아치들 아래 담벼락에 지금은 석재 더미들로 투박하게 메워서 그 흔적만 확인할 수 있는 출입구 윤곽이 분명 드러나 있었다.

이제 비밀통로가 있다는 사실은 의심의 여지가 없어진 셈이다. 농부는 최근 누군가 거길 지나간 흔적이 있는 것을 발견하고 적잖이 놀랐다.

"여기 누가 지나갔군요. 보십시오, 깜빡했는지 돌덩이를 제대로 메워 놓지 못했어요. 뒤처리를 아무렇게나 되는대로 했네."

오라스와 농부는 어깨로 치받아 허술한 돌무더기를 단번에 허물었다. 돌멩이들이 우르르 메아리를 울리며 어둠 속으로 떨구어지면서 컴컴한 계단이 나타났다.

"길이 제법 멉니다. 중간쯤에 한 번 철책문이 차단을 하고 있고요."

그렇게 말하며 농부는 램프에 불을 붙였다. 오라스도 손전등을 빼 들고 불을 밝혔다. 한 200여 보쯤 걸었을까, 과연 철책문이 나타났다. 다

행히도 열쇠가 반대편 자물쇠에 꽂혀 있는 상태였다. 얼마나 바빴으면 열쇠도 챙기지 않고 줄행랑을 친 것이다.

농부와 오라스는 추적을 계속했다. 불현듯 상쾌한 공기가 지하공간 안에 감도는 걸로 봐서 강이 가까워지는 모양이었다. 역시나 유리로도, 판자로도 막혀 있지 않은 창구 하나가 저만치 눈에 들어왔다. 다 무너져가면서도 기적처럼 지탱하고 서 있는 오두막 창문이었는데, 그곳을 통해 밖이 훤히 내다보였다. 울퉁불퉁한 기복을 이루면서 진흙으로 번들거리는 바위 제방이 보였고, 바로 그 밑으로 스산한 달빛에 반짝거리는 수면이 눈에 띄었다. 거기서 좌측으로 한 300여 미터 떨어진 지점에 깎아지른 암벽이 돌출해 있는데, 그 뒤로 다른 농장 마당에 뿌리를 내린 포플러나무들이 굽어보고 있었다. 바로 그 마당에 커다란 불꽃이 타오르면서, 그 너머 숲이 우거진 언덕의 검은 그림자를 더욱 웅장하게 만들고 있었다.

오라스는 조심스레 접근했다. 활활 타오르는 횃불 가까이 투박한 천막이 팽팽하게 부풀어 있었다. 천막 앞, 차일을 쳐놓은 아래로 나무꾼인 듯 보이는 남자 세 명이 접는 의자에 앉아 있었고, 등받이 없는 의자 위에는 술병과 접시들이 놓여 있었다. 한 여자가 시중을 드는 동안 세 남자들은 먹고 마셨다.

오라스는 잠시 그 세 남자가 마피아노 일당이 아닐지도 모른다는 생각이 들었다. 어떻게 감히 이처럼 가까운 곳에 퍼질러 앉아 음식을 즐길 수가 있겠는가. 하지만 마피아노의 터무니없는 대담성과 신중치 못한 면면 또한 모르는 바 아니었다. 활활 타오르는 불꽃이 기승을 부리는 찰나, 아니나 다를까 오라스의 눈에 비친 한 사내의 얼굴은 분명 마피아노의 그것이었다. 그렇다면 저 시중드는 여자는 분명 패트리셔일 테고! 비록 얼굴은 제대로 보이지 않았지만 전체적인 몸매만은 분명 그녀였다. 그는 분노로 부르르 몸을 떨었다. 밧줄 하나가 여자의 팔뚝을 마피아노가 앉은 의자에 연결시키고 있는 게 아닌가! 밧줄이 조금이라도 팽팽해지면 의자에 앉은 마피아노의 몸이 흔들리게 되어 있었다. 한번은 진짜로 마피아노의 몸이 급격히 흔들리더니 동료들의 폭소 속에서 그만 바닥에 나뒹굴기까지 했다.

농부를 지하에 남겨두고 혼자 나선 오라스는 나무 뒤에 숨어 적에게 들키지 않도록 꼼짝하지 않았다.

모두들 식사를 마치자 파이프를 피워대면서 각자 램프를 들고 천막 안으로 들어갔다. 그제야 오라스는 보다 작은 천막이 하나 더 있다는 것을 깨달았다. 즉, 시중을 마친 여자가 돌아가 쉬는 곳 말이다.

얼마 안 있어 들불이 꺼졌고, 웃고 떠드는 소리도 잠잠해졌다.

벨몽은 땅바닥에 납죽 엎드려 잡초와 나무뿌리들 사이를 헤치며 기기 시작했다. 그것도 가능한 한 나뭇잎들이 달빛을 가려서 그늘을 만들어주는 곳을 골라 기었다.

마침내 천막에 바싹 다가갔고, 서서히 그 둘레를 돌아보았다. 별안간 두 번째 작은 천막의 입구가 들쳐졌다. 그는 망설이지 않고 다가들었다.

거의 들릴 듯 말 듯한 목소리가 속삭였다.

"오라스, 당신이에요?"

"패트리셔?"

"네, 패트리셔예요! 어서 들어와요!"

그러고는 덧붙였다.

"당신이 오고 있는 모습이 어둠 속에서도 보였고, 그 발소리가 적막 속에서도 들렸어요."

남자는 열정적으로 여자를 포옹했다. 여자의 입술이 남자의 귓가에 바싹 붙어서 신음처럼 속삭였다.

"당신, 도망쳐야 해요. 베슈 형사와 경찰관들이 당신을 찾고 있어요. 마피아노가 당신이 메종루즈에 있다는 걸 신고한 모양이에요."

오라스 벨몽은 경멸 섞인 어조로 내뱉었다.

"아하, 이제야 놈이 이토록 가까이 진을 치고 있는 이유를 알겠군. 경찰이 든든하게 뒤를 봐주고 있단 말이지."

"어쨌든 도망쳐요! 제발 부탁이에요!"

"정말 그러길 원하오, 패트리셔?"

여자는 중얼중얼 대꾸했다.

"무섭단 말이에요. 당신이 정말 걱정돼요. 나도 이미 지쳤다고요……."

남자는 여자를 더욱 바짝 끌어안고 입술에다 키스를 했다.
여자는 저항하지 않았다.

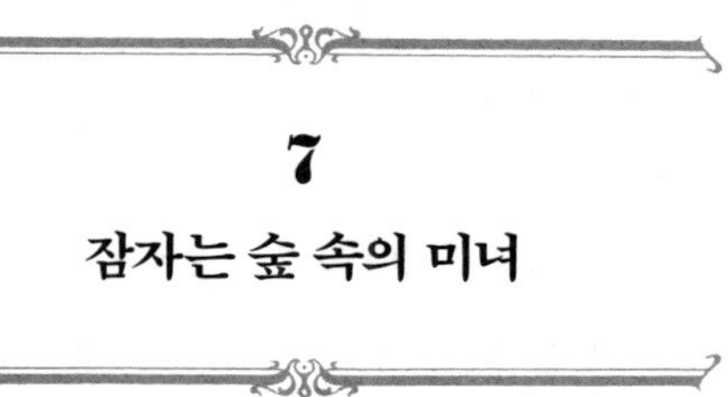

7
잠자는 숲 속의 미녀

만월의 달빛이 훈훈하고 나른한 밤공기 속에다 그 고요한 형광성 광채를 흩뿌리고 있었다. 땅으로부터 올라오는 생명의 부스럭거림, 나뭇가지 사이에서 숨죽이던 밤새 한 마리가 후닥닥 날아오르는 소리 등 온갖 은밀한 움직임과 소음이 선잠 든 들판의 적막 속에 섞여 들었다. 그런가 하면 멀리서 들려오는 낙수 소리는 수정처럼 맑은 울림을 전해오고 있었다.

이 모든 고요한 밤의 분위기가 천막 안에 나란히 누운 두 연인의 나른한 휴식을 부드러이 어루만졌다. 이따금 오라스는 반쯤 잠든 상태에서도 손을 뻗어, 가만히 옆에 누운 여자의 팔을 더듬으며 진정 그녀가 곁에 있음을 확인해보았다. 지금과 같은 상황이 그에게는 너무도 뜻밖이라 과연 이것이 현실인지, 혹시 꿈을 꾸고 있는 것은 아닌지 아리송했던 것이다.

이윽고 새벽이 왔고, 눈부신 첫 햇살이 천막의 벌어진 틈새를 통해 안으로 비쳐 들었다. 오라스는 반쯤 몸을 일으켜 다시금 옆에 늘어진 여자의 손을 더듬어보았다. 순간 그는 기겁을 하며 펄쩍 뛰지 않을 수 없었다. 그가 만진 손이 얼음장처럼 차가운 것이 아닌가!

오라스는 부들부들 떨면서 몸을 기울여 바닥에 죽은 듯이 누운 형체를 들여다보았다. 천막 안의 어스름한 불빛 속에서 그의 눈에 들어온 건, 가벼운 베일로 얼굴이 가려지고 발가벗은 좌측 가슴 아래 단도가 박힌 여인의 몸이었으니! 공포로 잔뜩 긴장한 채 그는 좀 더 목을 숙여 차가운 살가죽에 귀를 갖다 댔다. 박동 소리가 들릴 리 만무했다.

그렇다면 잠이 들듯이 죽음 속으로 빠져들었다는 것인가! 너무도 급작스러운 죽음이라, 그 결정적인 순간 연인의 품에서 일말의 몸부림도 없었다는 것인가! 물론 그 연인 또한 전혀 아무것도 눈치채지 못하고 말이다.

오라스는 옆의 다른 천막 안으로 들이닥쳤다. 마피아노 일당은 온데간데없었다. 그는 조금도 지체하지 않고 뭐든 도움을 청하러 메종루즈로 달음박질쳤다.

현관을 들어서면서 그는 막 아침 순시를 위해 밖으로 나서는 빅투아르와 맞닥뜨렸다.

"그들이 여자를 죽였어요!"

남자는 눈에 눈물을 글썽이며 외쳤다.

빅투아르는 멍하니 물었다.

"여자가 죽다니?"

"그래요, 여자가 죽었다고요!"

그러자 늙은 유모는 어깨를 으쓱하며 말했다.

"그럴 리가 있나!"

"분명히 말하지만, 단도가 가슴 깊숙이 박혀 있단 말입니다!"

"나도 분명히 말하지만, 그럴 리가 없어요."

"아니, 지금 무슨 말을 하는 거요? 왜 그럴 리가 없다는 거요? 무슨 근거로?"

"그야 당연히 이 할멈은 그 여자가 죽지 않았다고 확신한다는 말이지. 여자한테는 그 어떤 근거보다 확실한 직감이라는 것이 있거든."

"그래, 그 잘난 여인네 직감으로 내게 속 시원히 한마디 해주시지 그러오?"

"일단 현장으로 돌아가. 가서 상처나 잘 돌봐주라고. 자리를 꼭 지키면서 또다시 재차 공격해오거든 막아주란 말일세."

여자의 말이 도중에 끊겼다. 정원 어느 곳에서인가 날카로운 호루라기 소리가 들려온 것이다.

오라스 벨몽은 소스라치듯 놀라며 외쳤다.

"아니, 이건 또 뭐지? 패트리셔의 호루라기 소린데."

빅투아르는 보란 듯이 큰 소리를 쳤다.

"그럼 괜찮다는 얘기로군! 이제 그 여자가 죽기는커녕 마피아노 일당을 용케 피했다는 걸 알겠지?"

갑작스럽게 기뻐진 오라스도 얼른 창문 밖으로 상체를 내밀고 귀를 기울였다.

바로 그때였다. 덩치 큰 맹수의 거친 포효 소리가 공간을 울리며 길게 들려오더니, 어느 한순간 뚝 그치는 것이 아닌가!

늙은 유모는 천둥이 칠 때마다 항상 그러하듯 얼른 성호를 그으며 중얼거렸다.

"어이쿠, 암호랑이 소리네! 사람들 얘기가, 며칠 전 이동 동물원에서 암호랑이 한 마리가 빠져나갔다는 거야. 그놈이 글쎄 이 지방에서 '코르네이유 성의 처녀림'이라 흔히 부르는 숲 속으로 숨어들었다네.

사람들이 몰이수색을 하는 와중에 호랑이가 상처를 입어서, 그 때문에 아주 사납고 위험해졌다고 했어. 만약 패트리셔가 그 호랑이와 맞닥뜨린다면…….”

노파의 말이 미처 끝나기도 전, 오라스는 즉시 창문 밖으로 뛰쳐나가 지하 비밀통로의 입구가 자리 잡은 낡은 예배당을 향해 내달렸다. 지하통로 안에서도 그는 전속력으로 달렸다. 마침내 밖으로 튀어나오는 순간, 돌출한 바위절벽 방향에서 여자의 비명 소리와 호루라기 소리가 맹수의 울부짖음과 뒤섞여 요란스레 들려왔다.

문득 포효 소리가 점점 가까워지고 있다는 느낌이 들었다. 아마도 짐승이 메종루즈 쪽으로 다가오는 모양이었다. 벨몽은 절벽에 인접한 초원을 달리고 또 달려, 드디어 아까 떠나온 천막들이 위치한 곳에 당도했다. 그런데 이럴 수가! 천막들이 몽땅 허물어져 있는 게 아닌가. 마치 엄청난 천재지변이 유독 이곳만을 휩쓸고 지나간 것처럼 발기발기 찢어진 천막포 조각과 여기저기 뽑혀나간 말뚝들, 부서진 의자들이 어지럽게 흩어져 있었다.

문득 강물 쪽을 바라보니 보트 한 척이 아무 소리 없이 유유하게 멀어져 가고 있었다. 한눈에 봐도 남자 세 명이 탔다는 걸 알 수 있었다.

오라스는 덮어놓고 고래고래 소리를 질렀다.

“이봐, 마피아노! 패트리셔를 어떻게 한 건가? 이 살인자, 네놈이 그녀를 찌른 거지? 실토해, 인마! 여자가 죽은 건가? 대체 어디 있는 거야?”

그러자 배 위의 사내 한 명이 어깨를 으쓱하며 응답을 해왔다.

“나도 모른다! 자네가 한번 찾아보라고! 그때 여자는 아직 숨이 붙어 있었어! 다만 호랑이가 공격해오는 바람에 우리도 혼비백산해 도망치는 길이지! 아마 패트리셔는 호랑이 놈이 물어갔을지도 몰라. 그러니

아쉬운 쪽에서나 어서 실컷 찾아볼 수밖에."

배는 이내 시야에서 사라져버렸다.

오라스는 넘치는 불안감을 애써 억누르며 사방을 두리번거리고 귀를 기울였다. 하지만 눈에 들어오는 무엇도 없고, 호루라기 소리도 짐승의 울부짖음도 더는 없었다. 온통 고요한 적막뿐이었는데, 그게 오히려 더욱 불길하게만 느껴졌다.

결국 악당이 제멋대로 지껄인 말에 불과했지만, 오라스 벨몽은 직접 찾아 나서기로 했다. 저만치 코르네이유 성 주위에 시커멓게 둘러쳐진 것으로 보이는 숲이 눈에 들어왔다. 그는 담장의 틈새를 이용해 안으로 파고들었다. 당장 나무들이 여기저기 들어서 있었다. 처녀림은 성 주변 일대로부터 상당한 거리를 나와야 시작된다는 사람들 얘기가 머릿속에 떠올랐다.

또다시 포효 소리가 들렸는데, 거리상 기껏해야 200여 미터 떨어진 듯했다. 용기라면 자신 있는 그였지만, 일단 가슴을 졸이며 걸음을 멈출 수밖에 없었다. 분명 냄새를 맡은 짐승이 이쪽을 향해 달려오고 있는 게 틀림없었다. 그는 빠르게 머리를 굴렸다. 지금 이 상황에서 무얼 할 수 있을까? 방어할 무기라야 구경도 보잘것없는 권총이 전부다. 게다가 놈이 덤불숲 어디선가 불쑥 튀어나온다면 그나마 조준할 여유도 없지 않겠는가?

나뭇잎 밟히는 소리, 나뭇가지 부러지는 소리 등 점점 가까이 조여오는 짐승의 살기가 느껴졌다. 어디인지 분간은 안 됐지만 놈의 묵직한 발소리, 거친 숨소리가 귓가를 두드렸다.

하지만 놈은 아까부터 이쪽을 보고 있었고…… 이제 막 먹잇감을 향해 덤벼들 참이었다.

별안간 오라스는 기민한 공중제비로 몸을 날렸다. 단 한 번의 도약으로 그는 제법 높은 데 위치한 나뭇가지에 매달릴 수 있었고, 손목에 힘을 넣어 균형을 잡았다. 이빨은 아니지만 육중한 주둥아리가 발끝을 스치는가 싶더니 더운 입김이 다리에 훅 닿는 게 느껴졌다. 오라스 벨몽은 얼른 몸의 반동을 이용해 나뭇가지 위로 올라섰고, 다시금 보다 높은 가지에 매달려 도저히 땅짐승으로선 닿기 어려운 높이의 나뭇가지까지 열심히 기어올랐다.

일단 첫 번째 공격이 무위로 돌아간 암호랑이는 새로운 시도를 할 생각이 없는 듯 보였다. 위에서 내려다보니 놈은 서슴없이 자리를 떠나 숲 쪽으로 터덜터덜 걸어가고 있었다. 한동안 그르렁대다가 또 한 차례 요란하게 포효하더니, 그다음엔 뼈다귀를 바스러뜨리며 씹어대는 둔탁한 소리만이 숲 밖으로 새어나왔다.

오라스는 두려움에 몸서리를 쳤다. 정녕 저놈의 짐승이 천막 속에 누워 있던 패트리셔를 습격했고, 지금은 갈기갈기 찢어진 여자 몸뚱어리를 맛 좋게 탐식하고 있는 거란 말인가? 만약 그렇다면 굳이 목숨 걸어봤자 때는 이미 늦었다는 얘기였다. 죽은 여자를 이제 와 어떻게 하겠는가.

이러지도 저러지도 못하는 상황에서 그는 흥분과 불안에 시달리며 두어 시간가량을 나뭇가지 위에 잠자코 있었다. 하지만 이처럼 막막하고 곤혹스러운 상황을 마냥 버텨낼 수는 없었다. 될 대로 되라는 투로 그는 나뭇가지들을 하나둘 내려온 다음, 권총을 손에 움켜쥐고 숲 속으로 돌진해 들어갔다.

숲의 가장 빽빽한 경계지역까지 헤쳐 들어갈 정도로 그는 대범했다. 하지만 막상 눈에 불을 켜자 아무것도 나타나지 않았다. 그저 까마귀들이 숲 속 빈터 주변으로 법석을 떨며 날아들었고, 달려드는 그의 발길에 차일세라 자그마한 숲 짐승들만 혼비백산해 달아날 뿐이었다. 아까만 해도 살기등등하던 암호랑이는 흔적조차 찾을 수가 없었다.

한참을 찾아 헤매고 나서 그는 완전히 맥이 빠져버렸다. 게다가 모기의 극성에 시달리랴, 후텁지근 내리누르는 열기에 짓눌리랴, 날이 저물어갈 무렵부터는 폭풍 걱정까지 해야 할 지경이었다.

결국 지평선 저 멀리 첫 번개가 하늘을 찢어대고, 근엄한 천둥의 괴성이 뒤통수를 때릴 즈음에서야 메종루즈로 돌아온 오라스 벨몽은 완전히 탈진 상태였다.

그는 저녁식사조차 거르고 말았다. 그나마 빗줄기에 젖어 축 가라앉은 기분을 다행이라 여기며 침대에 뻗어버렸다. 한데 아무리 잠을 청하려 해도 헛수고였다. 그 대신, 사랑하는 패트리셔를 품고 지낸 간밤의 순간순간이 열에 들뜬 머릿속에서 수포처럼 보글보글 떠오르는 것이었다. 자신이 잠든 사이 무슨 일이 벌어졌을지 이리저리 상상해보았다. 단도를 손에 든 살인자는 어둠 속에서 미끄러져 들어와 더듬더듬 여자에게 다가왔고, 옆에 오라스 벨몽이 누워 있는 걸 전혀 눈치채지 못한 채 패트리셔의 가슴에 칼을 박아 넣었을 것이다. 아마도 패트리셔는 초인적인 인내심을 발휘해 혹시라도 옆의 남자한테까지 위험이 번질까 이를 악물고 단말마의 고통을 견뎠으리라. 자신은 죽어가면서도 남자의 목숨을 염려한 것이다. 아, 얼마나 이 오라스 벨몽을 사랑했으면!

하지만 그것만이 전부라고는 할 수 없었다. 상황이 이렇게만 정리되기에는 다소 혼란스럽고 불가해한 부분이 있었다. 도대체 그 호루라기 소리는 무엇이란 말인가? 분명 패트리셔가 불어댔을 그 소리 말이다. 호루라기를 불었다면 아직 살아 있다는 얘기 아닌가! 오라스는 그 점에 일말의 희망을 걸지 않을 수 없었다. 그렇다, 분명 거기엔 약간의 희망을 갖게 만들 만한 이상한 점들이 있었다.

폭풍이 점점 드세졌다. 얌전하던 경비견 세 마리가 요란한 천둥소리에 광적으로 짖어대기 시작했다. 그리고 얼마 안 있어 묶어둔 쇠줄을 끊어버린 것 같았다. 흡사 미친개들처럼 후다닥 내달리는 소리가 들리더니, 정체불명의 허깨비를 쫓기라도 하듯 정원을 가로질러 맹렬히 달려나가 덤불과 나무들 사이를 뚫고 마침내 농장 마당까지 질주하는 모양이었다. 보기 드문 악몽과 광기, 처절하면서 혼란스러운 분위기였다.

뭐랄까, 이곳 영지가 무슨 위태위태한 요새라도 되는 듯, 야만스러운 기마 종족이 무자비하게 검을 휘두르며 방어군의 전열을 향해 돌진해오는 느낌이었다. 오라스 벨몽은 밤의 어둠 속에서 극단적인 환영에 시달렸다. 돌진해오는 야만족들, 그들이 활활 타오르는 횃불과 번득이는 검을 휘두르며 살육과 방화를 흩뿌리는 광경이 눈앞에 선하게 보였다. 광적으로 울부짖는 개들과 끔찍스러운 고함 소리…… 거기에 더해 이따금 섞여 드는 사냥감의 겁에 질린 신음 소리…… 저 멀리 섬뜩하게 울려오는 암호랑이의 포효 소리…….

오라스는 부랴부랴 메종루즈를 지키는 방어군의 조장들을 불러들였다. 그들 역시 잠은 자지 않고 있었지만, 도대체 무슨 일이 벌어지고 있는지 영문을 모르겠다는 표정들이었다.

심지어 바깥 순찰을 시도하려 했으나 워낙에 칠흑 같은 밤인 데다, 무지막지하게 퍼붓는 빗줄기 때문에 그나마 멀리도 나갈 수 없었고 무엇 하나 보이는 것도 없었다. 일대 광풍이 정원을 휩쓸고 있었는데, 그 난데없는 격렬함이 마치 옛 전설에 나오는 저주받은 사냥꾼의 험악한 진로를 연상시키기까지 했다.

얼마나 지났을까, 서서히 밝아오는 여명이 차츰 폭풍의 기운을 가라앉혔다. 개들은 아직도 천지분간을 못한 채 본능적으로 이리저리 날뛰었다. 이제 폭풍은 잠잠해졌고, 억수같이 퍼붓던 폭우도 가녀리고 섬세한 가랑비로 변해 전쟁터의 뒤처리를 하기 위해서만 내리는 듯했다. 마침내 빛이 확고한 자리를 차지해 어둠의 악몽을 산산이 흩어버리고, 사람이든 짐승이든 안정을 되찾게 해주었다. 경비견들 역시 이제는 머뭇머뭇 그르렁댈 뿐, 오히려 간밤과 같은 광란을 보인 뒤에 으레 벌칙으로 당해야 하는 채찍 몇 대가 걱정인 듯 조심스레 굴었다. 주인은 개들에게 신경질을 쏟아부으며 호되게 매질을 가했다.

"대체 왜 그런 거야? 태곳적 괴물이 난동을 부리기라도 한 거냐? 용이라도 승천하셨어? 말세의 괴물이 나타나기라도 했느냔 말이다? 젠장! 이게 뭐야, 대체?"

그곳에 복슬강아지 한 마리가 단말마의 숨을 몰아쉬며 쓰러져 있었다. 머리가 깨져 있고, 배는 쩍 갈라져 헤벌어져 있었으며, 다리는 마치 바람결에 흔들리는 나뭇가지들처럼 아직도 부들부들 떨면서 풀어 헤쳐진 내장의 타래에 뒤얽혀 있었다.

뤼팽은 그 자그마한 사체의 귀를 잡아 번쩍 치켜들고는, 부하들이 볼 수 있도록 이리저리 흔들어대면서 외쳤다.

"자, 다들 이것 좀 보시게나! 이 녀석들이 밤새 미친 듯 쫓아다녔던 상대가 고작 요놈이야!"

그러자 죽은 짐승을 가만히 살펴보던 한 명이 말했다.

"맙소사! 저건 '잠자는 숲 속의 미녀'와 함께 사는 개 아닙니까?"

"뭐? '잠자는 숲 속의 미녀'라니? 그게 다 무슨 소린가?"

"틀림없습니다! 버려진 성에 100년 동안이나 잠들어 있는 여인 말입니다!"

"그게 무슨 성인데?"

"저기 절벽을 지나 숲 속에 자리 잡은 코르네이유 성요."

"그럼 진짜 100년 동안 잠들어 있는 여자가 그 성안에 있단 말인가? 웬 횡설수설이야! 그건 동화에 나오는 얘기 아닌가!"

"그건 저도 모르겠고요. 아무튼 성안에 잠든 여인이……."

"그 여인을 아나?"

"그건 아무도 모릅니다. 저도 마을 사람들한테 물어서 얘기를 들었을 뿐인데, 워낙에 이 지역에는 그 얘기가 파다하게 퍼져 있는지라……."

"그래, 어떤 얘기인지 한번 들어나 볼까?"

"그 여인의 조부께서 대혁명 기간 동안 루이 16세와 왕가의 처형에 한몫을 한 사람이라고 합니다. 때문에 손녀인 그 여인이 속죄하는 뜻에서 코르네이유의 골고다 십자고상(calvaire. 골고다 언덕의 십자가를 묘사한 조각상으로 보통 공동묘지나 성당 안뜰에 설치된다—옮긴이) 앞에 무릎을 꿇은 채 10년을 살았다는 거예요. 그런 다음 깊은 잠에 빠져들었답니다."

"성안에 혼자서 말인가?"

"혼자서요."

"하지만 먹고 마시기는 해야 할 것 아닌가?"

"그건 모르죠."

"어디 나다니지도 않고?"

"이따금 그 여자가 마을을 돌아다니는 게 사람들한테 포착되기도 했는데, 마주친 사람들 얘기가 여자는 걸어다니면서도 자고 있더라는 거예요! 눈은 떴지만, 그 눈이 꼭 몽유병자의 눈처럼 무얼 보고 있는 것 같지는 않더라는 겁니다. 저야 직접 마주친 일이 없지만, 사람들 얘기는 사실인 게 분명합니다."

오라스 벨몽은 깊은 생각에 잠겨들었고, 잠시 후 결론을 내렸다.

"아무래도 내가 직접 그 여인을 찾아가서 이 가엾은 강아지의 죽음에 대해 사과를 드려야겠어."

"오, 말이 성이지 실은 거의 다 허물어져가는 움막이나 마찬가지랍니다. 여기저기 나무판자들로 대충 땜질도 했고요. '처녀림'이라고 부르는 숲에 둘러싸여 있다지요."

"잠을 자고 있으니까 사람을 들이기는 어렵겠군?"

"아주 드물게 손님을 맞는다고 하더군요. 다만 일전에 맹수 조련사가 집달관과 함께 거길 찾아가서 장터의 이동 동물원에서 빠져나온 암호랑이를 찾겠다고 했답니다. 온갖 곳을 안 찾아다닌 데가 없었고, 지역의 전문 사냥꾼들까지 총동원해서 몰이사냥식으로 이 잡듯 뒤진 끝에, 누군가 그곳 코르네이유 숲 속에서 호랑이를 봤다는 사람이 나왔다나요. 그러자 여인은 잠을 자면서 집달관한테 이랬다는 겁니다. '그래요, 내가 거두었습니다. 총을 맞아 상처가 난 데다 아주 난폭해져서요. 현재 나의 숲 속에서 상처가 다 아문 채 살고 있지만, 아직은 사나울 겁니다. 자, 어서 찾아가십시오.'"

그날 오후, 벨몽은 강아지의 사체를 짚으로 짠 광주리에 넣고, 바위 절벽과 그 너머 언덕 위의 거창한 숲을 향해 떠났다. 진흙탕에 수레 바퀴자국이 어지러운 오르막길을 따라 물이 가득 찬 도랑 근처까지 다다르고 나니, 그 위로 참나무를 포함한 덤불숲이 반쯤 뒤덮은 담장 일부가 버티고 서 있었다. 그걸 넘어 더 나아가자 녹색의 잔디가 펼쳐져 있었고, 끄트머리쯤에 세월의 풍파로 잔뜩 닳아 해어진 골고다 십자고상과 더불어, 송악으로 뒤덮이다시피 한 채 4분의 3은 허물어진 것과 다름없는 건축물의 희미한 윤곽이 보였다. 그로부터 멀찌감치 떨어져 나간 돌덩이들까지도 이끼와 송악이 진득하게 뒤덮여 있었다.

그 와중에도 방문자들에 대한 적의를 드러낸 표지들은 엄연히 존재했다. 사방에 검은 바탕 위 흰색 글씨로 다음과 같은 문구가 쓰인 표지

판이 여럿 세워져 있는 것이었다.

이곳은 사유지임

출입금지

개 조심

사냥용 덫 조심

그 어디에도 문이나 들어가는 입구는 눈에 띄지 않았다. 그래도 가시덤불을 헤치면서 이끼 가득한 계단의 흔적을 밟아가자, 어느 창구멍 가까이 다가갈 수가 있었다. 안을 들여다보니 지붕도 제대로 갖춰 있지 않은 황량한 방들만 덩그러니 있었고, 바닥은 아예 잡초 다발과 야생식물들이 진흙과 한데 뒤엉켜 점령하고 있는 형편이었다. 글쎄, 그것도 길이라 칭할 수 있다면 말이지만, 여기저기 폐허 더미 사이로 샛길이 꼬불꼬불 뻗어 있었다. 그 길을 따라 오라스가 도달한 곳은 한복판에 기다랗게 자리 잡은 어느 폐가였다. 벽에 타르가 덕지덕지 칠해진 그 건물이 그나마 사람이 거주할 것 같은 유일한 장소였다.

문을 열자마자 그는 조심스레 내뱉었다.

"거기 누구 있습니까?"

그때 건물 뒤편으로 덜커덩하고 문 닫히는 소리가 언뜻 들렸다.

오라스 벨몽은 야전침대가 하나 있는 비좁은 방을 부리나케 가로질러 그쪽으로 달려갔고, 부엌인 듯한 또 다른 공간으로 불쑥 들어섰다. 거기 탁자 위 알코올램프에는 물이 가득 든 냄비 속에서 감자알들이 부글대고 있었고, 바로 옆에 우유 사발이 놓여 있었다.

난데없는 침입자에 놀란 '잠자는 숲 속의 미녀'가 막 들려는 식사를 뒤로하고 허겁지겁 도망친 것이었다.

그녀를 바짝 뒤쫓기 위해 오라스가 쇄도했지만, 그 자리에 덜컥 멈춰 설 수밖에 없었다. 바로 코앞, 두어 걸음 떨어져서 맹수의 아가리가 떡하니 가로막고 있는 것이었다.

8
새로운 전사

짐승의 뒤쪽, 마당 안을 건너다보니 나무들이 다닥다닥 붙다시피 빽빽하게 우거진 숲이 일종의 자연적 담벼락을 만들고 있는 게 눈에 들어왔다. 자세히 보자 그 속에도 비좁은 틈새가 있어, 나뭇가지들과 잎사귀들 속으로 어두컴컴한 터널을 형성하고 있었다. 코르네이유 성의 여주인께서는 분명 그 탈출구를 통해 줄행랑을 친 모양이었다. 암호랑이는 여자를 그곳까지 안내한 뒤, 쏜살같이 되돌아와 이 달갑지 않은 손님 앞을 가로막은 것이리라.

인간과 짐승은 한동안 꼼짝 않고 서로를 노려보았다. 먼저 거북함을 느낀 오라스 벨몽은 속으로 이런 생각을 굴렸다.

'뤼팽, 이 친구야. 자네가 꼼짝하기만 하면, 사납게 세운 저놈의 발톱이 자네 머리통을 떼어내 버리고 말겠지.'

하지만 그는 눈 한 번 내리깔지 않았다. 이를테면 예기치 못한 위협에 직면했을 때 특유의 냉정함을 잃지 않는 자신을 실험하는 중이었고,

그런 뜻에서 이처럼 덩치 큰 맹수 앞에서 담력 실험을 가능하게 해준 마주침이 그리 싫지만은 않은 모양이었다. 솔직히 이보다 더 근사하게 의지력과 '자기 조절' 능력을 실험해볼 기회가 또 어디 있겠는가!

한 세기만큼이나 길게 느껴지는 1분이 흘렀다. 분명 오라스 벨몽은 어렵지 않게 버텨내는 중이었다. 처음에는 거의 압도적일 것 같던 공포심이 이제는 씻은 듯이 사라져버렸다. 그는 오히려 상대의 도발을 기다리고 있었다. 아니, 거의 갈망하는 중이었다.

반면 짐승은 조금의 동요도 없이 자신을 맞받아 쏘아보는 상대의 시선에 질겁했고, 인간의 의지에 압도되어서인지 소리를 죽여 그르렁대는가 싶더니, 은근슬쩍 몸을 돌려 공기 냄새를 킁킁 맡고는 저만치 녹색의 수목 터널로 꽁무니 뺄 기미를 보였다. 벨몽은 이때다 싶어 슬그머니 두어 걸음 물러서서 부엌 탁자 위에 있는 우유 사발을 집어 들었다. 그는 조심조심 그것을 암호랑이 쪽으로 밀어놓았다. 녀석은 잠시 머뭇대는가 싶더니 이내 결심이 선 듯, 소위 '한 번쯤 튕기는' 기색을 보이는 둥 마는 둥 다가와 결국에는 우유를 핥기 시작했다. 서너 차례 혀를 놀리는 것만으로도 사발 속의 우유는 깨끗하게 비워졌다. 그러고 나자 기분이 진정되는지 녀석은 수목의 터널 입구로 다가가 촉촉한 잔디 위, 여주인이 빠져나간 흔적을 코로 확인했다. 오라스는 문득 암호랑이가 아랫도리를 가볍게 절고 있는 걸 발견했다. 아마 몰이식 수색작전 때 입은 부상인 모양인데, 이 코르네이유 숲 속의 신비스러운 은둔자에게 보살핌을 받아 그녀한테 상당한 애착을 보이는 것 같았다.

오라스 벨몽은 공연히 짐승의 변덕을 불러일으키지 않기 위해 얼른 문을 닫고, 폐가를 가로질러 밖으로 나왔다. 메종루즈로 돌아오는 동안에도 그는 권총을 손에 단단히 그러쥐고 수시로 등 뒤를 확인해가며 걸음을 재촉했다. 그렇게 만반의 경계태세를 유지하면서 모든 가능성을 저울질한 끝에야, 지독한 상황에서 무사히 빠져나왔다는 안도감에 젖을 수 있었다.

그로부터 이틀 후, 그는 다시금 용기를 내어 우거진 숲 속을 파고들었고, 그 이상야릇한 낡은 거처로 발을 들여놓았다. 하지만 이번에는 완전히 텅 비어버린 듯했다. '잠자는 숲 속의 미녀'와도 암호랑이와도 마주치지 않았다. 소리 내어 불러도 보았다. 아무 소리도 돌아오지 않았다. 그의 손에는 예리하게 다듬은 묵직한 삼각날 단도가 들려 있었다. 목적은 맹수를 끌어내어 배를 갈라보는 것이었다. 그렇게 함으로써 희생당한 패트리셔의 복수를 이룬다는 생각이었다. 가만히 따져보니 여자가 죽은 줄 알고 어리석게 도망쳐 나온 바로 그날 아침, 패트리셔가 아직 숨이 붙어 있었다는 참으로 안타까운 확신에 도달했던 것이다. 암호랑이가 덮친 건 그 직후였으며, 어느 은밀한 소굴로 먹잇감을 끌고 들어가 낙엽 더미 아래 잘 갈무리해두었을 터였다. 벨몽은 또한 마피아노의 은신처도 찾아내 깨끗이 응징해버리고 싶었다. 하지만 세 놈 일당의 존재를 말해주는 단서는 그 어디에서도 찾을 수 없었다. 한동안 그는 복수심과 살의에 시달리며 정처 없이 헤매 다녔다.

영지로 돌아온 그는 한껏 지치고 풀 죽은 상태였다. 빅투아르는 패트리셔의 운명에 대해 남자가 내린 끔찍한 결론을 두고 역시 그럴 리 없다는 식으로 고개를 가로저으며 대답해주었다.

"내 생각은 변함이 없어. 여자는 죽지 않았다고. 맹수도, 마피아노도 그녀를 죽이지 않았다니까!"

벨몽은 쓸쓸한 어조에 빈정거림을 실어 말했다.

"그렇게 생각하는 증거는 물론 여인네 특유의 직감이겠죠?"

"그거면 충분하지. 게다가 로돌프가 저렇게 편안히 있는 걸 봐. 눈앞에 자기 어미가 없는 상황에 별로 언짢아하지도 않는 것 같아. 어미를 지극히 사랑하는 데다, 더없이 예민하고 민감한 아이인데 말이야. 저런 아이는 만약 어미한테 무슨 큰일이 생기면 자동적으로 뭔가를 감지하기 마련이거든."

벨몽은 그저 어깨를 으쓱하며 답했다.

"투시력 같은 걸 믿으시나 보죠?"

"그럼!"

노파가 신념에 가득 찬 어조로 외쳤다.

잠시 침묵이 흘렀다. 벨몽의 마음속에 또다시 희망이 부스럭댔다. 그러면서도 혹시 미친 짓은 아닐까 초조해하며 말했다.

"아, 하지만 그날 밤 분명 나는 품 안에 살아 숨 쉬는 여자를 안고 있었다고요. 근데 아침에 깨어보니 죽어 있는 겁니다."

"그건 그렇지. 하지만 자네가 생각하는 여자가 아니었을 거야."

"그럼 누구란 말이죠?"

빅투아르는 주위를 한 번 둘러보고는 한껏 목소리를 낮춰 말했다.

"내 말 잘 듣게. 그 시끌벅적하던 날 밤 이후 앙젤리크가 보이지 않아. 거 왜 있잖아, 가정부 아가씨 말이야. 그런데 어떤 믿을 만한 소식통에 의하면 앙젤리크가 글쎄, 마피아노의 정부였다는 거야. 그 사람 일당을 죄다 알고 있었다는군. 그들에게 요리도 해주고, 매일 저녁 함께 지내러 그들한테 갔다는 거야."

오라스는 잠시 생각에 잠겼다가 말했다.

"그럼 바로 그 앙젤리크가 죽은 거란 말인가요? 그렇다면 나는 오히려 다행이지만. 한데 도대체 왜 그 여자가 패트리셔인 척하고 있었는지 이해가 안 가네요! 왜 그 여자가 나를 자기 천막으로 유인한 거죠? 왜 마피아노가 그녀를 죽였고 말입니다. 왜요? 당최 모르겠네요."

"그야 앙젤리크가 자네한테 접근할 기회로 삼은 거겠지. 오래전부터 그러고 싶어 했으니까. 그 여자가 자꾸만 심상치 않은 눈길을 보내는 걸 몰랐는가?"

"아니, 그럼 그 여자가 나를 좋아하고 있었단 말입니까? 거 기분 괜찮은 소리로군! 마피아노는 질투 때문에 여자를 죽이고? 쯧쯧, 딱한 녀석 같으니. 도무지 여복이라곤 눈곱만큼도 없는 친구 아닌가. 모든 여자들이 나를 더 좋아하니 말이야. 패트리셔도 그렇고, 앙젤리크까지…… 그나저나 왜 나는 죽이지 않은 거지?"

"최종 분배 때 권리를 행사할 신분증을 그에게서 빼앗았다고 하지 않았던가? 만약 죽였다가 그게 자네 몸에 없으면? 결국 영영 못 찾게 될까 봐 두려웠던 거지. 그러고 보면 제아무리 지독한 악당놈이라 해도 소용이 없어. 천하의 오라스 벨몽한테는 감히 칼을 들이댈 엄두도 못 내는 것 보면 말이야."

남자는 고개를 설레설레 흔들며 대꾸했다.

"어쩌면 당신 얘기가 맞을지도 모르죠. 하지만 왠지 난 그리 내키지가 않아요. 아무튼 당신 추리력 하나는 꽤 쓸 만하다는 건 인정합니다, 빅투아르!"

"그럼 내 말을 믿어야 하는 거 아냐? 그렇게 생각하는 거지?"

"당신 주장은 내가 봐도 나무랄 데가 없어요. 일단 그렇다고 쳐보자고요. 그러는 게 훨씬 편하니까. 어쨌든 앙젤리크만 가엾게 됐네요."

벨몽은 패트리셔가 살아 있을 거라는 가녀린 희망을 놓지 않은 채, 악당에 의해 무참히 살해된 하녀의 명복을 빌었다.

이 같은 얘기가 오고 갔던 날 밤, 벨몽은 늙은 유모가 흔드는 바람에 잠에서 깼다.

침대에 반쯤 일어나 눈을 비비면서 그는 버럭 외쳤다.

"아니, 또 뭡니까? 정신 나간 거 아니에요? 아니면 나한테 또 전해줄 새로운 여자의 직감이라도 떠오른 거예요? 새벽 4시에 사람을 깨우다니! 진짜 급한 일이 있거나, 당신 머리가 돈 것 아니냐고요!"

그러나 빅투아르의 혼비백산한 얼굴을 대하는 순간 입이 저절로 다물어졌다.

할멈은 잔뜩 흥분한 상태로 호들갑을 떨기 시작했다.

"로돌프가 방에 없어! 내가 보기에 그 애가 밤에 방을 비운 게 이번이 처음은 아닌 것 같아."

"외박이라도 하는 게지! 이미 열한 살 아니오. 젊을 땐 다 그런 겁니다. 하긴 너무 일찍 시작하는 감은 있군. 그래, 어디로 갔을 것 같나요? 파리? 런던? 아니면 로마?"

"로돌프는 엄마라면 끔뻑하잖아? 아무래도 엄마를 찾아간 것 같아. 둘이서 틀림없이 약속을 한 거라고."

"하지만 어디로 나갔단 말이오?"

"창문을 통해서겠지. 열려 있더라고."

"경비견들은 어쩌고?"

"그 애가 떠날 때쯤, 그러니까 약 한 시간 전에 좀 짖긴 했어. 그리고 사람들 얘기가 개들이 새벽 5시에는 또 어김없이 짖는다는 거야. 결국 애가 돌아오는 시간이 그때쯤이라는 거지. 매일 그런 식이었다는군."

"오, 이 딱한 할망구야! 아예 소설을 쓰지 그러쇼! 하여튼 내 알아보리다."

"또 있어."

늙은 유모는 계속해서 붙들고 늘어졌다.

"그동안 영지 주변을 어느 낯선 사내 셋이서 줄곧 어슬렁거렸지. 난 다 알고 있었어."

"그야, 빅투아르. 당신의 꽁무니를 따라다니는 발정 난 사내들인가 보죠."

"농담 말고! 그건 경찰관들이었어. 경비원들이 확인한 바로는 그 속에 자네의 가장 지독한 적수가 끼어 있다는 거야. 다름 아닌 베슈 반장!"

"베슈가 내 적수라고요? 거 말씀이 지나치십니다! 파리 경시청에서 내 체포 결정을 내리지 않는 이상…… 그럴 리는 없는데…… 나한테서 도움받는 게 얼마나 큰데……."

그는 미간을 찌푸린 채 잠시 생각하고는 덧붙였다.

"그래도 일어나 보긴 해야겠네요. 자, 그만 가보세요. 아니, 잠깐만! 한마디만 더 합시다. 저기 있는 내 금고에 누가 손을 댔어요! 암호를 입력하는 다이얼 세 개가 흐트러져 있다고요!"

"여긴 자네와 나 외엔 아무도 들어오지 않았는데…… 나는 물론 아니고 말이야."

"그렇다면 내가 원상복귀해놓는 걸 깜빡한 모양이네! 분명히 말하지만, 이건 정말 중대한 일입니다. 저 안에 내 유언장과 지시서류들, 여러 금고들을 열 수 있는 각각의 열쇠들, 나의 모든 은닉처를 찾아내고 안에 든 모든 걸 쓸어갈 수 있게 해줄 지침들이 빼곡히 들어차 있단 말입니다."

"오, 성모마리아님!"

유모는 두 손을 모으며 탄식을 내뱉었다.

"성모마리아는 그 안에 있는 것과 아무 상관 없고요. 잘 지켜야 할 사람은 바로 당신이란 말입니다. 당신, 만약 무슨 일이 생기면 아주 혼날 줄 알아요!"

"뭘 어쩌려고?"

"아예 여자 취급도 안 해줄 테야!"

오라스는 쌀쌀맞게 내뱉었다.

* * *

같은 날 저녁, 오라스는 한 나무 위로 올라가 정원의 농장 쪽 철책에 대한 감시에 들어갔다.

나뭇잎들 속에 잔뜩 몸을 숨긴 채 그는 참을성 있게 기다렸고 곧 보상을 받았다. 성당 종소리가 자정을 알리는가 싶더니, 문득 조심스러우면서도 단호한 도약의 움직임이 철책 담장을 훌쩍 뛰어넘어 그가 잠복한 곳에서 그리 멀지 않은 곳에 안착하는 것이었다. 언뜻 봤지만 유연하고 늘씬한 대형 맹수의 자태가 분명했다. 개집 속 경비견들의 짖는 소리가 밤공기를 가르고 솟구쳤다. 오라스는 나무에서 내려와 로돌프의 방 창가 앞으로 달려가 슬그머니 접근했다.

창문은 열려 있었고, 방 안은 환히 밝혀져 있었다. 2~3분이 물 흐르듯 지나갔다. 아이의 목소리가 들려왔다. 그러더니 느닷없이 눈에 들어온 건, 발코니 쪽으로 돌아나오는 암호랑이의 모습이었다. 분명 그곳을 통해 방 안으로 들어갔었던 모양이었다. 엄청난 덩치를 반쯤 일으키다 말고 녀석은 두 발로 난간 상단을 짚었다. 그 등에는 로돌프가 납죽 엎드려 있었다. 두 팔로 맹수의 목을 단단히 끌어안은 로돌프의 얼굴엔 희색이 만연해 있었다.

짐승은 바깥의 짙은 숲 속으로 훌쩍 도약해 들어갔고, 그 길로 성큼성큼 멀어져 갔다. 등에는 여전히 싱글벙글 웃는 아이를 태우고서 말이다. 개들은 또다시 맹렬히 짖어댔다.

그때였다. 베란다에 숨어 있던 빅투아르가 어둠으로부터 모습을 드러내며 말했다.

"자, 봤지? 저 야수가 도대체 우리 가엾은 꼬마를 데리고 어디로 가려는 걸까?"

"그야 엄마한테겠죠!"

"맙소사, 어쩜 저런 일이!"

"아마도 패트리셔가 코르네이유 성의 여인네와 더불어 다친 호랑이를 간호해주었던 모양입니다. 녀석은 이미 반쯤 길이 들어 생명의 은인을 알아보고는 마치 충견처럼 복종을 하는 거죠."

"세상에 별일도 다 보네!"

빅투아르가 넋을 잃은 표정으로 외치자, 벨몽도 다소곳이 중얼거렸다.

"나도 마찬가지네요."

그는 농장을 지나 코르네이유 성에 이르는 초원을 구보로 가로질렀다. 반쯤 지워진 길의 흔적을 따라가자 역시 폐가가 나타났고, 오라스는 그 창구멍을 얼른 타넘어 들어갔다. 입가에서 쾌재의 탄성이 새어

나온 건 바로 그때였다. 넉넉한 안락의자에 앉은 패트리셔가 무릎 위에 아들을 올려놓고 여기저기 입을 맞추고 있는 것이었다!

벨몽은 천천히 다가가 황홀한 눈길로 여자를 바라보며 더듬거렸다.

"다, 당신…… 이런 경사가 있나! 당신이 살아 있으리라고는 감히 생각지도 못했단 말이오! 대체 마피아노의 손에 죽은 사람은 누구란 말이오?"

"앙젤리크였어요."

"그 여자가 천막 안에는 어떻게 들어오게 된 거요?"

"나를 도망치게 해준 다음에 자기가 나 대신 있겠다고 하더군요. 왜 그랬는지는 나도 일이 터진 다음에야 알았죠. 그 여자는 아르센 뤼팽을 흠모하고 있었던 겁니다."

패트리셔는 미간을 살짝 찌푸리며 말했다.

벨몽은 아무렇지도 않은 듯 말을 흘렸다.

"쳇, 눈은 높아가지고서……."

"싸이다—암호랑이 이름이죠—가 무너진 천막 아래에서 단말마의 고통에 시달리는 그 여자를 발견했고, 그대로 물어가버렸어요. 내가 미처 개입할 틈도 없었답니다. 정말 끔찍한 일이었죠."

패트리셔는 부르르 몸서리를 쳤다.

오라스 벨몽은 걱정스레 물었다.

"마피아노는 어디 있습니까? 놈들 다 어디로 갔어요?"

"그들은 아직도 주변을 배회하고 있어요. 다만 암중모색만 할 뿐이죠. 아, 가증스러운 인간들!"

여자는 아들을 부둥켜안고 뜨겁게 입을 맞추었다.

"얘야! 오, 내 아들아! 이젠 무섭지 않지? 싸이다가 뭐 힘들게 한 건 아니지?"

"천만에요, 엄마! 내가 흔들릴까 봐 아주 부드럽게 달리던걸요! 정말 그랬다고요. 엄마 품에 안겨 있는 것처럼 편했어요."

"그래? 그러고 보니 둘이 친해진 것 같구나. 아주 잘됐다. 하지만 이제는 잠을 좀 자두어야겠지? 싸이다도 마찬가지고. 네가 이 녀석을 보금자리까지 좀 데려다주겠니?"

아이는 벌떡 일어나서 맹수의 귀를 붙잡고는, 방의 반대편 끝을 향해 끌고 갔다. 패트리셔의 침대가 위치한 알코브 옆 벽장 속에 매트리스가 마련되어 있었다.

그런데 정작 싸이다는 몇 걸음 따라가다 말고 노골적으로 아이의 뜻에 저항했다. 신경질적으로 그르렁대는 걸 보면 뭔가 기분이 내키지 않는 게 분명했다. 녀석은 주인의 침대 앞에 엉덩이를 깔고 주저앉더니 꼼짝도 하지 않으려고 했다. 심지어는 납죽 엎드려 머리를 앞발에 바짝 갖다 댄 채, 꼬리로는 세차게 바닥을 두드려대면서 연신 그르렁댔다.

마침내 패트리셔가 의자에서 일어나며 말했다.

"오냐, 싸이다. 그래, 무슨 일이 있는 거니?"

오라스는 암호랑이를 유심히 바라보며 한마디 했다.

"아무래도 당신 침대 밑이나 저 알코브에 사람들이 숨어 있나 봅니다. 싸이다가 그걸 눈치챈 것 같아요."

"정말이니, 싸이다?"

패트리셔도 눈이 동그래지며 다그쳐 물었다.

덩치 큰 짐승은 좀 더 거세게 울부짖어 대답을 대신했고, 이제는 벌떡 일어나 주둥이로 침대를 마구 흔들기 시작했다. 그 바람에 침대의 철제 골조가 벽에 부닥치며 요란한 소리를 냈다.

지금껏 침대 밑에 숨어 있다가 반쯤 들통나버린 자들이 일제히 끔찍한 비명을 내질렀다.

패트리셔는 그제야 침입자들을 맹수의 발톱에서 구하기 위해 뛰어들었고, 오라스 역시 버럭 외치며 다가들었다.

"자자, 어서 순순히 털어놔보시지! 안 그러면 아주 큰일 나는 수가 있어! 다 합해서 모두 몇 명인가? 세 명 아니야? 유명인사이신 베슈도 끼어 있을 테고. 자자, 어서 대답하라니까. 우리 친애하는 경찰관 나리."

결국 싸이다의 기세에 잔뜩 주눅이 든 경찰관의 입에서 외마디 비명처럼 터져나온 말은 이런 것이었다.

"그래, 날세, 나! 베슈!"

"자네, 나를 체포하러 온 것 맞나?"

벨몽은 계속해서 다그쳤다.

"그렇다네."

"그럼 먼저 싸이다부터 체포해야겠는걸! 아마 얌전히 있을 걸세. 저런, 어째 그리 배짱이 없나! 싸이다가 도망치게 내버려둘 거야?"

"제발 그래주기나 하면 좋겠네."

베슈는 딱 잘라 내뱉었다.

"허어, 그것참. 나는 아무래도 다정한 친구의 바람을 모른 척할 수가 없단 말이거든. 자네 뜻대로 해줌세. 하긴 그렇게 해주지 않으면 자네의 그 멋진 육신이 제대로 남아나지 않을까 걱정해야 할 판이니까. 이봐요, 패트리셔 존스턴. 당신의 그 경호원을 좀 비켜나게 해주실 수 없겠소?"

여자가 손을 암호랑이의 머리 위에 얹자, 녀석은 살갑게 비벼대면서 마치 증기기관에서 나는 것 같은 가르릉거리는 소리를 냈다.

"로돌프!"

엄마의 부름에 아이는 득달같이 달려와 품 안으로 다시 뛰어들었다. 패트리셔는 바깥을 가리키며 호랑이에게 일렀다.

"싸이다, 이제 너의 꼬마 주인님을 다시 데려다줄 시간이다. 가거라, 싸이다! 어서 가, 우리 이쁜이! 천천히 부드럽게, 알겠지?"

암호랑이는 진짜 주의 깊게 그 모든 지시사항을 새겨듣는 분위기였다. 그뿐만 아니라 베슈 쪽으로는 한없이 아쉬운 눈길을 보냈는데, 마치 먹음직스러운 음식을 그냥 두고 떠나는 심정인 듯했다. 하지만 어디까지나 주인이 맡긴 사명을 받드는 것에 자부심을 느끼는지, 얌전히 시키는 대로 할 모양이었다. 녀석은 한 발 한 발 천천히 아이한테로 다가가 그 듬직한 등허리를 내주었다. 아이는 냉큼 그 위로 올라탔고, 호랑이 머리를 한두 차례 가볍게 토닥이고는 목덜미를 팔로 감아 안으며 외쳤다.

"가자!"

암호랑이는 훌쩍 뛰어오르는가 싶더니 겅중겅중 두어 차례의 도약만으로 이미 실내를 벗어났다. 그리고 잠시 후, 저 멀리 개들의 짖어대는 소리가 한밤의 공기를 흔들었다.

이윽고 오라스가 입을 열었다.

"이보게, 베슈. 자네의 딱한 친구들과 함께 이제 그 깔판 밑에서 나오지 그러나! 10분 후쯤이면 아까 그 녀석이 다시 돌아올 거야. 그러니 서두르는 게 좋지 않겠어? 그나저나 나를 잡아갈 영장은 가져왔겠지?"

베슈는 엉거주춤 밖으로 기어나와 일어섰고, 동료들도 그제야 주춤주춤 몸을 추슬렀다.

베슈는 몸에 묻은 먼지를 털어내며 말했다.

"아무렴, 여부가 있나!"

"그럼 지금쯤 꽤나 꼬깃꼬깃해졌겠군. 자네의 현재 몰골처럼 말이야. 그래, 싸이다를 위한 영장도 가져왔겠지?"

바짝 약이 오른 베슈는 콧김만 내뿜을 뿐 아무 대꾸도 안 했다. 오라스는 팔짱을 척 끼면서 내처 몰아붙였다.

"내 그럴 줄 알았어, 얼간이 같으니라고! 자넨 싸이다가 정당한 관할 권자의 서명이 담긴 문서도 제시하지 않고, 강철 족쇄를 자기 발에 채우는 걸 가만히 보고 있을 거라 기대하는 건가?"

그러면서 얼른 부엌문을 활짝 열며 소리쳤다.

"빨리 꺼져, 이 친구야! 자네의 애송이 친구들이나 데리고 어서 썩 나가란 말이야! 발이 보이지 않게 달려! 첫 기차에 뛰어올라 그대로 자네 집구석 침대에나 처박혀서 기운 좀 차리란 말일세! 이번에는 침대 밑으로 기어들지 않도록 조심하고! 친구의 진심 어린 충고를 부디 따르도록 하게! 당장 꺼지지 않으면, 싸이다가 돌아와 이번에는 점심 메뉴로 '경찰관 비프스테이크'를 뚝딱 해치우려 들지도 몰라!"

말이 채 끝나기도 전에 애송이 경찰관 두 명은 벌써 줄행랑을 친 상태였다. 베슈도 못 이기는 척 뒤를 따르려는데, 오라스가 덥석 붙들며 말했다.

"한마디만 더 하지, 베슈. 자네를 누가 지금의 그만큼 키워주었지?"

"자네지. 그래서 늘 고마운 마음을……."

"그 고마운 마음을 자네는 나를 잡아 가두려는 걸로 표현하겠다는 거로군? 좋아, 까짓 용서해주지. 이보게, 베슈. 내가 자넬 반장으로 올라서게 해줄까(이 부분은 모리스 르블랑의 실수다. 뤼팽은 이미 20년 전 「베슈, 짐 바네트를 체포하다」에서 이 골탕만 먹기 일쑤인 형사를 반장 직급으로 승진하게끔 도와준 바 있다. 『바네트 탐정사무소』 233~234쪽 참조—옮긴이)? 좋았어! 그럼 내일 토요일 아침 11시 반까지 파리 경시청에서 만나도록 하지. 자네는 상관들한테 부탁해서 어떻게든 백지위임장을 손에 넣도록 하게. 이번 일에 자네가 필요할 것 같아. 내 말 알아듣겠지?"

"알겠네. 고마우이! 정말 고마워!"

"어서 가!"

베슈는 횡하니 꽁무니를 뺐다. 오라스는 패트리셔를 돌아보며 물었다.

"결국 당신이 그 '잠자는 숲 속의 미녀'였단 말이오?"

"네, 나였어요. 사실 나는 어머니 혈통으로는 프랑스인이나 마찬가지예요. 이곳에 살던 노부인은 친척이고요. 좀 괴팍하긴 했지만 결코 미친 사람은 아니었답니다. 프랑스에 도착하자마자 나는 그분을 보러 이곳을 찾았지요. 나를 보자마자 그렇게 귀여워해주실 수가 없었어요. 하지만 불행히도 얼마 지나지 않아 몸져눕고는 금세 돌아가시더라고요. 그러면서 이 황량하고 낡은 폐허를 내게 남겨주신 겁니다. 나는 아예 이곳에 본격적으로 터를 잡을 결심을 했지요. 그분을 둘러싸고 전해져 온 전설을 이용해서 주변의 불필요한 호기심을 자연스럽게 제어할 수가 있었고요. 적어도 이 지역에서 그 전설을 아는 사람이라면 감히 여기를 뚫고 들어올 엄두를 내지 못할 테니까 말입니다."

"음, 이해가 갑니다. 아울러 나를 가깝게 두려는 목적에서, 나로 하여금 이곳 메종루즈를 사들이게 작전을 폈던 거로군요? 당신은 이미 안전한 은신처를 확보한 상태였고, 로돌프도 내 곁에 있는 한 확실하게 보살핌을 받을 테고, 금상첨화로 당신과도 멀리 떨어져 있지 않은 셈이니……. 어때요, 그렇게 된 것 맞죠?"

"맞아요. 로돌프뿐만 아니라, 실은 당신이 가까운 곳에 있다는 것만으로도 내가 얼마나 행복했는지 모릅니다."

패트리셔는 살그머니 눈을 내리깔며 대답했다.

"그럼 싸이다는 어떻게 된 겁니까?"

"뭐 어렵지 않은 일이에요. 장터 이동 동물원에서 이탈한 다음, 몰이식 수색 때 상처를 입고 이곳까지 피신해왔다가 내가 발견해서 붕대를 감아주고 돌봐주었지요. 그 이후부터 내게 고마운지 깍듯하게 충성과 애정을 바치고 있답니다. 녀석이 보호해주고 있어서 이제는 마피아노도 무섭지 않아요."

잠시 뜸을 들이던 오라스는 패트리셔에게 몸을 기울이며 말했다.

"아무튼 다시 만나니 너무도 기쁩니다, 패트리셔! 나는 당신이 죽은 줄로만 알았소. 그런데 왜 진작부터 나를 좀 안심시켜주지 않은 거요?"

그의 말 속에는 약간의 비난조가 숨어 있었다.

여자는 잠시 아무 말 없이 눈을 감았다. 약간 굳은 표정에는 얼마간의 적의까지 감돌았다.

마침내 여자가 입을 열었다.

"당신을 더 이상 보고 싶지 않았어요. 당신이 다른 여자와 그랬다는 사실을 잊을 수가 없었죠. 네, 그날 저녁, 천막 안에서……."

"나는 그게 당신인 줄 알았어요, 패트리셔!"

"그래도 그렇게 생각하면 안 되죠! 내가 당신을 용서할 수 없는 건 그 때문이에요! 어떻게 그런 여자를 나로 착각할 수가 있는 건지. 마피아노의 정부이자 하녀이고, 그 끔찍한 일당의 뒤치다꺼리나 해주는 여자를 말이에요! 어떻게 내가 나 자신을 그렇게 막 굴릴 거라고 생각할 수 있는 거죠? 당신의 머릿속에 그런 생각이 있었다는 걸 내가 어떻게 지울 수 있겠냐고요!"

"그보다 아름다운 추억으로 대체하면 되지 않겠소, 패트리셔?"

"더 아름다운 추억은 이제 없을 거예요. 추억 자체가 없을 테니까요. 당신은 나를 뭇 여자와 똑같이 취급했어요. 나는 그런 여자와 경쟁하고 싶은 마음 없답니다."

오라스는 내심 여자의 질투심이 달가웠다. 그는 은근히 다가가 속삭였다.

"패트리셔, 당신이 경쟁을 하다니? 말도 안 되는 소리요! 당신의 경쟁 상대는 존재하지 않아요! 내가 흠모하는 당신! 패트리셔 당신밖에 없어요! 당신이 유일한 내 연인이야."

남자는 열에 들떠 여자를 와락 끌어당겨 격렬하게 포옹했다. 여자는 결코 봐주지 않겠다는 듯 마구 몸부림을 쳤고, 스스로 점점 약해져간다는 걸 느끼는 만큼 일부러 더 저항했다.

"나를 놔줘요! 당신을 증오합니다! 당신은 나를 배신했어요!"

여자는 결국엔 져줄 수밖에 없다는 걸 알면서도 마지막으로 있는 힘을 다해 부르르 몸을 떨며 상대를 밀쳤다. 하지만 남자는 조금이라도 팔을 풀기는커녕, 오히려 점점 얼굴을 갖다 대는 것이었다.

그때였다. 두 짝으로 이루어진 창문 문짝이 덜커덩 소리와 함께 요란하게 열렸다. 어느새 돌아온 암호랑이가 안으로 뛰어듦과 동시에, 잔뜩 몸을 웅크린 자세로 금방이라도 달려들 듯 도사리는 것이 아닌가. 두 눈동자는 초록빛 별처럼 번뜩였다.

오라스 벨몽은 얼른 패트리셔부터 놓아준 뒤, 몸을 곧추세우고 정면으로 맹수의 눈동자를 쏘아보면서 부드럽고도 조심스러운 목소리에 약간은 나무라는 투를 섞어 말했다.

"그래, 이제 돌아왔느냐? 보아하니 너와는 상관없는 일에 끼어들려는 것 같구나! 이봐요, 패트리셔? 당신의 고양이가 제대로 훈련되었다는 게 고작 이거요? 맙소사! 존중받는 방법도 여러 가지입니다! 좋소, 좋아요. 당신을 충분히 존중해드리지! 다만 나도 나 자신이 우스꽝스럽게 되는 건 원치 않소. 게다가 내가 사랑하는 여인 앞에서 조롱거리가 되는 건 참을 수 없지."

그는 지금까지 계속 품고 있었던 무척 예리하고도 묵직한 잭나이프를 호주머니에서 꺼내 들고는 철컥 소리가 나도록 날을 폈다.

"지금 뭐하시는 거예요, 오라스?"

패트리셔가 기겁을 하며 외쳤다.

"뭐하긴, 당신의 사랑스러운 보디가드가 보는 앞에서 나의 존엄성을 수호하려는 거지. 나는 이 녀석이 '오라스 벨몽은 저리 내치면 그만인 애송이로구나'라고 생각하게 가만 놔둘 순 없소! 만약 지금 당장 당신이 저 고양이가 보는 앞에서 내게 키스해주지 않는다면, 나도 하는 수 없이 저 녀석 배를 갈라야겠소. 꽤 치열한 싸움이 되겠지! 내 말 알겠소?"

패트리셔는 잔뜩 상기된 얼굴로 잠시 망설이더니 결국 한 발 다가서서 오라스의 어깨에 몸을 기대며 입술을 가만히 내밀었다.

"맙소사, 이제야 명예가 회복되는 기분이로군! 아무쪼록 종종 이런 식으로 내 기를 살려주시기만을 바랄 뿐이외다."

남자의 호쾌한 너스레에 패트리셔가 중얼거렸다.

"당신이 저 짐승을 죽이도록 놔둘 수는 없었어요. 재가 나를 보호해주지 않으면 어떻게 되겠어요?"

하지만 오라스의 얘기는 달랐다.

"그보다는 내가 저 녀석한테 당했을지도 모르죠."

이어서 결코 그답지 않은 침울한 목소리로 덧붙였다.

"아무래도 그 점에 대해서는 당신 마음이 별로 개의치 않는 모양입니다."

문득 여자는 가슴 깊이 뭔가 찡하게 와 닿는 모양이었다.

"어머, 그렇게 생각하세요?"

중얼거리는 여자의 얼굴이 점점 더 발갛게 달아올랐다.

그러나 금세 감정을 추스르는 눈치였다. 분명 쓰라린 상처라고 여겼던 일에 대한 기억이 차마 가시지 않는 모양이었다. 여자는 암호랑이에게 다가가 머리에 손을 얹고 말했다.

"얌전히 있어라, 싸이다!"

맹수는 대답하듯이 나른하게 그르렁거렸다.

그즈음 마찬가지로 마음을 다잡은 벨몽도 불쑥 끼어들었다.

"그래, 얌전히 있어야 한다, 싸이다. 이 아저씨께서 아무 불편 없이 자리를 뜰 수 있도록 얌전히 있어야 한단 말이야. 자, 그럼 안녕, 정글의 여왕님! 그 줄무늬를 보면 꼭 얼룩말이 연상돼요. 그런데도 어쨌든 꽁무니를 빼는 건 내 쪽이란 말이거든, 쳇!"

그는 모자를 푹 눌러썼다가 암호랑이 앞을 지나치면서 살짝 벗어 정중히 인사를 뿌렸다. 밖으로 나서다 말고 그는 홱 돌아서서 패트리셔를 향해 외쳤다.

"곧 또 봅시다, 패트리셔! 그대는 마법사인 것 같소. 싸이다와 함께 그러고 있으니 그야말로 야수를 길들이는 미녀처럼 꼭 고대 여신 같은 분위기인걸. 물론 나야말로 정말 여신한테는 끔벅 죽지! 그럼 또 봐요, 패트리셔!"

* * *

오라스 벨몽은 신속하게 메종루즈로 돌아왔다. 빅투아르는 문과 창문 모두를 꽁꽁 닫아건 널찍한 거실에서 기다리고 있었다. 문득 주인의 발소리가 들리자, 그녀는 허겁지겁 달려나와 호들갑을 떨었다.

"로돌프가 왔어요, 로돌프가! 짐승이 데리고 왔는데, 지금쯤 벌써 곤히 자고 있을 거야."

"그나저나 그 암호랑이하고는 별일 없었어요?"

"오, 모든 게 다 잘 지나갔지! 서로 별 문제 없이 말이야. 실은 나도 혹시나 몰라서 큼직한 재봉용 가위를 준비해두고 있었지만."

"가엾은 싸이다! 녀석이 아주 큰일 날 뻔했군! 자칫 잘못했다간 그 녀석이 당신 침대 밑 깔개 신세가 될 뻔하지 않았습니까? 안 그래요, 빅투아르?"

"그것도 두 개는 충분히 되었을 테지. 그놈 참, 덩치 하나는 알아주겠더라고. 하지만 성질은 무척 온순해 뵈던데."

"사랑 그 자체죠."

벨몽은 환하게 웃으며 맞장구를 쳤다.

* * *

"그리고 말입니다."

오라스 벨몽은 정색을 하며 말을 이었다.

"당신한테 아주 심각한 얘기를 할 게 있어요, 빅투아르!"

"지금 말이냐? 내일 하면 안 되는 얘기야?"

유모는 당혹스러운 표정으로 말을 받았다.

"아뇨, 그럴 순 없고. 우선 여기 내 옆에 좀 앉아요."

둘은 나란히 소파에 앉았다. 잠시 침묵이 흘렀다.

오라스의 엄숙한 태도에 빅투아르는 적잖이 놀란 모양이었다.

마침내 얘기가 시작됐다.

"모든 역사학자들이 인정하는 바로는, 나폴레옹 1세의 그 어느 때보다 위대했던 시기가 다름 아닌 치세 말년이었다고 합니다. 그의 군대 역시 1814년 프랑스 원정 때가 그야말로 기세충천, 절정에 달한 시기였고요. 그러던 것이 일련의 배신행위들로 인해 일거에 무너져버리고 만 것이랍니다. 예컨대 저 라이프치히의 패전(1813년 10월—옮긴이)도 사실 베르나도트(1763~1844—옮긴이)가 적과 내통했기에 초래된 것이죠. 그런가 하면 만약 모로 장군(1763~1813—옮긴이)이 수아송(피카르디 지방 엔 도(道)의 도청 소재지—옮긴이)을 넘겨주지만 않았더라도 블뤼허(1742~1819. 프로이센 군의 원수로 워털루 전투의 영웅—옮긴이)는 일찌감치 무력화되었을 겁니다. 파리 함락도 마르몽(1774~1852—옮긴이)의 책동이 없었더라면 불가능했을 테고 말입니다(이상 언급된 프랑스 측 인명들은 나폴레옹 시절 모두 그의 막료들이었다가 결국 반기를 들게 된 인물들임—옮긴이). 어때요, 내 생각에 동의하시겠죠?"

노파는 그저 어리둥절한 표정으로 눈만 끔벅일 뿐이었다.

오라스는 매우 진지한 어조로 계속했다.

"한데 말입니다, 빅투아르. 내가 지금 그 지경이 될 위기에 처해 있어요. 샹포베르와 크라온, 몽미라이 등지에서 승승장구하던 것이 어느새 조금씩, 조금씩 밀리고 있다 이겁니다(모두 1814년 나폴레옹에게 승리를 안겨준 격전지들—옮긴이). 결정적인 패배가 다가오고 있어요. 나의 제국, 내 모든 재산이 조만간 적의 손에 넘어갈 분위기란 말입니다. 이제 저들 쪽에서 단 한 번만 더 용을 쓴다면, 나는 그대로 넘어지고 패퇴해서 보기 좋게 괴멸되고야 말 겁니다. 완전히 세인트헬레나 신세가 되는 것이죠."

"그럼 누군가 배신이라도 하고 있단 말이니?"

"네. 이제 와서는 내가 일전에 지적한 우려들이 더없이 확실해진 상황이에요. 누군가 내 방에 침입해 금고를 열고, 내 전 재산을 한 푼도 남기지 않고 털어갈 수 있게 해줄 서류들과 열쇠들을 훔쳐갔다는 얘깁니다. 물은 이미 여기저기서 새기 시작하고 있어요."

"정말이지 누가 자네 방에 침입했다고 그래? 확실한 얘기냐고? 도대체 누가?"

빅투아르는 차마 말을 잇지 못하고 더듬거렸다.

"나도 모릅니다."

오라스가 지그시 노파를 바라보며 덧붙였다.

"빅투아르, 당신은 어때요? 누구 짚이는 사람이라도 없소?"

노파는 그 자리에 무릎을 털썩 꿇으며 흐느끼기 시작했다.

"아니, 지금 나를 의심하는 거니? 오, 그럴 바엔 차라리 내가 죽고 말겠다!"

"내가 의심하는 건 당신이 금고를 열었다는 게 아니고, 누군가 들어오게 해서 방 안을 뒤질 수 있게 해주지 않았느냔 겁니다. 정말 그런 것 맞습니까? 솔직하게 대답해주세요, 빅투아르!"

"모두 다 사실이야."

노파는 얼굴을 손에 파묻으며 털어놓았다. 오라스는 너그러운 손길로 그 얼굴을 다시 들어주며 말했다.

"그래, 누가 왔었나요? 패트리셔 아닌가요?"

"맞아. 며칠 전, 자네가 없을 때 찾아왔었지. 아들과 함께 말이야. 둘이 방 안에 한동안 틀어박혀 있었어. 하지만 그 여자가 어떻게 금고 비밀번호를 알 수 있었을까? 그건 나도 모르는 건데 말이야. 자네 말고는 아는 사람이 없는 것 아닌가?"

"그건 신경 쓸 것 없고요. 이제야 뭔가 명확하게 보이기 시작하는군요. 그나저나 빅투아르, 왜 진작에 그녀가 왔었다는 얘길 안 했나요? 그 여자가 살아 있었다는 걸 알았어야 하는 건데 말입니다."

"그 여자 얘기가, 내가 말을 하면 자네가 죽음의 위험에 처할지도 모른다고 하는 거야. 절대로 입을 열지 않기로 맹세까지 시키더구나."

"그딴 맹세를 대체 뭘 걸고 했단 말입니까?"

"그야 내 영혼의 구원을 걸고 했지."

노파는 한숨처럼 내뱉었다.

오라스는 잔뜩 화가 나서 팔짱을 꼈다.

"그러니까 내 이승의 삶보다 저승에서의 당신 영혼이 더 중요했다는 것 아닙니까? 나에 대한 의무보다 당신의 영생이 더 좋았다는 것 아니냐고요!"

늙은 유모의 눈에서는 눈물이 철철 흘렀다. 빅투아르는 여전히 무릎을 꿇은 채 얼굴을 손에 묻고 처절하게 흐느껴 울었다.

갑자기 오라스가 벌떡 일어섰다. 누군가 거실 문을 두드렸던 것이다. 그는 문가로 다가가 소리쳐 물었다.

"거기 누구요?"

조장들 중 한 명의 목소리가 답했다.

"두목, 어떤 분이 뵈었으면 하고 있습니다."

"지금 거기 있나?"

"네, 두목!"

"알았네. 만나보도록 하지. 자넨 제 위치로 돌아가 있게, 에티엔."

"네, 두목!"

발소리가 멀어져 가자, 오라스는 여전히 문은 그대로 둔 채 외쳤다.

"베슈, 자네인가?"

"그래. 이렇게 돌아왔네. 뭐 좀 분명히 해둘 게 있어서."

"영장 말인가?"

"바로 맞혔네!"

"그래, 가져왔어?"

"가져왔네."

"문 밑으로 밀어 넣게. 그렇지, 고마우이."

곧이어 공식문서 한 장이 문 아래로 미끄러져 들어왔고, 오라스는 허리를 숙여 그것을 집어 들고 주의 깊게 살폈다.

"완벽하군, 완벽해! 아주 정확히 갖춰졌네. 단 한 가지만 빼고."

이쪽에서 외치자, 베슈의 당황한 목소리가 들렸다.

"그게 뭔가?"

"종이가 찢어졌다는 거야!"

그렇게 내뱉음과 동시에 오라스는 영장을 네 조각으로, 여덟 조각으로, 마침내 열여섯 조각으로 박박 찢어발겼다. 결국 휴지가 되어버린 종잇조각들을 두루뭉술하게 모아 쥐고 나서야 그는 문을 열었다.

손에 쥔 것을 베슈에게 내밀며 그가 말했다.

"여기 있네, 친구."

"어, 어렵쇼! 이, 이건…… 이, 이럴 수는 없는 거야!"

베슈는 어쩔 줄 몰라 더듬거렸다. 오라스가 진정하라는 손짓과 함께 타일렀다.

“호들갑 떨 것 없어. 사내로서 결코 깔끔한 태도라고 볼 수 없지. 그건 그렇고…… 자네 차 가지고 왔나?”

“응.”

언제나 오라스의 침착하고 냉정한 태도 앞에서는 기가 죽고 마는 베슈가 얼떨결에 대답했다.

“그럼 당장 나를 경시청으로 데려다주게. 알다시피 지금은 자네의 반장직 임명을 위해 손을 써야 할 때야. 아참, 잠깐만 기다려주게.”

“아니, 어디 가는 건데? 우린 자넬 한순간도 놔주지 않을 거야.”

“코르네이유 성에 패트리셔를 보러 갈 참이네. 할 말이 좀 있거든. 나랑 같이 가겠나?”

물론 베슈의 대답은 단호했다.

“싫어!”

“그러지 않아도 되는데. 싸이다는 꿈쩍도 하지 않을 거야. 누구든 자신을 똑바로 쏘아보는 사람 앞에서는 함부로 굴지 못하거든.”

“분명히 말하지만, 나와 내 동료들은 그 녀석과 똑바로 마주할 생각 자체가 없다네.”

“하기야 각자 취향이 있으니까. 정 그렇다면 코르네이유 방문은 다른 날로 미뤄야겠군. 자, 그럼 슬슬 가보실까?”

오라스는 다정하게 베슈의 팔짱을 꼈다. 두 사람은 베슈를 따라왔다가 현관에서 대기하고 있던 나머지 두 경찰관과 더불어 철책문으로 향했다. 해가 뜬 지는 이미 오래였다. 일행은 길가에 정차되어 있던 경찰 차량에 일제히 올라탔다. 오라스 벨몽은 느긋한 기분이었다.

아침 9시, 베슈의 주선하에 그는 경시청장과의 면담에 들어갔다. 경시청장은 오라스 벨몽 백작을 정중히 맞이했다. 이 부유하고 영향력 있는 신사는 그만큼 경찰행정에 엄청난 도움을 주어왔던 것이다.

장시간 점잖은 분위기 속에서 진행되던 토의가 끝나자, 벨몽은 지체 없이 경시청사를 나섰다. 약속대로 그는 베슈의 임명을 관철시켰다. 아울러 몇 가지 유용한 지침들을 제공했고, 또한 그만큼의 소중한 정보를 얻어냈다. 타협이 완벽하게 이루어진 셈이었다.

9
금고

오라스 벨몽은 자신의 차 안에서 가짜 수염을 갖다 붙이고, 거북 등 껍질 테에 약간의 색깔이 가미된 안경을 착용했다.

10시를 알리는 종소리가 시작됨과 더불어 차는 보도 가에 멈춰 섰다. 그리고 마지막 종소리와 동시에 벨몽의 발걸음은 앙젤만 은행의 문턱을 넘었다.

높다란 궁륭 아래에서 두 명의 은행 수위가 고객카드 제시를 요구해 확인을 해주었다.

대기실에선 따로 영국 경찰 같은 건장한 체격의 거한 네 명이 경비를 서고 있었다. 또다시 제반서류 제출 요구와 재점검이 있었다.

그렇게 오라스 벨몽이라는 이름으로 엄격한 확인 및 통과 절차가 끝나고 나서야, 아르센 뤼팽은 경비원들의 안내하에 화려하기 그지없는 대리석 층계로 향했다. 계단 아래 1층, 철제 덧문까지 엄중하게 쳐진 어느 육중한 철책문 앞에서 걸음을 멈춘 경비원들은 독특한 박자로 다섯

번 노크를 했다.

똑, 똑똑똑, 똑.

곧이어 누군가 빗장을 빼는 소리와 함께 철책문 한쪽이 열리면서 지하 금고실로 이어진 홀이 나타났다.

이 길 말고 다른 통로로는 금고에 닿을 수 있는 방법이 전혀 없었다. 먼저 철책문을 지나야 했고, 이어서 홀의 반대편 끝으로 통하는 청동문을 통과해야만 하는 것이다. 쇠못으로 장식한 참나무 격자 천장과 철판을 입힌 벽체가 제법 단단한 느낌을 주는 홀이었다.

약 40여 명의 사람들이 벽을 따라 배치된 안락의자에 앉아 있거나, 사무직원들이 차지한 좁은 단상 주위로 삼삼오오 모여 있었다. 직원들 중에 얼굴이 창백하고 야윈 데다, 차가운 눈빛을 한 어떤 젊은이가 특히 눈길을 끌었다. 자기가 무슨 프랑스 대혁명 때의 국민의회 의원인 양 멋을 부렸고, 흡사 로베스피에르 같은 몸짓을 취하는가 하면, 복장은 또 그 당시 왕당파 멋쟁이들 저리 가라였다. 즉, 외눈안경에다 지팡이, 벨벳 재질의 넓은 옷깃에 풍성한 넥타이를 갖춘 프록코트 차림새였다.

40여 명의 면면은 이와는 천지 차이로 하나같이 우락부락한 체격에 네모진 턱, 거칠고 투박한 인상들이었다.

그들 모두는 최종 도착자를 알리는 종소리와 함께 거의 일사불란하게 자리에서 일어났다.

오라스 벨몽은 입가에 비웃는 듯한 미소를 흘리며 그들을 주시했다. 그리고 일부러 과장된 찬사가 섞인 투로 소리쳤다.

"우와, 이거 갱단 친구들이 죄다 모여 계시는군!"

일순 분위기가 뒤숭숭해졌다. 40명 모두 분명 기분이 상한 듯 보였다. 무엇보다 '갱단'이라는 표현이 귀에 거슬리는 모양이었다. 여기저기서 투덜투덜, 심상치 않은 웅성거림이 일었다.

그러자 단상에 있던 바로 그 창백한 젊은이가 개입했다. 그는 페이퍼나이프로 탁자를 두드려서 일단 좌중의 침묵을 유도했다. 이어서 자신의 떨리는 목소리를 가끔씩 탁자를 두드리거나 단호한 몸짓을 동원해 보완하려 애쓰며 일장연설을 풀어내기 시작했다.

"여러분, 오늘이 애당초 우리 집행위원회에서 예견해드렸던 첫 총회가 개최되는 날입니다. 이를 맞아, 초기 시절부터 참여해 우리 대열을 살찌워오신 여러분들께 몇 가지 설명을 드리지 않을 수 없는 바입니다. 다들 아시다시피 우리 단체는 수 세기 전으로 거슬러 올라가, 르네상스 시대의 혼란 속에서 위협받는 교황의 권위를 수호하고자 했던 신심 깊고 용기백배한 사람들에 의해 결성되었습니다. 그 당시, 모든 교황은 프랑크나 게르만 등 저 북쪽 야만인들에 대항해 남쪽 라틴문명의 정신을 방어하려고 백방으로 힘을 쏟아오고 있었습니다. 그런 단체가 오늘에 와서 각각 유명인사이자, 절친한 친구 사이인 두 신사분에 의해 새롭게 일어서고 부활하게 된 것입니다. 따라서 그 두 분을 향한 우리의 감사와 애정 어린 충심은 그에 합당한 경의를 표하지 않을 수 없습니다. 이름하여 맥 앨러미와 프레데릭 필즈! 이 두 분은 우선 현대인의 생활을 잘 이해함으로써 우리의 기본 원칙을 상황에 맞게 응용하고, 제반 규약들을 강화함과 동시에, 무엇보다 함께 공들여 추구해야 할 목표를 설정해주셨습니다. 소위 행동대원, 즉 투사들을 견고한 도덕성과 독립성을 갖춘 상위 임원들의 통솔하에 조직화하겠다는 독창적 발상 또한 그 두 분의 아이디어였습니다. 그렇게 해서 탄생한 것이 '전체 규율 및 징계위원회(le Conseil de l'Ordre et de la Discipline Intégrale)', 즉 C.O.D.I.입니다. 바로 그 위원회를 오늘 우리가 구성하고 있는 것입니다. 여기 모인 40명의 회원들은 타인들의 나약함은 물론이고, 우리 자신들의 결함에 대해서까지 한 치의 동정도 허용치 않는, 글자 그대로 원초적인 청교도들처럼 가혹하고 준엄한 정신의 소유자들입니다. 모든 것을 일말의 동요 없는 완전 자유의지 속에서 분별하고, 판단하며, 처벌하는, 이른바 40명의 저승사자들이라고 할 수 있을 정도입니다. 그렇게 되어야지만 여러분이나 저나 때로는 물불 안 가리고 무슨 짓이든 가리지 않을 온갖 하수인들을 부릴 수 있을 것이며, 11인의 근본위원회를 빈틈없이 꾸려나가면서 공공의 노력을 바탕으로 한 이득을 각자 정당한 자기 몫으로 나눠 가질 수 있도록 공정한 계산을 유지할 수가 있는 것입니다. 문제의 이득에 관해서는 우선 C.O.D.I.에서 50퍼센트를 떼어내고 난 나머지 50퍼센트가 세계 각지에 흩어져 활동 중인 회원들 몫으로 돌아가게 됩니다. 그 어떤 착오도 있을 수가 없지요. 특혜도 없고, 불공평도 없습니다. 그에 관련한 장부는 언제든 백일하에 공개가 가능합니다. 회계와 관련한 어떤 절차에 대해 우리 중 어느 누구라도 확인을 요구할 수가 있습니다. 도덕성과 통제력, 규율과 그에 따른 징벌을 원칙으로 삼는 C.O.D.I.는 마피아 단체의 부활을 선도한 초기 11인 멤버들의 위원회 고유 권위를 현재에도 고스란히 받아들이고 있습니다. 그들은 본 단체의 기초 청사진을 제시했고, 솔선수범하는 노력으로 그 풍요로움을 다져왔습니다. 그들 11인은 이른바 신성한 영감을 받은 예언자들이며, 경탄할 만한 선구자들입니다. 물론 그들 중 일부의 경우, 약간의 실수와 비행으로 비난받을 일도 있었지만, 전체적으로는 우리 모두의 감사를 받아 마땅한 존재들입니다. 그들 각자의 사업성과들이 단체 전체에 얼마나 큰 이득을 안겨왔으며, 그들 덕분에 여러분의 생활 수준이 어느 정도까지 개선되어왔는지는 이제 우리 모두가 아는 사실입니다. 그들 개개인의 눈부신 활약상이나 풍부한 업적, 그리고 1년 전부터 쥐도 새도 모르게 착복할 수도 있었을 전리품을 중앙재정에 있는 그대로 축적시켜온 그 숭고한 정직성에 관해 지금 이 자리에서 세세하게 언급은 하지 않도록 하겠습니다. 어쩌면 새삼 그들을 칭송할 필요도 없을지 모르겠습니다. 워낙에 하나같이 정직한 사람들이기에, 그 같은 행위 자체가 그들에게는 무척 자연스럽고 단순한 일이었을 테니까요. 단, 그들에게 대범한 행동과 신속한 활동을 가능케 해준 요인이 바로 마피아에 있다는 점만은 짚고 넘어가야 하겠습니다. 그렇기 때문에 그들은 왕성한 활동을 벌여 결국 성공을 일궈낸 데 대한 자부심을 느낌과 동시에, 마피아를 살찌우는 데 공헌한 것을 자랑스러워하고 있는 것입니다. 그들의 계산은 마지막 한 푼 차원에 이르기까지 정확합니다. 이에 지금 이 자리에서 우리 모두 그들의 그런 점에 대한 아낌없는 찬사를 바칠 것을 제안하는 바입니다! 영속하는 것이란 언제나 정의

와 진실 위에서만 바로 설 수 있음을 그들은 유감없이 증명해 보여주었습니다. 그런데 초기 시절의 동지들 가운데에서도 특히 이 자리에서 그 의지력과 실천력을 더욱 치켜세우고 싶은 두 사람이 있으니, 그들이 바로 맥 앨러미와 프레데릭 필즈입니다. 사실 소규모 사업들이야 워낙 소소한 범위 내에서 이루어지다 보니 그 성과 또한 미미할 수밖에 없습니다. 우리가 이끄는 이런 단체에는 개개인의 창의력을 극대화하고 상상력을 살찌우는 뭔가 원대한 목표가 필요하지요. 바로 그러한 목표를 맥 앨러미는 전광석화 같은 계시에 힘입어 우리 모두에게 제시해주었습니다. 다름 아닌 폴 시너! 이 마법의 암호는 처음부터 우리의 뇌리에서 떠나지 않고 존재했습니다. 우리의 옛 동지였다가, 지금은 돌이킬 수 없이 가증스러운 적이 되어버린 패트리셔 존스턴이 그 진정한 의미를 만천하에 폭로한 바가 있지요. 이른바 마피아 대 아르센 뤼팽! 이것이 바로 우리 앞에 놓인 과업의 어마어마한 전모라고 할 수 있겠습니다. 아, 저 『알로폴리스』를 창건한 청렴, 정직의 대명사 맥 앨러미께서 뤼팽에 대한 증오심을 내게 불같이 토로하던 순간이 지금도 기억에 생생합니다! 그에게 뤼팽은 가장 부유하고, 가장 유능하며, 가장 약삭빠른 범죄자이면서, 또한 가장 사랑을 많이 받는 인물이기에 그만큼 더 위험하고 가증스러운 존재였습니다. 다시 한번 또박또박 강조해서 말하겠습니다. **가장 부유한 범죄자라 이겁니다!** 맥 앨러미의 얘기에 의하면, 뤼팽의 어마어마한 재산은 정직하지만 비참하게 살아가는 자들의 삶에는 그 자체로 모욕이나 마찬가지입니다. 따라서 바로 그 재산을 우리는 손에 넣고자 하는 것입니다. 아르센 뤼팽 같은 인물이 백만장자, 억만장자라는 사실은 곧 우리 시대의 수치가 아니겠습니까? 그와 같은 파렴치한 일들이 버젓이 가능하다는 것은 우리 문명이 썩을 대로 썩었다는 것을 의미합니다. 아득한 시대의 부를 제멋대로 도둑질하고, 로마의 보물

같은 이미 사장된 재물을 용케 들춰내어 자기 것으로 삼는 걸 한번 생각해보십시오. 프랑스 제왕의 보물이나 중세 수도원의 숨겨진 재화가 고스란히 그 사기꾼의 손아귀에 굴러 들어가 있다는 사실을 말입니다! 그 자체로 얼마나 엄청난 힘을 누리는 겁니까? 무진장한 재력에 막강한 권력! 하지만 이제 그것을 압수하는 일이 가능해졌습니다. 내가 돈을 주고 사들였으며, 그 일부는 이미 확인까지 끝난 일련의 비밀정보에 의하면, 아르센 뤼팽이 다이아몬드를 비롯한 온갖 보석들, 세계 각국에 흩어진 영지와 별장, 저택, 궁전 등 동산, 부동산을 망라한 재산 일체를 모조리 미국 금화로 환전했다는 겁니다. 그 결과, 이 나라 프랑스에는 프랑스 국립은행과 '아르센 뤼팽 은행', 즉 프랑스의 국고와 아르센 뤼팽의 금고가 각각 따로 존재할 뿐이라는 얘기까지 있습니다. '아르센 뤼팽 은행'은 바로 이곳 앙젤만 은행이고 말입니다. 다시 말해서 뤼팽의 금고는 이 난공불락의 금고 내부, 바로 우리 곁에 있는 셈이지요. 그것을 개봉하는 열쇠와 암호가 지금 내 수중에 있습니다. 이 정도면 그게 달러든, 금괴든, 아니면 단순한 금화든 우리 손에 달린 것 아니겠습니까? 이는 맥 앨러미의 작품임과 동시에 본인의 작품이기도 합니다. 나 자신이 심혈을 기울여 일궈낸 작품이며, 바로 그렇기 때문에 지금 이 자리에 여러분 모두를 모이게 해서 본인의 정직성과 세심함을 증명해 보여드리려 하는 것입니다. 자, 여기 열쇠들이 있고, 이 종이 위에 암호가 적혀 있습니다. 바야흐로 결연한 각오와 무기로 중무장한 여러분 40명의 건장한 사내들과 아르센 뤼팽의 수십억 달러 사이에 더는 아무 장애도 존재하지 않게 된 것입니다!"

우레와 같은 박수와 환호성이 실내를 뒤흔들었고, 치솟았다가는 잠시 주춤하는가 싶더니 다시금 불붙어 엄청난 기세로 타오르는 현상이 끝없이 이어졌다. 모자들이 허공에 날아다니는 가운데, 마피아노가 지팡이를 휘두르며 고래고래 악을 쓰는 모습이 보였다.

"앨러미 만세! 필즈 만세! 만세!"

창백한 안색의 젊은이는 갑자기 정숙을 요구하면서 기고만장한 목소리로 얘기를 이어갔다.

"본 회의 의장으로서 우리의 이 같은 화합 분위기와 성공적으로 수행된 이번 사업보고를 기쁜 마음으로 지켜보지 않을 수가 없습니다! 자, 이제 할 얘기는 다 했습니다. 말도 행동도 이만하면 충분합니다. 이제 금고들에 우리의 주의력을 집중합시다! 단, 그것들을 개봉하기 전에 각자 나눌 몫을 명확히 하기 위해 권리 소유자들 명단을 지금부터 공개하는 것이 순서이리라 생각합니다."

그는 단호한 목소리로 또박또박 끊어가며 명단을 불러나가기 시작했다.

"1번 맥 앨러미?"

마피아노가 불쑥 대답했다.

"의문의 살인사건에 희생되었소. 신분증은 분실되었습니다."

"2번 프레데릭 필즈?"

"의문의 살인사건 희생자요. 신분증은 분실되었소."

마찬가지로 마피아노의 대답이었다.

"3번 마피아노?"

"여깁니다!"

시칠리아인은 대답과 동시에 연단 위로 훌쩍 뛰어올랐다.

"신분증은?"

"도둑맞았습니다."

"그건 차후에 검토해서 C.O.D.I.에서 최종 결정할 사안이로군요. 계속합니다. 4번? 5번?"

"하나는 포츠머스에서, 다른 하나는 파리에서 각각 살해되었소. 신분증은 분실되었습니다."

"6번?"

"여기 있습니다. 신분증은 도둑맞았습니다."

또 다른 참석자가 나서며 외쳤다. 그자가 오퇴이유와 메종루즈 두 곳 모두에서 마피아노와 함께 들이닥쳤던 졸개 중 하나라는 사실을 아르센 뤼팽은 즉각 알아보았다.

"7번? 8번?"

또다시 마피아노가 대답했다.

"사흘 전부터 실종입니다. 신분증은 그 전부터 분실된 상태이고요."

"9번? 10번? 11번?"

이번에는 아무 대답도 돌아오지 않았다.

젊은 의장은 상황을 요약했다.

"그렇다면 초기 멤버 11인 중에는 단 두 명만 참석한 셈이로군요. 네 명은 사망이고, 다섯 명은 실종. 그리고 여섯에서, 어쩌면 여덟에 이르는 신분증이 분실된 상황입니다. 오늘 소집에 응하지 못한 회원들은 자동적으로 권리를 박탈당하게 됩니다. 따라서 사정을 알 수 없는 마지막 세 명의 명단을 다시 한번 확인하겠습니다."

잠시 뜸을 들인 후 천천히 번호가 호출되었다.

"9번? 10번? 11번?"

순간 한 목소리가 치솟았다.

"11번, 여기 있소!"

졸지에 여기저기서 웅성거림이 일었다.

"누구십니까?"

의장의 질문에 역시나 덥수룩한 수염에 색안경을 낀 참석자 한 명이

사람들을 헤치며 밖으로 튀어나왔다.

"내가 누구냐고요? 그야 방금 호출한 11번이지요."

"신분증을 보여주십시오."

"여기 있습니다."

창백한 안색의 젊은이 앞으로 신분증이 내밀어졌다.

"폴 시너, 11번. 틀림없는 맥 앨러미의 필체로군요. 하자는 없습니다만, 대체 누구신지?"

"방금 당신이 줄줄이 늘어놓은 정보들을 제공한 사람입니다. 그것들이 지금 이 과업의 토대가 된 것이죠."

"여기서 당신을 아는 사람이 있습니까? 누가 당신을 보증하죠?"

젊은이의 질문에 마피아노가 곧장 이 수상쩍은 11번한테 이글거리는 시선을 꽂으며 나섰다.

"내가 압니다! 지금 이자가 바로 분실된 신분증들을 죄다 챙긴 장본인임을 보증하지요!"

색안경을 낀 상대도 지지 않고 응수했다.

"좋아! 그럼 마피아노, 자네는 내가 보증하지. 물론 맥 앨러미와 프레데릭 필즈의 살해범으로 말이야!"

이제 좌중은 걷잡을 수 없는 혼란 속에 빠져들었다. 의장은 어떻게든 진정시키려고 애를 썼다.

"이 두 회원 간에 어떤 분쟁의 소지가 있는 모양인데, 이 역시 나중에 C.O.D.I. 차원에서 규명될 것입니다. 일단 지금은 금고의 내용물을 확인할 때입니다."

그때였다. 11번이 갑자기 다가오더니 단상으로 뛰어올라 쩌렁쩌렁한 목소리로 소리쳤다(458쪽 둘째 줄 '그런 단체가'부터 여기까지는 연재 후 누락, 분실되었던 에피소드다—옮긴이).

"나는 이번 금고의 개방조치를 정식으로 반대합니다!"

젊은 의장이 점점 혼란스러워지는 분위기를 무마하려고 안쓰럽게 애쓰면서 물었다.

"무슨 자격으로 이러는 거요?"

"나 자신의 자격으로 이러는 거요. 게다가 열한 장의 신분증이 아직 제대로 확인되었다고도 볼 수 없어요."

"방금 다 호출하지 않았습니까?"

의장이 발끈하는 건 당연했다.

"규약에 의하면 모든 호출은 혹시나 있을 실수와 누락을 방지하는 뜻에서 각각 세 차례씩 거듭하기로 되어 있소."

"좋아요, 이번이 마지막입니다. 9번? 10번? 있습니까? 이젠 더 이상 호출할 번호가 없으니…….”

“12번은 어떻게 생각하세요?”

순간 여자 목소리가 튀어나오면서 어떤 사람이 남자 망토를 훌쩍 벗어 던지는 모습이 보였다. 그러자 검은 의상에 하얀 베일로 얼굴을 가린 젊은 여자의 자태가 드러났다. 여자는 절제된 걸음걸이로 앞으로 나와 단상 위의 11번 옆에 자리를 잡았다.

여자는 신분증을 의장에게 내밀며 말했다.

“이게 제 자격을 알아볼 수 있게 하는 증표입니다.”

마피아노는 기겁을 하며 고래고래 악을 썼다.

“패트리셔 존스턴이오! 앨러미 영감의 타이피스트이자, 그 아들의 정부예요! 우리의 정체를 까발린 바로 그 신문기자란 말입니다!”

그러자 11번 역시 버럭 소리를 쳐 응수했다.

“동시에 마피아노라는 어떤 놈이 저 혼자 애증에 몸 달아 하며 못살게 굴어온 용감한 여인이기도 하지!”

“흥, 그러고 보니 그대의 정부이기도 하군!”

마피아노의 딴죽에 11번은 한 손으로 패트리셔의 어깨를 감싸며 정정했다.

“엄연한 약혼녀이지! 누구든 목숨이 아깝다면 알아서 존중해드려야 할 나의 약혼녀란 말씀이야!”

그제야 창백한 안색의 젊은 의장은 웃음을 터뜨리며 말했다.

“허허허. 그러고 보니 둘이 뭔가 사적인 감정이 개입된 모양입니다. 그럼 우리와는 상관없는 문제 같습니다. 그건 그렇고. 마담, 한 가지 물읍시다. 모든 신분증에는 거미 모양의 내 개인 인장이 위조 방지용으로 새겨져 있어야만 합니다. 하지만 당신이 제시한 증표에는 맥 앨러미의 서명밖에는 없군요. 이 점을 어떻게 설명하시겠습니까?”

패트리셔는 거침없이 대답했다.

"『알로폴리스』에 게재된 기사를 보셨으면 다들 아시겠지만, 저는 맥 앨러미가 살해당하기 수 시간 전에 그와 긴 대화를 나눈 바 있습니다. 그는 헤어지기 직전에 제게 봉투 하나를 남기며 올해 9월 5일이 되기 전에는 절대로 열어보아선 안 된다고 다짐했습니다. 물론 저는 정확한 날짜에 봉투를 개봉했고, 그 안에 든 신분증을 소지한 자가 맥 앨러미가 정해놓은 대로 10월 20일 파리의 이 은행에서 벌어질 중요 회합에 반드시 참석해야 한다는 사실을 알게 된 겁니다. 그래서 이렇게 왔고요. 아까 당신 연설을 다 들었습니다만, 그간의 상황과 내게 주어진 권리를 확연하게 설명하고 계시더군요."

"그만하면 알겠습니다. 그래서 이제 금고를 여는 일만 남았다지 않습니까."

"금고를 개봉하는 일은 없을 것입니다!"

또다시 뚝뚝 끊어지는 11번의 말투가 허공을 울렸다.

"그 점에 관한 한 나의 의지는 한 치의 굽힘도 없을 것이오."

순간 주위가 험악한 분위기로 들썩이기 시작했다.

그에 가세해 의장 역시 비아냥대는 투로 말했다.

"그러고 보니 우리는 모두 합해 40명이고, 당신은 혼자로군요."

"나는 주인이고, 그대들은 40명에 불과하지."

이쪽의 응수도 가시가 돋친 게 만만치 않았다.

11번은 아예 몸을 날려 금고실로 통하는 문 앞을 막아서더니 양손에 권총을 각각 빼 들었다. 위원회 회원들은 우르르 몰려갔다가 그만 오합지졸처럼 한꺼번에 뒷걸음질을 쳤고, 얼마간 거리를 두고 엉거주춤 뭉쳤다.

창백한 젊은이는 잠시 주저하는 듯하더니, 아무래도 자존심이 신중함보다 드세한 건지 위험 따위는 아랑곳하지 않고 서너 걸음 다가서며 날카롭게 외쳤다.

"우리도 이젠 참을 만큼 참았소! 내 경고하는데……."

"나도 한마디 하지. 조금만 꼼지락해봐! 그대로 골로 가게 해줄 테니, 풋내기!"

젊은이의 안색이 한층 창백하게 질리면서 더 이상 한 발짝도 떼지 못했다.

웅성거림 속에서 이런 외침이 불쑥불쑥 튀어나왔다.

"도대체 당신이 누군데 감히 이런 짓을 하는 거요?"

그제야 11번은 권총 하나를 호주머니 속에 도로 넣고 나서 후닥닥 재빠른 동작에 들어갔다. 수염과 안경이 바닥에 떨어지는 건 순식간의 일이었다. 말끔한 얼굴이 위엄과 미소를 동시에 머금고 나타나는가 싶더니 간명한 대답이 벽력같은 목소리에 실려 터져나왔다.

"아르센 뤼팽이다!"

그야말로 전설적인 이름이 허공을 때리자, 모두들 한 번 더 흠칫 물러서면서 공포에 저린 적막이 좌중을 뒤덮어버렸다.

사내는 계속해서 사자후를 토했다.

"모든 신분증을 차지하고, 그래서 결국 여기 이 금고들 속 수십억 달러의 소유권을 전적으로 거머쥔 아르센 뤼팽이시란 말이다! 맥 앨러미와 필즈가 마피아 단체를 재건하고, 그 명성을 드높이기 위한 방편으로 나에 대항하는 십자군을 조직했다는 소식을 접했을 때부터 나는 그들이 꾸미고 있는 이 일 깊숙이 잠입해 들어왔다. 물론 내 이익을 보다 효과적으로 지켜내기 위함이었지. 나는 그들에게 내 거처와 부하들, 은신처들, 지하 아지트들, 비밀통로들, 은닉처들에 관한 모든 정보를 총망라해 안겨주었어. 결국에는 내 전 재산을 은밀히 모아두고 있던 바로 이 금고들에 너희들 모두를 끌어들이기 위해서 말이다!"

가까스로 두방망이질하는 가슴을 달래며 젊은이가 더듬거렸다.

"위험한 수작을 벌였군."

"하지만 꽤 재미도 있었어! 아무튼 결론은 보시는 바와 같네. 규약에 의하면 이득 분배는 보유 주식량에 비례해서 결정하도록 되어 있지. 그런데 나로 말하자면 이 주식회사의 과반수 이상 지분뿐 아니라, 현재 주식의 전량을 손아귀에 넣고 있는 셈이거든! 그러니 정 불만이 있다면 정식으로 소송을 걸어보라고. 그때까지 재물은 일단 내가 잘 맡아 간수하기로 하고 말이야. 일단 나는 양심으로 보나, 힘으로 보나 그럴 만한 권리가 있으니까."

그때 패트리셔가 가까이 다가오더니 초조한 음성으로 중얼거렸다.

"누구 한 사람이라도 총을 쏘면 저들 모두가 굶주린 늑대들처럼 달려들 거예요."

"감히 그러지는 못할 거요. 적어도 저들이 속한 범죄세계에서 아르센 뤼팽이라는 인물이 차지하는 위치가 어떤지를 생각해봐요. 나의 명성을 한번 생각해보란 말이오."

"그게 아니에요. 분노와 탐욕으로 거의 미치다시피 한 강도 떼의 눈에 뭐가 보이겠어요? 아무것도 걸리는 게 없을 거예요. 아무것도."

"아니요, 적어도 나라면……."

말이 채 끝나기도 전에 군중들 틈에서 총성 한 방이 터져나왔다. 총알은 뤼팽의 허벅지를 매섭게 스치고 지나갔다. 뤼팽은 비틀비틀하더니 풀썩 넘어졌다가 다시 벌떡 일어났다. 하지만 그는 곧 벽을 짚고 버텨야만 했다. 그러면서도 버럭 소리쳤다.

"역시 비겁한 졸자들이로군! 이따위 숨어서 쏘는 총에 끄떡이나 할 줄 아는가? 나는 쓰러지지 않아! 어느 놈이든 이리로 지나가려고 나서

기만 해봐! 그 자리에서 요절을 내줄 테니까! 어디 한 번 더 쏴보라고! 이번엔 나도 응사할 수밖에 없어! 자, 누구한테 첫 발을 선사해줄까? 자넨가, 마피아노?"

그는 다시 양손에 권총을 뽑아 들고 위협했고, 다시금 모두들 흠칫 물러났다. 마침내 창백한 젊은이가 끼어들었다.

"이보시오, 아르센 뤼팽. 아까 나는 당신한테 타협을 제의한 바 있소. 그걸 받아들이시오. 당신의 용기를 의심하는 자는 우리 중에 아무도 없소. 하지만 이번 사태는 당신의 능력을 벗어나는 것이오. 저기 당신의 재산이 있고, 그건 이미 우리 차지나 마찬가지예요. 당신이 어떻게 나오든, 우린 그걸 취하기만 하면 되는 상황이라는 거요. 도대체 그 모든 걸 당신 혼자 다 가져서 무엇하겠소? 너무도 막대한 재산이라 다 가져봐야 그리 쓸모도 없을 거요. 그러니 서로 적절하게 나누도록 합시다. 우리는 그중 1억만 취하도록 하겠소. 그것만 해도 당신한테는 엄청난 재산이 남는 셈이오."

여기저기서 항의의 웅성거림이 일었다. 아무도 그런 양보를 달가워하지 않는 눈치였다. 자기들 생각에 손만 뻗으면 가질 수 있는 막대한 재산 앞에서 모두들 정신이 반쯤 돌아버린 듯했다.

뤼팽이 대답했다.

"어이, 짝퉁 로베스피에르 선생. 자네 친구들과 나는 통하는 부분이 있는 모양이군. 그들도 몽땅 원하고, 나도 그러니 말이야."

가짜 국민의회 의원께서는 꽤나 과장된 연극적 동작을 취하며 외쳤다.

"어허, 그럼 정녕 죽음을 원하신다?"

"그렇다! 100번, 200번 그래! 굴복하는 뤼팽은 더 이상 뤼팽이 아니야!"

"하지만 이미 그대는 졌어, 뤼팽!"

"천만에. 이렇게 두 눈 뜨고 아직 살아 있는걸. 이제 너희들 전부 조심하는 게 좋아!"

그러면서 슬쩍 자세를 취하자, 제일 가까운 거리의 놈들부터 안절부절못하며 뒤에 선 회원들을 밀쳐대며 허겁지겁 물러섰다. 하지만 정작 뤼팽은 재킷의 옷깃 속으로 권총 한 자루를 밀어 넣었을 뿐이었다. 나머지 한 자루는 계속해서 적들을 겨눈 상태였다. 그는 자유로워진 한 손을 입으로 가져가, 거리의 불량배들이라면 누구나 부러워할 만큼 능란한 솜씨로 귀가 얼얼할 정도의 우렁차고 날카로운 휘파람을 냅다 불었다.

그 순간 모든 고함 소리, 악을 쓰며 위협하는 소리, 온갖 욕설들이 일거에 잠잠해졌다. 무슨 일이 벌어질지 몰라 다들 불안한 가운데, 긴장된 침묵이 모두의 머리 위를 감돌고 있었다.

10
S. O. S.

사태는 눈 깜짝할 사이에 급변했다. 그야말로 단 한 번 신호에 엄청난 응답이 돌아오고 있었다.

천장을 따라 덜그럭거리는 소리가 잠시 요란하더니, 격자형 틀이 하나하나, 마치 거꾸로 놓인 상자곽의 뚜껑들처럼 철커덕 철커덕 열리는 것이었다.

잠시 후, 머리 위로 가로 열다섯 곱하기 세로 열, 즉 총 150개에 달하는 직사각형 구멍들이 마치 해치가 열리듯 한꺼번에 생겼고, 마찬가지로 150개의 소총 총신이 슬그머니 내밀어져 그 시커멓고 야무진 총구를 아래 군중의 머리로 향했다.

"거총!"

뤼팽은 다리 상처마저 깨끗이 잊은 듯 똑바로 버티고 선 채 위협적이면서도 싱글벙글 웃는 표정으로 쩌렁쩌렁한 명령을 내렸다.

뤼팽이 다시금 목소리를 더욱 높여서 외쳤다.

"거총!"

그야말로 비장한 순간이었다. 40명의 불한당들은 겁에 질려 완전히 얼어 있었다. 마치 총살집행 대열에서 수많은 총구를 들이댔을 때의 사형수들처럼 눈 하나 마음대로 끔벅이지 못했다.

반면 뤼팽은 귀가 따가울 만큼 통쾌하게 웃음을 터뜨렸다.

"우하하하하하! 자자, 친구들, 기운을 내라고! 너무 그렇게 떨지들 말라니까! 아무래도 자네들 기운 좀 차리게 하려면 유연성을 위한 맨손체조가 적합할 것 같군! 자, 다들 시작할까? 일동 차렷! 허리에 손 얹고! 고개 앞으로! 어때, 따라 할 수 있겠지? 양팔을 들어 올리면서 다리를 하나씩 번갈아 들어 올린다, 실시! 그렇지, 발끝은 앞으로 내밀고! 하나, 둘, 셋, 넷! 어이, 거기 마피아노! 지금 자는 건가? 저기 위에 양반들, 주목! 여기 이 친구가 바로 마피아노 선생이시다! 꼭 기둥서방하면 딱 알맞을 몰골이지. 동료들 틈바구니에 숨어서…… 내 좌측, 저기 벽에 붙어 서 있는 녀석 말이야. 제대로 따라 하지 않으면……."

아닌 게 아니라, 저 위의 총구 하나가 진짜 마피아노를 찾아 조용히 움직이기 시작했다. 조금만 더 꾸물대다가는 언제 죽을지 모른다고 생각할 만했다. 그는 조금도 거리낌 없이 뤼팽의 구령에 맞춰 열성적으로 움직였다. 머리와 상체를 한껏 뒤로 젖히고 두 주먹을 허리춤에 갖다 대는 모습이 말 잘 듣는 여느 꼬마 어린이가 시키는 대로 체조에 열심인 것과 하나도 다르지 않았다.

"그쳐!"

뤼팽의 구령이었다.

동작은 즉시 이행되었고, 갑자기 전원 정지 상태가 되었다. 그때쯤 2층에서 막 내려온 경비반이 철책문 앞에 다가와 섰다. 지휘관은 최근 반장 자리에 올라 기고만장해 있는 베슈였다.

뤼팽은 얼른 베슈 반장을 소리쳐 불렀다.

"어서 오게나, 친구! 경시청과의 협약대로 내가 지금 자네한테 1급 갱단 40명을 넘겨줄 테니 잘 기억에 새겨두도록 하게. 모두 하나같이 나무랄 데 없는 초일류급 범죄자들이야. 살인이나 유괴, 납치, 보석절도, 은행털이 등 각 분야에서 내로라하는 인재들만 모여 있지! 그 꼭대기에는 손에서 피 냄새가 가실 날 없는 음흉한 인간이자, 마피아의 수장인 마피아노 선생이 버티고 있고."

마침내 철책문이 열렸고, 40명의 우락부락한 사내들은 맥없이 하나둘 밖으로 나왔다. 웬만큼 나오자 반장은 천천히 다가오며 도발적인 말투로 외쳤다.

"그리고 또, 뤼팽 자네는?"

"나? 나는 일없네. 나한테는 손 못 대. 경시청장의 지시를 받지 않은 건가?"

"받았지. 154명 규모의 경찰력과 경비인력을 동원해 여기 이 C.O.D.I.의 아저씨들, 즉 마피아를 일망타진하라는 지시 말이네."

"내가 요청한 인원은 150명이었는데?"

"나머지 네 명은 뤼팽 자네를 위해 배당된 거야!"

"자네 돌았군!"

"천만의 말씀! 어디까지나 경시청장의 지시일세."

"오호라, 그럼 경시청에서 이제 나를 폐기 처분하시겠다?"

"그런 셈이지. 자네의 그 술수와 장난질에 이젠 진저리가 나서 그런 걸 테지. 자넨 이바지하는 것에 비해서 너무 많은 대가를 필요로 하는 존재이거든."

뤼팽은 대차게 웃음을 터뜨렸다.

"우하하하! 거참 어리석은 녀석들이로군! 그리고 베슈, 자네도 정말 멍청한 친구야! 그래 뤼팽에 대한 체포 지시가 내려졌다고 해서 그 뤼팽이 호박처럼 넝쿨째 굴러 들어가줄 거라고 생각한단 말인가?"

"어쨌든 사로잡아오라는 명령이다!"

베슈는 상대의 태연한 모습에 자기도 모르게 불안감을 느끼면서 감히 접근은 하지 못한 채 고집만 부렸다.

뤼팽의 웃음이 또다시 터졌다.

"어허허허허! 그러니까 산 채로 잡아들이라 이건가? 그래, 날 잡아 우리에 가둬서 그랑팔레(1900년 파리 만국박람회 때 세워진 대규모 전시관. 1919년 『레 마르주』라는 잡지에서 실시한 여론조사에 의하면, 당시에는 이 건물이 파리지앵들이 뽑은 '파리의 가장 못생긴' 건물이었다—옮긴이)에 전시라도 하겠다는 거야?"

"못하란 법도 없지!"

"애송이 같으니. 꺼져!"

"이래 봬도 자네한테 적대적인 이 갱단까지 합하면 우리 세력이 200명은 된다고 봐야 해!"

"2만 명이 되거든 다시 오게나!"

베슈는 어떻게든 상황을 납득시키려고 애썼다.

"이보게, 자네는 지금 상처를 입은 상태이고, 피까지 흘리고 있다는 걸 잊었나? 몸도 한 4분의 3 정도는 슬슬 얼얼해졌을 텐데?"

"오, 친애하는 베슈여! 자네 말대로 4분의 3이 그렇다네. 하지만 아직 멀쩡한 4분의 1이야말로 알짜배기란 말이거든! 내 기력의 4분의 1만 있으면 자네 같은 양 떼들 버릇 고쳐주는 건 일도 아니지!"

베슈는 어깨를 으쓱하며 답했다.

"벌써 자네 말투가 어딘지 횡설수설일세, 뤼팽. 점점 기력이 빠져나가고 있어."

"내게 예비병력이 있다는 건 고려에 안 넣었겠지? 황제 친위대 말이야! 결코 항복을 모르는 부대지."

"그 잘난 친위대원, 어디 나와보라고 하지 그러나?"

"오, 베슈 이 딱한 친구야! 분명 그래달라고 했겠다?"

"그렇다."

"조심해. 자네 완전히 박살 날지 몰라."

"어서 해보라니까!"

"아니, 네놈이 먼저 시작해! 먼저 쏴보라고!"

베슈는 얼굴이 허옇게 질렸다. 자신은 있었지만, 왠지 두려운 것도 사실이었다. 이윽고 그는 부하들을 향해 버럭 소리쳤다.

"전부 주목! 모두 뤼팽을 향해 거총!"

150명이 뤼팽을 향해 일제히 총을 겨누었다. 하지만 방아쇠를 당기지는 않았다. 이미 상처를 입고 고립된 한 인간을 총살한다는 생각 자체가 어딘지 비겁해 보여 주저할 수밖에 없었던 것이다.

베슈는 발을 쿵 구르며 소리쳤다.

"발사! 발사하라고! 빌어먹을, 총을 쏘라니까!"

뤼팽도 거들었다.

"그래, 어서 쏴봐! 무얼 두려워하는 건가?"

얼굴은 거의 잿빛으로 물들어가고 있었고, 출혈 때문에 기운이 빠져 비틀비틀했지만 결코 굴하지 않으려는 모습이었다.

패트리셔가 얼른 부축했다. 그녀 역시 창백한 얼굴이면서도 뭔가 다부진 심정이 드러나는 표정이었다.

"때가 된 거 같아요."

그녀가 중얼거리자, 남자가 대꾸했다.

"아마도. 그런데 너무 뒤늦은 감도 있어. 그나저나 정말로 그러길 바

라는 거요?"

"네."

"그렇다면 나를 사랑한다고 고백해주오."

남자가 속삭였다.

"너무나 사랑해서 당신이 살았으면 하는 거예요."

"당신 없이, 당신의 사랑 없이 내가 살 수 없다는 건 당신이 잘 알 거요."

여자는 뚫어져라 그의 눈동자를 바라보며 진지한 목소리로 말했다.

"나도 알고 있어요. 그래서 당신이 살아달라고 원하는 겁니다."

"그럼 약속을 하는 거요?"

"네."

"그렇다면, 시작하시오."

정신이 혼미해진 남자가 신음처럼 내뱉었다.

이제 여자 차례였다. 패트리셔는 호루라기를 입가로 가져갔다. 일전에 남자가 준 은제 호루라기였는데, 벌써 손가방에서 빼 들고 있었다. 그녀는 있는 힘껏 불어댔다. 귀청을 찌를 듯한 그 소리는 여자가 숨을 들이쉬려고 잠깐씩 입을 떼는 순간을 제외하고는 계속적인 파동을 타고 울려 퍼져, 복도와 지하 금고실, 그리고 바깥 정원까지 퍼져나갔다.

어느 순간, 호루라기 소리가 뚝 끊김과 동시에 적막이 찾아왔다. 비장하면서도 어리둥절한, 기나긴 적막이었다. 이번에는 또 무슨 일이 일어날 것인가? 그 어떤 천우신조의 손길을 준비해두기라도 한 것일까? 무슨 즉각적이면서 경천동지할 사태가 벌어질까?

상황이 개시되었다. 저만치 건물 깊숙한 곳으로부터 무시무시한 소리가 흘러나오는가 싶더니 점점 가깝게 들려오기 시작했다.

"철책문을 닫아라!"

베슈가 허겁지겁 소리치자, 뤼팽도 천역덕스럽게 거들었다.

"그래, 어서 문을 닫아. 문을 꽁꽁 닫아건 다음에 하느님께 영혼의 안식을 위해 기도나 올려, 요 조무래기 건달 녀석들아!"

그러고는 털썩 무릎을 꿇었다. 더 이상 버티고 서 있을 기력도 없는 듯했다. 그러면서도 완전히 실신하지 않으려고 안간힘을 다하는 기색이 역력했다.

패트리셔는 몸을 한껏 숙인 채 두 팔로 남자를 끌어안았다. 여자는 다시금 호루라기를 입에 대고 온 힘을 다해 그 처절한 신호를 불어댔다.

뤼팽은 마지막 힘을 다해 점점 바닥으로 가라앉는 심신의 기운을 추슬렀다. 그의 입은 악착같이 비아냥거리고 있었다.

"이봐, 베슈. 정말 자네가 가엾군. 차라리 이제는 군대를 모셔오는 게 낫겠어. 글자 그대로 군대 말이야. 탱크하고 대포로 무장한 군대."

"그럼 자네는? 자네한테도 군대가 있단 말인가?"

"그야 당연하지! 세계대전 당시 용맹한 프랑스 군인들을 불러올 거야. 죽은 자들이여, 어서 일어나라! 이승과 저승의 모든 힘이여, 어서 일어나!"

뤼팽은 광기에 휩싸이기라도 한 모습이었다. 갑자기 패트리셔가 호루라기를 입에서 뗐다. 더 이상 불어댈 필요가 없어진 것이었다. 무시무시한 소리는 이제 미친 파도처럼 홀 안으로 쇄도해 들어오고 있었다.

전혀 예상치 못한 기이하고도 막강한 원군의 존재는 단박에 모두의 등골을 오싹하게 만들었다.

"싸이다! 싸이다! 어서 오너라, 싸이다!"

여자가 뛸 듯이 기뻐하며 외쳤다.

마침내 암호랑이는 겅중겅중 뛰어 철책문 바로 앞까지 당도했고, 기겁을 한 경찰관들은 나 살려라 우르르 한쪽 구석으로 밀려났다. 하지만 철책으로 된 낯선 장애물에 맞닥뜨리자, 일단 맹수는 주춤하는 기색이었다.

철책의 4분의 3 높이까지 덮고 있는 강철 덧문은, 필요할 경우 도약의 중간 디딤대 역할을 해줄 수 있을 것 같았다.

암호랑이도 장애물이 충분히 뛰어넘을 수 있는 정도라는 걸 이해한 듯했다. 단 한 번의 도약으로 새처럼 날아오른 녀석은 뾰족뾰족한 쇠창살 끝을 아슬아슬하게 스치면서 패트리셔와 뤼팽이 있는 곳에 사뿐히 내려앉았다.

베슈는 부랴부랴 부하들을 다시 철책문 앞으로 끌어모았고, 계속 악을 써댔다.

"쏘란 말이다! 쏴! 이런 빌어먹을!"

그러자 누군가 소리쳤다.

"정 그럼, 먼저 쏴보십시오!"

아르센 뤼팽도 얼른 맞장구를 쳤다.

"그래, 자네 부하 말이 맞네. 먼저 쏴보게, 베슈! 아참, 그 전에 한 가지 경고할 건, 싸이다는 자신을 향해 총을 쏜 사람을 정확히 기억한다는 점이야. 만약 자네가 배짱 좋게도 이 녀석을 향해 총구를 들이대고 방아쇠를 당길 거면, 그와 동시에 자네는 이미 녀석의 먹잇감이나 다름없다는 사실까지 알아서 챙겨야 할 것이네. 싸이다는 인육도 사양하지 않는 데다, 특히 베슈표 포장육이라면 사족을 못 쓰는 타입이거든!"

발끈한 베슈는 용감하게도 방아쇠를 당겼다. 살짝 빗맞았는지 암호랑이는 제자리에서 펄쩍 뛰더니 끔찍한 노호를 내지르기 시작했다. 그것만으로도 경찰관들은 우왕좌왕 어쩔 줄을 몰랐다. 만약 그중 단 서너 명만이라도 상관 곁에 달라붙어 마음을 다잡고는, 기계적으로 보다 안정되고 차분한 방식의 사격을 가했다면 싸이다는 그 자리에 쓰러졌을 것이다. 하지만 이미 이 기이하고도 무시무시한 맹수의 뜻밖의 출현은 사람들의 마음을 통제할 수 없는 공포심으로 잔뜩 졸아붙게 만든 뒤였다. 특히 그들 대부분에게 확실한 초인처럼 여겨지는 이 뤼팽이라는 인물을 돕기 위해 도심 한가운데로 난데없는 야수가 뛰어들었다는 사실은 정말이지 초자연적인 현상이라고밖에 할 수 없었고, 그로 인해 일종의 회복되기 어려운 공황 상태가 만연했다. 요컨대 야수의 출현은 자연을 뛰어넘는 현상이었고, 법질서를 송두리째 뒤흔드는 사실이었으며, 기존 경찰력의 한계를 비껴가는 사안이었다. 그들은 이 같은 싸움에는 아무런 대비가 되어 있지 못했다. 베슈는 어안이 벙벙할 따름이었고, 미신 섞인 공포의 물결이 모두의 마음을 휩쓸어버린 듯했다. 인간과 호랑이의 동맹이라니! 파리 경시청에 소속된 그 누가 이런 경우를 경험해보았겠는가?

베슈는 뒤도 안 돌아보고 도망쳤다. 그 뒤로 40명의 갱단까지 포함한 경찰관 및 경비원 모두가 오합지졸처럼 내빼기 시작했다. 누구 하나 애써 잡은 포로들을 챙길 엄두를 내지 못했다. 그중에서도 이전에 한 번 암호랑이한테 데인 적이 있는 마피아노가 가장 쏜살같았다. 사이비 왕당파 멋쟁이 젊은이는 그다음이었다.

"이렇게 해서 150여 명의 경찰관들, 40명의 갱단, 그리고 그만한 숫자의 소총들과 권총들은 아르센 뤼팽과 그 연인, 그리고 한 마리 사나운 고양이 앞에서 줄행랑을 치고 말았습니다! 그야말로 하나같이 엉터리들 아닌가! 그리도 많은 인원이, 그렇게 막강한 경찰력이 말이야!"

뤼팽은 거의 혼절 직전까지 갔으면서도 으스대며 중얼거렸다.

한편 임무를 성공적으로 완수해 기분이 뿌듯해진 싸이다는 머리를 쓰다듬어주는 여주인의 발치에 다소곳이 엎드렸다. 아직도 들려오는 먼 소음을 향해 귀를 쫑긋 세운 채 눈꺼풀이 스르르 감기는가 싶더니 기분 좋게 가르릉거렸다.

하지만 그것도 잠시. 이내 벌떡 일어선 녀석은 또다시 눈에 불을 켜고 으르렁댔다. 뤼팽을 보살피던 패트리셔나 서서히 정신이 돌아오기 시작한 뤼팽이나 모두 깜짝 놀랐다. 그렇다, 첫 번째 전투는 승리했다. 그러나…….

은밀한 발소리가 들려오고 있었다. 일군의 그림자들이 가능한 한 몰래몰래 외벽을 따라 접근해오더니 어느새 철책문까지 다가와 있었다.

알고 보니 좀 전의 어이없는 실패에 부아가 나고 수백만 달러에 대한 미련도 버리지 못한 갱단 일부가 비밀통로를 통해 다시 침입해, 철책문의 창살 사이로 총구를 들이민 것이다.

그 광경을 지그시 바라보던 뤼팽은 장단까지 맞춰가며 흥얼거렸다.

“거총, 발사! 거총, 발사! 거총, 발사!”

한편 싸이다는 철책문까지 살금살금 기어가더니 갑자기 이빨을 드러내고 으르렁거리면서 도약을 위해 잔뜩 몸을 움츠렸다.

바로 그 순간, 다시금 공포에 휘말린 불한당들이 걸음아 나 살려라 꽁무니를 빼는 것은 당연했다.

마침내 뤼팽이 말했다.

“우리도 어서 서둡시다. 저러다 언제 또 공격해올지 몰라요. 이젠 우리도 빠져나가야 해요! 패트리셔, 당신은 열쇠들하고 쓸모 있는 서류들을 모조리 챙기시오. 오늘 밤, 여기 있는 돈은 몽땅 옮겨서 시골로 보낼 겁니다. 앙젤만 은행이 안전하지 않다는 건 이제 확실해졌어요. 자자, 어서요! 당신과 싸이다가 타고 온 자동차는 아직 마당에 주차되어 있겠죠?"

"네, 에티엔이 지키고 있을 거예요. 그가 경찰에 붙들리지 않았다면요."

"뭐하러 그런 걱정을 하시오? 그가 내 시중을 든다는 것과 자동차가 내 차라는 걸 아는 사람이 없을 텐데. 게다가 베슈는 여기 도착할 때만 해도 나와 갱단을 일망타진할 생각에 다른 건 신경 쓸 여유도 없었을 거요. 경찰관들과 함께 줄행랑을 칠 때는, 어떻게든 싸이다의 발톱에 걸려들지 말아야 한다는 생각에 역시 경황이 없었을 테고. 자자, 그러니 어서요, 어서!"

"하지만 마당까지 걸어가실 수나 있겠어요?"

패트리셔는 불안한 표정으로 물었다.

"걸어가야만 해!"

뤼팽은 가까스로 버티며 일어섰지만, 이내 스르르 허물어졌다.

그는 악착같이 히죽거리며 중얼거렸다.

"쳇, 썩 괜찮지는 않은 모양이로군. 아무래도 강심제하고 붕대가 좀 있어야겠어. 가서 한번 찾아봅시다. 나는 싸이다가 데리고 가줄 것이오. 로돌프를 코르네이유 성까지 데려다준 것처럼 말이지."

정말로 그는 어린아이가 그랬듯 큼직한 맹수의 등에 선뜻 걸터앉았고, 싸이다는 전혀 거리낌 없이 뤼팽의 몸을 지고서 복도를 통해 은행의 안뜰로 나아갔다. 뤼팽이 소유한 차 중에서도 가장 크고 안락한 자동차가 조장 에티엔의 감시 아래 얌전히 기다리고 있었다. 암호랑이에 대한 공포심은 모든 적들과, 심지어 단순한 구경꾼들조차 멀찌감치 떨어뜨려놓기에 충분했다. 그래도 누군가 보고 있을지는 모르지만 적어도 시야에 보이는 사람은 하나도 없는 가운데, 뤼팽과 패트리셔는 느긋하게 자동차 뒷좌석에 올라탔다. 암호랑이는 그 앞에 얌전히 웅크렸고,

에티엔은 운전대를 잡았다.

뤼팽이 중얼중얼 물었다.

"짭새들은 다 떠났나?"

"네, 두목. 갱단 모두에게 수갑을 채워 함께 떠났습니다. 출구에서 빠져 달아나는 것을 모조리 잡아들였지요."

"그 정도면 개평은 된 셈이로군! 내 참, 정말 그렇게까지 날 붙잡고 싶어 했을까? 아마도 단지 여론에 뭔가 부풀릴 거리가 필요했을지도 모르지. 솔직히 뤼팽을 잡아들인다 해도 오히려 골칫거리만 느는 것일 텐데 말이야. 에티엔, 전속력으로 밟게나! 메종루즈로 가는 거다!"

자동차는 즉시 출발해서 아무런 장애 없이 은행을 빠져나와 곧장 메종루즈로 향했다.

영지에 도착하자마자 패트리셔는 아들을 만나러 계단을 달려 올라갔고, 뤼팽은 현관에서 의기양양한 목소리로 힘차게 소리쳤다.

"빅투아르! 빅투아르!"

늙은 유모는 허겁지겁 계단을 내려와 다가왔다.

"그래, 그래. 여기 간다, 가……."

"당신을 부른 게 아닙니다."

"방금 '빅투아르!'라고 하지 않았니?"

"그거야 '승리'를 외쳤던 거죠(불어에서 '빅투아르(victoire)'는 '승리'라는 의미를 지닌 명사이기도 하다—옮긴이). 오, 딱한 할망구야, 당신 그 이름 때문에 꽤나 골치 아프겠어!"

"그럼 아예 다른 이름으로 부르렴!"

"바로 그거예요! 이참에 아주 고상한 걸로 정해줄까? 이건 어때요? 테르모필레? 아니면 톨비악(둘 다 승전보다는 패전으로 유명한 지명이다. 전자는 고대 스파르타가 페르시아에게 패한 격전지. 후자는 중세 프랑크 왕국의 클로비스 왕이 라인 강 유역 부족에게 당한 패전. 뤼팽의 짓궂음이 드러난 대목이다—옮긴이)?"

"그런 거 말고 기독교적인 이름 뭐 없니?"

"아하, 승리한 여장부의 이름으로 할까요? 잔 다르크는 어때요? 그러고 보니 아주 잘 어울리는군요. 허허, 저런! 또 심통이 난 거요? 오해 말아요. 놀리려고 그런 건 아니니까. 자자, 안심해요. 이러다 또 전혀 생각지 못한 그럴싸한 게 탁 떠오를지도 모르니까. 우선 내 기막힌 무용담이나 좀 들어봐요!"

뤼팽은 마치 초등학생이라도 된 듯 신이 나서 얘기를 떠벌렸다.

"어때요, 할망구? 멋지지 않아요? 근래 수년간 이처럼 재미있었던 적도 없었어요. 게다가 앞으로 경찰과 또다시 붙을 일이 있다 해도 이젠 걱정할 게 하나도 없어요. 이 몸은 이제부터 코끼리든, 악어든, 방울뱀이든 자유자재로 부릴 줄 아는 도사 노릇을 할 테니까 말입니다! 그럼 나를 건드리려는 짓은 여간해선 하지 못할 겁니다. 게다가 그런 식으로 동맹군을 늘이다 보면 얻는 것도 꽤 많을 것 아니겠소? 아마 창고에는 상아가 쌓여갈 테고, 악어가죽으로 구두를 해 신는가 하면, 집 안 문에는 방울뱀의 방울을 초인종 삼아 달아놓아도 되겠지. 자자, 그건 그렇고, 어서 먹을 것하고 붕대나 좀 갖다주시오!"

그제야 빅투아르는 눈을 휘둥그레 뜨며 물었다.

"어디 다친 거니?"

"아무것도 아닙니다. 그저 찰과상이라고나 할까. 피를 좀 흘렸을 뿐이오. 하지만 뤼팽한테 그 정도야 별거 아니지. 더구나 혹시 발생할지 모를 응혈(凝血) 현상도 덕분에 방지할 수 있고. 좌우간, 빨리 서둘러요! 나는 곧 다시 떠나야 한단 말입니다!"

"또 어딜 가려고?"

"내 돈 찾아야죠!"

상처를 붕대로 친친 동여매고, 간단한 요깃거리를 뚝딱 해치운 아르센 뤼팽은 한 시간가량 휴식을 취하고 나자, 다시금 싱싱하고 원기 왕성한 상태가 되어 당장 차고에서 2번과 3번 자동차를 꺼내놓으라고 지시했다. 그는 패트리셔와 함께 2번 차에 올랐고, 부하 중 제법 단단하고 적극적인 재목 네 명을 골라 3번 차량에 태웠다.

뤼팽은 패트리셔에게 일렀다.

"우린 지금 그놈의 앙젤만 영감네로 돌아가는 겁니다. 아시다시피 가져올 게 좀 있으니까 말이오."

한 시간이 채 안 되어 자동차는 은행 앞에 도착했다. 뤼팽은 패트리셔와 부하들을 데리고, 1층의 넓은 홀을 거쳐 이번에는 아예 금고실 안으로 곧장 파고들었다.

열쇠를 죄다 확보하고 있으니 암호를 맞춘 다음 첫 번째 금고의 문을 여는 건 식은 죽 먹기였다.

그런데, 아뿔싸!

금고 안이 텅 비어 있는 것이었다!

두 번째 금고, 세 번째 금고, 네 번째 금고, 모두 다 텅 비어 있었다! 안에 든 모든 재산이 깡그리 사라지고 없는 것이다!

그러나 뤼팽은 놀란 감정을 내비치지 않았다. 대신 자조 섞인 어조로 실소를 흘리며 말했다.

"금고는 텅 비어버리고…… 재산은 몽땅 날아가고……."

패트리셔가 그를 빤히 쳐다보면서 물었다.

"어떻게 된 걸까요?"

"한 가지 가능성밖엔 없소."

"그게 뭐죠?"

"아직은 확실치 않아요. 하지만 기다려봐요. 아무 생각 없는 척 주절대는 가운데, 내 안에서 일어나는 무언가를 탐지해내는 일보다 더 재미나는 놀이 또한 없으니까!"

그는 은행 경비원을 한 명 불렀다. 이번에는 무시무시한 암호랑이가 보이지 않는다는 걸 확인한 후에야 경비원은 주춤주춤 다가왔다.

"므슈 앙젤만을 좀 오시라 전하게."

툭 내뱉고 나서 뤼팽은 다시금 깊은 생각 속에 빠져들었다.

앙젤만은 대판 소동이 벌어지는 동안 꽁꽁 숨어 있던 자신의 아파트로 경비원이 찾아가자, 잠시 후 슬그머니 은행에 모습을 나타냈다.

그는 천천히 다가와 뤼팽에게 악수를 청했다.

"안녕하시오, 오라스 벨몽. 이렇게 보니 반갑소. 그래, 어떻게 지내시오?"

뤼팽은 악수를 외면하고 말했다.

"어떻게 지내긴, 도둑맞은 꼴로 지냈지. 바로 내 돈을 날치기한 자네 때문에 말이야! 알고 있겠지만 내 금고들이 모조리 텅텅 비어 있단 말이거든!"

앙젤만은 펄쩍 뛰었다.

"비다뇨? 금고가 비다뇨? 그럴 리가 있나! 아앗, 이런!"

그는 얼굴이 하얗게 질리면서 숨을 헐떡헐떡, 거의 실신할 지경으로 의자에 털썩 주저앉았다.

"심장 때문입니다. 심장병을 앓고 있어요. 언젠가는 내가 이놈 때문에 큰일을 치르고 말 거요. 이런 일은 사전에 좀 언질을 주고서 알려주면 좋았을 것을……."

"나는 그저 있는 그대로를 말하는 것뿐일세. 그나저나 내 돈을 후린 게 자네가 아니라면 대체 누구란 말인가?"

"그야 내가 어찌 알겠소?"

"말도 안 되는 소리! 당장 진실을 대게. 금고의 다섯 개에 달하는 자물쇠 다이얼과 연관된 암호를 어느 놈이 알려줬는지 어서 대! 거짓말은 안 통해! 누구냐고?"

뤼팽은 앙젤만의 눈을 뚫어져라 쏘아보았다.

마침내 앙젤만은 고개를 떨구며 말했다.

"마, 마피아노였소."

"돈은 어디 있나?"

이 대목에 이르자 은행가의 어조가 단호해졌다.

"그건 나도 모르오. 아니, 어딜 가는 거요, 벨몽?"

"이 흥미진진한 문제를 해결하러!"

뤼팽은 전혀 서두는 기색 없이 금고실을 나와 홀을 가로질렀다. 그러고는 발을 쿵쿵 구르면서 화려한 대리석 계단을 향해 다가갔다. 앙젤만은 부리나케 그를 쫓아가며 외쳤다.

"벨몽! 안 되오! 안 돼, 벨몽! 제발 거긴 가지 말아요! 안 된다니까, 벨……."

문득 목구멍 속으로 목소리가 잠겨드는가 싶더니, 은행가는 다시금 어찔하면서 계단 도입부에 쓰러지고 말았다.

패트리셔는 은행 경비원과 뤼팽의 부하들 도움을 받아 은행가를 일으켜 세우고는 홀 구석으로 데려와 안락의자에 앉혔다.

의식이 돌아오자 앙젤만이 더듬거렸다.

"아, 파렴치한 자식! 놈의 계획이 뭔지 이제야 알겠어. 하지만 내 아내는 입도 뻥긋하지 않을 거야. 그녀를 난 잘 알지. 단 한 마디도 하지 않을 거라고. 아, 음흉한 놈! 무슨 짓이든 할 수 있다고 믿는 놈이야. 애당초 저런 건달 녀석과 거래를 하는 게 아닌데……."

무슨 말인지 영문을 몰랐던 패트리셔의 얼굴이 금세 하얗게 질렸다.

"어서 그를 따라가보세요!"

다급한 목소리로 보채는 여자에게 은행가는 신음처럼 내뱉었다.

"그럴 수 없소! 지나친 흥분을 하게 되면 그걸로 내가 먼저 끝장이오. 이놈의 심장이……."

마침내 은행가는 다시 푹 거꾸러지고는 침울한 침묵 속에 빠져들었다. 패트리셔는 저만치 다른 의자로 가서 꼼짝 않고 앉아 있었다.

10분이, 15분이 흘러갔다.

앙젤만은 저 혼자 훌쩍거렸다. 자기 아내의 모든 것, 그녀의 미덕과 용기와 조심성에 대해 처량하게 횡설수설하고 있었다. 그 모든 것이 어쩌면 진실일 수도 있겠지만, 진실이 아닐 수도 있을 것 같았다.

얼마나 지났을까, 가볍고 흥겨운 휘파람 소리에 실린 발소리가 들리는가 싶더니 뤼팽이 역시 승자의 모습을 뽐내며 나타났다.

앙젤만은 그를 보자마자 주먹을 거세게 들어 보이며 길길이 악을 썼다.

"아니야! 사실이 아니야! 진실이 아니라고! 당신은 그러지 못했어!"

뤼팽은 준엄한 말투로 고했다.

"진실이란 뭔고 하니, 바로 자네가 도둑질을 했다는 사실일세! 이틀 전부터 자네는 치밀하게 준비를 해왔지. 자네는 대규모 유랑 서커스단의 감독들과 공모를 해서 그들의 화물차 열여덟 대를 임대하기까지 했어. 정작 이사는 간밤에 시작되었고 말이야. 네 시간 전부터 내 돈은 협곡 위, 도저히 범접할 수 없는 암벽 꼭대기에 세워진 자네의 타른 성(프랑스 남서부에 위치한 타른 협곡은 유명한 관광지이다—옮긴이)으로 차근차근 실려 들어가는 중이야. 만약 내 재산이 모두 그리로 기어 들어가면, 난 완전히 망한 꼴이나 다름없어지지. 다시는 만져볼 수 없을 테니까."

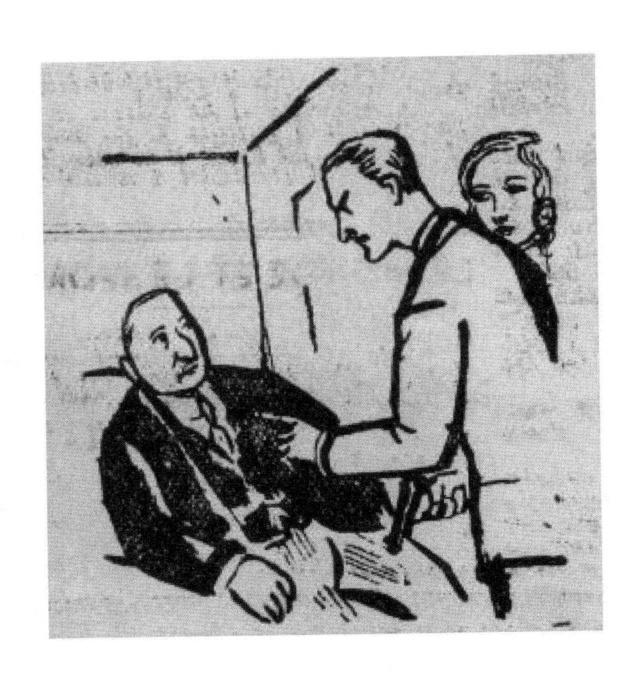

“순 억지! 모두 꾸며낸 얘기야! 신문 연재소설처럼 엉터리라고!”

은행가가 길길이 뛰자, 뤼팽은 보다 확고한 어조로 못 박았다.

“내게 정보를 제공한 사람은 믿을 만한 사람일세.”

“그 사람이 바로 내 아내, 마리테레즈라는 말을 하고 싶은 거지? 거짓말! 그 여자가 왜 당신한테 그런 말을 했겠어?”

아르센 뤼팽은 대답을 하지 않았다. 단지 대담하고도 어딘지 잔혹한 분위기의 미소만 슬그머니 그의 입가를 스쳤을 따름이다.

그 모습을 보자 앙젤만은 또다시 허물어졌다.

한편 멀리서 아무 말 없이 사태를 지켜만 보던 패트리셔는 천천히 뤼팽에게 다가와 한쪽으로 붙잡고 가더니 간명하면서도 떨리는 음성으로 말했다.

"만약 내가 짐작하는 게 사실이라면, 결코 당신을 용서하지 않을 거예요."

뤼팽은 은근슬쩍 여자에게 손을 얹으며 부드럽게 타이르듯 말했다.

"그야 당연히 사실이지. 사실이고말고."

여자는 얼른 남자의 손을 뿌리쳤다. 그녀의 눈에는 눈물이 그렁그렁 맺혀 있었다.

"싫어요! 당신, 또다시 나를 배신한 거예요!"

"이봐요, 패트리셔. 배신은 오히려 당신이 나한테 범한 거지! 마피아노는 내 금고의 암호를 알 리가 만무했소. 그걸 알 만한 사람은 이 세상에 바로 패트리셔, 당신뿐이지. 이번 모험에서, 또 그에 임하는 내 정신 속에서 폴 시너라는 이름의 첫 글자, 즉 '폴'이라는 이름이 갖는 중요성에 대해 잘 알고 있었던 당신 말이야! 대체 왜 나의 비밀을 마피아노에게 고해바친 거지?"

여자는 잠시 얼굴을 붉혔으나 이내 망설이지 않고 솔직히 털어놓았다.

"그건 라봄 가에서 그렇게 된 거예요. 그자가 테라스 윗방에 나를 가두고 있었을 당시에 말이에요 그때 나는 로돌프도 걱정되었고, 무엇보다 나 자신 때문에 두렵기 그지없었죠. 마피아노는 무시무시한 파국을 앞두고, 내게 하루 여유를 더 허락한다는 조건을 내걸면서 금고를 여는 다섯 개의 암호를 요구했어요. 그는 이미 금고 자물쇠가 다섯 개의 다이얼로 작동한다는 사실을 알고 있었어요. 그래서 나는 '폴(Paule)'을 한번 시도해보라고 일러줬죠. 결국 그는 성공했고요. 하지만 그렇게 해서 얻어낸 하루분의 유예 기간 동안 나는 로돌프를 당신한테 보낼 수가 있었고, 그래서 구출될 수가 있었던 거랍니다. 그뿐만 아니라, 로돌프를 살해하겠다는 협박편지 때문에 그 밖의 다른 비밀들도 공개하지 않을 수가 없었던 거예요. 그 아이 때문에, 그리고 당신 때문에 얼마나 겁에 질려 떨었는지 모른다고요! 뭐든 효과적인 행동을 취할 기회가 좀처럼 오지 않았어요. 그런 내가 뭘 어쩔 수 있었겠어요?"

그렇게 토해내는 여자의 얼굴에는 극심한 고통의 빛이 서려 있었다.

뤼팽은 다시금 여자에게 손을 얹으며 말했다.

"그래요, 잘한 거요, 패트리셔. 그러니 나도 용서해주시오. 날 용서해줄 거지, 응?"

"싫어요! 당신은 나를 배신했어요. 더는 당신 얼굴 보기도 싫어요. 나는 다음 주에 미국으로 떠날 겁니다."

"다음 주, 언제?"

"토요일요. 보나파르트호에 이미 자리 예약이 되어 있어요."

남자의 입가에 은근한 미소가 스쳤다.

"허어, 나도 그런걸. 오늘이 금요일이니까 앞으로 일주일 남았군. 일단 나는 부하 네 명을 데리고 화물차 추적에 나서야 할 것 같소. 반드시 따라잡아서 우선 파리로 압송해와야지. 그런 다음 보다 확실한 은닉처가 마련되어 있는 노르망디 지방으로 옮겨가고 말이야. 그러고 나서 금요일 저녁, 르아브르에 가 있을 것이오. 결국 우린 딱 붙은 선실에 각각 들어가 함께 여행을 하게 되겠지."

여자는 차마 발끈할 기력도 없는 듯했다. 남자는 여자의 손등에 입을 맞춘 뒤 휭하니 자리를 떴다.

아직도 흥분 속에서 몸도 제대로 못 가누는 앙젤만은 간신히 일어나, 미처 문까지 도달하기 전에 뤼팽을 따라잡더니 말했다.

"그럼 나는 완전히 파산 상태인데. 지금 이 나이에 나더러 어쩌란 말이오?"

"쳇, 자네는 따로 갈무리해둔 돈이 있지 않나!"

"아니요! 맹세하오!"

"자네 마누라 지참금 말일세."

"그것마저 이번에 다 함께 보냈단 말이오!"

"어느 화물차에 넣었지?"

"14번 차량입니다."

"그 14번 차량은 내일 고스란히 이곳에 돌려보내주지. 내 개인적 선물과 함께 곧장 마담 앙젤만 수중에 떨어지도록 말이야. 저런, 걱정은 접어두게나. 이래 봬도 신사로서 할 바가 뭔지는 아는 사람일세."

"오, 정말이지 당신은 나의 벗이오, 오라스! 당신을 의심해본 적은 내 평생 한 번도 없다오!"

앙젤만은 고마운 마음에 상대의 손을 덥석 부여잡았다.

뤼팽도 짐짓 겸손한 척 말했다.

"솔직히 말해서 나도 알고 보면 그다지 험한 사내는 아니라네. 좌우간 마담 앙젤만한테도 내가 경애해 마지않는다고 좀 전해주게나. 아차, 그 선물 말인데…… 내게 조언 좀 해주게. 만약 내가 15번 화물차를 선물 대신 그녀한테 보낸다면 혹 기분 나빠 할까?"

순간 앙젤만의 얼굴이 환해졌다.

"원 천만의 말씀! 그 반대입니다! 암, 반대이고말고! 아주 감격스러워할 거요!"

"그럼 됐네. 잘 있게, 앙젤만! 이따금 기회가 생기면 다시 보도록 하지. 혹시 이곳을 지나치는 일이 생기면 말이야."

"오, 당연히 그래야죠! 식탁에 자리 하나는 언제나 마련해둘 테니 염려 마시오. 내 아내도 무척 기뻐할 겁니다."

"물론 그렇겠지."

* ✻ *

패트리셔는 메종루즈에 있는 로돌프의 곁으로 돌아왔다. 아르센 뤼팽은 자신의 몸 상태나 상처에는 아랑곳하지 않고, 곧장 부하 네 명을 대동하고 화물차 대열의 뒤를 밟았다.

부단한 활동을 벌인 지 이틀이라는 시간이 지나고 나서야, 모든 것이 제자리에 정리된 상태로 그 역시 메종루즈로의 귀환길에 오를 수 있었다. 아마 다른 사람이었다면 기진맥진해서 벌써 쓰러지기라도 했을 테지만, 뤼팽은 마치 강철로 된 사람 같았다.

하지만 일단 집에 도착하자, 그도 어쩔 수 없이 자기 방으로 직행해 그대로 침대에 널브러졌다. 빅투아르는 마치 아이를 챙겨주듯 침대로 다가와 이불을 제대로 손봐주었다.

뤼팽은 유모 할멈을 향해 중얼거렸다.

"다 잘됐습니다. 모든 게 정리됐어요. 이젠 눈 좀 붙여야겠습니다. 24시간 푹 잠이나 자야겠어요……."

"춥진 않으냐, 얘야? 열은 없어?"

빅투아르가 근심스레 물었지만, 뤼팽은 이불 속에서 이미 기분 좋게 늘어진 채 대꾸했다.

"거참, 말도 많네. 이보쇼, 승승장구하는 여장부 나리('승승장구하는(victorieuse)' 역시 '빅투아르(Victoire)'라는 이름의 형용사형으로, 말장난을 하는 대목이다—옮긴이), 이제 그만 나 좀 자게 내버려두시오."

"정말 춥지는 않은 거야?"

여전히 고집을 피우는 노파에게 뤼팽은 신음처럼 내뱉었다.

"피곤해서 온몸이 후들거려요."

"그럼 따끈한 그로그(럼주 혹은 브랜디에 설탕, 레몬, 더운 물 등을 섞어 마시는 음료—옮긴이)를 한 잔 줄까? 보온용 스팀 물통 하나 갖다줘?"

"스팀 물통요? 오, 사모트라키아여, 정녕 꿈 같은 제안이구려(사모트라키아는 그리스 트라키아 해에 위치한 섬으로, 1863년 이곳에서 저 유명한 승리의 여신 니케상이 발굴되었다. '승리(victoire)'라는 단어와 똑같은 빅투아르의 이름을 빗대어 뤼팽이 또다시 장난을 치는 대목—옮긴이)! 그나저나 당신이 '승리'에 어울리는 성으로 이름을 보완하길 원한다면, 사모트라키아 어때요? 꽤 분위기 있지 않소? 자자, 어서 그로그 한 잔하고 스팀 물통이나 갖다줘요, 사모트라키아!"

정작 늙은 유모가 그로그와 스팀 물통을 가져왔을 땐, 아르센 뤼팽은 세상 모르고 깊은 잠 속에 빠져 있었다.

"잘 때 보면 꼭 아이 같단 말이야."

빅투아르는 황홀한 표정으로 물끄러미 바라보다가, 그로그를 한 모금 홀짝 들이켰다.

11
결혼

두 사람을 아늑하게 미국으로 모셔가고 있는 대서양 횡단 여객선 보나파르트호의 갑판 위, 오라스 벨몽과 패트리셔는 나란히 앉아 수평선을 물끄러미 바라보고 있었다.

문득 오라스가 말문을 열었다.

"패트리셔, 내 생각에는 지금쯤 아마 당신의 세 번째 기사가 『알로폴리스』에 실렸을 것 같소."

여자가 대답했다.

"그럴 거예요. 전신으로 송고한 지 나흘이나 됐으니까요. 게다가 여기 제2갑판에 설치된 최신뉴스 게시판에 그 기사 발췌문이 전신용지로 붙어 있는 걸 봤거든요."

"그래, 어땠소? 이번에도 역시 내가 화려한 역할인 거요?"

벨몽은 짐짓 관심 없는 척하면서 넌지시 물었다.

"화려하고 대단하죠! 특히 금고실 장면에서 그래요. 싸이다를 동원하려던 당신의 그 발상은 정말이지 눈 씻고 찾아도 비슷한 예를 볼 수 없을 만큼 기발하고 독창적이었다는 평가를 받고 있답니다. 경찰 대 호랑이라니…… 정말이지 보통 사람으로선 상상조차 못할 아이디어이고, 그야말로 천재성의 발현이라는 거예요!"

뿌듯한 기쁨이 오라스의 마음을 한껏 부풀리는 건 당연했다.

"또 세상이 한 차례 시끌벅적해지겠군! 북을 울려라! 깃발을 올려라! 여기 간판스타가 납신다!"

갈채 한가운데 서 있는 배우인 양 허세를 부리는 남자의 모습을 패트리셔는 기분 좋은 미소를 지으며 바라보았다. 그리고 맞장구쳤다.

"네, 우리는 아마 영웅처럼 환영을 받을 거예요!"

그런데 남자가 갑자기 어조를 바꾸는 것이었다.

"패트리셔, 당신이야 분명히 그럴 테지만…… 솔직히 난 아닐 거요. 아마 나한테는 전기의자가 준비되어 있겠지."

"당신 미쳤어요? 당신이 무슨 죄를 졌다고! 게임에서 이긴 건 엄연히 당신이고, 강도 떼를 모조리 일망타진하게 만들어준 것도 당신이잖아요! 당신 아니었다면 나는 아무것도 이루어낼 수 없었을 거예요."

"어차피 당신은 지금과 같은 결과에 도달하긴 했을 거요. 사슬에 묶인 노예 뤼팽을 당신의 개선 전차에 매고 귀환할 수 있었을 거란 말이지."

그제야 여자는 자못 심상치 않은 눈빛으로 남자를 바라보았다. 남자가 하는 얘기, 특히 그 수상한 어조에 놀란 눈치였다.

"부디 당신이 나 때문에 그 어떤 고충도 겪지 않았으면 해요."

남자는 어깨를 으쓱하며 여자의 말을 받았다.

"무슨 소리! 아마 나를 위해 국가 차원의 보상을 해줄 뿐 아니라, 거처를 미국으로 정한다는 것만으로도 영예로운 마천루 한 채를 통째로 선사함은 물론, 가히 나를 공공의 적 제1호로 선정해주려 할걸!"

“그게 당신이 일전에 내게 언뜻 내비친 결말인가요? 당신 쪽에서 어쩔 수 없이 치러야 한다고 살짝 암시했던 희생 말이에요.”

여자는 잠시 입을 다물었다. 그녀의 아름다운 눈동자는 눈물로 촉촉이 젖어 있었다. 마침내 여자는 다시 입을 열었다.

“가끔 당신이 나와 떨어지려 하는 건 아닌지 걱정돼요.”

남자는 아무 대꾸도 하지 않았다. 여자는 계속해서 중얼거렸다.

“당신 없이 내게 행복이란 있을 수 없어요.”

남자는 여자를 가만히 바라보면서 비탄 섞인 어조로 말했다.

“나 없이는…… 오, 패트리셔! 도둑인 데다 사기꾼에 불과한 나 없이 말이오? 나, 아르센 뤼팽 없이는 말이오?”

“당신은 내가 아는 가장 고귀한 심성을 가진 남자예요. 가장 섬세하고, 가장 현명하며, 가장 용감한 존재예요."

"예컨대?"

그렇게 떠보는 남자의 목소리엔 다시 가벼운 투가 배어 있었다.

"하나만 꼽을게요. 혹시나 숨어 있는 적들의 농간에 또다시 휘둘리지 않을까 두려워서 로돌프를 미국 땅에 데려오길 꺼려 한 내 마음을 알고, 당신은 그 아이를 메종루즈에 계속 머물게 하면서 빅투아르의 돌봄을 받을 수 있도록 해주었어요."

"진짜 이름으로 하면 사모트라키아지."

"그뿐만 아니라, 당신 친구들과 싸이다도 그 애를 보호할 테죠."

아르센 뤼팽은 어깨를 한 번 으쓱하며 대꾸했다.

"내가 그렇게 한 건 마음이 고와서가 아니라 그냥 당신을 사랑하기 때문이오. 아, 이봐요, 패트리셔. 왜 당신은 내가 사랑 얘기만 하면 그렇게 얼굴을 붉히는 거지?"

여자는 시선을 피하며 중얼거렸다.

"당신이 하는 얘기 때문에 얼굴이 붉어지는 게 아니에요. 그게 아니라, 당신의 그 시선…… 그 너머 당신의 은밀한 생각들이……."

갑자기 여자가 벌떡 일어나 말했다.

"자, 우리 가요! 지금쯤 새로 도착한 속보가 게시되어 있을 거예요."

"그럽시다!"

남자도 자리에서 일어났다.

여자는 남자 손을 이끌고 최신뉴스 게시판으로 부랴부랴 향했다.

과연 몇 가지 전신기사가 붙어 있었는데, 그중 눈에 띄는 내용은 이런 것이었다.

여기는 뉴욕. 프랑스에서 출발한 다음 여객선 보나파르트호에 『알로폴리스』 신문사의 유명 기자 패트리셔 존스턴이 탑승한 것으로 알려졌다. 최근 그녀는 프랑스 경찰을 도와 시칠리아인 마피아노가 이끄는 갱단을 일망타진하는 놀라운 활약을 보여준 바 있다. 이 갱단은 특히 J. 맥앨러미와 프레데릭 필즈를 상대로 한 뉴욕에서의 두 살인사건을 포함한 무수한 범죄행위에 연루된 것으로 밝혀졌다.

마피아노는 프랑스에서도 다른 여죄를 범한 것으로 보여 본국으로 송환되지는 못할 전망이다.

뉴욕 시청은 미스 패트리셔 존스턴을 대대적으로 환영할 태세를 갖추고 있다.

또 이런 내용도 있었다.

방금 아르센 뤼팽이 보나파르트호에 승선했다는 전보가 르아브르로부터 날아들었다. 따라서 이 유명한 도둑이 하선하기 전부터 그의 신병 확보를 위한 만반의 준비가 갖춰질 것으로 보인다. 무엇보다 파리 치안국 소속의 가니마르 형사반장이 어제 뉴욕에 도착했으며, 지금으로부터 사반세기 전 그랬던 것처럼 자신의 오래된 숙적 아르센 뤼팽을 체포할 수 있도록 시당국으로서도 그에게 모든 편의를 제공할 예정이다. 이제 머지않아 프랑스 경찰이 미국 경찰의 순시선에 탑승해, 미국 경찰력과 군병력의 지원을 받아 보나파르트호로 사전 접근할 것이다.

또 다른 내용은 이랬다.

『알로폴리스』 사는 사주인 미스터 앨러미 2세가 본인 요트를 타고 당사 기자인 패트리셔 존스턴을 마중 나갈 계획임을 공개했다. 그녀의 안전한 하선을 위해서는 따로 경찰 1개 반이 투입될 예정이다.

"좋았어!"

오라스는 다짜고짜 쾌재를 불렀다.

"우리를 위한 환영식이 아주 적절한 방식으로 진행될 전망이로군! 즉, 나를 위해서는 경찰이 동원될 것이고, 당신을 위해서는 아이의 아버지가 나타날 것이고……."

가뜩이나 기사 내용도 그런데, 남자가 이처럼 천연덕스레 농을 던지자 패트리셔의 마음은 더더욱 우울해졌다.

"너무 위험해요. 앨러미 2세 따위야 하나도 걱정 안 되지만, 당신 상황은 정말 끔찍하잖아요."

뤼팽은 여전히 넉살 좋게 대꾸했다.

"그럼 호루라기를 불러 싸이다를 대령하면 되겠네!"

그러고는 진지한 목소리로 덧붙였다.

"내 걱정은 접어두어요. 나는 하나도 위험하지 않아. 설사 내가 기꺼이 저들 손에 잡혀준다고 해도 나를 상대로는 그 어떤 정당한 기소도 하기 어려울 것이오. 내가 의문인 건 그 앨러미 2세인가 하는 작자가 무슨 저의를 가지고 있느냐인데……."

패트리셔는 이렇게 말했다.

"아무래도 함께 같은 배를 탄 게 잘못인 것 같아요. 조사를 해보면 르아브르부터 우리 둘이 한 번도 떨어져 지내지 않았다는 게 금세 드러날 거라고요."

"웬걸! 밤에는 떨어져 있었지. 나는 당신 선실에 발을 들여놓은 적이 없어요."

"나 역시 당신 선실에 들어간 적은 없었죠."

남자는 여자의 눈동자를 뚫어져라 바라보았다.

"그래서 후회가 되오, 패트리셔?"

남자의 목소리가 가볍게 떨리고 있었다.

"아마도……."

여자도 진지하게 대답했다.

여자는 관능미 넘치는 표정을 들어 남자를 올려다보았고, 파르르 떨리는 기나긴 눈맞춤을 지나 그윽한 입술을 내밀었다.

그날 저녁, 둘은 함께 오순도순 식사를 즐겼고, 뤼팽은 샴페인을 주문했다.

* * *

"이제 당신을 떠나야겠군요, 패트리셔."

남자는 밤 11시경, 보나파르트호가 막 입항해 닻을 내리자 말했다.

여자는 곤혹스러워하며 중얼거렸다.

"우리가 처음 함께한 행복의 시간이면서, 동시에 마지막 행복이로군요."

남자는 다시 한번 여자를 뜨겁게 포옹했다.

* * *

새벽 동틀 무렵, 패트리셔는 화장을 하고 소지품을 챙겼다. 오라스 벨몽, 아니 아르센 뤼팽은 이미 자리를 떠나고 없었다. 문에는 열쇠가 자물쇠로 이중으로 잠겨진 채 그대로 꽂혀 있었다. 그런데도 패트리셔는 습하고 찬 공기가 선실을 가득 채우고 있음을 느꼈다. 알고 보니 현창이 열려 있었다. 저곳으로 나갔단 말인가? 왜 그런 걸까? 현창으로 나가면 갑판까지 도달하기 어려울 텐데. 남자의 흔적을 끝내 발견하지 못한 패트리셔는 여전히 보나파르트호에 남아 점심을 들었다. 식사를 마친 다음 갑판으로 올라갈 채비를 하는데, 누가 메시지라며 쪽지를 갖다주었다. 헨리 맥 앨러미가 면담을 요청하는 내용이었다. 여자는 주저하나 없이 거절했다.

떨리는 가슴으로 과연 어떤 사태가 벌어질지 마음 졸이는 패트리셔에게 시간은 너무도 더디게 흘러갔다. 대체 어찌 될 것인가? 알 수가 없었다.

항구는 온갖 고층 빌딩들과 유람용 요트들, 순시함들, 수뢰정들로 북적대고 하늘에는 수상비행기들이 이리저리 날아다녔다. 군중이 운집해 있는 부둣가를 따라 무척이나 소란스러운 분위기였다. 사이렌 소리, 뱃고동 소리, 여기저기서 짐 부리는 소리, 고함 소리 등 온갖 소음이 어지러이 뒤섞이고 있었다.

패트리셔는 진득하게 기다렸다. 그녀는 뤼팽이 어디에 있는지, 무엇을 하고 있는지 알 수는 없었으나, 그로부터 무슨 소식이 있기 전에는 결코 배에서 내려서는 안 된다는 뭔가 설명할 수 없는 확신이 있었다. 그렇다, 분명 어떤 식으로든 그에게서 이렇다 할 전갈이 당도할 것이다.

그리고 결국 그 희망은 헛되지 않았다는 게 판명 났다. 오후 5시, 석간신문 초판에서 경찰 측이 전하는 다음과 같은 단평기사를 읽을 수 있었던 것이다.

해적 아르센 뤼팽

지난밤 야심한 시각, 당대 가장 유명한 무법자가 몇몇 일당과 더불어 미스터 맥 앨러미 2세의 요트인 '알로폴리스'에 침투하는 일이 벌어졌다. 졸지에 습격을 당한 승무원들은 즉시 무장해제 되었고, 선실에 감금되었다. 습격자들은 짧은 순간 완전히 배를 장악하는 데 성공했다. 이런 믿지 못할 상황은 무려 정오까지 지속되었다. 그러나 그때쯤 간이벽에 뚫린 구멍을 통해 승무원들끼리 교신이 이루어졌고, 마침내 문을 하나 여는 데 성공해 선원들과 해적들 간의 한판 대결이 벌어졌다. 해적들은 악착같이 저항해보았으나, 결국 굴복하지 않을 수 없었다. 결사항전을 외친 아르센 뤼팽도 수적인 열세에는 어쩔 도리가 없었다. 배 전체를 이리저리 쫓겨다니던 그는 급기야 뱃전 난간 앞으로 몰리게 되었다. 하지만 정작 붙잡히기 직전, 그는 난간 너머로 훌쩍 몸을 날려 파도 속으로 자취를 감췄다. 당시 그곳에 모여든 수많은 목격자들 중, 수면 위로 다시 떠오른 그의 모습은 아무도 보지 못했다고 한다.

아침부터 잔뜩 비상이 걸려 있던 경찰이 모든 조치를 취해놓았다는 사실은 굳이 언급할 필요도 없을 것이다. 부둣가를 따라 경찰 비상선을 둘러쳐놓았고, 항구 여기저기에 보트를 배치해놓았으며, 기관총 대열도 한 치의 빈틈없이 경계태세를 유지하고 있다. 현재 시각 오후 3시 반. 해적의 우두머리가 출현했음을 알리는 그 어떤 새로운 징후도 확인되지 않고 있다. 결국 뭍에 접근하지 못한 아르센 뤼팽이 기진맥진한 데다, 자포자기의 심정이 되어 자의 반 타의 반 익사했을 거라는 게 지금으로선 경찰 총수의 확신이다. 그래서 일단 그의 사체를 수색하는 쪽으로 작전의 가닥이 잡혀지고 있다. 한편 미스터 맥 앨러미의 요트를 공격함으로써 아르센 뤼팽이 무엇을 얻고자 했는지가 의문점으로 떠오르고 있다. 습격 당시 배에 미처 오르지 않았던 미스터 맥 앨러미는, 자신은 전혀 알 수가 없노라며 고개를 저었다. 프랑스의 저명한 경찰관인 가니마르 역시 그 이유는 알 수 없다고 고백했다. 단, 그는 그 유명한 협객의 죽음에 대해서만큼은 회의적인 입장이라고 전했다.

내내 가슴을 두방망이질 치게 하는 흥분 상태로 기사를 다 읽은 패트리셔는, 특히 아르센 뤼팽의 실종과 사망 가능성을 언급한 대목에 이르러서는 극심한 불안감에 휩싸였다. 하지만 그것도 잠시. 그녀는 이내 고개를 가로저으며 슬그머니 미소를 지었다. 아르센 뤼팽이 그런 식으로 끝난다는 것은, 글쎄…… 아르센 뤼팽이 익사를 해? 아니다, 그럴 리가 없다. 가니마르 형사의 판단이 아마 옳을 것이다.

여자는 천천히 궁리를 하기 시작했다.

'그럼 나는 어떻게 해야 하지? 계속 여기서 기다려? 아니면 배에서 내려? 뤼팽이 나를 어디서 만나려 하고 있을까? 아니, 다시 보려고는 하는 걸까?'

여러 생각 속에서 여자의 눈망울은 눈물로 촉촉이 젖어들었다.

한 시간이 더 흘렀다. 그리고 또 한 시간. 그러다 신문 최종판이 새롭게 당도했고, 그녀는 또다시 허겁지겁 기사를 읽어 내려갔다.

내용은 이런 식이었다.

맥 앨러미 2세가 『알로폴리스』 사장실에서 손발이 결박되고 재갈이 물린 채 안락의자에 묶여 있는 현장이 발견되었다. 사무실 금고 문은 활짝 열려 있었고, 안에 든 1500달러가 고스란히 사라진 대신 다음과 같은 짤막한 메모가 남겨져 있었다.

돈은 고스란히 되돌려줄 것이오.

실은 이 몸이 노르망디호(당시로선 세계 최대 규모의 여객선—옮긴이)에 좌석을 좀 예약해야 하거든.

그대한테 빌린 돈은, 거기 선상에서 하룻저녁 승객들의 시계와 지갑을 대상으로 멋들어진 마술쇼를 선보임으로써 단번에 상환될 것이니 염려 놓으시도록!

A. L.

한편 맥 앨러미의 바로 맞은편 의자에는, 마치 둘이서 대화를 나누듯 가니마르 형사반장이 팬티와 속옷 차림에, 마찬가지로 결박과 재갈을 물린 몰골로 앉아 있었다. 그는 자초지종이 어땠는지 해명은 제쳐두고, 아르센 뤼팽이 자신의 옷을 몽땅 빼앗아 변장을 하고서 달아났다며 노발대발이었다. 미스터 헨리 맥 앨러미는 일체의 발언을 자제했다. 왜 입을 다물려는 것일까? 그 무시무시한 모험가가 이 두 희생자를 상대로 어떤 위협을 가했던 것일까?

다 읽고 난 패트리셔의 입가에는 그야말로 뿌듯하고 자랑스러운 미소가 화사하게 번졌다. 이 뤼팽이라는 남자, 얼마나 대단한 인물인가! 그 대범함과 절묘한 수완!

그렇다면 이제 더는 배 위에 머물 이유가 없어진 셈이다. 뤼팽으로부터의 메시지는 이제 굳이 이 배 위로 날아들 필요가 없을 테니.

여자는 부랴부랴 하선한 뒤 택시를 잡아타고 집으로 향했다.

안으로 들어서자, 아파트 전체가 꽃으로 가득 차 있었다. 원탁 위에는 먹음직스러운 야참이 차려져 있었고, 그것을 함께 즐길 손님 한 사람이 천천히 옆의 안락의자에서 일어섰다.

"어쩜, 당신! 당신!"

여자는 반은 웃고, 반은 울먹이면서 어쩔 줄 몰라 남자의 품 안으로 뛰어들었다.

남자는 몇 차례 키스를 퍼부은 뒤 물었다.

"걱정 많이 했지?"

여자는 어깨를 으쓱하며 해맑게 웃는 얼굴로 대답했다.

"오, 당신! 나는 당신이 언제나 잘 해내리라는 걸 알고 있는걸요!"

두 사람은 흥겨운 분위기 속에서 음식을 들었다. 그런데 남자가 갑자기 진지한 목소리로 말했다.

"패트리셔, 알다시피 모든 게 정리되었소."

여자는 어리둥절한 표정으로 물었다.

"네? 뭐가 정리되었는데요?"

"당신의 장래 문제. 실은 그 2세 친구한테 재갈을 물리기 전에 우리끼리 얘기를 좀 나누었지. 장시간 토론을 한 끝에 우린 결국 합의점에 도달했소."

뤼팽은 샴페인 병을 기울여 잔을 채우고는 말을 이었다.

"그는 당신과 결혼을 하려 들 것이오."

움찔한 패트리셔가 곧장 싸늘한 어조로 내뱉었다.

"맘대로 하라지요. 난 절대로 그와 결혼 안 해요! 당신, 어떻게 그런 생각을 할 수 있는 거죠? 오, 알겠어요! 당신은 나를 사랑하지 않는 거예요!"

여자의 목소리가 갈라져 있었고, 눈에는 눈물이 벌써부터 그렁그렁했다.

"그래, 이게 당신이 바라던 결말인가요? 아무리 그래도 난 승복할 수 없어요! 아니, 승복 안 해!"

"승복해야만 하오."

남자는 여자를 똑바로 바라보며 선언하듯 말했다.

여자는 어깨를 으쓱하며 던지듯 대꾸했다.

"그렇게 하건 말건 내 자유인 것 같네요."

"아니지."

"왜죠?"

"왜냐하면 아들이 있기 때문이오, 패트리셔."

여자는 또다시 움찔하는 기색이었다.

"내 아들은 어디까지나 내가 알아서 키워요!"

"당신과 그 애의 아버지가 키워야 하는 거지."

"그 애는 내가 키우고 지켜왔어요. 나 혼자서 이날 이때까지 키워온 거라고요. 이제 와서 그 애를 돌려줄 수는 절대로 없습니다."

뤼팽은 나지막한 어조로 차근차근 얘기를 풀어나갔다.

"이봐요, 패트리셔. 당신의 미래를 한번 생각해봐요. 헨리 맥 앨러미는 당신과 아이를 받아들이기 위해 지금 마누라와 헤어지려 하고 있소. 그렇게 해서 로돌프에게 한 치의 나무랄 데 없는 성과 미국 최고의 재산을 물려주고자 하는 거요. 과연 내가 그 아이한테 그만큼을 해줄 수 있을까? 우리가 최근까지 함께 겪은 바를 돌아보면 알겠지만, 내 금고 안의 내용물은 항상 탐욕스러운 적들의 표적이 되리라는 건 불 보듯 뻔한 사실이오. 과연 그들이 이번처럼 언제까지나 실패만을 거듭하리라는 보장이 있을까?"

잠시 암울한 적막이 흘렀다. 패트리셔는 완전히 기가 죽은 몰골이었다. 뤼팽은 한층 목소리를 깔고 말했다.

"게다가 로돌프가 어떤 성을 가져야 할 것 같소? 그 아이의 장래 사회적 신분이 어떨 거라 생각하오? 누구든 뤼팽의 아들이라는 지목을 당할 수는 없는 노릇이오."

또다시 적막이 흘렀다. 패트리셔는 아직 망설이긴 했지만, 어쩔 수 없는 희생이 따라야 한다는 사실을 직감했다.

마침내 그녀의 입이 열렸다.

"내가 졌네요. 단, 내가 당신을 또 볼 수 있어야지만 그렇게 하겠어요!"

"결혼식은 기껏해야 여섯 달 이후에나 치를 수 있을 것이오, 패트리셔."

패트리셔는 자리에서 펄쩍 뛰다시피 하며 남자를 바라보았다. 여자의 얼굴에는 기쁨의 환한 미소가 피어나고 있었다.

"여섯 달이라고 했어요? 세상에, 왜 진작 말해주지 않았어요! 여섯 달이면, 영원이나 마찬가지잖아요!"

"잘만 사용한다면 그보다 더한 시간이지. 자, 어서 서둡시다."

그렇게 외치며 뤼팽은 샴페인을 두 잔 가득 따랐다.

"사실 내가 그 친구 요트를 샀다오. 그걸 타고 프랑스로 돌아갈 생각이지. 일단 돌아가면 경찰도 나를 가만히 내버려둘 것이오. 성가시게 하기에는 나를 너무도 필요로 하거든. 경시청장과도 잘 지내는 처지고, 가니마르도 발 벗고 나서서 베슈를 무마시킬 것이오. 내가 그러라고 이번에 아주 단단히 일러놨거든. 가만히만 놔두면 나도 입을 열지 않겠다고 해두었지. 뭔고 하니 그 작자 옷을 벗긴 얘기 말이야. 한번 생각해봐, 연말 잡지마다 속옷 차림의 형사반장 얘기가 떠들썩하다면 과연 어떻겠소? 아마 두고두고 웃음거리가 되겠지. 아참, 그가 나한테 마피아노의 처형식도 참관할 수 있게 좌석 하나 마련해주겠다고까지 하더군."

패트리셔는 더 이상 얘기가 귀에 들어오지도 않았다. 오로지 두 사람 생각만이 온 정신을 가득 채우고 있을 뿐이었다.

발갛게 상기된 얼굴로 여자가 말했다.

"당신의 그 요트에 함께 타고 갈래요! 정말 멋질 거예요! 우리 가능한 한 빨리 떠나요, 네?"

뤼팽은 호쾌한 웃음을 터뜨렸다.

"하하하, 그러지 뭐! 지금 당장 떠납시다! 바다를 건너자마자 그대로 센 강을 거슬러 올라 메종루즈까지 직행하자고! 거기서 함께 지내는 거

야. 로돌프도 함께 말이지. 얼마나 감미로운 그림이야!"

뤼팽은 잔을 높이 쳐들고 외쳤다.

"우리의 행복을 위하여!"

패트리셔도 즐겁게 맞장구를 쳤다.

"우리의 행복을 위하여!"

아르센 뤼팽의 마지막 사랑

Le dernier amour d’Arsène Lupin

2012년

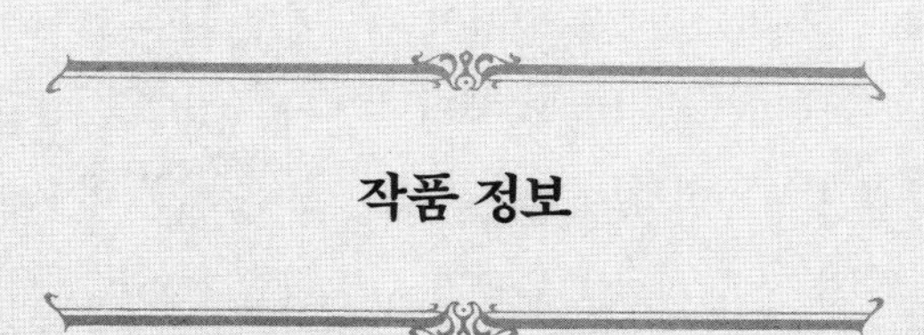

작품 정보

1937년, 일흔두 살의 모리스 르블랑은 심각한 뇌혈관 질환을 앓고 있었다. 그럼에도 불구하고, 아니 그럴수록 더욱 악착같이, 그는 장편 두 작품의 마무리 작업에 매달렸다. 1934년부터 집필에 들어갔으나 건강 문제로 파리, 니스, 에트르타를 오가며 더디게 진행해오던 『아르센 뤼팽의 수십억 달러』와 『아르센 뤼팽의 마지막 사랑(Le Dernier amour d'Arsène Lupin)』. 병마를 상대로 악전고투하는 노인 옆에는 며느리인 드니즈가 지키고 앉아 집필을 보조하고 있었다. 하지만 1939년 『아르센 뤼팽의 수십억 달러』만이 『로토』에 연재되어 빛을 보았고, 또 다른 작품 원고는 사망할 때까지 르블랑 자신만 아는 가구 속 어느 곳에 틀어박혀 잊힐 운명에 처한다. 훗날 아들 클로드 르블랑의 입을 통해, 그때 미처 발표되지 못한 소설 제목이 희미하게 환기되곤 했으나, 사람들은 그것이 『아르센 뤼팽의 수십억 달러』의 가제인 '아르센 뤼팽 대 마피아'를 일컫는 것이려니 하고 대수롭지 않게 넘겨버린다. 결국 시리즈의 대미를 장식하는 작품이 『아르센 뤼팽의 수십억 달러』임을 누구도 의심하지 않은 채 반세기가 흘러버린 20세기 끝 무렵, 그 모든 상황을 거짓말처럼 발칵 뒤집는 사건이 일어나는데…… 오랜 세월 이 작품을 추적해온 뤼피놀로그 자크 드루아르 교수의 집념이 결국 결실을 보게 된 것! 르블랑 가문의 낡은 서류함으로부터 의문의 타자 원고 꾸러미를 발견해 세상 밖으로 끌어낸 순간, 그야말로 수세기 동안 감춰져온 기암성의 보물을 발견한들 그 감격에 비할까! 끈질긴 탐색 끝에 2009년 이 귀한 원고의 사본을 입수한 순간, 내게 복받친 감격도 그와 다르지 않았다. 지금 다시 꺼내보아도 그 감격은 여전하다. 조각조각 희미해진 활자들이 오랜 세월의 흐름을 말해주는 가운데, 선을 그어 지우고 새로운 단어를 삽입해가며 문장을 다듬은 70대 노인의 마지막 손길. 어떤 부분은 바로 어제 박아 넣은 글자처럼 또렷하나, 돋보기를 들이대고 한참을 들여다보아야 간신히 살아 돌아올 만큼 흐릿해진 대목도 허다하다. 분명한 것은, 그때까지만 해도 이 작품의 존재를 직접 육안으로 확인한 사람이 전 세계를 통틀어 열 명 내외에 불과했다는 사실! '카모르 양(Mademoiselle de Camors)'이라는 부제를 달고 있는 작품에 대한 단편적인 정보는 그간 몇몇 뤼팽 연구서를 통해 접하고 있었으나, 전체 내용을, 그것도 저자의 교정 흔적까지 고스란히 담은 원고를 통해 감상하는 기쁨은 무엇에도 비할 수 없었다. 이 책은 그로부터 다시 3년 후인 2012년 5월 15일에야 대중들에게 첫선을 보이게 되었다.

아르센 뤼팽의 개성을 분석하는 용어 중에 '파나슈(panache)'만큼 함의가 풍부한 단어도 없을 것이다. '파나슈'란 투구나 군모의 풍성한 깃털장식을 일컫는데, 어떤 인물의 화려한 기개랄지 위풍당당함, 어느 상황에서도 기죽지 않는 용기를 비유하는 말이기도 하다. 거칠고 비장한 용기가 아니라 여유 만만하고 유머 감각을 갖춘 호쾌한 용기 말이다.

『아르센 뤼팽의 마지막 사랑』에 등장하는 50대 중반 뤼팽의 모습에서도 그런 '파나슈'의 매력은 유감없이 그려지고 있다. 치고받는 식의 재치 있는 대화에서는 금방이라도 지면을 찢고 뛰쳐나올 듯 생생한 패기가 그대로 와 닿는다. 아득한 과거 역사를 현재화하는 대범한 스케일이랄지, 보물찾기와 퍼즐게임, 그 과정을 교란하는 예상치 못한 비틀기와 가짜 단서들이 주는 재미도 여전하다. 그리고 사랑, 아르센 뤼팽이 세상에 남긴 마지막 메시지가 있다.

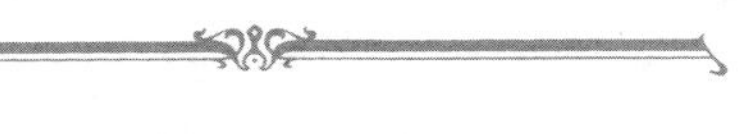

프롤로그
1
아르센 뤼팽의 선조

"주인장, 뤼팽 장군 여기 계시오?"

"네, 대령님. 지금 주무시고 계십니다. 방금 도착하시자마자 잠자리에 드셨어요."

부대가 주둔 중인 마른(Marne)의 한 여관. 방금 계단을 달려 올라온 바라바스 대령은 헐떡이는 숨을 고르며 복도에 멈춰 섰다.

"주무신다고? 어서 깨우시오."

"오, 안 됩니다, 대령님! 장군님이 화내실 텐데요."

"어서 깨우라니까!"

"제가 감히 어떻게……."

"깨워야 하오, 급한 일이오."

"하지만, 대령님……."

"황제 폐하의 지시요."

"나 여기 있소!"

순간, 어렴풋하게 한 목소리가 들렸다.

거칠게 열린 문 너머 덩치 큰 사내 하나가 잠옷 바람으로 나타났다.

“나 여기 있다니까!”

사내는 대령을 보자, 정감 어린 말투로 덧붙였다.

“어이구, 바라바스 자네로군. 무슨 일인가? 일단 들어오지.”

두 사람은 군복이 여기저기 나뒹굴어 있는 방 안으로 들어섰다.

“주무셨습니까? 시장하진 않으세요?”

대령이 연거푸 물었다.

“응, 괜찮아.”

“어서 옷부터 입으시죠. 황제 폐하께서 찾으십니다.”

말이 떨어지기 무섭게 뤼팽 장군은 용수철 솟구치듯 후딱 제복을 걸치며 물었다.

“무슨 일이지?”

“장군님만이 해내실 수 있는 임무랍니다.”

“그렇담 이미 완수된 거나 다름없군.”

그는 문을 열고 사람을 불렀다.

“브리샹토!”

당번병이 곧장 들어왔다.

“부르셨습니까, 장군님!”

“클레오파트라에게 안장을 얹어라. 긴급 상황이다! 다르니에 부관에게 나를 수행할 준비를 갖추라 통보하고, 중위 몇 명도 차출해서 준비시키도록 하라. 황제 폐하를 알현하는 일이니, 조금도 지체해선 안 된다.”

브리샹토는 후다닥 달려나갔다.

순식간에 장군의 모든 복장이 갖춰졌다. 계단을 내려가기 직전, 그는 문득 걸음을 멈추고 걱정스러운 표정으로 대령을 돌아보았다.

"이보게 바라바스, 혹시 오후에 있었던 전투가 잘못된 건 아니겠지?"

"아닙니다, 장군님. 황제 폐하의 승세는 시간이 갈수록 공고해지고 있습니다."

여관 앞에는 마구를 갖춘 말들이 앞발로 땅을 구르고 있었다. 장교들도 속속 당도했다. 마침내 안장에 훌쩍 올라탄 뤼팽 장군, 우렁찬 목소리로 외쳤다.

"출발!"

먼지가 부옇게 일면서 분견대 전원이 사령부를 향해 내달렸다. 황제 폐하가 거하는 작은 도시로 길안내를 맡은 이는 바라바스 대령이었다. 뤼팽 장군이 그와 나란히 달렸다.

저녁 어스름이 내릴 즈음, 처음에는 말이 없던 두 남자 중 뤼팽 장군이 아무래도 마음에 걸리는지 먼저 입을 열었다.

"그러니까 승세는 확실하다 이거지?"

"잘 아시면서 뭘 그러세요! 장군님의 공이 무엇보다 크게 작용했지 않습니까! 황제 폐하께서도 얼마 전까지 툭하면 그 말씀이셨습니다. 뤼팽 장군의 돌격작전이 아니었다면 우린 몽미라이를 잃었을 거라고……."

"맙소사! 그럼 몽미라이 전투가 일개 준장의 공으로 승리했단 얘긴가?"

"아니죠. 이제 장군님은 소장이십니다. 내일 공식적으로 통보가 될 겁니다."

뤼팽 장군은 신기하다는 듯 고개를 설레설레 내저었다.

"허어, 그것참…… 실은 어느 점쟁이 여자가 내게 똑같은 얘기를 했거든. 게다가 그다음에는 내가 결혼을 할 것이고, 앞으로 태어날 자손 중에 아르센이라는 이름을 가진 자가 세계적으로 유명한 사람이 될 거라고도 했어. 이러다간 그 점쟁이 말을 곧이곧대로 믿지 않을 수 없겠는걸……."

장군의 얘기에 바라바스 대령은 미소로 답했다. 이후 두 남자는 입을 다문 채 말에 박차를 가했다. 경쾌한 말발굽 소리와 해 질 무렵 전원의 평화로운 소음만이 귓가에 들려왔다.

45분 정도 달린 끝에 당도한 곳은 어느 조야한 모습의 호텔 앞이었다. 난데없는 군부대의 이동으로 산만한 분위기 속에서 구경꾼들이 광장에 모여 있었다. 그들은 큼직한 커튼이 닫히기 전 불이 환하게 밝혀진 창문 하나를 주시하고 있었다. 위협당하는 프랑스의 운명을 책임진, 그리하여 모든 이의 희망을 짊어지게 된 존엄하신 분이 바로 그 창문 너머에 있었다.

간략한 구령과 더불어 분견대 전원이 말에서 내렸다. 초병들의 경례를 받으며 바라바스와 뤼팽이 빠르게 2층으로 올라갔다. 뤼팽은 집무실처럼 꾸며진 방으로 안내되었다.

황제는 혼자였다. 방 깊숙이 자리한 책상 앞에 앉아 여러 장의 지도를 펼쳐놓은 채, 일에 몰두해 있었다. 2월 중순의 저녁은 아직 쌀쌀했다. 키 큰 벽난로 안에선 장작이 타고 있었다. 안락의자 위에 그 유명한 반달형 이각모와 회색 코트가 놓여 있었다.

"아, 뤼팽 자네인가?"

"대령했습니다, 폐하. 제가 좀 늦었지요?"

"아닐세, 아니야. 내 예상보다 15분이나 앞섰는걸."

그제야 장군은 차려 자세를 풀었다. 나폴레옹은 자리에서 일어나 벽난로 쪽으로 다가갔다. 불빛이 살집 통통한 그의 얼굴 윤곽을 도드라지게 했다. 하얀 깃의 초록 저고리에 흰색 반바지를 갖춰 입은 야전복 차림새였다. 콘솔테이블 쪽으로 걸어가자, 미처 벗지 않고 있던 장화 발소리가 마룻바닥을 타고 울려 퍼졌다. 은도금된 찻잔과 접시 세트가 갖춰진 상자 옆에 차게 해서 보존한 혼합냉장육 비상식량이 준비되어 있었다. 그는 뤼팽을 돌아보며 물었다.

"잠은 좀 잤나?"

"아닙니다, 폐하. 졸리지 않습니다."

"배고픈가?"

"모르겠습니다."

황제는 작은 원탁 앞에 있는 의자를 가리키며 말했다.

"거기 앉아 좀 들게나. 내가 차려주지."

장군이 얼른 만류하는 몸짓을 해 보였으나, 황제는 이미 야전용 필수품 상자에서 꺼낸 접시에 대충 추린 고기 네덧 점을 대뜸 얹어 그 앞에 놓았다.

"어서 들게."

황제는 마저 식기세트를 차려주고 로제 포도주를 잔에 따르는가 하면 빵까지 내밀며 거듭 권했다.

뤼팽은 하는 수 없이 따랐다. 그러면서도 자신이 맡을 임무에 대해 묻는 것을 잊지 않았다.

"그런데 무슨 일입니까, 폐하?"

"자네, 국경 근처에 있는 알자스 성(城) 알고 있지?"

"제가 갈 곳이 거기인가요? 물론 잘 압니다. 알자스 총독인 랑파티도 잘 알지요."

"거기서 모종의 음모가 진행되고 있네."

"그럼 저더러 음모자들을 발본색원하라는 말씀이신가요?"

나폴레옹은 그렇다는 손짓을 한 뒤, 신경질적으로 방 안을 서성댔다. 지체 없이 식사를 마친 뤼팽 장군은 묵직하게 늘어진 콧수염을 손등으로 훔쳤다. 잠시 생각을 굴리던 장군은 의자에서 벌떡 일어나 군주 앞에 당당히 버티고 서서, 단도직입적으로 내뱉었다.

"폐하, 이번 일 역시 앙기앵 사건(1804년 왕당파의 음모 척결을 내세워 무고한 앙기앵 공을 납치 총살한, 일종의 정치적 조작사건—옮긴이)과 같은 것 아닙니까……? 그런 일이라면 저는 빠지겠습니다. 저는 군인이지 경찰이 아닙니다. 분명히 말씀드립니다만, 그런 일을 또 저지르신다면 저뿐만 아니라 폐하께도 결코 좋지 않을 겁니다."

"자넨 그런 걱정 할 필요 없어. 내가 하는 일은 내가 잘 알아."

나폴레옹은 버럭 소리치며 장작 더미를 발로 걷어찼다. 무너져 내리는 장작 사이로 반짝이는 불티들이 솟구쳤다.

욱하는 기분은 이내 가라앉았다. 충직한 군인의 투박한 솔직성이 오히려 맘에 들기도 했다. 그는 상대의 어깨에 손을 얹으며 말했다.

"아닐세, 앙기앵 사건과는 달라. 그러니 안심하게…… 자넨 거기서 몽칼메 부인을 만나, 그녀가 악착같이 간직하고 있는 책 한 권을 손에 넣으면 되는 걸세. 그걸 나한테 가져오라고. 자네도 들어본 적 있겠지, '몽칼메 가문의 『가사(家事)기록부』'(가장이 집안의 모든 회계와 대소사를 기록해 대대로 물려주는 책자—옮긴이)라고. 그 책의 영어판일세. 우리 프랑스에선 가문마다 집안의 모든 사건과 내밀한 비밀들을 일종의 비망록 형식으로 기록해 대대로 전하는 풍습이 있지. 바로 그 책이 필요한 것이네. 영어판에는 프랑스판에 누락된 대목들이 포함되어 있거든. 다름 아닌 잔 다르크가 고백한 내용인데, 당시 영국 정계의 고급 지침들과 강령들이 그 안에 담겨 있지. 잔 자신이 군대와 더불어 이동하면서 이렇게 저렇게 수집한 아주 귀한 정보들이라네. 이를테면 이런 것들이야…….

모든 땅을 차지하는 자가 모든 황금을 차지하리라.
모든 황금을 차지하는 자가 모든 땅을 차지하리라.
영국을 케페우스좌(座)로 이끌어야 한다.
아프리카 남부를 모조리 차지해야 한다."

뤼팽 장군도 맞장구를 쳤다.

"네, 영국인들이 그런 정책에 골몰하는 동안, 저희 집안은 캐나다를 프랑스에 넘기려고 고군분투했더랬죠. 그걸 영국에서 가져가고…… 특히나 몽칼름(1712~1759. 프랑스 장군으로 캐나다를 영국에 내어줌—옮긴이)이……."

황제가 다시 말을 이었다.

"아무튼 바로 그 책을 고스란히 손에 넣어야 해. 나한텐 아주 소중한 물건이 될 거야."

"손에 넣으실 수 있을 겁니다, 폐하."

"50명을 잡아들이게. 나의 매제들, 탈레랑(1754~1838. 외무장관—옮긴이)…… 그 모두가 음모를 꾸미고 있어. 거기서 음모를 꾸미고 있다고……."

"그런데 성은 마르몽(1774~1852. 나폴레옹의 최측근. 육군원수—옮긴이)의 소유 아니던가요?"

"그자가 음모꾼들의 우두머리일세."

"그 밖에 다른 지휘관은 없습니까?"

"있지, 몽칼메 부인. 그 여자는 마르몽의 정부일세. 자네가 가서 그자들을 모두 이리로 잡아들이는 거야."

"즉시 출발하겠습니다, 폐하. 한데, 그 대신 저한테는 무얼 주시겠습니까?"

"원수의 지휘봉! 그 정도면 되겠나?"

"그럼 또 원수직을 신설하시는 겁니까?"

"아니, 마르몽의 자리를 이어받는 걸세. 나쁘지 않겠지? 아무 말이 없군. 다른 걸 원하나?"

"글쎄요…… 차라리 그 여자를……."

"아, 그건 안 되네. 여자는 내가 점찍었어. 손대지 말게."

뤼팽은 곧 입을 닫았다. 하지만 얼마 안 있어 다시 얘기를 꺼냈다.

"폐하, 예로부터 북부 지방에서 쌍벽을 이루는 두 집안이 있었는데 다름 아닌 몽칼메 가문과 카보뤼팽 가문입니다. 수세기 동안 서로 앙숙지간이었죠. 쌍방 간 저질러진 숱한 암살과 중상모략, 절도, 강간 사건이 두 가문의 오랜 증오심을 고스란히 말해주고 있습니다……. 특히 마지막으로 거론한 사안에 대해서는 저희 카보뤼팽 가문이 두세 자리 뒤지는 형편이지요. 저로서는 몽칼메 부인을 욕보여봤자 별 부담이 없는 이유가 바로 거기에 있습니다."

황제의 표정이 순간의 미소로 현저하게 누그러졌다.

"욕심도 대단하이, 아무튼 그 문제는 나중에 다시 얘기하지. 우선 책부터 가져오게…… 여자하고……."

"아무튼 몽칼메 부인은 저의 친척뻘이기도 합니다. 어떻게든 제가 다룰 여자예요."

"그 여자는 영국 왕의 정부이기도 하네…… 그리고 자네가 받을 보상 얘기는 좀 나중에 하지. 우선 서두르게, 어서 가보라고!"

나폴레옹은 회중시계를 꺼내보더니, 말을 이었다.

"자네 지금부터 한 10분 정도 눈을 붙일 수 있는데…… 원한다면 내가 깨워주지."

"졸리지 않습니다, 폐하. 호위대는 이미 집결시켜두었습니다. 이제

가보겠습니다."

혼자 남은 황제는 깊은 생각에 잠겨 꼼짝 않고 서 있었다.

잠시 후, 광장 포도를 두드리며 황급히 출동하는 기병대의 말발굽 소리—그에게는 더없이 익숙한 소음—가 귓가에 들려왔다.

그는 천천히 책상 앞으로 돌아가 털썩 주저앉더니, 돋보기를 쥐고 다시 지도를 꼼꼼히 살피기 시작했다. 그것은 조만간 세상의 무대에서 퇴장해 역사의 뒤안길로 사라져갈 용자(勇者)의 가슴 저미는 모습이었다…….

프롤로그 2

칼립소의 암굴(岩窟)

쉬지 않고 내달린 뤼팽 장군의 부대가 마침내 목적지에 도착했다. 현대식으로 개조되었지만, 성벽 둘레의 외호라든가 성문의 도개교가 사람의 접근을 막는 등, 나름대로 옛날 잔재를 고스란히 간직한 아름다운 제후의 거처였다.

말에서 내린 장군은 정원을 에워싼 성벽을 따라 부하들을 배치시켰다. 그는 도랑 너머 입구초소의 낮은 문 쪽으로 다가가, 검의 손잡이로 거칠게 두드렸다. 곧 사람 목소리가 들렸다. 잠시 후, 하인이 문을 열었다. 뤼팽이 큰 소리로 외쳤다.

"꽁꽁 틀어박혀들 있군그래! 랑파티 총독 계신가? 가서 좀 모셔오게. 뤼팽 장군이 왔다고 말이야."

하인은 지체 없이 사라졌고 곧이어 도개교가 내려졌다. 얼마 지나지 않아 총독이 모습을 드러냈다.

"안녕하십니까, 장군. 그래 무슨 일인가요?"

"손님들이 모인 저 안으로 들어가야겠소."

"그야 어렵지 않죠."

총독은 아주 침착한 태도였다. 넓은 화단을 가로질러 장군을 성 앞으로 안내했고, 둘이 함께 계단을 올라갔다. 빈 방 몇 개를 지나자 돌계단이 이어졌고, 그리로 내려가자 주건물 뒤쪽 후미진 곳에 자리한 공간이 하나 나타났다. 거실로 꾸며진 천연암굴이었다. 종유석들 사이사이 조화로운 색조의 휘장들이 늘어져 있는 거기, 10여 명의 남자들이 테이블 주위에 모여 앉아 있었다. 모두들 카드 패에 정신이 팔렸는지, 누구 하나 고개를 들 기미조차 없었다.

뤼팽은 턱 버티고 선 채 소리쳤다.

"자, 자, 음모를 꾸미고들 계신가? 모두 나와 함께 가주셔야겠소이다! 황제 폐하의 명령이오!"

남자들이 일어섰다. 뤼팽은 서글서글한 태도로 일일이 알은체했다.

"어이구, 안녕하시오, 베르나도트! 안녕하십니까, 마르몽! 몽칼메 부인께선 어디 계시오?"

몇몇이 잡아떼기 시작했다.

"몽칼메라니! 처음 듣는 이름이군……."

"어허, 왜들 이러시나!"

오직 마르몽만 부정하지 않을뿐더러, 빈정대는 투로 대꾸했다.

"이러는 사이 충분히 도망쳤을 거라 생각지 않소?"

"천만의 말씀! 모든 출구가 봉쇄되어 있거든. 내가 어린애인 줄 아나? 그 여자 있는 데로 순순히 안내하랄밖에!"

뤼팽 장군의 대답이었다.

저항할 방법이 없는 마르몽으로선 그대로 따르는 수밖에 없었다. 그는 휘장 한쪽에 가려진 창살문을 열었다. 장군은 천연암굴에 이은 인공

석굴 속에 묘하게 자리한 어느 규방으로 들어섰다. 인공적으로 만들었지만 똑같은 모양의 종유석들과 분홍색의 실크휘장들도 그대로인 가운데, 작은 원탁과 여닫이식 책상, 섬세한 취향의 의자 몇 개가 단출하게 놓여 있었다.

널찍한 오토만 의자에 한 여인이 책을 손에 쥐고 반쯤 누워 있었다. 휘장보다 다소 밝은 분홍 빛깔에 목 부위가 과감하게 파인 드레스 차림의 늘씬하고 무척 아름다운 여자였다. 붉은빛이 감도는 밤색 머리채가 횃불 아래 반들거리고 있었다.

불청객이 들어서자 여자는 별로 당황한 기색 없이 몸을 일으켰다.

"어머, 뤼팽 장군님!"

"네, 접니다. 그간 안녕하셨소?"

"여긴 웬일이세요?"

"당신을 체포하려고! 정말입니다!"

"저를 체포한다고요?"

"그렇소. 이유는 당신도 알 거요. 나와 함께 가주셔야겠소. 황제 폐하의 명령입니다."

"저런, 그렇게 서둘 건 없잖아요! 당신을 따라가는 거야 달리 방도가 없으니 당연히 그래야겠죠. 하지만 나폴레옹에게 데리고 가진 말았으면 하네요. 저 그 사람 만나지 않을래요. 저한테 흑심을 품고 있거든요."

"그에게서 벗어나는 방법이 하나 있습니다. 내 품에 안기는 것이오!"

뤼팽의 난데없는 제안에 젊은 여인은 도도한 웃음으로 대답했다.

장군은 여자 앞으로 다가가 한쪽 무릎을 꿇더니, 훤히 드러난 팔을 어루만지고 백옥 같은 어깨에 입을 맞추었다. 그러면서 이렇게 중얼거렸다.

"그렇소, 내 여자가 되어주시오. 나 역시 당신을 원하고 있소……."

순간 여자는 이 사내의 격정을 구슬려 자신이 취할 이득을 재빨리 계산해냈다.

"당신 품에 안기면, 저를 도망치게 해주겠어요? 그런 조건이라면, 청을 받아들일게요."

"거래하는 거요?"

"정정당당하게!"

뤼팽은 벌떡 일어나 말했다.

"좋아요! 대신 지금 손에 들고 있는 그 책을 내게 넘기시오. 그거 몽칼메 가문의 『가사기록부』 영어판 맞죠?"

"이건 뭐하시게요?"

"황제 폐하께 전해드려야 합니다. 그 책이 오기만을 기다리고 계시오."

"제가 거부하면 어떻게 되죠?"

"내 부하들이 당신을 붙잡아 튈르리 궁으로 압송할 거요. 당신은 나를 벗어날 수가 없어요. 이곳은 완전히 포위되어 있습니다."

몽칼메 백작부인은 잠시 생각에 잠겼다. 달리 선택의 여지가 없음을 깨달은 그녀는 자존심 강하지만 순진한 데다 사랑에 빠진 이 군인에게서 최대한 이득을 끌어내기 위해 갖은 교태를 부리기 시작했다. 다시 자기 앞에 한쪽 무릎을 꿇고 다가든 사내의 품에 냉큼 안기며 여자는 나긋나긋하게 속삭였다.

"그래요, 저 당신 거예요…… 실은 오래전부터 그러기를 바랐어요. 모르셨나요? 당신을 좋아한다고요…… 어쨌든 저를 놓아주기로 약속한 거죠?"

"난 한 입으로 두말하는 사람이 아니라오……."

대답과 함께 이미 입술을 취하면서 여자를 오토만 의자에 밀어 눕히는 뤼팽…….

얼마나 지났을까, 번갯불에 콩 구워 먹듯 치른 정사(情事)의 끝자락에 이르러 몽롱한 정신 상태로 나란히 누워 있는 두 사람…… 그중 먼저 냉정을 되찾은 건 뤼팽이었다.

"이봐요 아가씨, 우리 두 가문의 오랜 싸움이 대부분 박빙이었지만 유독 상대편 여자 후리기에서는 카보뤼팽가(家)가 한 수 아래였던 게 사실이오. 그걸 이번에 내가 조금 만회했다고나 할까, 고맙소이다!"

그렇게 툭 던지고는 벌떡 일어난 뤼팽, 장군 복장을 신속히 챙겨 입었다.

"자, 자, 시간 낭비하지 맙시다. 아직 할 일이 남았다는 걸 잊지 말아야지. 우선 당신부터 무사히 내보내야 하고……."

뤼팽은 빠르게 주변을 둘러보았다.

"저 끝에 출구는 어디로 통하지?"

"들판으로 나가는 통로예요. 일단 거기까지 나가면 국경으로 쉽게 접근할 수 있어요. 그다음에는 친구들이 외국으로 건너가게 도와줄 거고요."

"좋아. 어서 준비하고 따라와요. 아차, 그 책! 그건 내가 접수해야지."

"자, 받아요."

여자는 깔끔하게 장정된 책 한 권을 의자 너머 선반에서 집어 들어 건네주는데…… 그와 동시에 사내의 주의를 흩뜨리려는 듯 또다시 품에 와락 안기는 것이었다. 그렇다고 해서 문제의 『가사기록부』를 다른 책으로 슬쩍 바꿔치기한 걸 눈치 못 챌 뤼팽 장군이 아니었다.

하지만 아무런 내색도 하지 않았다. 단지 여자가 옷을 입고 돈을 챙기는 동안, 그는 바꿔치기한 책을 제자리에 도로 놓아두면서 원하던 물건을 잽싸게 낚아챘다.

"자, 어서 서둘러요!"

마지막 입맞춤을 한 뒤, 그는 들판으로 나가는 쪽문을 열었다. 그곳을 지키는 부하를 돌려보내고 나서 여자를 내보냈다.

그가 다시 방 한가운데로 돌아오기 무섭게 쪽문 반대편에서 나폴레옹이 쓱 들어섰다. '이크, 하마터면 큰일 날 뻔했군!' 속으로 중얼거리며 그는 황제 앞으로 뚜벅뚜벅 걸어갔다. 다소 불안한 음성으로 입을 열었다.

"책 여기 있습니다."

"방금 무얼 하고 있었나?"

황제가 의심스러운 표정으로 물었다.

"몽칼메 부인을 탈출시켰습니다, 폐하."

나폴레옹은 화내지 않았다. 부하의 이런 담대한 태도 앞에선 오히려 마음이 누그러지는 그였다. 장군을 바라보는 시선에 아무런 앙심이 없으면서도, 대신 황제는 점잖은 어조로 이렇게 못 박았다.

"그렇다면 자넨 방금 원수의 지휘봉을 내친 셈이로군."

* * *

그로부터 몇 달 후, 뤼팽 장군은 몽칼메 백작부인과 결혼을 하고 오르세 고성에 둥지를 틀었다.

한편 나폴레옹은 몽칼메 가문의 『가사기록부』를 면밀히 연구했으나 그로부터 아무 실익도 거두지 못했다. 분명 그 속에는 정확하고 효과 높은 정보가 수두룩했지만, 정작 그것을 활용할 기회가 주어지지 않았던 것이다. 워털루의 재앙으로 그가 품은 모든 야망과 가능성은 종지부를 찍고야 말았다.

이제 우리는 레른 공녀(公女) 카모르 양의 삶을 들여다볼 차례다.

I
유언장

몽미라이 전투가 벌어진 날 저녁,
나폴레옹 1세 군대의 뤼팽 장군은 황제의 명을 받들어
성의 동굴에 모인 반란 음모자들을 체포하러 나선다.
훗날 그의 손자가 그 유명한 아르센 뤼팽이 되는데…….

때는 1921년 12월. 이탈리아 대사관에서 성대한 무도회가 펼쳐지고 있었다. 그동안 몇몇 제한적인 연회가 파리의 활기를 되찾는 데 미력을 보태기는 했지만, 1914년에서 1918년에 이르는 대재앙(제1차 세계대전—옮긴이) 이후 제대로 된 공식행사는 이것이 처음이었다.

대사 부부는 중앙계단 아래까지 나와 손님들을 맞이했다. 2층의 으리으리한 방들마다 눈부신 차림새의 손님들이 이리저리 지나다녔다. 쌍쌍이 혹은 끼리끼리 마주칠 때마다 자연스럽게 인사와 소감을 나누면서도, 처음 대하는 사람의 일거수일투족은 놓치지 않고 눈으로 좇았다. 무도회장에서 흘러나오는 악단의 연주 소리와 여기저기 사람들의 대화 소리가 한데 어우러지면서 가벼운 소음이 끝없이 이어지고 있었다.

별안간 주변이 조용해졌다. 웬 키 크고 젊은 여인이 혼자 걸어 들어오고 있었다. 걸음걸이와 자태에서 뿜어져 나오는 고상한 아름다움이 워낙 압도적이어서 그 주위의 출중한 미인들이 죄다 평범하게만 보였다. 보석 하나 걸치지 않은 아주 수수한 차림새. 황갈색이 감도는 분홍빛의 묘하게 주름 잡힌 드레스를 입고 있었다. 웨이브 진 금발의 머리채는 나른한 목선을 따라 긴 타래로 늘어지다가, 순결한 어깨에 스치듯 내려앉았다. 속눈썹 사이 초록빛의 커다란 눈망울은 화장기 전혀 없는 은은하고 상큼한 피부를 더욱 돋보이게 했다.

여인이 무심코 걸음을 내딛는 가운데, 찬미자들이 그 주위로 빠르게 모여들었다. 다들 한마디씩 인사를 건네왔다.

"레른 양, 여기서 또 뵙는군요! 부친께선 안녕하시지요?"

"코라, 홀딱 반하겠어요!"

"사랑스러운 코라, 당신하고 춤 한 번 추면 소원이 없겠소! 처음 왈츠곡은 제가 예약합니다! 그나저나 혼자 오셨나요? 레른 공께선 안 오셨습니까?"

여인은 그 모두를 일일이 응대하며 구석자리로 가더니 상냥한 표정으로 말했다.

"자, 다들 자기 자리로 돌아가세요. 저는 오늘 모인 분들 모두를 그냥 구경 좀 하려고요. 조명이며 꽃이며, 화려한 의상과 제복…… 이런 멋진 연회는 정말 오랜만이군요. 아무리 봐도 질리지 않을 것 같아요. 그나저나 저기 세롤 후작께서 와 계시네! 저는 우선 후작님과 이야기를 나누겠습니다. 우리 모두 나중에 봐요……."

그제야 젊은 남정네들이 죄다 물러갔다. 세롤 후작이 그녀에게 다가오는데, 지긋한 나이에도 불구하고 꼿꼿한 자세와 민첩한 몸놀림이 느껴졌다.

"안녕하신가요, 우리 공녀! 여기 오면 볼 수 있을 거라 생각했지. 레른 공께서는 함께 오시지 않은 모양이네?"

"아버지는 오늘 저녁 외출 안 하세요. 개인적인 사교모임 말고 이런 공식행사는 별로 좋아하지 않으시죠."

"이런 행사는 그 자체로 예술작품이나 다름없는 구경거리인데……."

"그렇죠? 이런 완벽한 모임은 바라보는 것만으로도 늘 즐겁답니다."

후작이 공녀 곁에 앉으며 말했다.

"지난주에 불로뉴 숲에서 보았어요. 레른 공은 말을 타고 가고, 공녀께선 그 바로 옆에 난 길로 이륜마차를 신나게 몰고 가더군."

"매일 아침 아버지와 저는 그런 식으로 산책을 즐기지요."

"그나저나, 지난 수개월 파리를 훌쩍 떠나 대체 무얼 하고 지낸 겁니까? 책이라도 읽었나요?"

"네, 주로 옛날 책요, 『감정교육』이랄지 프로망탱의 『옛 거장들』 같은 작품들…… 플로베르는 문체가 정말 기가 막히죠. 하지만 얼마나 서글픈지…… 프로망탱의 책을 읽다 보면 저절로 열정이 솟아요. 네덜란드의 거장들 그림을 그토록 치열하게 탐구하다니!"

"그렇군요…… 요즘도 그림 그립니까?"

"파리에 돌아와서 다시 시작했어요."

"좀 나아졌나요?"

"제가 보기엔 그런 것 같아요. 새로운 원리들을 깨쳤거든요. 최고수준의 화가들 작품을 많이 공부했어요."

"보아하니 그 화가들로부터 영감을 받은 게 분명하군. 지금 입은 드

레스 스타일이 놀라워요. 눈동자와 똑같은 빛깔의 스카프하고 벨트가 전제적으로 호박빛 나는 분홍 색조와 묘한 대조를 이루네요…….”

순간 여자의 얼굴에 화색이 돌았다.

“맘에 드세요? 다행이에요. 가만 보면 정말 탁월한 혜안이 있으세요! 게인즈버러가 그린 '데번셔 공작부인의 초상'에서 그대로 따온 스타일이거든요!”

“그건 몰랐네…… 실은 제게 '혜안'이 있다고 해서 말씀인데, 조금 다른 문제로 다소 불편한 얘기를 해도 그만큼 애정이 있어 그러려니 생각해주기 바라요. 요즘 갈수록 공녀에 대해 안 좋은 얘기가 나돌고 있는데, 대체 왜 그런 겁니까?”

여자가 발끈했다.

“남들이 어떻게 바라보든 상관 안 해요. 누가 뭐래도 제 행실에 나무랄 점은 없으니까요.”

“그야 더없이 고상한 건 알지만…… 유감스럽게도 조직적인 사회에서는 남의 시선도 고려할 줄 알아야 하는 법. 적어도 일부 통념이라든가, 겉으로 드러나는 몇 가지 사항들은 중요하게 생각할 줄도 알아야죠.”

“도대체 저에 대해서 어떤 말들이 나도는데요?”

“예컨대, 오늘 저녁 이곳에 수행하녀 없이 혼자 나타난 거 말입니다…… 불필요한 만용이랄까…… 앞길 창창한 아가씨가 왜 그렇게 제 맘대로 나대는 모습을 못 보여줘서 안달인지…… 보세요, 바로 결과가 나타나지 않던가요? 아까 우르르 몰려든 저 멋 부리기 좋아하는 사내들의 호들갑 떠는 꼴 보지 않았습니까? 존중하는 태도가 전혀 아니었고, 공녀 신분과는 상관없는 뭇 여자를 다루는 듯한 모습들이더구먼. 보기가 영 불편했어요.”

여자는 신경 안 쓴다는 제스처를 취하며 대꾸했다.

"그래봤자죠, 다들 멍청한 사내들인걸요."

"그야 그렇겠죠. 사실 오늘 일은 별것 아닙니다. 하지만 이건 좀 다른 문제예요. 공녀가 런던에서 데리고 들어왔다는 그 사(四)총사들 말입니다. 아버지께서 집 안 별채에 그 사람들을 들이셨다니, 정신이 어떻게 되신 것 아닙니까? 공녀는 또 그들과 함께 보란 듯 나다닌다죠! 어딜 가나 온통 그 얘기뿐입니다. 대체 어디서부터 어디까지가 사실이냐고요?"

여자는 흘러내린 스카프를 우아한 동작으로 끌어다 목에 감으며 대답했다.

"모든 게 사실이에요. 지극히 정상적인 사실에 악의적인 해석이 가해졌을 뿐이죠. 그 사람들 모두 교양 있고 원만한 친구들이에요. 네, 실제로 런던에서 알게 된 남자들이고요. 파리에 왔는데 마땅히 묵을 곳이 없는 거예요. 그래서 아버지가 우리 집 정원 한구석에 위치한 다 낡은 건물을 내어준 것뿐입니다, 아시겠어요……? 옛날 예배당 건물의 제의실(祭衣室)하고 경비병 대기실로 쓰던 방이 고작이에요. 그 사람들도 기꺼이 그곳을 쓰기로 했고요. 친구들이 가까이 있으니 저로선 외롭지 않아 좋기만 하던걸요."

후작은 씁쓸한 표정으로 어깨를 으쓱했다.

"듣고 보니 별일 아니긴 한데…… 그래도 못된 사람들은 그런 식으로 봐주질 않아요. 너무 튀는 행태를 보이니까, 사람들이 잘 접촉을 안 하려고 합니다. 방문하면 받아주기는 하는데, 일부러 찾아가진 않는 거죠. 한마디로 공녀는 지금 찍혔어요. 스스로 왕따를 자초했단 말입니다!"

"그까짓 정기적으로 계산해서 찾아오는 손님들, 저도 질색입니다! 사람들과 관례상 교류하는 것, 전 원하지 않아요. 후작님 같은 몇몇 사람들과 특별히 소통하는 것 빼고요……."

그 말에 후작은 금세 표정이 밝아졌다.

"알겠어요. 다만 여자들이 공녀를 싫어하는 게 안타까울 뿐이죠. 아까 봤어요? 와서 인사하는 여자가 한 명도 없는 것…… 남자들만 우르르 몰려들었지…… 이건 너무하잖아…… 공녀의 됨됨이를 아는 사람은 다들 그 점을 안타까워합니다."

여자가 살짝 미소를 지으며 대꾸했다.

"저길 좀 보세요, 저를 알은체하는 여자가 딱 한 명 있네요. 이곳 여주인……."

아닌 게 아니라 대사 부인이 다가오고 있었다.

"어서 오세요, 코라 양, 얼마나 찾았다고요! 전할 메시지가 하나 있어요. 아버지께서 방금 전화를 하셨는데, 지금 즉시 들어오라시는군요. 혹시 어디 편찮으신 건 아니죠?"

"저의 아버지는 꼭 막무가내 어린아이 같으세요. 변덕이 이만저만 아니시죠. 저나 아버지나 서로 그런 점을 잘 맞춰주는 편이랍니다. 이만 작별인사를 드려야겠네요."

공녀는 천천히 일어나 후작에게 인사를 한 뒤, 대사 부인의 배웅을 받으며 걸어나갔다.

휴대품 보관대에서 모피망토를 되찾아 몸을 감싼 뒤 밖으로 나서자, 자가용이 대기하고 있었다.

"어서 집으로 갑시다."

차 안에는 걸이용 화병에 담긴 제비꽃의 향기가 은은하게 퍼져 있었다. 여자는 탕파에 발을 얹고 담요를 두른 다음, 뒷좌석에 푹 기대앉아 규칙적인 자동차 소음에 몸을 맡겼다. 아늑한 기분이었다.

문득 세롤 후작이 제기한 우려가 생각났다. 여자는 재미있다는 듯 속으로 중얼거렸다.

'딱한 양반 같으니…… 분명 우수한 인재이긴 한데, 지독한 편견의 노예란 말이거든!'

아울러 후작이 언급한 그 '사총사'도 머릿속에 떠올랐다. 정말 색다른 사람들이 아닌가! 쾌활하고 자유분방한 그 사내들은 자주 보면서도 지킬 건 깍듯이 지키는, 그야말로 이상적인 친구들이었다.

그녀가 헤어폴 백작을 처음 소개받은 건 런던의 어느 야회(夜會)에서였다. 그와의 차분하면서 알찬 대화는 깊은 인상으로 남았고, 이후 여러 차례 만남이 이어졌다. 그러던 중 백작의 소개로 또 다른 벗 앙드레 드 사브리 대위를 알게 되었다. 그는 혈기 왕성하고 충동적이며, 어디로 튈지 모를 상상력의 소유자였다. 셋은 곧장 의기투합해 여러 유적지와 박물관을 어울려 다니면서 우애를 다졌다.

세 사람은 종종 드나드는 찻집에서 사브리 대위의 지인인 두 젊은이 도널드 도슨과 윌리엄 로지를 우연히 만났다. 우아하고 세련된 두 남자는 여성에 대한 이해가 깊었기 때문에 어렵지 않게 공녀와도 친구가 되었고, 결국 셋의 우정에 합류하게 되었다. 남자임에도 불구하고 그들은 의상 디자인이랄지 최신 유행에 관해 모르는 것이 없었고, 골동품에도 조예가 깊었으며, 색이면 색, 모양이면 모양 할 것 없이, 자잘한 장식품 고르는 데 일가견이 있었다. 기분만 동하면 박학다식함을 과시하는 도널드 도슨은 고고학에도 정통했는데, 마찬가지로 고고학적 소양이 깊은 앙드레 드 사브리를 붙잡고 툭하면 번득이는 토론을 전개하곤 했다. 항간에는 도슨이 어느 귀족의 버린 자식이라는 소문이 있지만, 숙식을 함께하는 사이인 윌리엄 로지와 더불어 두 사람 다 여객선 급사 출신이었다는 얘기도 나도는 형편이다.

코라는 그런 문제에 관해 속속들이 알고 싶은 마음이 없었다. 네 명의 '보디가드'가 그녀에게 가져다주는 즐거움은 전혀 다른 차원에 속했다. 그들은 권태라곤 없는 다채로운 나날을 보장해주었다. 하여, 그 모두를 파리로 데려와 저택 내 낡은 거처를 내주는 데 아버지가 동의하자, 가까이 두고 지낸다는 생각만으로도 그녀는 더없이 기뻤던 것이다.

옛날 예배당 제의실은 반쯤 허물어진 상태였지만 보수가 가능했다. 앙드레 드 사브리가 그곳을 선점해 터를 잡았다. 헤어폴 백작은 길쭉한 모양의 경비병 대기실을 택해, 창문을 내고 간이벽까지 설치했다. 서로 떨어져 지낼 생각이 없는 도널드와 윌리엄은 17세기 건축의 매력이 물씬 풍기는 정자를 선택했는데, 감각 있는 인테리어 전문가가 그들의 주문에 맞춰 이곳저곳 적절히 손을 보았다.

코라는 딱히 성가시지 않을 정도로 매일 그들을 만났다. 하루는 이 남자, 하루는 저 남자, 그러다 어느 날은 넷 중 두 명과 함께 외출했다. 그 모습이 극장에서든 전시회장에서든 불로뉴 숲에서든 심심찮게 사람들 눈에 띄었다. 사총사가 동행하지 않는 것은 오로지 여자가 사교계에 출입할 때뿐이었다. 그땐, 오늘과 마찬가지로, 대부분 그녀 혼자 나타났다.

네 남자는 젊은 여자의 비위를 맞추느라 열심이면서도, 그로 인한 구설수에 대해서는 당사자만큼 신경 쓰지 않는 것 같았다. 다들 그녀를 사랑하고 있나? 여자는 가끔 그게 궁금했지만 어떤 결론에도 이르지 못했다. 그저 모두 여자 한 명 놓고 환심을 사려 호들갑을 떠는 것, 그게 전부였다. 어쩌다가 갑작스러운 입맞춤을 시도할 때가 있는데, 그때마다 여자는 차가운 태도로 밀쳐내곤 했다. 그녀가 네 명 중 누구도 사랑하지 않는 것은 분명했다. 다만 그때그때 기분에 따라 선호하는 대상이 달라질 뿐.

스물두 살에 이르도록 코라 드 레른은 최근 외국에 체류한 것 말고 아버지 곁을 떠나 지낸 적이 없었다. 그녀의 교육은 한 영국인 여자 가정교사가 여러 특정과목 교수들의 지원을 받아가며 책임져왔다. 부녀 사이는 애정이 파릇파릇 살아 있는 절친한 관계였다. 그런 가운데 딸의 의견이 집안에서 우선권을 차지했다. 대신 금전관계에 대해서 딸은 문외한이었다. 집이 부자인가? 그런지 아닌지, 딸은 몰랐다. 이따금 말 몇 마리와 비싼 가구, 그림이 처분되고 있다는 사실을 눈치챌 따름이었다. 하지만 분명 두 사람은 호화판 생활을 누리고 있었다. 좌안(左岸)의 넉넉한 부지에 으리으리하게 갖추고 사는—하인 수가 얼마 안 되는 건 사실이지만—집 안 창문으로 센 강이 시원스레 내다보였다. 친구들이 거처로 삼은 옛 장원(莊園)의 허름한 건물들은 그에 잇닿은 대규모 정원에 위치해 있었다.

대대로 내려오는 유산이 일시적으로나마 재정상태를 호전시키면, 일정기간 호사가 재개되는 식이었다.

레른 공(公)은 외교분야에서 중요한 역할을 했던 사람이다. 브뤼셀 주재 대사관 관원으로 근무할 당시 그는 어느 오스트리아 여인과 결혼했고, 출산차 영국에 건너간 산모가 그만 코라를 낳으면서 사망했다. 그렇게 얻은 딸을 데리고 파리로 돌아온 뒤부터, 그는 자식을 위해 모든 걸 희생하는 삶을 살아왔다. 친구인 카모르 씨가 자기처럼 정계에 진출해볼 것을 적극 권했지만, 레른 공의 입장은 요지부동이었다. 스스로 공인이 될 인물이라 여기지 않을뿐더러, 욕심이 없었다.

오래전부터 코라는 아버지의 인생이 도박과 말(馬), 여자로 좀먹어간다는 것을 눈치채고 있었다. 하지만 딸이 그의 삶에 최우선이라는 사실엔 변함이 없었다. 오후에 어디를 나다니든 밤새 무슨 파티를 하든, 아침만 되면 어김없이 딸을 데리고 불로뉴 숲에 나가 승마를 즐겼고, 함께 점심을 들면서 딸의 이런저런 계획과 생각, 희망을 놓고 정겹게 이야기 나누는 것이었다…….

차를 타고 집으로 향하는 동안 코라의 머릿속엔 그런 생각들이 주마등처럼 스쳐갔다. 마침내 차가 멈추었고, 운전기사가 초인종을 눌러 현관문이 열리는 순간, 난데없는 불안감이 엄습했다. 도대체 레른 공은 무슨 일로 딸을 불렀을까? 아버지가 욱하는 기분에, 이따위 비루한 삶을 훌쩍 떠나버리고자 스스로 목숨을 끊는 일이 벌어지는 건 아닐까, 그동안 얼마나 자주 걱정했는지 모른다!

불안한 직감이 증폭되는 가운데 딸이 아버지의 서재로 불쑥 들어섰다. 아버지는 책상 너머에 진지한 표정으로 앉아, 방금 봉인한 편지를 문진(文鎭)으로 누르고 있었다. 그 주위로 둘러선 '사총사'. 그럼 이들 역시 아버지가 불렀단 말인가? 이런 시각 그들 스스로 집 안에 들이닥친 적은 여태 한 번도 없었다! 그들은 아무 말 없이 여자에게 인사했다. 망토를 벗는 딸에게 레른 공이 말을 건넸다.

"야회는 즐거웠니?"

"네, 아주 좋았어요."

"나 때문에 망친 것 같아 미안하구나. 하지만 너와 포옹도 하지 않고 떠나기는 싫었다."

"떠나시다뇨?"

"코라야, 여기 이 친구들이 내가 너를 위해서 맡긴 일에 대해 따로 이야기해줄 거다. 자, 이제 다들 나가주시게. 나는 좀 혼자 있고 싶으니까."

그는 자리에서 일어나 코라를 안아주며 이마에 키스를 했다. 그리고 네 남자들과 일일이 악수를 한 다음, 딸과 함께 내보냈다.

그녀는 별안간 가슴이 철렁했다. 서랍장 앞을 지나치는데 눈에 익은 상자, 그러니까 권총이 든 박스가 언뜻 눈에 띄었던 것이다.

건넌방으로 나오자마자 그녀는 헤어폴 백작을 붙잡고 물었다.

"무슨 일이에요? 어디로 떠나신다는 거죠? 무서워요……."

백작은 이상하리만치 침착한 태도로 그녀를 이끌며 말했다.

"그냥 놔두세요. 당신이 할 수 있는 일은 아무것도 없습니다. 어서 당신 방으로 올라가요."

순간, 사브리 대위가 불쑥 끼어들었다.

"그래요. 여기 있으면 안 됩니다. 어서……."

미처 말을 마칠 틈도 없었다. 총성이 울려 퍼졌다!

기겁을 한 여자가 방금 빠져나온 서재 문을 후다닥 열고 들어갔다. 레른 공은 안락의자에 벌렁 나자빠져 있었다. 구멍 난 관자놀이로부터 한줄기 피가 흘러내리는 가운데, 오른팔이 축 늘어지고 그 가까운 바닥에 권총 한 자루가 떨어져 있었다…….

코라는 얼른 몸을 던져 그를 부둥켜안았다. 입에서는 더듬더듬 말이 잘 나오지 않았다.

"아…… 아버지…… 아…… 버…… 지……."

급기야는 반쯤 의식을 잃고 그대로 쓰러졌다.

네 남자가 혼비백산 달려 들어왔고, 낮은 목소리로 대책을 논했다.

"돌아가신 거지?"

"응."

"그렇더라도 의사는 불러야 해."

도널드 도슨과 윌리엄 로지는 눈물을 글썽이면서, 이제 막 달려온 하인들에게 지시를 내리러 나섰다.

앙드레 드 사브리와 헤어폴 백작은 코라를 맡아, 조심스럽게 일으켜 주었다.

헤어폴 백작이 속삭였다.

"가서 안정을 취해요. 여긴 당신이 있을 곳이 못 됩니다. 앞으로 보기 흉한 절차가 진행될 거예요……."

잠시 후 그는, 책상 위에 어질러진 여러 통의 편지 중 아까 문진으로 눌러둔 편지를 찾아내 호주머니에 넣고 있는 사브리 대위를 손짓으로 불렀다. 남자 둘이 여자를 부축해 바로 위층 방으로 데리고 올라갔다.

"무서워…… 무서워……."

푹신한 안락의자에 앉으면서도 코라는 두 눈 부릅뜬 채 계속 같은 말만 되뇌고 있었다.

분위기를 바꾸기 위해 사브리가 나섰다. 그는 서재 책상에서 챙겨온 편지를 꺼내, 코라에게 내밀며 말했다.

"이거 아버지께서 당신한테 쓴 편지예요. 당신이 집에 도착할 즈음 마무리를 지으셨죠. 한번 읽어볼래요? 꼭 전해주라고 부탁하셨습니다."

여자는 냉큼 편지를 낚아채 '내 딸에게'라고 적힌 봉투를 찢었다. 그리고 눈물을 훔친 뒤, 내용을 읽어 내려갔다.

내 딸에게

"사는 게 지겹다. 이제 떠나련다." 이건 내 친구 카모르 씨의 아버지가 자식을 떠나면서 마지막으로 남긴 말이란다. 내가 이제 실행에 옮기려 하는 해방의 몸짓에도 역시 그것 말고 다른 이유는 있을 수 없지.

그 양반과 마찬가지로 나도 떠나기에 앞서, 앞으로 네가 걸어가야 할 인생길에 길잡이 삼아 몇 마디 충고를 해주고 싶구나.

너도 나 못지않게, 남이 정해놓은 규범 따위는 그다지 신경 쓰지 않는 타입이지. 그러니까 정숙함의 미덕이란 것이 네 마음에 크게 와 닿지 않는 거다. 다만 너는 명예의 소중함을 잘 알기에, 천박한 처신을 알아서 피해가는 것뿐이란다. 정숙함이란 편협한 우상과도 같아, 그 부정적인 계율은 너와는 어울리지 않는 획일성을 특징으로 하지. 반대로 명예란 무척 개인적인 것이다. 명예를 중시하는 사람은 어떤 경우에서든 진부한 도덕률에 부합하느냐 마느냐를 따지지 않고도 자신만의 행동을 선택하고 결정할 자유를 누린단다. 명예는 단념하라고 말하는 대신 행동하라고 주문한다.

너는 세상의 평판을 신경 써본 적이 없지. 앞으로도 그런 것이 네 앞길에 가로놓일 땐, 가차 없이 무시해버려라. 찬란한 상아탑 안에 틀어박혀, 너 자신의 자존감만을 기준으로 삼아야 한다.

여자의 삶이란 원래 부침(浮沈)이 많은 법이란다. 너는 이 아비와 마찬가지로 야심을 가질 만한 자질도 아니고, 공적인 삶의 기회도 없는 편이다. 오로지 사랑만이 네가 마음껏 뜻을 펼칠 무대야. 그러니 사랑을 향해 대담하게 나서라. 너는 젊고 아름답고 열정적이다. 너에 걸맞은 남자를 고르기만 한다면 사랑이 너를 가득 채워줄 거야.

그런 숙명의 도정(道程)에서 너는 결코 외롭지 않다. 네가 직접 불러 모은 친구 네 명이 너와 함께할 테니까. 비록 파리 사교계는 부적절한 혼숙이다 뭐다 하며 비난을 퍼붓겠지만, 너는 그 친구들과의 우정을 끝까지 지키고, 그들에게 의지해야만 한다. 세상 손가락질 따위에는 초연해져야 해.

같은 여자들과의 친목에선 별로 기대할 것이 없을 거다. 그들에게 너는 항상 질시와 오해의 대상일 뿐이니까.

어떤 관능적인 경험 앞에서도 너는 물러설 필요가 없다. 여자란 행/불행이 그 자신의 결정에 달려 있는 한, 항상 자유로운 존재다. 어떤 경우에도 여자로서의 자존심을 버리지만 않으면 돼.

자, 이제 너에게 한 가지 중요한 사실을 알려줄 때가 되었구나. 나 역시 어쩌다가 심증을 품게 된 사실이다. 너의 네 친구들 가운데 아무래도 그 유명한 아르센 뤼팽이 있는 것 같다. 모험을 즐기는 타입이라고는 하나, 나는 그걸 별로 문제라고 보진 않는다, 오히려 그 반대지! 현재 그는 가명을 빌려 자신을 숨기고 있다. 넷 중 누가 그 사람인지는 나도 알아내지 못했다. 그러니 네가 꼼꼼하게 살펴서 그 사람을 찾아내도록 해라. 그로부터 뜻하지 않은 도움을 받게 될 테니까. 그 역시 명예를 중시하는 존재란다.

내 딸, 이제 너에게 작별인사를 고할 시간이 되었구나. 인사 없이 훌쩍 네 곁을 떠나고 싶진 않았다. 만약 그랬다면 너는 언제나 나를 원망했을 테지. 그동안 너에게 아무 내색도 하지 않은 건, 공연히 가슴 아파하는 일을 피하기 위해서였다.

제발 나보다는 살맛 나는 인생을 꾸려나가거라!

나는 흡족한 기분으로 떠난다. 이제껏 늘 그래왔듯이, 지금 나는 내 자유를 행사하고, 내 의지에 따라 행동한다.

울지 마라. 절대로 울어선 안 돼. 그건 약한 자들이 하는 짓이니까.

행복할 줄 알아야 한다.

레른

코라는 아무 말 없이 편지를 읽고 또 읽었다. 그리고 부인용 책상 서랍 안에 조용히 밀어 넣었다. 이상하게도 마음이 가라앉았다. 도슨과 로지가 합류한 가운데, 헤어폴과 사브리를 향해 질문을 건네는 그녀의 태도는 지극히 자연스러웠다.

"아버지의 의중을 알고 있었나요? 혹시 당신들한테는 미리 밝힌 것 아닌가요?"

대답은 헤어폴이 했다.

"맞아요. 우리한테 알리려고 다들 불러 모으시더군요. 말리고 애원까지 했지만 허사였습니다. 결심이 단호하셨어요."

앙드레 드 사브리도 거들었다.

"당신과 관련한 사항들을 자세히 설명해주면서 모든 걸 우리한테 맡기셨죠. 우리를 믿어요."

"그래요, 우리를 믿어요!"

모두 입을 모았다.

여자는 고마움을 표하면서도 깊은 생각에 잠겨 한 명 한 명 유심히 관찰하고 있었다.

'이 네 명 중에 아르센 뤼팽이 있다니…… 도대체 누구지……?'

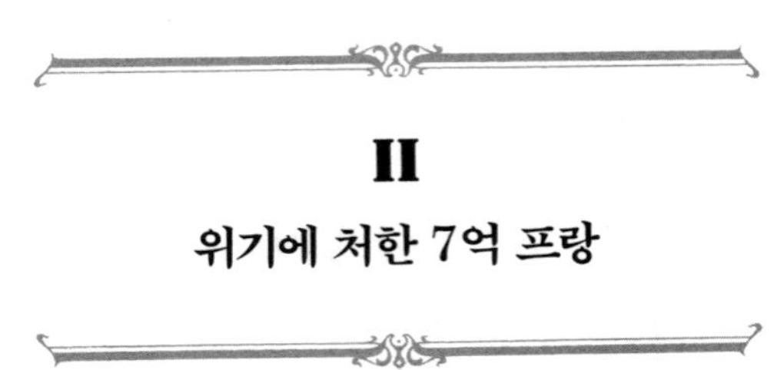

II
위기에 처한 7억 프랑

1921년 이탈리아 대사관에서 무도회가 펼쳐진다.
코라 드 레른이 그곳에 참석했지만 아버지가 곧장 집으로 불러들인다.
딸이 도착하자, 레른 공은 이제 자신은 떠날 때가 됐다는 말을 남기고,
딸을 방에서 내보낸 직후 자살한다. 저택 별채에 기숙하는 네 명의 친구와 함께
살아가야 하는 코라……
아버지가 남긴 유언은 그 네 명 중 한 사람이
아르센 뤼팽이라고 귀띔해주는데…….

레른 공을 다소 괴팍한 성격임에도 아주 지적이고 고결한 인물로 간주해온 파리 사교계에 그의 갑작스러운 죽음은 커다란 충격이었다.

장례식은 수많은 인파가 지켜보는 가운데 엄숙하게 치러졌다. 슬픔에 사무쳐 초췌하면서도 눈물 한 방울 흘리지 않는 코라의 의연한 자세

는 사람들을 놀라게 했다. 공식적으로 자살이 확인되었음에도 귀족신분에 부합하는 교회의 장례절차를 밟을 수 있게끔 그녀가 행정 및 종교 당국을 상대로 24시간 내내 얼마나 애를 썼는지, 사람들은 알 턱이 없었다.

무엇보다 헤어폴 백작과 사브리 대위가 큰 힘이 되어주었다. 두 사람 다 의외로 공직(公職) 세계에 연줄이 풍부했고, 힘 있는 사람들에게 압력을 행사할 모종의 수단들을 가진 듯했다. 백작은 코라를 위해 힘이 되어줄 몇몇 사람 만나러 다니는 일 빼고는 거의 그녀 곁을 떠나지 않았다. 반면 앙드레 드 사브리의 경우, 그녀 주변에서 얼굴 보이는 일이 별로 없었다. 장례식이 끝나고 나서 한동안 낮이나 밤이나 툭하면 어디론가 사라지고 마는 그의 행태가 코라는 그저 놀라울 뿐이었다. 다시 나타날 때마다 넌지시 물어보긴 했으나, 그에게서 돌아오는 건 두루뭉술하고 모호한 대답뿐이었다.

나머지 두 사람 도널드 도슨과 윌리엄 로지는 요즘 한창 인기 있는 술집을 뻔질나게 드나들면서, 밤을 잊은 젊은 친구들과 어울리곤 했다. 기질적으로 향락에 기울기 쉬운 이 두 남자는 어쩌다 목격한 처참한 사건에 상당한 충격을 받은 상태였다. 그 끔찍한 기억에서 벗어나기 위해 발버둥 치듯 그들은 갈수록 외출이 잦아졌고, 자신들이 보고 듣고 아는 사실을 취객들 앞에 낱낱이 떠벌림으로써 손쉬운 인기를 얻고 있었다. 결국 레른 공이 자기 머리에 권총을 발사했다는 이야기가 급속도로 퍼져나갔고, 자살을 둘러싼 전후사정이 살롱들과 야간업소들을 거치면서 터무니없게 확대재생산 되었다.

세상에! 그 사람 자기 딸한테 편지를 남겼다지. 편지에 자기 친구 카모르 씨까지 언급해가면서, 그 아버지가 자살할 때 남겼던 이유와 똑같은 이유를 내세웠다는군! 말도 안 돼……! 제2제정 당시 불티나게 팔렸던 책, 어느 소설가(Octave Feuillet. 1821~1890. 『카모르 씨(Monsieur de Camors)』라는 소설로 당대 화제를 불러일으킴—옮긴이)가 카모르 씨의 사연을 풀어냈던 바로 그 책의 내용이 다시 사람들 입에 오르내렸다. 이러다가는 레튼 공녀를 '카모르 양'이라 부를 날도 머지않은 상황!

물론 코라는 자신의 이런 인기와 별명을 까맣게 모르고 있었다. 애도의 슬픔에 스스로를 가둔 채, 몇 가지 얽힌 문제를 정리하느라 공증인의 소환에 응하는 것 말고는 거의 외출을 하지 않았다.

게다가 파리 사람들은 똑같은 사안에 대해 오랫동안 열을 올리지 않는다. 이 사건에 대해서도 처음 느낀 흥미가 시들해지자, 때마침 터진 또 다른 사태에 열중하는 것이었다.

1922년 7월 6일 자 저녁신문들이 런던에서 전신으로 날아오는 다음과 같은 뉴스들을 신속히 보도하고 있었던 것.

런던 : 유니버설 은행장은 최근 자신이 보낸 극비전보의 사본을 분실했다고 밝혔다. 누군가 은행 집무실로 침투해 훔쳐낸 것으로 보이는 그 전보는, 다음 날 프랑스 국립은행으로 금화 400만 파운드를 송금하겠다는 내용이었다.

수상쩍은 우연의 일치 : 전보를 보낼 당시 통화내용을 옆방에 있던 누군가가 엿들은 것으로 보인다. 이에 대해 은행장으로선 아무런 단서도 제공할 수 없었다.

7월 8일 오전 : 런던발 항공편에 실릴 자루 두 개에 대한 보안이 철저하게 이루어졌다. 현재 여러 국제절도단이 이번 운항을 노리는 것으로 경찰은 파악하고 있다. 물론 아르센 뤼팽 씨도 요주의 대상 명단에 올라간 상태다. 뤼팽 씨 본인 역시 이 문제에 대한 자신의 입장을 이미 여러 차례 편지로 밝혀온 바 있다.

7월 9일 : 뤼팽 씨로부터 또 한 장의 편지가 당도했는데 그 전문을 소개한다. "나는 항변한다. 신문에 게재된 편지들은 나를 사칭함으로써 당국의 주의를 따돌리려는 자들에 의해 조작된 것이 틀림없다. 이 자리를 빌려 경고하거니와, 그들이 누구이건 조만간 나와 대면하게 될 것이며, 늘 그래왔듯이 이번 사건에서도 나는 정의의 편에 설 것을 분명히 한다. 귀가 있는 자는 알아들을지니…… 그럼 안녕! —아르센 뤼팽."

7월 16일 : 어제저녁 드디어 문제의 자루 두 개를 실은 우편항공기가 칼레 상공을 통과했음이 확인되었다. 곧이어 부르제 비행장에는 경찰과 헌병을 비롯해 프랑스 국립은행 측이 별도로 고용한 사설탐정들로 삼엄한 경비가 펼쳐졌다.

밤 10시 정각에 항공기가 도착했다. 일단 항공기 운항은 아무 차질 없이 이루어졌다. 그런데 기내에서 자루가 발견되지 않았다.

속보 : 북부 외곽지역 상공을 비행하던 문제의 항공기가 지나치게 고도를 낮추는 바람에 해당지역 주민들이 기겁을 했다는 제보가 들어오고 있다.

긴급속보 : 파리 외곽과 팡탱 마을 사이에 위치한 쥘랭빌 경기장 별관에서 문제의 두 자루가 발견되었다. 현재 헌병반장의 지휘 아래 10여 명의 경비원이 자루를 지키고 있는 상황. 자루 하나에는 '아르센 뤼팽의 계좌로. 파리. 프랑스 국립은행'이라는 메모가 타이핑된 아르센 뤼팽의 명함이 핀으로 고정되어 있다.

III
드러난 비밀

그날 숲에서의 산책을 마치고 돌아온 코라를 맞이한 것은 심각한 표정으로 그녀를 기다리는 헤어폴 백작이었다.

"코라, 당신하고 진지하게 나눌 얘기가 있어요."

"진지한 얘기라뇨? 갑자기 겁나네요!"

"겁날 것 없습니다. 오히려 당신의 미래에 희망찬 소식일 테니까."

"어디 말씀해보세요."

헤어폴 백작은 안락의자에 푹신히 몸을 묻고 얘기를 시작했다.

"우선 최근에 내가 파리 인근 지역 땅을 좀 사두었다는 얘기부터 해야겠군요. 쥘랭빌에 있는 티욀 성(城)인데, 당신이 와서 당분간 지내는 게 어떨까 싶습니다."

"저야 좋죠! 근데 우릴 떠나시게요?"

"아주 떠나는 건 아닙니다! 고인이신 레른 공이 내어준 이 집과 새로 산 그곳을 오가며 생활할까 합니다."

"와, 그거 좋겠네요! 자, 이제 저의 희망찬 미래 얘기는 뭘까요……?"

"안 그래도 하려던 참입니다. 당신한테 지금 이 자리에서 공개해야 할 비밀이 하나 있어요. 당신은 자신을 레른 공의 딸인 줄 알고 있을 겁니다. 하지만 그렇지 않아요. 레른 공도 그 점을 잘 알고 계셨죠. 오스트리아 귀족가문 출신인 당신 모친은 사실 마리 앙투아네트의 자손이셨습니다. 그분이 열여섯 살 되던 해에 한 영국 남자를 만나 사랑에 빠졌는데, 바로 영국 왕의 가까운 친척인 해링턴 경의 아들이었습니다. 두 젊은 남녀는 약혼까지 했지만, 아버지 해링턴 경은 정치적 이유를 들어 결혼에 반대했지요. 그 결과 당신 모친은 레른 경과 애정 없는 결혼을 하게 된 겁니다.

한편 모친의 원래 약혼자는 아버지가 죽은 뒤 해링턴 경의 작위를 물려받고 나서, 꿈에도 그리던 옛 애인을 다시 만나게 됩니다. 두 사람은 그때부터 아주 은밀한 관계를 이어가죠. 레른 공비(公妃)께서 굳이 영국에 건너가 당신을 출산하다가 목숨까지 잃은 것은 당신이 해링턴 경의 딸이었기 때문입니다. 아내의 갑작스러운 죽음으로 실의에 빠진 레른 경은 아기를 수소문해 파리로 데려와 키웠고요. 그렇다고 해링턴 경이 당신을 나 몰라라 한 것은 결코 아닙니다. 멀찌감치 거리를 둔 채 줄곧 지켜보았고, 지난번 영국에 체류할 때도 마찬가지였죠. 이제 그분은 당신 앞으로 엄청난 재산을 물려주면서, 당신 신분에 걸맞도록 왕위를 계승할 영국 왕자와의 혼인을 추진하고자 하십니다. 다름 아닌 옥스퍼드 공과의 결혼이죠!

사실 나는 해링턴 경의 친구이자 그분이 파견한 밀사입니다. 애당초 당신과 연이 닿은 배경에 그런 이유가 있었던 거죠. 신문을 봐서 알겠지만, 최근 프랑스로 건너와 물의를 일으킨 금화의 주인 될 사람이 바로 당신입니다. 이제 그 일만 잘 수습되면, 내가 나서서 당신에게 직접 전달할 겁니다. 자, 이상입니다. 당신이 티욀 성에 가면 옥스퍼드 공께서 직접 기다리고 계실 겁니다. 그분과의 혼인에 동의할 경우, 훗날 당신은 영국 여왕이 되어 있을지도 모르지요."

이야기를 듣는 내내 코라는 침착함을 잃지 않았다. 골똘한 생각에 잠겨 있었다. 이 얼마나 기구한 운명인가! 무엇보다 방금 알게 된 재물을 빼앗으려고 정체를 알 수 없는 적(敵)들이 자신을 노리고 있다는 생각에 더럭 겁이 났다. 하지만 현재의 친구들이 충분히 그녀를 보호해줄 것이다. 비록 다들 헤어폴 백작처럼 비밀임무까지 띠고 그녀 곁을 지키는 건 아니지만 말이다. 어떤 미지의 힘들, 아마도 서로 상반된 세력들이 그녀의 행복과 재산을 놓고 한쪽은 보호하기 위해, 다른 쪽은 강탈하고자 암중모색한다는 느낌이 들었다. 그 어느 때보다 정신 바짝 차리고, 주변을 관찰하면서, 아무도 믿어선 안 될 것 같았다.

과연 누가 이길 것인가?

IV
'변두리 주점'

이른바 '변두리(zone)'라 불리는 지역,—다시 말해 파리 외곽의 옛 요새(要塞) 터와 겹치는 일종의 휴한지—나병과 가난이 창궐하는 그곳은 사실 변화가 끊이지 않는 구역이다. 온갖 쓰레기가 이리저리 쓸려 다니고, 오물과 잡동사니 폐품이 수북이 쌓인 그 땅에 다 쓰러져가는 판잣집과 대충 세운 가건물, 형편없는 가옥이 촘촘히 들어차면, 그 안에 넝마주이들, 떠돌이들, 무법자들이 꾸역꾸역 하루를 살아간다. 문명과 야만의 타협지대라고나 할까?

오늘날이야 철거반의 구둣발에 그런 악취의 진원지가 남아날 리 없겠지만, 1922년 그곳은 가난한 사람들 누구나 찾아들어 손쉽게 둥지를 틀 수 있는 안식처였다. 악덕과 미덕이 그곳에서는 곧잘 한데 어울렸고, 가끔은 서로 돕는 풍조가 어두운 풍경을 화사한 온정의 빛으로 밝혀주곤 했다. 그런가 하면 떼를 지어 몰려다니는 누더기 차림의 아이들은 썩은 물웅덩이, 진창 가릴 것 없이 제멋대로 뒹굴어도, 병균 따윈 일거에 날려버릴 만큼 매서운 바람 덕분인지 건강한 어른으로 쑥쑥 자라나는 것이었다.

프랑스 수도의 북쪽 외곽에 위치한 팡탱이라는 마을. 일곱 건의 살인을 저지른 끔찍한 악마 트로프만(Jean-Baptiste Troppmann. 1848~1870. 19세기 말 프랑스를 발칵 뒤집은 일명 '팡탱의 학살' 사건의 주인공. 금전갈취를 목적으로 일가족을 잔혹하게 몰살. 실제로는 모두 여덟 명을 살해함—옮긴이)의 기억을 치욕의 낙인처럼 지니고 있는 그곳의 인근 지역만큼 불결하고 음울한 곳도 아마 찾기 힘들 것이다.

기껏해야 센 강의 만곡 깊숙이 형성된 제느빌리에 소택지 근처에 아담한 오아시스가 하나 자리하고 있을 따름이다. 하긴 나무들은 언제나 공공 폐기물과 오물의 횡포를 이겨내는 법. 푸른 나뭇잎들이 공기를 맑게 하고, 먼지와 악취를 빨아들인다. 그러다 보면 어느 순간 이런 곳에도 파릇한 잔디와 화사한 꽃밭, 제라늄이나 목서(木犀) 한 포기, 소박하게 늘어선 스위트피 등등, 제법 아기자기한 정원을 구경할 수가 있는 것이다.

언제부터인가 쥐똥나무, 참빗살나무 담장 둘러친 곳에 '변두리 주점(Zone-Bar)'이란 간판이 호기롭게 내걸린 것도 그런 식이었다. 그곳에 입장하려면 우선 붉은 휘장과 삼색기가 사이좋게 매달린 흰색 나무 격자문을 밀고 들어가야 한다.

건물 안에선 리폴린 에나멜 도료로 칠을 한 널찍한 홀이 손님을 맞는데, 그 새하얀 벽면이 압도적인 청결함을 뽐내는가 하면 여기저기 놓인 참나무 테이블들은 마치 거울처럼 반짝인다. 아직 마개도 따지 않은 채 카운터 위에 가지런히 도열한 칵테일 병들은, 이곳 '변두리 주점'의 고객들이야말로 수입주류를 경멸하고 오로지 프랑스 고유의 전통술만 찾는다는 걸 웅변으로 말해준다. 예컨대 마셨다 하면 노래 한 곡조 뽑지 않고는 못 배기게 만드는 '프티 블뢰(P'tit Bleu)'라든가, 이름만으로도 더 이상의 설명이 필요 없는 '토르부아요'(tord-boyaux. 창자를 뒤틀리게 한다는 뜻—옮긴이) 같은 독주 말이다…….

하나둘 손님들이 빠져나가고 있었다. 이제 남은 사람은 단 몇 명뿐. 라클로슈 영감이 한쪽 구석에서 아페리티프를 홀짝이고, 그 바로 앞쪽 테이블에는 '살인마 트리오(trio)'가 서로 어깨를 맞대고 더부룩한 머리를 기댄 채 둘러앉아 있었다.

글자 그대로 흉악범들이면서 용케 극형을 피해왔고, 여러 차례 도형장에서 탈출을 감행한 그들은 현재 법망을 벗어나 따로 모여 살고 있었다. 자신의 행동에 대한 뉘우침도 남을 위한 동정심도 없이 그들은 서로에게도 거칠고 남들에게는 더욱 거칠게 처신하면서 온갖 잡일을 가리지 않고 날품을 팔며 생활했다.

사실 이 삼인조(trio)를 추종하는 험한 젊은이들이 20여 명 되는데, 푸이나르(Fouinard. 꼬치꼬치 캐기 좋아하는 사람을 일컫는 단어—옮긴이)는 그 모두의 우두머리였다. 창백하고 음산한 얼굴이 꼭 참수형당한 사람처럼 생긴 그는 두둑한 배짱과 총명한 머리, 교활한 기질로 항상 최악의 난관을 헤쳐나감으로써 동료들을 지배해왔다. 일명 '불후의 인기남'이라고도 불리는 푸스카페(Pousse-Café. 식후 커피를 마신 뒤 맛보는 리큐르를 칭하는 이름—옮긴이)는 애교머리에 마치 아프리카 계집처럼 가무잡잡한 황갈색 피부를 가졌는데, 회합이 있을 때마다 술과 음식 그리고 여자를 조달하는 역할이었다. 뭐니 뭐니 해도 셋 중 제일 끔찍한 종자는 하마같이 생긴 얼굴과 철창 속 곰 같은 거동, 거칠기 짝이 없는 태도로 유명한 거인 두블튀르크(Double-Turc. '쌍둥이 터키인'이라는 뜻—옮긴이)였다. 이는 항간에 유행하는 우스갯소리에서 따온 별명인데, "터키인보다 더 힘센 존재는?"이라는 질문에 누가 "쌍둥이 터키인!"이라고 대답했다나……. 그야말로 안성맞춤인 별명이 아닌가! 그 자신이 예전 수감자 명부에 '두블튀르크'라고 서명했을 정도였다.

이날 저녁, 세 거물들께선 술을 벌컥벌컥 들이켜면서 빈 술병을 보란 듯이 진열해놓고 있었다. 그리고 제 버릇 개 못 준다고, 바닥에 가래침을 뱉어대고 손가락을 모아 대차게 코를 풀어댔다.

푸이나르가 문득 뒤를 돌아보더니 라클로슈 영감에게 손짓을 했다.

"어이, 이리 건너오지! 자리는 넉넉하니까."

그러면서 영감을 위해 따로 맥주를 한 잔 주문했다.

세파에 찌들었지만 순한 인상의 라클로슈 영감. 저잣거리 싸움꾼의 몸뚱어리를 간신히 추스르며 자리를 비집고 들어와 대뜸 물었다.

"여보게들, 내게 볼일이라도?"

"아니."

"그럼 뭐지?"

"당신 창고에 볼일이 있어."

"장물 숨겨두려고?"

"잠깐이면 돼…… 끽해야 한 시간."

"내 몫도 좀 있는 건가?"

"쳇…… 자그마치 100장이야."

"10만 프랑?"

"최소한 1억."

"정신 나간 소리!"

"정신 나간 건 어젯밤 우편항공기를 몰던 영국 놈이지. 프랑스 국립은행으로 들어가야 할 금화 두 자루를 이곳에 떨어뜨렸거든."

"그러니까 이 동네에선 푸이나르 선생이 프랑스 국립은행을 대표하시는 만큼, 그걸 꿀꺽하시겠다?"

"남이 흘리고 다니는 물건 챙기는 게 원래 내가 할 일 아닌가? 누더기, 폐휴지, 남이 입다 버린 옷 등등 주워다 치우는 게 내 일 아니냐고……! 자, 여기 번지수 잘못 찾은 자루가 있다 치자고. 그걸 두블뤼르크가 짊어지고 센 강에 정박 중인 동력 바지선에 싣는 거야. 그런 다음 우리 네 명 모두 쥐도 새도 모르게 여길 뜬다 이거지."

"짐을 지고 3킬로미터는 걸어야 할 텐데…… 그게 보통 일인가……."

"그래서 중간에 잠시 쉬어가자는 거야. 바로 그 벽돌공장 창고에서 숨 좀 돌리는 거지."

"몇 시?"

"자정."

"그렇다면 내가 집에 들어가서 먼저 아이들 저녁 챙기고 재워야겠구먼. 그래야 다들 조용해질 테니까. 애들이 일곱이나 되는 데다 워낙 극성맞은 녀석들이거든."

"그럼, 오케이?"

"내 몫도 있다는데 당연히 오케이지!"

"좋았어!"

그러면서도 푸이나르는 못을 박았다.

"자루가 당신 창고에 있는 동안 허튼짓하진 않겠지?"

아니나 다를까 라클로슈 영감이 자기도 모르게 눈을 깜박거렸다. 영감의 머릿속에서 비밀스레 꿈틀거리는 계획을 푸이나르가 눈치채기라도 한 걸까.

두블뤼르크가 오른 팔뚝을 걷어 이두박근을 드러내 보이면서 농담처럼 내뱉었다.

"자네 정말 라클로슈가 이걸 보고도 허튼짓할 거라 생각하나? 여차하면 당장 짓이겨버리지 뭐."

라클로슈는 곧바로 꼬리를 내렸다.

"날 짓이겨버린다고? 그야 당연히 그래야겠지."

한데 별안간 벌떡 일어나더니 부리나케 창가로 다가가는 라클로슈 영감. 뭔가를 본 모양이다. 과연 덤불 뒤로 몸을 숨기면서 줄행랑치는 그림자 하나가 저만치 멀어져 가고 있었다.

다름 아닌 큰 딸 조제파의 그림자라는 걸 영감은 직감적으로 느꼈다. 도대체 여긴 뭐하러 온 걸까? 왜 얘기를 엿듣고 있었나? 지금쯤 집에서 저녁준비를 하고 있어야 하는 것 아닌가?

그는 삼인조를 돌아보며 툭 내뱉었다.

"자, 시작하자고. 이따 올 때 휘파람이나 살짝 불어줘, 알았지?"

라클로슈는 비구름이 몰려드는 저녁 어스름 속으로 걸음을 재촉했다.

그로부터 10분 후, 그는 어느 썰렁한 공터를 에워싼 울타리의 빗장문을 밀고 들어갔다. 한쪽 구석에 라클로슈 가족이 바글바글 모여 사는 건물이 보였다. 지금은 버려진 옛 벽돌공장의 허름한 창고였다. 창문 너머 불빛이 어른거렸다. 늘 그렇듯, 귀가하는 것이 즐거운지 그는 손바닥을 비비적거렸다. 창고까지의 어두컴컴한 통로 양쪽으로는 허구한 날 훔쳐다 놓는 농작물 찌꺼기와 넝마를 쟁여놓은 움막들이 늘어서 있었다.

60대 나이에 단단한 몸집, 정감 어리지만 술과 향락에 찌든 얼굴의 라클로슈 영감은 이곳 '변두리' 지역에서 상당히 중요한 인물이었다. 모아둔 돈도 꽤 있을 거라 여겨지는 데다, 경찰과도 연줄이 있기 때문이었다. 결혼을 일곱 차례나 했는데, 하나같이 여자 밝히는 허풍쟁이의 감언이설에 속은 수더분한 매춘부들이 그 상대였다. 그렇게 해서 제 사람으로 만든 여자들을 그는 노예처럼 부려먹었고, 더없이 불행한 처지로 몰아넣었다.

그는 툭하면 이렇게 말했다.

"만고불변의 원칙이 있어. 되바라진 년일수록 일단 대차게 쥐어박아야 한다는 것! 그럼 웬만하면 나긋나긋하게 변하거든. 그때 죽어라 떡을 쳐주는 거지. 그렇게 안 하면 어느 애먼 옆집 놈이 슬그머니 낚아채, 엉뚱하게 재미를 본단 말이야!"

그가 일곱 여자를 차례차례 갈아치우는 동안, 어느 한 명도 사망원인이 밝혀지지 않았다.

그때마다 경찰조사를 해야 한다, 부검을 해야 한다, 동네에선 난리였다.

영감은 매번 이렇게 투덜댈 뿐이었다.

"나더러 어쩌라고? 난 의사가 아니올시다. 에르네스틴은 감기로 죽었고, 제르트뤼드는 발에 티눈이 나서 죽었나, 아마 그럴 거외다! 아님 그 반대든가…… 아무튼 나도 이렇다 저렇다 말할 처지가 못 된단 말입니다."

"어쨌든 당신이 두들겨 패지 않았소……?"

"섭섭잖게 패줬지. 그건 당연한 거고. 아니면 엉뚱한 잡놈이 수작을 부릴 텐데!"

하긴 조금만 슬픈 이야기를 들려줘도 금세 마음이 약해져 눈물 콧물 짜대는 이 덩치 큰 어린아이를 과연 누가 의심할 수 있었겠는가! 오죽하면 친구들이 그를 일컬어 '눈물을 달고 사는 놈'이라 하면서, 파리 한 마리 못 죽일 위인이라고 입을 모으는 판이었다. 예컨대 술잔 속에 파리가 한 마리 빠지면 그걸 잡아 죽이느니 그냥 꿀꺽 삼키곤 한다나. 심금을 어루만지거나 선의를 부추기는 일 앞에서 그는 한마디로 바보 숙맥으로 통했다.

아무튼 일곱 여자로부터 그는 일곱 아이를 얻었다. 그중 네 명, 조제파, 샤를로트, 마리테레즈, 앙투아네트는 계집아이이고 나머지 셋, 귀스타브, 레옹스, 아메데는 사내애였다.

아이들에 대해 그는 이렇게 말하곤 했다.

"한 가지 난처한 건 그 일곱 명이 나로선 자꾸 헷갈린다는 거지. 조제파를 누가 낳았더라? 레옹스 어미는 또 누구고? 도무지 갈피를 잡을 수가 없거든. 이럴 줄 알았다면, 휴대품 보관대에 번호를 매겨놓듯이 어미들 이마에 숫자를 새겨놓고 아이들을 아예 번호로 부를걸 그랬어. 그랬다면 틀림없을 텐데 말이야. 게다가 난 계집애가 셋이고 사내애가 넷인 줄 알고 있었다니까. 한데 알고 보니 그 반대더라고. 어쨌든 전부 합해 일곱인 건 마찬가지지. 하긴 아무려면 어때, 걸핏하면 지지고 볶아서 탈이지."

영감은 창고 안으로 들어서며 소리쳤다.

"저녁 준비됐냐?"

조제파가 행주를 손에 들고 부엌에서 달려나왔다.

"네, 아빠. 아메데와 함께 곧 저녁 차릴게요."

라클로슈는 대뜸 딸의 귀를 틀어쥐며 캐물었다.

"아까 '변두리 주점' 창문 밖에서 뭐하고 있었냐?"

조제파는 기겁해 더듬거렸다.

"제, 제가요……? 전 계속 요리만 하고 있었어요…… 보세요…… 소고기찜 만들었어요……."

그녀는 식탁보를 깔기 위해 탁자 위에 어질러진 교과서와 공책을 부랴부랴 치웠다. 아버지가 그것들을 무심코 펼쳐보더니, 험악한 목소리로 으르렁댔다.

"샤를로트, 이리 오너라……! 빨리 못 오지……!"

열네댓 살쯤 되었을까, 해맑게 생겼지만 어딘지 병약해 보이는 꼬마

아가씨가 놀란 표정으로 주춤주춤 다가왔다.

"네 신성한 역사책이 잉크 자국투성이더구나, 샤를로트! 계집애가 그렇게 칠칠치 못해서야! 당장 채찍 가져와."

아이는 가죽끈을 여러 개 꼬아 만든 채찍을 벽에서 떼어내 부들부들 떨며 가지고 왔다.

"윗옷 올려."

아이는 시키는 대로 했고, 가엽게도 뼈가 살가죽을 뚫고 튀어나올 것처럼 깡마른 상체가 드러났다.

"무릎 꿇어!"

"아빠…… 아빠…… 제발 살살 때려주세요…… 너무 아프게 때리지 마세요……."

"머리 숙이고 입 닥쳐!"

영감은 팔을 높이 치켜들었다. 한데 그대로 꼼짝 않는 것이었다. 허공에 채찍을 든 채 정면을 노려보고 있는 그의 앞에 맏딸이 꼿꼿이 버티고 서 있었다.

"조제파, 지금 너 뭐하자는 거냐?"

"아이한테 손대지 마세요!"

"꺼져. 내가 이 집 주인이다."

"하지 말아요. 아이가 아파요. 때리면 죽을지도 몰라요. 이제 지긋지긋하다고요…… 우리 모두 다 지쳤어요, 안 그러니 얘들아?"

조제파가 동생들을 바라보며 외쳤지만, 다들 쥐 죽은 듯 감히 나설 표정이 아니었다.

아버지는 채찍 든 팔을 더욱 높이 쳐들었다. 야무지게 외치는 맏딸의 손에는 어디서 난지 모를 권총이 들려 있었다.

"손 하나 까딱하면 머리통을 날려버릴 거예요, 아빠!"

조제파는 전혀 수그러들 말투가 아니었다. 영감이 내뱉듯 대꾸했다.

"자식한테 청결함을 가르쳐야 할 것 아니냐!"

"때리지 말고 가르쳐요. 아이가 잉크 흘리는 거야 당연하죠. 정 때려야겠으면 저를 때려요. 그럼 쟤도 더 잘 알아듣고 앞으로 주의할 거예요."

"그 말 진심이냐? 네가 얘 대신 옷을 걷고 무릎을 꿇겠다고?"

"못할 것 없죠."

순간 영감의 눈빛이 번득였다.

"오냐, 옷 벗어라."

딸은 칼라부터 시작해 천천히 블라우스 단추를 풀었다.

"무릎 꿇어! 어서! 그리고 권총은 내려놔."

고분고분 복종하는 조제파.

저지 블라우스 자락이 조용히 들쳐졌다. 부드럽기 그지없는 새하얀 등허리가 고스란히 드러났다.

"준비됐냐?"

"어서 때려요…… 절대로 딴소리 안 할 테니까."

마침내 채찍이 허공을 갈랐다.

순간, 펄쩍 뛰어 일어나더니 두 주먹을 불끈 쥔 채 다시금 영감에 맞서는 조제파.

"아무래도 안 되겠어! 안 돼! 더 이상은 안 된단 말이야……! 이 나이에 무릎을 꿇다니, 있을 수 없어! 매를 맞는 것도 말도 안 되고! 당신 정말 짐승이야!"

라클로슈는 그 자리에 못 박힌 듯 꼼짝도 못했다. 휘둥그레진 두 눈으로 소녀의 몸뚱어리를 뚫어져라 바라보면서 그는 이렇게 중얼거렸다.

"너…… 너 여자애 아니었니? 조제파…… 너, 사내애였어?"

"그래, 나 남자야…… 진짜 이름은 조제팽이고. 사람들이 다 알고 있어…… 엄마도 물론 알고 있었고."

아버지는 계속 더듬거렸다.

"네 엄마가…… 이런 고약한 년 같으니!"

그때였다, 영감의 얼굴에 매서운 따귀질이 날아든 것은! 숨이 턱 막히는 모양이었다.

"헉…… 이거…… 제법이네!"

그러고는 다시 또 그 소리…….

"못된 년 같으니라고!"

이번에는 따귀질과 함께 앙칼진 몇 마디가 따라붙었다.

"엄마의 명령이야…… 당신이 이름도 모르는 내 엄마…… 앙젤리크, 제일 예쁘셨지…… 어머니는 사랑으로 몰래 나를 키우시면서 이렇게 말씀하셨어……. '너는 앞으로 계집애인 척하면서 커야 한다. 그래야 너를 지나치게 부려먹지 못해. 세월이 지날수록 너는 강해질 거다. 그래서 나중에 네가 저 인간보다 강해진 걸 느끼고, 그때 너나 동생들한테 손을 대면, 저 인간을 아주 박살 내버리는 거야! 실은 나도 저놈의 대갈통을 수프 그릇으로 한 번 후려친 적이 있단다. 꼼짝도 못하더구나! 너도 그렇게 하면 된다. 일단 그러고 나면, 네가 바로 대장이 되는 거야. 저 인간 사실은 겁쟁이란다…….'"

라클로슈는 팔짱을 끼고 상대를 꼬나봤다. 그래봤자 아직은 애송이일 뿐, 맞붙어 싸워보는 것도 재미있을 것 같았다. 대신 제대로, 단번에 본때를 보여주는 거다! 영감은 씩 웃으면서 권총을 집어 들었다.

"그러면 안 되지, 아빠. 지금 누가 누구를 죽이자는 게 아니잖아. 버릇만 살짝 고쳐주겠다는 거지."

그래도 상대가 끝까지 고집을 부리며 무기를 들이대자, 조제팽은 그

자리에서 훌쩍 몸을 날렸다. 전광석화 같은 발차기 한 번으로 손에 쥔 권총이 저만치 나뒹굴었다.

라클로슈가 또 으르렁댔다.

"제기랄! 이럴 수가!"

"어서 덤벼보시지!"

영감은 조제팽을 와락 움켜잡으며 내뱉었다.

"좋다, 어디 두고 보자!"

아예 몸통을 으스러뜨리겠다는 듯 온 힘을 다해 상대를 부둥켜안았다.

그는 웃음을 터뜨리며 뇌까렸다.

"이러다가 너 으스러져! 어른한테 용서를 구해라. 그럼 풀어주마."

"용서를 구해라?"

팔팔한 소년의 일격이 날아가 꽂힌 건 그 직후였다. 노인은 곧장 신음을 토해냈다.

"아윽! 이놈의 자식이…… 이런 건 대체 어디서 배웠어? 네놈이 내 팔을 부러뜨렸어……."

"천만에…… 부러지지 않았어…… 기껏해야 힘줄이 조금 찢어졌을 뿐이야."

"빌어먹을! 우라질! 이놈이 제법 사람 팰 줄 아네그려……."

영감은 힘없이 축 늘어진 팔을 부여잡고 고통에 이를 갈았다. 그러면서 조제팽을 찬찬히 뜯어보았다. 혈기 왕성한 야수의 눈빛에 무자비한 표정이었다.

소년이 말했다.

"괜찮을 거야, 아빠. 물론 지금은 장난이 아니겠지. 하지만 조금씩 마사지해주고 잘만 조리하면, 더 이상 아프지 않을 거야. 이리 내봐, 내가 해줄게…… 자, 이제 됐어."

소년은 영감을 부드럽게 끌어안고 귓가에 속삭였다.

"아빠, 특별히 앙심은 없어. 다시는 그러지 마. 다 함께 잘 지낼 수 있을 거야! 모든 게 아빠 하기 나름이라고…… 자식을 학대할 이유가 없잖아?"

라클로슈는 많이 진정된 듯, 한풀 꺾인 기세로 중얼거렸다.

"그건 그렇지. 이 채찍도 불에 던져버려라. 하지만 네 어머니 말이다, 어여쁜 앙젤리크…… 그 여자 너무 치켜세우지 않는 게 좋을 거다. 내가 입만 열면 너도 어쩔 수 없이 고개가 폭삭 꺾일 얘기가 많아."

"응, 대충 무슨 말 하려는지 나도 알 것 같아. 엄마가 바람피운 거지? 야호, 신난다! 앙젤리크, 만세!"

"그 정도가 아니야……."

"그럼 혹시 당신이 내 친아빠가 아닌가? 와우, 제발 그렇게 말해줘! 너무 좋겠다!"

조제팽은 라클로슈에게 바짝 다가가, 한층 내리깐 목소리에 신랄한 말투로 중얼거렸다.

"모략질은 그 정도면 됐어! 당신이란 사람, 내가 지겨울 정도로 잘 알지. 내가 만약 경찰에 신고해서 당장 비밀서랍을 수색하고 그 안에 있는 백색 가루의 성분을 분석하게 만들면 어떨까? 그땐 아마도 누군가 나서서 엄마와 다른 여자들의 죽음에 관해 당신한텐 다소 껄끄러운 내용을 털어놓게 되지 않을까? 하지만 그 얘기는 일단 접자고. 이제 당신은 내 밥이나 마찬가지고, 앞으로는 내 뜻에 고분고분 따르는 게 좋다는 걸 명심하면 그만이니까. 쳇, 귀가 있으면 알아듣겠지 뭐……! 아, 그리고 잊지 마. 내가 주인이고, 대장이야! 당신은 애들과 똑같이 내 말에 복종해야 해. 그러고 나서 아이들은 내가 추스를 거야."

영감의 얼굴이 하얗게 질렸다. 입술을 깨물고 두 주먹을 불끈 쥔 채,

그는 당장이라도 폭발할 것 같은 기분이었다. 하지만 꾹 참았다. 이 거칠없는 사내 녀석이 여간 두려운 게 아니었다. 때가 되면 이 수모를 갚아주리라, 라클로슈는 내심 이를 갈고 있었다.

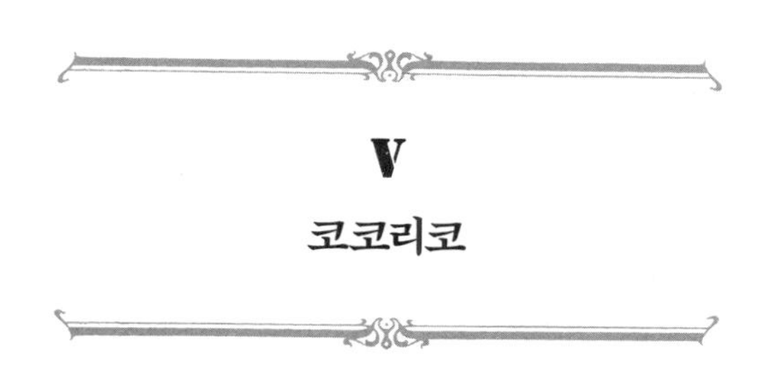

V
코코리코

쥘랭빌 지역에서 절도나 살인 혹은 여타 범죄행위가 발생하는 족족 경찰과 사법부, 시정당국, 나아가 지역민 모두의 시선은 '살인마 트리오'에게로 향했다. 전과로 얼룩진 냉혹한 과거와 현재의 생활방식으로 보아 어쩔 수 없이 그들에게 혐의가 쏠리는 것이었다.

아니나 다를까, 전날 저녁 '변두리 주점'에서 삼인조가 회동했고, 자루가 떨어진 경기장 별관을 향해 곧장 이동했으며, 헌병 네 명과 프랑스 국립은행에서 고용한 사설탐정 대여섯 명이 지키고 있음에도 불구하고 그 자루들이 감쪽같이 사라졌다는 소식은 오전 9시가 되자 이미 사람들 사이에 파다하게 퍼졌다. 보초를 선 몇 안 되는 인원 중 무사한 사람은 단 세 명. 나머지는 두블뤼르크가 휘두른 몽둥이에 모조리 나가떨어졌고, 그사이 푸이나르와 푸스카페는 신속하게 보물을 날랐다.

생존자에게 물어보았다.

"덩치 큰 자의 얼굴을 보았소?"

"그럼요!"

"공범들도 알아볼 것 같소?"

"간신히 알아는 볼 것 같습니다."

수사관들이 즉각 활동을 개시했다. 밤새 비가 내렸기 때문에, 술집에 이르는 길과 그로부터 뻗어나온 또 다른 길의 물 먹은 흙바닥에는 세 명의 발자국이 고스란히 남아 있었다. 하나같이 벽돌공장터 쪽으로 향하고 있었다. 수사관들이 창고 초인종을 누르자 아이들이 나와 불청객들을 맞이했다. 바닥 한가운데 기둥에 재갈을 입에 문 라클로슈가 꽁꽁 묶여 있었다.

결박을 풀어주자 그는 길길이 뛰었다.

"천하의 나쁜 놈들! 순 강도자식들! 놈들이 나를 밖으로 불러내더니 자루를 지키고 있어달라더군요. 그사이 자기들은 센 강에 정박해둔 배로 가서 보강인력을 데려오겠다며 말입니다. 제가 싫다고 했더니, 다짜고짜 두들겨 패고 이렇게 묶어놓지 않겠습니까. 우라질 놈들 같으니라고!"

"당신을 결박해서 이 안으로 데리고 들어온 자가 누구요?"

"모르겠습니다."

"그래, 당신 생각에 그들이 지금 어디 있을 것 같소?"

"배에 있겠죠."

"그럼 발자국만 따라가면 되겠네?"

"그렇죠. 강을 따라 죽 내려가다 보면, 증기선이 대기하고 있을 겁니다."

하지만 그의 설명만큼 간단한 일이 아니었다. 삼인조가 남겼을 발자국이 더 이상 눈에 띄지 않을뿐더러, 창고까지 이어져온 발자국들과는 전혀 다른 누군가의 흔적이 새롭게 발견된 것이다. 사라진 바지선은 모터사이클 헌병대 소속 헌병 한 명이 한 시간 후 퐁투아즈 유역에서 발견했다. 배 안에는 '살인마 트리오'도 금화 자루도 없었다.

헌병이 돌아와 상황보고를 하는 동안, 라클로슈 영감과 일곱 명의 아이들(조제팽은 날렵한 몸매와 떡 벌어진 어깨가 돋보이는 멋진 새 옷 차림이었다)은 아침식사를 하고 있었다. 식사를 하면서도 그들은 수사관들이 나누는 얘기에 촉각을 곤두세우고 있었다.

바로 그때였다! '변두리 주점' 너머 센 강 쪽으로 한참 떨어진 곳에서 난데없는 닭 울음소리가 솟구치는데, 보통 닭 울음과는 차원이 다르게 날카로운 울림을 가진 소리였다. 깜짝 놀랄 만한 소리의 파동이 대기 속을 힘차게 뻗어나가면서, 가까운 구릉들에 부닥쳐 일으키는 메아리가 이런 식으로 이어지고 있었다.

"코코리코(우리말의 '꼬끼오'에 해당함—옮긴이)……! 코코리코……!"

일곱 명의 남녀 아이들이 마치 군대훈련을 통해 학습된 동작처럼 일사분란하게 벌떡 일어났다! 두 번째 '코코리코'가 좀 더 우렁차게 솟구치자, 이번에는 다들 부르르 몸서리를 쳤다. 마침내 세 번째 '코코리코'가 울려 퍼지는 순간, 아이들은 문과 창문을 통해 용수철처럼 집 밖으로 뛰쳐나갔다!

너 나 할 것 없이 쥘랭빌 변두리 지역으로 내달리고 있었다. 도로를 따라 달리든, 오솔길을 파고들든, 황량한 들판을 가로지르든, 다들 같은 방향으로 달리기를 하는 것만은 틀림없었다. 숨이 턱까지 차올라도 속도를 늦추지 않는 모습들이, 필경 어떤 분명한 목적지에 가장 먼저 당도하고 싶어 안달인 듯했다.

목적지라…… 과연 어디일까? 조제팽이 나머지 아이들보다 30초는 먼저 당도한 바로 이곳일까? 소년은 하얀 울타리를 훌쩍 뛰어넘어 다갈색 풀들이 돋아난 드넓은 공터로 들어섰다. 낮은 둔덕 위에 아직은 정정해 보이는 한 중년 남자가 우뚝 서 있었다. 반바지 차림에 걷어붙인 팔뚝과 당당한 가슴팍이 운동선수 풍채인 데다, 장교모와 금단추 달린 카키색 저고리는 참전용사 분위기를 풍겼다.

"코코리코!"

조제팽은 얼른 그에게 다가가 두 손을 내밀었다. 남자는 그 손을 마주 잡더니, 소년의 눈을 들여다보며 말했다.

"조제팽, 결국 충돌이 있었구나. 네 표정을 보니 알겠어……."

"네. 그다지 힘들지는 않았어요."

조제팽은 라클로슈와 있었던 일을 자세히 이야기해주었다. 한데 다소 흥분하는 것 같자, 남자가 말을 중단시켰다.

"멈춰!"

"캡틴, 정말 흥미진진한 이야기가 남았는데요!"

"나도 알고 있다! 하지만 내가 가르친 중요 원칙이 무엇이지? 어떤 경우에도 냉정을 잃지 말고, 자기 자신을 완벽히 컨트롤하는 것이다. 감정을 겉으로 드러내지 않고, 목소리의 떨림도 있어선 안 돼. 눈빛은 차분하게, 목소리는 조용하게. 알겠나? 좋아, 그렇지! 웃어봐. 완벽해! 자, 이제 얘기해라. 그 늙은 놈팡이가 네게 뭐라 했다고?"

"엄마가 그리 정숙한 여자는 아니었대요."

"그래서 넌 뭐라고 했느냐?"

"다행이라고 했죠."

"그게 전부야?"

"아뇨. 제가 자기 아들이 아닐 수도 있다는 암시를 주더군요."

"그래서 또 뭐라고 했지?"

"와우, 아빠, 제발 그랬으면 좋겠어……!"

"잘했다!"

"그런데 말이에요, 캡틴, 그자가 아버지가 아니라면…… 도대체 누가 제 아버지인 거죠? 당신은 알 것 같은데요…… 부탁입니다, 말씀해 주세요……."

"조제팽, 우리 모든 걸 너무 말로 털어놓으려고 하지는 말자. 그보다는 서로의 가슴으로 사고하고 행동하는 것이 중요해."

두 사람이 대화를 나누는 사이, 나머지 아이들이 속속 도착하고 있었다. 캡틴은 간간이 목청을 높여 소집용 구령을 거듭 외쳤다. 소년들과 소녀들, 그보다 어린 아이들까지 사방에서 달려오고 있었다. 그중 먼저 울타리를 넘은 아이들은 여러 팻말이 세워진 지점으로 제각각 모여들었는데, 거기엔 '백인 아가씨', '모발 사냥꾼' 등등 그룹별로 독특한 명칭이 새겨져 있었다…….

그때쯤 웬 남자 두 명이 헌병들과 사설탐정들을 대동하고 나타났다. 그들은 캡틴과 조제팽이 서 있는 둔덕으로 조용히 다가왔다. 지극히 점잖고 절제 있는 악수가 오갔다. 캡틴이 팔을 높이 쳐들자 우렁찬 함성이 울려 퍼졌다. 이어서 적막이 흐르는 가운데, 정신을 가다듬으려는 마음가짐, 앞으로 일어날 활기찬 무언가에 대한 조심스러운 기대감이 감돌았다. 별안간 캡틴의 카랑카랑한 구령이 치솟았다. 단호하고 강렬한 음절로 딱딱 끊어지는 소리에 맞추어 구부렸다 폈다 인체의 절도 있는 체조동작들이 일사분란하게 펼쳐지기 시작했다. 마치 너른 들판에 무르익은 벼이삭들이 비바람에 휘어졌다 곧추섰다 하는 광경 같았다.

"쉬어!"

모두 땅바닥에 벌렁 드러누웠다. 잠시 그대로 시간이 흘렀다. 다시금 체조동작이 재개되었고, 새로운 '쉬어' 구령과 더불어 이번에는 일제히 제자리에 쪼그려 앉았다. 바로 그 자세로, 캡틴의 위엄 넘치는 목소리를 타고 또박또박 들려오는 말들에 모두 귀 기울였다.

"제군들, 이렇게 매일 즐거운 마음과 당당한 자신감으로 체조에 임해주어 고맙게 생각한다. 이 체조가 끝나면 각자의 일상으로 돌아갈 텐데, 부디 지금 마음속에 품은 열정과 진지함, 집중력을 그대로 가져가 생활해주길 바란다. 제군들은 모두 오늘 취할 행동에 대해 스스로 책임을 져야 한다. 누구든 매일 훌륭한 행동만 하며 살 수 있다고는 생각하지 않는다. 다만 항상 자신의 체력과 정신력, 자긍심을 최대한 발휘하여 행동하는 것은 얼마든지 가능하다. 아무리 어리다 해도, 누가 나를 모욕하거나 내리누르려 한다면 분연히 맞서 자신을 지켜낼 줄 알아야 한다. 불의를 강요하는 자에게는 반드시 반항해야 한다. 아버지, 어머니가 이성을 잃고 여러분을 때린다면 그에 저항하고 누구든 찾아가서 도움을 청하라. 아이의 행복을 책임진 사람들의 잘못으로 아이 자신이 불행해져서는 안 된다. 만약 아무도 도와주는 사람이 없으면, 나를 찾아오라. 나는 제군들의 신체유연성을 담당하는 교사일 뿐 아니라, 한 명 한 명 안전을 책임지고 지키며, 사랑하는 사람이다. 그럼 오늘은 이만. 내일 또 보자!"

집합이 다소 혼잡스럽고 자유분방하게 이루어진 데 반해, 해산은 질서정연하게 진행되었다. 아이들은 제각기 정해진 길로 빠져나가는 것 같았다. 울타리를 무작정 뛰어넘는 것이 아니라 살짝 밀면 틈이 열리는 지점으로 통과해서 나갔다. 이제 공터에는 아까 다가와 악수를 나눈 두 남자와 그 일행만이 남았다. 그들은 무언가를 찾는 것처럼 뚫어져라 땅만 바라보며 서성대고 있었다. 그러다가 둔덕 발치에 와서야 걸음을 멈추었다.

제일 중요한 인물로 보이는 자에게 캡틴이 물었다.

"이보시오 선생, 무슨 일입니까? 지금 이곳이 사유지라는 걸 깜빡하신 것 같은데……."

"죄송합니다. 우리는 여기가 시유지(市有地)인 줄 알았습니다. 저는 수사판사 푸르비에라고 합니다. 센 강 지구 검사국 요청으로, 영국 항공기에서 추락한 금화 자루에 관한 사건을 조사하기 위해 나왔지요. 여기는 검사장님을 포함해 저와 함께 일을 할 사람들입니다."

캡틴이 말을 받았다.

"금화 자루에 관한 소문을 듣긴 했습니다. 그게 사라졌다죠?"

"네. 아울러 탈취용의자로 의심되는 자들도 감쪽같이 사라졌지요. 그 발자국을 우리가 발견하긴 했습니다만……."

"발자국이 이곳까지 이어졌나요?"

"그렇습니다. 지금 제가 서 있는 바로 이 자리까지지요."

수사판사와 같이 온 사람들이 슬그머니 위치를 이동하더니 순식간에 캡틴을 에워쌌다. 캡틴은 어리둥절한 표정으로 그들을 바라보다가, 그만 웃음을 터뜨렸다.

"오호호호, 수사판사님, 그러고 보니 금화 자루든 탈취 용의자든 깡그리 사라져버리긴 한 모양입니다그려! 지금 이 자리에 자루도 용의자도 온데간데없는 걸 보면……."

수사판사는 넌지시 떠보는 어조로 대꾸했다.

"그건 그렇습니다만…… 어인 일인지 용의자의 흔적이 선생 뒤로 계속 이어진 것 같아서 말입니다…… 언뜻 토치카처럼 보이는 저 뒤 철문 쪽으로 웬 움푹한 길이 이어져 있군요……."

"아, 거기…… 로마시대 참호였죠. 지금은 포도주 저장고로 쓰고 있고요."

캡틴은 자리를 비켜 일부러 길을 터주었다. 푸르비에 씨는 벽돌과 돌멩이들을 다져 만든 그곳을 샅샅이 둘러보고는, 여전히 땅에 새겨진 발자국을 유심히 살피며 돌아와 말했다.

"안에서 무슨 소리가 들리네요. 사람 목소리인데, 신음 소리 같기도 하고……."

"글쎄요, 제가 이 손으로 세 도둑놈을 저 안에 가둬놓기라도 한 걸까요?"

캡틴의 말에 푸르비에 씨가 덧붙였다.

"어쨌든 세 발자국 모두 저곳까지 이어져 있더군요. 근데 또 다른 발자국 하나는 투박한 장홧발로 생긴 게 아니라, 아주 우아하고 세련된 구두 자국이에요. 크기도 훨씬 작고 말이죠."

"수사판사님은 그 발자국들을 제가 신은 이 구두와 지금 당장 비교해 보고 싶겠죠?"

대답을 기다릴 필요도 없었다. 캡틴은 곧장 움푹한 길로 걸어가 문제의 발자국 중 하나에 자기 구두를 맞춰보았다. 형태와 크기가 정확히 일치했다.

사설탐정 두 명이 즉각 양옆으로 붙어 팔을 부여잡았다. 그중 한 명이 내뱉었다.

"열쇠는…… 어디 있지?"

캡틴이 내민 큼직한 녹슨 열쇠로 철문은 손쉽게 열렸다. 안에는 남자 세 명이 잔뜩 쪼그리고 붙어 앉아 툴툴거리고 있었다. 다름 아닌 '살인마 트리오'!

모두 밖으로 끌어냈다.

두블튀르크가 주먹을 흔들어대며 으르렁거렸다.

"그래 저놈이 배에 접근하는 우리를 덮쳤어! 올가미를 던져 내 목을 졸랐지. 저놈 맞아……."

그러자 캡틴이 씩 웃으며 말을 받았다.

"결국 나 혼자서 너희 세 놈을 모조리 붙잡아 이리로 끌고 왔다는 건가?"

"그래! 밧줄로 내 목을 감아 질질 끌고 왔잖아! 다른 녀석들은 마치 귀신한테 홀린 것처럼 꼼짝달싹 못하더구먼. 푸이나르와 푸스카페가 얌전히 자루를 운반했지. 그렇게 우리를 저기 가두고 나서, 금화는 그쪽이 독차지했고 말이야."

"저런…… 그럼 3 대 1의 상황에서 다들 넋 놓고 당하셨단 얘기인가?"

"그럴 수밖에 없었지. 희한한 기술을 부려 사람을 꼼짝 못하게 만들어버리니…… 바늘로 찔렀는지 집게로 비틀었는지, 그야 알 수 없는 거고…… 아무튼 다들 자기도 모르게 끌려가더라니까!"

이때 푸르비에 씨가 캡틴 곁으로 다가서더니 낮은 목소리로 불쑥 물었다.

"자루는 어떻게 한 거요?"

"아니, 수사판사님, 저 인간이 지껄인 얘기 중에 단 한 마디라도 지금 믿으시는 겁니까? 그렇다면 내가 정말 저 거한과 패거리 두 명을 혼자서 제압했다는 거예요?"

"내가 보기에도 그건 무척 어려운 일 같소만…… 어쨌든 꾀로 완력을 누르는 일은 종종 있는 법이니까. 도대체 당신 정체가 뭐요?"

"정식 신문인가요?"

"대답하고 안 하고는 당신 자유요."

"나는 비밀 같은 것 없는 사람이외다."

그러고는 당당한 어조로 말을 잇는 캡틴.

"앙드레 드 사브리 대위. 예비역 장교이자 자원교사로서 파리 북부 외곽 학생들을 돌보고 있소. 이 지역에서는 '캡틴 코코리코'로 불리지."

"사는 곳은?"

"여기 살고 있소."

"저 참호에?"

"천만에. 저기 두 버드나무 사이에 설치된 해먹이 보이지 않소? 그 바로 아래 나무 그루터기는 탁자로 사용하는 거올시다. 거기 담배쌈지하고 셔츠 두 벌 말리려고 펼쳐놓은 것 안 보여요……?"

"아니, 비라도 내리면 어쩌려고?"

"까짓 비야 방수포 하나 뒤집어쓰면 그만이지."

"별로 아늑할 것 같진 않은데."

"제법 위생적이라오."

"본업은?"

"고고학자, 도시계획가, 강연자, 교육자."

"소득은……?"

"명예요. 내겐 그것이 아주 중요하지. 우선 고고학자로서 나는 로마의 갈리아 정복기에 이루어진 기념물과 업적에 지대한 관심을 갖고 있소. 그동안 마이옌 도(道)의 쥐블랭에 있는 로마군 진지를 발굴했고, 릴본의 고대 극장을 복원했을 뿐 아니라, 노르망디와 파리 주변 지역에 율리아누스 황제가 세운 여러 도시들을 되살려놓았소. 이곳 역시 쥘랭빌이라는 이름에 이끌려오게 된 것이오. 와보니, 여기 터 주변으로 고대 성곽의 흔적이 눈에 보이더군. 그래서 일단 땅부터 사들였고, 지금 우리가 서 있는 이 둔덕을 중심으로 발굴 작업을 진행해왔지. 그러던 중 고대 요새지의 중심을 차지하는 참호가 고스란히 드러난 거외다. 정복자들은 저런 은밀한 장소를 마련해 무기와 보물을 감춰두곤 했다오."

"물론 당신이 이미 손을 댔을 테고……?"

"보물 말이오……? 그야 당연하지! 금가루가 대략 50만 프랑어치는 되더군. 그걸 삼등분해서 나, 이 땅의 전 주인 그리고 마을 자치구 몫으로 공평하게 나누었소. 국가 최고 행정재판소에서 정식으로 승인한 절차였고. 이보시오, 수사판사 나리, 그 어떤 정직한 사람이 내 입장이었어도 이만큼 깨끗하게 일을 처리하지는 못했을 거외다…… 자, 이제 도시계획가로서 이야기할 차례요."

'캡틴 코코리코'는 푸르비에 씨의 팔을 붙잡고 자기 땅에서 하천 쪽으로 펼쳐진 지역을 거닐기 시작했다.

수사판사가 문득 외쳤다.

"이쪽으로는 전망 자체가 확 달라지네! 여기까지 오는 동안에는 지역 전체가 지저분하고 불결해서 처량할 정도였는데, 이쪽은 깨끗하고 반듯하니, 아름답기까지 해!"

"그게 바로 도시계획이라는 거요! 문둥병과 추악함이 만연한 소굴에서 신선함을 창출해낸다는 것은 정말 가슴 뜨거워지는 경험입니다. 더러운 누옥이 있던 자리에 깔끔하게 단장된 집이 들어선다는 것, 역청을 칠한 판잣집들 우글거리고, 음식 찌꺼기, 배설물, 죽은 짐승 사체가 나뒹굴던 진창 대신 시원한 도로와 보도가 깔리고 깨끗한 흙을 밟을 수 있다는 것 말입니다! 거리의 모습을 계획하는 일, 길들을 반듯하게 재단하고, 땅을 파서 수로를 정렬하고 운하를 만들며, 인도를 구획하는 일이란 얼마나 즐거운 작업인지요! 어디 그뿐이겠습니까, 가로등을 세우고, 전선망을 구축하며, 나무를 심어 공원용 녹지를 조성하는가 하면, 여러 공연장과 음악당 그리고 집주인 서랍 속 영수증철이 누렇게 바래도록 집세라고는 내본 적이 없는 노동자들 쉼터도 제대로 한번 번듯하게 마련해주는 것은 또 어떻고……!"

"그 모든 일엔 어마어마한 돈이 들어갈 텐데……?"

"'어마어마'……? 그 이상이지요, 판사님!"

"엄청난 부자이신가 봅니다?"

"'엄청'……? 그 이상올시다, 판사 나리!"

"그래도 그렇지, 어떻게 그 모든 걸 충당한단 말이오……?"

"실은 충당 못하고 있소. 아무리 내가 부자여도, 이 일로 지금은 거의 파산상태이니까……."

"그렇다면?"

"그렇다면…… 도둑질이라도 해야지."

VI
기이한 인물

"도둑질을?"

수사판사가 깜짝 놀라며 되물었다.

"물론 다른 이름으로. 내 안에는 두 인간이 존재하오. 하나는 앙드레드 사브리, 다른 하나는……."

순간 수사판사가 말을 가로챘다.

"아르센 뤼팽!"

그제야 털어놓는 '캡틴 코코리코'.

"뭐 그런 셈이지. 파리 경시청장 직속 특별기술고문이면서 내무부 소속 고고학자이자 도시계획 전문가, 교육부 및 보건부 소속 지도원(指導員), 무엇보다 사법부가 인정하는 '의로운 시민'…… 어떻소, 수사판사 양반, 아르센 뤼팽의 이력을 마무리하는 타이틀로 이 정도면 제법 깜찍하다고 생각지 않소?"

"뤼팽이 사망했다는 소문을 들은 적이 있소만……."

"글쎄요, 뤼팽이야 그럴 수도 있겠지. 하지만 나는 아니오! 한창나이에 죽는 건 너무 멍청한 짓이야."

"도대체 나이가 어떻게 되오?"

앙드레 드 사브리가 차갑게 내뱉었다.

"마흔. 그 언저리라고나 할까. 거기에 왕성한 기력 갖추었지, 잘나가는 전문직 두세 종을 자유자재로 넘나들지, 그것도 모자라 훔칠 돈까지 수두룩한……."

"혹시 돈 말고는?"

"물론 금도 환영이지. 참호에서 발굴한 금의 반만 신고한 것도 다 그 때문이고."

"앞으로 무슨 계획이라도 있는 거요?"

"아무렴, 알면 뒤로 홀라당 넘어갈걸!"

"결국 금화 자루를 접수할 생각이오?"

"그럴까 봐 나도 걱정이외다."

"만약 당신을 체포하고…… 전문회사에 의뢰해 이곳을 파헤친다면?"

"시간 낭비지. 체포해봤자 난 탈출할 테고, 언제든 다시 돌아와 내 몫을 챙길 테니까. 무엇보다 당신은 나를 체포할 수 없을 거요. 당신 상관들이 허락하지 않을 테니까."

"수사판사가 눈치 볼 상관은 없소이다, 대위."

두 사람은 꼿꼿이 버티고 선 채 서로를 노려보았다. 수사판사가 천천히 말을 이었다.

"어쨌든 내가 당신을 체포한다면 무슨 일이 벌어질까? 당신의 그 사회적, 법적 지위는 생각하는 것만큼 그리 공고하지 않을 수도 있소. 일단 내가 당신을 잡아 가두고 7억 프랑어치 금화의 탈취 및 은닉 혐의를 뒤집어씌운다면, 아무도 당신을 못 건드리던 시기의 범접할 수 없는 인물 행세를 더는 할 수가 없을 거요. 자, 어떻소, 내가 기어이 행동에 나선다면?"

캡틴은 잠시 생각에 잠겼다. 만만치 않은 위협인 건 분명했다. 잠시 후, 그는 참호 쪽으로 가서 선이 길게 연결되어 있는 전화기를 가지고 돌아왔다. 푸르비에 씨에게 전화기를 내밀며 그는 이렇게 말했다.

"방금 경시청에 전화해서 연결시켜놓았습니다. 지금 청장께서 대기 중이니 받아보시죠."

수사판사는 전화를 건네받았고, 사브리는 자리를 피해주었다.

통화를 마친 푸르비에 씨가 그의 곁으로 다가와 씩 웃으며 말했다.

"이건 뭐 당신에 관한 정보라기보다는 무한정한 예찬이라고 해야 맞을 것 같소이다, 대위. 그것도 당신의 공적이라기보다는 평소 품행에 관한 칭찬들…… 아, 물론 그것도 대단하긴 하오. 전쟁 중에 당신이 모로코를 수호했다고 하더군. 그뿐만 아니라……."

앙드레 드 사브리는 얼른 고개를 내저었다.

"그 당시 리요테(Louis Hubert Lyautey. 1854~1934. 프랑스 보호령이 된 모로코 초대 총독. 『호랑이 이빨』에서는 모로코 평화통치를 위해 돈 루이스 페레나와 비밀회담을 전개한 프랑스 장군 로티로 등장한다—옮긴이)라는 분의 공이 컸죠."

"바로 그분이 그토록 당신을 치켜세우더라는 겁니다."

"원수께서 겸손도 하시지."

"당신도 마찬가지요, 대위. 그뿐만 아니라, 또 하는 얘기가……."

"판사님, 간단히 말씀하시죠."

"그럽시다. 실은 당신을 완전히 신뢰하고 적극 협력하는 게 좋을 거라고 충고하더군요. 당신이란 사람은 처음엔 좀 천방지축으로 보일지 모르나, 실상은 아무리 어려운 목표도 가장 확실하고 적절한 방법으로 관철해낼 능력을 가진 대단한 조력자라는 겁니다."

"그럼, 체포영장은 물 건너간 겁니까?"

"말해 무엇하겠소. 문제는 당신이 동의하지 않을 목표를 과연 어떻게 관철하느냐겠지……."

"무슨 목표인데 그러시오?"

"자루를 반환하는 것."

"어디로 반환한단 말이오? 프랑스 국립은행? 영국 은행?"

"그게 아니고, 애당초 사람들의 만류를 뿌리치면서 자루들을 항공편으로 전달하길 원했던 당사자에게 되돌려주는 겁니다. 바로 해링턴 경에게 말이죠."

그때 날렵한 몸매의 소년이 불쑥 끼어들었다.

"무슨 일인가, 조제팽?"

"편지입니다, 캡틴. 어떤 아이가 전해달라며 저한테 맡겼어요."

사브리는 편지를 보자마자 외쳤다.

"제기랄, 청십자(靑十字) 표식이로군! 다른 건 없었나?"

"없습니다, 캡틴."

"그럼 즉시 집으로 돌아가, 누이에게 내 점심을 준비해놓으라 이르게. 이따 들러서 급히 때울 테니까. 어서 가봐!"

편지를 열어보지도 않고 호주머니에 쑤셔 넣는 대위를 보고 푸르비에 씨가 물었다.

"안 읽어봅니까?"

"무슨 내용일지 압니다. 협박편지요."

"당신한테?"

"뤼팽한테."

"그럴 만한 적(敵)이 있소?"

"한 명 있죠. 영국인인데, 악착같이 나를 쫓으면서 모든 계획을 뒤틀어버리려고 애쓰는 자요. 상당히 강한 상대지. 수완과 능력이 보통 아니라오! 나를 완전히 파멸시키는 게 놈의 목표인데, 매일같이 이런 편지를 보낸답니다."

"이 지역에 그의 하수인이 있는 모양이죠?"

"'살인마 트리오'가 있지 않소. 푸이나르, 푸스카페, 두블뤼르크…… 그 셋을 중심으로 움직이는 놈들까지 모두 다……."

"내가 도와도 되겠소, 대위? 부하 30명을 당신에게 제공할 수 있습니다…… 아니 40명…… 50명도 가능하오."

"말씀은 고맙지만, 내가 부리는 부하만 500명, 1000명입니다, 판사님."

"그게 다 어디 있다는 거요?"

캡틴은 바로 옆에 있는 죽은 나무줄기를 꺾어 긴 의자처럼 눕힌 뒤, 푸르비에 씨에게 앉으라고 권했다.

"판사님, 잘 들어보십시오. 당신이 나를 속속들이 안다는 건 좋은 일입니다. 그래서 아까도 나의 두 가지 정체성 즉 고고학자와 도시계획가의 면모를 공개하지 않았습니까."

"나는 세 번째 정체성에 유독 관심이 갑니다그려, 바로 뤼팽의 면모!"

캡틴은 씩 웃으면서 대꾸했다.

"나한텐 이제 별로랍니다. 지겨워요. 뤼팽이 좋은 일을 하든 나쁜 일을 하든, 내 눈엔 그저 못 말리는 허세가로만 보입니다. 그 친구, 제발 우리를 그만 좀 내버려두었으면 좋겠어요!"

"하지만 당신이 계속 뤼팽 행세를 하고 있지 않소……."

"그럴 수밖에 없으니까요. 뤼팽은 도시계획가와 고고학자의 뒤를 봐줍니다. 그들이 일할 수 있도록 자금을 대고, 보호해주지요. 둘은 분명 존재할 권리가 있으니까. 행동으로 뭔가를 보여주지 않습니까!"

"서로 합의하에 말이죠……?"

"셋 모두 완전히 합의한 상태죠. 실은 아직 얘기하지 않은 제4의 인물이 또 있습니다. 아주 열정 넘치는 임무를 맡고 있죠. 다름 아닌 교육자 즉 지도원 말입니다."

"아, 그분이야 아까 일하시는 거 내가 보았지요, '캡틴 코코리코'…… 당신이 연병장에 있을 때……."

"바로 그겁니다! 코코리코는 최고위 지도원이라 할 수 있어요. 그 양반 덕분에 나는 어린이를 다루면서 어른 다루는 훈련을 하고 있지요."

"그럼 학교 교사인 셈인가요?"

"초등학교 선생, 학원 강사, 무어라 부르든 상관없습니다. 아이들이 잘 훈련된 어른처럼 내게 복종할뿐더러, 규율의 필요성과 아름다움을 족히 이해한다는 게 중요하니까. 나는 그들에게 시민윤리와 활력, 청결, 자긍심, 내면생활의 몇 가지 기초개념들을 가르칩니다. 당신이 목격한 어린 친구들은 점점 진화해가는 중이에요. 그 아이들을 통해 나는 건강한 생활의 준칙들을 가정에 주입하고, 그를 토대로 나태와 폭음을 추방함으로써 가정생활의 질적 향상을 모색하고 있습니다. 지금은 성인들을 위한 학교, 여성들을 위한 학교를 하나씩 설립 중이고 각종 수련단을 운용하고 있지요."

수사판사가 말을 가로챘다.

"하지만 그런 건 국가가 할 일이잖습니까?"

"국가가 하는 일은 아무것도 없어요. 반면 나는 행동하며 실천하고 있습니다. 그 모든 아이들이 나의 영향을 받는 걸 행복해하고 있어요."

"그만큼 미래의 뤼팽이 많아진다는 거겠죠……."

"아이들은 나의 진짜 정체를 전혀 모릅니다. 아이들이 나를 따르는 이유는, 그들이 가진 가장 고귀한 품성과 재능에 내가 호소하기 때문이죠. 그들은 본능적으로 질서와 규율, 운동을 통한 단련을 즐기고 있어요. 자신이 가진 근력과 의지, 에너지, 용기를 사용하고 싶어 한단 말입니다. 그들이 보기에는 나야말로 그 모든 것을 표상하는 존재예요…… 아울러 비밀결사의 일원으로 뽑혀, 특별한 임무를 맡게 되는 것도 아이들에게는 무시 못할 즐거움이죠. 지난밤, 일단 내가 '살인마 트리오'를 기절시킨 다음 여남은 애들이 나를 도와 놈들을 결박하고 참호까지 끌고 오면서 다들 얼마나 뿌듯해했는지 아마 상상도 못할 겁니다. 그러잖아도 밤 11시만 되면 '용자(勇者) 수련단'에 경보태세를 발령하곤 하는데, 자정이 되자 약속된 대로 일사분란하게 움직이더군요. 이번에 라클로슈 영감을 결박한 것도 걔네들이에요. 음지에서 나의 계획을 하나하나 실행에 옮기는 요원들이라 할 수 있는데, 열정도 대단하지만 특히 그 치밀함과 끈기는 혀를 내두를 정도랍니다."

"그나저나 '모발 사냥꾼'이라는 건 대체 뭔가요?"

"이 지역에서 어린 소녀가 어떤 가혹행위를 당했을 때 우리 수련단 아이들이 누가 범인인지를 내게 곧바로 알려줍니다. 그리고 사흘 후면 응징이 이루어지지요. 야밤을 틈타 '모발 사냥꾼' 멤버들이 범인의 처소로 침투해 머리털이며 눈썹, 수염까지 몽땅 밀어버립니다. 졸지에 세상의 비웃음과 비난의 표적이 되어버린 가해자는 얼굴을 들고 다닐 수 없게 되는 거죠. 그렇게 두 달이 지날 시점에 또다시 작전이 전개되고요. 가해자가 다시는 나쁜 짓 할 엄두를 내지 못하리라는 확신이 들 때까지 같은 과정이 반복됩니다. 그런 식으로 사회윤리의 파수꾼 노릇을 하는 걸 아이들이 얼마나 즐거워하는지 모릅니다! 분명히 말하지만 우리 아이들의 양심과 의식수준은 상상하는 것 이상입니다. 서로를 배반하는 일은 절대로 없죠. 뤼팽의 축소판들이라고나 할까! 아니, 축소판이 아니죠, 이미 어엿한 사내대장부들이니."

"당신 같은 사내대장부들이겠죠."

"나보다는 깨끗하고, 홀가분한 존재들입니다. 나는 계속 뤼팽으로 남아 이 모든 과업을 지탱하기 위한 재원을 확보해야 해요. 자금제공자 뤼팽, 경리담당자 뤼팽…… 이런 내가 도둑질을 멈추면 모든 게 허물어집니다. 자선가가 영영 이 바닥을 떠나고 마는 거죠."

푸르비에 씨는 지그시 웃으며 대꾸했다.

"그와 더불어 유난히 정 많은 남자도 한 명 떠나게 되겠죠. 감수성 풍부하고 속 깊은 뤼팽이라는 사내……."

"바로 그겁니다! 마음을 찡하게 만드는 정(情)이란 기계를 작동시키는 힘센 용수철과도 같은 거예요. 사람이 이상을 품고 신비한 감정을 체험하는 중요한 근거가 되어주죠…… 이제 보니 당신 내 습성을 잘 알고 있구려."

"제느빌리에와 팡탱 사이에서라면 당신이 말썽 부릴 일은 없겠죠. 이처럼 황량하고 남루한 동네에 특별한 유혹이 있을 리 만무하니까."

푸르비에 씨가 고개를 끄덕이며 대꾸하자, 캡틴은 다소 우울한 표정으로 말했다.

"그것이 바로 내가 이곳을 찾아든 이유 중 하나올시다. 막연하게나마 한번 살아보고 싶었던 금욕적인 삶이 나를 이리로 이끌고 온 거죠. 그런데……."

"그런데 뭐죠……?"

"운명은 나를 위해 다른 길을 정해놓았더라 이겁니다! 사업상 영국에 머물고 있을 때 어느 프랑스 아가씨를 만났어요. 늘씬한 금발 여자인데 눈부심 그 자체였습니다. 당연히 난 그녀에게 접근했죠. 뭐랄까, 인생을 다 바치고 싶게 만드는 그런 여자…… 솔직히 내가 그럴 자격이 있다는 건 아닙니다. 더 이상 젊지도 않고, 이름도 숨겨야 하며, 인생

전체를 다른 식으로 둘러대야 하는 처지이니까. 그럼에도 불구하고 나는 그녀와 함께 파리로 돌아왔습니다. 그러고는 줄곧 그녀의 그림자가 되어, 혹시라도 닥칠지 모를 위협에 대비하고 신변을 보호해왔지요. 그런 와중에 지난밤 런던에서 항공기로 보내졌다가 도난당한 거금이 그녀의 몫이라는 사실을 알게 된 겁니다. 결혼지참금이라고 하더군요. 결국 나는 그 돈을 찾아낼 거고, 조만간 그녀에게 되돌려줄 겁니다."

별안간 어디선가 종소리가 들려왔다. 그가 말을 이었다.

"벽돌공장 종소리로군요. 우리 조제팽 동지가 10분 후에 있을 수영과 다이빙 교습을 내게 환기해주는 겁니다. 이만 실례해야겠군요, 수사판사님."

작별의 악수를 나누다 말고 푸르비에 씨가 말했다.

"이보시오 대위, 아까 전달받은 편지를 깜박하신 것 같은데…… 그 내용이 참 궁금하군요."

"나도 그 생각을 하던 참이었어요……."

사브리는 이미 편지를 꺼내 봉투를 뜯고 있었다.

한데 흘끔 안을 보자마자 버럭 화를 내더니 구겨진 봉투를 다시 호주머니에 쑤셔 넣는 것이었다.

"이런 빌어먹을!"

"무슨 일이오?"

"직접 읽어보시죠."

편지를 읽는 푸르비에 씨의 나지막한 음성이 몹시 흔들리고 있었다.

대위

34호 부교(浮橋)를 잘 알고 있을 거요. 오늘 정오에 거기서 봅시다. 간밤에 가로챈 돈 자루들을 우리에게 돌려주는 것이 좋다는 것쯤 말 안

해도 알 거요. 그렇지 않으면 지금 티윌 성에 머물고 있는 아리따운 아가씨가 아주 끔찍한 화를 당할 테니까. 인도 총독을 역임했던 대영제국 귀족 나리의 따님 몸값으로 그 정도는 과하지 않다는 것 당신도 인정하겠지…….

푸르비에 씨는 대위가 팔을 잡고 흔들어대는 바람에 편지를 다 읽지도 못했다.

"수사판사님, 지금 당장 티윌 성으로 가서, 헤어폴 백작과 코라 양에게 이 사실을 알리세요. 아가씨더러 방에 들어가 문을 잠그라고 하세요. 성에 침입자가 얼씬 못하게끔 하인들을 모두 동원해 단속지시를 내리십시오. 경비견들도 있을 테니 만반의 조치를 내려야 합니다."

"이런 얼토당토않은 편지를 믿는단 말이오?"

"믿고말고요! 지난 몇 주에 걸쳐 은밀하게 내 동정을 살피는 자들이 있습니다. 바로 그놈들이 간밤에 도난당한 금화 자루를 내가 다시 가로챈 것으로 파악한 거죠. 지금 그 자루가 자기들 몫이라고 주장하면서 내놓으라는 겁니다. 당신 보기에는 놈들이 나를 몰아세울 기막힌 방법을 발견했다고 생각지 않습니까? 보통 심각한 문제가 아닙니다. 무슨 짓이든 불사할 만큼 지독하고 막강한 놈들이라는 예감이 들어요. 결코 물러서지 않을 겁니다."

대위의 얘기를 듣던 푸르비에 씨가 말을 잘랐다.

"정 그렇다면 아까 제안한 내 협조방안을 다시 제안하겠소. 일단 접선장소인 34호 부교에 경찰 수십 명을 잠복시키리다. 한 놈도 남김없이 모조리 잡아들이겠소. 사태는 그걸로 종결될 것이고, 코라 양은 안전할 겁니다. 자루도 원래 임자에게 돌아갈 것이고 악당들은 일망타진되는 겁니다."

사브리 대위는 수심 가득한 표정으로 이리저리 서성대고 있었다. 좀처럼 분노가 가시지 않는 모양이었다. 급기야 그는 발을 구르며 소리쳤다.

"아니야, 아니야, 그게 아니라고! 그 정도 작전으로는 어림없을 거요! 경찰 냄새를 풍겼다가는 오히려 경계심만 부추길 거외다. 위협은 그대로인 상태에서 놈들의 행방만 묘연해져요. 약속장소에 아무도 나타나지 않을뿐더러, 무조건적인 몸값을 요구할 겁니다."

"그렇다면…… 무슨 뾰족한 수라도 있습니까?"

대위는 호주머니에 손을 넣으며 대답했다.

"없어요. 때가 무르익기 전에는 바라지도 않습니다. 판사님, 부탁인데, 제발 섣부르게 끼어들어 모든 걸 망치지 말아주십시오."

하지만 푸르비에 씨는 고집을 꺾지 않았다.

"그래도 그렇지…… 경찰의 도움을 거부하는 건……."

"경찰은 전혀 도움이 못 됩니다."

"그럼 코라 양은……."

"코라 양…… 그녀의 지참금은 현재 오리무중입니다…… 일단 정오에 즈음해서 경계태세만 갖춰주세요. 이미 매복하고 있을지도 모릅니다. 나는 강 쪽으로 나가 있을 테니, 나중에 그리로 오시고요. 우리 학생들을 보러 갈 겁니다. 조제팽에게 내릴 지시도 있고, 세부적인 지도도 필요하고……."

"정말로 걱정스러운가 보군요……."

"상대가 상대인 만큼! 하지만 왜 나를 물고 늘어지는지 그걸 모르겠어요. 나한테서 무얼 원하는 걸까? 솔직히 말해 지금 나는 캄캄한 어둠 속에서 싸우고 있는 셈입니다. 놈들이 무언가 엄청난 일을 꾸미면서 나의 반응을 지레 우려하는 것 같아요. 도대체 어떤 일을 꾸미고 있는 걸까? 수수께끼야, 수수께끼…… 아무튼 얼마나 대단한 놈들인지 기필코 그 정체를 밝혀낼 겁니다!"

마침내 푸르비에 씨는 티욀 성을 향해 출발했고, 대위는 드넓은 공터를 천천히 가로질러 센 강 기슭에 도달했다. 강을 따라 제방이 이어져 있었다. 완만한 경사로를 따라 그 위로 오르면 널찍한 도약대가 잔잔한 수면을 굽어보도록 설치되어 있었다. 그 좌측에는 배의 누각처럼 생긴 캡틴의 지휘소가 세워져 있었다. 앙드레 드 사브리는 그곳에 자리를 잡았다. 옆에 조제팽이 큼직한 소라고둥을 입에 대고 힘껏 불어댔다. 거기서 뿜어져 나오는 소리가 소택지의 풀들을 휩쓸고, 골짜기를 파고드는가 하면, 저 멀리 구릉들에 부닥쳤다가 메아리로 되돌아왔다.

그와 함께 '변두리' 구석구석에서 뛰쳐나온 아이들이 전속력으로 달려오고 있었다. 공터를 눈 깜빡할 사이에 가로지른 그들은 돌을 쌓아 만든 제방 경사면까지 단숨에 기어올랐고, 옷을 후딱 벗어젖히더니 도약대 위를 전속력으로 내달려, "캡틴, 만세!"라는 함성과 함께 그대로 물에 뛰어들었다.

곧이어, 수면 위로 마치 부표들마냥 아이들 머리가 떠올랐다. 일제히 팔을 내젓는가 싶더니 긴박감 넘치는 경주가 시작되었다.

잠시 후, 푸르비에 씨가 돌아와 사브리 대위에게 상황을 보고했다. 헤어폴 백작에게 협박사실을 알려 경계태세를 갖추도록 했고, 코라 양에게도 사정을 귀띔해주었다고 했다.

"좋아요. 감사합니다."

사브리는 짧게 대꾸했다.

눈앞에 펼쳐지는 장관을 한동안 바라보던 푸르비에 씨가 중얼거렸다.

"아이들이 당신을 무척 사랑하는군요……."

"나 역시 저들을 끔찍이 사랑합니다. 아직 때 묻지 않은 저들에게서 내가 얼마나 고귀한 자질을 끌어내는지 상상도 못할 거예요."

투창처럼 허공을 가르는 날렵한 모습들이 균일한 궤적과 리듬으로 수면을 파고들기 무섭게 경주가 벌어지고 있었다. 위대한 캡틴이 내려다보는 가운데, 서로에게 지지 않으려 기를 쓰는 격렬한 에너지의 파동이 느껴지는 광경이었다.

"저들을 다 압니까?"

"이름 하나하나까지……."

그러고는 버럭 외치는 '캡틴 코코리코'.

"브라보, 장 샤바스……! 잘했어, 폴……! 힘내라, 카랭……! 비바루아, 그렇게 다이빙하면 안 되지……! 포크롱이 아주 열심이구나…… 브라보, 마리테레즈! 네가 사내애들을 제쳤어! 팔동작 힘차게! 그렇지, 네가 이겼어! 우리 마리테레즈, 챔피언……!"

그는 푸르비에 씨를 돌아보며 이렇게 덧붙였다.

"저 순발력, 저 힘을 좀 보세요! 올림픽 선수감이지 않습니까!"

한데, 별안간 수사판사의 팔을 붙잡더니 안색이 창백하게 변하면서 이렇게 더듬대는 것이었다.

"아니……저기, 코라…… 코라 드 레른이……."

실제로 젊은 여자 한 명이 제방에 불쑥 모습을 드러냈다. 다채로운 빛깔의 실내가운을 전혀 주저함 없이 벗어 내리자 조각 같은 어깨와 매끈하면서도 품위 넘치는 각선미가 고스란히 드러났다. 봉긋한 가슴이 돋보이는 검정 실크수영복 차림으로 여자는 도약대를 힘차게 굴렀다.

깜짝 놀란 캡틴이 소리쳤다.

"머리부터……! 머리부터……!"

너무 늦었다. 구름판을 딛고 높이 도약한 여자는 양팔을 몸에 꼭 붙인 반듯한 자세 그대로 떨어지는 것이었다.

수면 위에 머리가 솟구치기 무섭게 제방 쪽으로 헤엄쳐온 그녀는 밖으로 나오자마자 곧장 앙드레 드 사브리에게 다가와 말했다.

"죄송해요, 캡틴."

그는 여자를 와락 부여잡고 다그치듯 말했다.

"헤어폴은 만났습니까?"

"네."

"편지 얘기를 하던가요?"

"네."

"가볍게 넘길 내용이 아닙니다. 혹시 누가 쓴 건지 짚이는 사람 없나요?"

"한 명 있긴 해요. 옥스퍼드 공 에드먼드의 비서인데, 위선자이면서 배신을 밥 먹듯 하는 사람이죠."

"그나저나 당신 참 무모하군요! 성 밖으로 나오지 말았어야죠!"

"전 아무것도 두렵지 않아요, 당신이 있으니까……."

"그래요. 어떤 위험이 닥쳐도, 또 내 약속이 아무리 허무맹랑해 보여도, 마지막 순간까지 마음의 안정을 잃어선 안 됩니다."

"명심할게요."

"떨지 않는 거예요! 불안해하지 않는 겁니다!"

"네, 지금 더없이 편안해요……."

대위는 여자를 가만히 들여다보았다. 화사하게 미소 짓는 얼굴……그늘 한 점 없이 눈부시게 아름답고 순결했다! 그는 또박또박 힘주어 말했다.

"힘내요, 코라! 무슨 일이 있어도 나에 대한 믿음 잃지 말고."

여자는 다시 다이빙에 돌입했다. 이번에는 좀 더 가다듬어진, 우아한 자세가 나왔다.

"멋진 여성이로군……."

푸르비에 씨가 혼잣말처럼 중얼거렸다.

"조제팽!"

캡틴의 부름에 소년이 바짝 다가섰다.

"저기 맞은편 기슭에서 시동 걸고 있는 모터보트는 뭐지?"

"얼마 전부터 가끔 저쪽 기슭에 대놓은 걸 봤는데요…… 오늘 아침에는 이리저리 움직이더군요."

"배 주인은?"

"모르겠습니다, 캡틴."

"알아냈어야지."

"곧 알아보겠습니다."

"너무 늦은 건 아닐까?"

순간, 보트가 힘차게 전진하기 시작했다. 가만 보니, 300여 명이 머리를 내놓고 떠 있는 센 강 한복판을 향해 직진하고 있었다.

"네 명이 타고 있구먼……."

그렇게 말하는 캡틴의 목소리가 갑자기 뒤틀리더니, 이렇게 더듬거렸다.

"저, 저놈들이…… 무얼 노리는지 알겠어!"

세이렌이라도 된 듯 수면 위로 상체를 거의 드러낸 코라 드 레른의 금발 머리가 햇빛을 받아 황금투구처럼 반짝이고 있었다.

"제가 들어가겠습니다, 캡틴!"

조제팽이 다급하게 외쳤다.

"소용없어. 너무 기습적이야……."

"캡틴이 나서면 다를 겁니다!"

캡틴이 쩌렁쩌렁한 목소리로 외쳤다.

"얘들아, 조심해! 보트가 돌진해온다!"

순식간에 모두의 머리가 보트 쪽으로 향했다. 다들 안간힘을 다해 그 쪽으로 팔을 내뻗었다. 너 나 할 것 없이 위협의 타깃이 어디에 있는지 즉각 파악한 듯했다. 자신이 다치는 것을 개의치 않고, 오직 아리따운 물의 요정을 보호하기 위해 원을 그려 에워싸고 있었다……. 이를 간파한 코라는 자기를 향해 좁혀져오는 원을 뚫고 밖으로 헤엄쳐나갔다.

마침내 캡틴은 가로줄 장식이 달린 제복을 벗어 던지고 물에 뛰어들었다.

갑자기 기겁을 한 조제팽이 비명을 내질렀다. 보트가 몇몇 아이들이 모인 지점을 그대로 돌파하고 있었다. 하지만 잠시 후, 이번에는 통쾌하게 웃어젖히는 것이었다. 수면 아래로 사라졌던 아이들의 머리가 다시 불쑥 불쑥 솟아오르고 있었다.

허탕을 치고 저만치 지나간 공격자들의 뒤통수를 향해 우렁찬 함성과 야유가 터져나왔다. 코라 드 레른 역시 잠깐 수면 아래로 피해야 했지만, 다시 떠올랐을 때는 약이 올라 길길이 날뛰는 적들로부터 상당한 거리가 생긴 뒤였다.

그러는 사이 캡틴이 뱃전까지 접근해갔다. 한데, 배를 흔들어 뒤집어 엎으려던 그가 별안간 물속으로 모습을 감추는 것이었다. 배 위의 인상 험악한 놈 하나와 눈이 마주쳤고, 곧바로 권총의 표적이 되고 만 것이다. 요란한 총성과 함께, 캡틴이 사라진 지점 바로 가까이에서 물보라가 일었다. 계속해서 세 차례의 사격이 연거푸 가해졌다. 그러더니 기필코 끝을 보겠다는 듯, 배 위의 전 인원이 일제사격을 가하기 시작했다. 사브리는 일단 잠잠히 있는 게 상책이라 판단했다. 거리를 두고 가만히 살펴보자니, 이번에는 보트가 코라 쪽으로 선수를 돌려 조심스레 접근하고 있었다. 뒤에서 다른 두 놈이 허리띠를 잡아주는 동안, 아까 제일 먼저 총을 쏜 인상 험악한 놈이 뱃전 너머 잔뜩 허리를 숙여 코라 드 레른을 덥석 낚아채는 것이 아닌가! 마치 낚시에 걸린 물고기처럼 여자의 몸이 배 위로 나뒹굴었다.

사브리의 입에서 분노의 울부짖음이 터져나왔다. 놈들은 코라 드 레른의 환히 드러난 팔다리를 만져대고 있었다. 눈 깜빡할 사이 여자를 태운 모터보트는 요란한 굉음을 내뿜으며 줄행랑을 쳤다. 어찌할 도리가 없었다…….

VII
구출

앙드레 드 사브리는 강둑으로 돌아왔다. 조제팽은 지휘소 누각에 납작 엎드려 모든 상황을 주시하고 있었다. 센 강을 거슬러 달리는 모터보트를 그는 쌍안경으로 끝까지 추적했다.

"무슨 일이냐, 조제팽? 지금 웃고 있는 것 같은데……."

"캡틴, 웃는 정도가 아니라 포복절도할 지경입니다!"

"왜?"

"못 보셨어요? 아까 한창 소란이 벌어지는 틈을 타 저희 동지 한 명이 배의 방향타에 매달렸거든요."

"그게 누구지?"

"제 쌍둥이 자매나 다름없는 마리테레즈 라클로슈입니다. 여간 드센 아이가 아니죠! 어떻게 거기 매달렸을까요? 아무튼 못 말리는 여장부예요. 조금 있으면 당당히 걸어서 우리 앞에 나타날 겁니다. 그땐 놈들이 포로를 어디로 끌고 갔는지 아시게 될 거예요."

“글쎄, 중간에 힘에 부쳐 손을 놓지만 않는다면 그렇겠지…… 네 생각엔 어떠냐, 그 애가 계속 지탱할 수 있을까?”

“까짓 놓치면 어때요? 걔는 수영실력이 잉어 저리 가라잖아요. 캡틴을 위해서는 죽음도 불사할 애입니다.”

“배에 탄 녀석은 알아보겠더냐?”

“운전하는 놈은 아는 얼굴이에요. 얼마 전부터 이곳을 어슬렁거리던 영국인인데, 꼭 도형수처럼 생겨먹었더군요.”

“이름도 알아?”

“‘변두리 주점’에서 주워들었는데 토니 카베트라고 하더군요. 영국 왕자의 비서라고 하던가 뭐라던가…….”

“옥스퍼드 공의 비서?”

“맞아요!”

“조제팽, 이제부터 내 말 잘 들어라. 방금 벌어진 일은 깨끗이 잊어야 한다. 그로 인한 흥분도 가라앉히고. 네 누이의 열정에 대해서도 그만 생각해라. 이젠 내가 너에게 일러주는 지침들만 염두에 두어야 한다. 그것들은 아주 정확하고 빈틈없이 실행에 옮겨져야만 해. 잘 들어, 아주 중요한 문제이니까. 나의 계획은 전체적으로든 세부적으로든 눈곱만큼도 빗나가지 않아야 성공할 것이다.”

“어서 말씀하세요, 캡틴.”

지침전달은 장장 20여 분 동안 이어졌다. 조제팽은 그 한마디 한마디를 자신의 입으로 되뇔 정도로 집중해 들었다.

캡틴은 라클로슈 영감이 마침 자리를 비운 벽돌공장 창고에서 15분 만에 뚝딱 점심을 해치웠다. 식사 중에 아이들이 돌아왔는데, 마리테레즈를 부축해 데려오는 중이었다. 안색이 창백하고 부들부들 몸을 떨고 있었다. 노(櫓)로 머리를 가격당해 그만 배를 놓친 모양이었다. 정신이 몽롱한 상태로 헤엄쳐 간신히 기슭에 닿은 뒤 그대로 집까지 걸어온 것이다.

캡틴은 다정하게 소녀를 안아주며 말했다.

"고생했다, 마리테레즈. 울지 말아라…… 넌 정말 멋진 아이란다."

"이것 참, 시작이 좋지 않네요……."

조제팽이 불만 섞인 목소리로 중얼대자, 앙드레 드 사브리가 대뜸 나무랐다.

"조제팽! 이런 결과와 상관없이 아까 이미 내 계획을 말해주지 않았느냐?"

"네, 그렇습니다."

"그건 이 캡틴이 충분히 문제를 해결할 수 있다는 뜻이겠지? 그런데도 너는 나를 믿지 못하는 것이냐?"

그제야 조제팽은 당황하며 고개를 푹 숙였다.

사브리는 단호한 어조로 말했다.

"현재 시각 11시 45분. 나는 이제 34호 부교로 이동할 것이다. 그럼 건투를 빈다, 조제팽!"

34호 부교는 제느빌리에 소택지의 끝부분에 위치했다. 그곳까지 큰길이 나 있었다. 맞은편에는 커다란 나무들로 녹음의 장막을 이룬 악마의 섬이 둥글게 웅크리고 있었다. 이쪽 하안(河岸)과 섬 사이에는 폭이 15미터도 채 안 되는 센 강의 지류가 흘렀다. 빽빽이 들어찬 나뭇잎 때문에 강 건너에서 무슨 일이 벌어지는지 전혀 보이지 않았다. 그저 반대편 기슭에 뻗은 42호 부교만 겨우 알아볼 정도였다.

한편 푸르비에 씨는 현지 서장을 비롯한 경찰관들을 동원하되, 쉰 명에 이르는 인원을 하구 쪽, 34호 부교에서 다소 뒤처진 곳에 머물도록 하는 것이 좋겠다고 판단했다.

"수사판사님, 당신과 당신의 부대가 와 있을 줄 알았습니다. 그래서 나도 대비를 했지요."

"직무상 자루들을 확보해 가져갈 수밖에 없소."

사법관의 말에 사브리도 지지 않고 응수했다.

"나 역시 직무상 그걸 저지할 수밖에 없습니다."

입씨름은 그쯤 해두고, 앙드레 드 사브리는 가로수길에 가려진 경기장 방향으로 걸음을 옮겼다.

성당 종소리가 10분 전 정오를 알렸다.

그리고 얼마 뒤, 확성기를 통해 목소리가 솟구쳤다.

"정오다!"

성당 종소리가 본격적으로 울리기 시작했다.

5분이 지나고, 이어서 10분이 지났다. 경기장에서 뻗어나온 길 위에 세 사람의 윤곽이 보이기 시작한 건 그때쯤이었다. 각자 묵직한 자루를 짊어진 '살인마 트리오'였다.

선두에 앞장서 걷는 사람은 두블튀르크. 그의 걸음걸이는 정말이지 덩치 큰 오랑우탄의 그것을 방불케 했다. 큼직한 자루를 짊어진 구부정한 자세로 버티고는 있지만, 탈골된 듯 잔뜩 휜 두 다리는 금방이라도 부러질 것만 같았다. 고슴도치의 가시처럼 거칠고 덥수룩한 잿빛 수염이 둥글게 에워싼 야만스러운 얼굴에 어딘지 멍청한 분위기가 감돌았다. 두 팔은 축 내려뜨릴 경우 땅에 거의 닿을 것처럼 길었다. 금방이라도 엎어질 것만 같았다.

그런데 더욱 접근해서 보니 그의 모습이 달라져 있었다. 자세를 꼿꼿이 펴는가 하면, 짊어진 짐이 전혀 부담되지 않는 인상이었다.

푸이나르와 푸스카페는 각자 녹초가 되어 일그러진 표정으로 짐을 운반하고 있었다.

푸이나르가 무언가 입을 열려는 순간, 경찰서장이 부하들에게 지시했다.

"저 세 놈을 잡아라. 어서!"

하지만 다들 제자리에서 옴짝달싹 못했다.

서장은 좀 더 강하게 명령을 반복했다. 낑낑대며 앞으로 뛰쳐나가려는 기색은 보이는데, 정작 몸을 움직여 나서는 사람은 아무도 없었다. 마치 모두가 나무나 꼭두각시로 변해 땅바닥에 박혀 있는 분위기였다.

그제야 수사판사 입에서 중얼중얼 탄식이 새어나왔다.

"묶였어…… 세상에 이럴 수가……! 다리를 죄다 결박당했다고……!"

불과 얼마 전, 수많은 아이들이 여러 집단으로 나뉘어 일사불란한 움직임을 보였던 기억이 떠올랐다.

"뤼팽의 아이들 짓이야……! 이런 황당무계한 경우를 봤나!"

마침내 부하들이 각자 묶인 끈을 자르고 서장이 권총을 빼 드는 찰나…….

"쏘지 마! 캡틴이 다쳐요!"

어디서 나타났는지 팔을 덥석 붙잡는 조제팽!

더욱이 총을 쏘기에는 이미 늦은 상황이었다. 악마의 섬에 우거진 너도밤나무 중 한 그루인 줄로만 알았던 이동식 구름다리가 강을 가로질러 부교 위로 내려앉는 것이었다. 삼인조는 비웃음을 날리며 건너갔다.

"캡틴 만세!"

운동선수처럼 당당한 자세로 두블뤼르크가 외쳤다.

구름다리는 다시 들어 올려졌다. 잠시 후, 모터보트 소리가 들렸다. 경찰관들이 달려나가려는 것을 조제팽이 말렸다.

"소용없어요. 이쪽에는 저런 다리가 없습니다. 강을 건너려면 악마의 섬에서 다시 다리가 내려와야 해요."

사실이었다. 그러니 삼인조로선 불안해할 이유가 전혀 없었다.

보트는 전속력으로 섬을 지나갔다. 300여 미터 더 가서 오른쪽으로 방향을 틀더니, 작은 선착장 안으로 들어섰다. 그 끝에 도개교가 보이고, 송악으로 뒤덮인 폐허 속에 우뚝 솟은 망루와 성곽이 모습을 드러냈다.

푸이나르가 큰 소리로 길을 설명하는 동안 푸스카페는 제방과의 거리를 틈틈이 계산해서 나불거렸다. 도대체 왜 그런 짓을 하는 걸까? 마치 보이지 않는 누군가에게 무언가를 알려주기라도 하는 것 같았다.

망루 아래 작은 문 앞에서 일단정지하게 되어 있었다.

"화물승강기를 이용하시죠. 짐들이 무거워 보입니다."

"천만의 말씀!"

초소 근무자의 조언을 무시한 채 두블튀르크는 나선형 계단을 씩씩하게 오르기 시작했다.

3층에 다다르자, 조제팽이 카베트라고 지목한 인상 험악한 사내가 기다리고 있었다.

그는 탐욕스러운 얼굴이 환해지며 물었다.

"그 자루들인가?"

"그렇습니다."

"저쪽 구석에 놓아둬…… 그리고 가봐."

"어디로 말입니까?"

푸이나르가 물었다.

"망루 아래로 내려가 있어. 두블튀르크, 너는 여기 남아. 유사시 경호원으로 쓸모 있을 테니까."

그는 문을 닫고 빗장으로 단단히 걸어 잠갔다. 상당히 넓은 방에는 탁자 하나와 두 개의 작은 나무 의자가 있고 벽을 파 들어간 알코브 공간이 있었다. 그곳에 놓인 침대에 코라 드 레른이 누워 있었다. 실내가운으로 몸을 덮어 가린 채 팔다리는 침대 기둥에 묶여 있었다.

"두블튀르크, 창밖을 살피고 있어. 그리고 누가 오는지 잘 지켜봐."

그렇게 지시한 뒤, 카베트는 침대로 다가갔다. 코라는 두 눈을 꼭 감고 있었다. 자는 걸까? 사내는 손가락으로 맨어깨를 슬그머니 더듬었다.

"내 몸에 손대지 말아요!"

여자가 몸서리를 치자, 사내가 넌지시 말했다.

"좋은 소식이 있어서 그래…… 당신의 몸값이 당도했거든."

"그럼 날 풀어주는 건가요?"

"물론이지. 당신은 이제 자유야."

여자가 몸을 일으키려 하자, 사내는 덥석 붙들며 이랬다.

"내게 복종할 자유. 이건 그냥 소소한 절차쯤으로 생각해……."

그러고는 여자에게 몸을 기울여 입을 맞추려 했다.

"미쳤어! 미쳤어! 내가 허락할 것 같아……?"

"난 당신의 허락 같은 건 필요 없어. 오히려 앙칼지게 버틸수록 나만 즐거울 뿐이지. 내가 강자인 만큼 결과야 뻔한 것 아니겠어! 언제 또 이런 기회가 있을지 모르는데 내가 호락호락 포기할 것 같아?"

"차라리 난 죽어버릴 테야!"

"그래봤자 달라질 건 없어. 살아 있든 죽어 있든 난 당신의 그 예쁜 입술을 가질 테니까……."

한데, 별안간 여자의 어여쁜 입술에 부드러운 미소가 스치는 것이었다.

"이제 슬슬 마음이 누그러지는 모양이군, 웃는 걸 보니까…… 내 말

믿어, 사랑에 빠진 남자의 키스가 그렇게 불쾌하진 않을 거라고."

"사랑할 생각이라곤 전혀 없는 여자에게는 무척 불쾌하지."

"사랑하는 남자를 떠올려봐."

"난 아무도 사랑하지 않아."

"아닐 텐데…… 내 사촌 에드먼드 옥스퍼드가 있잖아."

"천만에!"

순간 악당의 표정이 일그러졌다.

"그렇다면 사브리 대위를 사랑하나 보군! 사브리를 사랑한다니 그를 철석같이 믿을 테고."

"그를 믿어."

"그가 너를 구해줄 거라고?"

"물론이지."

"과연 그 친구가 여길 들어올 수나 있을까?"

"이미 들어왔는걸."

"들어왔다고?"

"그래, 여기 있어."

알코브의 구석 벽은 진한 붉은색인데, 바깥쪽 유리창에서 들이치는 햇살이 사각형 모양을 그리고 있었다. 그 사각형의 일부가 정체불명의 그림자로 가려진 건 바로 그때였다. 누가 얼쩡거리는 것일까? 사내는 실소를 흘리며 빈정거렸다.

"저건 두블퀴르크야……."

여자는 고개를 가로저었다.

"아니."

"구세주를 목격하기라도 한 거야?"

"응."

"좋아, 그 말 진지하게 받아들여주지."

사내는 버럭 외쳤다.

"두블튀르크, 대위가 들어왔다고 하니 네가 맡아."

그러고는 젊은 여자의 목을 덥석 움켜잡았다. 격한 몸싸움이 이어졌다. 사내는 권투선수의 솜씨까지 발휘해 난동을 부렸다. 완전히 미친놈처럼 그는 여자가 걸친 가운과, 붙잡고 버티는 침대 시트며 이불을 난폭하게 잡아챘다. 코라는 악착같이 저항하고 있었다.

"나쁜 놈……! 비겁자……! 배신자……! 이 모든 걸 에드먼드 공에게 일러바칠 거야!"

"내 사촌한테? 그 친구는 장님이나 마찬가지야. 내가 마음대로 가지고 놀 만한 타입이지. 누가 당신을 덮치려는 걸 내가 막아주다 보니 그랬다고 얘기하면, 곧이곧대로 믿을걸."

바로 그때였다. 두블튀르크가 의식을 잃은 채 바닥에 쓰러진 것은. 그뿐만 아니라 거의 동시에 어떤 손이 영국인의 목덜미를 거칠게 낚아챘다!

격하게 몸을 빼 권총을 뽑아 들었지만, 턱을 향해 날아든 주먹 한 방으로 총도 그 자신도 나뒹굴고 말았다.

"어디 다친 데 없어요, 아가씨?"

흐트러진 옷매무새를 바로잡는 여자에게 대위가 물었다.

"괜찮아요."

"조금 무섭기는 했죠?"

"그렇지도 않았어요. 당신이 제때에 와줄 거라 믿고 있었거든요. 그런데 어떻게 온 거죠?"

"자루 속에 들어가 두블튀르크 어깨에 올라타고 왔지요!"

두 사람은 그윽한 눈길로 서로를 한참 동안 마주 보았다. 여자가 먼저 두 손을 내밀었다. 대위는 자신을 끌어당기는 여자의 손길을 느끼면서, 몸을 기울여 키스했다. 여자의 몸이 천천히 침대 위로 쓰러졌다…….

얼마나 지났을까, 두블튀르크가 깨어나고 있었다. 사브리는 그를 부축해 일으키며 말했다.

"잘 들어. 자네와 자네 친구들은 이제부터 자루를 짊어지고 진짜 주인한테 돌려주러 간다. 티윌 성의 헤어폴 백작에게로. 그동안 나를 대신해서 조제팽 라클로슈가 자네들에게 맡긴 임무 즉, 금화 자루를 부교로 운반하되 그중 하나에 나를 보쌈해서 이곳까지 짊어지고 와준 거라든가, 티윌 성으로 마지막 심부름을 하는 것 등등 자네들의 수고에 대해서는 내가 잘 알아서 보상해주지. 아주 힘든 일인 줄 안다. 그만큼 섭섭지 않게 갚아주겠다…… 코라, 우리도 어서 갑시다. 이제 기운이 나죠?"

"네. 기운 나요."

그렇게 모두 다섯 명은 아무런 제지도 받지 않고 성을 빠져나와 길을 나섰다.

VIII
약혼

최근 헤어폴 백작이 사들인 티윌 성은 경기장에서 15분 거리에 있었다. 좌안(左岸)의 여러 부교들을 거치면서 센 강을 따라 이어진 거친 자갈길을 가다 보면 성이 나타났다. 철책문은 낮에 항상 열려 있었다. 안뜰로 들어선 대위와 그 일행은 차고로 쓰이는 부속 건물 앞까지 다다랐다. 그 안에서 헤어폴 백작이 자가용 네 대의 타이어를 손보고 있었다.

사브리가 말을 건넸다.

"안녕하신가, 친구. 여기 레른 양을 무사히 데려왔네."

"금화는 어떻게 되었나?"

"당연히 가져왔지."

사브리는 땀으로 뒤범벅되어 기진맥진한 두블튀르크와 그 패거리를 가리키며 말했다.

"저들이 일을 해줄 것이네. 푸이나르, 자네 폐쇄된 공동묘지에 조성된 채소밭 알고 있나?"

"압니다. 거기 성 보니파시오 지하납골당 위에 낡은 제단이 세워져 있지요."

"바로 그 지하납골당에다 자루의 내용물을 쏟아 넣게. 자, 여기 열쇠. 그중 단 한 푼이라도 손을 대선 안 되는 거 알지?"

"제가 책임지겠습니다, 캡틴. 우리 같은 사람들이 일 하나는 똑 부러지게 하지요."

삼인조는 이제 성실한 일꾼으로서 길을 나섰다. 보무도 당당하고, 성실한 의지로 충만한 눈빛은 반짝거렸다.

"내가 적당히 사례라도 했으면 하는데, 어떤가?"

헤어폴이 말했다.

"사례는 무슨! 나 자신을 위해 한 일인데."

"혹시 따로 바라는 거라도?"

백작이 다소 까칠해진 어조로 물었다.

"바란다는 말은 내 사전에서 진작에 지워버린 단어일세. 원하는 걸 늘 손에 넣다 보면 바란다는 것 자체가 무의미해지지."

"하지만 이번 경우엔……?"

"코라 드 레른이 행복하면 좋겠지."

"어떻게 해야 행복한 거지?"

"자네가 결정한 대로 에드먼드 옥스퍼드와 결혼해야겠지. 그래서 여왕으로서의 직무를 다하는 걸세."

"여왕?"

"당연하지. 코라 드 레른은 여왕이 되실 몸이니까."

"잠깐만요! 그것도 최소한 왕자께서 제 대답을 듣고 난 다음 얘기죠."

잠자코 듣고만 있던 코라가 대뜸 끼어들었다.

마침 성의 출입문 계단에 에드먼드 옥스퍼드가 나타난 직후였다.

"잠시 후에 뵙겠습니다!"

코라는 일단 그쪽을 향해 외친 다음, 서둘러 사브리의 팔을 잡아끌었다.

"저 좀 봐요. 제가 왜 여왕이 될 몸인지 말씀해주셔야겠어요…… 헤어폴 씨, 잠깐 실례하겠습니다."

여자는 센 강을 따라 아름다운 보리수가 심어진 가로수길로 대위를 이끌었다. 평화롭고 따스한 시간대였다. 앞뜰에서 100여 걸음 떨어진 곳. 두 사람은 꽃과 열매를 가득 안은 어느 여신상이 굽어보는 돌벤치에 앉았다. 잎사귀들이 시원한 아치를 이룬 통로 저편으로 흐르는 강물이 내다보였다.

"여기가 포모나 원형광장이에요. 이 성에 온 뒤로 제가 자주 찾는 안식처죠."

자갈 기슭에 닿아 스러져가는 미세한 물결소리가 잔잔하게 들려오는 아늑한 공간…… 장소가 장소인 만큼 둘 사이에는 더욱 깊은 친밀감이 오갔고, 평소엔 서로 하기 어려운 말들도 나지막한 목소리로 쉽게 나눌 수 있을 것 같았다.

"제가 정말로 여왕이 되면 좋겠어요?"

여자가 물었다.

"당신이 원하는 것은 곧 내가 원하는 것입니다. 잘못됐나요?"

순간 여자의 얼굴이 살짝 발개졌다.

"그럼…… 잊으신 건가요?"

"우리의 키스 말인가요? 그건 이미 내 삶의 필수영양소가 되어버린걸요. 그 추억을, 그런 아름다운 꿈을 어찌 잊을 수 있겠습니까!"

"당신 같은 남자가 추억만으로 만족하다니 의외로군요. 아름다운 꿈을 단단한 의지로 승화시켜, 뚜렷한 현실로 만들어내려고 하지 않다니 정말 놀랄 일이에요."

"아름다운 꿈일수록 상상할 권리조차 없는 현실을 자꾸 부추길 따름이니까요."

여자가 점점 작아지는 목소리로 중얼거리기는 바람에, 남자는 겨우겨우 알아듣고 있었다.

"저는 그때 당신한테 제 입술을 허락한 거예요……."

"격렬한 몸싸움이 끝나자마자 극히 불안정한 심리 상태였죠. 그건 어떤 약속이라기보다, 일종의 감사표시였을 겁니다. 언젠가 후회하면서 부끄러워할 그런 일…… 봐요, 벌써 얼굴이 붉어지지 않습니까."

여자는 벌떡 일어나 아치형 통로 쪽으로 걸어가더니, 장미와 페튜니아 다발 위로 몸을 숙였다. 벤치로 돌아온 그녀는 앉기 전에 당당한 표정과 진지한 목소리로 이렇게 말했다.

"저는 미처 하지 못한 행동 때문에 가끔 후회할 뿐, 실행에 옮긴 행동을 갖고 후회하진 않습니다. 저는 그 당시 제 뜻에 따라 당신을 끌어당긴 겁니다. 아무리 정숙한 여자라도 자신의 무언가를 내어주어야 할 때가 있는 법입니다…… 비록 그렇게 잘 알지 못하는 남자라도 말이에요……."

"하긴 내가 당신에게 그리 낯선 남자는 아니지요, 코라."

"네, 이제는 잘 모르는 남자라고 할 수도 없어요. 당신이 얼마나 섬세하고 신중한 사람인지 잘 알고 있어요."

"나 또한 당신이 얼마나 솔직하고 고결한 여성인지 잘 압니다. 그만큼 단념하는 이 마음도 괴롭답니다."

여자는 답답하다는 듯 짜증 섞인 표정을 지었다.

단념이라는 단어를 손쉽게 받아들일 만한 성격이 아니었다. 한참 동안 침묵이 흐른 뒤 그녀는 다시 강 쪽을 돌아보았다. 마치 오랜만에 재회한 사람을 대하듯, 그녀는 말을 이었다.

"얘기 돌리지 말고 분명히 대답해주세요. 당신의 과거 삶이 방해되나요? 그것이 당신의 꿈을 가로막는 거예요?"

"누구든 나 같은 인생을 살다 보면, 너무 큰 행복이나 너무 높은 지위는 스스로 마다하기 마련입니다……."

여자는 얘기를 들으면서 장미와 페튜니아 몇 송이를 꺾었다. 그것을 모아 자신의 저고리 깃에 핀으로 꽂은 뒤, 말했다.

"그러니까 당신은 저더러 에드먼드 왕자의 청혼을 받아들이란 얘기죠?"

"그래요. 바로 그겁니다!"

남자가 힘주어 대답했다.

"제가 여왕이 되기를 바라기 때문인가요?"

"맞아요. 그것이 당신의 운명입니다. 그걸 방해하느니 차라리 내가 죽어버리겠어요! 당신 운명의 실현을 위해 내가 나서겠습니다. 당신은 여왕이 될 운명을 타고난 여자예요. 당신을 가만히 보는 것만으로도 그걸 알 수 있습니다."

"날 보지 말아요. 눈을 감아요."

남자는 얼른 눈을 감더니, 또 이렇게 중얼거렸다.

"오히려 당신이 더 잘 보입니다…… 당신 머리에 왕관이 보여요. 어깨에 궁정망토를 걸치셨군요……."

"그럼 내 손에 입을 맞추시지요, 친애하는 신하로서……."

대위는 즉시 바닥에 한쪽 무릎을 꿇고, 여자가 내민 섬세한 손가락에 경건한 자세로 입을 맞추었다.

그런 그를 내려다보면서, 여자는 잠시 서글픈 침묵을 유지했다. 어떤 길 앞에서 정녕 걸음을 내디뎌야 할 것인지를 고민하는 모습이었다.

저 멀리 가로수길 입구에 에드먼드 옥스퍼드의 모습이 보였다. 여자가 팔을 흔들어 알은체하더니, 후닥닥 달려갔다.

돌벤치 위에 고쳐 앉은 대위는 단 한 번도 그쪽을 바라보지 않았다. 견딜 수 없는 시간이 흘렀다. 여자가 청혼을 받아들일까!

잠시 후, 나뭇잎 우거진 길로 다시 돌아온 그녀에게 대위가 더듬거렸다.

"코라…… 코라…… 날 좀 위로해줘요……."

여자는 한동안 뜸을 들인 뒤 대답했다.

"당신 같은 남자는 자신 안에서만 위로를 찾죠."

"코라…… 날 위로해줘요……."

"어떻게요? 무슨 수로 위로해주느냔 말이에요! 뭐라고 말해야 하죠?"

"당신 입술로…… 코라……."

여자는 대뜸 발을 굴렀다.

"안 돼요!"

"하지만 이미 입술을 허락하지 않았소……."

"그땐 약혼을 하지 않은 상태였죠. 지금은 언약을 한 몸이라 그에 충실할 거예요. 한 남자의 배필이 지켜야 할 도리가 무엇인지 정도는 알고 있어요. 그걸 존중할 겁니다. 당신이 말 한마디만 해주었어도 저는 에드먼드 옥스퍼드에게 작별을 고했을 거예요. 그러니 이제 와 당신이 불평할 권리는 없죠."

"그럼 이제 작별은 우리 사이의 일이 되었군요……."

"아뇨. 우리 사이에 딱히 작별이라 할 건 없어요. 우리가 서로 인연을 끊는 일에 저로서는 동의하기 어렵거든요. 옥스퍼드 공도 그걸 알고요."

"그렇다면……."

"네. 저와 옥스퍼드 공에겐 당신이란 존재가 필요해요. 당신의 협조와 보호가 필요한 거죠. 당신한테도 저의 도움이 필요한 것처럼……."

"내가 당신 도움을?"

"그래요. 당신은 이제 더 이상 삶을 맘먹은 대로 살아젖힐 수 없어요. 과거의 짐이 버거워 저에게 '나의 여자가 되어달라'는 말조차 차마 하지 못하는 남자가 되어버렸잖아요. 하지만 당신이 노예로 사로잡혀 있는 그 과거, 그걸 극복하지 못하게 막는 건 아무것도 없어요."

"무슨 수로 그걸 극복한단 말이오?"

순간 여자는 남자의 손을 덥석 붙잡고 두 눈을 빤히 들여다보면서 느닷없이 이렇게 묻는 것이었다.

"당신은 엄청난 부자가 아닌가요?"

"어마어마한 갑부죠."

"지금으로부터 이삼 년 전이었죠. 당신이 미국의 갱단과 벌인 싸움 있잖아요…… 그때 재산이 10억인가 12억 달러였다던데, 사실인가요?"

"사실입니다. 당시에는 액수가 많이 부풀려졌지요(『아르센 뤼팽의 수십억 달러』 참조—옮긴이)."

"그 돈은 은행금고에 모셔져 있나요?"

"지금은 아닙니다. 땅에 묻어 은닉해둔 상태죠. 한데 왜 그런 질문을 하는 겁니까?"

"그 재산으로 당신이 이룰 수 있는 크고 유용한 일들에 대해 생각 중이거든요……."

"내가 내 돈으로 무슨 일을 하고 있는지 당신은 전혀 모릅니다…… 잘 들어요. 내일 나와 함께 참호로 갑시다. 거기서 5시에 어떤 사람과 만나기로 되어 있어요. 그 사람과 나눌 얘기에 당신도 흥미를 느낄 겁니다. 그때 가면 많은 걸 깨닫게 될 거예요. 약속한 거죠?"

"네, 약속했어요."

그제야 두 사람은 헤어졌다.

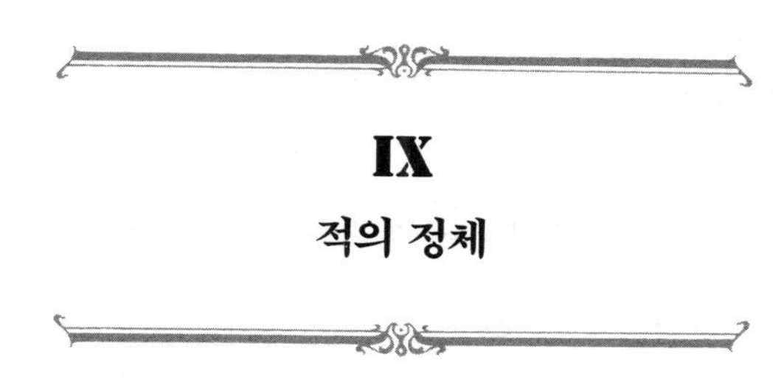

IX
적의 정체

왜 그런지 사브리는 불안한 심정을 거둘 수 없었다. 코라가 다른 남자를 따라가긴 했는데, 그 남자의 비밀스러운 그림자가 왠지 자꾸 마음에 걸리는 것이었다.

그는 보리수 가로수길을 천천히 걸어 정원의 중앙 출입구에 다다랐다. 조제팽이 그를 기다리고 있었다.

"잘했다, 조제팽! 모든 게 척척 맞아떨어졌어. 네가 일을 아주 잘 처리했기 때문이야. 그래 지금 상황은 어떤가? 삼인조가 공동묘지 지하납골당에 자루를 다 비워냈나?"

"네, 캡틴."

"도중에 무얼 슬쩍하진 않았겠지?"

"네, 그러진 않더군요."

"납골당 열쇠는?"

"제가 가지고 있습니다, 캡틴."

"세 놈 다 떠났나?"

"네. 경기장을 가로질러 모두 '변두리 주점'으로 가는 것 같았습니다."

"잘됐군. 한데 너 왠지 걱정 있는 표정이로구나. 무슨 일이냐?"

"실은 지금 캡틴의 도움이 필요합니다. 저 혼자 힘으로 감당하기 어려운 싸움이 나서요……."

"말해보아라."

"'변두리 주점'에서 술을 마신 라클로슈 영감이 삼인조를 벽돌공장까지 데려왔어요. 만취한 상태였는데, 다짜고짜 누이동생 마리테레즈한테 화를 내더랍니다. 일전에 벌어진 일로 아직까지 앙심을 품고 있는 거죠. 블라우스를 강제로 벗기고는 매질을 하겠다며 바닥에 무릎 꿇렸다네요. 그것도 '살인마 트리오'를 2층 난간에 구경꾼으로 앉혀놓고서 말이죠……! 근데 팔을 치켜들고 막 때리려는 순간 제가 집에 도착했어요. 노인네가 이러더군요. '아하, 어서 와 똑똑히 보아두어라, 조제팽…… 이번에는 나도 만반의 대비를 해놓았지. 두블퀴르크와 내 친구들이 저기 와 있는 거 보이지? 권총을 쥐고서 말이야. 네가 손가락 하나라도 꼼지락거리면 저들이 널 골로 보낼 거다. 어이, 친구들, 준비는 됐겠지? 가차 없이 쏴버려야 해. 오늘 일단 이 자식부터 해치우고, 그다음에는 캡틴을 처치해야겠어. 그놈이 전리품을 가로채서 우리 일을 망쳐놓았지 않은가 말이야……!' 그러고는 기어이 팔을 쳐들어 막대기를 휘둘렀어요. 맨살이 드러난 등짝을 무지막지하게 후려치는 겁니다! 마리테레즈는 잠깐 휘청하더니, 악착같이 자세를 추스르더군요…… 오히려 비명을 지르는 건 그 애가 아니라 저였습니다. 마리테레즈는 어떻게든 알몸을 보이지 않으려고 양팔을 가슴에 포갠 채, 창백한 얼굴로 아버지를 노려보고 있었습니다. 비웃는 표정을 지으려고 애썼지만 눈빛에는 고통과 두려움이 역력했어요…… 놈은 다시 길길이 날뛰었죠. '허어, 이년 좀 보게나! 제법 기개가 충만하네그려! 제 어미 아주 빼박았다 이거지. 조제팽, 너도 얘 옆에 엎드려! 한 번에 두 놈 다 처리해야겠다. 여보게, 뭐하나? 내가 앙갚음을 하고야 말 거라니까. 어서 쏴! 쏘란 말이야! 오늘 이놈은 기필코 보내버려야겠어. 그놈의 뤼팽 어쩌고 하는 놈도 마찬가지고. 그렇지 않으면 자네들이나 나나 속 편히 지내긴 글렀단 말일세! 발사! 하나, 둘, 셋……!' 결국 총성이 두 발 울렸어요. 총알이 하나는 제 머리 왼쪽 벽에, 하나는 오른쪽 벽에 그대로 박히더군요…… 그래서 이렇게 도망쳐 나온 겁니다, 캡틴. 저는 정말 무기력했어요. 저 자신도 누이동생도 보호할 수가 없었습니다."

조제팽의 얘기가 끝나기 무섭게 캡틴은 땅을 차고 내달리며 소리쳤다.

"뛰어!"

둘은 구보자세로 달리기 시작했다. 조제팽은 뛰면서 연신 훌쩍이고 있었다.

"저는 비겁한 녀석이에요…… 도망쳤다고요……."

"그러기를 잘한 거다, 조제팽! 공연히 개죽음 당할 필요는 없어. 네 나이에는 아직 뱃심만으로 버티기 힘든 일도 있는 법이다. 그런 놈들 다루기에는 네가 아직 너무 어린 것뿐이야."

"도대체 제가 어떻게 했어야 하나요, 캡틴? 저에겐 무기도 없었거든요."

"무기는 지금 나도 없다. 그렇다고 내 행동이 달라지진 않아. 잘 들어. 세상 그 어떤 것 못지않게 강력한 무기는 바로 침착함이다. 어떤 상황에서도 눈 하나 깜빡하지 않는 냉정함. 그것만 갖추고 있으면 완벽한 갑옷을 입은 것과 같고, 결국 적은 흔들리게 되어 있어…… 공격이야 하고 싶겠지. 하지만 반격을 두려워하지 않을 수 없게 되는 거다. 그러다 보면, 자신이 가할 공격보다 반격이 훨씬 강할 거라는 기분에 미리 사로잡히는 거지. 어디서 반격이 날아들까? 어떤 식으로……? 문제는 그렇게 한번 흔들린 심리 상태를 바로잡으려면 상당한 시간이 소요된다는 점이지. 프랑스의 교육이 그래서 한심하다는 거야! 허구한 날 여린 감수성만 어루만지는 식이거든. 목석같이 단단하고, 강철같이 차가우면서, 도끼처럼 날 선 정신력을 단련해도 시원찮을 때에 말이지……."

마침내 둘은 목적지에 당도했다.

"그림자처럼 내 뒤에 따라붙어. 저들이 너를 볼 수 없어야 해. 자칫 잘못하면 복식테니스 경기에서 상대편의 약한 파트너를 노리듯 너한테 공격이 집중될 수 있으니까."

캡틴은 큼직한 돌멩이를 집어 들고 창고 문을 세 번 두드렸다.

"문 여시오! 공무집행으로 왔소!"

안에서 들리던 소리가 뚝 끊어졌다.

한동안 쥐 죽은 듯 조용하더니, 라클로슈 영감의 소심한 목소리가 속삭였다.

"무슨 일입니까?"

"경찰서에서 나왔소! 문 여시오!"

뤼팽은 문손잡이를 돌려보았다. 자물쇠로도 빗장으로도 잠겨 있지 않았다. 그는 안으로 들어서며 외쳤다.

"나다! 캡틴 코코리코!"

"아니, 경찰은……?"

"나만으로도 충분하지."

그제야 목멘 소리로 버벅거리는 라클로슈 영감.

"쏴…… 쏴라…… 어서 쏴……."

앙드레 드 사브리는 손가락으로 삼인조를 가리키며 계단을 겅중겅중 뛰어 올라갔다.

"셋 중 조금이라도 움직이는 놈은 각오해!"

순간 권총을 겨냥하는 소리가 들렸고, 캡틴은 그대로 몸을 날려 두블튀르크를 덮쳤다. 고통의 비명 소리와 함께 무릎을 꿇는 두블튀르크의 오른 손목이 넝마처럼 힘없이 덜렁거렸다.

"아으, 빌어먹을…… 쇠꼬챙이로 날 찔렀어……."

그 말에 캡틴이 대꾸했다.

"쇠꼬챙이라니, 바늘이야! 이건 뭔지 아나? 쇠로 된 수갑이지. 아는 게 왜 이리 없어! 그럼 주먹 맛은? 자, 여기 두 방 나가신다! 퍽! 퍽……! 어때, 네놈 친구들 낯짝 돌아가면서 나자빠지는 꼴 안 보이나……?"

사브리는 이제 느긋하게 계단을 내려오면서 빈정댔다.

"가소롭기도 하지…… 어서 이 몸을 쏴보시라니까요!"

삼인조는 언감생심 몸을 사리고 있었다. 아래에는 라클로슈 영감이 버티고 서서 권총을 겨누고 있었다. 물론 그마저 전광석화 같은 발차기가 손목에 적중하면서 보기 좋게 튕겨나가고 말았지만…….

라클로슈는 상대의 팔을 붙잡고 늘어졌다. 하지만 별다른 몸싸움 없이 곧 허물어졌다. 이제 그는 울부짖기 시작했다.

"도대체 나더러 어떻게 살라는 거요, 캡틴? 내게 그토록 못할 짓을 해놓고……."

"내가?"

"물론이오! 일곱 아이들 중에 원래 당신 책임인 아이가 조제팽과 마리테레즈 두 명이라는 것…… 내가 모를 줄 아시오?"

"뭐 그럴 가능성이 아주 없는 건 아니지만, 확실한 사실도 아니지. 그렇더라도 자네에겐 다섯 아이가 남아 있고."

"나는 그 두 아이밖에 사랑하지 않는단 말이오! 지독하게 밉기도 하지만…….”

“그래, 얼마면 되겠나?”

“난 아이들 안 팝니다. 대신 두 아이를 거두는 비용 조로 연금이나 지불해주시구려.”

“교활한 놈 같으니! 아이들을 때리는 권리로 연금까지 받아먹겠다고?”

“그렇소.”

사브리는 즉시 두 아이를 돌아보며 말했다.

“조제팽, 마리테레즈……! 어서 짐 싸서 나와 같이 가자.”

“정말요? 정말 우리 둘을 데려가시게요?”

“물론이다. 이런 짐승한테 더 이상 너희들을 맡겨둘 수 없어.”

두 아이는 환호성을 내지르며 팔짝팔짝 뛰었다.

“이봐 라클로슈, 앞으로 매달 500프랑어치 영수증에 자네가 서명하는 조건으로 나는 저 아이들을 완전히 내 책임하에 데려간다, 오케이?”

“500프랑? 그거 괜찮군! 하지만…… 막상 떠나보내려니 가슴이 찢어지네…… 무지 정들었는데…….”

“쳇! 지갑만 두둑해지면 언제 그랬냐는 듯 잊어버릴 거면서, 안 그래, 늙은 주정뱅이?”

아이들이 벌써 가방을 챙겨 달려나왔다.

“너희들 나한테 작별인사도 안 해주기냐?”

라클로슈가 울상이 되어 중얼거렸다.

“해야죠. 진심으로요!”

마리테레즈는 사브리에게 와락 안겼다.

“이제 저 사람은 그냥 아빠고, 캡틴은 진짜 아빠가 되나요? 어쩐지 나는 캡틴이 참 좋더라! 그럼 캡틴을 아빠라고 불러도 되는 거예요?”

“오, 천만에! 우선 정말 내가 네 아빠인지가 불확실할뿐더러, 네가 그렇게 나오면 여태 너를 키워준 라클로슈는 웃음거리밖에 더 되겠니. 그냥 앞으로는 네가 내 가정부이면서 타이피스트라고 해두자꾸나."

"그런 거 어떻게 하는지 모르는데요!"

"차차 배우면 되지. 이제부터 직장생활 한다 생각하면 돼."

밖으로 나서면서 사브리가 말했다.

"조제팽, 너는 나처럼 해먹에서 잘 거다. 그리고 마리테레즈를 위해서는 아무래도 참호에 층 하나를 더 올려야겠지."

"신난다! 캡틴, 이제 라클로슈는 얼씬도 못하겠네요!"

"그자가 무섭니?"

"제가 뽀뽀를 피한다고 툭하면 때렸거든요."

"가엾은 것…… 어쨌든 오늘 밤은 셋이 다 함께 티욀 성에서 자는 거다. 옥스퍼드 공과 코라 드 레른의 약혼식에 초대를 받았거든. 조제팽, 너와 나 둘이야 헛간의 마른 짚단만으로도 잠자리에 불편이 없겠지만, 우리 어린 아가씨에겐 침대 정도는 당연히 제공되어야겠지."

문득 조제팽이 퉁퉁거렸다.

"약혼이라니…… 말도 안 돼! 캡틴이 동의하신 거예요?"

"내가 그렇게 하라고 등 떠민 셈이지. 너 가서 흰 조끼하고 하얀 넥타이, 에나멜 구두 등등 내 옷 좀 갖다줄래? 트렁크 안에 있을 거다."

조제팽과 마리테레즈는 강아지들처럼 캡틴 주위를 깡충깡충 뛰어다니며 좋아 어쩔 줄 몰랐다. 캡틴은 이따금 걸음을 멈추고 아이들을 진정시키면서 주의 주는 것을 잊지 않았다.

"너희 둘 다 정신 바짝 차려야 한다, 알겠지? 나는 아직 위험이 끝나지 않았다고 생각해. 그러니 각자 조심해야 한다……. 아, 그나저나 이제야 마음 편히 살 수 있을 것 같네. 든든한 보디가드가 이렇게 둘씩이나 나를 보호해주니 말이야!"

티윌 성은 루이 필리프 시대에 세워진 높다란 망루들을 위시해, 테라스와 여러 부속 시설이 무질서하게 늘어선 길쭉한 형태의 대저택이었다. 이쪽 끝에서 저쪽 끝까지 초벌 도색한 백색 석회도료 덕분에 그나마 전체적인 통일성이 유지되고 있었다.

왕자와 그 수행원들, 비서 토니 카베트는 따로 독립된 익랑부(翼廊部)를 숙소로 사용했다. 그에 잇닿은 본채에는 여러 거실과 식당이 있고, 위층에 헤어폴 백작과 코라의 방들이 자리했다. 집사가 대위를 그 맨 끝자락에 위치한 손님방으로 안내했다. 1층은 주방과 하인들의 거처가 차지했다.

잡다한 부속 시설들이 폐허로 방치된 육중한 주탑(主塔)에까지 이르렀다. 거실마다 사람들로 북적이고 있었다. 헤어폴 백작과 코라의 친지들이 파리와 주변 성들에서 몰려들었는데, 옥스퍼드 공과 그녀의 공식적인 약혼을 누구보다 고대해온 헤어폴 백작이 그들 모두를 일일이 초대했던 것이다.

앙드레 드 사브리는 귀족다운 우아함과 거침없는 태도로 단연 인기였다. 식탁에서의 대화 중 그는 재치와 총명함, 예술적 소양과 열정, 유머 감각을 적재적소에 발휘했고, 무엇보다 코라의 마음을 즐겁게 만들어주려 애썼다. 그가 성의를 다하고 있다는 것을 코라는 내심 인정하지 않을 수 없었다.

비서인 카베트는 한마디도 하지 않았다. 그와 옥스퍼드 공 사이에 앉은 코라의 눈과 귀는 오로지 대위만을 향하고 있었다.

"조심하세요, 캡틴. 지금 성안에서만 30~40명이 우글거리고 있습니다."

출입구 로비에서 마주친 조제팽이 사브리에게 속삭였다.

"그래봤자지. 난 너만 믿는다."

“알고 있습니다, 캡틴. 만반의 준비가 되어 있습니다.”
소년은 자신감 넘치는 목소리였다.
“마리테레즈는?”
“그 애도 마찬가지입니다. 우리 모두 준비완료입니다.”
“음, 안심이군!”
사브리와 카베트는 흡연실에 나란히 앉아 있으면서도 말 한마디 나누지 않았다. 손님들이 모두 자리를 뜨고 코라와 헤어폴 백작마저 긴 복도를 통해 자기들 처소로 돌아간 뒤, 토니 카베트가 이제 슬슬 자기 방으로 향하려는 사브리를 가로막고 말했다.
“당신한테 중요하게 할 이야기가 있소, 대위.”
사브리가 대답했다.
“우리 사이에 나눌 이야기라면 중요할 수밖에 없겠지.”
“그건 왜죠?”
“그야 둘 다 같은 여자를 사랑하니까!”
“하긴 그 점은 당신이 내게 확실히 증명해주었지…… 다소 폭력적으로.”
“누가 날 폭력적으로 만들었을까?”
“다행히 코라를 사랑하는 또 다른 자가 어부지리를 얻게 생겼소. 결국 우리 두 사람의 경쟁을 그가 대신 정리해주겠지.”
“내가 혼신을 다해 그걸 도울 거고.”
“나도 10년 전부터 이 결혼을 성사시키기 위해 애써온 몸이오.”
“그럼에도 불구하고 개인적인 흑심을 채우시겠다?”
“에드먼드는 내게 빚이 많은 사람이오.”
“당신은 그에게 빚진 것 없고?”
“전혀. 나는 누구에게 빚지고 사는 사람이 아니오.”

"나에게도 그럴까?"

"당신? 글쎄올시다, 조만간 칼침 한 번 제대로 꽂아주고 나면 모를까…… 서로 통하는 사람끼리라 기분은 꽤 씁쓸할 거요."

"내 생각은 다른걸."

"혹시 나에 대해 안 좋은 선입견이라도?"

"아니. 혐오감뿐이야."

"명분 없는 혐오감이로군. 결국 당신도 수긍할 거요……."

"그건 또 무슨 소리지?"

"설명하리다."

그는 시가에 불을 붙였다. 방문까지 거리는 3~4미터였다. 사브리는 카베트를 유심히 바라보았다. 흥미로운 점이 없지 않은 얼굴이었다. 그에게서 풍겨나는 야만적인 인상은 의도적으로 얼굴에 변화를 주려고 꾸미는 거친 표정에서 비롯된 것이었다. 그 표정 이면에 숨은 소심한 천성을 사브리는 여러 차례에 걸쳐 감지하고 있었다. 눈동자는 강청색(鋼青色)이었다. 툭하면 왼쪽으로 치켜 올라가는 윗입술 때문에 들쭉날쭉 사납게 생긴 치열이 고스란히 드러나곤 했다. 오만함을 동반한 불편한 심기가 고스란히 묻어났다. 그가 아주 하층계급 출신이라는 걸 안 것은 조금 시간이 지난 뒤였다. 마부와 매춘부의 자식으로 태어난 그는 태생적 한계 때문에 고상한 사교계에 쉽사리 섞여 들 수가 없었고, 죽기 아니면 살기 식의 무법자 같은 각오로 모든 걸 헤쳐나가야만 했다.

그의 설명이 이어졌다.

"한마디로 나는 자수성가한 사람이오. 혼자 힘으로 오늘에 이르렀단 말이외다. 지식, 교육, 사회적 지위, 인맥, 근력, 수완, 건강 등등 모든 걸 나는 혼자서 터득했소. 결국 나는 상당한 자질과 능력을 갖추게 되었고, 지금으로부터 20년 전 그 누구의 추천도 거치지 않고서 내 사촌이자 사생아인 옥스퍼드 공의 개인교사로 발탁되기에 이르렀소. 그에게 권투와 승마를 가르치면서 종종 여행도 함께 해주곤 했지…… 녀석은 사실 가문 차원에서 이미 포기해버린 저능아요. 지금 그의 존재는 내가 다 만들어놓은 것이오. 점잖고 강직하고 운동 잘하면서, 자기 몫 확실히 챙길 줄 알고, 내가 마련해준 여자를 배필로 맞아들일 세상 둘도 없는 신사…… 심지어 나는 그에게 야심까지 불어넣었다니까, 바로 나 자신의 야심을…….”

“어떤 야심을 말하는 거지?”

“그가 왕이 되어, 내 뜻대로 통치하는 거요!”

“그럴 기회는 없을걸. 현재 왕의 동생이 기세등등하니까.”

“세상에 왕국이 대영제국 하나만 있는 건 아니오. 팔아치우거나 빼앗을 나라만 열 개가 넘지. 나는 음모의 달인이라오. 양심 같은 건 내다 버린 지 오래고…….”

“브라보, 양심부재야말로 강자의 자질이라더니! 훼방꾼이 나타나는 족족 가차 없이 처단하겠구먼.”

“지금까지 네 명의 훼방꾼이 있었소. 그중 셋은 이미 저세상 사람이고…….”

“그럼 마지막 하나 남은 훼방꾼은?”

“바로 당신이오.”

“저런, 안됐소이다!”

“알고 있소. 예전에 셜록 홈스와 함께 일을 한 적이 있는데(원문은 헐록 숌스(Herlock Sholmès)이다—옮긴이), 그가 그러더군. 언젠가 아르센 뤼팽을 상대할 일이 생기면, 일찌감치 싸움을 포기하는 게 좋을 거라고. 진 거나 마찬가지일 테니까…….”

사브리는 깍듯하게 고개를 숙이며 말했다.

"과찬이외다…… 그래, 어쩔 셈이오?"

"당신을 사겠소."

"조악한 표현에 어리석은 계획이로고! 난 당신보다 부자요."

"나보다야 부자일 수 있겠지. 하지만 영국보다는 못할 거요."

"그거, 영국을 대표해서 하는 말이오?"

"글쎄요, 어쩌면……."

앙드레 드 사브리는 정색을 하고 물었다.

"나한테서 무얼 원하는 거요? 대체 영국이 무슨 볼일로 여기까지 와서……."

카베트는 난처한 표정이 되었다. 그러고는 갑자기 공손해진 어조로 말했다.

"우리는 당신의 협조를 바라고 있습니다."

"무얼 협조하란 말이오?"

"아, 그게 아주 복잡한데요……."

"또 시작이오? 설명을 해봐요, 설명을! 이제 수수께끼라면 지긋지긋한 사람이외다……."

"말하자면 이런 겁니다……. 사실 나는 우리나라의 국가적 프로젝트와 이익에 관심이 많습니다. 한데 내가 가진 나만의 계획이 그 국가적 프로젝트와 늘 같을 수만은 없더군요……. 이런 상황에서 당신이 협조를 약속해준다든지, 최소한 중립을 보장해준다면, 더없이 좋을 텐데 말입니다!"

대위는 어깨를 한 번 으쓱하고는 야유하듯 내뱉었다.

"아이고, 뭐가 이렇게 어려워…… 무슨 소린지 당최…… 설마 당신이 허심탄회하게 털어놓지도 않는 애매모호한 음모에 내가 선뜻 발을 담그리라고 생각하는 건 아니죠?"

"그런데…… 당신이 협조를 거부할 경우 그대로 살려두기에는 이미 너무 많은 비밀을 공개한 상태요……."

"협조, 거부하겠소! 나는 밝은 게 좋소. 당신 같은 인간이 하는 얘기는 나한테 안 통합니다."

영국인이 곧바로 권총을 빼 들었다.

사브리는 너털웃음을 터뜨렸다.

"셜록 홈스께서 이 얘기는 안 해주신 모양이로군. 나라는 사람은 상대의 무기를 미리 무용지물로 만들어놓지 않고서는 아슬아슬한 대화에 절대로 응하는 법이 없다는 거……."

"내가 분명히 방에 혼자 있었고, 불과 5분 전에 총을 장전했는데……."

"가짜 총알을 장전했겠지. 화약이 들어 있지 않은 가짜 총알."

카베트는 부글부글 끓는 모양이었다.

"어디 두고 보지. 정말 쏜다!"

"좋으실 대로."

마침내 영국인은 복도 저쪽에 집합해 있는 인원들을 손짓으로 불러 모았다.

"처치해!"

그 즉시 스무 개의 총구가 앞으로 뻗었고, 그와 동시에 스무 번의 찰칵 소리가 났다. 하지만 요란한 총성이랄지, 총알이 공기를 가르는 소리 따윈 들리지 않았다.

사브리가 점잖게 말했다.

"분명히 말하지만 내가 시킨 건 아니라오. 나를 지켜주는 젊은 친구 하나가 용의주도하게 조치를 해두었을 뿐이지. 물론 평소 내가 가르친 대로!"

"그래도 완벽하진 못한 것 같군."

곧장 상대의 말을 바로잡는 카베트.

그가 불러 모은 사내들이 손에 단도를 빼 든 채 대위를 에워싸기 시작했다.

"쳇! 아무리 많은 칼을 들이대도 브라우닝 권총 한 자루면 끝나는 게임 아닌가?"

"총은 없잖아. 한 시간 전에 내가 호주머니를 다 뒤져본걸."

"우리 비서가 그깟 총 한 자루 마련해주지 못한대서야 말이 되겠는가, 이 사람아!"

그때였다. 들보가 가로지른 낡은 복도 천장에서 별안간 덜컹하는 소리가 나더니, 가느다란 줄에 매달린 브라우닝 권총 한 자루가 스르르 내려오는 것이었다. 얼굴 바로 앞에서 멈춘 권총을 대위는 재빨리 낚아채 공격자들을 겨누었다.

총성이 한 발 울렸다. 한 명이 쓰러졌다. 나머지는 순간적으로 죄다 흩어졌다.

그중 일부가 되돌아오는 사이, 사브리는 얼른 몸을 돌려 문을 열려고 했다.

카베트가 비아냥거렸다.

"잠겨 있을 걸 예측 못했나?"

"나 대신 예측해줄 사람 많으니 걱정 말게. 조금 기다리지 뭐."

아니나 다를까, 문 저편에서 열쇠 돌아가는 소리가 들렸다. 잠금장치가 철컥하고 작동했다. 문이 활짝 열렸다.

"마리테레즈!"

말라깽이 소녀의 환하게 웃는 얼굴을 보자 대위의 입에서 절로 탄성이 새어나왔다.

둘은 포위망을 빠져나가 부리나케 다시 열쇠로 문을 잠갔다. 요란하게 문 두드리는 소리가 이어졌다.

"조만간 문을 부수고 들이닥칠 거야."

"멀리 피하고 난 다음이겠죠."

"창문으로?"

"아뇨, 창문은 쇠창살로 막혀 있어요."

"그럼?"

"이쪽이에요."

소녀가 태피스트리에 가려진 벽장문을 열자, 계단이 나타났다.

앙드레 드 사브리는 마리테레즈의 어깨를 꼭 감싸 안으며 말했다.

"네가 나를 구했다. 조제팽도 너도 대체 어떻게 해낸 거냐?"

"라클로슈 영감이 여섯 번째 결혼한 여자가 있었는데, '굼벵이'라 불리던 아주 못나고 지저분한 여자였어요. 2년 전에 집을 나가 어디론가 사라졌죠. 라클로슈가 걸핏하면 때렸기 때문인데, 그 여자가 여기 주방 보조로 있는 거예요. 얼마나 놀랐는지…… 예전에 자주 편들어주고 몰래 먹을 것도 갖다줘서 그런지 저를 아주 좋아했죠. 그렇게 안 해주었으면 벌써 굶어 죽었을 거예요. 그 여자가 캡틴도 알아요. 옛날 벽돌공장에 자주 놀러 오셨잖아요…… 이 계단, 바로 그 여자가 가르쳐준 거예요. 오빠에게는 천장에 있는 뚜껑문도 가르쳐주었고요."

"그뿐만이 아니지……."

조제팽도 거들었다.

"우리 '모발 사냥꾼' 단원들에게 토니 카베트의 방이 어디인지 알려주었거든……."

아침이 되자 식사시간을 알리는 종소리가 울려 퍼졌다. 사브리는 일찌감치 식당으로 향했다. 10분 후, 토니 카베트가 들어서는 순간, 미리 와 앉아 있던 사람들의 폭소가 터졌다. 머리가 완전한 삭발 상태였던 것이다. 콧수염, 눈썹, 속눈썹까지 털이란 털은 하나도 남아 있지 않았다!

울상이 된 그는 사브리를 향해 주먹을 흔들어대며 으르렁거렸다.

"이대로 넘어가진 않을 테다……."

에드먼드 옥스퍼드도 탄성을 내지르며 물었다.

"아니 이게 무슨 일인가, 카베트? 누가 자네 머리통을 그렇게 반들반들 닦아놓은 거지? 전혀 안 어울리는데……."

전날 저녁 초대되었다가 아침까지 눌러앉은 푸르비에는 헤어폴 백작에게 귀엣말로 속삭이고 있었다.

"저건 분명 대위의 친구들이 저지른 일일 겁니다. 자기가 가르치는 학생들 중 일부는 여자, 특히 소녀의 정절을 유린한 자의 모발을 전부 밀어버리도록 훈련받았다고 하더군요…… 아마 카베트 씨도 그런 종류의 비열한 짓으로 벌을 받은 게 아닐까 합니다……."

그 말이 에드먼드 옥스퍼드의 귀로 흘러들었다.

카베트는 펄쩍 뛰었다.

"저 얘긴 모략입니다, 전하!"

그러자 사브리가 나섰다.

"거짓말! 어제 아침 당신이 드 레른 양을 납치해 성으로 끌고 가 저지른 짓, 내가 증인이올시다."

"내 약혼녀를?"

옥스퍼드 공이 버럭 소리쳤다.

"그렇습니다. 지금 저는 전하의 약혼녀 앞에서 저 비열한 인간의 죄상을 낱낱이 폭로하고 있습니다!"

믿어지지가 않는 모양이었다.

"그럴 리가 없어⋯⋯ 안 그런가, 카베트? 세상에, 무슨 말 좀 해보라고!"

"천하의 아르센 뤼팽한테 밉보인 마당에 누가 감히 무사하겠습니까, 전하."

사브리가 금방이라도 달려들 것처럼 몸을 일으켰다. 마침내 코라가 나섰다.

"전하, 저에 대한 토니 카베트의 행동을 문제 삼아야 할지 그냥 무시해야 할지, 그 판단의 권리는 오직 저에게 있습니다. 이제 더 이상 이 문제를 거론하지 말아주셨으면 합니다."

왕자도 결론을 지었다.

"코라, 당신의 주장을 수용하겠소. 카베트는 충직한 친구요. 그런 불충을 저질렀다고는 차마 믿기 힘들군. 그러니 더는 얘기하지 맙시다."

사브리는 깍듯하게 상체를 숙이며 말했다.

"알겠습니다, 전하. 더 이상은 거론하지 않겠습니다. 언젠가는 토니 카베트와 제가 따로 만나 해결할 문제이니까요."

"나로서는 해결된 것으로 간주하겠소. 카베트와 나는 친구 사이니까."

옥스퍼드 공이 분명하게 말했다.

한편 헤어폴 백작이 코라의 귀에 대고 나지막이 속삭였다.

"대위의 고발이 정확한 것 아닌가요?"

"맞아요. 하지만 저는 카베트가 한 짓을 만천하에 공개하고 싶은 생각은 없어요. 다만 그가 지금 당신 집에 기거하는 만큼, 몇 주만이라도 제가 성을 떠나 있는 것이 좋겠다고 생각해요. 그가 또 무슨 짓을 할지 모르니까요."

"옥스퍼드 공이 뭐라 생각할까요?"

"그거야 그분 마음이고요. 친구와 함께 잠시 자동차로 여행을 하겠다고 말씀드릴게요."

"그와 결혼하는 건 맞죠?"

순간 여자는 앙드레 드 사브리 쪽으로 원망 어린 시선을 던지며 대답했다.

"물론이죠! 대위님이 그걸 간절히 원하시니까! 토니 카베트의 만행을 무릅쓰고 저는 옥스퍼드 공과 결혼할 겁니다."

앙드레 드 사브리는 아무 반응도 보이지 않았다. 심각한 표정으로 생각에 잠겨 있을 뿐이었다. 잠시 후, 그는 낮은 목소리로 말했다.

"당신 말이 맞아요, 코라. 잠시 떠나 있는 게 좋겠어요. 아무래도 싸움이 아직 끝나지 않은 것 같습니다. 일단 내가 파리까지 차로 데려다줄 테니, 당신이 앞으로 해야 할 일에 대해서는 그때 얘기합시다."

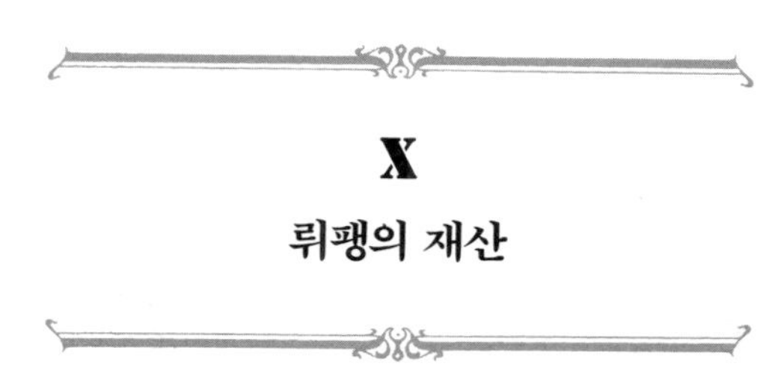

X
뤼팽의 재산

코라 드 레른과 앙드레 드 사브리는 티욀 성에서 점심까지 먹기로 결정했다. 이번에는 아무런 말썽 없이 식사가 진행되었다. 토니 카베트도 동석했지만, 조용했다.

식사가 끝나자마자 코라는 떠날 준비에 들어갔다. 우선 자신이 이곳에 없어야만 되는 이유를 헤어폴 백작에게 납득시켰다. 백작은 자기 차를 한 대 내주었고, 사브리 대위와 함께 파리까지 운전을 맡을 기사도 배정해주었다. 짐을 꾸린 그녀는 옥스퍼드 공에게 작별인사를 했다. 왕자는 얼마 동안이 될지 모를 약혼녀의 여행을 관대한 태도로 인정해주었다.

한편 사브리는 성 주변에 잠복 중인 조제팽과 마리테레즈를 다시 만나 지시했다.

"너희들에게 맡길 중대한 임무가 하나 있다. 앞으로 토니 카베트의 일거수일투족을 면밀히 감시하도록. 그가 외출할 경우 따라붙을 것. 미지의 누군가를 만나면 너희 중 한 명은 그자를 미행하고, 다른 한 명은 계속해서 카베트를 감시해야 한다. 알겠나?"

"네, 캡틴. 근데, 보고는 어디서 어떻게 해야 하나요?"

"언제든 무언가 알아내면 그 즉시 혼자서든 둘이 함께든, 파리에 이 주소로 나를 찾아와."

그는 미리 준비한 쪽지를 건네면서 덧붙여 말했다.

"여기서도 너희들 도움이 필요할 거다."

두 오누이는 뭔가를 의논하면서 곧장 자리를 떴다.

오후 4시쯤, 코라와 사브리는 티윌 성을 벗어나 파리행 도로로 접어들었다.

"나와 함께 참호를 방문하기로 한 것 잊지 않았죠? 5시에 약속이 잡혔습니다. 알렉상드르 피에르라고 아주 유명한 학자죠."

사브리의 말에 코라가 대답했다.

"잊지 않고 있어요. 운전기사한테 미리 얘기해줘야죠."

잠시 옆길로 방향을 튼 자동차는 참호에서 그리 멀지 않은 지점에 멈춰 섰다. 그다음은 걸어갈 참이었다. 참호 깊숙이 들어서자 제법 큰 땅굴이 나타났다. 직선으로 300미터가량 이어진 터널은 규칙적으로 자리 잡은 채광창에 의해 조명이 이루어지고 있었다. 둘의 발길이 당도한 첫 번째 시설은 어딘지 지하사원 같은 분위기의 공간이었다. 중앙에 기둥 하나가 지탱하고 그로부터 여러 다른 통로가 뻗어나가는 형상이었다.

"이곳에 당신 재산이 숨겨져 있나요?"

여자가 거의 겁먹은 어조로 물었다.

"합법적으로 얻어낸 금가루가 약간 있을 뿐입니다. 별것 아니에요. 나머지는 여러 다른 장소에 분산되어 있지요. 그중에서도 에트르타의 기암성이랄지, 바리바의 하천 유역, 페이드코의 수도원이 대표적입니다(순서대로 『기암성』, 『바리바』, 『칼리오스트로 백작부인』 참조—옮긴이). 분산이 곧 보존인 셈이죠! 은행은 탐욕에 너무 쉽게 노출되는 것이 탈입니다. 게다가 나는 돈보다 금과 보석을 선호하거든요. 그런데 내가 가진 재산에 상당히 관심이 많은 것 같군요……?"

"네, 그 엄청난 규모에 정말 놀랐거든요…… 만약 당신이 한 여자를 사랑한다면, 그 여자가 막대한 지참금의 소유자인지 아닌지에 대해서는 별로 관심을 두지 않을 거예요. 겉으로는 정치적 이유를 대지만 옥스퍼드 공처럼 사실은 지참금 규모에 따라 자신의 결혼문제를 좌지우지하지는 않을 것 아니겠어요?"

사브리는 무뚝뚝하게 말을 끊었다.

"나 같은 남자에게 결혼이란 그다지 중요한 문제가 아닙니다. 막중한 운명이 나라는 사람을 고독한 인간으로 만들어버리기 일쑤예요."

그를 흘끔 쳐다본 코라는 더 이상 아무런 대꾸도 하지 못했다.

거미줄처럼 통하는 지하공간을 벗어나 밖으로 나오자 알렉상드르 피에르가 기다리고 있었다. 백발에 염소수염을 기른 훤칠한 신사였다. 사브리가 신속하게 서로를 소개했다. 두 남자의 인연은 학자가 해저난류의 과학적 활용을 위한 대형 연구 프로젝트 수행차 미국행을 앞두고 있을 즈음, 영국 궁정에서 처음 만나 이루어졌다.

"알렉상드르 피에르 씨, 프로젝트는 성공하셨습니까?"

"아뇨, 실패했습니다. 1500만 프랑의 개인재산을 초기비용으로 모조리 쏟아붓고 나서 그만 놓아버렸어요……."

"아니 그럼, 소위 자본의 나라라는 미국에서 과학에 관심 있고 당신을 후원할 만큼 열정을 가진 재력가가 한 명도 없더란 말입니까?"

"네. 없더군요."

"그것참 한심하군요! 자고로 학자가 돈 같은 부차적 문제로 골치를 썩이면 안 되는데 말입니다…….”

“부차적이라…… 실은 결정적인 문제죠.”

“제가 당신한테 필요한 것을 제공하면 어떨까요?”

사브리의 제안에 알렉상드르 피에르는 두 팔을 치켜든 채 다짜고짜 웃음부터 터뜨렸다.

“하하, 그렇게 만만한 문제가 아닐 텐데요…….”

“150억 프랑이면 되겠습니까?”

대위가 아무렇지도 않게 말했다.

“농담이시죠?”

“진담입니다. 그걸 드리겠습니다. 당장 수표를 써드리면 확실하겠지만 은행에 잔고가 부족해서 그렇게는 못 해드리고요. 대신 다른 방식으로 조달해서, 앞으로 보름 후에 첫 10억 프랑을 현찰로 건네드리지요. 나머지는 보름에 한 번 꼴로 같은 액수만큼 전달해드리겠습니다. 우선 보석을 팔아야 하고, 금괴 옮기는 시간도 고려해야 하니까요…….”

“정말 꿈 같은 얘기네요! 뭐라고 감사의 말씀을 드려야 할지 모르겠습니다. 정말 엄청난 일이에요!”

학자는 기쁨에 겨워 어쩔 줄 몰라 하는 눈치였다.

그 모든 광경을 코라는 말없이 지켜보고 있었다. 알렉상드르 피에르와 헤어진 뒤, 그녀는 감동을 주체하지 못한 채 사브리에게 다가가 속삭였다.

“이제야 깨달았어요…… 나도 당신한테 고마워요…….”

XI
미행

사브리 대위로부터 토니 카베트를 미행하라는 임무를 부여받고 나서 조제팽과 마리테레즈는 어떤 식으로 일을 진행할지 작전을 짰다.

캡틴에게서 임무를 부여받는 것 자체가 엄청난 영광이기에, 그들은 완벽한 행동계획과 과감한 실천력으로 그 영광에 부응하기를 간절히 원했다. 더군다나 티윌 성에서 벌어진 일련의 사태를 돌이켜볼 때, 이번에는 앙드레 드 사브리의 안위가 직접 걸린 문제임을 직감할 수 있었다.

그들은 앞으로 처할지 모를 다양한 상황들을 미리 머릿속에 그려보면서, 어떻게 행동할 것인지 치밀하게 지침을 정해나갔다. 예기치 못한 난관에 봉착하는 일은 결코 허용하고 싶지 않았다.

캡틴은 이렇게 가르쳤다.

"팀을 이루어 활동할 때는 작전 이행상 사소한 실수라든가 무질서를 특히 조심해야 해. 정확한 행동지침을 갖춰야 하고 집결장소 또한 틀림없어야 하지."

그렇다. 우선 확실히 결정해야 할 것이 바로 집결장소였다. 조제팽은 저녁에 합류할 파리 주소를 수첩 종이에 옮겨 적어 누이에게 건넸다.

"시간은 상관없어. 함께 가든 따로 가든 무언가 알아낸 것이 있으면 여기로 가서 보고하는 거야. 캡틴이 그 주소에 거주할 테니까. 오늘 아마 도착하실걸. 우리 둘이 필요할 거라고 하신 말씀 너도 잊지 마. 예기치 못한 사정으로 우리가 서로 떨어지게 되더라도, 나 기다리느라 시간을 지체해선 안 돼. 머뭇거리지 말고 즉시 알아서 출발하는 거야. 파리까지 가는 길은 너도 알잖아. 그러니 그 주소로 어렵지 않게 찾아갈 수 있을 거야. 너는 이제 온실 속 화초가 아니야! 게다가 티월 성 주방에 대형지도가 있으니까 그걸 참고하면 될 테고. 돈은 있니? 혼자 움직여야 할 땐 돈이 무척 중요하단다."

"내 저금통 깼어. 50프랑도 넘는걸."

마리테레즈가 자랑스레 말했다.

조제팽도 자기 지갑을 살펴보더니 말했다.

"오, 그거 잘됐네! 나한테도 돈이 좀 있는데…… 이 정도면 되겠어! 총도 있고…… 아참, 너한테 준 총 갖고 있는 거지? 혹시 모르니까……."

"응, 갖고 있어. 내 재킷 주머니에 고이 모셔두었지."

"좋아. 이제 만반의 준비가 끝났어."

오누이는 성에 도착해 곧장 안으로 들어갔다. 전에 사브리 대위와 함께 들어가본 적이 있기에 수위도 특별히 제지하지 않았다.

"우선 지도부터 확인한다."

조제팽의 말투에 제법 무게가 실려 있었다.

둘은 주방으로 들어가 벽에 걸린 거대한 지도를 찬찬히 들여다보면서 앞으로 밟아야 할 여정을 확인했다.

지금 시각, 차 심부름에 바쁜 하인들이 두 사람한테 신경 쓸 여유는 없었다. 오히려 마리테레즈가 분주하게 돌아다니는 집사를 붙잡고 호기심 많은 계집아이 표정으로 이렇게 물었다.

"식당에 사람 많아요?"

"아니, 어제만큼은 아니란다. 옥스퍼드 공인지 뭔지 하는 멍청이와 그 못생긴 카베트……."

"아, 카베트 씨가 있어요? 그 사람 그 몰골로 감히 밖에 외출은 못하겠네요! 아이, 우스워라……."

"웬걸. 아무렇지도 않게 외출하던데. 그 사람, 겁나는 게 없는 것 같더라. 아까는 바람이나 쐴 겸 산책 나갈 거라고 하더군. 그러면서 왜 사람은 치고 지나가는지. 난 원래 걸음이 빠른 사람이 아닌데…… 아무튼 상당히 불쾌한 타입이야, 그 인간!"

마리테레즈가 알고 싶은 건 거기까지였다. 덕분에 영국인을 방에까지 쫓아가 염탐하는 수고를 덜 수 있게 되었다. 계속해서 캡틴 코코리코와 '고급 창녀'의 동반 여행에 관해 수다를 늘어놓는 집사를 피해 소녀는 밖에서 기다리는 오빠를 만나러 걸음을 재촉했다. 방금 얻어낸 귀한 정보를 전하기 위해서였다.

조제팽이 말했다.

"잘했어! 역시 내 동생이로구나! 일이 수월하게 됐네. 카베트가 밖으로 나서는 걸 길에서 지키고만 있으면 돼. 그러고는 멀리 떨어져 뒤를 밟는 거야. 낯선 누군가를 만나면, 그때 가서 적절히 대처하면 되고. 우리가 서로 찢어져서 하나는 낯선 자를 쫓아가고, 하나는 카베트를 계속 미행하기로 한 것, 기억하지? 나중에 혼란이 있으면 안 되니까 지금 정하자. 낯선 자는 내가 맡을 테니까 너는 카베트를 계속 물고 늘어져. 알겠지? 그러고 나서 파리 그 주소에서 합치는 거야."

"알았어."

마침내 토니 카베트가 밖으로 나섰다. 오누이는 어렵지 않게 뒤를 밟기 시작했다. 카베트는 머리를 숙인 채 골똘한 생각에 잠겨 빠르게 걷고 있었다.

잠시 후 조제팽이 속삭였다.

"틀림없이 '변두리 주점'으로 가고 있어…… 좀 빨리 걷자. 정신 바짝 차리고! 누구 만날 사람이 있는 것 같아."

오누이는 영국인이 막 들어서려는 주점 문 앞까지 당도했다. 조제팽이 재빨리 그를 따라붙었고, 카운터 쪽으로 가는 걸 보고는 지체 없이 그 안쪽을 파고들어 주인 옆에 붙어 섰다. 카베트는 술병들과 잔들이 즐비하게 늘어선 반들반들한 카운터 앞에 팔꿈치를 괴더니 툭 내뱉었다.

"안녕하시오, 주인장?"

"안녕하십니까, 카베트 씨? 제가 뭐 도울 일이라도?"

"네, 있어요. 두블뒤르크와 그 두 친구에게 내가 좀 보잔다고 전해주시구려."

"그야 어렵지 않죠. 당장 전하겠습니다."

주인은 마치 끼어들 기회를 기다리기라도 하듯 잠자코 옆에 붙어 서 있는 조제팽을 돌아보며 말했다.

"이봐, 자네 그 세 명 어디 있는지 혹시 알고 있나?"

"네, 제가 알아요."

"어서 가서 오라고 전하게."

말이 떨어지기 무섭게 달려나가는 조제팽을 카베트가 덥석 붙잡았다.

"잠깐…… 세 명 다는 필요 없어. 거추장스러울 뿐이야…… 푸이나르가 아마 우두머리지?"

"아, 네. 그자가 제일 약삭빠른 편이죠."

주인이 대답했다.

“그럼 푸이나르만 불러와. 그러면 충분해.”

“알겠습니다, 선생님.”

조제팽은 후딱 달려나갔다.

그 뒷모습을 바라보며 카베트가 물었다.

“저 애송이 믿을 만한 거요?”

“괜찮을 겁니다. 라클로슈네 아들인데, 아버지가 형편없는 인간이에요. 넝마주이로 먹고사는 주정뱅이 노인이죠.”

“음, 그렇군요…… 구석에 조용한 자리 하나 마련해주시오. 이따 6시쯤 누가 오기로 되어 있는데, 푸이나르가 나가고 나면 그를 내 테이블로 안내해줘요. 그 뒤로는 방해하지 말고. 혹시 좀 더 조용한 방은 따로 없소?”

“있긴 한데 지금은 사용 중입니다. 당구게임이 벌어지고 있어서…….”

“저런…… 할 수 없죠.”

주인은 카베트에게 자리를 마련해준 다음 카운터로 돌아왔다.

그러는 동안 마리테레즈는 도둑고양이처럼 홀 안을 여기저기 돌아다니고 있었다. 아는 사람과 마주치면 적당히 수다를 떨면서 출입문 쪽을 내내 지켜보더니, 급기야 주인에게 다가가 물었다.

“저기요, 주인아저씨, 오늘 저녁에 우리 아빠 여기 오시나요?”

“아마 그럴 거다. 그야 나보다 네가 더 잘 알 것 아니냐?”

“아니에요. 요즘은 저 밖에 나가서 일하거든요. 그래서 아빠를 봐도 예전만큼 속상하지 않을 것 같아요.”

“기다려봐라. 곧 올 테니. 워낙 주당 아니시더냐…….”

“그럼 여기 좀 있어도 되는 거죠? 고마워요, 아저씨.”

그때였다. 조제팽이 돌아왔고 이어서 푸이나르가 나타났다.

영국인의 테이블 앞으로 다가간 그는 잠시 주눅 든 상태로 서서 모자 챙에 슬그머니 손을 갖다 대 인사했다.

"앉아. 할 얘기가 있으니."

카베트가 명령하듯 내뱉었다.

푸이나르는 시키는 대로 상대를 마주 보고 앉았다. 말소리가 들릴 만큼 가까운 다른 테이블에 조제팽과 마리테레즈가 앉아 있다는 걸 두 사람 다 눈치채지 못하고 있었다. 토니 카베트는 워낙 자신감 충만한 사람이라 주위 사정 따위엔 전혀 신경 쓰지 않았다.

"오늘 저녁, 어쩌면 밤에, 너하고 두블튀르크 그리고 푸스카페 셋 모두 시간 좀 내줘야겠다…… 특히 두블튀르크, 그 친구 힘이 장사니까."

영국인의 말에 악당 두목은 짧게 대답했다.

"알겠습니다."

"좋아. 일단 돌아가서 친구들한테 전해. 날렵한 운동선수 체형의 어떤 놈 하나 묶을 만큼 튼튼한 밧줄 꾸러미 좀 준비하라고. 소리 지르지 못하게 재갈도 준비해야 해."

"그 정도는 다 갖추고 있습니다. 한데 위험한 일인가요?"

"아니. 내가 다른 일을 하는 동안 그자가 방해하지 못하도록 꽁꽁 묶고 감시만 하면 되는 거야. 일이 끝나면 알려줄 테니 그때 아무렇지 않게 들어갈 때와 똑같은 문으로 빠져나가면 되고. 시끄러운 일은 없을 거야."

"그러다 덜미라도 잡히면?"

"위험한 일 아니라니까! 다시 말하지만, 정상적으로 문을 통해 들어갔다가 나오는 거야. 강제로 문을 부술 필요도 없고, 사다리 타고 창문으로 기어오를 필요도 없어. 그게 중요해, 무슨 말인지 알겠어? 전혀 복잡할 것 없다고. 그래도 만일을 대비해 권총은 소지하도록. 아차, 거기 늙은 하녀도 한 명 있지! 할망구 묶을 끈과 주둥이 틀어막을 것도 필요하겠구먼."

"보수는 어느 정도 쳐줄 겁니까?"

"두당 2000 어때?"

푸이나르는 당장 고개를 저었다.

"너무 적어요! 그래도 5000은 돼야죠. 거저 놀고먹는 일도 아니고, 무슨 사태가 뒤따를지도 모르는데……."

"합해서 1만 5000이라, 농담하나? 1만으로 하지. 그거 갖고 서로 알아서 나누는 걸로 해."

"까짓, 좋습니다! 그 정도면 얘기가 되겠네요…… 선금은 어느 정도로?"

"선금은 무슨! 내가 항상 정확하게 지불하는 건 잘 알잖아! 돈은 내일 아침 받아가."

푸이나르는 머리를 긁적이며 생각을 굴리고 있었다. 카베트가 짜증을 내며 다그쳤다.

"나 이거야 원! 이건 애들 장난이라고! 정 못하겠다면, 다른 사람 시키면 그만이야. 나 이러고 죽치고 있을 시간 없어. 어서 결정해!"

"알겠습니다, 저희가 할게요. 장소는 어디입니까?"

"내가 차로 직접 데려다줄 거야. 15분 전 자정에 다들 티욀 성 철책문 앞으로 모여. 자, 이제 가봐."

"그럼 나중에 뵙겠습니다, 카베트 씨."

푸이나르는 어두운 표정으로 나갔다.

목소리를 죽여가며 나눈 밀담이었지만, 조제팽과 마리테레즈는 음흉한 핵심내용을 충분히 알아들었다. 레몬수까지 시켜놓고 서로 시시덕

거리는 척 훌쩍이면서, 둘은 언제 라클로슈 영감이 나타날까 출입문 쪽을 주시하고 있었다.

아니나 다를까 영감이 '주점' 문을 열고 불쑥 들어섰다. 늘 그렇듯 약간 비틀거리는 걸음걸이. 반쯤 취한 상태에서 자식들을 보자 벌써 눈물이 그렁거렸다.

"오, 내 새끼들! 너희들 이 아비를 보러 왔구나! 잊지 않고 있었던 게야…… 착하기도 하지!"

"보러 오겠다고 약속했잖아요."

"그랬지. 하지만 난 믿지 않았어. 정말 뿌듯하구나! 어디 보자, 무슨 그런 싱거운 걸 마시고 있니. 우리 뭔가 기분 좀 낼 수 있는 걸로 마시자꾸나…… 여기, 베르무트오아시스 세 잔 갖다줘요! 참 순한 거란다. 아가씨들을 위해 만든 음료지."

하지만 조제팽이 얼른 주문을 막았다.

"아니, 됐어요. 우린 이 정도로 좋아요. 그냥 잘 계시나 해서 온 거예요. 이제 곧 일어나봐야 해요. 우릴 못 가게 붙잡는 건 아니죠?"

"오, 안 그런다고 약속하마. 그럼 내가 마실 베르무트오아시스, 진하게 딱 한 잔만 시키자…… 몹쓸 녀석들, 하나도 변하지 않았어…… 자기들 생각대로만 군다니까…… 내가 너무 만만하게 키운 거야…… 어쨌든 이렇게 다시 만나니 너무 반가워서 제대로 화도 못 내겠구나! 자식들 중에서도 너희들만큼은 내게 각별했는데…… 예전에 집에 데리고 있던 때가 좋았지……."

"그러게요, 맘 놓고 때릴 수도 있었고…… 그렇죠?"

"다 너희들을 위해서였다. 어렸을 적엔 잘 다듬고 가르쳐야 하는 법이야!"

종업원이 라클로슈 영감에게 술을 내오는 사이, 금발에 세련된 풍모의 훤칠한 젊은이가 들어와 토니 카베트와 합석했다. 오누이는 재빨리 눈짓을 교환했고, 넝마주이와 잡담을 주고받으면서도 모든 주의력을 옆 테이블에 집중시켰다.

젊은이는 스스럼없는 태도로 토니 카베트와 악수를 나누더니 활짝 웃으며 말했다.

"세상에, 이게 무슨 일입니까? 눈썹을 싹 밀었네요! 최신 유행인가요?"

"누가 실없는 장난질을 친 겁니다. 나중에 단단히 대가를 치르게 할 생각이에요…… 그건 그렇고, 일단 포르토(porto)를 시키죠. 여기 제법 괜찮은 걸 팔더라고요. 중요한 얘기는 그 뒤에 나눕시다."

종업원이 다가오자, 카베트가 주문했다.

"여기 포르토, 진품으로. 내가 늘 마시는 거 알죠?"

종업원이 술을 따르는 동안, 그는 날씨 얘기를 비롯한 이런저런 잡담을 흘리고 있었다.

"차로 오셨죠?"

"네. 아시겠지만 일행이 한 명 있어요."

"아, 그분이 직접 오셨군요! 그럼 만나 뵈어야지!"

순간 조제팽이 누이의 옆구리를 팔꿈치로 찌르며 중얼거렸다.

"저 사람 내가 맡을게."

오누이는 라클로슈 영감의 횡설수설을 받아주면서 옆 테이블의 대화에 열심히 귀 기울였다. 일순 가슴이 철렁했다. 두 영국인이 갑자기 프랑스 말을 그치고 아주 자유분방한 영어로 이야기를 나누기 시작하는 것이었다. 도무지 알아들을 수 없는 말들이 오가는 중에 옥스퍼드, 코라 드 레른, 사브리, 뤼팽 등등의 단어 몇 개만 겨우 귀에 들어왔다. 특히 '뤼팽'이란 단어가 자주 출몰하고 있었다.

영국인들이 이제 곧 자리를 뜰 낌새를 보이는 가운데, 조제팽은 한참 주절대고 있는 라클로슈 영감의 볼에 별안간 입을 맞추고는 벌떡 일어나 음료 값을 계산한 뒤 밖으로 나가버렸다.

잠시 어리둥절해 있던 넝마주이는 마리테레즈를 돌아보더니 발끈하며 외쳤다.

"아, 저 녀석, 사람을 이런 식으로 팽개치나!"

하지만 소녀는 더 이상 영감의 주정을 상대해줄 마음이 없었다. 작별 인사조차 없이 훌쩍 일어나 곧장 오빠를 따라나섰다. 조제팽은 이미 저만치 앞서가고 있었다. 성큼성큼 큰 걸음을 내딛는 두 영국인을 바짝 뒤쫓던 그는 동생이 옆에 따라붙자 아무 말 없이 눈짓만 교환했다.

인적 없는 소로를 오른쪽, 왼쪽으로 돌아드는 토니 카베트와 금발의 낯선 젊은이…… 오누이는 조심조심 그 뒤를 밟았다. 마침내 파리행 도로변에 당도한 그들 앞에 멋진 스포츠카 한 대가 모습을 드러냈다. 또 다른 남자가 차에서 내렸다. 그 역시 키가 컸는데, 균형 잡힌 몸매에 활기찬 모습이었지만 금발보다는 나이가 들어 보였다. 그는 바로 앞까지 다가와 토니 카베트에게 친근한 태도로 인사를 건넸다. 둘이 무슨 말을 나누었지만, 안타깝게도 여전히 영어였다. 조제팽은 누이를 데리고 차가 서 있는 곳까지 접근해갔다. 나름의 지식을 동원해 찬찬히 살펴보던 그가 마리테레즈에게 속삭였다.

"멋진 외제차로군…… 폼 나는걸! 뒤에 트렁크 보여……? 좋은 생각이 떠올랐어!"

트렁크 잠금장치를 몰래 만지작거리자 뚜껑이 스르르 열렸다.

"안이 비었어! 오케이, 저들이 어디로 가는지 알아낼 절호의 찬스야!"

"설마 이 안에 들어가려고? 오빠 미쳤어? 질식할지도 몰라, 조심해……."

“순진하긴, 걱정 마! 납작한 자갈 두 개만 있으면 뚜껑을 살짝 들리게 해서 충분히 숨 쉴 수 있을 테니까…… 저쪽에 많군, 금방 주워올게.”

조제팽이 자갈 두 개를 손에 쥐고 돌아오자, 영국인 세 명은 차 앞에 기대선 채 한참을 얘기 중이었다. 흔한 시골 아이들처럼 차를 구경하는 척하는 오누이에게 그들은 전혀 신경을 쓰지 않았다.

잠시 후, 두 낯선 남자가 토니 카베트와 악수를 나눈 뒤 차에 올라탔다. ‘변두리 주점’에 나타났던 자가 운전대를 잡았다. 시동을 거는 동안 다른 한 명이 차 밖으로 몸을 내밀더니, 길가에 물러선 토니 카베트를 향해 이번에는 프랑스어로 외쳤다.

“책을 잊지 마세요! 더 늦지 않게 그걸 확보해야 합니다! 아주 중요한 책이라, 우리가 예의 주시하고 있어요!”

카베트는 손짓으로 알았다는 표시를 한 뒤, 차가 떠나기도 전에 곧장 반대 방향으로 걸음을 뗐다. 티욀 성으로 돌아가려는 게 분명했다.

낯선 남자가 마지막으로 던진 말이 호기심 어린 시골 소녀로 우두커니 서 있던 마리테레즈의 뇌리에 고스란히 들어가 박혔음은 물론이다.

그럼 조제팽은……? 출발 순간 트렁크 속으로 날쌔게 뛰어든 소년은 파리를 향해 전력 질주하는 스포츠카의 살짝 들린 후미 뚜껑 틈새로 누이동생에게 호쾌한 미소를 날리고 있었다.

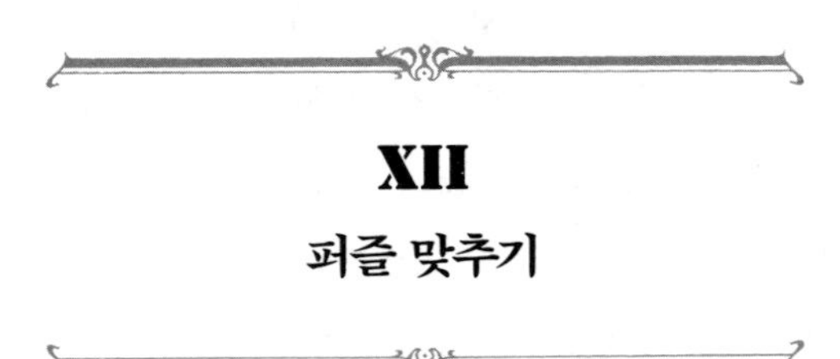

XII

퍼즐 맞추기

알렉상드르 피에르 씨가 떠나고 난 뒤 사브리와 코라 드 레른은 차가 서 있는 곳으로 돌아와 승차했다.

"이제 어디로 가죠, 대위님?"

"일단 당신 집으로 갑니다, 코라. 우리는 서로 확실하게 뜻이 통해야 해요. 앞으로 내가 무얼 할지 가면서 이야기해주죠."

그는 운전기사에게 행선지를 고한 뒤, 차가 출발하자 곧장 여자의 손을 잡고 말했다.

"괜찮아요?"

"오, 그럼요! 당신과 이렇게 단둘이 있어서 너무 좋아요. 귀찮은 인간들 다 떨쳐버리고 얼마나 홀가분한데요!"

"정말?"

"왜 절 못 믿으시죠? 그리고 옥스퍼드 공과의 이 무의미한 결혼을 왜 제게 강요하지 못해 안달이세요? 저는 오로지 당신이 바라기 때문에 그 사람과 약혼한 거예요…… 그 사람을 결코 사랑할 수 없다는 사실을 오늘 다시 한번 확인했고요…… 왜냐하면 다른 사람을…….”

사브리는 흠칫 놀라며 말을 끊었다.

“그만! 입 밖으로 내서는 안 되는 말이 있는 법입니다! 나는 당신의 행복을 바라요, 코라. 이 결혼을 통해서 당신에게 더없이 고귀한 운명을 선사하고 싶은 겁니다!”

“행복이 그런 데 있다고 생각하세요? 아니에요, 앙드레…… 요즘 제 감정에 대해 많은 성찰을 해보았어요. 그랬더니 가야 할 길이 분명해지더군요. 저에게 행복이란 사랑이에요! 그 사랑을 만나, 실현하는 것이야말로 제가 원하는 모든 것이에요. 사랑하는 사람과 함께 삶을 헤쳐나가는 것, 그것이 바로 가장 고귀한 운명이랍니다!”

“하지만 당신의 선택이 잘못되었다면 어쩌죠? 그 사랑하는 사람이 정상적인 삶을 영위할 처지가 못 된다면?”

“그럼 저도 그의 운명을 함께 짊어질 거예요! 그런 문제로 제 선택과 행복이 흔들리진 않아요.”

“의롭고 정직한 남자라면 결코 당신의 그런 희생을 받아들이려 하지 않을 겁니다. 이 사회의 바깥을 떠도는 사람은 끝까지 아웃사이더로 남아야 정상이죠. 코라, 당신은 사랑스럽고 아름답지만, 그만큼 때 묻지 않은 순진한 아가씨입니다. 오로지 당신의 행복만을 추구하는 내 뜻을 잠자코 따르세요. 더 이상 당신이 알지도 못하고, 이해할 수도 없는 것에 대해 생각하지 말아요. 불가능한 것을 꿈꾸지 말아요…….”

대위는 자세를 추스르고, 특유의 침착성과 냉정함을 되찾았다. 완전히 자신을 통제하는 남자의 모습이었다. 그는 간명한 어조로 말했다.

“이런 대화, 우리 이제 그만할까요?”

“알았어요…… 나중에 다시 하죠.”

"부질없어요."

"그렇게 생각하세요? 분명히 말하지만 아주 중요한 대화예요."

남자는 대답 없이 화제를 돌렸다.

"더 시급한 문제가 있습니다. 우리가 지금 위험한 상황에 직면하고 있다는 사실을 잊으면 안 돼요. 적은 지금도 칼을 갈고 있습니다. 그 흉계를 분쇄하고, 우리의 계획을 성사시켜야 해요."

코라가 걱정스러운 표정으로 물었다.

"이렇게 피하는 것만으론 안전하지 못하다는 뜻인가요?"

"그럼요! 당장 오늘 밤 새로운 공격이 있을 겁니다. 논리적으로 얼마든지 가능한 일이죠."

여자가 소스라치듯 놀라자, 대위는 빙그레 웃으며 안심시켰다.

"걱정 말아요, 당신은 안전할 테니까. 오늘 당신을 내 별장으로 데려갈 겁니다. 거기 내 시중을 들어주는 늙은 유모가 한 명 있는데(뤼팽과 함께 오랜 세월 동고동락한 그 유명한 빅투아르이다—옮긴이), 당신을 보다 안전한 거처로 안내해줄 거예요. 늦어도 내일 내가 다시 돌아올 때까지 그녀가 당신을 돌봐줄 겁니다…… 파리에 내 소유로 되어 있는 제2의 거처라고나 할까요, 아무튼 편하게 저녁식사 하고 잠도 푹 자둬요. 책을 읽어도 좋고, 음악을 듣거나, 피아노를 실컷 쳐도 됩니다……."

"당신이란 남자, 정말 놀랍군요! 모든 걸 내다보고, 모든 걸 착착 처리해주다니……!"

"어떤 상황에서든 모든 가능성을 열어두고 치밀하게 대처하는 버릇이 몸에 배어 있을 뿐입니다. 지금도 그 버릇대로 행동하는 거고요. 오, 하지만 완벽한 건 아닙니다. 현재 카베트가 무얼 믿고 나를 공격하는 것인지 그걸 확실히 파악하지 못했어요. 단지 배후에 무언가 감춰진 세력이 있다는 것만 어렴풋이 느끼는 거죠. 그가 내게 앙심을 품는 것은 당신에 대한 욕망 때문인데, 바로 그 점이 지금 문제를 복잡하게 만들고 있어요. 자기 배후 세력의 뜻에 위배됨에도 불구하고 제멋대로 행동하거든. 또 하나 그가 나를 불편해하는 이유는 자신의 어떤 계획들을 내가 방해할지도 모른다고 생각하기 때문입니다. 도대체 어떤 계획일까요? 근본적으로 보면 그와 나는 같은 목표를 향해 가고 있어요. 바로 옥스퍼드 공에게 왕관을 씌워주자는 것이죠. 그는 자기 뜻대로 나라를 통치하기 위해서, 나는 당신을 여왕으로 만들어주기 위해서…….”

코라가 발끈했다.

“저는 분명히 그 사람과 결혼하지 않겠다고 했어요!”

“그건 다른 문제입니다……. 자, 다시 카베트 얘기로 돌아가 보죠. 대체 그자는 왜 악착같이 내게 싸움을 걸어오는 걸까요? 그를 배후조종하는 세력의 정체가 대체 무얼까……? 그래요, 분명 자금을 무한정 퍼주는 큰손이 있는 게 분명합니다. 그가 내게 매수를 제안했거든요…… 왜, 누구를 위해서……? 이런저런 추측만 머릿속에서 부글부글…… 딱 하나 어렴풋하게 감이 오긴 하는데, 워낙 엄청나서…… 그자가 이상한 얘기를 하더란 말입니다…… 내가 매수는 어려울 거라 했거든요, 내가 훨씬 더 부자이니까…… 그랬더니, 이러는 겁니다! ‘하지만 영국보다는 못할 거요……!’ 이게 과연 영국이라는 나라 자체를 말하는 걸까, 아니면 그 악명 높은 정보기관을 뜻하는 걸까……? 그에 대해 확신을 갖기에는 퍼즐조각이 하나 모자라요. 아직 무수한 추측만 하고 있을 뿐입니다. 하지만 언젠가는 알아낼 겁니다. 문제의 퍼즐조각을 찾아내고야 말 거예요! 체계적으로 파고들다 보면 다 밝혀지게 되어 있으니까…… 거기에 운(運)까지 따라준다면…… 한데 그 운이라는 게 원래 내 전문분야란 말이거든…….”

대위는 갑자기 어조를 바꿔 호탕하게 말했다.

"아이고, 내가 괜한 횡설수설로 당신을 지루하게 했군요! 당신 앞이라 그만 안심하고 속내 생각을 마구 떠들어댄 것 같습니다. 사실 나처럼 허구한 날 경계심을 늦추지 않고 싸움에 대비해야 하는 존재에게 이런 자리는 그 자체로 말할 수 없는 위안과 즐거움을 주거든요."

여자가 나지막이 대꾸했다.

"저를 그만큼 신뢰해주시니 감사해요…… 제가 오히려 영광이죠. 한없이 기쁘고요."

조금 전부터 자동차는 파리의 복잡한 거리로 진입하고 있었고, 곧이어 레른 저택 앞에 도착했다. 운전기사가 경적을 울려 관리인을 부르자, 이내 거대한 대문이 활짝 열려 차를 들여보냈다. 자갈이 깔린 널찍한 안뜰을 한 바퀴 돈 다음, 현관 계단 앞에서 차가 멈추었다.

코라 드 레른이 차에서 내리며 물었다.

"집에 일단 들어갈까요, 아니면 지금 곧 당신 별장으로 가나요? 저를 가정부한테 맡긴다고 하셨잖아요?"

앙드레 드 사브리는 빙그레 웃으며 대답했다.

"오, 아닙니다. 일단 집에 들어가죠. 당장은 여기도 그리 위험하진 않아요. 내게 정보를 전해줄 아이들도 여기서 만나기로 했고요. 관리인한테 그 아이들을 순순히 들여보내라고 일러두어야겠습니다. 문전박대당하면 무척 당황할 테니까……."

그는 관리실에 갔다가 돌아오면서, 운전석에 앉아 정중한 자세로 귀 기울이는 기사에게 몇 가지 지시를 내렸다.

"여기서 내 별도의 지시를 기다리게. 나중에 아가씨를 자네가 모셔야 해. 그런 다음 다시 돌아와 차를 주차시켜놓게."

"여기에 말입니까?"

"그래, 여기. 관리인이 차고 위치를 가르쳐줄 것이네. 그러고 나서 내일 아침까지 푹 쉬었다가 다시 나를 데리러 와주게…… 오전 11시로 하지…… 내일 오전 11시, 어떤가……? 저택 앞 길가에서 기다리고 있어주면 되네. 오늘 저녁 식사는 관리실에 물어봐서 마음에 드는 곳을 골라 해결하고."

운전기사가 꾸벅 고개 숙여 알아들은 표시를 하고 나서야, 사브리 대위는 코라 곁으로 돌아왔다.

여자는 응접실에 있었다. 18세기풍의 책상 겸 서랍장 앞에서 무언가를 읽고 있던 코라는 앙드레가 들어오자 부리나케 그것을 내려놓았다.

"방해가 됐나요?"

"아뇨, 천만에요! 레른 공이 남긴 편지를 정리하던 중이었어요. 그동안 항상 몸에 지니고 다녔거든요."

"그런 슬픈 기억을 왜 들춰내는 겁니까?"

"잘못 알고 계시네요. 더 이상 제겐 슬픈 기억이 아니에요. 그토록 고통스럽던 시간이 희미해지고 잔잔해지다가, 급기야 저 깊은 곳의 진정한 의미가 드러나는 걸 보면, 정말 신기하기까지 해요. 이 편지, 이 유서는 저에게 인생지침서나 마찬가지랍니다. 저를 잘못된 길로 빠지지 않게 해주고, 결연한 의지를 심어주면서, 조언해주고, 지탱시켜주거든요."

앙드레는 열정이 가득 담긴 눈으로 여자를 바라보았다. 완벽한 얼굴을 감싸듯 길게 늘어진 금발 머리채에 석양빛이 머물면서 초록색 눈동자가 반짝이고 있었다…….

가구와 햇살이 절묘한 배경을 이루는 가운데, 그녀가 그토록 옷을 흉내 내 입던 게인즈버러의 작품 속 여인을 빼박았다는 느낌이 문득 들었다. 하지만 그런 말을 입 밖에 내지는 않았다. 대위는 아무 말 없이 창가로 다가가 답답한 듯 커튼을 젖혔다.

"아참, 정보를 가져올 거라고 했죠?"

"네. 기대되는군요. 한데 정보 수집을 맡은 부관이 좀 늦네요. 별일 아니면 좋겠는데…… 아, 이제 오는군요!"

그는 갑자기 환해진 얼굴로 조제팽을 맞으러 방 한가운데로 걸어나왔다.

응접실로 들어선 소년은 레른 양을 보자 머뭇머뭇 수줍게 인사부터 했다.

캡틴이 외쳤다.

"자, 자, 임무는 완수했겠지? 어서 말해보아라, 우리 둘만 있는 것처럼 생각하고. 코라, 그냥 있어도 됩니다. 나뿐만 아니라 당신과도 관계 있는 문제니까."

조심스레 자리를 피하려다 말고 여자가 다시 앉자, 조제팽은 오후에 벌어졌던 상황에 대한 상세보고를 유창하고 조리 있게 풀어내기 시작했다. 카베트가 '변두리 주점'으로 향한 것, '살인마 트리오'의 두목을 데려오게 한 모종의 음모, 그에게 카베트가 제안한 내용 등등.

소년은 힘주어 말했다.

"그들이 나눈 대화내용을 혹시라도 잊어먹거나 달리 보고하게 될까 봐 일일이 적어두었습니다. 카베트 씨가 이런 말들을 했어요……. '날렵한 운동선수 체형의 어떤 놈 하나 묶을 만큼 튼튼한 밧줄 꾸러미 좀 준비하라고', '소리 지르지 못하게 재갈도 준비해야 해', '내가 다른 일을 하는 동안 그자가 방해하지 못하도록 꽁꽁 묶고 감시만 하면 되는 거야', '전혀 복잡할 것 없다고. 그래도 만일을 대비해 권총은 소지하도록'……."

적어온 걸 읽다 말고 무언가 생각난 듯, 소년이 고개를 반짝 들었다.

"아차, 그리고 15분 전 자정에 모여서 출발한다고 했어요! 티욀 성

앞에서 세 명을 직접 차에 태우고 간댔어요."

그러고는 다시 읽어나갔다.

"늙은 하녀 얘기도 하더군요. 이렇게 말했어요……. '할망구 묶을 끈과 주둥이 틀어막을 것도 필요하겠구먼'. 거기까지 얘기를 끝낸 다음, 품삯을 흥정했는데 카베트가 두당 2000을 제의했지만 푸이나르가 모두 합해 1만을 얻어내더군요. 왠지 친구들 몫은 슬쩍할 것 같았고요."

잠자코 보고를 경청하던 캡틴이 입을 열었다.

"완벽해! 우리 딱한 유모 얘기만 빼고. 할망구 주둥이를 틀어막으시겠다…… 분명 유모가 맞아……."

그는 코라를 바라보며 이렇게 말했다.

"유모와 나를 말하는 거겠지…… 날렵한 운동선수 체형의 어떤 놈…… 나밖에 더 있나…… 근데 왠지 실감이 안 나는 모양입니다! 오늘 밤을 내가 그토록 경계한 이유가 바로 이거였어요! 들었죠? 15분 전 자정에 출동한다고…… 이곳에 자정 넘어 15분쯤 도착한단 얘깁니다!"

"그럼 우리 둘 다 어서 도망쳐요! 지금으로선 그 길밖에 없겠어요!"

"아뇨. 그래선 아무것도 해결 안 됩니다. 놈들은 다음 날 또 그다음 날 계속해서 올 거예요. 안전은 물 건너간 얘기죠. 이참에 문제를 해결해야 합니다."

그는 이리저리 서성이면서 빈정대는 투로 중얼거렸다.

"'내가 다른 일을 하는 동안 그자가 방해하지 못하도록' 한다 이거지……. '다른 일은 한다'는 표현이 재미있군! 무슨 말인고 하니, 바로 당신을 집적대겠다는 뜻입니다, 코라! 하긴 그놈이 어디 가겠소, 패거리까지 끌어다 들이닥치는 판에……."

"세상에, 끔찍해라!"

코라는 당장 몸서리를 쳤다.

"걱정하지 말아요, 당신은 다른 데로 피신해 있을 테니까."

"아니에요, 여기 그대로 있으면서 더 이상 떨지 않을 거예요. 당신이 곁에서 지켜주기만 하면 저는 아무것도 두렵지 않아요. 저는 당신을 믿어요. 아무리 심각한 위험이 닥쳐도 무서워하지 않을 자신 있어요. 당신이 나타나 구해줄 거라 확신하니까요."

"그 정도로 나를 믿나요?"

"네."

"방금 당신이 한 말보다 나를 기쁘게 해주는 것은 세상에 없습니다, 코라!"

"제 생각, 아니 제 느낌을 그대로 말씀드렸을 뿐이에요! 그 점에서는 저의 온몸과 마음이 같은 말을 하고 있어요. 저의 전 존재가 당신을 믿고 있어요."

"어떤 상황에 처하든 당신은 나를 믿어도 됩니다. 한데 아까는 왜 둘이 도망치자는 얘기를 했는지……."

"그건 당신이 걱정돼서였어요!"

"오, 나 역시 두려울 게 없는 사람입니다. 자기 한 몸 충분히 지켜낼 능력은 있어요! 아무튼 내가 당신 집을 지키고 있을 겁니다. 카베트 선생이 쳐들어온 순간 내가 떡하니 버티고 있는 모습을 봐야 할 테니까. 아마 자신의 엽색 프로젝트에 약간의 차질이 빚어질 거라고는 꿈에도 생각지 못하고 있을 겁니다…… 특별히 그를 다치게 하진 않을 거예요. 바라건대, 내가 현장에 있다는 사실만으로도 기가 죽을 테니까 말입니다. 요는 당신을 함부로 건드리지 못한다는 거죠. 그러는 사이 당신은 멀리 안전한 곳으로 피하면 됩니다. 우리 노련한 하녀가 돌봐줄 곳으로."

하지만 코라는 계속 하소연했다.

"제발 부탁이니 당신이 나서지 마세요. 전 불안해서 못 견딜 거예요!"
"이 방법밖에 없습니다. 무엇이든 피하지 않는 게 내 버릇이에요. 그가 자꾸 도발하는 한 적과의 한판 승부는 불가피해요. 여태껏 이런 식의 전략에서 나는 크게 손해 본 일이 없습니다. 위험이 있다 해도 이미 간파했고, 사전에 대비책이 마련된 상태! 카베트는 오늘 임자 만난 셈이니, 당신은 안심하고 있어요!"
"하지만 무기를 소지하고 있을지 모르잖아요?"
"무기야 당연히 소지하겠죠! 그건 나 역시 마찬가집니다. 하지만 기다리고 있는 쪽은 나라는 걸 잊지 마세요. 그가 내 존재를 예상치 못한다는 것 자체가 나의 우세를 말해줍니다. 모쪼록 편안한 밤 보내요. 내일 아침 내가 찾아갈 테니까. 당신이 안정된 모습을 보여줘야 내가 힘을 얻어요. 반대로 당신이 지나치게 걱정을 하면 난 힘이 빠지고 맙니다. 내 말 알겠어요?"
"네…… 편히 있을게요. 약속해요."
그제야 대위는 한쪽 구석에서 말없이 기다리는 조제팽을 돌아보았다.
"가까이 와서 앉아라. 얘기 마저 해봐. 그게 다는 아니지?"
"네, 캡틴. 그 뒤부터는 일이 좀 복잡해집니다."
소년은 낯선 '영국 놈'이 한 명 등장한 시점부터 다시 얘기를 풀어나갔다. 외국어로 나눈 대화를 전혀 알아듣지 못해 안타까워하면서도, 그 남자에 대해 무척 공들여 묘사했다. 캡틴은 흠칫 놀라는 눈치였다. 소년의 이야기를 주의 깊게 듣던 그는 세부적인 사항들을 다시 짚어가며 좀 더 자세한 보고를 요구했다. 그리고 길가에 주차된 차 안의 또 다른 영국인 얘기에 이르자, 자기도 모르게 탄성을 내질렀다.
"옳거니, 이제야 수수께끼의 열쇠를 찾았어!"
그는 조제팽에게 다그쳐 물었다.

"그러니까 네가 말한 두 '영국 놈'을 미행하다 보니 내가 준 파리 주소로 오게 되더라 이거지? 그래서 어리둥절했단 말이지? 그나저나 자동차는 어떻게 따라붙은 거냐?"

"뒤 트렁크 안에 올라탔죠. 차가 도착하면서 전 후딱 뛰어내렸고요. 집 주소가 보이지 않기에 건물 모퉁이를 돌아나오는데, 캡틴이 기다리겠다던 바로 그곳인 거예요! 세상에 그 '영국 놈'들이 자기도 모르게 저를 여기까지 데려다준 꼴이니 얼마나 고마워요!"

캡틴은 소년을 칭찬했다.

"아주 잘했다, 특히 트렁크 아이디어! 재치가 넘치는 데다, 고난도 운동능력 없이는 불가능한 일이지! 참, 동생은 어떡하고 있니?"

"그냥 길가에 놔두고 왔는데, 아마 조만간 여기 올 거예요."

순간 초인종이 울렸다. 캡틴은 귀를 쫑긋 세웠다.

"온 모양이구나."

아니나 다를까, 마리테레즈가 들어왔다. 사브리는 레른 양에게 신속히 소녀를 소개했다.

"여기는 마리테레즈 라클로슈. 오빠의 보고를 마무리해줄 일급 조수(助手)입니다. 자, 시작해보아라. 조제팽이 트렁크 속에 들어가 자동차를 따라간 이야기까지 들었다."

소녀는 감탄으로 얘기를 시작했다.

"얼마나 잽싸게 올라탔는지 몰라요. 그것도 움직이는 차에 말이죠!"

"너는 그때 어디 있었니?"

"저는 길에 우두커니 서 있었어요. 자동차 구경하는 데 정신이 팔린 것처럼 하고 있었죠. 카베트 씨가 옆에 있었거든요. 키가 큰 '영국 놈'이 뭐라고 소리치더군요. 다행히 프랑스어로 지껄였는데……."

"'지껄이다'가 아니라 '말하다'……! 내가 그 표현 고치라고 했지!"

"아, 죄송해요, 캡틴. 맨날 잊어먹어요…… 프랑스어로 말했는데, 여기 적어왔거든요, 잠깐만……."

소녀는 재킷 호주머니에서 종이를 한 장 꺼내 읽었다.

"'책을 잊지 마세요. 더 늦지 않게 그걸 확보해야 합니다. 아주 중요한 책이라, 우리가 예의 주시하고 있어요'……."

"오호…… 그럼 그렇지"

캡틴이 낮게 중얼거렸다.

소녀의 보고가 이어졌다.

"키 큰 '영국 놈'이 그렇게 소리쳤어요. 카베트 씨는 알았다는 손짓을 하고는 곧장 성 쪽으로 걸어가더군요. 차가 가는 것도 지켜보지 않고 말이죠. 얼마나 다행이었는지 몰라요. 조제팽이 멍청하게 트렁크 밖으로 얼굴을 내밀고 헤헤거리고 있었거든요! 그러다 들키면 어쩌려고……."

"하지만 들키지 않았잖니…… 다 잘될 거다. 자, 그다음에는……?"

"저는 다시 카베트 씨의 뒤를 밟았어요. 혹시 '변두리 주점'으로 새진 않을까 했는데 그러진 않고 곧장 티욀 성으로 들어가더군요. 기다려볼까 하다가, 가만 생각해보니 그건 바보짓이더군요. 그보다는 얼른 파리행 전차를 잡아타는 게 좋겠다고 판단했죠. 워낙 뜸하게 오는 전차라 하나 놓치면 오래 기다려야 하거든요. 그래서 이렇게 오게 된 거예요."

"잘했다! 너희 둘 다 정말 훌륭하게 해냈어! 고맙구나! 한데 아직 끝난 게 아니다. 조만간 들이닥칠 너절한 불량배들한테 본때를 보여줘야 하거든."

캡틴은 코라를 돌아보며 말을 이었다.

"어쨌든 카베트는 내가 처리합니다. 아주 재미있을 거예요. 자상하게도 몸소 찾아주신다니 고맙게 맞아들여야죠…… 나머지 세 놈 망나니들은 내 집에 갔다가 문전박대 당하게 놔두면 간단한데, 아무리 생각해도 그것만으론 좀 서운할 것 같아요. 뭔가 톡톡히 가르쳐 돌려보내는 것이 손님에 대한 도리 아닐까 싶은데…….”

“그건 또 무슨 뜻이죠?”

코라가 걱정스러운 표정으로 물었다.

“못된 짐승들처럼 덫으로 다스려보자 이거죠! 실은 만약을 대비해 내 집 문에 조촐하게 고성능 전기장치를 설치해두었거든. 지금 예상으로는 망나니 세 놈이 그 성능실험의 첫 대상자가 되어줄 것 같습니다! 우선 이 어린 친구들을 내 집으로 보내 놈들에게 기계 작동법을 일러주게끔 할 겁니다. 놈들은 좋다고 달려들겠죠. 사실 아주 간단하고 쉽거든요……. 자, 코라 당신도 함께 갑시다. 유모랑 같이 떠나기 전에 모든 걸 구경시켜줄 테니까. 제법 볼만할 거예요. 아울러 그 영국인들이 관심을 보이는 '책'도 직접 보여줄게요. 나폴레옹 휘하의 장군이셨던 우리 선조 중 한 분에게 황제께서 직접 쥐여주신 아주 소중한 유증품이랍니다! 그 안에 영국의 온갖 비밀이 듬뿍 담겨 있지요.”

“근데 한 가지 걱정되는 게 있어요. 영국인들 정체를 당신은 아는 것 같던데, 도대체 그 사람들 누구죠? 전 뭐가 뭔지 도통 모르겠어요…… 당신이 아는 진실, 그게 뭔지 궁금해요…….”

“잘 들어요, 코라. '변두리 주점'에 나타났다는 영국인과 차 안에 있었다는 또 다른 영국인은 다름 아닌 당신의 사촌사 중 잘생긴 두 젊은 친구랍니다! 우리가 생각하듯 그렇게 평범한 녀석들이 아니었어요…… 이렇게까지 자신의 정체를 숨겨온 걸 보면 보통 내공들이 아닐 겁니다. 그다지 좋은 놈들도 아닐 테고…….”

“도널드 도슨과 윌리엄 로지?”

“그래요, 도널드 도슨과 윌리엄 로지! 고백하건대, 나 역시 런던에서든 파리에서든 그저 별 볼 일 없는 속물들이려니 했지, 단 한순간도 본 모습을 눈치채지 못했답니다…… 특히 한 놈은 정말 감쪽같았어요! 도슨은 워낙 고고학에 조예가 깊어 의심할 만도 했지만, 로지는 정말이지 도슨의 비서이자 단순한 친구 아닙니까……! 이제야 베일이 찢겨나가는군요…… 드디어 수수께끼들이 풀리고 있어요. 완성된 퍼즐이 눈에 들어옵니다…….”

잠시 침묵한 채 생각에 잠기던 사브리 대위, 무시무시한 미소를 지으며 말했다.

“내일 아침, 도슨 경과 대차게 한판 붙어봐야겠어. 아주 흥미진진할 거야!”

“내일 아침엔 저를 보러 온다고 했잖아요! 잊으신 거예요? 저 혼자 내버려두지 말아요, 제발!”

“정오쯤엔 당신 곁으로 가 있을 테니 걱정 말아요…… 자, 자, 서둡시다! 이제 더 이상 허비할 시간이 없어요. 싸움은 끝나지 않았습니다.”

그는 아이들을 내보내고 레른 양의 모자를 챙겨주었다. 넷은 그렇게 대위의 거처로 사용되는 옛날 예배당 제의실로 걸음을 재촉했다.

XIII
기습실패

"까꿍, 나 여기 있지롱……! 이렇게 또 만나는구먼! 어때, 다시 보니 반갑지……?"

기겁을 한 토니 카베트가 주춤주춤 뒷걸음질 쳤다. 그는 덧창을 일부러 떼어낸 레른 저택 1층 창문으로 어렵지 않게 침투한 뒤, 코라의 침실까지 손쉽게 다다를 수 있겠다는 생각에 신이 나려던 참이었다. 한데 별안간 불이 켜지면서 응접실 전체가 빛의 홍수를 이루는 것이 아닌가! 사브리 대위가 구석 문에 기댄 채 비웃는 눈으로 꼬나보고 있었다. 그는 잠시 영국인의 동작을 주시하고는, 잽싸게 권총을 겨누며 소리쳤다.

"손 들어! 한 발짝이라도 움직이면 쏜다!"

부아는 나지만 이미 기가 꺾인 카베트는 순순히 따랐다.

대위가 말을 이었다.

"내가 그쪽으로 가지. 그것이 손님을 정중히 맞는 태도일 테니까. 그리고 몸수색을 좀 할까 하는데 괜찮겠지? 자네처럼 천방지축인 인간에게는 부득이한 조치이니 이해하게나."

그러면서 천천히 다가왔다. 똑바로 겨눈 총구 앞에서 영국인은 무기력한 분노와 두려움으로 하얗게 질렸다. 대위는 상대의 가슴팍에 총구를 들이댄 채, 옷의 여기저기 호주머니를 꼼꼼히 뒤져 다음과 같은 물건들을 차례차례 끄집어냈다. 자동권총, 열쇠 몇 개, 강철 너클, 잭나이프, 마취제 한 병하고 실크 손수건. 그 모두를 자기 호주머니 속에 챙기고 열쇠만 원위치한 뒤 말했다.

"아예 무기 공장을 차리지 그래? 이따위 흉한 잡동사니를 잔뜩 품고서 여린 아가씨를 방문하는 게 얼마나 저질스러운 짓인지 모르나? 이건 정말 예의가 아니지. 아무래도 누가 좀 가르쳐야겠어. 게다가 반들반들 밀어버린 그 망측한 낯짝은 또 뭔가? 자넨 거울도 안 보나?"

카베트는 이를 악문 채 대꾸했다.

"뤼팽이라는 난봉꾼의 낯짝보다야 낫지. 사브리라는 이름 뒤에 아무리 숨으려 해봤자, 당신이 뤼팽인 건 이제 세상이 다 알아."

"오호, 나도 나 자신이 뤼팽이라고 생각해. 그게 자랑스러워! 자, 자, 공연히 흥분할 거 없어. 얌전히 굴라고. 사브리라는 이름은 합법적으로 취득한 거야. 나는 어디까지나 공정하고 반듯한 사람이거든. 항상 그래왔지. 방금 자네 열쇠를 돌려준 것만 봐도 모르겠나? 그거 없으면 귀가도 못하고 쩔쩔맬 것이 아닌가!"

"이런 빌어먹을…… 두고 보자."

"어럽쇼, 고맙지도 않은가 보이? 충분히 고마워할 일일 텐데."

"당신이 뤼팽인 걸 레른 양은 모르겠지?"

"또 그 뤼팽……! 자네가 일관된 생각을 갖고 있는 건 알겠는데, 두뇌 자체는 좀 부족한 것 같군. 확실하게 알려주지. 레른 양은 지금도 모르는 것이 없어. 그러니 꿈 깨. 더군다나 내일 아침이면 어차피 공식적으로 알게 될 거야. 내 입으로 직접 말해줄 작정이거든. 나는 음험하게 무얼 도모하는 사람이 아니야. 요컨대 자네가 자상하게 나서주지 않아도 된다는 말이지. 자, 일단 앉게. 우리 얘기나 좀 하자고. 자네가 무장해제 당했으니, 이제 이 권총도 치우겠네. 까짓 움직여봤자, 진정시킬 방법은 쌔고 쌨으니까."

그는 이미 카베트의 권총이 들어 있는 자신의 호주머니 속에 총을 집어넣은 다음, 의자에 앉으며 말을 이었다.

"자, 어디부터 시작할까? 자네 오늘 저녁에 나를 묶어놓으려고 졸개들까지 동원하는 자상함을 발휘해주셨더구먼. 내가 레른 양을 돕지 못하게 말이야. 아니라고는 하지 마. 나도 다 귀가 있으니까. 문제는 자네가 변변치 못한 종자라는 거지. 한 치 앞을 내다볼 줄 몰라요. 레른 양은 현재 안전한 곳으로 모셔졌어. 보다시피 이 집엔 내가 떡하니 앉아 계시고 말이야. 내 집은 텅텅 비어 있지. 자네의 그 멍청한 졸개들 걱정은 안 해도 돼. 어떻게 됐는지는 조금 이따 눈으로 확인시켜줄 테니까. 얼마나 얌전해졌는지, 보면 놀랄걸!"

카베트가 몸서리를 치자, 대위는 이렇게 덧붙였다.

"어허, 진정해 이 친구야. 멀쩡히 살아 있을 테니까. 상처 하나 없을걸. 모조리 자네한테 넘겨줄 거야. 자네를 많이 그리워하는 것 같더라고. 그들에겐 나 같은 사람 함부로 건드리면 절대 안 된다는 엄중한 경고가 필요했을 뿐이지. 이젠 많이 배웠을 거라 믿어…… 자네도 마찬가지겠지…… 아무렴, 자넨 아직 멀었어. 나 같은 사람 넘보지 말라고. 언제든 맘만 먹으면 자네 하나 가르치는 건 일도 아니니까 말이야."

카베트는 괴로워하면서도 꼼짝 않고 듣고 있더니, 별안간 당당한 목소리로 말을 잘랐다.

"이것 봐, 뤼팽, 너무 잘난 척하지 마. 당신도 '살인마 트리오'를 데려다 쓴 적이 있잖아!"

"그랬지, 내 몸뚱어리를 포함해서 짐을 좀 옮기려고…… 금화 자루들 기억하지? 클레오파트라가 몰래 카이사르 곁으로 갈 때처럼, 자루를 뒤집어쓰고 자네 소굴로 잠입한 것 말이야. 그날은 내가 자네한테 민폐 좀 끼쳤지, 안 그런가? 그래, 정당한 이유로 그 녀석들 근력을 좀 빌리긴 했어. 그 당시 자넨 이미 삼인조를 부리고 있었고, 침투수단으로 활용할 자루들을 놈들이 운반하기로 되어 있으니 나로선 어쩔 수 없었다고! 지극히 자연스러운 일이었지…… 한데 자네는 나쁜 짓을 하려고 녀석들의 비열한 측면을 적극 활용한 것 아닌가 말이야. 그건 참 구질구질한 거지…… 그리고 말이 나온 김에 하는 말이네만, 자넨 품삯도 꾀죄죄하게 지불했더구먼. 아주 인색했어. 조잡하고, 쩨쩨해…… 수완도 별 볼 일 없고 앞을 내다보는 능력도 꽝이야. 무엇보다 추잡한 자기 욕정 하나 다스리지 못해 목표를 망치고 있질 않은가! 오늘 저녁, 자네가 할 중요한 일이 무엇이었지? 자네 상관이 가져오라고 시킨 책을 내 집에서 찾아내는 것 아니었나? 그런데 이렇게 제 욕심 먼저 챙기겠다고 여자한테 헛물이나 켜고 앉았으니……."

순간, 백지장 같은 얼굴로 카베트가 더듬거렸다.

"상…… 상관이라니?"

"그래, 자네 상관. 자네가 누굴 위해 일하는지 내가 영영 모를 줄 알았나? 어떤 막강한 조직이 버티고 있는지 모를 줄 알았어? 내 조만간 자네 상관을 만나 직접 얘기하겠지만, 수하들을 영 잘못 거느린 것 같아…… 자넨 이제부터 책에는 신경 꺼. 이 문제는 내가 직접 그를 만나 처리할 테니까. 겸사겸사 자네를 송환하든지 다른 데로 보내버리도록 요청할 생각이네."

"송환이야…… 내가 원하기만 하면……."

카베트가 툴툴거리자 대뜸 독설이 쏟아졌다.

"착각하고 앉았네! 자네의 바람과는 무관해. 자넨 일개 종에 불과하다고. 자네로선 그 위력을 나만큼도 알 리 없는 거대한 기계장치의 톱니바퀴 하나에 불과한 존재란 말일세. 첩보기관의 요원 한 명이 임무에 실패할 경우, 활동무대를 전면 재조정한다는 건 익히 알려진 사실이야. 자넨 그 규칙에 복종하면 그만이고. 알았으면 찌그러져!"

카베트는 완전히 주눅이 들어 더 이상 저항하지 못했다. 대위는 일어나 자세를 꼿꼿이 하고 말했다.

"그래, 당당히 선언하거니와 나는 뤼팽이다! 그것이 자랑스럽다! 자네가 진 거야."

그는 카베트에게 다가와 어깨를 토닥이며 덧붙였다.

"자, 이제 가서 자네의 귀여운 새들을 풀어줄까. '살인마 트리오'는 충분한 대가를 치른 셈이야."

카베트는 망연자실 시키는 대로 따랐다.

출입문 앞에 이르자, 아르센 뤼팽이 호주머니에서 금속 케이스를 꺼내 내밀었다.

"담배 태우겠나?"

"싫다."

영국인은 퉁명스레 대꾸했다.

"사람하곤 참…… 좀 담대해져 보게. 자넨 그게 아주 모자라. 아무튼 나는 자네한테 원한 없네. 자넨 스스로 깜냥이 안 되는 줄도 모르고 제멋대로 나댄 애송이일 뿐이니까."

뤼팽은 담배에 불을 붙여 문 뒤 말을 이었다.

"책을 확보한답시고 여기서 뒤늦게 애써봤자 소용없어. 원본은 안전한 곳에 따로 보관 중이거든. 내가 가지고 있는 건 사본이지. 내일 그걸 도슨 경의 수중에 넘길 거고. 자네처럼 순박한 사람이 혼자서는 암만해도 눈치채지 못할 일이라 이렇게 꼬치꼬치 알려주는 거야. 자, 어서 가지."

그는 영국인을 데리고 현관 쪽으로 걸어가 밖으로 사라졌다.

XIV
덫

토니 카베트가 나타나기에 앞서, 앙드레 드 사브리는 조제팽과 마리 테레즈를 집으로 데려와 가택침입에 대비한 방범장치 작동법을 신속하게 일러주었다.

조제팽이 발을 구르며 좋아했다.

"세 명 다 독 안에 든 시궁쥐 꼴 나겠네요! 정말 근사해요!"

캡틴은 소년을 타일렀다.

"나도 우리가 놈들을 혼내줄 걸로 믿는다. 하지만 미리 흥분하는 것은 좋지 않아. 냉정을 유지해야지. 우리가 지켜야 할 정신자세를 명심해라."

"명심하겠습니다, 캡틴! 근데 하나 궁금한 점이 있어요. 이 집이 바깥 거리 쪽에서만 드나들 수 있는 건 아니죠? 제가 아까 반대편에서 본 정원과 별채 건물들 쪽으로도 다닐 수 있죠?"

"그렇단다. 그쪽이 오히려 정문이라고 할 수 있지."

"그럼 그쪽에서 들이닥치면 어쩌죠? 이런 식의 대응책을 미리 경계해서, 반대편 담을 넘어 정원을 가로질러 오면 곤란해질 텐데…… 그럴 경우 어떻게 해야 하나요?"

앙드레 드 사브리는 빙그레 웃으며 대답했다.

"그건 별로 걱정 안 해도 된다. 그들은 카베트가 손수 열어줄 거리 쪽 문을 통해 손쉽게 들어오는 방법을 택할 거야. 불법침입의 위험부담을 가급적 피하고 싶을 테니까. 자고로 침략자에게 무엇이 가장 손쉬운 수단인지를 살펴야 하는 법! 하지만 만약의 경우를 대비하려는 너의 자발적인 태도는 정말 보기 좋구나. 그만큼 관찰력과 주의력이 좋아지면서, 당면 문제에 진지하게 대처하는 자세를 갖추기 시작했다는 뜻이니까. 아주 좋은 점수를 받을 만해! 아무튼 안심해도 된다. 내가 떠난 다음에 방금 일러준 대로 조작하면, 이쪽과 같은 방식으로 집 반대편에서도 장치가 작동하게 되어 있으니까. 차고에서 아까 보여준 제어장치가 두 부분으로 나뉘어 있던 건 기억하지? 말하자면 그걸 어느 한쪽으로 돌려놓으면 반대편 장치에 자동으로 접속이 차단되는 거야, 알겠지? 즉, 그들이 어떤 전략으로 나오든 네 말마따나 '독 안에 든 시궁쥐 꼴' 날 거란 얘기지."

"아, 이제 안심이에요! 캡틴은 항상 모든 걸 내다본다는 사실을 생각했어야 하는데……."

일행과 함께하며 모든 과정을 지켜본 레른 양이 물었다.

"앙드레, 이런 기막힌 방범장치를 당신 혼자서 발명한 거예요?"

대위는 얼버무리는 투로 대답했다.

"별로 어렵진 않았습니다. 실은 오랜 기간 전기장치의 활용도에 관심을 가지고 있었거든요…… 그러던 중 기술적인 측면에서 풍부한 상상력과 이해도를 갖춘 전기기사이자 아주 유능한 친구 한 명을 알게 된 것이 결정적이었죠."

코라는 고개를 절레절레 저었다.

"여전히 겸손하시네요……."

"오, 그렇지 않아요. 나는 내 재능을 정확히 파악하고 있습니다. 재능을 제대로 써먹으려면 우선 그걸 잘 파악하는 게 필요하죠. 혼자 들떠 과시하는 것과는 다릅니다. 이래 봬도 난 정확한 사람이에요. 가당치도 않은 걸 가지고 부풀리는 짓은 결코 하지 않아요…… 이런 얘기는 이쯤 해둡시다. 이제 서재로 가서 요즘 날 귀찮게 하는 사람들이 그토록 관심을 쏟고 있는 책 구경이나 하죠."

일행은 예술적 감각과 균형감이 돋보이는 장방형의 널찍한 방으로 들어갔다. 사람들이 옛날 예배당 제의실로 알고 있는 바로 그곳이었다. 레른 저택의 여러 부속 건물 중에서 사브리가 하필 이곳을 택한 이유는 다른 데보다 월등한 채광과 해체된 성의 잔해물이 맘에 들어서였다. 서재는 그런 점들을 최대한 장점으로 승화시킨 결과물이었다.

전체를 둘러본 코라의 입에서 감탄이 절로 나왔다.

"앙드레, 이렇게 집에 불러줘서 정말 고마워요! 그동안 어쩜 그렇게 사람을 얼씬 못하게 하는지……! 저 정말 심통도 나고, 약간 불안하기도 했단 말이에요……."

"아직 때가 아니어서 그랬던 겁니다. 당신의 평가를 아껴둔다는 생각으로 소소한 즐거움 따윈 자제해왔던 셈이죠……."

"결국에는 당신의 그런 마음 이해했답니다."

앙드레는 패널 벽 중앙에 설치된 유리 진열장 앞으로 여자를 데려갔다.

"여기 이것들이 제국의 장군이셨던 선조 중 한 분의 유품들입니다. 아까 말한 책도 그중 하나이지요. 세인트헬레나 섬에서 작성한 유서를 통해 나폴레옹이 직접 그분에게 남기신 거예요."

그는 진열장 문을 열고 정교하게 장정된 육필 소책자 한 권을 꺼내 여자에게 건넸다.

"이것이 바로 『잔 다르크의 고백록』입니다. 영국 장교들한테서 주워들은 영국 고위정치(군사, 외교 등에 관계된 정치—옮긴이)의 여러 원칙들이 요약되어 있지요…… 그때 이후로 그런 원칙들에 큰 변화는 없습니다. 과연 보수적인 국민이지요. 영국 첩보기관의 높으신 분들께서 황공하게도 이 몸을 예의 주시하시고, 이 문헌을 회수하지 못해 안달인 이유가 바로 그것입니다…… 사본에 불과한데도 말이죠. 원본은 신중을 기하자는 뜻에서 보다 안전한 장소에 모셔두었거든요."

여자가 웃으면서 책장을 넘기는 동안, 대위는 말을 이었다.

"선조이신 그분이 이 책을 왜 간직하고 있었는지, 그 점은 언젠가 당신한테 따로 이야기해주겠습니다…… 결국은 아름다운 러브스토리였거든요…… 하지만 오늘 밤 우리에겐 시간이 없습니다. 당신의 안전을 확보하는 것이 급선무예요."

코라가 장난스레 반문했다.

"이 책의 안전처럼요?"

"원본을 보관한 장소는 아닙니다만, 내가 아끼는 모든 것을 모셔두는 곳이 있어요. 어서 유모한테 당신을 데려가라고 해야겠어요. 나는 아이들에게 추가로 몇몇 지침들을 내려줄 겁니다. 그러고 나면 유모가 아이들이 먹을 간단한 식사를 준비할 것이고…… 당신은 안전한 거처로 옮긴 뒤 거기서 느긋하게 저녁식사를 하세요……."

"당신은요?"

"나요……?"

"네. 다른 사람들 저녁 걱정만 하는데, 정작 당신 저녁식사는 어떻게 할 거죠?"

"오, 나는 괜찮아요……."

"저는 안 괜찮아요! 당신은 저녁 내내 긴장 속에서 보내야 하잖아요. 그만큼 충분한 영양을 섭취해야만 해요."

"고마워요. 꼭 그렇게 하리다! 아이들 먹는 샌드위치 몇 개 챙겨서 갈게요. 당신 집에서 카베트를 기다리며 맛있게 먹을 겁니다. 네, 당신 말이 맞아요. 저녁 먹을 시간조차 없다면서 바쁜 척하는 인간들, 나 역시 정말 믿음 안 가더군요."

그는 책을 도로 넣어두고 진열장을 닫았다. 옆방으로 코라를 데려가 늙은 가정부에게 맡기면서 아이들 먹을 비상용 먹거리와 관련해 약간의 당부를 한 다음, 조제팽에게 돌아와 또다시 몇몇 지침을 내렸다.

거기까지 마무리한 뒤, 비로소 그는 조제팽과 마리테레즈만 남겨둔 채 두 여자를 데리고 레른 저택 앞에 주차해둔 차로 걸어갔다.

* * *

"방금 뭐라고 했어? 대단한 물건?"

조제팽이 머리를 절레절레 흔들며 말했다.

"응. 침략자들은 이런 게 있으리라곤 아마 꿈에도 생각 못할 거야!"

"'침략자'라…… 무슨 활극 얘기라도 하는 것 같구나."

"흥, 마음대로 비웃어. 아까 그 말을 한 사람이 다름 아닌 캡틴이라는 걸 깜빡한 모양이지……?"

"그래 알았어, 화내지 마…… 지금 이렇게 수다나 떨고 있을 때가 아니야. 내가 이걸 작동시켜야 한다고. 알겠니? 너는 일단 먹을 걸 가지고 뒤로 물러나, 차고에 틀어박혀 있어야 해. 장치가 작동하는 순간부터 마당 포석의 절반은 발로 디딜 수 없는 부분이 될 테니까. 나는 스위치가 있는 서재에서 기계를 작동시킨 다음, 옆 창문으로 나가 너한테로 가면 돼."

"어떤 걸 올리는지는 기억하고 있어?"

"물론이지. 간단해! 잠깐이면 끝날 거야. 꼭 뮤직홀의 배전반처럼 생겼다니까."

"그건 또 어디서 봤어?"

"전에 라디오방송국에서 주최한 순회공연 때 딱 한 번 가봤지."

마리테레즈는 놀리는 표정으로 오빠를 바라보았다.

"어이구, 아는 것도 많아요! 아참, 오빠 총 가지고 있어? 그들이 오기 전에 하나 가지고 있는 게 좋을 거라고 캡틴이 말한 거 기억하지? 나는 가지고 있어."

조제팽은 손짓으로 오케이 사인을 하고는, 지시했다.

"조심해! 뒤로 빠져! 이따 차고에서 만나는 거야!"

후닥닥 집 안으로 뛰어 들어간 잠시 후, 건물 측면 창문 밖으로 훌쩍 뛰어내린 조제팽은 둥글게 우회해서 차고로 다가갔다. 등나무 의자에 느긋하게 기대앉은 마리테레즈가 물었다.

"벌써 다 됐어?"

"준비 끝! 여러 번 반복해서 조작도 해봤다니까. 소켓을 끼웠다, 뺐다, 다시 끼웠다, 뺐다…… 요란한 소리 안 들렸어?"

"희미하게……."

"거봐, 이제 더 뭐가 필요하겠어! 기다리는 일밖에 안 남았지."

소년은 안도의 한숨을 내쉬면서 자기도 털썩 주저앉았다.

"아무튼 재미있을 거야…… 아, 이제 뭐 좀 먹어야겠다. 배고파. 너는?"

"나도! 먹을 걸 갖다 놓으니까 더 그런 것 같아! 저기 널빤지 위를 좀 봐봐. 파이, 삶은 계란, 샌드위치, 백포도주, 과일……. 보면 알 거야. '변두리 주점'에서 먹는 것하고는 차원이 다르다니까!"

"이야, 굉장하네! 소리가 밖으로 새어나가면 안 되니까 그만 떠들고 어서 먹기나 하자."

"알았어."

둘은 가끔 소리 죽여 웃는 것 말고는 조용히 저녁식사를 했다. 한 시간 뒤, 조제팽이 벌떡 일어나 중얼거렸다.

"자동차 서는 소리가 났어. 분명 그들일 거야. 자, 손은 호주머니 속으로! 권총 그러쥐고, 손가락 방아쇠에 걸고! 집중!"

아니나 다를까, 거리 쪽으로 난 레른 저택의 간이출입문이 열쇠를 소지한 토니 카베트에 의해 활짝 열리자 '살인마 트리오'가 차례차례 들어섰다. 카베트는 삼인조에게 사브리 대위의 거처를 손짓으로 가리켰고, 자기는 뒤쪽으로 돌아 정원을 가로지르기 시작했다.

이 모든 광경을 차고 안에서 아이들이 지켜보고 있었다. 떡 벌어진 어깨의 두블튀르크가 발소리를 죽여가며 마당 포석 한복판으로 걸어가고, 그 뒤를 보다 체구가 작은 푸이나르와 푸스카페가 나란히 따라갔다.

조제팽이 누이동생의 팔꿈치를 툭 건드렸다. 둘은 서로 눈짓을 교환했다.

"됐어……."

소녀가 속삭였다.

사브리가 거주하는 건물 앞마당은 조금 독특하고도 아름답게 조성되어 있었다. 우선 형태가 사각형이 아닌 원형이며, 서로 다른 넓이와 색깔의 동심원 두 줄로 모자이크 포석이 깔려 있었다. 정중앙에는 분수를 뿜어내는 납작한 원형 수반(水盤)이 반짝이는 가운데, 둥그런 마당을 돌아가며 색조 벽토로 장식된 낮은 담장이 둘러쳐져 있었다. 그 한 지점에 출입로가 뚫려 있는데 양쪽으로 기둥이 세워져 있고, 장미넝쿨이 무성한 페르골라가 자리했다.

'살인마 트리오'는 수반을 끼고 돌아, 안쪽의 좁은 청색 모자이크 포석 위를 걸어갔다. 선두를 맡은 두블튀르크가 마침내 바깥쪽 넓은 적색 모자이크 포석에 발을 디디는 순간, 예기치 않은 소리가 그를 흠칫 놀라게 했다. 뭔가 거칠고 기분 나쁜 소리였다! 새된 소음을 일으키는 어떤 동력장치가 작동하면서 그가 질겁해 서 있는 바닥이 빙그르르 돌기 시작했다. 난데없는 회전운동이 어느 순간 멈추자 두블튀르크는 마당을 에워싼 담장의 중간쯤에 위치하게 되었다. 그리고 바로 다음 순간, 미세한 레일장치를 통해 담벼락에서 단단한 강철집게들이 튀어나와 팔과 다리, 몸통을 각각 삼단으로 결박하는 것이 아닌가!

악당은 길길이 악을 썼지만 엄청난 괴력에도 불구하고 결박장치는 꿈쩍도 하지 않았다. 모든 걸 지켜본 나머지 두 명은 안쪽 청색 모자이크 포석을 디디고 선 채 공포에 질려 한 발짝도 움직이지 못했다. 아니, 설사 도망칠 생각이 있어도 그럴 틈이 없었다. 두블튀르크를 결박한 집게가 완벽하게 체결되자마자, 청색 모자이크 포석을 밟고 서 있던 푸이나르의 발밑에서 이상한 움직임이 감지되는 것이었다! 중앙에서 원주쪽으로 뻗어나가는 모자이크의 횡단면이 스르르 미끄러지면서 적색 포석, 즉 두블튀르크를 무력화시킨 지옥의 모자이크 바닥으로 이동하고 있었다…….

푸이나르의 몸뚱어리가 일단 적색 포석으로 이동하자, 방금 전에 펼쳐졌던 회전운동과 강철집게의 결박기능이 고스란히 재연되었다. 그러는 동안, 청색 포석을 딛고 선 채 완전히 공황상태에 빠진 푸스카페 역시 손가락 하나 까딱할 수 없었다. 무슨 수를 써서라도 저런 처지는 면해야겠다는 생각뿐이었다. 원래 푸이나르의 왼쪽에 붙어 걷고 있었던 그는 잔머리를 굴리기 시작했다. 이제 위치가 드러난 요망한 모자이크 조각을 피하기 위해서는 무조건 왼쪽으로 방향을 잡아야 할 터! 그러나 아뿔싸! 왼쪽도 오른쪽과 마찬가지로 모자이크 횡단면이 움직이면서 가공할 적색 포석으로 이동하는 것은 매한가지였다. 하나 다른 점이라면 이번에는 적색 포석의 회전운동이 반대로 진행되어, 두 동료와 마주 보는 위치의 벽에 결박당한 꼴이 되었다는 것!

"어이, 회전판 위의 손님들, 5분간 휴식! 식사시간입니다!"

조제팽이 짓궂게 외쳤다.

오누이는 아까부터 차고에서 나와 총을 겨눈 채 작전이 제대로 적중하는지 지켜보고 있었다.

조제팽이 말했다.

"자, 이제 슬슬 모든 걸 작동 중지시켜야지. 그래야 아무런 문제 없이 저 양반들한테 가서 몸수색을 하지. 잠깐 기다려. 집 반대편은 손 안 대고 놔둘 거야. 혹시라도 또 다른 방향에서 누가 불쑥 나타날지 모르잖아……."

"그럼 또 창문을 통해서 집 안으로 들어가야겠네?"

"아니. 차고 안에도 정지장치가 있어. 캡틴이 가르쳐줬잖아. 너는 아무 걱정 마."

소년은 차고 안으로 들어갔다가 금방 나오더니, 동생을 데리고 두블뤼르크 쪽으로 걸어갔다. 이동판 위를 지나다 말고 소녀가 흠칫 물러섰다.

"아, 나도 밟았어! 이게 움직이면 어떡하지……?"

"바보. 지금 이쪽은 다 정지돼 있어. 게다가 마당의 절반은 위험하지 않다는 거 잊었어? 중앙의 수반을 지나야 그때부터 전기가 흐른단 말이야. 어서 따라와, 겁쟁이! 네 도움이 필요하다고!"

두블튀르크는 오누이가 다가오는 것을 물끄러미 바라보고 있었다. 문득 그의 둔한 머릿속에 터무니없는 미신이 스멀스멀 고개를 들면서 가슴이 철렁했다. 방금 전까지만 해도 세 불한당에게 온갖 조화를 부리던 공간을 두 아이가 아무렇지도 않게 또박또박 걸어오는 것이 아닌가!

그런 눈치를 읽은 조제팽이 거한을 향해 외쳤다.

"어때, 놀랐지? 우린 착한 사람이라 멀쩡하게 지나다니는 거야. 여기선 나쁜 사람만 벌을 받는다고. 그러기에 누가 나쁜 짓을 하래…… 아무튼 수고했어! 보수는 그냥 말로 때워도 되겠지?"

두블튀르크는 뭐라고 대꾸하려 했지만 알아들을 수 없었다. 그저 마리테레즈가 권총을 겨누자 겁에 질린 눈을 끔뻑거릴 뿐이었다. 조제팽이 안심시켰다.

"해치진 않을 테니 걱정 마. 호주머니 비울 동안 경고 차원에서 겨누는 거니까."

그렇게 말하면서, 조제팽은 악당의 바지 주머니로부터 권총 한 자루와 단도 두 자루를 꺼냈다.

"항상 더러운 잡동사니들뿐이군! 이게 다야?"

"그렇다……."

"재갈은 어디 있지?"

"웃옷에……."

조제팽은 악당을 꼼짝 못하게 붙잡고 있는 금속집게 사이로 손을 넣어 재갈을 찾아냈다.

"대단한 호주머니들이야! 밧줄은?"

"그건 내가 아니라 두목이 갖고 있어……."

"푸이나르?"

"그래. 내가 지금 거짓말해봤자 무슨 이득이 있겠어. 더 이상 아무것도 할 수 없다고. 그냥 여기서 빠져나갔으면 좋겠어. 너무 꽉 조여서 답답해…… 힘들어…… 도대체 날 어쩔 거냐고……."

"더 이상 여기 얼씬하지 말아야겠다는 것만 깨달으면 풀어줄 거야."

"그게 전부야? 그럼 이제 알았어, 깨달았어!"

"그럼 얌전해져. 좀 더 참으면서 생각을 가다듬어봐. 결심을 굳히고. 이제 담요를 걸쳐줄 거야. 밤공기가 무척 차거든. 게다가 너희가 해치려던 캡틴 코코리코께선 죄인의 사망까지는 바라시지 않거든. 너희들이 감기 걸리지 않도록 하라며 지시를 내리셨지. 우리 캡틴께선 그 정도로 따뜻한 가슴을 가지셨다고! 자, 또 보자! 건투를 빌어! 가만 보니 나쁜 놈이라기보다는 멍청한 놈이네……."

오누이는 푸이나르 앞으로 와서도 똑같은 절차를 밟았다.

"밧줄 어디 있는지 말해!"

"왼쪽 호주머니……."

조제팽은 왼쪽 호주머니에서 밧줄을, 오른쪽 호주머니에서는 권총과 칼을 찾아냈다.

"감히 코흘리개 조무래기가 탐정 노릇을 하다니!"

별안간 악당이 악을 썼다. 그는 움직임이 자유로운 머리를 있는 대로 내밀어 조제팽을 깨물려고 몸부림쳤다.

"역겨운 놈! 보아하니 셋 중 제일 몹쓸 놈이로구나! 당장 총에 맞아도 마땅하지만, 솔직히 총알이 아깝기도 하다."

조제팽은 푸스카페 앞으로 다가가며 장난스레 내뱉었다.

"자, 다음 분 나오세요……!"

푸스카페에게선 권총 한 자루밖에 나오지 않았다. 조제팽은 총을 빼앗으며 말했다.

“보아하니 별로 열심히 일할 마음이 없는 악당 같네?”

“난 피곤한 건 질색이거든.”

건달은 마리테레즈를 향해 껄렁한 미소를 날리며 이렇게 덧붙였다.

“저 아가씨처럼 잘 빠진 몸매는 아니지만, 나 대신 고생 많이 해주는 어여쁜 영계들이 참 많지……. 어이, 예쁜이, 언제든 마음 내키면 찾아줘요, 책임지고 잘해줄 테니까…….”

“당장 그 입 닥쳐! 아주 혼쭐이 나고 싶은 모양이지……?”

조제팽이 버럭 소리쳤다.

“알았어, 알았다고. 입 다물면 되잖아…… 화내지 마. 농담도 이해 못하나……? 그저 여성분 비위 좀 맞춰주었을 뿐이라고. 약간의 헛소리도 가미해서…… 자세도 그리 즐겁지 않은 판에 사람이 조금은 기분 전환도 필요하지 않은가…….”

“헛소리 하고 싶으면 혼자 있을 때 실컷 해. 뭐라 안 할 테니까…….”

조제팽이 말한 대로 오누이는 담요를 가지고 와서, 금속장치를 포함해 몸 전체를 감싸도록 세 포로의 어깨 너머로 각기 한 장씩 걸쳐주었다.

조제팽과 마리테레즈가 다시 안락의자로 돌아와 쉬려고 하는데, 문득 귀에 거슬리는 소리가 들렸다. 아까 모자이크 포석이 움직이기 시작할 때 나던 소리와 비슷했다. 조제팽이 바짝 귀 기울인 채 말했다.

“다른 쪽에서 또 다른 시궁쥐가 걸려들었나? 내가 알아보러 갈 테니까 넌 여기서 꼼짝 말고 저놈들이나 감시하고 있어.”

한참 만에 돌아온 소년은 활짝 웃고 있었다.

“맞았어! 네 번째로 걸려든 쥐가 있네! 희한한 일이야…… 누군지 알아? 바로 차 안에 있던 그 ‘영국 놈’이라고!”

“차 안에 있던 ‘영국 놈’?”

"그렇다니까. '변두리 주점' 말고, 차에 머물러 있던 사람. 주점에서 본 금발보다 왠지 좀 더 중요한 사람 같았잖아."

"우아, 근데 이제 어떡할 거야?"

"글쎄…… 어떻게 하면 좋을까? 기다려봐야지…… 솔직히 당황스럽더라니까. 워낙 깔끔한 모습이라, 감히 옷을 뒤지지도 못했어. 그자도 캡틴처럼 여기 살아. 괜한 실수하지 않게 조심해야지. 일단 가만히 놔둬보자."

마리테레즈는 궁금한 표정으로 물었다.

"그쪽은 어떻게 생겼어?"

"오, 근사한 계단과 꽃이 있는 것 말고는 이쪽과 마찬가지야. 출입로가 장미넝쿨 기둥으로 장식된 담장이 둥그렇게 있고, 그 안으로 둥근 수반, 그 둘레로 파란색 빨간색 모자이크 포석이 이쪽과 똑같아. 수반을 지나 포석을 밟으면 벽에 붙들어 매는 집게도 마찬가지고. 이것저것 엄청 복잡하지 뭐!"

"그 영국 사람이 뭐라고 안 해?"

"그 사람? 전혀! 꾹 참고 있던걸. 사람 됨됨이가 고스란히 드러나더라니까! 심지어 집게재질이 녹슬지 않는 크롬강이라 절대 옷을 더럽히진 않을 거라고 말해줬더니, 지긋이 나를 보며 웃더라니까."

"오빠도 참 뻔뻔하다!"

"얼마나 화사하고 멋진 정장을 입었는데! 조금이라도 친절하게 대하려고 그런 것뿐이야."

"그 사람한테도 담요 갖다줄 거야?"

"그래야지. 그거 가져가면서 아예 시동장치도 꺼놔야겠어."

"몸수색 안 한다면서? 그럼 그냥 놔둬도 되잖아?"

"그렇지 않아, 바보야. 우선 담요를 걸쳐주려면 그 앞으로 지나가야 하는데, 그대로 두면 나까지 걸릴 것 아냐! 나중에 캡틴도 그 사람한테 다가가 얘기를 나누려 할지 모르고…….”

“아, 그렇지. 내가 생각이 모자랐네…… 어서 캡틴이 와주면 좋겠다!”

“누가 아니래…….”

오누이의 소원은 금세 이루어졌다. 앙드레 드 사브리가 나타난 것이다. 공범들의 처량한 몰골 앞에서 망연자실한 토니 카베트도 함께였다. 수족과 몸통을 옥죄는 금속집게와 더불어 몸 전체를 담요로 가린 채 반쯤 졸면서 축 늘어져 있는 몰골이 우스꽝스럽기도 했다.

사브리 대위가 그쪽을 손가락으로 가리키며 카베트에게 말했다.

“어때, 만족하나? 자네 친구들을 잘 모셔두었네! 나의 회전목마를 한번 즐겨보고 싶다면, 아직 자리가 세 개 남아 있으니 도전해보도록! 기가 막히게 재미있다니까!”

그러고는 삼인조를 향해 외쳤다.

“별로 아프진 않지? 춥지도 않고? 애먼 사람 묶으러 왔다가, 너희들이 묶인 꼴이야. 앞으로는 자기한테 싫은 짓을 남한테 하려고 들지 말 것! 다시는 얼굴 안 본다는 조건하에 이제 너희들을 풀어줄 거다. 내가 어떻게 나 자신을 방어하는지, 결코 잊지 말도록! 덕분에 근력들 좀 붙었겠는걸!”

그때 조제팽이 조심스레 말을 건넸다.

“캡틴, 한 명이 더 있는데요…….”

“아하, 반대편 말이냐? 내 그럴 줄 알았다…….”

“아는 얼굴이었어요. 자동차를 타고 있던 ‘영국 놈’이에요. 어떻게 해야 할지 난감하더라고요. 몸수색은 하지 않았어요. 제가 잘못한 건가요?”

"아니, 항상 그랬듯이 아주 잘했다."

"현재 모든 곳의 기계가 정지된 상태입니다. 마음대로 다니실 수 있어요."

"고맙다. 이제 반대편 마당으로 가봐야지. 집게들을 모두 열어라. 죄수들을 다 풀어줘…… 카베트 당신은 똘마니들 데리고 이제 그만 가보시오, 안녕!"

'차 안의 영국 놈'은 조제팽이 집게를 풀어주자 끔찍한 압박에서 벗어나 몸을 이리저리 움직여보았다.

앙드레 드 사브리가 다가와 말했다.

"오호, 이거 죄송해서 어쩌나, 도슨 경……! 내가 워낙에 적이 많은 사람이라 집에 아무나 접근하게 방치할 수가 없다오! 오실 거면 미리 약속부터 하셨어야지…… 아무튼, 척 보니 상황은 알겠구려. 대단한 서적광인 것 같은데, 내 장서들을 하루라도 빨리 보고 싶은 마음에 그만 무리를 하신 듯합니다!"

영국인은 곁눈질로 대위를 바라본 뒤, 대꾸했다.

"즐거웠소! 구질구질하게 변명은 하지 않으리다. 이래 봬도 스포츠맨십을 갖춘 사람이오."

"그 멋진 베이지색 고급 정장도 크게 구겨진 데 없는 거요?"

"농담은 그쯤 해둡시다. 대단한 한판이었소. 완전히 녹초요. 가서 눈이나 좀 붙여야겠소……."

그는 악수를 청하며 이렇게 말했다.

"그나저나 정말 놀라운 장치입니다! 매달려 있으면서 도대체 어떻게 만들었을까 그게 궁금하더이다…… 당신은 분명 특별한 사람이오. 우린 서로 통하는 데가 있을 겁니다. 내일 아침 9시에 보러 와도 되겠소……? 바라건대, 그땐 방해받지 않고서 말이오……."

"내일 아침 9시! 물론 방해받지 않고!"

앙드레 드 사브리는 환하게 웃으며 덧붙였다.

"그럼 잘 자요!"

"안녕히 주무십시오."

도슨 경이 멀어져 갔다.

앙드레 드 사브리는 잠시 홀로 남아 뿌듯한 표정으로 생각에 잠겼다. 그는 밤중에 아이들을 팡탱으로 돌려보내지 않고 어떻게 편안한 잠자리를 마련해줄까 고민하면서, 천천히 걸음을 옮겼다.

XV
담판

"좋은 아침입니다. 정확하죠?"

"9시 정각이군요."

악수를 나눈 다음, 앙드레 드 사브리는 도널드 도슨을 서재로 맞아들였다.

사브리가 가리킨 맞은편 안락의자에 영국인은 아주 편한 자세로 앉았다.

"당신 정원 말입니다, 밤보다는 지금이 훨씬 낫더군요! 놀라운 건 그게 아름답기까지 하다는 사실입니다!"

영국인이 호탕하게 내뱉자, 사브리가 받아쳤다.

"거듭 사과드리지요. 아시겠지만, 당신을 염두에 두고 만든 건 아니었어요."

"다 잊었습니다. 뭐 자업자득이지요…… 난 그저 경이로운 장치를 목격했다는 사실만 기억해둘 뿐입니다. 그 설계도면이 무척 탐나는군요."

"아, 물론…… 그 정도 설계도면은 당신이 보기에 뻔한 걸 텐데!"
"뭐라고요? 내가 보기에 뻔하다니……?"
"당신의 활동분야에 속한다는 뜻이외다, 도슨 경. 그토록 오랜 기간 어떻게 당신을 한낱 별 볼 일 없는 사교계 건달로 착각할 수 있었는지, 지금 나 자신이 용서가 안 되고 있소. 그 점에서 당신은 나를 완벽하게 농락한 거요. 오늘에 와서야 눈을 뜨게 된 기분이랄까. 그러니 당신만 괜찮다면 이제 더 이상 수작 부리느라 시간 낭비 말고, 서로 솔직해지잔 말이외다!"
"당신과의 협상이야 즐거운 일이지요. 우리 모두 사업상 명쾌한 일처리를 좋아하는 성격이니, 그렇게 하는 것이 보다 편리하고 기민한 자세이겠죠!"
"아무래도 분명히 짚고 넘어가야 좋을 것 같소, 도슨 경. 첫째 우린 지금 사업 이야기를 하는 게 아니고, 둘째 함께 협상할 사이도 아니라는 사실!"
영국인은 한층 가라앉은 태도로 우물거렸다.
"허어……."
그러더니 거의 무례하다 싶은 어조로 이랬다.
"그래서 어쩌잔 말이오?"
앙드레 드 사브리는 도도함과 기세에서 상대를 압도하고 있었다.
"방금 그 질문은 내가 당신한테 던져야 맞는 것 같소이다. 당신 참 별난 사람이로군그래! 당신은 어젯밤 불시에 내 집을 방문했소. 몰래 집 안으로 들어가 눈독 들인 문헌을 탈취하려는 분명한 의도를 갖고서 말이오. 부인하지 마시오. 알다시피 나 그리 만만한 사람 아니니까. 그러다가 된통 걸렸고, 덫에 걸린 몰골로 오늘 집에 정식으로 찾아 뵈었으면 좋겠다고 희망을 밝혀온 거요. 한데 지금 오히려 내게, 그것도 따지는 듯한 말투로, '그래서 어쩌잔 말이오?'라니……! 이것 보시오, 젊은 친구, 당신 좀 지나친 것 같아…… 그런 식으로는 서로 신뢰할 만한 대화를 진행하기가 불가능하지…… 말투부터 바꾸시오!"

도널드 도슨은 즉각 꼬리를 내렸다.

"노여워 마십시오. 아무래도 표현이 서툴렀나 봅니다. 프랑스어를 알 만큼 알면서도, 제가 아직 그 섬세함에서는 많이 미숙합니다."

"프랑스어의 섬세함이야 잘 모를 수도 있지요. 문제는 당신이 프랑스인의 섬세함에 대해 전혀 아는 게 없다는 점이오. 그 부분에서 많은 가르침이 필요할 것 같구먼……."

"가르쳐만 주신다면 더 바랄 게 없을 겁니다. 자, 그럼 원만하게 시작했던 대화의 출발점으로 다시 돌아가 보죠! 아까 분명히 '수작 부리느라 시간 낭비 말고, 서로 솔직해지자'고 하셨습니다. 그 부분이 저는 마음에 듭니다만, 어떻습니까, 다시 얘기를 시작할까요?"

"좋소이다! 먼저 서로의 진짜 정체부터 밝히는 게 어떻소, 도슨 경. 그러는 것이 보다 명쾌하고 우리 같은 사람들에게 어울릴 것 같은데. 앙드레 드 사브리가 행정상 정식 등록된 신분이면서 일시적인 나의 분신이란 것쯤 당신도 잘 알고 있으리라 보오. 영국은 물론 프랑스에서까지 당신의 진짜 일이 무엇인지 내가 정확히 꿰뚫고 있는 것과 마찬가지로 말이오."

거기까지 얘기한 뒤, 앙드레 드 사브리는 자리에서 벌떡 일어나 엄숙한 태도로 말했다.

"나는 아르센 뤼팽…… 당신은 영국 첩보기관 고위 관리!"

"국장입니다."

도널드 도슨은 감정을 드러내지 않고 짧게 대꾸했다.

뤼팽이 말을 이었다.

"그것 봐요, 훨씬 낫지 않소? 이제야 서로 애매모호한 점 없이 마주하게 된 것 같소이다. 진작 책에 대해서도 이처럼 솔직한 태도를 취했다면, 내 앙증맞은 장난감에 그런 자세로 매달려 있지 않아도 되었을 것 아니오! 책을 갖고 싶다고 말했어야죠! 기꺼이 당신에게 내주었을 겁니다."

"정말 그랬을까요?"

"지금도 그럴 준비가 되어 있소. 다만 이쯤에서 다시 짚고 넘어갈 점은 바로 이런 거요. 그 책, 즉 황제이신 나폴레옹 1세께서 세인트헬레나에 계실 때 나의 고조부 뤼팽 장군에게 직접 하사하신 바로 그 책의 원본을 세상의 온갖 탐욕 앞에 고스란히 내놓을 만큼 나라는 사람이 순진하진 않다는 겁니다. 오, 천만의 말씀! 원본은 난공불락의 장소에 고이 모셔져 있지요. 역사 운운할 것도 없이, 제국의 명예를 위해 결코 그것을 처분하지 않을 겁니다! 가문의 유해(遺骸)를 나는 영원히 끌어안고 갑니다. 당신이 눈독을 들여왔을 저 진열장 속 사본은, 당신네 정부가 그걸로 만족할 뜻이 있다면, 쾌히 넘겨드리지요. 물론 그 책에는 위대한 코르시카인의 손길이 직접 닿았다는 감격은 배어 있지 않지요…… 하지만 당신이 충분히 의미 있게 받아들일 거라 믿어 의심치 않습니다. 대단히 훌륭하게 필사된 사본이니까요…… 예술적 차원에서 원본과 거의 유사한 장정에, 내용 또한 한 글자도 누락되거나 오류 없이 옮겨졌습니다. 문제는 영국이 과연 내용을 파악하기 위해 이 책을 원하는 것이냐, 아니면 외국인에게 그 내용을 공개하기 싫어서 책을 거두려는 것이냐입니다. 만약 후자의 경우라면, 당신은 안심해도 된다는 말을 덧붙이고 싶군요. 나는 『잔 다르크의 고백록』을 내 자손에게 대대로 물려주되, 결단코 그 보관 장소에서 이탈하는 일이 없게 하라는 유언을 첨부할 작정입니다. 따라서 내 후손들이 당신네 나라의 끈질긴 첩보활동에 시달리는 사태가 벌어질 것이라고는 전혀 생각지 않습니다."

그는 진열장으로 가 문을 열고 책을 꺼낸 다음, 당황한 빛이 역력한 도슨 경에게 건네며 말했다.

"이걸 원하시오? 허튼 생각은 마시구려, 다른 장소에 보관 중인 사본이 여럿 되니까…… 난 은닉처가 무진장 많은 사람이외다…… 한번 들춰보시죠, 당신에겐 꽤 친숙할지도 모를 흥미로운 계율들을 눈으로 확인할 수 있을 겁니다. 예컨대 이런 거죠……."

그는 큰 소리로 또박또박 읽어 내려갔다.

"모든 땅을 차지하는 자가 모든 황금을 차지하리라.
모든 황금을 차지하는 자가 모든 땅을 차지하리라.
영국을 케페우스좌(座)로 이끌어야 한다.
아프리카 남부를 모조리 차지해야 한다."

도슨 경은 빨갛게 달아오른 얼굴로 손을 내밀었다. 목소리가 쉬어 있었다.

"책을 받겠습니다. 감사합니다. 이 책을 내어주는 대신 원하는 것을 말씀하시면 들어드리지요."

"오, 별것 없습니다. 대가를 바라서가 아니라, 당신 기분 좋게 해드리려고 내어주는 것이니…… 하지만 카베트를 출국시켜주면 기쁘긴 하겠습니다. 당신이 내키는 어디로든 보내주십시오. 내게서 떨어지게만 해달라는 겁니다. 그것이 파리에서 당신 공작업무의 실패를 의미하지는 않을 겁니다. 사실 그 인간, 참 수준 미달의 공작원이에요. 자기 일에 매달리느라 당신 업무를 망쳐버리는, 참으로 한심한 요원이더란 말입니다…… 하긴 당신이 조속한 확보를 지시해놓고도 이렇게 직접 책을 가지러 내 집을 찾아온 걸 보면, 당신 스스로도 그 친구를 전혀 신뢰하지 않는 게 분명하오만! 아무튼 그는 항상 당신의 지령을 벗어나 행동했어요. 옥스퍼드 공을 배신하고 역겹게도 레른 양에게 집적거렸단 말입니다. 천박한 인간이오…… 쓸모없이 천박한 인간…… 게다가 못생기기까지 하다니!"

도슨 경이 씩 웃었다.

"맞는 말씀입니다. 당장 내일 새로운 임무를 맡겨 아주 먼 곳으로 파견토록 하지요.

"감시가 따르는 임무이겠죠?"

"물론입니다. 아, 당신은 정말 대단한 사람입니다! 당신 같은 천재가 우리와 손잡고 일해준다면 저로선 더없는 기쁨일 텐데요…… 저는 완전히 혼자입니다!"

"윌리엄 로지가 있지 않소……?"

"어린아이죠. 재미난 친구이자 호감 가는 비서이긴 합니다만, 창의력과 열정, 수완이 아주 모자랍니다. 그런데 당신은……."

뤼팽은 의자에 앉아 한동안 깊은 생각에 잠기더니, 입을 열었다.

"미안합니다…… 내가 무슨 이유로 그런 일에 뛰어들겠습니까? 돈요? 말도 안 되는 소리! 돈은 필요치 않습니다. 이미 너무 많이 가졌고요…… 내 인생 한때는 돈을 찾아 헤매 다녔을 수도 있습니다. 인생을 한 번쯤 걸어볼 만한 일이기도 하고요…… 다 지난 일입니다. 심지어 어제는 인류에게 유익한 모종의 연구 활동을 위해 어떤 학자에게 내가 가진 것 대부분을 쾌척했답니다. 그 결과 설사 팡탱에서 벌인 과업을 지속할 재원이 바닥난다 해도, 나는 어렵지 않게 또 그걸 마련해낼 거예요. 아직은 별 영양가 없는 일들투성이지만, 나는 조금도 주저하지 않고 내 몫을 취할 줄 아는 사람입니다! 그러니, 내가 당신과 손잡고 일을 해야만 할 이유가 없지요!"

"하지만 일 자체에서 오는 재미랄까, 위험을 무릅쓰는 쾌감, 성공해냈을 때의 짜릿함 등등, 당신 같은 존재에겐 그것만으로도 충분한 이유가 되지 않을까요?"

"그런 말 마십시오. 특히 요즘 들어 나의 야망은 보다 높아지고, 세상을 보는 시각도 훨씬 초연해졌답니다. 싸움을 해도 보편적 가치를 지향하고, 뭔가 기사도적인 방식이 가능해야만 구미가 당겨요. 당신이 늘 해오는 일과는 거리가 멀죠."

"실례지만, 우리도 꽤 신사적입니다!"

"그렇죠, 단지 염치가 없어서 탈이지……."

"거 말씀이 좀……."

"아직 안 끝났소이다. 우리 서로 냉정하게 바라보자고요. 아무래도 도슨 경 당신에게는 있는 그대로, 솔직하게 말해야 할 것 같아 하는 얘기요. 개인적으로 당신이란 사람은 마음에 듭니다. 당신과 함께하기도 즐거울 것 같아요. 싫은 건 당신이 속한 그 조직이올시다!"

"그 조직이 얼마나 피 말리는 싸움들에 임하고 있는지를 당신이 안다면……."

"그럴 수도 있겠지요. 하지만 아름답진 않더군요."

"그렇게 보고 있다니 놀랐습니다. 우리에 대해 잘못된 정보를 가지신 모양이에요. 아무래도 저질 유언비어에 근거해서 우리를 평가하시는 것 같습니다."

"오, 천만에. 그렇지 않소. 나는 국제정세, 그것도 아주 기가 찰 사건들을 토대로 말하고 있어요. 그 모든 것이 지난 수년간 당신네 첩보기관의 주도로 이루어졌습니다. 나로 하여금 결코 당신네 편이 되고 싶지 않게 만들 정도로 말이죠."

"대체 무얼 갖고 그러는지 어디 들어봅시다."

"나도 얘기할 참이었소. 처음 당신네 기관은 일종의 선전조직이었소. 한데 패권쟁탈을 위한 도구가 되기 위해 어느 순간 신속하게 변신하더이다."

"그건 정당한 변화 같은데요. 누구나 자기 조국을 사랑한다면……."

"물론 그렇죠. 다만 당신 나라가 내 나라는 아니라는 사실이 중요합니다. 어떤 상황에서는 당신네 나라가 내 나라에 배치되는 요구와 계획을 추진할 수 있는 거예요."

"하지만 우린 1914년 전쟁 때 서로 힘을 합쳐 싸웠습니다."

"순전히 일시적 필요성 때문이었죠…… 우리 애국심의 시각을 벗어던지고, 당신의 일을 보다 높은 차원에서 바라보자고요. 당신을 제지할 수 있는 건 아무것도 없습니다. 당신은 조금도 망설이지 않고 살인을 하죠. 어떤 사람의 행동이 당신 일에 방해가 되거나, 단순히 우려할 만하다 판단되어도 당신은 그를 제거하도록 지시합니다. 그건 공공연한 사실이에요. 가차 없이 즉결처형을 한다는 것. 그런데 나는 죽음을 혐오합니다. 살인은 내가 지금까지 결코 기대본 적 없는 극단적 행위일 뿐이에요. 아울러, 당신네 조직은 일을 매우 복잡하고 교활한 방식으로 엮어놓길 잘하는데, 이는 나와는 아주 동떨어진 스타일입니다. 당신네 나라의 모든 동방정책과 지난 수년간 펼친 외교활동을 들여다보면 그 점을 확인할 수 있어요. 심지어 그 이상 간명할 수가 없는 사안인데도, 당신네 나라의 특기는 요리조리 우회하며 이득을 취하는 것이죠…… 내정(內政)을 다루는 방식을 볼까요? 예컨대, 옥스퍼드 공과 관련해서 채택한 전략을 살펴보면, 당신은 그의 결혼 가능성을 앞두고 여차하면 입장을 뒤집더군요."

"옥스퍼드 공은 영국 왕의 사촌입니다. 제가 어찌……."

"그렇게 말할 줄 알았소. 그가 통치에 욕심이 있다는 것을 당신은 잘 알고 있어요. 그런 그를 당신은 눈에 띄지 않게 방해해왔소. 레른 양과의 결합을 조장하는 척했던 것은, 그녀가 엄청난 지참금을 가져올 거라 보았기 때문이지. 하지만 동시에 당신은 그 지참금에 해당하는 금화 자루의 도난사건을 기획했거나 최소한 부추겼소. 설마 영국 은행발 수송기에서 금화 자루가 저절로 혼자 떨어졌다고는 말 못하겠지! 그때 내가 나섰기에 망정이지…… 이 모든 행태가 비열하고 변덕스럽다는 얘기올시다……."

"부차적인 문제일 뿐입니다. 소소한 것을 가지고 너무 침소봉대하지 마십시오, 뤼팽 선생. 솔직히 왕위와 관련한 내정문제는 그리 심각한 것이 아닙니다. 어쩌면 당신이 그 수혜자가 될 수도 있어요……."

"내가?"

"물론입니다. 당신이 레른 양을 사랑한다는 걸 내가 입에 올린다 해서 비밀폭로에 해당하진 않을 겁니다."

순간 아르센 뤼팽은 단호하게 말을 잘랐다.

"내 개인적 감정은 이 일과 무관하오!"

"이거 왜 이러십니까…… 그저 닥치고 자빠져 있기에는 나도 당신과 코라 두 사람을 충분히 관찰해온 사람입니다. 그녀는 옥스퍼드 공을 사랑하지 않아요. 그녀 역시 당신을 사랑하고 있습니다."

"제발 부탁입니다, 그만하시오……."

그러나 괴로워하는 상대의 기색엔 아랑곳하지 않고 도슨 경은 얘기를 계속했다.

"도대체 왜 그녀를 억지로 결혼시키려는 겁니까? 왕관 써보는 행운을 누리게 하려고요? 당신은 자신을 희생하고 있어요! 옥스퍼드 공 자리에 당신이 대신 들어서란 말입니다! 우리가 돕겠습니다. 네, 코라와 결혼하세요. 카베트가 말한 게 맞아요.—그가 무슨 짓, 무슨 말을 하고 다니는지 우리가 모르고 있을 줄 압니까?—다스릴 왕국은 얼마든지 널려 있습니다. 당신은 동방의 어느 나라에서 아주 그럴듯한 친영국 성향의 국왕이 되는 겁니다. 그녀가 당신을 거쳐서 통치행위를 하는 셈이죠. 영국은 수많은 왕국을 세웠다 허물었다 할 능력을 가지고 있어요."

"말도 안 되는 소리! 아르센 뤼팽과 결혼하다니, 어느 여자인지 그 팔자 참 좋기도 하겠구려!"

"왜요, 내키지 않습니까……? 유감이군요! 당신이 조금은 더 현대적인 사람이라 생각했는데……."

"아르센 뤼팽은 당신이 생각하는 그런 사람이 아니올시다. 그는 이타심 그 자체예요. 당신이 이기주의 그 자체이듯. 자, 자, 나는 첩보기관과는 상극인 존재입니다. 나는 신사적인 도둑인 데 반해, 당신네 최고 유능한 첩보원들은 도둑놈처럼 행동하는 신사들 아닙니까……."

"이쯤에선 당신 심기를 건드려야 정상일 텐데, 그게 잘 안 되는군요. 당신의 재치와 거침없는 태도 앞에선 도리가 없어요! 이제, 우리 얘기를 정리합시다. 제안을 거절하는 겁니까?"

"두말할 나위 없이 거절이오! 당신네 정책은 도처에 전쟁을 퍼뜨리는 걸 목표로 하고 있소. 반면 나는 전 세계에 평화를 정착시키는 일에 일조하고 싶은 생각뿐이오. 그렇소, 내가 앞으로 몸 바쳐 추구할 야망이 바로 그것이오. 평화란 말로만 떠들지 않는다면 언제든 가능합니다. 평화가 세상을 지배할 날이 올 거예요. 그를 위해 나의 모든 것을 바쳐 기여할 생각입니다. 당신네 국민의 패권을 위해서가 아니라!"

도슨 경은 자리에서 일어나 짧게 물었다.

"그럼 서로 적이 되는 건가요?"

"굳이 그럴 필요 있겠소? 서로 다른 길을 갈 뿐이지."

"미리 말해둡니다만, 만에 하나 우리의 계획을 그르칠 각오로 당신이 앞에 나타난다면, 그땐 개인적 회환을 무릅쓰고, 당신처럼 유능한 적의 제거명령을 나로선 내리지 않을 수 없을 겁니다. 그러고 나서 가슴을 치며 애달파할 거예요. 그만큼 뤼팽 당신에게 호감을 느끼고 있으니 말입니다."

"피장파장이오, 도슨…… 다만 당신은 내 지시에 따라 제거될 걱정은 하지 않아도 될 거요. 나는 제거하지 않고, 단지 물러서게 할 뿐이니까. 내가 보기엔 그것이 더 섬세한 검술(劍術)인 듯하오. 우리가 서로 다른 점이기도 하고. 언젠가 진화하는 세상 앞을 막아서는 당신을 보게 된다면, 나는 혁신의 미래를 알아보지 못하는 당신을 참으로 안타까워할 것이오. 그리고 고백하건대, 당신 같은 상대를 꺾어 넘어뜨리는 것에 혼신의 노력을 다할 것이오. 선조이신 뤼팽 장군이 그랬듯, 나는 대부분의 싸움에서 별로 져본 적이 없는 사람이오. 하물며 평화를 구하는 전쟁에서 패하지는 않을 거외다."

도슨 경은 회의적인 제스처를 취하며 중얼거렸다.

"뭐 그럴 수도……."

그러고는 악수를 청하며 말했다.

"부디 또 보지 않기를……."

"아마 또 보게 될 거요."

도슨 경이 문 앞으로 다가서자, 아르센 뤼팽이 다시 불렀다.

"아참, 내가 깜빡했구려…… 아까 내 회전마당의 설계도면을 구하고 싶다 말씀하신 것 같은데, 어렵지 않은 일이오. 당신에게 선물하고 싶소. 그걸로 혼쭐난 분에 대한 위로의 차원에서 그 정도쯤이야……."

뤼팽은 서랍 속에서 두둑한 꾸러미를 꺼냈다.

"여기 있소."

도널드 도슨은 눈에 띄게 환해진 얼굴로 꾸러미를 덥석 받아 들더니 말했다.

"감사합니다! 당신은 진정한 신사예요! 현실감각이 다소 부족한 게 유감이지만……."

아르센 뤼팽은 그를 배웅하다 말고 손가락을 치켜들더니, 이렇게 대꾸했다.

"이상(理想)이 그 이상(以上) 아름다운 걸 어쩌겠소!"

두 사람은 서로 웃으며 헤어졌다.

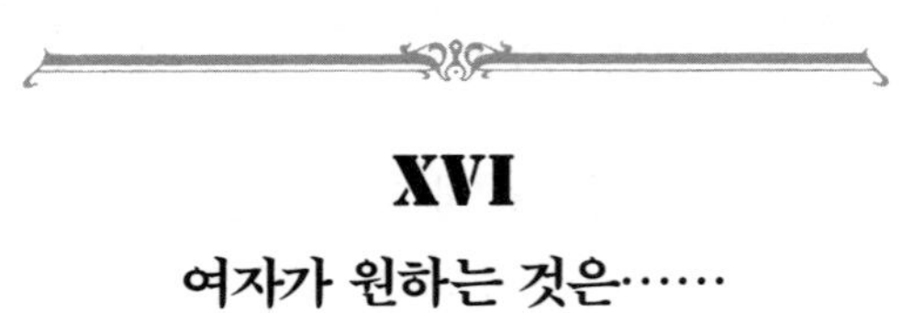

XVI
여자가 원하는 것은……

도슨 경이 떠난 뒤, 뤼팽은 한동안 허공을 응시한 채 묵묵히 서 있었다. 그리고 마침내 고개를 저으며 거의 큰 소리로 외치듯 말했다.

"사랑이라……."

너무나도 유혹적인 생각을 쫓아내려는 듯 손을 휘젓더니, 그는 방 안을 이리저리 서성거리기 시작했다. 회중시계를 흘끔 보고, 가구들을 이것저것 정돈한 뒤, 한참 동안 거울을 들여다보면서 손으로 머리를 쓸어 넘겼다. 마지막으로 후딱 모자를 낚아채 밖으로 나갔다.

약속한 대로 자동차가 레른 저택 대문 앞 길가에서 기다리고 있었다. 그는 행선지 주소를 운전기사에게 건네고 훌쩍 올라탔다. 이따 오후에 다시 데리러 와줄 시간약속을 정한 다음, 그는 어느 높다란 건물 앞에서 내렸다. 비좁은 한 층을 전속력으로 뛰어 올라간 그는 하나뿐인 문의 초인종을 독특한 리듬으로 눌러댔다. 가슴이 쿵쾅거리고 있었다.

안에서 발소리와 함께 누군가의 목소리가 물었다.

"누구세요?"

"나요…… 괜찮아요……."

문이 열리고 하얀 캡을 쓴 노파가 나타났다. 뤼팽은 그녀의 어깨를 다정하게 토닥이며 말했다.

"잘 있었어요, 유모? 별일 없죠?"

"그래. 오, 하느님 감사합니다!"

"그 아가씨 얌전히 있죠?"

"지금 서재에 있단다. 애타게 기다리고 있을 거야."

신이 난 그는 책이 빽빽이 꽂혀 있는 정감 어린 작은 방으로 들어갔다. 코라는 환한 불빛 속에 상기된 얼굴로 서 있다가, 두 손을 뻗으며 그를 맞이했다.

"드디어 오셨군요!"

"아직 정오 안 됐습니다."

"알아요. 하지만 너무 걱정이 돼서……."

"내가 편안히 있으라고 그렇게 일렀는데……."

"당신이 위험할지 모르는데 제가 어떻게 편안할 수 있겠어요……! 저 그래도 꼼짝 않고 얌전히 있었어요. 이런 말 하긴 부끄럽지만, 저녁도 잘 먹고 잠도 잘 자고…… 유모가 굉장한 요리사더군요. 아무튼 너무 편하고 아름다운 곳이에요!"

"이만하면 괜찮죠, 내 은신처? 깊은 생각을 할 필요가 있거나, 잠깐 자취를 감춰야 할 때, 이곳으로 기어들곤 합니다…… 출입구가 두 개 있는데, 하나는 보통 드나드는 문이고 다른 하나는 잇닿은 도로로 곧장 통하죠. 때에 따라 무척 편리하게 이용한답니다."

여자가 한숨을 내쉬며 대꾸했다.

"역시 수수께끼로군요! 항상 복잡해요! 그냥 정상적인 생활을 할 순

없나요?"

"그 '정상적인' 생활을 하다 보면 난 지겨워서 아마 미칠 거외다. 당신도 마찬가지 아니오?"

둘은 활짝 웃으며 의자에 앉았다. 여자가 문득 생각에 잠긴 목소리로 말했다.

"그런데도 우리 둘이 이렇게 앉아 평화롭게 얘기를 나누고 있으면, 당신이 그냥 평범한 일상을 누릴 줄 아는 보통 사람처럼 느껴져요…… 남들처럼 일하고, 놀고, 사랑하면서, 내일을 꿈꾸는 그런 남자…… 어차피 환상이겠지만 그럴 땐, 우리가 함께 지내다 보면 당신이 정말 그런 사람이 될 수도 있겠다는 생각까지 드는 거예요…… 제가 착각하는 거겠죠?"

아르센 뤼팽이 부드럽게 중얼거렸다.

"아닐 겁니다……."

"그러니까 제 말은…… 인생의 험난한…… 아, 자꾸 잊어먹네…… 왜 있잖아요, 뭐라고 하죠?"

"인생의 험난한 산악지대?"

코라는 빙그레 웃으며 말을 이었다.

"그러게요…… 당신 인생의 험난한 산악지대가 제아무리 드세고 거칠어도……."

"푸른 계곡 역시 공존하는 게 산의 이치다…… 뭐 그런 얘긴가요?"

이쯤에서 뤼팽은 너무 내밀하게 흘러가는 대화를 툭 끊어버리고 가벼운 질문을 던졌다.

"그나저나, 오늘 아침엔 여기서 무얼 하며 지냈나요, 코라?"

"피아노 쳤어요. 악보서가에 쟁쟁한 작품들이 그득하더군요. 책도 읽었고요…… 무엇보다 정말 중요한 문제들을 곰곰이 생각해봤죠……."

"아하, 그거 재미있겠는데요…… 내게 얘기해줄 수 있겠죠?"
여자의 분위기가 갑자기 진지해졌다.
"당신한테 반드시 들려줘야 할 얘기예요…… 그보다 먼저 저랑 헤어진 다음에 벌어진 일들부터 얘기해주세요."
"오, 별것 없습니다. 그러니까…… 예상치 못한 일은 없었단 말이죠. 카베트가 당신 집에 왔다가 허탕만 쳤고, '살인마 트리오'는 당신도 보았던 그 방범장치에 걸려 혼쭐이 났죠."
"아이들은 시키는 대로 잘 따랐고요?"
뤼팽은 살짝 당황한 듯 짧게 대답했다.
"네. 아주 영리해요."
그러고는 곧장 이렇게 덧붙였다.
"사실 예상치 못한 일이 없었다는 말은 좀 과장됐고…… 하나 뜻밖의 사건이 있긴 했습니다. 뭐 엄청 놀랄 일은 아니지만…… 안쪽 마당에 도슨이 붙들려 있더라고요! 서재 진열장 속의 그 책을 훔치려고 잠입한 거예요."
"어머, 그럴 리가! 무슨 목적으로 그 책을?"
"아, 그게 말이죠, 그 친구가 겉보기와는 달리 껄렁한 속물이 아니었습니다. 그동안 우릴 완전히 속였더군요. 첩보기관의 수장이에요!"
"도널드가요?"
"네, 도널드 도슨. 당신한테 툭하면 수작이나 부리던 그 태평한 친구!"
"대체 무슨 얘기를 하시는 건지…… 정말이에요?"
"실은 방금 전까지 그 친구와 담판을 짓고 오는 길입니다."
뤼팽은 결심이 선 듯, 의자를 여자 쪽으로 바짝 당겨 앉았다.
"코라, 이제 놀랄 준비 단단히 하고 내 얘기 잘 들어요. 나 역시 당신을 속여왔습니다. 물론 선의의 목적에서요…… 지금 내가 소지한 신분증은 친구 앙드레 드 사브리 대위의 것이랍니다. 내 진짜 이름은 아르센 뤼팽이죠!"

한데 코라 드 레른의 얼굴엔 기뻐하는 표정뿐이었다.

"아, 너무 행복해요!"

"네? 행복하다뇨? '아르센 뤼팽'이 행복에서 제외된, 추방된 이름이라는 것 모르나요?"

그는 벌떡 일어나 이리저리 서성이더니 디방 쪽으로 가서 털썩 주저앉았다.

코라가 조용히 다가가 옆에 앉았다. 그리고 가방에서 이미 누렇게 바랜 편지 한 장을 꺼내 그에게 내밀며 말했다.

"당신이 누구인지 알고 있었어요. 레른 공이 죽기 전에 남긴 유서에서 이 부분을 한번 보세요."

너의 네 친구들 가운데 아무래도 그 유명한 아르센 뤼팽이 있는 것 같다. 모험을 즐기는 타입이라고는 하나, 나는 그걸 별로 문제라고 보진 않는다, 오히려 그 반대지! 현재 그는 가명을 빌려 자신을 숨기고 있다. 넷 중 누가 그 사람인지는 나도 알아내지 못했다. 그러니 네가 꼼꼼하게 살펴서 그 사람을 찾아내도록 해라. 그로부터 뜻하지 않은 도움을 받게 될 테니까. 그 역시 명예를 중시하는 존재란다.

"어떻게 생각하세요?"

"레른 공은 워낙 홀로 독립적인 삶을 사신 분이라, 웬만한 일에는 눈 하나 꿈쩍 안 하시는……."

여자가 덜컥 말을 끊었다.

"저는 그분을 닮고 싶어요! 더 내려가서 이런 말도 쓰셨어요…….

'행복할 줄 알아야 한다'. 정말 의미가 깊은 말이잖아요! 저는 이 충고를 열심히 따르기로 마음을 굳혔어요. 어제 이후로 장래를 위한 저의 결정을 더욱 확고히 다졌고요. 저는 반드시 당신과 결혼할 겁니다!"

"그건 불가능한 일입니다. 나는 결혼할 수 없는 몸이라고 이미 말했을 텐데요."

"왜죠? 당신의 신원(身元)이 문제인가요?"

뤼팽은 적잖이 당황하면서도 애써 농담을 했다.

"오호, 신원이라! 그런 걸로 방해받을 내가 아닙니다! 난 무수한 신원의 소유자예요! 이것저것 바꿔가며 사는걸요!"

"저는 당신의 진짜 신원 하나면 족해요. 당신의 아내로 사는 걸 자랑스러워할 거예요. 앙드레…… 아, 습관이 돼서 그만……. 혹시 아직도 당신을 앙드레라고 부르길 바라나요? 아무튼 당신을 사랑해요. 당신도 저를 사랑한다고 믿어요."

"이것 봐요, 코라, 내 눈동자를 이런 기쁨으로 반짝이게 만드는 건 정말 잔인한 짓입니다!"

"왜죠? 전 당신을 사랑해요! 혼신을 다 바쳐 사랑한다고요! 당신도 저를 사랑한다는 걸 부정하실 건가요?"

남자는 침묵을 유지했다. 여자가 거의 소리치듯 말했다.

"잔인한 짓을 하고 있는 건 바로 당신이에요! 당신 때문에 저는 미치겠다고요……!"

결국 울음을 터뜨리고 마는 코라.

그녀의 눈물을 보자 뤼팽도 더는 저항할 수가 없었다. 그는 더듬더듬 입을 열었다.

"아, 당신…… 사랑스러운 사람…… 그래요, 당신을 사랑하오! 더는 당신 없인 살 수 없어요. 당신을 보고 싶고, 당신 목소리를 듣고 싶어요. 그만큼 어여쁘고, 고상하고, 소중한 여인입니다. 난 오로지 당신만을 위해 살고 있어요. 네, 당신을 사랑합니다. 처음 만났을 때부터 사랑했어요! 그 이후 내 머릿속은 온통 당신에 대한 생각뿐이었습니다. 나의 삶은 이제 당신 거예요. 당신 이전에 그 어떤 여자도 이토록 사랑해본 적이 없습니다. 자, 나는 당신을 사랑합니다! 당신이 그렇게 듣고 싶어 하던 말이니, 이제 만족해도 돼요…… 하지만 결혼하자는 말만은 하지 말아요. 내가 그래선 안 됩니다."

코라는 환해진 얼굴로 대답했다.

"저를 여왕으로 만들기 위해서요? 또 그 케케묵은 유치한 망상! 진부하고 욕심 많은 에드먼드 옥스퍼드와 함께 살 바엔, 여왕이고 뭐고 다 집어치우겠어요! 그 사람은 전혀 슬퍼하지도 않을 겁니다. 영국의 양갓집 규수 하나 얼른 새로 고를 거예요. 그 사람 좋아하는 형식주의에 훨씬 잘 어울리고, 궁정 드나들며 사람들 앞에 얼굴 내미는 거 좋아할 그럴듯한 여자로 말이죠! 대신 저는 당신만의 여왕이 될래요. 그것이 제 유일한 야심이랍니다. 아참, 팡탱의 꼬마들에게도 여왕이 되어주어야겠죠. 우린 레른 저택을 팔아치우고, 헤어폴 백작에게서 티월 성을 사들일 거니까. 거기서 당신은 도시계획가와 교육자로서 캡틴의 활동을 다시 시작하는 거예요. 제가 도울게요. 파리에 이 은신처는 우리만의 별장으로 간직하도록 하고요. 우리가 서로 사랑을 고백한 추억의 장소인 셈이죠."

하지만 아르센 뤼팽은 여전히 우울한 목소리였다.

"모든 것이 너무 아름다워요…… 나를 위한 것이 아닙니다……."

"아직도 걸리는 것이 있나 보죠? 아, 그 두 아이, 조제팽과 마리테레즈 때문인가요?"

남자가 움찔하는데도 아랑곳하지 않고 여자가 물었다.

"아닌 게 아니라, 걔네들은 어떻게 됐어요?"
"팡탱으로 돌아갔습니다. 내가 돈을 좀 쥐여줬죠. 둘 다 내 참호에서 지낼 예정이고요. 조제팽은 이제 그곳에 없어서는 안 될 존재예요. 수련단의 교관 역할을 톡톡히 해내고 있죠."
여자가 부드럽게 말했다.
"이제 모든 걸 알겠어요. 어쩐지 조제팽이 당신을 닮았더라고요. 마리테레즈도 당신 거동을 빼박았고…… 어딘지 특별한 애들이라고 생각했어요. 이런 건 전혀 걸리는 문제가 아니에요. 당연히 저의 마음에도 그 아이들을 위한 자리를 마련할 거예요. 우리 걔네들을 입양하도록 해요!"
"아, 코라…… 사랑한다는 말로는 이제 도저히 내 마음을 표현 못하겠소! 당신은 천사요, 카모르 양…… 레른 공이 비극적으로 돌아가신 후, 한동안 사람들이 문학작품에서 따온 그 이름으로 당신을 불렀던 것 기억납니까?"
"저는 까마득히 잊고 있었어요! 재미있네요…… 자, 이제 정신 차리고 대답해봐요. 수락하는 거죠?"
"내가 졌습니다. 지는 데 워낙 익숙지 못해서 탈이지만…… 그만큼 당신을 미치도록 사랑한다는 뜻이겠죠……."
그는 여자를 와락 끌어안았다. 코라가 그의 어깨에 머리를 맡기자 기나긴 키스가 이어졌다.
남자가 자세를 추스르며 중얼거렸다.
"코라, 실은 당신 입술에 취했던 기억을 가슴 깊이 간직하고 있었어요. 기억나요, 당신이 그 입술을 내게 허락했던 날? 납치당했을 때였죠?"
여자가 얼른 고쳐 말했다.
"구출됐을 때죠. 그때도 당신이 아니었다면…… 아, 당신 사랑해요!"

"내 여자, 내 사랑……."

그는 다시 여자를 끌어안았다. 한데 별안간 포옹을 풀더니 수심 어린 표정으로 이러는 것이었다.

"한 가지 해결할 문제가 남아 있군요…… 그 금화 자루들!"

"금화야 납골당에 쏟아부은 그대로 있겠죠. 그걸 어쩔 건데요?"

"난 그걸 원치 않아요. 아, 이런, 아직도 그걸 가지고 있다니! 난 당신 말고는 아무것도 필요치 않습니다. 당신의 소유로 되어 있는 레른 저택만으로도 이미 도를 넘었어요……."

"무슨 말인지 알겠어요…… 안심해요, 건물은 저당 잡혀 있으니까……."

"그 지참금은 아무래도 해링턴 경 앞으로 돌려보내는 것이 깔끔하겠어요. 부디 이 나라로 건너올 때보다는 수월하게 영국으로 돌아갈 수 있으면 좋겠군요."

"지금 농담하는 거죠? 그건 안 돼요! 당신은 이미 가진 재산의 대부분을 과학연구에 기부했어요. 그 금화는 앞으로 우리가 해나갈 일을 위해 필요할 거예요. 그러니 저한테 맡기세요. 미래를 위해 저축해두는 거예요."

"좋아요. 단, 원금과 이자 모두 결국에는 이웃을 위해 사용하는 겁니다?"

"약속했어요. 이제 금화 문제도 해결된 셈이고…… 아, 앙드레, 우리가 함께 꾸려갈 아름다운 삶을 생각해봐요!"

여자가 다시 남자의 품에 안기려는 찰나, 이번에는 노크 소리가 들려왔다. 서재 문이 반짝 열리면서 늙은 유모의 모습이 보였다. 그녀가 무뚝뚝하게 말했다.

"준비됐다. 수플레 다 만들어졌어. 식으면 맛없어요……."

"알았어요, 그만 좀 투덜대쇼! 그보다 깜짝 놀랄 소식이 있으니 들어 봐요, 유모. 나 결혼합니다!"

뤼팽의 말에 노파의 반응은 간단했다.

"이제야 정신 차렸나 보네."

그는 코라를 가리키며 덧붙였다.

"바로 이 아가씨와 나, 우리 둘이 결혼하는 거라고요!"

그제야 노파는 활짝 웃는 얼굴로 젊은 여자에게 다가왔다.

"돌봐야 할 젖먹이가 둘로 늘어난 셈이네. 앞으로 잘 보살펴드리리다, 색시."

뤼팽은 코라에게 깍듯이 한쪽 팔을 내어주며 말했다.

"행복은 허기를 가져다주는 법. 자, 이제 점심 먹으러 갑시다! 당신, 밤새 벌어진 일들하고 내가 도널드 도슨과 나눈 대화 내용, 궁금하지 않아요? 더 자세하게 이야기해주리다!"

그런 다음, 고개를 기울여 아리따운 아가씨의 풍성한 머리채에 입술을 살짝 스쳐보더니 이렇게 속삭이는 것이었다.

"그것이 아르센 뤼팽의 마지막 모험이 될지는 모르겠지만, 그의 마지막 사랑, 유일한 러브스토리인 것만은 분명하다오……!"

결정판
아르센 뤼팽
전집
10

1판 1쇄 발행 2018년 7월 2일
1판 3쇄 발행 2021년 4월 20일

지은이 모리스 르블랑 **옮긴이** 성귀수
펴낸이 김영곤 **펴낸곳** (주)북이십일 아르테
키즈융합부문 이사 신정숙
융합사업2본부 본부장 이득재
문학팀 김유진 김연수 원보람 **디자인** 김형균
영업마케팅 본부장 김창훈
영업팀 허소윤 윤송 이광호
마케팅팀 정유진 김현아 진승빈
제작팀 이영민 권경민

출판등록 2000년 5월 6일 제406-2003-061호
주소 (우 10881) 경기도 파주시 회동길 201(문발동)
대표전화 031-955-2100 **팩스** 031-955-2151

ISBN 978-89-509-7570-8 04860
978-89-509-7560-9 (세트)

아르테는 (주)북이십일의 문학 브랜드입니다.

(주)북이십일 경계를 허무는 콘텐츠 리더

아르테 채널에서 도서 정보와 다양한 영상자료, 이벤트를 만나세요!
인스타그램 instagram.com/21_arte **페이스북** facebook.com/21arte
포스트 post.naver.com/staubin **홈페이지** arte.book21.com